별과 사랑

LA PIEL DEL CIELO

Elena Poniatowska

세계문학총서 071

별과 사랑

La piel del cielo

엘레나 포니아토프스카 지음

추인숙 옮김

문학과지성사
2008

대산세계문학총서 **071**_소설

별과 사랑

지은이_엘레나 포니아토프스카
옮긴이_추인숙
펴낸이_채호기
펴낸곳_(주)**문학과지성사**

등록_1993년 12월 16일 등록 제10-918호
주소_121-840 서울 마포구 서교동 395-2
전화_02)338-7224
팩스_02)323-4180(편집) 02)338-7221(영업)
전자우편_moonji@moonji.com
홈페이지_www.moonji.com

제1판 제1쇄_2008년 7월 25일

ISBN 978-89-320-1879-9
ISBN 978-89-320-1246-9(세트)

이 책은 대산문화재단의 외국문학 번역지원사업을 통해 발간되었습니다.
대산문화재단은 大山 愼鏞虎 선생의 뜻에 따라 교보생명의 출연으로 창립되어 우리 문학의 창달과 세계화를 위해 다양한 공익문화사업을 펼치고 있습니다.

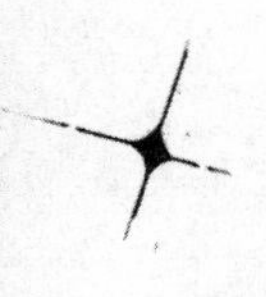

별과 사랑

차례

1

"엄마, 저 너머에서 세상이 끝나는 거예요?"

"아니, 끝나는 게 아니란다."

"한번 증명해보세요."

"눈에 보이지 않는 더 먼 곳으로 널 데려갈게."

로렌소는 엄마의 말을 귀담아들으며 노을이 붉게 깔린 지평선을 바라보았다. 플로렌시아는 그의 공범자이자 친구였으며, 그들은 서로를 바라보는 것만으로도 서로를 이해했다. 그래서 엄마는 아들의 말에 생각을 바꿔 급히 다음 날 산 라사로 역에서 쿠아우틀라로 가는 이등칸 기차표를 샀다.

달리기 시작하는 기관차도 로렌소를 흥분시켰지만, 그에게 손을 흔들며 반대 방향으로 달아나버리는 풍경은 그를 놀라게 했다. 전신주들은 쏜살같이 지나가버리는데 왜 산들은 움직이지 않는 것일까? 그러나 지평선의 경계만큼 그의 마음을 완전히 사로잡는 것은 없었다. 이렇게 달리면 틀림없이 세상의 끝에 다다를 것이고 기차와 함께 모든 것이 심연 속으로 떨어질 것이기 때문이다. 산 정상이 점점 가까워지자 로렌소는 몇 번이나 자리에서 일어났다. "저기 절벽이 와요. 그런데 거기서 모두 끝나버려요." 아이의 두 눈에서 플로렌시아는 공허에 대한 공포를 읽었다.

"아니야, 로렌소, 넌 모든 게 다시 시작되는 것을 보게 될 거야. 한 골짜기와 헤어지면 계속해서 또 다른 골짜기를 만나게 된단다. 포포와 이스타 산 뒤에는 또 다른 산과 지평선이 있지. 지구는 둥글고 끝이 없어 계속해서 도는 거야. 계속, 한없이. 일몰은 돌고 돌아 다른 나라에도 가지. 결코 끝나는 일 없이 말이야."

그 여행은 몇 개월간 로렌소에게 자양분이 되었다. 잠들기 전, 자신에게서 달아나버렸던 무언가를 찾아낼 요량으로 그는 여행에서 있었던 일들을 다시 되짚어보곤 했다. 여행은 그를 딜레마에 빠뜨렸다. "엄마, 그렇다면 내가 본 건 전체 중에서 하찮은 일부분에 지나지 않는 거군요." 흐릿한 시야의 한계는 다른 궁금증을 유발시키곤 했다. "왜 눈은 더 멀리 볼 수 없어요? 왜 더 많은 들판을 한눈에 내려다볼 수 없지요? 엄마, 그러면 난 별 볼일 없는 사람인가요?"

"얼마 안 있어 난 더는 네 질문들에 대답할 수 없을 테고, 넌 학교에서 그 대답들을 찾게 될 거야." 그녀는 말했다.

플로렌시아는 지구와 하늘의 일들, 대기와 물속에서 살아가는 무수한 생명체들에 대해 알고 있었다. "얘야, 추워질 테니 오늘 밤에는 잘 덮고 자거라. 얼마나 많은 별들이 반짝거리는지 잘 보아라." 학교가 필요 없었다. 플로렌시아는 다섯 아이들을 가르치면서 즐거웠다. 그녀는 맏이가 자신이 가르쳐주는 것, 그 이상에 호기심을 가질 거라곤 생각하지 않았다. 그에게는 단지 한 권의 책, 그것도 자연을 다룬 것이면 충분했다. "자 보자, 에밀리아, 여기 바닥에다 원 하나를 그려주겠니. 로렌소, 너는 그 위에다 다른 원을 그려보렴."

후안과 레티시아는 구경꾼이었다.

"후안, 이것이 무엇인지 말해보겠니."

"포개어 놓은 두 개의 붉은 토마토네요."

"숫자 8!" 로렌소가 소리쳤다.

모두들 웃었다. 아이들은 동그라미와 작대기를 그려가며 글쓰기를 배웠고, 플로렌시아는 아이들에게 나무의 나이에 관한 것뿐만 아니라 나무줄기에 세월을 그리는 나이테, 꽃의 중앙에 자리 잡은 꽃가루, 태양빛으로 불을 피우는 돋보기에 대한 이야기를 들려주었다.

플로렌시아는 로렌소를 감동시키곤 했다. 엄마는 아주 뛰어난 선생님처럼 로렌소의 질문에 답해주었다. 아이들과 놀 때, 그녀의 얼굴은 땀으로 뒤범벅이 되었다. 내면의 음악에 맞춰 춤추듯 걷거나 물결 모양 속치마 아래로 강물처럼 유유히 발걸음을 옮기는 그녀의 다리와, 그녀의 몸이 발산하는 매력에 끌리지 않는다는 건 불가능했다.

로렌소와 후안은 닮은 구석이 많았다. 상체의 모양, 호기심 많은 눈, 신경질적인 성격이 그랬다. 에밀리아와 레티시아는 얼마나 은혜로운가! 과수원 주변이 아니었다면 공중으로 날아다녔을 것이다. 도냐 트리니는 그녀들을 '작은 천사들'이라고 불렀다. 발끝으로 사뿐사뿐 걷다가 사람을 만나면 방긋 웃었기 때문에 이웃들은 "저기 작은 천사들이 오는군" 하고 말했다.

산 루카스에서 잠을 깨우는 건 아침 햇살이었다. 플로렌시아는 미소를 머금으며 아침 식사를 하기 위해 아이들을 앉혔다. 엷은 갈색 바구니에 노릇노릇 잘 구워진 뜨거운 빵과 그녀가 손수 만든 잼과 버터가 나왔다. 밀크 커피를 담은 큰 컵들은 얼마나 푸짐한지! "자, 어디 누구한테 더 좋은 비고테*가 돌아갔는지 보자." 그녀는 다섯 아이들을 보고 웃으면서 가장 어린 산티아고를 무릎 위에 앉혔다. 제일 큰 두 아이, 에밀리아와 로렌소는 엄마를 정신없이 쳐다보았고 후안과 레티시아는 엄마 없이는 살 수 없었다. 아침을 먹고 난 후 아이들은 자신들에게 맡겨진 책무를 완수하기 위해 과수원으로 달려갔다.

"에밀리아와 로렌소만 우물에서 물을 길을 수 있어."

밤에 초를 켜고 소에게 풀을 줄 수 있었던 것도 역시 그들이었으며 에밀리아는 이미 소젖을 짤 수도 있었다. 로렌소는 젖이 뿜어져 나와 통으로 떨어질 때 나는 소리를 좋아했지만, '엘 아레테'라는 말을 방문하는 것만큼 그를 매혹시키는 건 없었다. 그가 들어서는 순간, 엘 아레테는 상상할 수 있는 가장 늠름한 표정을 지으며, 고개를 뒤로 젖히고 반짝거리는 두 눈으로 뚫어지게 문을 바라보고 있었다. 방위 태세를 갖춘 말의 두 귀는 무언가를 묻는 것처럼 보였다. 엘 아레테의 모든 것이 유동체의 금, 붉은 빛을 띤 금빛이었으며 그 때문에 그들은 말을 '빨강이'로 부르는 데 주저했다. 플로렌시아는 엘 아레테가 다정스럽고 우아하며 찬란하게 빛났기 때문에 그녀의 귓불에서 흔들거리는 금귀고리처럼 좋아했다.

엘 아레테는 로렌소보다 세 살 어린 일곱 살이었다. "내게 있어 그 짐승은 테오티우아칸**의 피라미드보다도 더 신비스럽단 말이야." 플로렌시아는 말하곤 했다. "우리들은 결코 그 녀석을 알 수 없을 거야. 이 말은 로렌소 네 것이고, 나귀는 에밀리아 것이야."

"그래, 그래. 에밀리아의 나귀."

플로렌시아는 아이들이 자신들의 일을 신성한 것으로 여기도록 적절한 예식과 함께 과수원에서 해야 할 아침 일을 정해주었다. 그 일들을 잘

---

* 빵의 일종(옮긴이 주, 이하 주는 모두 옮긴이 주).

** 멕시코의 고대 유적지로 '신들의 도시'라는 뜻.

해서 하루를 성공적으로 마무리하는 것보다 더 중요한 것은 없었다. 가축과 나무와 식물들도 돌보아야만 했다. 세상의 질서는 스스로 깨달아 행하는 일에 따라 달라졌다.

여섯 시에 아마도가 도착했다. 아이들은 그를 좋아했다. 그는 '테나 집안의 일꾼'이었다. 그가 어디 출신이며 어디에서 자는지 아무도 몰랐지만 도냐 플로렌시아에 대한 그의 맹목적인 헌신만은 분명히 알 수 있었다. 그는 목초를 가져다 주었고 꾸러미들을 제자리에 놓았으며 마구간을 청소하기도 했다. 또 로렌소의 마음에 새겨질, 그의 마을에 대한 이야기들을 차분한 음성으로 들려주면서 수리할 수 없었던 물건들을 더디면서도 우둔하지만 그만의 방식으로 고쳐냈다.

아마도는 어떤 여자보다도 아이들을 잘 돌보았기 때문에 아이들은 그를 따라 오후에 남은 우유를 팔고 숲이 우거진 코요아칸을 산책하도록 허락을 얻을 수 있었다. 특히 가장 어린 산티아고를 잘 돌보았다. 그의 어깨에 목말을 태워주는 것은 산티아고에게 있어 세상과 만나는 최고의 방법이었다. 어린애를 높이 들쳐 멘 그의 모습은 강 한가운데 서 있는 크리스토발 성인 같아 보였다.

수년 전, 그는 로렌소에게 로마 검투사들에 관한 이야기를 들려주면서 똑같은 방식으로 그를 안아 올렸었다.

검투사들 중 최고이며 노예들 중 가장 노련하고 성미가 불같은 그라코는 황제에게 그의 스승과 겨룰 수 있게 해달라고 청했다. 어떤 제자도 그에게 도전한 적이 없었기 때문에 놀라긴 했지만 황제는 노인이 받아들이면 언제든 결투를 하겠다고 허용했다.

젊은 그라코는 뜨거운 바위 위에 앉아 오후의 태양 빛을 쬐며 명상의 자세를 취한 기품 있는 용모의, 쇠약해진 근육들만 남은, 백발의 스승과 만났다.

"스승님, 당신과 겨루고 싶습니다."

"얘야, 내가 네게 가르쳐준 모든 것을 알고 있다면 왜 나와 겨루려 하느냐?"

"지금까지 제가 이겨보지 못한 유일한 사람이기 때문입니다."

늙은 검투사는 그를 오랫동안 바라보았다.

"좋다, 겨루어보도록 하자."

팡파르가 울리고 군중들의 기대와 환호성 속에 투사들이 콜로세움으로 들어왔다. 금과 은으로 만들어진 황제의 관람석에서 경기 시작을 알리는 신호가 떨어졌다. 모든 사람들이 바짝 긴장하여 조심스레 이 광경을 지켜보았다. 싸움이 시작되었다. 시간이 흐를수록 젊은이는 더 강하고 날렵하게 보였으며 늙은이는 그라코의 무자비한 타격에 힘을 잃고 매번 실수를 하였다. 스승이 위기에 처할 때마다 관람석에서 여자들의 탄식 소리가 터져 나왔다. 로렌소는 짧은 튜닉을 입고 엄마와 함께 밤에 책장을 넘기며 보았던 것과 같은 샌들을 신은 튼튼한 다리의 투사들을 상상했다. 한번은 스승을 쓰러뜨린 후, 그가 감히 스승의 몸을 짓밟자 날카로운 비난의 소리가 콜로세움을 둘러싼 그 주변을 가득 메웠다. 늙은이는 피를 흘렸으며 그의 몸은 상처로 성한 곳이 없었다. 그런데 한순간, 막연한 공포에 떨고 있는 군중들 앞에서 그는 젊은이를 쓰러뜨리고 죽지 않을 만큼 목을 조였다. 그러자 황제는 검투사들 중 가장 뛰어난 사람에게 승리를 선언하였다. 두 사람이 콜로세움의 터널을 나올 때 그라코가 항의했다.

"스승님, 그것은 결코 제게 가르쳐주시지 않았습니다."

"그렇지, 배반자의 실수이기 때문이지."

그 이야기가 그에게서 일으킨 감동은 플로렌시아가 붙잡기 힘든 춤추는 작은 거미들, 글자 읽는 법을 가르쳐주었을 때 그녀의 지식이 일으킨 감동과 같았다. "모두 스물여섯 개야, 잘 기억해. 스물여섯 개." 그녀 덕분에 읽기와 덧셈, 뺄셈을 알았고 덕분에 그는 일학년에서 돋보일 수 있었다. "얘야, 엄마는 초등학교도 마치지 못했어. 너희들에게 똑같은 일이 일어나기를 바라지 않아." 플로렌시아는 과수원에서 줄곧 아이들을 가르쳤다. 그녀가 바닥에 어떤 기호를 그렸다. "무슨 글자인지 맞춰보겠니?" 아이들에게 살균의 의미를 이해시키기 위해 부엌에서 우유가 끓어오르는 순간을 지켜보도록 했다. 거품이 터지고 김이 올라가는 것에 홀딱 반해서 큰 아이들은 때맞춰 냄비를 불에서 내려놓는 일을 서로 하겠다고 옥신각신했다. "봐, 춤추고 노래하네!"

밤이 되면 불가사의한 일들이 더욱 많아졌다. 플로렌시아는 아이들에게 큰곰자리와 작은곰자리 그리고 북두칠성을 식별하는 법을 가르쳤으며 집 안에서는 벽 앞에서 촛불을 이용해서 중국식 그림자놀이에서처럼 두 손으로 나비, 달팽이, 늑대를 만드는 방법을 가르쳐주었다. 비눗방울을 불어 내뿜는 것도 마술이었다. "공기보다 가볍기 때문에 떠다니는 거란다." 아이들에게 말해주었다. 이 얘기는 곧장 라이트 형제에 대한 것으로 이어졌는데, 로렌소는 플로렌시아의 손을 잡고 그 얘기를 들었다.

과수원의 동물들도 수업의 일부였다. 삐악삐악 우스꽝스럽게 울어대는 그 못생기고 비실거리는 작은 병아리가 몇 개월 후에는 군주의 볏을 가진 당당한 수탉으로 변하는 것을 본다는 건 놀라운 일이었다. 반면에 에밀리아의 잿빛 나귀는 바보 같았고 움직이지 않았으며 주인의 말을 잘 알아듣지 못했다. 하지만 수탉은 많은 것을 보여주었고 암탉들을 대하는 그의 오만불손한 태도는 로렌소에게 깊은 인상을 주었다. 갑작스럽게 화난 듯이 암탉들 위로 올라타면, 등신 같은 암탉들은 부리를 굽히고 두 눈을 감으며 굴복했다. 깃털들의 심한 떨림은 대기와 로렌소의 마음속에 불을 질렀다. 수탉이 울어대고 그 소리에 코요아칸의 다른 수탉들이 응답할 때면 닭장으로부터 생명력의 거대한 파도가 일었다. "꼬꼬댁 꼬꼬, 게으름뱅이들은 원치 않는다네." 플로렌시아는 즐거운 듯 합창했다. 수탉의 길게 뽑은 목은 프람보얀 나무*에 핀 붉은 꽃처럼 터질 것 같았고, 그놈은 꽃 모양을 한 짐승이 아니라면 세상에 도전하는 붉은 깃털의 꽃이었다.

이따금씩 덥수룩한 털 사이를 비집고 '쏙' 나오던 오리온의 새빨간 고추 역시 로렌소의 관심을 동하게 했다. 산티아고를 숄 안에서 단단히 동여매어 두 팔에 안은 ("하루가 다르게 무거워지네"라고 말하며 플로렌시아는 빙그레 웃었다) 엄마는 로렌소가 어떤 다른 여자에게서도 찾아볼 수 없었던 솔직함으로 사물들을 있는 그대로 설명했다. "사실 오리온은 그것을 어떤 암캐 안에 두고 싶은 거야. 자, 오리온." 아들이 수탉과 목장견 오리온의 교미에 관심을 갖는 걸 보았을 때, 플로렌시아는 식물, 동물, 사람, 모든 종류는 죽지 않기 위해서 짝짓기를 하는 것이라고 설명했다. "애야, 그것은 그들의 강렬한 욕망이란다."

"어떤 욕망이죠?"

"생존에 대한 욕망이지."

암소가 울기 시작하면 도냐 트리니에게서 빌려온 황소를 암소에게 데려갔지만 황소는 너무도 잽싸게 암소에게 올라탔기 때문에 로렌소는 그 광경을 볼 수 없었다. 아마 플로렌시아는 그 구경거리를 보지 못하도록 막지는 않았을 것이다. 다만 그녀는 친구인 도냐 트리니에게 대가를 지불하도록 그의 아들을 아마도와 함께 보냈다. 블랑키타가 새끼를 가진 지 아홉

---

* 안티야스 제도가 원산지로, 붉으면서 아름다운 꽃을 피우는 나무.

달이 되었을 때 그녀는 큰 아이들을 불렀다. "너희들은 물을 가져오너라."

블랑키타는 산고로 인해 외양간 안에서 우왕좌왕하기 시작했고 발로 돌들을 긁어댔으며 적당한 자리를 찾지 못해 구유에서 문까지 왔다 갔다 했다. 엄청나게 큰 배 안에서 무언가가 소를 통째로 흔들었으며, 블랑키타는 그 거추장스러운 것으로부터 벗어나야만 했다. 때때로 걸걸한 소의 울음소리가 새어 나왔다. 그 순간, 어떤 목소리가 그렇게 하라고 명령이라도 한 것처럼, 블랑키타는 헛간으로 가 두 다리를 벌렸다. 고통으로 몸을 웅크렸지만 속에서 무언가가 열려야만 했다. "안 나오네." 플로렌시아가 말했다. 그래서 그녀는 옷소매를 팔꿈치 위까지 걷어붙이고 손과 팔 전체를 암소의 피투성이가 된 자궁 속으로 집어넣었다. "잘 나오네, 잘 나와." 그녀는 큰 소리로 말하고는 잡아당겼다. 먼저 커다란 머리가 나왔고 그런 다음 몸통과 갈비뼈에 짝 달라붙은 약하디약한 다리 그리고 부드러운 발이 나왔다.

온몸이 흠뻑 젖은 송아지가 짚더미 위에 자리를 잡은 후에도, 플로렌시아의 팔은 다 죽어갈 듯이 하고 있는 블랑키타의 속을 계속 휘저었다. 그녀는 무언가를 찾고 있었으며 끈적끈적한 빨간 주머니처럼 생긴 그것을 찾았을 때 아주 세게 잡아당겼다. 로렌소에게는 그것이 칭칭 말린, 거대한 혀처럼 보였다. 송아지는 움직이지 않았으며 멀찍이 떨어져 있는 암소도 이미 모든 것에 무관심해져 있었다. 플로렌시아는 두 큰 아이들의 휘둥그레진 눈앞에서 통에다 팔을 씻으며 이렇게 말할 뿐이었다.

"그 물을 버리고 더 많이 물을 떠오너라."

그들이 돌아왔을 때는 이미 태반(그들의 엄마는 끈적끈적한 빨간 주머니를 그렇게 불렀을 것이다)도, 흘러내린 피도 없었다. 그녀는 이마 위에 반점이 나 있는 블랑키타를 쓰다듬었다. 아이들은 침묵을 지켰으며 갑자기 송아지에게로 다가가는 플로렌시아의 발소리를 들었다.

"이번에는 네가 일어서야지, 기도해."

그녀는 송아지의 배와 등 안쪽을 감싸 잡아 그것을 가슴 쪽으로 떠받쳤다. 송아지는 무릎을 꿇었고 그런 다음에는 두 다리로 균형을 잡았다.

아이들 쪽을 돌아보며 플로렌시아는 의기양양하게 말했다.

"봐라, 사람은 일 년하고도 반년이 더 걸리지만 짐승은 태어나자마자 일어선단다."

아, 산에 핀 나의 꽃이여, 아, 물에 핀 나의 꽃이여, 나의 플로렌시아!

다음 날부터 새끼에게 젖을 먹이는 암소와 하늘처럼 보호해주는 어미의 커다란 배 밑에 서 있는 송아지를 볼 수 있는 즐거움이 찾아왔다. 블랑키타는 새끼를 핥아주며 새끼와 머리를 맞부딪치고 또다시 핥아주었다. 블랑키타의 따끈따끈한 오줌이 강하게 분출되어 소똥으로 뒤덮인 바닥을 노르스름하게 물들였다. 블랑키타는 네 개의 위와 갓 태어난 새끼가 막무가내로 빨아대는 거대한 젖을 느리기는 하지만 한결같은 되새김질로 채워 넣었다.

산 루카스의 그 과수원은 생의 축복이었다. 하늘로부터 왔는지 아니면 그의 엄마로부터 왔는지 아무도 모르는 그 광명으로 로렌소는 종종 살포시 눈을 감곤 했다. 비가 오고 나면, 상큼한 풀 냄새가 땅으로부터 올라왔고, 나무들은 그의 엄마가 그에게 주었던 것과 비슷한 진한 감동을 일으키면서 푸르름을 한 방울씩 '똑똑' 떨어뜨렸다. 플로렌시아에게 복수란 단어는 어울리지 않지만, 로렌소는 때때로 일어나는 자연의 복수—천재지변—를 생각지 않고, 촉촉이 젖은 대지를 늘 엄마와 연결시켰다.

로렌소의 하루를 침울하게 하는 유일한 일은 아버지의 방문이었다. 엄마라는 존재가 불러일으켰던 즉각적인 애정에 비해, 아버지라는 존재는 자식들을 억눌렀다. 그는 장갑을 낀 채 렌터카에서 내렸다. 말투는 냉정했으며, 아주 낯선 푸른 눈빛을 한 채 평평한 바닥 위에 무뚝뚝하게 서 있었다.

"얘들아, 아빠한테 인사드려야지."

플로렌시아는 의자 하나를 안마당에 내놓았다. 그는 그녀를 도와줄 최소한의 마음도 없어 보였다.

돈 호아킨 데 테나는 염색 공장에서 곧장 그들을 보러 왔으며 부인과 아이들의 옷과는 대조적으로 오래된 바지와 닳아빠진 스웨터 그리고 진흙이 묻은 구두를 신고 있었다. 자리에 앉았을 때, 돈 호아킨은 바지 선이 없어지지 않도록 바지를 잡아당겼다. 플로렌시아는 블랑키타와 같은, 물기 젖은 촉촉하고 부드러우면서 때로는 애원하는 듯한 눈으로 그를 바라보았다. 로렌소는 그런 엄마가 마음에 들지 않았고 날씨에 따라 손잡이가 은으로 된 지팡이나 검은 우산을 가지고 다니며 아니꼽게 구는 그 사람이 영 못마땅했다.

"너희들이 지금까지 한 것을 아빠에게 얘기해보렴."

에밀리아가 다정스럽게 말을 건넸고 작은 애들은 그의 옷을 더럽히지 않으려고 가까이 가지도 못한 채 이야기를 거들었지만 로렌소는 입을 열지 않았다. 돈 호아킨 데 테나는 흐리멍텅한 눈길로 거의 그들을 쳐다보지도 않았는데, 눈구멍이 움푹 들어간 그의 두 눈은 색을 볼 수 없을 것 같았다. '죽은 생선 눈깔.' 로렌소는 생각했다. 그는 큰아들이 자신에게 말 한마디 건네지 않는 것에 별로 신경 쓰지 않았다. 그는 자식들을 구별하지 않고 한 묶음쯤으로 보았다.

"아빠에게 작별 인사를 해야지."

아이들에게 잠을 자라고 했을 때, 로렌소는 아버지가 돌아갔는지 어꿨는지 몰랐다. 옷장에 그의 옷이 걸려 있는 것을 보았다. "네 아빠의 와이셔츠들이야." 시골 아낙네의 굳은살 박인 손으로 그것들을 정성 들여 다림질하며 플로렌시아가 말했다.

돈 호아킨 데 테나는 그의 누나와 함께 후아레스 구역에서 살았으며 매주 일요일 오후에는 렌터카를 타고 '도시'로부터 코요아칸으로 여행을 갔다. 그 여행은 무한한 선심이었다.

그와 그의 누나 카예타나 데 테나 그리고 멕시코 사회에서 호아킨은 미혼자로 통했다. 그가 속했던 사회 계층은 그의 결혼을 인정하지 않았다. 그렇기 때문에 자식들은 존재하지 않았다. 그는 사생아들 중 어느 누구도 자식으로 인정하지 않을 것이다. 이따금 카예타나는 절친한 친구인 카리토와 함께 목소리를 낮춰 호아킨의 실수인 '그 시골 여자'에 대해 이러쿵저러쿵 쑥덕거렸다. 마치 그것을 예방주사를 맞아야 했던 어떤 질병이라도 되는 것처럼 취급하면서. 때때로 보름이 지나도 호아킨은 오지 않았다. 더러는 석 달이 지나도 오지 않았다. 그러면 플로렌시아는 아이들이 아버지가 없어 서운해하기라도 할까 봐 이렇게 일러주었다. "아빠는 영국에 있는 스톤이헐스트 학교의 졸업생들 모임에 가셨단다." 혹은 "아빠는 온천물로 병을 치료하기 위해 비시로 여행 가셨단다." 엽서 한 장조차 없었다. 로렌소는 소식이 없을수록 더 좋았다. 그 사람은 엄마에게서 그들을 떼어놓았다.

더 나쁜 것은 면전에서 그녀를 욕한 것이었는데 어쩌면 로렌소만 그것을 느꼈는지도 모른다. 엄마는 피카딜리 서커스가 무엇인지 알지 못했지만 짐작할 수는 있었다. 그녀는 지구가 우주의 중심을 차지하지 않는다는 것을 알고 있었다. 그래서 인간 역시 세상의 중심이 아님을 짐작했으며, 그것을 확신했으므로 모든 것을 평등한 관계로 두었다. "그것에 관해서는 문제를 만들지 말자꾸나." 무엇이나 각색하는 버릇이 있었던 에밀리아에게 그녀는 말했다. "오늘 밤에는 네게 엄청나게 보이는 일이 내일이면 하찮은 것이었음을 알게 될 거야." "사실 아빠는 내게 무관심해요, 날 쳐다보지도 않는다구요." 머리카락을 쥐어뜯으면서 에밀리아가 소리쳤다. "그래, 나한테도 그랬지만 난 지금까지 죽지 않았잖아." 끝없는 하늘 아래서 반감을 품은 소녀의 눈물은 무엇이 될 수 있었을까?

플로렌시아에게 돈 호아킨이 필요했다고 해도 그녀에게서는 아무런 표도 나지 않았다. 자식들과 동물들 그리고 식물들 사이에서 그녀의 생활은 항수에 젖을 만한 틈이 없었다. 두 팔에 안겼던 산티가 옷을 덮은 채 요람에서 잠이 들고 엄마가 바느질을 하거나 천을 덧대 옷을 기울 때, 아이들 중 한 명이 그녀의 무릎에 앉으려 했다.

"엄마, 재미있는 얘기 좀 해주세요."

플로렌시아는 당장 눈앞에 닥치지 않은 돈 문제를 걱정하지 않았는데, 돈 호아킨의 오랜 부재 후, 돈이 다 떨어져간다고 그녀가 아마도에게 말하는 것을 로렌소는 들었다. 아마도는 무언가 손을 써야 했기에 시내로 가서 일거리를 수소문했다. 무슨 영문인지 열흘쯤 후에 플로렌시아에게 에덴 영화관의 과자 가게를 대신 맡아 물건들을 팔아보지 않겠느냐는 제의가 들어왔다. 그녀는 그 제의를 받아들여 매일 영화가 상영되는 네 시 전에 그녀를 거들 큰 애 둘을 데리고 거기에 가겠다고 말했다. 그래서 로렌소와 에밀리아는 더 이상 천국과 같았던 과수원에만 머물 수 없었다. 대신 스크린에 투사되는 이미지들의 천국으로 들어가게 되었는데 그들에게는 낯설기만 한 것이었기에 엄청난 불안을 일으켰다. 어느 날 밤, 엄마의 목소리에 배어 있는 간청하는 듯한 어조 역시 로렌소에게는 낯설기만 했다.

"그렇지만, 어떻게 영화관에서 과자를 팔려는 거야?" 돈 호아킨이 타박했다.

"사실 당신은 날 이해하지 못해요. 이해해줘요, 호아킨. 입은 많고 필요한 만큼 돈이 주어지는 것도 아니잖아요."

"난 내 자식이 에덴에서 커다란 과자 상자를 들고 다니는 것을 받아들일 수 없어. 만일 누군가 그 애를 알아보기라도 한다면 어떻게 할 거야?"

"당신이 지금까지 그런 것에 조심했으니까 아무도 우리를 모를 거예요. 과수원에 이따금씩 찾아오는 사람은 도냐 트리니밖에 없고, 그녀는 늘 우리에게 호의적이었어요."

"아, 그래, 그녀가 결코 비밀을 내뱉지 않을 거라고!"

"그녀는 절대 말하지 않을 거예요. 하지만 블랑키타가 제 새끼를 핥듯 내 영혼이 날 어루만지겠죠."

"플로렌시아, 코요아칸에서는 모두들 아이들을 알아. 또 많은 사람들이 에덴 영화관에 들락거리잖아."

"그들은 후아레스 구역 사람들이 아니에요. 그리고 에덴은 변두리 영화관이잖아요."

"허락할 수 없어."

그 순간, 로렌소는 지금껏 한 번도 들어보지 못했던 엄마의 흐느낌을 처음으로 들었다. '저 사람을 죽일 거야, 죽이고 말 테야.' 그는 분노로 몸을 떨었다. 문이 열쇠로 잠겨 있지 않았더라면 달려들어가 그를 두들겨 팼을 것이다.

2

로렌소는 에덴의 멍청한 영사기사 돈 실베스트레와 친구가 되었고, 그는 로렌소가 커다란 과자 상자와 그 밖의 물건들을 가지고 영사실에 머물 수 있도록 허락해주었다. 영화와 영화의 막간에 로렌소는 과자를 팔기 위해 황급히 일어났다. "과자, 껌, 초콜릿, 옥수수 빵, 시럽을 입힌 땅콩 있어요." 그는 관람석 사이의 좁은 통로에서 소리를 질렀다. 어둠이 그를 다시 영사실로 돌려보냈다. 영사기의 딸각거리는 소리는 사랑의 속삭임이었다. 로렌소가 처음에는 영화의 줄거리에 정신을 팔았다가 극장 안에서 일어나는 일들에 관심을 돌렸기 때문에 플로렌시아는 영화 내용 때문에 더 이상 걱정할 필요가 없었다. 영사실에서 돈 실베스트레는 필름을 뒤로 돌렸다. 물이 항아리로 되돌아가고, 폭풍이 하늘로, 활짝 핀 장미꽃이 봉오리로, 화살이 활시위로 되돌아갔으며, 로렌소는 어른들도 어린애로 다시 되돌릴 수 있는지 궁금해하며 골똘히 생각에 잠겼다.

플로렌시아도 에밀리아를 과수원으로 되돌려보냈다. "에덴이 널 위한 곳은 아닌 것 같구나." 그 구역의 추잡한 사내들이 손에 입장권을 들고 영화가 상영되는 방으로 들어가지는 않고, 숨을 내쉴 때마다 아니스 알약 냄새를 풍기고 입술은 젤리보다도 더 붉으며 바비 인형 같은 허리를 한 열세 살 계집애의 달콤해 보이는 두 눈동자에 이끌려 과자 가게의 판매대 주위에서 얼쩡거렸다. "에밀리아, 너는 동생들을 돌보며 과수원에 있는 편이 더 낫겠구나." 에밀리아가 가고 난 후 몇몇 사내들은 사라졌지만, 다른 사내들은 안색 하나 변하지 않았다. 오, 나의 달콤한 사람아, 꽃잎과도 같은 가냘픈 몸매의 나의 플로렌시아여! 로렌소는 그의 엄마도 사내들의 눈길에서 예외일 수 없음을 깨닫게 되었다. 건달들 중 한 명이 모험을 해왔기 때문이다. "당신 집까지 바래다주고 싶은데 몇 시에 문을 닫지?" 플로렌시아가 단호하게 말했다. "내 아들이 날 바래다주는 기사예요."

로렌소는 많은 질문으로 돈 실베스트레를 몹시 괴롭혔다. "빛이 뭐예요?" "필름은 어떤 재료로 만들어졌나요?" "카메라의 렌즈는 어떤 물건이죠?" 사람 좋은 영사기사는 꿈속에서조차 들춰내지 않았던 궁금증들이었다. 어느 날 오후, 돌돌 말린 필름이 안에서 밖으로 튀어나와 로렌소가 그것을 자르고 붙여 다시 돌아가게 했다. "시간에 관해서 누가 알까요?" 그는 영사기사를 붙잡고 끈덕지게 물어댔다. "학교의 네 선생님이 아실 거야." 그가 로렌소에게 대답했다. 플로렌시아는 좀더 조리 있게 답해주었다. "내게 있어 시간은 재는 것이지, 시계의 분침이란다. 붙잡을 수도 없고 그냥 가버리는 거야, 아무에게도 속하지 않고 말이야." "나는 그것이 공기인지 공간인지 알고 싶어요. 도대체 뭐예요, 엄마?" 아들의 격렬한 호기심에 그녀는 놀랐고 괴로워했다. "내 아들은 행복하지 못할 거야." 혼잣말을 했다.

그녀는 로렌소가 무거운 짐을 벗고 홀가분해질 수 있도록 가르쳐야 했다. "매혹적인 색조의, / 형형색색의 다양한 비눗방울들, / 사랑의 비눗방울들이지요. / 건드리기만 하면 터지지요. / 덧없는 꿈처럼." 플로렌시아는 아이들에게 "꿈은 아득히 먼 바닷가로 / 떠나려 하는 / 갈매기들이죠. / 꿈은 넓은 바다를 일렁이는 / 거품의 조각들을 / 그 깃털로 튀겨 올리는 갈매기들"임을 아이들에게 보여주려고 그들을 빙글빙글 돌게 했다. 네 명의 아이들이 그녀 주위를 훨훨 날아다니며 서로 어울려 춤을 추었다. 그렇지만 산티아고는 때로는 엄마의 두 팔에, 때로는 에밀리아 누나의 두 팔에 안겨 있었다. 이러한 모임에서 그녀들은 곧잘 장남에게 춤 파트너가 되어 달라고 요청했다. 로렌소도, 엄마의 허리 근처에 팔을 두른 채, 이미 떠나버린 사랑의 달콤한 환영들을 떠올리며 웃었다. "엄마, 이젠 아빠를 사랑하지 않나요?" "물론 사랑한단다, 얘야. 내가 왜 아빠를 사랑하지 않겠니?" "많은 비눗방울들 때문에요." "아들아, 그건 그저 노래야, 실제가 아니란다." "그렇다면 실제란 건 뭐예요, 엄마?" "아, 아들아, 실제란 우리가 보고 또 두 손으로 만지는 모든 것이지." "그러면 우리가 볼 수는 없지만 여기 있는 것도 실제인 거예요?" "그럼." "그렇지만 볼 수 없는 것, 오직 엄마와 나만 느끼는 것, 그것도 실제인가요?" "그래, 역시 마찬가지란다." "내 마음속에 담겨 있는 것도 실제인가요?" "물론이지, 로렌소. 그건 너의 실제야. 그것을 아무에게도 보여줄 수 없지만 말이야."

그가 어렸을 때, 돈 호아킨이 그녀를 힐책하고 있던 어느 날 오후, 아이는 그녀의 품속으로 뛰어들었고 다시는 그녀와 떨어지려고 하지 않았다. 그의 침대로 가는 것도 원치 않아 그녀의 베개를 베고 같이 잠을 잤다. "이 앤 모든 걸 이해하고 있어요." 다음 날 플로렌시아가 도냐 트리니에게 말했다. 그때부터 플로렌시아는 더 이상 그를 형제들 사이 그의 자리로 돌려보내지 않았다. 호아킨 데 테나까지도 엄마와 아들 사이의 강한 결합을 느꼈다. "이봐, 플로, 그 애가 당신 품에서 떨어질 시간이 된 것 같군."

만일 플로렌시아가 어떻게 아들의 인생에 영향을 미칠 수 있는지에 대해 알았더라면, 자신의 주장들을 굽혔을 텐데. 하지만 그녀는 성미가 불 같은 여자였고 늘 그의 곁에 있을 거라 믿었다. 그녀는 로렌소와 모자 관계이면서 호아킨과는 결코 맺을 수 없었던 공생 관계이기도 했다. 어릴 때부터 로렌소는 아버지를 대신하기 시작했다. 호아킨의 무엇이 플로렌시아를 사로잡았을까? 움푹 들어간 그녀의 두 눈에 어린 그리움과 그녀에게서 그 감정을 지워버리게 했던 일.

때때로 플로렌시아는 초조해했다. 큰아들의 질문들을 만족시켜줄 방법이 없었다. "시간은 환영인 거야, 로렌소." 그것이 사실일까? 아이는 물었다. "환영이 뭐예요?" 그러면 플로렌시아가 대답했다. "꿈이란다." "꿈은 무엇이에요?" "우리가 잠을 자는 동안 뇌에서 일어나는 현상이지." "그러면 난 이미 꿈을 꾸었어요." "그래, 그리고 넌 악몽도 꾸었고 울면서 잠에서 깨어났지. 자, 닭장으로 가자꾸나. 암탉들에게 모이를 줄 시간이 되었는 걸." 로렌소는 그녀를 꼭 움켜쥐어 그의 품에서 절대로 나가지 못하도록 더 성장하기를 원했으리라.

돈 호아킨 데 테나는 과수원에서도 그의 누나의 집에서도 가장이 아니었다. 하지만 그의 얼굴에는 위엄이 넘쳤고, 양 눈썹과 함몰된 두 눈 사이에는 어떤 평온함이 깃들어 있었다. 돈 호아킨은 결코 누구에게도 해를 끼칠 사람이 아니었고, 로렌소까지도 그것을 느꼈다. 그 전에 그는 물러섰을 것이다. 그는 삶의 한복판에 있지 않았고 투쟁에 뛰어들지도 않았다. 닭장 속의 수탉과는 아무것도 나누어 갖지 않았다. 수탉의 맹렬함도, 다른 수탉들에게 보내는 그 우렁찬 울음소리도 그에게서는 찾아볼 수 없었다.

반면에 플로렌시아는 싸움닭이었다. 로렌소도 그랬을 것이다. 분명히 그랬을 것이다. 매주 일요일마다 잔뜩 멋을 부리며 나타나는 멋쟁이와는 아무런 관계도 없었다.

다섯 아이들에게 플로렌시아가 죽은 것보다 최악의 사건은 없었다. 어느 날 밤, 검은 나비 한 마리가 침실 안으로 날아들었고, 십 분 뒤 플로렌시아는 더 이상 숨을 쉬지 않았다. 도냐 트리니가 그 사실을 로렌소에게 알렸다. 아이들은 영문도 모른 채 엄마를 보러 침대로 갔다. 그녀는 흰 천 위에 머리카락을 풀어헤친 채 누워 있었으며 두 손은 십자로 포개어 놓고 손가락들 사이에 검고 슬픈 묵주*를 쥐고 있었다. 전에는 그녀가 기도하는 모습을 한 번도 보지 못했다. 잠을 자는 것처럼, 그래, 그렇게 보였다, 입가에 번진 미소와 함께. 넋이 나간 로렌소는 그녀에게 깨어나라고 했다. 도냐 트리니가 아이들을 방에서 내보냈다. 아무도 울지 않았다. 밤이 되자, 아마도와 트리니는 촛대에 불을 켰고 단조로운 기도 소리가 아이들의 귀를 찔렀다. 새벽녘에, 아직도 이해하지 못한 로렌소는 밖으로 나가 채소가 심어져 있는 정원과 마구간 사이를 왔다 갔다 했다. 도냐 트리니가 나무들 사이에서 소리쳤다. "로렌소, 와서 아침 먹어라." 아이는 대답하지 않았다. "로렌소, 점심 먹으러 오너라." 마찬가지였다. "로렌소, 간식 먹으러 오너라." 아마도가 그를 찾으러 갔다. 그를 데려오지 않고 혼자 돌아온 아마도가 그의 두 눈에서 무엇을 보았는지 누가 알겠는가. "혼자 있도록 놔두는 게 좋겠어요." 그가 이웃에게 말했다. 마침내 로렌소가 부엌에 나타났고 도냐 트리니는 한마디도 묻지 않고 식탁에 수프 접시를 놓았다.

월요일 오전 여덟 시에 다섯 아이들은 그들의 옷을 넣은 트렁크를 가지고 렌터카로 코요아칸에서 도시로 떠났다.

---

* 가톨릭에서 쓰는, 염주처럼 줄에 꿴 구슬을 이르는 말로 로사리오라 하기도 함.

그들은 다시는 아마도와 트리니를 볼 수 없었다.

로렌소는 도냐 카에타나가 요리사 틸라에게 명령하는 것을 들었다. "이 고아들과 같이 올라가서 방을 가르쳐줘요. 여자애 둘이 함께, 어린 남자애 둘도 함께 방을 쓰도록 하고 제일 큰 남자애는 위에 있는 다락방을 쓰게 해요." 그날부터 타나 고모는 그들을 아버지도 없는 고아 취급했다. 실제로 그들은 아버지가 없는 것과 같았다. 멀찍이 떨어져서 돈 호아킨의 손에 하루에 한 번 입을 맞추면서 인사하는 게 고작이었다.

"내일 학교에 가니 준비들 해라." 타나 고모가 명령했다. "내 사촌 카리토 에스칸돈 덕분에 마리스타 수사들이 너희들을 받아주었다."

건물도, 운동장에서 뛰노는 많은 아이들도, 종교인들도, 경비원들도, 낡은 책상들도, 지저분한 변소도 지옥은 아니었다. 지옥은 타나 고모의 "서둘러라, 달려라" 하는 소리였다. 그녀는 틸라에게 거리로 나 있는 창가 쪽에 우유 네 잔을 놓고, 빵을 잔 위에 올려놓도록 지시했으며, 아이들은 창문에서 한 걸음 떨어진 곳에 서서 서둘러 먹어야만 했다. "밖으로 나가, 밖으로, 뛰어. 그러다간 늦겠어." 마지막 순간에 그녀는 산티아고의 목덜미를 낚아챘다. "넌 안 돼, 여기 있어." 놀란 후안과 레티시아는 손에 빵을 든 채로 나갔다. 셋째 날, 로렌소는 자기 빵을 하수도로 집어던졌다. 그 여자가 주는 어떤 것도 받고 싶지 않았던 것이다.

자존심 강한 로렌소와 에밀리아는 과수원과 짐승들과 아마도와 도냐 트리니 그리고 코요아칸에 관해서 한 번도 물어보지 않았다. 언젠가 에밀리아가 로렌소의 다락방으로 올라와 소심하게 물었다. "내 나귀가 여전히 있을 거라고 믿니?" "그 나귀에 관해선 아무것도 몰라." 로렌소가 몹시 화를 내며 대답했다. 그래서 에밀리아는 엄마가 죽은 날부터 타나 고모가 날카롭게 가다듬은 목소리로 다 큰 고아 애들은 내려오라고 명령하는 소리를 들을 때까지 '꾹꾹' 참아두었던 울음을 터뜨렸다. 사실 로렌소와 에밀리아, 그 둘만이 묵주기도에 빠졌던 것이다.

"은총이 가득하신 마리아님, 기뻐하소서. 주님께서 함께 계시니 여인 중에 복되시며 태중의 아들 예수님 또한 복되시나이다……."

루세르나 177번가의 작은 공동체가 응답할 수 있도록 타나 고모의 노래하는 듯한 목소리는 항상 끝 부분이 올라갔다. 타나는 틸라와 다른 두 명의 하녀들, 돈 호아킨과 다섯 명의 고아들 그리고 거의 자리를 비우는 그녀의 키 큰 남편을 완전히 휘어잡았다. 차를 마시러 온 어떤 손님에게 곧바로 묵주기도 할 것을 강요하기도 했다. 미국인 은행가 버클리 씨까지 과달루페 성모와 상아로 된 십자가 앞에서 수호신과 종의 관계처럼 비치는 훌륭한 멕시코 가문들의 그 전통을 목격했다. 루세르나 가의 집에서 버클리 씨의 권위는 대단한 것으로, 타나는 다섯 아이들이 현관에서 동시에 그를 맞도록 했다. "웰컴, 웰컴! 미스터 버클리." 로렌소에게는 그러한 의식이 창피스러웠지만 무엇이 버클리 씨를 그렇게 유별나게 만들었는지 알아내기 위해 계속해서 그를 살폈다.

도냐 카예타나와 그녀의 남편 그리고 그녀의 남동생은 '하녀들 때문에' 식탁에서는 불어로 말했다. 로렌소와 에밀리아는 어른들과 함께 앉을 수 있는 특권을 가진 유일한 사람들이었다. 어느 날 정오, 에밀리아가 자리를 뜨기 전에 두 귀를 막으며 소리쳤다. "난 절대로 불어를 배우지 않을 거야. 불어는 비위에 거슬린단 말이야. 영어가 더 좋아." "얘, 먹는 것을 앞에 두고 어수선하게 굴면 안 돼." "엄마가 그렇게 가르쳐주셨어요." "넌 그 고약한 버릇을 버려야 할 거야. 내 식탁에 앉는 사람들은 모두 반듯하게 예의를 갖춰야 하지." "에밀리아, 성체*를 들어 올릴 때 왜 너는 머리를 숙이지 않는 거지?" "무슨 일이 일어나고 있는지도 모르는데 왜 내가 머리를 숙여야 해요?" "이제 너희들이 교리를 배우러 가야 할 시간이야. 너희 엄마는 너희를 꼭 야만인들처럼 교육시켰어." "우리 엄마를 들먹이지 마세요. 말대꾸하지 않을 테니까요." 에밀리아가 그녀에게 말했다. 엄마는 늘 바닥에 앉았었는데, 한번은 에밀리아가 거실의 카펫 위에 양반다리를 하고 앉자, 타나가 소리쳤다. "대체 무슨 짓이야, 네가 개야? 교양 있는 아가씨는 절대 바닥에서 다리를 꼬지 않아." 카예타나의 눈썹에서 없어지지 않는, 활처럼 굽은 곡선은 조카들의 태도에 대한 비난이었다.

"그 애에게 불어로 얘기하세요." 부엌에서 틸라가 조언했다. "그러면 마님께서 얼마나 만족해하는지 보시게 될 거예요."

학교의 신부들은 프랑스 사람들로 장상 신부들은 프랑스에서 왔다. 타나와 카리토는 인근에서 가장 좋은 가게로 소문난 '카사 아르만드'에서 리옹 출신의 수도원장 '라빌 신부'를 만났다. 그는 수를 놓는 수녀들의 취향을 믿지 못해, 펼쳐놓은 화려한 천들 중에서 제의로 사용할 금실로 수놓은 비단을 고르고 있는 중이었다.

"내가 직접 고르죠." 그는 거드름을 피웠다.

에밀리아의 아름다운 모습은 너무도 빨리 그 집에서 사라졌다. 도냐 타나가 산 비센테 모임에서 친구들끼리 준비한 자선사업 목적의 복권에 당첨된 돈으로 텍사스의 산 안토니오행 편도 티켓을 마련하기로 결정했기 때문이었다. 그곳에서는 그녀의 외사촌 알무데나 데 테나가 병원의 젊은 견습생들을 돌보고 있었다. "머리를 묶어라, 에밀리아. 하녀들이나 거리로 나갈 때 머리를 풀어헤치는 거야." 에밀리아의 머리카락은 도도해 보였고

* 가톨릭에서 빵으로 상징된 예수 그리스도의 몸을 이르는 말.

그 색깔은 '엘 아레테'와 비슷했는데 거리에서는 사람들의 뜨거운 시선을 받았다. 보행자들과 운전자들은 그녀의 가느다란 허리와 늘씬하게 뻗은 두 다리 그리고 사과 두 개를 얹어 놓은 듯한 그녀의 가슴 때문에 휘파람을 불어대곤 했다. 아아, 어쩌면 좋을까! 추잡스러운 사내들의 손아귀에 놓인 테나 집안의 여자, 도저히 참을 수 없구나! 그래서 에밀리아가 병원 쪽에 관심을 보였을 때, 도냐 카예타나 에스칸돈 데 테나는 의사와 결혼해 산 안토니오에 살고 있는 알무데나를 기억해냈고 감당하기 힘든 조카를 그곳으로 보내버리는 것이 차라리 낫겠다고 생각했다.

에밀리아는 아주 작은 트렁크를 들고 떠났다. 그때 그녀의 머리는 풀어져 허리까지 내려왔다. 마음에 들지 않는 그 집을 떠나게 된 건 신나는 일이었지만 형제들을 두고 가는 것이 못내 가슴 아팠다. 그렇지만 경험 많은 버클리 씨가 말했던 것처럼 '성공의 땅' 미국에서 승승장구하여 그녀를 가장 필요로 하는 산티아고만이라도 그곳으로 부를 수 있으리라는 희망이 있었다. 산티아고는 버클리 씨처럼 은행에서 일할 수 있을 것이다. "물론이지, 그가 이곳에 온다면 내 기꺼이 꼬마 친구를 도와주지." 은행가는 언젠가 이렇게 말했었다.

"은총이 가득하신 마리아님, 기뻐하소서. 주님께서 함께 계시니 여인 중에 복되시며 태중의 아들 예수님 또한 복되시나이다. 천주의……."

머리에 꽃이 만발한, 그런 모습의 플로렌시아는 성모 마리아 그 이상이었다.

"형, 형이 돌멩이 하나를 공중으로 던지면 형 앞으로 수직으로 올라가지. 그런데 왜 바닥으로 떨어지는 거야?" 후안이 물었다.

"수직으로 올라가는 게 아니라 포물선을 그리는 거야. 그런 다음 떨어지는 거지." 로렌소가 대답했다.

"왜 떨어지는데?"

"지구의 중력 때문에 모든 것은 떨어지게 돼 있어."

"중력이 지구의 가장 중요한 힘이야? 우리가 나머지 힘들을 모두 없앤다 해도 중력은 계속해서 있을까?"

"그럴 거라 생각해."

"그렇지만, 돌멩이가 공중에서 어떻게 움직이는 거야? 도는 거야?"

"그건 생각해본 적 없는데."

"나중에 생각나면 말해줄 수 있지?"

"물론이지, 후안."

"원, 어찌나 바보 같은 말들을 지껄이고 있는지!" 타나가 그들의 대화를 중단시켰다. "돌멩이 따위를 중요하게 여기는 녀석이 바로 너였구나, 후안! 사람들이 그러는데 지저분한 아이들 무리와 어울려 거리에서 전쟁놀이를 했다면서. 저렇게 금방이라도 튀어나올 것 같은 커다란 눈으로 너희들을 바라보고 있는 네 여동생에게 뭔가 쓸모 있는 걸 가르치는 게 차라리 낫지 않겠니. 자, 구구단 표나 보도록 하자!"

두 형제가 구구단을 처음부터 끝까지 외웠기 때문에, 레티시아는 화가 나서 움푹 들어간 손가락 관절들로 가득한 앙증맞은 손으로 두 귀를 막았다.

"네 딸들한테 맞지 않는 옷이 있으면 레티시아에게 입히게 그것들을 보내줘. 너도 봤지만 그 애의 체형이 얼마나 예쁘니." 타나 고모가 카리토 에스칸돈에게 전화로 부탁했다.

레티시아는 에밀리아처럼 키다리로 자랐지만 언니보다 더 자유분방하고 더 쾌활했으며, 환경에 적응할 준비가 훨씬 잘 되어 있었다. 마음이 느긋한 레티시아는 형형색색의 팽이처럼 빙글빙글 돌았다. 사랑스러운 그 아이는 어른들과 포옹할 수 있었는데 하얀 살결에 웨이브 진 머리카락과 푸른색의 커다란 눈을 가졌기 때문이었다. 카예타나는 그 애를 자랑스러워했다.

"하느님 도움으로 다행히도 그 앤 우리를 닮았어."

로렌소 역시 어린 여동생의 매력에 '푹' 빠졌다. 그 애는 어디를 가든지 그를 졸졸 따라다녔다. 점심 시간에 타나가 하사관처럼 팔짱을 끼고 물었다. "로렌소, 손 씻었니? 넌 아침에 일어났을 때만 손을 씻더구나." 어느 날 아침, 로렌소는 새소리 같은 것을 들었고 레티시아, 그 작은 새가 그의 가슴에 뛰어들었다. 그는 레티시아에게 엄마 같은 존재였다. 타나의 꾸지람은 검은 고양이처럼 뛰어올랐다. "여자애들은 휘파람을 부는 게 아니야!" "아이, 고모, 인색하게 그러지 말고 나한테 카나리아 한 마리만 사주세요. 이 집엔 카나리아가 필요해요, 고모!" 레티시아가 노래했다. 그 애는 타나를 웃게 만들고 고모의 목에 매달릴 수 있는 유일한 아이였다. 놀랍게도 타나가 그 애를 다시 안아주었다. 일주일 후, 틸라가 상추, 소고기 경단과 함께 카나리아를 가지고 왔다. "시장에서 싸게 줬어요."

둘째 후안은 수상쩍은 생활을 했고, 도냐 카예타나는 그것을 의심스러워했다. 없어진 세 개의 은 재떨이를 훔친 범인으로 그를 지목한 일이 있었다. 그 일이 있은 뒤의 어느 날 밤, 후안이 어두운 복도에서 미친 듯이 날뛰며 춤을 추었다. 그것은 중국식 그림자놀이처럼 벽에 반사되었다. 카예타나는 그를 싫어하기 시작했다.

못된 마녀,
넌 처형될 거야,

무서운 마녀,
넌 이제 곧 악취를 풍길 거야.

가끔씩 로렌소는 후안이 누구이며 무엇을 하는지 궁금해했다. 로렌소는 학교에서 아주 좋은 성적을 받았지만 한번도 대가를 기대하지는 않았다. 어쩌면 그 자신이 그만한 자격이 있음을 보여준 것이었지만, 그게 과연 무엇이었을까? 그는 혼자 거리로 나갔다. 다섯 형제들 중 어느 누구도 그들의 고독을 함께 나누지 않았다. 에밀리아가 가버린 지금, 로렌소는 급히 자기 방으로 올라가 틀어박혀버리기 일쑤였다. "그를 귀찮게 하지 마라. 공부해야 하니까." 학교로 가는 길에 로렌소는 두리번거리면서 길을 걷고 있는 후안을 보았다. 외로웠던 시절, 그가 거리를 두리번거리며 바쁘게 오가는 사람들 속에서 당장이라도 그에게 다가와 몸을 숙여 껴안아줄 엄마의 모습을 찾아 헤맸던 것처럼. 가끔씩 절망 속에서 로렌소는 지팡이를 짚고 모자를 쓴 아버지의 실루엣이 나타날 때까지 숨어서 지켜보곤 했는데 그가 로렌소에게 이렇게 말한다. "이리 오너라. 집으로 가자꾸나." 그렇지만 그 우아한 신사는 그의 옆을 지나쳐버렸고, 꿈은 무참히 깨졌다. 젊은 데 테나는 통행인들 사이에서 그럴듯한 다른 아버지를 골랐다. 아무도 그에게 말을 걸지 않았고, 그나마 개들이 이따금씩 그를 따라오다가 갑자기 방향을 바꾸어 달아나버리곤 했다. 그의 남동생에게도 그런 일이 일어났던 것일까? "혼자라고 느끼니, 후안? 혼자 있을 때 무엇을 하니? 어디에 가니?" 두 사람 중 어느 누구도 예전의 그 소년이 아니었다. 입을 꼭 다문 두 사람은 그들의 서로 다른 자존심을 드러내 보이려고 했다.

로렌소는 동생 때문에 괴로웠지만 그에게는 아무 말도 하지 않았다.

그들은 어떻게 될까? 그들의 미래는? 천진난만한 산티아고는 삽살개처럼 돈 호아킨을 따라다녔고 그가 리츠로 갔을 때는 택시 승강장까지 그와 동행했다. 저녁이 되어 그가 돌아오면 말했다.

"아빠, 뜰리퍼가 좋아요?"

산티아고는 그에게서 떨어지지 않았다. 옷방에서 그에게 와이셔츠, 손거울, 바지의 멜빵, 커프스 단추들, 그의 흰머리를 빗질할 레몬 반 개가 담긴 작은 접시를 펼쳐놓았다. 그런 다음 머리카락을 한 올 한 올 가지런하게 빈틈없이 정렬할 때 보기 흉한 작은 털끝이라도 남아 있지 않은지 보려고 그의 머리를 찬찬히 살펴보았는데 돈 호아킨은 대머리였기 때문이다. "여기, 아빠, 여기 뽀세요, 찌금 뽑을게요." 산티아고는 그와 함께 계단을 내려와 아침 식사를 하려는 그를 따라갔으며, 방을 정리하느라 바쁜 틸라의 역할을 대신하기까지 했다. 일 년 후, 돈 호아킨은 말했다. "난 내 방 하인도 있어." 그가 아이에게 유일하게 가르쳐주었던 것은 수녀들이 푸른색 실로 그의 이름 이니셜을 수놓은 손수건과 와이셔츠를 세는 것이었고 'J de T'를 읽는 것이었다. 소문자로 도안된 de는 J와 T보다도 훨씬 보기 좋았다. 또한 와이셔츠 목 부분에 붙여져 있는 상표, '두세,' '쥔 에트 필스'를 불어로 발음할 수도 있었다. 날이 어두워지면 아이는 아버지를 태우고 오는 자동차의 엔진 소리를 알아채고 문으로 달려갔다.

"거기서 꼬리를 흔들며 있었던 거야?" 돈 호아킨은 기분이 좋아서 물었다.

밤이 되면 아이는 그의 손에 입을 맞추었고 그는 아이를 축복했다. 나머지 아이들은 나타나지 않았다. 세상은 그들을 바깥으로 내몰고 있었다.

3

클로드 테위슨 신학생은 테나 집안 아이들의 총명함을 감지하고 수도원장 신부에게 알렸다. 그들은 다른 아이들이 몇 시간씩 걸리는 문제들을 단 몇 분 만에 풀었다. 게다가 새롭고 놀라운 주제들을 내놓았다.

"신부님, 잘 들어보세요. 제가 후안 데 테나에게 지구를 반으로 나누어보라고 했는데 정확하게 했더군요. 그런 다음 왜 두 개의 직선은 결코 만나지 못하는지 묻는 거예요. 수업 중간에 손을 들어 '태양은 최종 목적지가 있어요?' 하고 묻더군요. 그래서 태양이 차가워져 더 이상 빛과 열을 내보내지 못하게 되면 우리들도 죽게 될 거라고 말했더니 이런 놀라운 대답을 하는 거예요. '선생님, 선생님은 우리들에게 우주의 일부 모습만을 보여주고 있다고 생각해요. 지구 이외에도 다른 태양들과 행성들이 있고 거기에 생명체가 있을 수 있잖아요.' 그 애가 제 넋을 나가게 한 게 사실이에요. 그런 애들을 가르치는 건 매력적인 일이죠. 르메트르* 수사님

* A. G. 르메트르(1894~1966): 벨기에의 천문학자. 1920년대 A. 프리드만과 함께 빅뱅이론을 제안했다.

에 관해서 그 애들에게 얘기해줘야겠어요! 큰 애 로렌소는 좀 건방지긴 하지만 광년에 푹 빠져 제 딴에는 연구도 하는 것 같더니 어느 날 제게 의기양양하게 말하더군요. '지구는 오십억 광년 이상 떨어진 태양 주위에서 자신의 궤도를 초속 삼십 킬로미터 혹은 시속 십일만 킬로미터의 속도로 돈다고 읽었어요'라고 말이에요."

벨기에 신학생은 잔뜩 흥분해서 들떠 있었다. 그 두 명의 명석한 아이들을 가르칠 수 있는 자신은 얼마나 행운아인가!

"그 애들의 이름이 뭐라고 했지요?" 라빌 신부가 물었다. "토마시토 브라니프의 부모에게 그들의 이름을 알려야겠어요. 그들은 아들에게 똑똑한 친구들을 찾아줄 것을 내게 부탁했다오."

브라니프 가의 그 집은 로렌소와 후안의 관심을 끌었다. 어린 소년이 자신만이 올라탈 수 있는 조그만 전동차를 가지고 있고, 그것을 타고 정원의 오솔길을 산책했기 때문이었다. 그들이 다른 초대 손님 디에고 베리스타인과 함께 식탁에 앉게 되었을 때, 하인이 식사하는 사람들의 자리 뒤에 잠깐씩 멈추어 섰다. 후안은 그토록 주눅 들게 하는 식사는 난생처음이었기에 덩치가 산만 한 하인 쪽으로 고개를 돌렸다.

"가실 건가요?"

"여기 있을 거야. 너에게 나오는 음식들을 일일이 챙겨줘야지."

아이는 몸을 움츠렸다.

"절 감옥으로 데려갈 건가요?"

"아니, 그렇지만 그렇게 되면 넌 언제라도 양심에 걸리는 일은 하지 않을 테지." 매우 흡족한 표정으로 디에고 베리스타인이 끼어들어 말했다.

후안의 말은 브라니프 소년을 웃게 만들었다. 입 안에서 '사르르' 녹는 초콜릿 케이크를 마지막으로 식사가 끝나갈 무렵 그는 마음씨 좋은 왕자처럼 새로운 친구에게로 향했다.

"내 전동차에 오르고 싶니?"

"아니, 안 타. 위험하지 않으니까."

"위험?"

"나는 육십 킬로미터로 가는 화물선에 공짜 손님으로 탄 적도 있는데 고작 정원에서 시속 이십 킬로미터로 빙빙 도는 게 무슨 재미가 있겠니?"

토마시토는 감탄스러워하며 그를 바라보았다. 하인들은 서로의 얼굴을 쳐다보았고 로렌소는 '검은 밀림'이라는 케이크 한 조각을 더 부탁했다. 식탁을 떠날 때 후안 데 테나는 멕시코에서 하나밖에 없는 빨간색 꼬마 포드에 오르는 것에 동의했고 우쭐거리며 넓은 정원을 산책했다.

토마시토는 예사롭지 않은 새 친구 후안의 반항기에 마음이 기울었고 디에고 베리스타인은 로렌소에게 끌렸다. 응접실에서는 그렇게 심각하고 내성적이며 자신의 생각에 골몰해 있던 데 테나가 게임을 할 때에는 주사위를 정신없이 던져댔고 그것은 대담한 자살 행위가 되었다. "너는 누가 널 이기는 걸 참지 못해." 디에고가 그에게 말했다. "그래서 대담하게 행동하는 거야." 로렌소의 첫 영성체 날, 타나 고모와 틸라 그리고 하녀들은 미리 그를 준비시켰다. 그는 성체를 혀로 애무하면서 아주 부드럽게 받아 모셔야 한다는 주의를 받았는데, 만약 그것을 씹어 삼킨다면 그의 입에서 두꺼비와 뱀들이 튀어나올 것이라고 했다. "난 그것을 씹었을 뿐만 아니라 뱉어서 밟기까지 했어." 디에고는 놀랐다. "세상에!" "거짓말이었어. 우리에게 거짓말을 하는 거야. 디에고, 네가 한번 증명해 봐. 내게선 아무것도 나오지 않았어." "그래, 로렌소. 네가 증명해 보인 것으로 충분해." 친구의 갑작스러운 분노는 디에고를 당혹스럽게 했다. 그가 첫 영성체를 준비하는 아이들 중 한 명이라면 무엇 때문에 저렇게 증오하는 걸까? 그는 가톨릭 교리와 삼위일체의 신비, 원죄 없이 잉태되신 성모 마리아의 신비와 성사의 유용성 그리고 약속된 천국을 반박했다. 그에게 있어 위대한 신비는 우주였으며 이른바 자연현상들이었다. 하느님의 존재와 마찬가지로 신앙의 신비도 인간이 발명한 결과일 수 있었다. 어떻게 그것들을 합리화할까?

디에고는 로렌소에게 정식 기사로 품하는 의식을 베풀었고 그것으로 로렌소는 그룹의 멤버가 되었다. 뚱보가 있는가 하면 말라깽이가 있고, 잘사는 집 아이가 있는가 하면 못사는 집 아이가 있고, 모자를 쓴 아이, 꼭 늦게 오는 아이, 멋쟁이가 있는 적당히 균형 잡힌 그룹이었다. 동냥아치라 불리는 빅토르 오르티스 말고도 나머지 네 명 모두 그룹에서 막강한 힘을 행사하는 디에고 베리스타인과 그의 절친한 친구이자 철학자인 로렌소 데 테나를 따랐다. 그들은 '담배 파이프' 가르시아디에고, 몸집이 어마어마한 이투랄데, 땅딸막한 살바도르 수니가 그리고 모자를 쓰고 다니는 뚱뚱보 하비에르 데에사—그는 늘 엄마가 만들어주곤 하는 스페인식 토르티야에 대해서 말했다—였다.

모두들 빈털터리였기 때문에 그들 수중에 돈이 없는 것은 참을 만했다. 디에고조차도 중국인들이 드나드는 카페에 갈 형편이 못 되었다. 그러자 로렌소가 제안했다.

"우리 빅토르 오르티스의 안경을 벗기자. 그러면 지금보다 더 애처롭게 보일 테고 그런 그가 동냥을 하는 거야."

"몸이 온전치 못한 이 불쌍한 사람에게 신의 사랑을 베풀어 한 푼 적선합쇼."

그들은 동전 몇 개를 들고 중국인들이 드나드는 카페 안으로 들어갔다. 눈 밑이 거무스름한 빅토르 오르티스에게 운이 따를 때면 그들은 영화관으로 향했다. 그렇지 않은 날에는 소란을 피워대며 후아레스 대로를 걸어 로스 아술레호스 거리에 있는 산본 술집으로 들어갔지만 화장실만 들락날락거릴 뿐이었다. 운이 좋았던 어느 날 오후, 로렌소와 디에고는 네시 영화가 상영되는 영화관 복도에서 동시에 에버샤프 만년필 하나를 발견했다. 디에고는 로렌소가 그것을 줍지 못하도록 그를 발로 걷어찬 다음 저쪽 바닥으로 던졌다. 로렌소도 타격을 가했지만 너무 늦었다. 왜냐하면 디에고가 만년필을 배 아래 깔고 있었기 때문이다.

"내 거야, 내가 발견한 거란 말이야." 디에고가 단호하게 말했다.

"아니야, 네가 그걸 발로 차서 날려 보냈지만 처음 본 건 나란 말이야."

디에고는 만년필을 자랑하면서 그것을 셔츠 주머니에 꽂았다. 그때를 기다렸다는 듯, 로렌소가 손으로 쳐서 그것을 꺼냈다.

"내 거란 말이야, 이 날강도야!"

"디에고, 내가 영화를 볼 수 있게 해줘!"

로렌소는 마음이 혼란스러웠고 디에고는 그 틈을 타 다시 만년필을 뺐었다. 다시 한 번 손이 왔다 갔고 로렌소가 그것을 되찾았다. 이렇게 엎치락뒤치락 하는 사이, 메리 픽포드와 더글라스 페어뱅크는 해피엔딩의 결말을 맞았다. 아이들은 영화관에서 디에고의 집으로 돌아왔고 로렌소는 또다시 갑작스러운 반격으로 만년필을 거머쥐었다.

"이봐, 이건 더 이상 장난이 아니야, 알겠어? 넌 여기 남아야 해. 왜냐하면 그 만년필 주인은 나니까." 로렌소보다 더 크고 근육질의 체격을 가진 디에고가 그를 협박했다.

"어떡하지. 넌 크게 절망할 텐데. 난 너한테 줄 게 아무것도 없으니 말이야."

"그렇다면 넌 오늘 밤을 우리 집 옥상에서 보내야 할 거야. 난 이만 자러 간다."

아이들은 디에고가 로렌소의 어깨를 향해 가볍게 몸을 날릴 듯하다가 계단을 올라 그의 방으로 가는 것을 보았다.

디에고가 막 잠에 빠지려는 순간, 안뜰에서 화분들이 유성처럼 산산 조각이 나서 떨어지는 소리가 들렸다. 화가 치밀어 올랐다.

"멍청한 자식! 지금 뭐하고 있는 거야?"

"네가 보듯이 깨뜨린 사람은 나지만 네가 곤란해질 걸."

"아니. 곤란해질 사람은 바로 너야."

디에고는 로렌소의 입에 재갈을 물린 다음 기둥에 그를 묶었다.

"이제 됐네. 거기 그러고 있어."

디에고는 잠을 자러 방으로 왔지만 악몽에 시달렸다. 화장실 계단에서 로렌소를 넘어뜨리려 했을 때, 그를 꽉 붙잡지 않았다면 아래로 굴러 떨어질 뻔한 일이 기억났기 때문이었다.

다음 날 아침, 디에고는 일어나자마자 그를 풀어주려고 달려갔다.

"널 아침 식사에 초대할게."

디에고는 요리사에게 엄청난 양의 아침 식사를 주문했는데 그것은 농장에서 막 가져온 신선한 계란과 육포, 강낭콩 요리, 케사디야, 달짝지근한 빵이었으며 커피는 멋진 식탁을 차린 하인 호세가 가져왔다. "굉장해! 굉장한 아침 식탁이야, 디에고!" 오렌지 주스를 마신 후, 로렌소는 디에고에게 손을 내밀었다.

"자, 만년필, 너 가져."

"그 만년필을 내가 왜?"

"좋아. 네가 가지지 않겠다면 나도 안 가질래."

"그러면 우리 호세한테 주자."

"이봐, 로렌소, 너 잠을 좀 자기는 한 거니?" 디에고가 걱정스러워하며 물었다.

"물론. 선 채로 아주 편안하게 잤지. 날 아주 잘 묶었어."

거리에서 로렌소는 만족해하며 고백했다.

"사실 아주 황홀한 밤을 보냈어. 칠흑같이 검은 하늘에서 별들을 보았지. 난 그것들을 하나하나 살폈어. 꿈에서도 볼 수 없었던 광경이었지. 도시로 온 이후 처음으로 맛본 기쁨이었던 것 같아. 디에고, 날 위해서 네가 무슨 일을 했는지 넌 모를 거야."

로렌소는 그의 기억 속에 묻어두었던 영상, 세상이 어디에서 끝나는지 보려고 찾아 나섰던 기차 여행의 추억을 다시 찾게 되었다고 디에고에게 말하며 감격스러워했다. 이야기를 마치면서 그는 말했다. "네가 나한테 뭘 주었는지 알겠니? 이렇게 행복한 기분은 몇 년 만에 처음이야."

"지금 집으로 갈 거야?"

"어셔 가의 그 무시시한 집으로? 말도 안 돼! 차라리 걷는 게 낫지."

디에고는 로렌소를 묶은 건 지나친 행동이었지만 그 순간 그의 두 눈에서 자신을 주춤거리게 하는 무언가를 봤다고 말하려 했다. 디에고에게 두려움을 준 강렬한 무언가는, 플로렌시아가 죽던 날 밤 아마도가 과수원에서 보았던 것과 같은 것일지도 몰랐다.

학교에서 클로드 테위슨은 라빌 신부에게 로렌소를 그의 보조로 두게 해달라고 간청했다. "그 애는 제가 없을 때 저 대신 수업을 할 수 있는 충분한 능력이 있어요. 로렌소와 후안, 두 형제는 저만큼 준비를 해서, 아니, 때로는 저보다도 더 많은 준비를 해서 수업에 들어와요. 신부님, 신부님은 그 애들이 어떻게 수업 준비를 하는지 상상도 못 하실 거예요."

그래서 라빌 신부가 학기 말 성적에서 페르난도 카스티요 트레호가 일등이고 로렌소 데 테나가 이등 그리고 삼등은 만족해하는 부잣집 아들, 디에고 베리스타인이라고 했을 때 매우 놀랐다. 후안의 반에서도 같은 일이 벌어졌다. 후안 또한 일등 자리를 빼앗겼다. 로렌소는 화가 났다. "개자식들! 그럴만한 자격도 없는 아이한테 상을 주다니!" 테위슨에게 항의했다. 이유는 간단한 것이었다. 카스티요 트레호의 아버지가 학교 후원자들 중 한 명이었기 때문이다.

"내가 너희들에게 상을 줄 수도 있지만 난 그저 선생일 뿐이야." 테위슨은 부끄럽게 생각했다. "이 부당함을 보상해줄 것을 약속해. 너희들을 생각하면서 이 일을 잊지 않고 살 거야."

"고작 그게 이 난관에 맞서 선생님이 하시려는 일의 전부인가요?" 후안이 소리쳤다.

"불행히도 정의는 이 세상에서 사라졌어. 하지만 내가 너희들에게 장담할 수 있는 건 몇 년 안에 너희 둘 다 변호사가 되었을 때, 다른 사람들이 너희들의 뛰어남 앞에 고개 숙이게 될 거라는 거지."

"선생님은 지금 모순된 말을 하고 있어요! 정의가 이 세상에서 사라졌는데 어떻게 사람들이 우리에게 고개 숙이게 된다는 거예요?" 로렌소가 비꼬았다.

"내가 너희들에게 장담하는 건 멕시코에 머무르는 동안 너희들을 지켜주겠다는 거야."

"우리들은 이제 막 선생님께서 말씀하신 그 보호라는 것을 똑똑히 보았어요. 정말 감사하네요!" 다시 한 번 후안이 거절했다.

로렌소와 후안은 그를 믿지 않았다. 테위슨은 플로렌시아가 그랬던 것처럼, 그들을 버려둔 채 언젠가는 벨기에로 돌아갈 것이다.

얼마 후, 테위슨 신학생과의 결속을 시험해볼 기회가 왔다. 멕시코 역사에 푹 빠져 있던 데 테나 형제와 디에고 베리스타인은 막시밀리아노* 를 심판대에 올렸다. 베리스타인 박사가 그들도 후아레스**를 추종하도록 만들어놓았던 것이었다. 차바 수니가와 하비에르 데에사 그리고 가브리엘 이투랄데 등 같은 그룹 아이들은 마리스타 수사의 잘못된 생각을 바로잡고 후아레스를 변호하겠다고 결심했다. 반대 그룹의 한 학생이 막시밀리아노를 감쌀 것이고, 그들은 강당에서 이 심판을 연극으로 상연하기로 했다.

"그럴 순 없어." 클로드 테위슨이 간섭했다. "너희들이 그렇게 고집을 피운다면, 학교에서 쫓겨날 수도 있어."

"교실에 있는 우리 모두는 후아레스 추종자들이에요."

"네게 반박해야 하는 게 유감스럽지만 모두는 아니야. 나 역시 후아레스 추종자가 아니니까. 수업 중에 내가 너희들에게 막시밀리아노 황제의 기품에 대해 말했었지. 그는 총살당하던 날 이렇게 말했다고 해. '병

---

* 페르디난도 막시밀리아노(1832~1867): 멕시코의 황제(재위: 1864~1867). 오스트리아 황제 프란츠 요제프 1세의 아우. 멕시코를 점령한 프랑스의 나폴레옹 3세와 멕시코 보수파에 의해 추대되어 1864년 멕시코 '황제'에 취임했다. 보수파의 반대를 누르고 자유주의 정책을 실시하는 등 멕시코인 회유를 위해 힘썼으나 민중의 지지를 얻지 못하였고, 1867년 결국 자유파의 후아레스군(軍)에게 패한 후 처형되었다.

** 베니토 파블로 후아레스(1806~1872): 멕시코의 정치가. 가난한 인디오 집안에서 태어난 그는 1832년 주의회 의원을 지낸 뒤 변호사, 민사재판소 판사를 거쳐 자유파 정치가로 변신, 1847년 오악사카 주지사가 되었으나, 1853년 보수파인 산타아나에게 쫓기어 미국으로 망명하였다. 1855년 귀국하여 알바레스 혁명정부의 법무장관으로 임명되어 군대와 가톨릭 교회의 재판상 특권을 폐지하는 등의 내용이 담긴 후아레스법을 제정하였다. 1857년 후아레스법이 포함된 새 헌법이 제정되었으나 이를 반대하는 보수파의 쿠데타로 쫓겨나 1858년 베라크루스에 임시정부를 수립하고 임시대통령에 취임, 보수파와 맞서 싸웠다. 1859년 교회재산 몰수법 등을 공포하였으며 1861년 대통령에 선출되었다. 1862년 영국, 스페인, 프랑스의 침략으로 다시 쫓겨났으나 1867년 미국의 도움으로 침략군을 격퇴하고 대통령에 재선, 경제 부흥과 민주주의의 확립을 위해 노력하였다.

사들이여, 심장을 향해 쏘시오'라고. 세로 델 라스 캄파나스 위에 펼쳐진 푸른 하늘을 보면서 그는 말했어. 이토록 아름다운 날에 죽게 되어 다행이라고. 사람들이 그렇게 쉽게 그를 잊었을까?"

"선생님은 벨기에 사람이기 때문에 그렇겠죠. 하지만 우리들은 베리스타인 박사님의 서재에 모여 서로 이야기를 나누었어요. 우리에게 가르친 날조된 거짓을 알게 되었어요. 암살이라니요! 심판은 지극히 합법적인 것이었죠. 우리들은 누가 잘못했는지 분명하게 가릴 거예요. 바생은 멕시코 장군들이 생각 없이 사람들을 죽이는 야만스러운 면을 가지고 있다고 떠들어댔죠. 하지만 후아레스 대통령은 법전을 늘 손에 지니고 다녔어요. 이 같은 사실을 널리 알릴 수 있게 후아레스 추종자들의 신문을 만들고 싶어지는군요!"

마리스타 수사들은 멕시코의 대주교, 돈 펠라히오 안토니오 데 라바스티다 이 다발로스가 미사를 집전할 때, 성체를 높이 들어 올리는 순간 앞으로 있을 어떤 환영을 보았다고 말했다. "나는 지금 막 후아레스의 영혼이 지옥으로 떨어지는 것을 보았소." 잠시 후, 실제로 후아레스가 사망했다는 뉴스가 보도되었다. 성체를 들어 올리던 그 순간, 죽었던 것이다. 디에고와 그의 친구들에게는 그것으로 충분하지 않았을까? 그들이 불장난을 하고 있음을 알고나 있을까? 소년들은 테위슨 선생에게서 등을 돌렸다.

디에고는 결코 열정을 잃지 않았다. 그는 부카렐리 가에 있는 자신의 집 체육관에서 막시밀리아노의 심판을 연극으로 상연하기로 결심했다. 제일 키가 큰 그의 친구 하나가 미라몬 장군과 메히아 장군 사이에서 총살당하는 막시밀리아노 황제 역을 맡았다. 디에고와 로렌소 그리고 살바도르 수니가의 목소리는 조국에 대한 사랑으로 흥분되어 있었다. 베니토 후아레스로 분장한 베리스타인 박사의 목소리도 마찬가지였다. 마지막으로 베리스타인 박사가 판결문을 전단지로 나누어 주었는데 자신의 가르침이 헛수고로 돌아가지 않아 만족스러워했다.

마리스타 수사들에게 반향을 불러일으킨 성공에 고무되어 데 테나 형제와 베리스타인, 수니가, 데에사, 오르티스, 이투랄데 그리고 가르시아 디에고는 잡지 창간을 결심했다. 수사들이 『엘 에스푸에르소』지에 힘을 실어주었다. 다른 그룹 아이들이 『엘 푸히도』라는 자유주의 색채가 짙은 잡지를 들고 나와 그들과 경쟁하려고 했기 때문이었다.

4

로렌소가 의식하지 못한 사이, 후안은 학교와 집으로부터 점점 더 멀어졌다. 아직까지 그들은 버스 안에서 별들로부터 뿜어져 나오는 빛과 열에 대해서 그리고 망원경을 통해서 그것들을 볼 수 있는 타쿠바야 천문대로 가는 것에 대해서 이야기를 나누었다. 하지만 서로 다른 길을 걸어온 지난 삼 년 동안의 시간이 그들을 갈라놓았다. 로렌소 덕분에 후안이 '형들' 그룹에 낄 수는 있었지만, 그들은 종종 로렌소에게 이렇게 말했다. "이번에는 네 동생을 데려갈 수 없을 것 같은데."

"형, 내가 시간이 없어서 오늘은 같이 갈 수가 없을 것 같아." 후안이 미리 선수를 쳐서 거절했다.

"뭐 할 건데?"

"일."

사실이었다. 후안은 동네 여기저기서 라디오를 고쳐주었고 가게 주인들과 빵집 주인들이 그에게 돈을 주었다. 그 돈으로 무엇을 했을까? 알게 뭐람! 그는 루세르나 가에 있는 집으로 잠을 자러 오지도 않았다. 카예타나는 크게 걱정하지 않았다. "그 앨 내버려둬. 사내아이잖아." 틸라가 로렌소의 어깨를 손으로 몇 번 가볍게 치면서 말했다. "걱정하지 말고 네 일이나 하려무나. 동네 사람들 모두 그 앨 좋아해." "그럼, 학교는요?" 로렌소가 소리쳤다. "인생살이에서 배우는 것을 학교에서 배우는 것과 비교할 수는 없지." 틸라가 생각에 잠겨 말했다. "네 아빠가 얼마나 느긋한지 한번 봐. 모든 책임은 네 아빠가 지는 거야." 말이 떨어지자마자 돈 호아킨은 아무것도 모르는 체했다.

로렌소는 도냐 카예타나에 대한 미움으로 하루를 시작하여 그날 하루 동안 쌓인 화를 되새기면서 밤을 보냈지만, 아버지의 누나에게는 그를 끌어당기는 특별함이 있었다. 언젠가 그는 베리스타인 박사에게 이렇게 말한 적이 있었다. "카예타나 에스칸돈 데 테나는 도무지 이해할 수 없는 여자예요." 정말 그랬다. 그렇다고 인정할 수밖에 없었다. 타나 역시 그녀의 조카에 대해 똑같이 말했을 것이다. 그녀는 조카의 조언을 귀담아들었으며 오 년 전부터는 정부 여러 산하기관을 돌아다니는 일에 그가 동행해줄 것을 부탁했다. 혁명 당시 몰수당한 모렐로스의 농장을 되찾을 수 있을지도 모른다는 희망으로 조카를 데리고 다녔던 것이다. 테나 집안은 부자가 아니었지만 부자처럼 생활했다. 무엇으로도 어려운 살림살이를 바꿀 수는 없었다. 틸라는 호아킨과 마누엘의 해진 와이셔츠를 목 부분과 소매 단만 바꾸어 달았고, 석 달치 월급을 받지 못했다. 그런 이유로 그들은 자선복권을 사기도 하고 바자회나 자선판매에서 물건을 사기도 했으며 절친한 친구들에게서 쓰지 않는 물건을 받아오기도 했다.

카예타나와 로렌소는 전차를 타고 이런저런 용무를 보러 다녔다. 도냐 타나는 장갑을 낀 손으로 전차의 손잡이를 잡으면서도 털끝만큼도 품위를 잃지 않았다. 다른 손에는 그날의 날씨에 따라 우산이나 지팡이가 쥐어져 있었다. 그녀는 그 물건들이 자신을 비천한 사람들과 구별해주는 무슨 홀(笏)이라도 되는 듯이 다루었다. 자신을 보고도 자리에서 일어나지 않고 느긋하게 앉아 있었다는 이유로, 그녀가 멕시코 은행장의 커다란 업무용 책상을 우산으로 '탁탁' 내리친 그날의 일은 로렌소에게 아주 인상적이었다.

"신사라면 숙녀 앞에서 일어서야죠." 그녀는 짐짓 높은 사람이라도 된 듯한 목소리로 말했다.

은행장이 변명을 했다.

타나는 여전히 화난 목소리로 말했다. 두말할 것도 없이 그녀는 대출을 받았다. 베누스티아노 카란사 거리로 내려가는 돌계단에서 타나가 거만하게 말했다.

"이런 식으로 하인들을 다루어야 하는 거야."

그녀에게 있어 멕시코 사람들은 주인과 하인 두 부류로 나누어졌지만, 그녀가 그렇게 결정했다면 예의 바른 상인도 신사가 될 수 있었다. "가톨릭 사회의 가치가 곧 상류사회의 가치인 거야." 그녀는 조카의 팔에 기대어 말했다. 그녀에게서 쌀가루 냄새와 오랑캐꽃 향기가 났다. 로렌소는 그 향기를 늙음과 연결시켰을 것이다.

"로렌소, 내 구두를 한번 신어봐. 너한테 잘 어울릴 거야?"

"고모, 그 구두는 여자 것이에요. 굽까지 있잖아요."

"낮은 굽은 별거 아니야. 지금 당장 구두 수선공에게 떼어내버리라고 하지 뭐. 아, 네가 직접 떼어내면 돈을 조금은 아낄 수 있겠구나. 틸라에게 망치를 부탁해라. 조금만 손보면 새것처럼 될 거야. 거의 신지 않은 거니까."

"그렇지만 고모…… 여자 거잖아요."

"익숙해질 거야. 로렌소, 넌 이렇게 좋은 구두는 평생 신어보지 못할 걸."

로렌소는 그녀의 몰이해로 애를 먹었지만 구두를 신을 수 있는 것은 오직 그에게만 주어진 특권이었다. 눈물을 머금고 로렌소는 굽만 떼어낸, 자신을 옥죄어오는 그 구두를 신었다. 구두를 신으려면 발을 구부려야 했고 맨 앞줄 의자에 앉으면 의자 밑에서 그 구두를 감추느라 진땀을 흘렸다. 베리스타인의 집에서 친구들은 자신들의 반응에 신경을 쓰는 그의 고통을 눈치 챘기에 신발에 대해서는 단 한마디도 하지 않았다.

디에고는 그의 아버지와 의논했다. "로렌소에게 구두 한 켤레를 선물하도록 해요." "모른 척해. 그렇게 되면 우리가 눈치 챘다는 걸 표 내는 거야. 언젠가 그는 자기 구두를 살 테니 우린 그냥 모른 척하는 거야."

삼 년 후, 타나 고모가 주교의 변호사, 길레발도 무릴요 덕분에 로렌소가 공립 법학고등학교에 들어갈 수 있게 되었다며 의기양양하게 말했을 때, 그때도 그녀는 자신이 조카에게 가한 충격을 알지 못했을 것이다.

그의 친구들이 아르헨티나 거리와 산 일데폰소 거리의 길모퉁이에 있는 국립 법학고등학교의 교문으로 들어가는 동안, 자신은 바실리오 바디요 거리에 위치한 공립 법학학교로 향한다는 사실은 로렌소에게는 크나큰 절망이었다. "걱정하지 마, 로렌소. 우린 전처럼 계속 그렇게 지내는 거야. 카예타나 데 테나를 피할 수 있는 좋은 방법이 있을 거야. 내가 그걸 연구해서 가르쳐줄게." 디에고가 말했다. "네 시간표를 보니 우리와 시간을 보낼 수도 있겠는데. 봐, 월요일과 수요일 그리고 금요일 오전 여덟 시에서 열한 시, 화요일과 목요일에는 오후 여섯 시에서 여덟 시까지를 제외하곤 함께 있을 수 있어. 기죽지 마. 너에게는 이틀 오전과 사흘 오후라는 시간이 있어. 또 우리는 재판정에서 같이 듣는 수업도 있잖아."

로렌소는 이십 센타보*로 버스 다섯 번을 탈 정도로 좀처럼 승차권은 사용하지 않았다. 로마와 메리다 사이를 오가는 버스가 한창 공사 중인 소칼로 종점을 향해서 차풀테펙 대로를 달렸다. 로페스 벨라르데의 말에 따르면, 그 공사는 정부 당국이 나지막한 왕립 궁전을 거대한 규모의 건물로 바꾸려고 결정하는 바람에 시행하게 된 공사였다. 시내 중심가는 산책로와 그곳에 늘어져 있는 줄, 빽빽하게 들어찬 관목과 야자나무들, 외설적인 그림의 카드를 파는 상인들이 한데 어우러져 진풍경을 연출했으며 자극적이기까지 했다. 로렌소는 국립 법학고등학교에 도착할 때까지 가게들과 포루아 서점, 로브레도 서점, 팍스 서점, 신발 가게, 카페와 술집, 밀랍인형 박물관이 즐비하게 늘어서 있고 길모퉁이마다 신문 판매대가 놓여 있는 레푸블리카 데 아르헨티나 거리를 계속해서 걸었다. 산 일데폰소 거리의 작은 복사집에서는 학생들의 강의 필기 노트와 논문들을 복사하고 있었다. 넥타이를 맨 정장 차림의 학생들이 길게 줄을 서 있는 맞은편의 조그만 가게에서 한 중국인이 커피와 파이 그리고 공중전화카드를 팔고 있었다. 몇몇 학생들이 소란을 피우는 것이 보였는데 아주 드문 일이었다. "넥타이를 매지 않은 애들은 딴 곳에서 온 천한 녀석들이지." 차바 수니가가 말했다. 입학식 날, 자신들의 민둥머리가 창피스러운 일학년 '개떼들'은 그것을 감추기 위해서 모자를 썼다.

오전 열한 시, 돈셀레스 100번가에 위치한 제 일심 재판소과 경범죄 법정은 사람 하나 들어갈 수 없을 정도로 꽉 들어찼다. 그 옆 건물은 '두 명의 강도 사이에 계신 그리스도'라 불리는 라 엔세냔사 성당이었다. 로렌소는 가난한 학생들과 함께 푸르고 빨간 소스 병이 매달려 있는 바구니 속

* 멕시코의 화폐 단위인 페소의 1/100에 해당.

에 든 타코*와 그린 몰레**, 레드 몰레, 크림을 곁들인 멕시코 산 매운 고추 요리, 초리소***가 들어간 감자 요리, 강낭콩 요리를 맛보았다. "와, 맛있는데. 뜨겁기도 해라!" 하지만 제일 맛있는 것은 뭐니뭐니 해도 '계란 셰이크'에다 한두 개의 달걀과 바닐라 그리고 헤레스 산 백포도주를 몇 방울 넣은 요리였다. "봐. 저기 아폴로 극장 맞은편에 베르데 클럽이 있지. 들어가고 싶다면 전당포 주인에게 네 시계를 맡기면 돼."

판사들이 합의 내용에 서명할 수 있도록 학생들은 그들을 찾아 술집과 화려한 당구대를 돌아다녀야 했다. 그래서 로렌소는 당구를 배웠다. 차바 수니가가 그에게 말했다. "로렌소, 그건 천박한 사람들이나 하는 놀이야."

디에고와 차바는 모자와 장갑을 낀 세 여자가 그들을 놀리기 전까지 피초의 음악과 앞치마와 머리수건을 쓴 소녀가 서빙 한, 오븐에서 막 구워져 나온 엠파나다****에 푹 빠져 있었다. "디에고와 차바는 학교를 땡땡이 쳤대요!"

"자비심이라고는 찾아볼 수도 없는 이 못된 마녀들, 빗자루에서 가만히 있지 못해 우리를 조용히 내버려둘 수 없는 모양이지?" 차바 수니가가 대들었다.

디에고에게 있어 삶은 평탄한 것이었기에 로렌소는 가끔씩 친구를 괴롭혔다. 그는 자라면서 말과 자동차와 여자를 사랑했으며, 로렌소와는 달

---

* 옥수수 토르티야를 반으로 접어서 그 사이에 쇠고기, 돼지고기, 닭고기나 토마토, 양상추, 치즈, 양파 등을 넣은 멕시코식 샌드위치.

** 쇠고기, 옥수수, 향신료, 에파소테(향 풀), 고추와 매운 양념이 주 재료로 들어가고 여기에 갖은 재료가 가미된 걸쭉한 소스.

*** 소금과 빨간 피망 다진 것을 돼지 내장에 채워서 만든 스페인식 소시지.

**** 고기와 야채로 속을 채운 후 만두처럼 봉합해 오븐에서 살짝 구워낸 음식.

리 수월하게 삶을 살아갔다. 디에고에게 삶은 혼자 살아가는 것이었으며 그에게 한 가지 필요한 것이 있다면 갑작스러운 사건에 당황하지 않고 침착하게 행동하는 것이었다. 그저 무심히 사람들을 보는 로렌소와는 달리 디에고는 그들에게서 좋은 점만을 끄집어내었다. 어쩌면 그의 가장 절친한 친구에게조차 사람들의 나쁜 점에 대해서는 말하지 않았는지도 몰랐다. 넉넉한 집안 형편은 젊은 베리스타인을 있게 했고, 젊은 베리스타인의 집은 넉넉한 경제 사정 덕분에 늘 사람들로 북적였다. 디에고의 형제들은 각자의 방이 있었고 그는 친구들에게 자신의 방을 개방할 수도 있었다. 하지만 실질적으로 그들이 주로 머문 곳은 식당과 서재 그리고 체육관이었다. 부카렐리 거리에 있는 포르피리오 시절의 그 집은 재산이 많았다. 수로에 둘러싸여 있는 소치밀코의 농장과 시외의 채소밭, 몇 척의 통나무배와 나룻배, 목초지, 마구간, 과수원, 저수지를 가지고 있었다. 인상적인 것은 그 집이 아니라 그 집에서 피어나는 행복이었다. 베리스타인의 가족들에게서는 쉽게 여유를 찾을 수 있었다. 그들 가족은 이웃을 받아들이는 넉넉함과 솔직함을 가지고 있었고, 베리스타인 박사의 비호하에 마시는 포도주 한 잔의 즐거움으로 만족해했으며, 박사는 너그러운 신처럼 가족들을 돌보았다.

카를로스 베리스타인은 바스크 지방 출신으로, 맑은 눈을 가진 그에게서는 건강미가 넘쳐흘렀다. 그는 우유가 펄펄 끓어올라 흘러 넘치는 물리 현상처럼 그렇게 에너지를 분출하는 사람으로, 모두의 아버지가 되어주었다. 로렌소가 이미 모두 식사를 끝낸 늦은 시간에 도착했을 때, 베리스타인 박사는 밥 먹는 동안 함께 있어주겠다고 했다. 로렌소는 그런 그에게서 강한 사랑을 느꼈고 목이 메었다. “더 먹겠니? 조금밖에 안 먹었어.” 베리스타인 박사가 손수 그에게 신경을 쓰고 다른 애들보다 그를 각별하게 대했다. 디에고가 함께 있는 두 사람을 봤을 때, 그가 보인 뜻밖의 행동을 로렌소는 잊을 수 없을 것이다.

"로렌소, 너 우리 아빠, 프로페소르 씨와 여기 있었구나."

삶이 그렇게 수월할 수 있었을까? 베리스타인 박사는 그의 재산을 책을 사고 여행을 하는 데 투자했다. 그리스, 이탈리아, 이집트로의 여행은 그가 책에서 읽은 것들을 되살려주고 각인시켜주었다. 심지어 루소를 기리는 마음에 페리에르를 여행하기도 했다. "자, 생각을 해." 그가 말했다. "결론을 끄집어내." "심사숙고하는 거야. 너희들 머리를 굴려봐." 그가 두 팔을 들어 올렸다. "자, 신이 되어보는 거야, 보잘것없는 신의 자식들이 아니라 전지전능한 신이 되어보는 거라구. 테니슨*의 책을 읽어봐. 너희들의 소유라고 할 수 있는 이 집을 가지고 관념의 성을 짓는 거야."

로렌소는 베리스타인 박사가 너무도 좋았다. 어느 날 오후, 그와 함께 서재에서 시간에 대해 얘기를 나누며 에스킬로스**와 아구스틴*** 성인을 거론했는데, 그날 이후 그가 더 좋아졌다. 로렌소에게 있어서 유년기의 그 테마로 다시 돌아간다는 것은 긴 휴전 상태 안으로 들어감을 의미했다. 그는 플로렌시아가 죽고도 살아남았고, 베리스타인 박사의 안내를 받아 다시 삶과 죽음의 그 미스터리 속으로 되돌아왔다. 아구스틴 성인은 자신에게 물었다. "시간은 무엇인가? 누가 그것을 있는 그대로 간결하게

---

* 알프레드 테니슨 (1809~1892): 영국의 시인. 아서 왕 전설을 통해 신앙과 회의 사이의 갈등 속에서도 죽음과 영혼 불멸의 의미를 끝까지 추구한 장편 시 『국왕목가』(1859~1885)로 한층 높은 명성을 얻었다.

** 에스킬로스(BC 525?~BC 456): 고대 그리스의 비극 시인. 대표작으로 『결박당한 프로메테우스』, 『오레스테이아』(3부작, BC 458)가 있다.

*** 아구스틴(354~430): 초대 가톨릭 교회가 낳은 위대한 철학자이자 사상가. 주요 저서로 『참회록』이 있다.

설명할 수 있을까? 아무도 내게 그것에 대해 묻지 않으면, 나는 시간이란 존재한다는 것 정도로 알고 있다. 그러나 누군가가 내게 시간이 무엇이냐고 묻는다면, 난 그것을 모른다. 내가 유일하게 알고 있는 것은 존재하려고 하는 사물들과 이미 존재하지 않는 사물들이 있다는 것이며, 그렇기 때문에 후자를 과거라 하고 현재는 허무하다는 것이다." 그 정의로 인해 로렌소는 걷잡을 수 없는 행복감을 느꼈다. 베리스타인 박사는 잔인한 계모이자 갈릴레오와 지오르다노 브루노*의 박해자였던 교회를 비판하면서, 그에게 확신을 주었다. "측정할 수 있는 것은 현재뿐이야." 교회사에서 가장 위대한 네 교부 중 한 사람이었던 아구스틴 성인은 한 걸음 한 걸음을 옮길 때마다 용서를 청했다. "아버지, 저는 찾습니다. 확신하지 않습니다. 나의 하느님, 저를 보호하소서." 그는 전지전능한 신에게 그가 간절히 구하는 것을 찾게 해달라고, 만물의 이치를 이해하려고 애쓰는 그를 벌하지 말아달라고 간청했다. "엿 같은 수도사들, 비열한 교회 같으니." 로렌소는 성급하게 말했다. "나는 동이 터오는 것을 바라본단다. 잠시 후면 태양이 떠오른다는 걸 예견할 수 있지. 내가 바라보는 것은 현재이고 예견하는 것은 미래가 되는 거야. 태양은 이미 존재하기 때문에 미래가 될 수 없고 아직까지 나타나지 않은 일출이 미래가 되는 거지. 그렇지만 바로

---

* 지오르다노 브루노(1548~1600): 이탈리아 철학자. 18세에 도미니코 교단에 들어가 사제가 되었으나 점차 가톨릭의 교리에 대해 회의를 품게 되었다. 1576년 이단(異端)과 살인 혐의로 사제복을 벗게 되자 이탈리아를 비롯하여 유럽 각국을 돌아다녔으며, 프랑스·영국·독일 등지에서 강의도 하였다. 1592년 베네치아에서 이단신문(異端訊問)에 회부되었으나, 소신을 굽히지 않았기 때문에 로마에서 화형(火刑)에 처해졌다. 자연에 대한 동경으로 가득 찬 그의 철학은 범신론적인 특징이 강하며, 코페르니쿠스 설에 따라 우주는 고정된 중심이 없는 끝없는 공간이며 무한한 천체가 운동하고 있다고 했다. 주요 저서로 『원인, 원리 및 일자(一者)에 관하여』(1584), 『무한, 우주와 모든 세계에 관하여』(1584), 『최소자론(最小者論)』(1591) 등이 있다.

그 일출은, 마음으로 상상하지 않는다면, 지금처럼 내가 그것을 말한다 하더라도 예견할 수 없어. 내가 하늘에서 보는 그 여명은, 그 일출의 전조를 미리 드러내기는 하지만 일출이 아니고, 내 마음의 상상 역시 일출이 아니야. 그 미래의 일출이 예견될 수 있도록 하기 위해서는 여명과 상상, 이 두 가지가 현재처럼 느껴져야 되는 거지."

아구스틴 성인은 하느님에게 해결책을 간구했으며 마침내 최종적인 결론에 도달했다. 시간이라는 것은 연속적인 움직임을 측정하는 것으로, 다른 사람들이 믿는 것처럼 "태양과 달과 별들의 움직임이 시간 그 자체를 이루는 것"은 아니라는 것이었다.

"로렌소, 탁구 치러 와." 고함 소리가 그의 귓가뿐만 아니라 온 서재에 메아리쳤다. 박사가 그에게 말했다. "원한다면 가려무나, 넌 자유야." "아니에요, 박사님. 박사님과 함께 있는 편이 훨씬 더 좋아요." 하늘에는 알려지지 않은 곳들이 얼마나 있을까? 로렌소는 흥분하여 자신에게 물어보았다. 지구를 재듯이 하늘을 잴 수도 있을까? 지구는 경작지, 직사각형, 삼각형, 오각형, 육각형으로 나누어지는데, 저 하늘도 똑같이 그렇게 할 수 없을까? 하늘을 정방형으로 나눈다면, 얼마나 들어찰 수 있을까? 성층권을 입방미터로 잴 수 있을까? 로렌소는 해답을 찾고 있었지만 베리스타인 박사는 그것에 관해서는 아무런 대답도 해줄 수가 없었기에 시간이라는 테마로 되돌아갔고 아구스틴 성인과 마찬가지로 자문했다. 미래가 현재가 되고 그것이 다른 미지의 세계로 가는 것이라면, 현재가 과거가 되는 것이라면, 과연 현재는 미지의 세계로부터 오는 것일까? "로렌소, 사실 나는 하늘을 잰다는 것에 관해서는 한 번도 생각해본 적이 없구나."

로렌소는 디에고가 그에게 포르피리오 바르바 하코보라는 젊은 시인의 글을 읽어주었을 때 몹시 화를 냈다.

삶은 죽음을 향해 가는 중이며
배움의 시간은 이미 끝났다네.

"너를 두고 하는 말이겠지, 디에고? 날 흥분케 하는 것은 배움밖에 없어."

"여자들보다도 더 흥분시키니?"

"허튼소리 하지 마!"

"사실 넌 아직까지 한 번도 여자한테 빠진 적이 없었어."

디에고가 잠수를 해서 소치밀코 저수지를 단숨에 건넜다. 떡 벌어진 건장한 가슴과 운동선수 같은 두 다리로 물살을 가르며 앞으로 나아갔다. 다른 아이들은 수영복을 입긴 했어도 물속으로 뛰어들 엄두를 내지 못했다. 하지만 로렌소는 그렇지 않았다. 그는 자기 자신을 시험해볼 요량으로 가장 높은 곳에서부터 아이들의 시선을 받으며 아래로 뛰어내렸다. '물고기 가두리'에 갇힌 로렌소는 그곳에서 빠져 나오려고 무진 애를 썼지만 '저수지 바닥에 배가 부딪히는' 일 따위는 없었다. 팔을 두 번 앞으로 뻗어 나아간 다음, 자신을 향해 다가오는 아이들을 물속으로 집어넣어 물을 먹였다. 그렇게 함으로써 자신의 힘을 입증하려 했다. "죽어라, 이 겁쟁이들아!" 차바 수니가와 빅토르 오르티스 그리고 하비에르 데에사는 그런 로렌소가 무서웠다. 그들은 그를 '모비딕'이라고 불렀다. 승부 근성이 강한 로렌소는 자신의 적개심을 주체할 수 없을 지경이 될 때까지 경쟁을 벌였다. 디에고 베리스타인은 테니스 경기의 모든 세트를 가볍게 이겼고 승마에서도 결과는 마찬가지였다. 상류 학교의 교육 방식은 그를 뛰어난 사람으로 만들었다. 반면에, 로렌소는 무엇이든 생명의 위험을 무릅써가며 했다. "내가 죽는다 해도." 관자놀이가 두 개의 푸른 혈관으로 부풀어 오르는 동안에도 그는 씩씩대며 말했다. 디에고의 승마 지도교사인 움베르토 마릴레스 육군 대령은 디에고의 친구들에게도 승마 지도를 해주었는데 어느 날은 그들을 가로대가 놓여 있는 곳으로 데리고 갔다. 주말마다 장애물은 조금씩 높아졌지만 디에고와 로렌소는 그것을 뛰어넘었다. "멈춰, 멈추란 말이야, 로렌소. 너 미쳤니, 멈추란 말이야." 디에고가 애원했다. 어떠한 경쟁도 조용하게 끝나는 법이 없었다. 몇몇 친구들이 지나간 말발자국을 따라 그들을 뒤쫓아 갔다. "수녀 한 명을 납치할까!" 전속력으로 말을 몰아 틀랄판을 가로지르면서 로렌소가 소리쳤다. 마릴레스는 커다란 안장 위에서 균형을 잃고 비틀거리면서도 위험을 무릅쓰고 달리는 미치광이를 지켜보는 것 말고는 달리 다른 방법이 없었다. '먼저 죽게 될 거야.' 그는 생각했다. '아무도 날 이길 수 없어.' 화가 난 경쟁자는 디에고를 단념하지 않았다. 그의 무모한 용기는 모두를 벌벌 떨게 만들었다. "저 아이는 죽게 될 거야." 움베르토 마릴레스는 확신했다. "네가 할 수 있는 것이라면, 나도 할 수 있어." 로렌소는 디에고에게 도전했고 지옥문 앞까지 그를 쫓아갔다.

디에고의 포드 차는 검은색이지만 그것은 로렌소에게 토마시토 브라니프의 전동차를 떠올리게 했다. 첫 주에 친구들은 실제로 차 안에서 잠을 잤다. 디에고는 머리를 꼿꼿이 쳐들었고 그의 머리털은 번들번들 윤이 났다. 그는 그 무리에서 우두머리였다. 차의 운전사이자 주인인 그는 모두를 지배했다. 그의 특별한 기질은 그를 명실공이 우두머리로 만들었다. 혈기왕성한 늑대들이여, 먹잇감과 기회를 먼저 골라잡을 수 있는 사람은 바로 나란 말이다. 오직 로렌소만이 그가 지시하는 것에 반기를 들었으며 다른 친구들처럼 절대 머리를 숙이지 않았다. 디에고는 그 무리 속에서 자신이 가진 지위를 양보하지 않을 것이다. "당연한 선택이지." 그는 웃으면서 그렇게 말했을 것이다. 조금 전, 아이들은 거리에서 오만불손하게 굴면서 포드 차 안에서 논쟁을 벌였다. 우루과이 거리에서 경찰관 앞을 지나칠 때, 디에고가 소리쳤다.

"엄마와 붙어들 먹어라!"

체격이 아주 왜소한 차바 수니가는 간이 콩알만 해져서 말했다. "이봐, 디에고, 넌 경찰한테 엄마와 붙어먹으라고 한 거야."

두 명의 경찰관이 그들을 붙잡아 경찰서로 데려가기 전, 디에고가 입을 열었다. "별수 없군."

"그 애뿐 아니라 우리 모두가 욕을 했어요. 엄마와 붙어먹으라고 말이에요." 로렌소가 진술했다.

"그러면 너희들도 함께 감옥에 가야겠구나. 어디에서 왔니?"

"서장님, 감옥은 우리들이 가기엔 적합한 곳이 아니에요. 라 카스타녜다로 보내주세요." 로렌소가 지휘관을 향해 말했다.

그 남자가 웃었다.

"무슨 일이지, 너희들이 그런 욕을 했다면서?"

"예, 그랬어요. 하지만 그건 헌법 제27항의 개정에 관해서 서로 논쟁을 벌이던 중에 튀어나온 말이었다구요. 서장님 생각은 어떠세요? 헌법이 공화국의 대통령을 위해서만 존재할 뿐 국민들에게는 아무런 소용도 없다면 그게 과연 바른 건가요?"

"엄마와 붙어먹으라고 한 것이 경찰관을 두고 한 말이 아니었다고?" 로렌소의 명석함을 보고 지휘관은 조심스럽게 물었다.

"예. 그래서 우리들을 정신병원으로 보내달라고 말했던 거예요. 우리가 미쳤다고 생각하세요?"

"아니."

"그렇다면, 우리가 미치지 않았다면, 놓아주세요."

당통*이라 할지라도 로렌소만큼 그렇게 설득력이 뛰어나지는 못했을 것이다. 그는 삼단논법 기억술의 효과를 위해 혼자서 바르바라, 셀라렌, 다릴, 페리오, 바랄립톤과 같은 이름들을 반복해서 되뇌었다.

"그래, 가봐라. 하지만 부탁 하나 할까. 엄마와 붙어먹는다는 그런 말은 하지 말고 너희들 신념을 놓고 싸우도록 해."

---

* 조르주 자크 당통(1759~1794): 프랑스의 혁명가이자 정치가. 1789년 프랑스혁명이 일어나자, J. P.마라, J. R.에베르 등과 함께 코르들리에 클럽을 결성하고 파리의 자코뱅 클럽에도 가입하여 혁명을 주도하였다. 혁명적 독재와 공포정치의 완화를 요구하고 경제통제에도 반대함으로써, 결국 1794년 4월 로베스피에르에 의하여 숙청되어 처형되었다. 대단한 웅변가이면서도 낭비벽이 심하여 항상 독직 소문이 무성하였다.

5

몇 년 전, 중학교를 졸업할 무렵부터 로렌소는 담배를 피우기 시작했다. 담배를 물고 이야기하는 그는 더 이상 소심하지 않았으며 여자들에게는 더 대담하게 굴었다. 실제로 그는 사교계 모임에서는 언제나 얼어 있었는데 여자와 시선을 나누는 것만으로도 금세 얼굴이 붉어졌다. 부끄러움으로 얼굴이 붉게 달아올랐으며 마음이 진정된 상태에서는 모든 게 혼란스러웠다. 로렌소는 디에고, 차바 수니가, 가브리엘 이투랄데, 빅토르 오르티스 그리고 하비에르 데에사와 함께 온갖 야단법석을 떨어대며 사창가까지 왔다. 그리고 자신을 가리키는 뚱보를 따라 먼저 안으로 들어갔다.

"꼬마야, 이리로 와. 내 몸 위로 올라가. 됐어, 시작해……. 그런데 말이야, 바지를 벗어야지."

갑자기 만취(滿醉)한 여자가 그를 아래로 끌어내렸다.

"방아질을 해야지, 이 애송아. 오늘 밤 내내 그러고 있을 거야?"

그래도 그는 신발에 걸린 팬티 때문에 옴짝달싹 못하고 있었다. 여자가 팬티를 벗겨서 침대 가에 두었다. 그런 다음 세상에서 가장 불쾌한 표정을 지으며 두 다리를 벌렸다. "올라타. 좋아, 뭘 기다려."

사시나무 떨듯 벌벌 떠는 로렌소의 몸은 굳어져 있었다.

"그걸 나한테 집어넣고 움직여, 이 꼬맹아."

로렌소는 여자가 시키는 대로 거칠게 움직였다. 행위가 끝난 뒤, 여자가 명령했다. "깨끗이 닦고 난 다음, 그 종이를 나한테 줘."

화장실에서나 사용할 법한 그런 종이였다.

"서둘러. 그런 다음 꺼지라구."

로렌소가 자신의 첫 경험을 고통스럽게 말한 것을 디에고는 잊을 수 없을 것이다.

"내 말 좀 들어봐, 렌초. 그 정도까지는 아니었어. 우리 모두가 그 빌어먹을 늙은 갈보들한테 걸린 거야."

몇 년 동안 로렌소는 파마 머리에 핏발 선 노르스름한 눈, 불룩 튀어나온 배, 자신의 소름 끼치는 보배를 보여주려고 푸석푸석한 두 다리를 벌리던 그 뚱보를 기억할 것이다.

"그리고 디에고, 그 방은 말이야, 그 방은 커튼이……."

"로렌소, 동정심을 좀 가져봐."

"얼마나 역겹던지! 디에고, 정말 구역질이 날 지경이었다구!"

"그렇지만 넌 무사히 나왔잖아, 안 그래? 훌륭하게 해내고 나왔잖아."

"아직까지도 이해할 수 없는 일이야."

매독의 위험과 연결된 섹스는 아이들을 괴롭혔다. 사람들이 그들에게 말했던 것처럼, '그 늙은 갈보들'은 일종의 강박관념이었다. 그들은 입에 담지 못할 소리를 해대며 마구간 바깥으로 몸을 던졌다. 자신들의 아드레날린을 조절하기 위해 혼자서 그 강박관념을 해결해야만 하는 여느 소년들과는 달리, 아이들은 베리스타인 박사에게 도움을 청하러 갈 수 있었다.

"아빠를 만나고 싶어요." 부카렐리 거리에서 두 발짝 떨어진 곳에 위치한 진료소에서 디에고가 비서에게 인사했다.

흰 가운을 입고 청진기를 목에 건 베리스타인은 나무랄 데 없이 훌륭했다.

"안심하고들 앉거라. 너희들이 말하는 것처럼, 뭐 특별한 건 없단다. 디에고, 넌 영사막을 내려주겠니. 너희들에게 슬라이드 사진 몇 장을 보여주려고 그래."

그 사진들은 아이들에게 공포감을 주었다.

"봐라, 얘들아, 여기 임질에 걸린 사례가 있어. 지금 이것은 파보스토브라는 변독(便毒)에 감염된 사례야. 잘 봐, 음경에 염증이 일어나려고 하지. 정확하게 귀두 부분에 말이야."

아무도 움직이지 않았다.

"간을 봐. 디에고, 사진판을 영사기 안에 잘 넣어야지. 그걸 볼 수 있도록 다시 해봐. 이것이 깨끗한 간이야, 잘 봐둬. 그리고 오른쪽에 있는 이것은 어느 알코올중독자의 간이야, 잘 봐, 경변증으로 쉽게 피곤해하며 지치는 거야."

불을 켜서도 베리스타인 박사는 계속해서 그들에게 설명을 했다.

"너희들 건강은 너희들이 지켜야 하는 거야. 너희들 의지가 명령하는 것이지. 죽고 싶다면 지금 당장이라도 그럴 수 있어. 난 너희들이 못 하도록 막는 것이 아니라 그저 보여주는 것뿐이지. 가정을 이루고 싶어? 그러려면 몸조심들 해야지. 담배를 피우고 싶니? 그러면 너희들 폐는 망가져 버리고 마는 거야. 내가 여기 가지고 온 것들은, 마리스타 수사들이 하듯이, 너희들을 못 하게 막으려는 것이 아니라 알려주기 위해서 가져온 거야. 결정은 전적으로 너희들 몫이야."

침묵은 그들을 공범자들로 만들었다.

"만일 너희들에게 무슨 일이 생기면 그걸 숨기지 말고 곧장 내게로 달려들 와."

로렌소는 다른 아이의 델리카도스 담배꽁초 하나를 집어 들었다.

"사랑하는 로렌소, 내가 흙을 한 줌 움켜쥐고 그것을 이 시계에다 뿌린다면 넌 뭐라고 말하겠니?" 그는 자신의 시곗줄을 풀었다.

"박사님, 그건 난폭한 행동이긴 하지만…… 박사님은 좋은 분이시죠. 전 정말로 정신나간 놈이고 말이에요."

"이 시계를 망가뜨리는 건 네가 네 폐를 혹사시켜 망-가-뜨-리-고 곧장 폐기종(肺氣腫)으로 몰고 가는 것에 비하면 아무것도 아닌 거야. 넌 질식사가 의미하는 것을 아니?"

디에고는 자주 그의 아버지에게 도움을 구하러 달려갔다.

"우리가 성 관계를 맺는 여자들이 어떤 사람들인지 누가 알겠어요. 뭔가에 걸리지 않기만을 바랄 뿐이죠."

"내가 너희들을 치료해줄게. 그런데 말이야, 예방법이 뭔지는 알고들 있겠지?"

"아빠, 사실 그건 흥분을 싹 가시게 한다구요."

아이들은 몽파르나스 술집에 자주 드나들었는데 그곳을 몽피에르나스라 불렀다. 이제 곧 변호사가 되고, 앞으로 국무장관이 되고 상원의원 혹은 멕시코공화국의 대통령이 될 그들은 용기를 내어 인수르헨테스 거리와 차풀테펙 대로 길모퉁이에 있는 술집에서 만날 약속을 했는데 누가 술을 마시고 더 오래도록 버티는지 알아볼 심산이었다. 모두들 훌륭하게 차려입었지만 로렌소만은 예외였다. 그는 '심미안의 권위자,' 메로 반달라를 도저히 흉내낼 수 없었다. 디에고가 그 사람을 그렇게 부른 것처럼 그는 네이비 블루의 '블레이저 코트,' 프린시페 데 갈레스, 런던 포그 상표의 옷들을 소유하고 있었으며 갖가지 체크무늬 와이셔츠와 스웨터 그리고 버버리에서 나온 캐시미어 조끼들을 상당수 가지고 있었다. 그들 중에서는 페드로 가르시아디에고가 진짜 멋쟁이였고 베리스타인과 겨룰 수 있는 유일한 아이였다. 그의 바지선은 아래로 일직선을 이루었고, 구두는 반들반들 윤이 났으며, 머리카락은 마카사르가 무스를 발라 카를로스 가르델*처럼 만들었다. 그의 커프스는 아름다웠으며 들고 다니는 우산까지 모두가 상표 있는 것들이었다. 그는 옆모습에도 신경을 썼고 정면에서 비스듬히 사분의 삼이 되도록 거울 앞에서 연습한 포즈를 취했는데, 그것은 그의 모습에 홀딱 반한 한 여자가 "엘 팔라시오 데 이에로 상점 진열장에 있어야겠어, 꼭 마네킹 같아"라고 말한 그날 밤부터 연습한 것이었다. '담배 파이프'라는 별명은 그에게 잘 어울렸는데 정말 그것으로 담배를 피웠기 때문이었다. 그리고 그는 모두가 보도록 탁자 위에 던힐 담배를 올려놓았다.

페드로 가르시아디에고는 다른 친구들과 똑같이 마셨지만 그들보다 더 빨리 취했다. 슬프도록 통쾌했던 밤, 그가 그 사실을 증명해 보였다. "곧 돌아올게"라는 말을 남기고 그는 화장실로 갔다. 양복저고리를 벗었지만 그는 그것을 걸 수 있는 상태가 아니었기에 그냥 발치에다 두었다. 힘들게 바지를 내리고 용변을 보긴 했지만 그만 양복저고리 위에다 올리고 말았다. 완전히 취해버린 가르시아디에고는 다시 그 옷을 입고 화장실을 나와 친구들 틈에 앉으려고 하였다.

"그런데, 이게 다 뭐야?" 수니가가 아연실색했다.

친구들 중에서 가장 정이 많은 빅토르 오르티스가 가르시아디에고를

---

* 카를로스 가르델(1887~1935): 아르헨티나의 전설적인 탱고 가수이자 작곡가.

말렸다.

"앉지 마, 담배파이프. 너희 집으로 데려다줄게."

"내 차로는 데려다주지 않을 거야." 베리스타인이 딱 잘라 말했다.

"하지만 이 앨 데려온 건 너잖아." 온화하고 다정다감한 빅토르가 고집을 부렸다.

폭행과 만취에 이미 익숙해진 웨이터들이 웃어댔다. 그 정도로 게워낸 것은 생전 처음 보았던 것이다.

"오십 센타보에 그를 데려갈 수 있는 포드 차를 부르도록 해야겠어."

"아니, 시간이 없어. 지금 당장 이 앨 데리고 가야 해." 길바닥으로 쓰러지려는 가르시아디에고를 간신히 부축하고 선 빅토르가 우겼다.

"이것 봐요, 이 사람을 데려갈 수 있겠소?" 디에고가 멈춰 서 있는 첫번째 택시기사에게 명령조로 말했다.

"못 하겠수."

"일 페소 주겠소."

"그래도 못 하겠수."

"좋아요. 이 페소 주겠소."

"오 페소 주시오. 대신 신문을 깔아야 해요."

디에고와 로렌소가 뒷자리에 신문을 깔았고 빅토르가 한번에 페드로를 제자리에 눕혔다. "누워서 움직이지 마. 우리가 네 뒤를 따라가니까 넌 혼자가 아니야." 그들은 알바로 오브레곤 거리와 오리사바 거리 사이 길모퉁이 포르피리오 정부 시절의 집 쪽으로 택시 뒤를 따라 달리기 시작했다. 그들은 다른 무엇보다 몽피에르나스 술집 아가씨들에게 주기로 되어 있던 오 페소를 잊지 않고 지불했다. 집 앞에 도착해서 문지기를 깨웠다.

"이봐, 여기 도련님이 몸이 좀 아픈데 심각한 건 아니야. 주인들께는 알리지 마. 그리고 우리에게 호스를 좀 가져다줘."

유일하게 가르시아디에고를 만질 수 있었던 오르티스가 정원의 물푸레나무 앞에 그를 내려놓았다. 디에고가 호스를 친구의 몸 쪽으로 돌렸다. 호스의 차가운 물줄기가 페드로의 얼굴에 가 닿자, 잠에 취해 있던 문지기까지도 그 광경에 웃음을 터뜨리고 말았다. 그가 깨어나는 듯했지만 잘 되지는 않았다. 썩은 과일처럼 흐물거리다 이내 곧 쓰러졌기 때문이었다.

"그를 데리고 방으로 올라가. 네게 모든 걸 맡길게. 주인이 모르도록 해야 해."

디에고는 문지기에게 팁으로 이 페소를 주었고 그는 연거푸 물었다. "도련님이 어쩌다 이 지경까지 되었습니까요?"

로렌소는 첫 잔의 술이 그에게 안겨주는 행복감을 세상의 그 무엇과도 바꿀 수 없었다. 흥겨운 분위기 속에서 친구들과 함께 있으면 그는 감성적으로 변했다. 나의 친구들, 더할 나위 없이 훌륭한 친구들, 얼마나 출중한 재능들을 가졌으며 또 얼마나 좋은 녀석들인가! 그들은 가진 것을 함께 나누었다. 공동으로 생활하며 모두를 위해 모든 것을 함께 나누어 썼다. 로렌소는 그들을 껴안았으며 그들은 자신들이 내뱉은 말에 책임을 졌다. 멕시코는 훌륭한 나라일 것이며 그는 그 나라를 구할 것이다. 그가 얼마나 친구들을 사랑하는가! 얼마나 좋은 녀석들이며 또 얼마나 총명한가! 수니가는 그의 특별함으로 친구들을 놀래키는 재주가 있었고 디에고는 더 이상 어떻게 할 수 없을 만큼 지금 그대로도 아주 훌륭했다. 그리고 이투랄데는 필요한 경우에는 언제든지 그들을 지켜줄 것이다. 로렌소는 맥주병에서 거품이 넘쳐날 때까지 친구들을 치하하는 말을 하였다. 몽피에르나스, 인생학교에서 보낸 시간보다 더 유효한 것은 없었다. 그들은 춤을 추었으며 잠시 동안 그곳 아가씨들 중 한 명과 사라졌다 나타났다.

그녀들은 안식처, 즐거운 안식처였다. 아니, 여자의 아랫도리보다 더 기분 좋은 것이 또 있을까? 바스크 출신인 가브리엘 이투랄데가 물었다.

그들은 훌리오 안토니오 메야의 살해 장소에서 얼마 떨어지지 않은 아브라함 곤살레스 거리의 아테네 건물에 작은 방 하나를 임대하기로 결정했다. 아이들의 그 집은 예상했던 것보다 훨씬 더 붐볐다. 서로 열쇠를 달라고 아우성이었다. "난 내일 아침 여덟 시에 갈 거야." "시간 한번 좋군." "그녀가 유일하게 짬을 낼 수 있는 시간이어서 그래. 열 시부터 일을 시작하거든." "열쇠 좀 줘. 밤 열 시에 갈게." "네가 그 전에 도착하게 되거든 벨 울리지 마. 내가 나올 때까지 기다려." 별안간 어떤 몹쓸 인간이 벨을 울리고 말았다. "세상에. 그녀를 놀래키지 말랬지, 차바. 엉망이 돼버렸어." 그들의 주체할 수 없는 욕정은 벨 소리나 아브라함 곤살레스 거리로부터 들려오는 고함 소리에 내맡겨졌다.

차바 수니가는 달변으로 자신이 『밀레니오』 신문사에 꼭 필요한 사람이라며 내무장관 오스카르 몰리나 세레세도를 설득했고, 재능이 뛰어난 그의 친구들이 신문사에 굉장한 기여를 하게 될 것이라고 곧 편집장을 납득시켰다. 차바는 사람들을 웃게 만드는 천부적인 소질이 있었는데 그것은 무의식중에 나오는 재치였다. 쾌활하면서 매력적인 그는 몇 시간 동안이고 친구들을 즐겁게 할 수 있었다. "굉장한 익살꾼이야. 너의 재치 넘치는 말이 우리들의 굳은살까지 모조리 가져가버렸어. 내가 널 소칼로 광장으로 데리고 갈게!" 로렌소가 웃으며 말했다.

"로렌소, 내가 너보단 훨씬 더 크게 성공할 텐데. 그러니까 날 알아서 모셔."

지금 당장은 그가 모두를 앞섰으며 자신이 가진 모든 것을 나누어 주었다. 그는 오스카르 몰리나 세레세도 내무장관 앞에서 시인의 한심스러운 재정 상태를 과장해서 말했는데, 그것은 무시무시한 다락방에서 라틴 아메리카의 가장 뛰어난 소설가가 자신의 걸작을 낳았으며 작고 지저분한 방에서 엉뚱하기 짝이 없는 천재가 자신의 자질을 나타내기 시작했다는 것이었다. 쾌활한 장관은 그에게 각별한 호의를 보였다. "절 구원해주세요." 수니가가 간청했다. 그는 자신의 사생활을 아름답게 미화했고 지구에서 가장 아름다운 여자가 그의 발아래 누워 있었다. 그리고 다투고 애원하기를 수없이 반복한, 그의 최고조에 달한 사랑의 묘사는 청중들을 즐겁게 만들었다. 그는 아주 고상했지만 자신만의 스타일을 추구했다. 그의 월급은 와이셔츠 재단사와 양복 재단사, 신발 가게와 보석상 주인들이 나누어 가졌다. "여자들에겐 아무것도 돌아가지 않아. 반대로 그녀들이 내 서비스에 대한 대가를 지불해야지. 난 굉장한 연인이거든. 한 여자애가 나한테 그랬어. '가브리엘 이투랄데는 오래 가질 못해, 조루인가 봐, 허니'라고 말이야. 정말이야." 어릴 때부터 수니가는 학교 화장실에서 친구들의 물건을 슬쩍 훔쳐보면서 그 크기를 살폈다. 그러고는 줄을 따라 하나씩 가리켜 나갔다. 큰 것, 작은 것, 중간 것, 있으나마나한 것. 로렌소의 것은 이러쿵저러쿵 평하지 않았지만 그가 입고 다니는 옷에 대해 한심스러워했다.

"어떻게 그런 혐오스러운 옷을 입을 수 있니? 어느 여자가 카키색 옷을 입은 너한테 눈길을 주겠어? 유행이 문화의 표출이란 걸 알고나 있는 거니? 뛰어난 내 유행 감각은 수직으로 뻗은 선과 상상력을 자극하는 이 '블레이저 코트'에서 드러난다구. 아니야, 렌초, 넌 뭔가를 크게 착각하고 있어. 물건으로 자아도취에 빠지는 것만은 아니야. 낙타 가죽으로 만든 이 양복저고리는 날 다른 사람들과 구별해주는 거라구. 내게 자신감을 주지. 내가 나타내고 싶어 하는 아름다움을 드러내잖아."

반면에, 가브리엘 이투랄데는 자신을 지키는 데는 친절한 마음이면 된다고 믿었으며, 빅토르 오르티스는 그의 착한 마음씨와 친구들이 먹다 남긴 음식들을 먹어치우는 습관에 전적으로 매달렸다. 숨어서 자신을 기다리는 비만 따위는 개의치 않았다.

수니가는 그룹의 모두에게 기사를 게재할 수 있는 기회를 주었지만, 그들과 친구라는 사실이 자신의 이름이 활자화되어 보여지는 것보다 더 기뻤다. 수니가는 아무런 질투의 감정 없이 친구들의 자질을 높이 평가하면서 그들을 칭찬했다. 모든 역경을 통과한 동료애로 연대 그룹을 조직한다는 것이 그를 행복하게 했으며 바로 그것 때문에 자신에게 온 행운을 함께 나누었다. 『밀레니오』 신문사의 편집부는 그의 위대한 친구들 덕분에 국가의 두뇌가 될 것이다. "로렌소, 너 카블레스의 사무실에서 현대식 기계들 봤니? 넌 과학을 좋아하잖아. 뒷걸음질치게 될 걸."

그들은 자신들의 사설을 통해 정부에 상황을 알리고 조국에 자양분을 제공한다고 믿었다. 일이 잘 돌아가지 않았다면 그건 윗사람들이 그들의 조언을 무시했기 때문이다. 젊다는 것은 막강한 권력을 가지고 있다는 것이고 올림푸스 산에 속해 있다는 것이며 손에 횃불을 들고 달리는 것이다. 그리고 승리하는 것이다.

"지금껏 기사 하나 쓰지 못한 내가 어떻게 기자가 되겠니?"

"렌초, 그건 세상에서 가장 쉬운 일이야. 편집실에는 의사, 변호사, 건축기사처럼 온갖 종류의 직업을 가진 사람들이 보낸, 별 볼일 없는 원고뭉치들이 수도 없이 많아. 그들은 여기서 만회하는 거야. 실패했기 때문에 기자가 될 수 있는 거지. 넌 여기 이 종이 다발들을 만들어낸 사람들보다 훨씬 더 뛰어난 소양을 갖추고 있어. 네게 일 하나 맡길게. 천문학자

바트 얀 보크를 인터뷰해서 내게 가져와. 그 사람한텐 네가 『밀레니오』의 기자라고 말해놓을게."

"그렇지만 난 기자가 아니잖아."

"한 달 후에 정식 기자 신분증이 나오고 내일 네 임시 신분증이 나올 거야."

로렌소는 바트 얀 보크가 자신을 매료시킬 것이고 그가 "젊은 철학자, 자네의 훌륭한 질문들, 고마워"라고 그에게 말하면서 인터뷰가 끝날 것임을 조금도 의심치 않았다.

로렌소에게는 인터뷰 내용이 게재되는 것보다 그 과학자의 행동을 살피는 것이 더 즐거웠다. 그날 이후 그는 결심했다. "기사 작성법을 배워야겠어." 그의 왕성한 활동력 덕분에 그는 누구보다 긴 하루를 보낼 수 있었다. 더 많은 시간을 만들어낼 수 있었으므로 카예타나 고모의 절친한 친구, 라치윌 공주의 에메랄드를 전당포에 맡기기 위해 몬테 데 피에다드에 가는 일도 했다. 공주가 그의 두 손에 맡기는 러시아 가죽으로 만든 보석상자를 육 개월마다 소칼로 광장으로 가져갔다. 육 개월이 지난 뒤, 마누엘 로메로 데 테레로스의 친구인 공주가 에메랄드를 되찾을 수 있도록 그에게 돈다발을 주었다. 그녀는 고마운 마음에 그에게 홍차 한 잔을 대접했으며 자신의 문젯거리들을 불어로 이야기했다. 그것은 그의 고민거리와는 완전히 동떨어진 것들로 의심 많은 로렌소는 결론을 내렸다. 사람들은 저마다 자신만의 괴로움을 만들며 살아가고 있다고. "몬테 데 피에다드에 보석을 저당잡히기 위해서, 그것 때문에 내가 변호사가 되려는 것일까?" 화가 난 그는 자문했다.

로렌소는 자신의 비판 능력을 꾸준히 살려나갔는데, 그건 외견상 이해관계를 떠난 행동이나 그러한 일의 원인을 찾아내어 그 실체를 밝혀내는 것이었다. 그는 서커스 공연에 참석하는 마음으로 신문사 편집부에서 차바 수니가가 마련한 파티에 참석했다. 다른 사람들이 박수갈채를 보내는 동안, 로렌소는 담뱃재가 흩어져서 아래로 떨어지는 것을 보았다. "로렌소!" 수니가가 그에게 소리쳤다. "그 허무주의에서 벗어나. 게다가 그 생기 없는 얼굴 표정이라니! 좀 바꾸라구. 사람들을 경멸하지 말고 나처럼 좀 대범해봐."

수니가는 다른 이들의 마음을 사로잡았듯이 그를 사로잡았다.

"로렌소, 넌 인류애에 반하는 매우 큰 범죄를 저지르고 있는 거야."

"그게 뭔데?" 그가 침착하게 물었다.

"넌 행복하지 않아. 날 봐, 로렌소."

커튼이 드리워져 있었고 그는 스텝을 연습했다. 그가 좋아하는 쇼는 눈에 보이지 않는 상상 속 여자의 허리를 잡고, 정열적인 키스를 하는 척하면서 그녀를 품에 안는 것이었으며 "인간의 가치를 저하시키지 마, 인간의 가치를 저하시키지 마" 하는 리듬에 맞춰 탱고를 추는 것이었다. 로렌소는 웃지 않을 수 없었다.

"그렇게 심각해하지 마, 속죄자. 그럴 가치가 없어. 날 보라구. '양심'이라 불리는 못된 속임수에 빠지지 말라구."

루세르나 가의 집에서는 아무도 로렌소의 활동에 대해서 알지 못했다. 그 누구도 타인의 삶에 관여하지 않았다. 자신의 일상을 고집하며 살아가는 돈 호아킨처럼—한 시에 리츠에서 한잔하고, 일곱 시에는 묵주기도, 매주 목요일에는 브리지 게임, 일요일에는 라 프로페사 성당에서 주일미사를 드리고 곧이어 카리토 에스칸돈의 집에서 가족 식사—그냥 사건들 위로 부유하는 것이 천만 번 더 나은 것이었다.

루시아 아람부루 이 곤살레스 팔라폭스는 브리지 게임을 하는 목요일 밤마다 로렌소가 자신을 집까지 바래다줄 것을 타나 고모에게 부탁했다. 그녀는 고모의 모든 친구들 중에서 가장 입술을 새빨갛게 칠한 친구였다. 그녀가 젊은 여자애들처럼 활발하게 움직이며 용수철같이 자리에서 일어났다. 로렌소는 그녀의 집이 있는 인수르헨테스 대로까지 그녀를 바래다주는 것이 즐거웠으며, 또 그녀가 자기를 보고 '달링'이라고 부르는 것이 좋았다. 어느 날 밤, 그녀는 그를 집 안으로 들어오라고 해서는 침실로 초대했다. 로렌소는 하녀 코코리토를 통해서 여자들이 남자들보다 더 대담하다는 것을 배웠으며, 그녀들에게는 광적인 부분이 있다는 결론을 내렸다. 그야말로 무턱대고 행동했기 때문이다. 가엾은 여자들, 정말 가엾은 여자들. 루시아가 세상에서 가장 아름다운 꾀꼬리 같은 목소리로 그에게 "벗으라구, '달링'." 그리고 마침내는 "이건 너와 나만의 비밀이야, '러브'"라고 말했을 때, 그는 즉시 그 제안을 받아들였다. 그가 점잖은 기사가 아니었다는 것, 어떻게 그런 일이 일어날 수 있었을까? 농익은 두 개의 배가 얹혀져 있는 듯한 하녀 코코리토의 가슴에 흠뻑 빠져든 그는 그 가슴이 더 좋았다는 것 역시 루시아에게 말하지 않을 것이다.

루세르나의 다락방으로 돌아왔을 때, 그는 거리의 주인이 된 듯했다. 공범이 된 집들은 눈을 감고 그를 따랐으며 발아래 보도는 가벼이 걸음을 옮길 때마다 그에게 반복해서 말했다. "넌 주인이야, 주인이야, 주인이야." 그의 두 다리 사이에 있는, 공격적이면서 임무 수행을 매우 잘하는 그 물건은 필경 경험이 많은 그 여자를 오르가슴으로 끌고 갔을 것이다. 그를 한 남자로 만든 그 완벽한 무기 덕분에, 자신보다 이십 년 혹은 그 이상 나이를 더 먹은 늙은 여자도 그는 손안에 넣을 수 있었다. 루시아가 그의 발아래 무릎을 꿇을 것이고 브리지 게임은 매번 두 사람의 음탕한 짓으로 끝날 것이다. 굉장한 일이지 않은가. 그것을 디에고에게 말한다면 과연 뭐라고 할지 궁금했다.

욕망을 통해서 자신의 감정을 나타낸다는 것이 로렌소에게는 완전히 새로운 일이었다. 정말로 그는 사랑을 하고 싶었고 소유하고 싶었으며 요나*가 되고 싶었다. 커다란 분홍 고래 뱃속에서 길을 잃고 방황하고 싶었다. 그에게는 단 한 가지 생각밖에 없었다. 매주 목요일은 일주일 중 최고의 날이 되었다. 하지만 다음 목요일, 그들은 두 집 사이의 다섯 블록을 걸었고 루시아는 그의 발기 같은 건 안중에도 두지 않은 채, 작별 인사를 했다.

"잘 가. 좋은 꿈꿔."

그것은 그에게 굴욕감을 안겨주었지만 그녀는 계속해서 그를 곤혹스럽게 만들었다. 왜 몇 번은 오케이이고 또 몇 번은 노일까? "로렌소, 루시아를 그녀의 집까지 좀 바래다주렴." 고모의 고함 소리가 인어의 노랫소리로 바뀌었다.

루시아는 절친한 사이인 듯 그의 팔을 잡았고 그는 무슨 일이 벌어질지 추측하려 했다. 때때로 그녀는 심하다 싶을 정도로 거리를 두었고 또 때로는 지나치게 열정적이었다. 그녀는 그를 소유하여 올라탔다. 수산양으로 변했다. 그는 그녀의 소유물이었고 그녀의 정부였으며 동시에 그녀의 아들이었다. 작은 꽃무늬 장식 덮개가 있는 침대에서 그녀는 어린아이

---

* 북이스라엘 왕 여로보암 2세의 재위기간 동안(BC 787~BC 747) 활동한 예언자. 『구약성서』의 「요나」에 따르면 아밋대의 아들 요나는 여호와로부터 아시리아의 수도 니네베에 가서 니네베의 멸망 사실을 예언하라는 명령을 받았으나, 그 사명을 회피하려고 욥바의 항구에서 배를 타고 달아난다. 하지만 태풍을 만나 바다에 던져진 요나는 큰 물고기의 뱃속에서 고통스럽게 지내다가 육지에 토해지고 마침내 신의 명령대로 니네베로 가서 예언하여 멸망을 면하게 된다.

를 흔들듯 그를 흔들었다. 하녀 코코리토와는 달리, 루시아가 유일하게 하지 않은 짓은 알몸으로 침실을 돌아다니는 것이었다. 그녀의 명령은 단호했다. "불 켜지 마." 어둠은 그녀를 더욱더 약속의 땅으로 만들었으며 살짝 숨어서 하는 그들의 놀이는 현실을 조롱했다. "루시아, 루시아, 절대로 날 버리지 마!" 어느 날 밤, 그는 그녀에게 소리치면서 깜짝 놀랐다. 전에는 그와 비슷한 감정을 한번도 느끼지 못했다. 그것이 어떻게 가능했는지 자신에게 물었다. 루시아에게서, 루시아 때문에 길을 잃고 헤매게 되었다. 실제로 늙은 여자라고 생각한 카예타나의 친구 때문에 길을 잃고 헤매게 되리라고는 결코 상상도 못했다. 자기 자신과 그녀들에 대한 존경의 마음이 얼마나 부족했던가! 루시아를 다시 보게 된 이후, 그는 새로운 눈으로 그의 고모를 바라보았다. 그녀는 누구일까? 침실에서 무엇을 할까? 그렇게 무뚝뚝한 돈 마누엘이 밤에 이불 속에서 그녀와 사랑을 나눌까? 마음씨 좋은 틸라는 그녀의 고향 마을에 가면 무엇을 할까? 여자들이란 미스터리이며 깊이를 알 수 없는 늪과 같지 않은가! 하지만 그는 다락방에서 열에 들뜬 채, 그에게 천국의 문을 열어주는 타나 고모의 그 날카로운 고함 소리를 기다릴 수밖에 없었다. "로렌소, 루시아를 좀 바래다주겠니." 그 소리는 그를 계단 쪽으로 내몰았고 새빨개진 두 볼을 하고 거실로 들어가게 했다. 도냐 카예타나가 그런 그를 보고 소리쳤다.

"저것 좀 봐. 조그만 사과 같아."

루시아라는 길들여지지 않은 암말이 그 조그만 사과에 이빨을 박아넣을 것이다. 그렇지 않으면 아무런 보상 없이 그를 집으로 돌려보낼까? 어느 날 밤, 로렌소는 그 한판 승부에서 이길 것을 다짐했다. 루시아가 그에게 작별 인사를 하며 문을 열자마자 그가 문 안쪽으로 발을 들여놓았다.

"이봐……."

로렌소는 계단을 오르기 전, 바로 그 복도에서 그녀를 덮쳤고 그녀는 즐겁게 웃었다. 그녀의 입술은 조금 부풀어 있었고 느린 몸짓으로 그에게 내맡길 참이었다. 로렌소는 디에고의 충고를 기억했다. "네가 먼저 그녀들을 찔러봐. 처음엔 싫다고 하겠지만 늘 고마워할 걸." 음흉한 노파들 같으니, 천박한 루시아. 그날 밤, 그는 완전히 그녀를 소유했으며 그녀에게 명령했다. 그것이 그녀의 욕정을 자극했다. 그 순간, 불을 켜고 그녀를 보았다. 풍만한 가슴은 과일 같은 아름다움을 지니고 있었으며 달콤함이 흘러 넘쳤다. 무엇보다 그녀의 균형 잡힌 부드러운 육체가 확대되었다. 코코리토보다 훨씬 아름다웠다. 조금 이완된 겨드랑이와 몸을 내맡기려는 순간 드러나는 아랫배, 허벅다리와 함께 그녀는 바로 지구 그 자체였다. 그녀는 얼굴을 가렸고, 그는 넋을 놓은 채 그런 그녀를 바라보았다. 그녀의 절망에 찬 거친 두근거림도 의식하지 못한 채, 그는 그녀를 사랑했다. 얼마나 아름다운가, 나의 신이여, 얼마나 아름다운가. 그녀는 믿을 수 없었지만 그는 더 간절히 그녀만을 원했다. 바보, 멍청이, 사랑스러운 바보. 너는 내가 지금까지 본 이스탁시우아틀 산과 포포카테페틀 산, 피코 데 오리사바, 네바도 데 톨루카, 그리고 꿀과 검은 포도의 분화구보다도 더 아름답다. 나이 오십에 자신의 몸을 부끄러워하는 여자는 아무도 없을 것이다. 그는 그녀의 육체를 오랫동안 기다려온 단비처럼 받아들일 것이다. 루시아는 그의 두 눈에서 항복의 기미를 눈치 챘고 그녀와 견줄 만한 여자를 만나지 못한 풋내기 로렌소는 다시 그녀에게 매달릴 것이다. 얼마나 좋은가. 그의 욕정은 나날이 더 불타오를 것이다. 그녀는 기름을 따르고 촛대에 불꽃을 계속 유지하며 그의 열정을 타오르게 하는 방법을 알고 있을 것이다. 루시아는 규칙을 강요할 것이다. 아니, 그가 그것들을 강요할지도 모르겠다. 그는 떠나려 할 것이고 그녀가 로렌소의 상체를, 양쪽 어깨를, 지배자다운 그의 천부적 재능을, 목줄기를 타고 흘러내리는 곱슬곱슬한 그의 머리카락을, 그의 두 눈에 어린 지혜를, 그의 젊은 혈기를, 특히 그 누구도 결코 의심하지 않을 그의 대담함을 붙잡고 늘어질 것이다. 그녀는 사춘기 이후 처음으로 한 남자 앞에서 자신의 벗은 몸에 대한 부끄러움을 느끼지 못했다. "로렌소, 네가 처음이었을 거야." 그녀는 마음으로 다정하게 속삭였다. 그는 그녀의 허벅다리에 피를 돌게 하기에 충분한 사람이었다. 좀더 밀착할 수 있지 않을까? 연인의 경련과 뒤꿈치까지 떠는 두 다리가 그럴 수 있음을 보여주었다. 그는 자신의 몸에서 그녀를 빼내었다. 얼마나 부드러우며 또 얼마나 격정적인 남자인가. 대담한 사내들을 알고는 있었지만 이 어린애 같은 남자는 지금까지 아무도 없었다. 이런 조카를 가진 도냐 카예타나 데 테나가 존경스러웠다.

6

루시아의 작은 수첩 헤르메스에 적혀 있는 그녀의 활동들은 로렌소를 놀라게 만들었고 그녀가 금전상의 일이라 부르는 것들이 그에게는 이상하게 보였다. 그녀는 시내 중심가와 돈셀레스 그리고 이사벨 라 카톨리카에 세 놓고 있는 집 몇 채가 있었는데 그녀의 집사가 집세를 거두어들였다. 그녀는 그 돈으로 알폰소 13세와의 우정을 돈독히 하기 위해서 일 년에 서너 번씩 스페인을 방문했다. 로렌소가 스페인 최고 귀족들에게서 루시아의 애정을 가로챘지만, 그녀의 집에서 특권을 누리는 것은 그들이었다. 은 액자 속의 '내 사랑, 루시아에게'라는 헌사가 쓰여진 알폰소 13세의 사진이 그녀의 나태한 습성으로 피아노 위에 계속 놓여 있긴 했어도 이미 그녀는 '왕들'에게만 의존해 살지 않았다. 그녀는 왕과의 친분에 어울리는 품위 유지를 위해 카사 아르만드를 자주 드나들면서 마드리드에 있는 팔라시오 데 오리엔테를 방문할 때 입을 옷가지를 장만했는데, 그곳에서는 같은 옷을 여러 번 입을 수 없었다. 왕과 여왕, 왕자들과 왕의 수행원들은 그녀가 전에 입었던 옷을 기억하고 있을 것이다. 새 옷으로 바꾸어 입든지 그렇지 않으면 보이지 않게 숨는 것이 상책이었다. 유행의 행렬은 '퀸 엘리자베스' 배에서 시작되었다. 첫날 밤부터 선장은 그녀를 식사에 초대했다. 한편, 그녀는 자주 유럽 외교관들을 집으로 초대했는데 그럴만한 이유가 있었다. 끊임없이 세계 각지를 돌아다니는 그들이 언젠가는 왕궁의 손님으로 가게 될 수도 있었고, 또 거기서 여왕처럼 대접받았노라고, 그녀의 집 거실은 멕시코에서 가장 독특했노라고 말하며 그녀에 대해 언급할 수도 있기 때문이었다.

결코 낭비하는 법이 없는 루시아지만 한 달에 서너 번은 거실을 개방했다. 식사 시중을 드는 일에 돈을 지출하지 않을 심산으로 그녀는 타나에게 도움을 청했다. "레티시아, 내가 영국 대사에게 칵테일을 따라줘야 하는데 금요일에 날 좀 도와주지 않겠니? 그와 건배할 수 있는 절호의 찬스야. 굉장한 사람들과 친분도 나눌 수 있고 말이야." 타나는 다른 친구들에게도 똑같이 말했다. 레티시아는 허리 부근이 신축성 있게 늘어나는 파티복을 입고 그곳으로 갔다. 그리고 나중에 로렌소에게 루시아가 지독한 구두쇠라고 말했다. "네덜란드 산 겨자로 만든 샌드위치는 외교관들을 위한 거야." 그녀를 흉내 내었다. 내국인들에게는 은 쟁반이 돌아가지 않았으며 올드 파 위스키 역시 외교관들을 위해 예약되어 있었다. 멕시코인들에게는 깨진 유리병에 담겨진 형편없는 음료수가 제공되었다. 두 시간 전, 유니버시티 클럽의 주방장이 건네준 얇은 샌드위치와 '외교관들만을 위한' 엘 글로보의 '작은 케이크'를 배불리 먹으면서 레티시아, 엘시, 이네스, 콘차 그리고 메르세데스는 부엌에서 깔깔대며 웃었다. 그날, 루시아는 어릿광대 짓으로 모든 사람들을 현혹시켰다. 그녀의 살결과 머리카락에서 금가루들이 반짝거렸다. "매번 더 젊어 보이는 비결이 뭐니?" 그녀가 지나갈 때 사람들은 감탄하여 소리쳤다. 가끔씩 그녀의 허벅지 위로 쏟아지는 로렌소의 촉촉이 젖은 눈길이 그녀를 놀라게 했다. 아니, 그녀 역시 그것을 찾고 있었다. 로렌소가 지루해하는 것이 눈에 띄었다. 그 모임이 가지는 단 하나의 의미는 두 사람의 최종 목적지에 도달하는 것이었다. 서로 사랑하는 것. '언제 그들이 작별 인사를 끝낼까?' 그들은 파베르제의 보석으로 장식한 부활절 달걀과 로마노프 왕조의 삼백 년 역사에 대해 이야기했다. 멕시코에서 그들은 유리, 무지개 빛깔의 토파즈, 사문석, 터키석, 줄무늬 마노 같은 값 비싸지 않은 돌로 만들어진 달걀을 수집했다. 오팔은 결코 불행을 가져오지 않는다. 왜 달걀에 그렇게 많은 것들을 박아넣을까? 아나스타시아의 운명은 끝날 줄 모르는 또 다른 화젯거리였다. 모두들 러시아 황제에 대해서 말했다. 과학적으로 입증된 진품 라빌라의 과달루페 성모 그림의 나이에 관한 것은 멕시코적인 테마였다. 로렌소는 그들을 빨리 내쫓을 마음에 출구 쪽에서 가죽 목도리와 검은 외투, 모자, 손잡이를 은과 대리석으로 만든 지팡이 그리고 헤로드 우산을 그 주인들에게 건네주었다. 레티시아가 지나가면서 그를 살짝 꼬집곤 했다. "네 조수의 생김새가 꽤 그럴듯한데!"라며 그들이 루시아에게 말을 건넸을 때, 그녀는 화들짝 놀라서 대답했다. "테나 집 아이야, 카예타나의 조카지. 넌 모를 거야, 진짜 웃긴다구." 로렌소가 그 말을 들었더라면, 그 자리에서 당장 그녀를 목 졸라 죽였을 것이다. 레티시아가 갖은 몸짓을 해가며 그 사실을 말해주었을 때, 그는 그녀가 죽이고 싶도록 미웠다.

콜레트의 지지처럼, 루시아는 그에게 의복의 기능과 흠집 난 에메랄드와 그렇지 않은 에메랄드의 가치 그리고 향수의 기능에 대해서 가르쳤다. 로렌소의 꿈은 언젠가 그녀에게 샬리마르 데 겔랑을 사주는 것이었다. 그사이, 그는 그녀가 있는 욕실로 들어갔다. 욕조 주위에는 스펀지와 활석 그리고 보습크림이 널려 있었다. "난 내게 최상의 투자를 해." 그녀가 교태를 부려가며 말했다. "내가 날 가꾸지 않으면 누가 해줄까?" 그녀는 자기 자신을 위해서는 전혀 인색하지 않았다. 로렌소는 그녀의 등 위에 손가락으로 장난을 쳤다. "아이, 그렇게 세게 하지 마." 그녀는 열심히 몸 구석구석을 닦았는데 특히 그곳에 정성을 들였으며 그런 다음 네글리제를 걸쳤다. 로렌소는 그녀가 귓불의 뒷부분과 두 가슴 사이, 오른쪽 손목 그리고 팔이 접치는 부위에 향수를 바르는 것을 보았다. 루시아가 허벅지에 크림을 바를 때면 얼마나 정성 들여 길게 뻗은 그곳을 부드럽게 애무하는지! "내 사랑, 너 때문에 이러는 거야. 이건 널 위한 거지." 그녀는 종종 애교 섞인 불평을 하곤 했다.

친구의 성적(性的)인 위업에 디에고는 놀라겠지만, 로렌소는 그에게 아무런 얘기도 털어놓지 않았다. 서로 약속한 신사협정을 지키지 않았다. 게다가 뜸을 들인 게 결과적으로 그의 궁금증을 잠재웠다. 로렌소는 어떠한 방해도 받지 않고 그에게 더 중요한 학업으로 되돌아갈 수 있었다. "최근 몇 달 동안 서재에서 널 자주 보지 못한 것 같아." 베리스타인 박사가 한마디 했다. 로렌소는 열일곱 나이에도 불구하고 얼굴을 붉혔다. "사실은 변호사 사무실에 일이 많았어요." 정말이었다. 그가 베리스타인 박사에게 말하지 않은 것은 자신이 돈셀레스 거리에 위치한 재판소로 가는 것을 어느 정도로 싫어하느냐 하는 것이었다. 그는 자신의 그 비밀을 말하는 것이 정말 싫었다. 그 길에서 엎어져 있는 책상과 밑 빠진 안락의자를 맞닥뜨리게 되는 것만큼 기분 나쁜 일은 없었다. 인간의 비참함을 통해서 자신의 비참함 역시 내보여지는 것이 얼마나 유감스러운가!

그를 내모는 고용주들에 대해 그는 아직까지는 때 묻지 않은, 순수한 증오의 마음을 품었다. 비열한 인간들의 거짓말. "절 다른 곳으로 보내지 마세요. 사양하겠어요. 그럴 바엔 차라리 그만두는 편이 낫죠." 그는 사무실에다 경고했고 그의 성격을 알기에 부르주아 계급에 대한 신랄한 비난을 그만둔다는 조건으로 로렌소는 판결을 집행하는 일에서 제외되었다. 변호사 양반들은 결코 알 수 없을 것이다. 가게 입구에서 초라한 몰골의 여자에게 값을 지불하지 못한 재봉틀을 주인에게 돌려주라고 말하기 위해 멕시코 소외계층이 사는 불결한 동네의 어두침침한 방으로 들어가는 것이 무엇을 의미하는지. 겉모습만으로도 고객의 재정 상태를 충분히 짐작할 수 있었다. 물품을 압수하던 날, 로렌소 데 테나는 타자기를 잃고 중심까지 흔들리며 비틀거리는 한 인간과 대면해야 했다. 가-톨-릭 사회, 멕-시-코 사회라는 것이 그런 식이었다. 그래서 젊은이는 구역질 날 듯한 그 변호사 사무실을 당장 그만두었고 부도덕한 멕시코 법조계와도 결별했다.

참 신기한 것은 어떤 중개인이라도 다시 채무자를 방문하게 되면 같은 기계 앞에서 바느질을 하고 있는 그녀를 만나게 된다는 것이다. 로렌소는 빚을 청산하고 그 누추한 곳에서 재봉사를 구해낼 수만 있다면, 그렇게 했을 것이다. 루시아에게 그걸 넌지시 말해봤을 테지만 자신의 정부가 레도테의 앙증맞은 상자, 티스푼, 코끼리, 쥐, 장미들과 감상적 가치를 부여한 부적들의 수집을 언젠가 그만두게 될지 의심스러웠다.

"완벽한 변론이야. 실제로 부자들은 재산을 축적하면서 둘러들 대지. '내 자식들을 위해서 그런다오'라고 하면서."

"로렌소, 너도 아버지가 있잖아."

"난 아무와도 인연이 없어. 어디서 와서 어디로 가는지도 몰라. 누구의 도움도 필요 없고 그저 내가 만든 규칙에 충실할 뿐이야. 어쩌면 내가 거짓을 말하는지도 모르겠지만 말이야. 루시아, 당신은 나의 영혼이야, 내가 당신을 따르니까."

그녀를 만나고부터 사라져버린 자신의 결점들을 생각하면서 그는 되뇌었다. "그래, 그게 바로 그녀야." 그가 서투른 솜씨로 덕지덕지 칠해서 방울방울 떨어지게 만드는 그 여자는 그의 열망이자 그의 위안이었다. 그녀를 통해서, 그녀의 따뜻한 육체를 통해서, 그는 남성다움이라는 고유한 대지에 도달했다. 우유부단, 정당화, 자신에게 던졌던 의문에 대한 해답 찾기 같은 것들은 내던져버릴 것이다. 하지만 그러는 동안 방해물들이 그들 사이에 끼어드는 것은 원치 않았다. 지금 당장은 이성으로부터 멀어져 감각의 세계, 즉 그가 헤쳐 나오기에는 엄청나게 거대한 소용돌이 속에서 살고 있지만, 그가 인생에서 중요하게 여기는 것은 감상적인 것이 아니라 관념에 따라 사는 것이기 때문에 언젠가는 루시아와의 관계에 대해서 깊이 생각해봐야 할 것이다. 로렌소는 자신을 루시아에게 아무런 생각 없이 송두리째 내맡기는, 절박한 상황 속에서 살았다.

어느 순간, 로렌소는 베리스타인 박사를 믿고 그에게 물어볼 생각이었다. 박사님, 제가 무엇을 하고 있는 거지요. 혼돈 속으로 빠져들고 있어요. 박사님, 저는 이 여자를 사랑해요. 아주 열렬히 그녀를 사랑해요, 라고. 그렇지 않으면 좀더 박사의 연륜에 어울리는 사려 깊고 심사숙고한 말투로, 로렌소는 여자에게 반하는 것이 무엇인지 매우 잘 알고 있다고, 박사님, 저의 천박함을 용서하세요, 라고 말하는 편이 더 나을까. 브롬화물이나 군인들에게 나눠주는 것처럼 만약 어떤 치료법이 있다고 믿으신다면, 제발 저에게 적당량의 약을 처방해달라고 말하는 편이 더 나을까. 아니면 격정, 사랑, 물론 루시아에 대한 사랑으로 나타나는 이 같은 현상들이 얼마 동안 지속될 것인지 저에게 알려줄 수 있냐고 묻는 편이 더 나을까. 그는 이런 현상에 대해서 잘 알고 있다. 평생을 가지는 않을 것이다. 그러다가 끝날 것이다. 그동안 카를로스 베리스타인이 치료법을 알아낸다면 색욕이라는 고열을 내리고 다시 예전의 모습으로 돌아가기 위해서 그것을 처방해달라고 그에게 부탁할 것이다.

어느 날 밤, 로렌소는 루시아에게 그녀의 집에서 일하고 있는 펠리파라는 소녀에 대해서 물었다. 그녀는 너무 어렸지만 동생들을 먹여살리기 위해서 일을 해야 했다.

"그 앨 내쫓았어. 두 개의 사파이어와 다이아몬드가 박힌 내 브로치를 훔쳤거든."

"그럴 리가 없어. 잘 찾아본 거야?"

"침대 밑, 거실, 부엌, 화장실, 모두 샅샅이 뒤졌어. 게다가 그 애가 그랬다는 증거도 있어."

"그게 뭔데?"

"사시나무 떨듯 계속해서 몸을 벌벌 떠는 거야. 쉬지 않고 울면서 말이야. 얼마나 역겹던지. 결백한 사람은 그러질 않아. 내가 경찰을 부르겠다고 했더니 거무칙칙한 그 애의 얼굴이 백지장처럼 하얗게 변하는 거 있지."

"루시아, 당신과 내가 다시 한 번 잘 찾아보자구. 당신은 아주 경솔한 짓을 한 거야."

"올 라이트, 달링. 그런데 거듭 말하지만 확실하다구, 분명히…… 아이 엠 포지티브, 오케이? 포지티브. 더 가슴 아픈 건 말이지 그 보석은 마드리드에서 알부케르케 공작이 내게 선물한 것이라는 거야."

로렌소는 카펫을 털어보았고 옷장과 장롱 속도 휘저어보았다. 장롱의 세번째 서랍 모퉁이에서 브로치를 찾았다.

"이것 좀 봐. 도둑 맞았다던 당신 브로치잖아."

"아, 정말 잘 됐네, 달링. 네가 그걸 찾아낼 사람이었나 봐!"

"당신은 펠리파를 만나러 가야지."

"무슨 소릴 하는 거야? 미쳤어?"

"루시아, 만약 당신이 이 부당한 일을 바로잡지 않는다면, 당신을 사랑하긴 하지만 두 번 다시 만나지 않을 거야."

그날 밤, 그들은 사랑을 나누지 않았다. 로렌소는 자신이 한 약속을 깨고 그녀가 있는 인수르헨테스로 달려가고 싶었지만 그다음 날도, 셋째 날도 그냥 아무 일 없이 지나갔다. 넷째 날, 루시아가 향수 냄새가 가득 묻어나는 봉투 위에 날카로운 필체로 사그라도 코라손 학교의 여학생으로부터라고 씌어진 쪽지를 그에게 전하려고 찾아왔다. "펠리파를 찾기 위해 온갖 노력을 다했어. 그 애는 웰스*의 소설 속에 나오는 인물처럼 눈에 보이지 않아. '러브' 루시아." 로렌소는 아무런 대답도 하지 않았다. 목요일, 그의 정부가 브리지 게임을 하러 왔다. 로렌소는 타나 고모가 "로렌소"라고 그를 소리쳐 부르는 시간에 집에 있지 않을 거라고 소리소리 쳤지만 몸서리치며 그녀를 바래다주려고 내려왔다. 그녀는 자신이 가진 옷 중 제일 오래된 낡은 옷을 입고 그 앨 찾으려고 돼지우리 같은 집들을 일흔일곱 곳이나 돌아다녔지만 헛수고였다고 그에게 말했다. 그녀를 고용했던 것과 마찬가지로 계속 찾아봐야 한다고 로렌소는 고집을 부렸다. 문 앞에서 루시아가 그를 안으로 초대했다. 들어와, 달링. 어릿광대처럼 그러지 말고. 입술을 깨물며 괜찮다고 말했지만 로렌소는 분을 이기지 못해 눈물을 흘리며 그 자리를 떠났다. 그다음 목요일에도 상황은 같았다. 루시아가 게레로 구역에서 있었던 끔찍한 일들을 그에게 낱낱이 말했다. "너 때문에 참 우스꽝스러운 짓을 했어. 내 사랑, 바로 너 때문에 말이야. 그 빌어먹을 어린 계집애 따위는 잊어버리라구. 기름때가 그 앨 집어삼킨 거야.

---

* 1897년에 『투명인간』을 발표한 영국인 작가.

이제는 털어버려, 러브. 이미 봤다시피, 인력으로 할 수 있는 데까지는 다 했다구. 리얼리, 디스 이즈 리디큘러스(이건 정말 바보 같은 짓이야)." 하지만 로렌소는 그 집에 들어가지 않았다. 그리고 앞으로도 들어갈 일은 결코 없을 것이다. 그 집에 들어가는 것은 그의 엄마를 배신하는 것과도 같을 것이다.

그는 다시 친구들을 만났고 루시아와의 추억으로 자신을 주체할 수 없을 때에는 코코리토를 찾았다. 점심 식사를 마친 어느 날 오후, 타나 고모가 말했다. 루시아가 때 아닌 스페인 여행을 떠났다고.

"갑작스러운 일이 생기면 그렇게 떠나지, 아무에게도 알리지 않고 말이야."

한 통의 전화가 테나 집안을 뒤흔들었다. "루시아 아람부루 이 곤살레스 팔라폭스가 살해당했대." 몸을 떨고 선 카예타나가 조카에게 심부름을 시켰다.

"인수르헨테스로 좀 달려가 봐. 난 그녀가 스페인에 있는 걸로 알고 있는데. 틀림없이 잘못된 소식일 거야. 바보처럼 거기 그렇게 서서 뭐 하는 거야? 뭘 알아내면 즉시 돌아와야 해."

뉴스의 진상을 확인하려고 모여든 수많은 사람들 때문에 인수르헨테스 18번지 안으로는 발을 들여놓기가 힘들었다. 정신이 멍한 로렌소는 이 사람, 저 사람이 하는 말들을 통해서 살인사건의 자초지종을 알 수 있었다. 밤낮으로 켜져 있는 불빛을 이상하게 여긴 청소부 아르카디오 디아스 무뇨스가 발코니로 기어 올라가 지저분한 유리창으로 피아노 옆에서 자신의 시선을 잡아끄는, 꼭 펄럭이는 것으로 보이는, 길게 늘어져 있는 검은 그림자를 보았다. 바닥은 기름 얼룩으로 엉망이었다. 그의 말에 따르면,

온 방 전체를 덮고 있는 시체의 악취가 그의 코끝에도 전해졌다는 것이다. "틀림없었어. 그런 것쯤은 잘 알지." 이층과 지하실로 되어 있는 그 집은 몇 주 전부터 벨을 울려도 응답하는 사람이 없었다. 청소부가 좀더 가까이 다가갔을 때, 녹색 빛을 띤, 배가 통통한 파리들이 문 틈새로 빠져 나오는 것을 볼 수 있었다. 경찰을 부르러 달려갔다. "저기 저 안에서 뭔가 심상찮은 일이 벌어지고 있다니까. 다시 말하지만 쓰레기라면 내 전문이잖아." 바로 그때, 공중 위생성의 사무관 에프렌 베니테스와 강력범죄 및 시체 검증반의 부장 알프레도 산토스가 나타났다. 안으로 들어가기 위해서 유리창 하나를 깨트렸다. "정말 지독하군! 정말 끔찍한 사건이야! 꽤나 잘나가던 최상류층 여자였다는데." "독신이었다는군!" "집 안에서 오랫동안 있었어. 밑에 부리던 사람들도 이미 어디론가 가버리고 없는데."

한 여자가 로렌소에게 다가왔다. "당신, 가족이 아니요? 저 집을 드나들던 사람들과 비슷하게 생겼어."

로렌소는 침착해지려고 애썼다. 그러고는『밀레니오』신문사의 기자 신분증으로 다른 사람들과 함께 침실로 올라갔다. 루시아가 '회색 지평선'이라고 부르곤 했던, 프랑스풍 가구들을 기억했으며 처음으로 그 방을 둘러보았다. 사실 그가 루시아에게서 원했던 것은 그녀의 육체였기 때문에 그 방엔 관심조차 없었다. 로렌소에게는 그녀의 집이 타나 고모의 집이나 키키 오르바냐노스의 집, 톨리타 린콘 가야르도의 집 그리고 미미 크릴의 집과 별반 다를 것이 없어 보였다. 목재를 세공하여 만든 시골풍의 비슷한 가구들과 배와 사과 모양의 의자들, 외국에서 수입해온 거울들, 서인도회사의 도자기들, 캐서우드의 조각품들, 그건 자신들의 취향대로 가위로 오려서 만든 집들이었다. 로렌소는 모든 게 엉망인 것을 알아차렸다. 카펫 위엔 물건들이 어수선하게 내던져져 있었고 열려진 옷장에는 옷가지들이 훤히 다 보였다. 네커치프와 핸드백은 한데 뒤섞여 있었고 서랍은 밖으로 나와 있어 보석들이 그대로 다 드러났다. 화려하게 빛나는 커다란 반지는 무게만도 무려 십이 캐럿 이상 되었지만 가짜였으며, 고급 인쇄용지에 싸인 에메랄드는 그 광채가 말해주듯 진품이 아니었다. 조그만 진주알 봉투가 담긴 케이스들이며 반짝거리는 조그만 돌들이 주렁주렁 달린 팔찌들. 루시아가 했던 말이 떠올랐다. "세 뒤 톡, 몽 세르.* 내가 하고 다니는 것들이 상등품처럼 보이지만 사실은 질이 떨어지는 조악한 것들이야. 나의 화려한 용모 덕분에 질 낮은 어떤 물건이라도 진짜로 바뀌는 거지. 난 모조 보석을 진품인 것처럼 보이게 하는 재주가 있다니까. 마드리드에서만 하고 다니는 것은 은행에 잘 보관하고 있어. 멕시코에서는 사람들이 너무들 어리석어. 그 차이를 전혀 모른다니까. 다른 누구보다도 멕시코 상류층 사람들을 속이는 게 훨씬 쉽지."

그녀의 말에 따르면, 알폰소 13세 폐하의 왕위 복위를 도모할 수 있도록 신이 그녀에게 뛰어난 총명함을 주었다는 것이다. 지금은 무용지물이 되어버렸지만 그 일을 위해 그녀는 수많은 서한들을 작성했다. 그녀는 자신의 변호사에게 보내는 또 다른 편지에서 몬테 데 피에다드에 대한 그칠 줄 모르는 불평을 늘어놓았다. "난 그들에 대해서 좋지 않은 루머를 퍼뜨릴 수도 있어요. 신문사에 영향력을 행사하는 친구들이 있어서……." 그녀는 무슨 수를 써서라도 일 년 전에 저당 잡힌 장식 선반을 되돌려 받기를 원했는데, 그 사증들이 없어진 상태였다. 사진현상소 직원 미겔 마아와 드 토발린이 푸른색 잉크로 쓴 쪽지가 눈에 띄었다. "당신을 만나지 못해 매우 유감스럽군요. 내일 열 시에서 열두 시 사이에 다시 오겠어요." 강력

* C'est du toc, mon cher. 이것들은 가짜야, 내 사랑.

범죄 및 시체 검증반 전문가의 감정으로 그 날짜는 바로 사건 전날이었다.

"올해 최고의 스캔들이 되겠군." 로렌소는 한 신문기자가 이렇게 말하는 것을 들었다. 그는 아무런 말도 하지 못한 채, 그저 유령처럼 동료들을 따라갔다. 거실 문 유리를 통해서 피아노 옆의 둥근 의자 가까이에 기다랗게 누워 있는 시체를 볼 수 있었다. 전문가가 손을 보기라도 한 것처럼 '반듯하게' 누워 있었다. 문을 열자 초록빛의 통통한 파리 떼들이 굼뜬 날갯짓을 시끄럽게 해대며 시체 위에서 재빨리 달아났는데, 그 모습에 모두들 진저리를 치며 그 자리에 멈춰 섰다. 시체가 움직였다면, 그건 검은 실크 속옷 아래 그녀의 내장 안에서도 뭔가가 재빨리 달아났기 때문일 것이다. 레이스 부분이 타버리긴 했어도 이중으로 된 두 장의 침대 시트로 그녀의 얼굴이 가려져 있었다. 시체는 두 팔을 벌린 채, 한쪽 손에는 손가락 끝 부분이 다 해진, 낡은 장갑을 끼고 있었고 장갑을 끼지 않은 다른 손에는 '가문의 문장'이 새겨진 반지가 반짝였다. "달링, 난 장갑을 끼고 『엘 우니베르살』을 읽어. 신문이 얼마나 더러운지 몰라."

검식 전문가가 얼굴을 덮고 있던 천을 걷었을 때, 공포로 인한 단말마의 비명 소리가 일제히 터져 나왔다. 희뿌연 덩어리를 이룬 구더기들이 우글거렸고 검붉은 구더기 유충들은 잊을 수 없는 소리를 내며 바닥으로 떨어졌다. 아직 더 끔찍한 것이 그들을 기다리고 있었다. 턱 쪽에 금으로 된 어금니들이 햇살을 받아 반짝거리고 있었다. 부하라 양탄자 위에 흩어진 머리카락들이 유일하게 눈으로 확인할 수 있는 것이었다.

"적어도 죽은 지 한 달은 되었겠는데." 전문가의 목소리가 들렸다.

로렌소는 시체 위에 시트라도 덮어주고 싶은 충동을 느꼈다. 아니면 그냥 저렇게 거리로 나가는 것일까? 루시아가 모든 사람들의 시선을 받으며 덩그러니 누워 있었다.

"부디 아무런 고통 없이 죽었기를!" 로렌소의 그 말에 전문가가 놀라서, 그를 이상한 눈으로 보았다.

"그녀를 알고 있었나 보군. 그렇지?" 그의 안색이 변한 것을 보고 물었다.

로렌소는 흐느껴 울면서 대답했다.

"젊은이, 가서 좀 진정하는 게 좋겠어. 자넨 '범죄사건' 담당 기자가 되기에는 너무 비위가 약해."

로렌소는 같은 말만 되풀이하면서 하루 종일 걸었다. "내가 그녈 죽인 거야, 내가 그녈 죽인 거야." 그가 그녀를 버리지만 않았어도 루시아는 죽지 않았을 것이다. 밤늦도록 걷고 또 걸었다. 그의 눈앞에 시체가 아른거렸다. 눈을 가리니 시체가 그의 배 위에 누워 있다. 그는 그 몸뚱이와 동침했었다. 지금은 오물 더미 위에서 흐물거리고 있는 그 검은 스타킹, 전에는 그것이 루시아의 허벅지 위로 천천히 올라가는 것을 보았었다. 걸음을 옮길 때마다 로렌소의 머리 속에는 '리토르넬로'*가 울려 퍼졌다. "내가 그녈 죽인 거야, 내가 그녈 죽인 거야." 그는 정신을 잃을 때까지 같은 말만 되풀이했다. "약간 정신 나간 듯했어도 멋진 여자였는데. 내가 그녈 죽인 거야. 여러 번 죽이고 싶을 때가 있었지. 그녈 너무 증오한 나머지 죽기를 바랐었지. 그녈 판단하지 말았어야 했는데. 그녀와 그렇게 계속 관계를 가졌더라면 분명 그녈 죽이고 말았을 거야. 그러니까 논리적으로 따지면 내가 그녈 죽인 셈이야. 그녀는 스페인으로 가지 않았어. 아무 데도 가지 않고 혼자 집 안에 틀어박혀 고통스러워했던 거야. 그러면서 나한테 보낼 사진을 찍고 싶었겠지. 불쌍한 루시아. 그녀를 비난하지

* 17세기 오페라의 간주곡. 독주부를 끼고 반복 연주되는 총주부.

말았어야 했는데. 불쌍한 여자, 충동적인 여자, 불합리한 여자, 인색한 여자, 기생충 같은 여자."

다리와 발에 통증을 느끼고 나서야 로렌소는 몇 킬로미터를 걸어왔는지 스스로에게 물었다. 넋이 나간 그가 루시아의 집 현관문과 너무나도 흡사한 루세르나의 집 문 앞에 다다랐다. 다락방으로 올라갔다. 아주 괴로운 꿈을 꾸었고 동틀 녘에 잠에서 깼다. 이른 시간 집을 나왔다. 가족들을 보고 싶지 않았다. 셋째 날, 그가 집에 돌아왔을 때, 가족들은 이미 신문을 통해 사건의 진상을 자세히 알고 있었다. 타나 고모의 고함 소리가 들렸다.

"로렌소, 너니? 여기 거실에 신문이 있으니까 이리 와. 『엘 우니베르살』의 기사가 제일 신빙성 있어."

"누가 그녀를 죽였는지 이미 알고들 있지." 마누엘 고모부가 알려주었다. "미겔 마아와드 토발린이라는 남자에게 혐의를 두고 있어."

"그녀는 비밀스러운 생활을 했었지만 우리들 중 그 누구도 의심하지 않았어. 누가 그럴 줄이나 알았을까! 그렇게 우아한……." 호아킨이 중얼거렸다.

"그런 짓을 하는 사람들을 좀 보라구. 나무랄 데 없이 훌륭한 집안에서들 일어나잖아." 타나가 빈정대는 투로 말했다. "포르피리오 디아스* 정부 시절, 그녀는 멕시코에서 가장 아름답다는 여자들 중에서도 단연 두드러진 미모였어. 백주년 기념식 무도회에서 그녀의 미모가 세상에 알려지게 되었지."

"백주년 기념식 무도회에서요?" 로렌소가 당황하며 물었다.

---

* 포르피리오 디아스(1830~1915): 멕시코의 군인이자 대통령. 1876년 쿠데타에 성공, 이후 멕시코혁명으로 쫓겨나기까지 35년간 멕시코의 최고 실권자로 군림하였다.

"그렇다니까. 그녀와 난 동갑이었어. 나도 그 무도회에서 꽤 잘나갔지. 돈 포르피리오가 내 무도회 신분증에다 자신의 이름을 사인해주기도 했으니까."

"그 잘빠진 몸매와 특출난 재능에도 불구하고 그녀가 결혼을 못 했던 건 화를 잘 내는 성격과 괴짜 기질 때문이었다니까. 여자에게 추근거리길 좋아하는 남자도 그녀의 남편이 되는 것만은 원치 않았어." 돈 호아킨이 힘주어 말했다.

"루시아는 좋은 짝이었어. 네가 좋다고만 했었어도, 지금처럼 아이들이 엄마가 없지는 않을 텐데. 그렇게 널 기다리면서 루시아는 자신의 청춘이 나이 오십에 이르는 걸 지켜보았을 테지. 그 나이에 죽게 될 줄도 모르고 말이야."

로렌소는 두 귀를 막고 싶은 충동을 느꼈지만 대화의 파편들이 화살처럼 날아와 계속해서 자신을 상처 입히는 것을 멈추게 할 수는 없었다.

"그녀의 루이 15세 살롱에 초대된 모든 사람들이 죽었어."

"루시아가 알폰소 13세를 여러 번 알현했기 때문에 스페인 국왕의 비서일지도 모른다는 소문이 돌았었지. 국왕은 그녀의 열정에 감동했다는군. 그때부터 마드리드를 자주 드나들었어!"

"그녀는 공화파 사람들을 증오했었어. 그들이 자신의 개인적인 적이라고, 모든 사회 중심부에서 그들을 내쫓는 데 온 힘을 다 쏟을 거라고 말하곤 했었지."

"완전히 정신이상자였다니까." 돈 호아킨이 다시 그녀에 대해서 말하기 시작했다. "히스테릭했어. 훌리오 알바레스 델 바요 스페인 대사가 푸에블라에 있는 에스파뇰 카지노를 처음으로 방문했을 때, 그가 지나가는 길목을 지키고 서서는 '알폰소 국왕 만세'라고 소리쳤지. '예, 부인. 퐁텐

블로에선 언제든지……'라고 스페인 대사가 대답했고 이 에피소드는 수개월 동안 조키클럽 사람들 입에 오르내렸어."

로렌소는 아버지가 그토록 경박스럽게 말하는 것을 전에는 한번도 본 적이 없었다. 루시아의 괴짜 기질이 다른 사건들을 통해 완전히 입증되었고 소년은 고통스럽게 그것들을 듣고 있었다. 견딜 수 없는 폭언을 일삼던, 한 여성 신경쇠약환자에 관한 이야기였다. 그녀의 집에는 하인들이 없었다. 모두 거리로 내쫓아버렸다. 그래, 그게 바로 루시아였다. "그녀의 수입은 매달 천이백 페소쯤 되었어." 그런데 그녀는 돈이 부족하다고 늘 불평을 해댔으니! 그의 정부였던 그녀는 어떤 삶을 살았을까? 로렌소는 『엘 우니베르살』 신문을 달라고 해서는 다락방으로 올라갔다. 신문에서는 사건의 범인이 남자이며 시체 옆의 가늘고 긴 발자국으로 미루어 그 남자는 우아하고 세련된 구두를 신었을 것이라 확신했다.

나날이 그의 악몽은 강도를 더해갔다. 어쩌면 루시아는 그의 아버지를 가질 수 없었기에 그를 유혹했는지도 모른다. 아니, 그게 아니다. 루시아는 그의 존재의 일부였다. 그의 내면에 있는 또 다른 그였으며, 그의 진정한 모습이었다. 그녀를 아무짝에도 쓸모없는 경박하고 인색한 여자였다고만 묘사할 수도 있었다. 하지만 그는 그녀와 비밀스러운 삶을 공유했고, 그녀가 부드러우면서 때로는 쾌활하기까지 한 진실한 여자였음을 알고 있었다. 순수했던 루시아. 그녀는 소녀 같은 늙은이였으며 늙은이 같은 소녀였다. "잘 가, 로렌소. 고마워, 조심해." 비몽사몽 잠에 취한 어느 날 밤, 그녀가 소리쳤고 그 소리를 들으며 그는 계단을 내려왔다. "잘 가, 꼬마. 넌 날 참 행복하게 해." 생각지도 않은 감사의 선물이었다. 오직 로렌소만이 그녀의 애절하면서 슬픈 듯한 마음을 볼 수 있었다. 그걸 생각하니 괜히 맥이 풀리는 기분이었다. 마치 그의 모습을 영원히 간직하기라도 하려는 듯, 루시아는 혼자서 여러 번 그를 물끄러미 바라보았고 그는 그런 그녀의 두 눈 속에서 사랑이란 감정을 읽을 수 있었다.

로렌소는 처음 루세르나 집에 왔을 때 이중생활을 하던 예전의 모습으로 되돌아갔다. 자신에게 중요한 것들은 모두 비밀로 했고, 그 밖의 나머지 일상적인 것들은 묵묵히 견뎌냈다. 정말로 자신을 열광케 하는 것은 아무에게도 말하지 않았다. 그의 내면을 이해할 수 있는 사람은 아무도 없었다. 디에고조차도 친구의 본모습을 알지 못했다.

침대에 누운 그는 누군가가 문을 두드리는 소리를 들었다. 레티시아였다. 오빠가 울고 있는 것을 보자, 그녀 역시 침대 가에 앉아서 흐느껴 울었다. 그리고 잠시 호흡을 가다듬은 후, 조심스럽게 말했다.

"오빠, 오빠, 나한텐 오빠밖에 없어. 있잖아, 임신했어. 곧 배가 불러올 거야."

그때 로렌소는 이제 타나 고모의 다락방을 나와 따로 방을 얻고 레티시아를 맡아야겠다고 결심했다.

7

로렌소는 레티시아의 불러오는 둥그스름한 배를 눈치 채지 못했었다. 하지만 그건 그의 재주로도 어쩔 수 없는 일이었다. 그의 여동생은 수세에 몰려 그렇게 살다 늙어가는, 유년기가 없는 가난한 소녀들처럼 너무 일찍 여자가 되었다. 그녀는 넘치는 활력과 별 탈 없는 건강 그리고 자신의 애정을 표현하는 노련한 솜씨로 온 집 안을 가득 채웠다. 가족 모두에게 키스하고 헤어질 때에도 손으로 연신 키스를 날려보내면서 그 다섯 손가락의 움직임에 맞춰 흥얼거리는 수정처럼 맑은 그녀의 목소리를 들을 수 있었다. "내 키스를 받아요, 내 키스를." 그건 키스의 화살이었고 그녀의 불그스름한 머리카락은 법의 자락처럼 등 뒤에서 물결쳤다. "이봐, 네 여동생이 참 예뻐졌는데!" 어느 날 디에고가 그에게 말했다. 그 순간, 로렌소는 새삼 다른 눈으로 여동생을 바라보게 되었다.

자신의 편애를 증명이라도 하듯, 타나 고모는 레티시아를 위해 마리스타 수사들 중에서 그녀의 라틴어 교사를 찾기로 마음먹었다. 그녀를 가르치게 될 성스러운 사내는 그녀에게 자신의 믿음과 중용을 전해줄 것이고 어디를 헤매고 다니는지도 모르는 후안을 바른길로 이끌 수도 있을 것이다. '꽤나' 하늘을 믿는 가족들은 그곳으로부터 해결책이 떨어질 것이라고 믿고 있었다. 타나는 구세주를 맞이하듯, 젊은 신학생을 맞아들였다. 라이문도는 가족들과 함께 생활의 일부를 공유했다. 그가 식탁을 축복하고 감사의 인사를 드리며 묵주기도를 바치기 위해 주인과 하인들을 불러모을 때면 그의 목소리엔 힘이 있었다.

게다가 그는 후안의 뛰어난 수학적 재능과 아직은 나무랄 데 없이 훌륭한 그의 추상적 관념을 격려하였고 그를 선도하였다. 그것은 신과의 교신이었다. 라이문도는 항상 집 밖에서 후안이 도착하기를 걱정스럽게 기다렸다. 말이 없는 데다 미꾸라지처럼 잘도 빠져나가는 그 소년은 모든 답을 알고 있었다. "후안은 발명가가 될 수 있어요." 그가 타나 고모에게 말했다. "특별한 재능이 있어요." "무슨 발명가가 된다는 거죠? 못된 짓하는 거? 이런 말을 하는 건 집 안에서 종종 물건들이 없어지곤 하는데 후안의 주머니엔 항상 돈이 있기 때문이죠." "도냐 타나, 후안이 발명가가 될 수 있다는 걸 확신해요. 그 애의 두뇌는 아주 특별해요." "하지만 로렌소보단 못해요. 그 점에 관해선 장담할 수 있어요." 타나 고모의 그 말에 레티시아는 짐짓 놀랐다.

가족 모두가 사건들 속에 내맡겨져 살아왔기 때문에 라이문도의 출현은 루세르나 집을 위해서는 잘된 일이었다. 그리고 돈 호아킨이 어떤 일에도 쉽게 결정을 내리지 못했기 때문에 라이문도가 아버지의 역할을 보충하게 되었다. 그들은 "하느님이 시키시는 것, 하느님이 말씀하시는 것"을 따르며 살았고 자신들의 의지와는 아무 상관없이 그냥 기도하였다. 루세르나 177번지에 들어오는 사람이라면 누구나 자신이 꾀한 바는 아니지만 배의 선장이 될 수 있었다. "라이문도가 말하는 것, 라이문도가 알고 있어, 라이문도가 명령을 내려."

라이문도는 가장 어린 산티아고까지 들쳐메고 피크닉을 가기로 마음먹었다. "너희들이 시골을 알게 되기를 바래. 해가 지는 것을 보고 종소리도 들어 봐. 그리고 인디오들의 손끝에서 만들어진 시골 성당의 바로크 양식을 관찰해 봐. 이 도시를 떠나 거대한 화산이 있는 이스타와 포포 산의 맑은 공기를 마시러 가자꾸나." 로렌소까지 모두가 그 계획을 기쁘게 받아들였다. 로렌소는 베리스타인 박사나 디에고가 토요일과 일요일에 호출하지 않는다면 그들과 동행할 것이다.

배낭을 준비하는 것. 이 얼마나 즐거운 일인가! 특히 라이(이미 모두가 그를 그렇게 불렀다)가 타나 고모에게 "우리들이 토요일 밤에 돌아오지 않으면 농장에서 밤을 새우는 걸로 알고 계세요"라고 일렀기 때문에 기대감은 더 컸다.

아이들은 과일과 들꽃을 한아름 안고 돌아왔으며 밑이 가는 각주(角柱)와 무데하르 양식, 성당 앞뜰에서 인디오들이 미사를 드릴 수 있도록 만들어진 탁 트인 경당*과 행렬 동안 그리스도 상을 모셔둘 수 있도록 성당 앞뜰 네 모퉁이에 세워진 경당, 스페인에서 가져온 성모상과 신심 깊은 시골 아낙네들이 비단 옷을 입혀놓은 성모상에 대해서 연신 이야기했다. 그들은 성당 높은 곳에 있는 프란치스코 성인의 허리에 매인 끈을 식별할 수 있었으며, 어떤 수도회가 어느 곳에 무슨 목적으로 세워졌는지도 알았다. 산티는 나비와 강에서 주워온 돌멩이들, 아주 오래된 지역에서 찾은 조그만 아이돌들을 수집했다. 버스 안에서 아이들은 라이문도에 이

---

* 경당은 성전(성당의 가장 중요하고 핵심적인 부분으로 십자가와 제대, 감실을 중심으로 구성)을 매우 축소시킨 것으로 작은 제대(혹은 정갈한 상으로 대신하기도 함)를 설치하고 십자고상과 감실을 모신다.

끌려 스페인 노래들을 불렀는데 그는 아이들에게 자신을 신부님이나 수사님으로 부르지 말고 그냥 라이로 불러달라고 부탁했다. 아이들에게 베고니아의 성모라는 서정시처럼 몇 가지 세속적인 노래도 가르쳤다. "베고니아의 성모님,/ 제게 다른 신랑을 주세요,/ 지금의 신랑은,/ 지금의 신랑은,/ 저와 동침하지 않아요."

라틴어 교사가 레티시아에게 미치는 영향을 아무도 알아차리지 못했지만 후안만은 물리학에 특별한 관심을 느끼는 것처럼 그렇게 어렴풋이, 눈치 챘는지 몰랐다. 하지만 그는 자신이 할 수 있는 일은 아무것도 없다고 여겼을 것이다. 열다섯 나이의 소녀들은 젊다는 것만으로도 예쁘다. 하지만 레티시아는 자신이 예뻐지기를, 모두가 알아주기를 원했기 때문에 예뻤다. 그녀의 충동적인 성격을 조절할 수 있었던 유일한 사람은 큰오빠였지만 로렌소는 부카렐리와 재판소, 『밀레니오』의 편집실과 베리스타인 박사의 서재에서 시간을 보냈다. 그가 어디에 있는지 누가 알겠는가. 그에게 주어진 시간은 그의 것이지 동생들의 것이 아니었다. 그는 생각하고 싶었고 묵상하고 싶었으며 이데아의 세계에서 살고 싶었다. 사제가 될 신학생의 출현으로 자신에게 몰두할 수 있었다. 그리고 동생들의 미래가 영혼의 안내자인 성직자의 손에 있었기 때문에 마음을 놓을 수 있었다.

레티시아는 가파른 길에서 라이의 손을 잡았고 그 잡은 손을 놓지 않고 꼭 쥐고 있는 것에서부터 그들의 관계가 시작되었다. 그런 다음, 의도한 바는 아니었지만 충동적인 젊은 혈기에서 무의식적으로 그의 두 팔에 몸을 내맡겼고, 그 또한 그녀의 격정적인 포옹에 이끌려 서로를 갈망하는 한 남자와 한 여자의 포옹처럼 그녀를 껴안았다. 타나 고모는 무슨 일이 벌어지고 있음을 알아차렸는데, 레티시아가 유난히 초롱초롱한 눈망울을 하거나 울어서 퉁퉁 부은 눈을 하고서 항상 선생을 기다렸기 때문이었다.

타나 고모는 스탕달의 책들을 불어로 읽었고『파르마의 수도원』은 가장 불경스러운 책이라고 여기고 있었기 때문에 신학생을 수도원으로 되돌려 보냈다. 그리고 가족회의에서 로렌소에게 그의 여동생이 너무 뻔뻔스럽고 염치가 없다고, 앞으로는 그 아이를 책임지라고 통보했다. 로렌소는 당혹스러웠다. "난 이제 손 씻을 거야. 너희 '고아'들을 위해서 많은 걸 했지만 생각한 것처럼 된 게 아무것도 없어. 넌 집 밖으로 나돌고, 후안은 나한테서 훔쳐가기만 하고 말이야. 그리고 레티시아는 제정신이 아니니, 이제 더는 아무것도 할 수 없어."

로렌소는 정말 혐오스러운 눈으로 레티시아를 바라보았다. '그 빌어먹을 신학생'— 행방불명자를 그렇게 불렀다 —에 대한 자신의 증오심을 합리화하고 싶었다. 그를 찾았더라면 두들겨 패 죽였을 것이다. 로렌소는 레티시아의 무기력이 정말 역겨웠다. 물론 남자들은 주어진 기회를 십분 이용할 줄 아는 족속들이고, 자신을 포함해서 그 누구도 여동생을 돌보지 못했던 게 사실이다. 하지만 레티시아는 구더기 같은 존재였다. 그는 후안에게 가끔씩은 집에 얼굴을 보이라고 했지만 후안은 퉁명스럽게 대꾸할 뿐이었다.

"공부벌레인 형이 인간성에 관해선 아무것도 읽어보지 않은 거야?"

후안은 인생에 대해서 로렌소보다 더 많은 것을 알고 있었다. 그는 악의 소굴과 가리발디 광장 그리고 오르가노 거리에 발을 들여놓았다. 창녀들은 그에게 흉금을 털어놓았으며 그는 그 영혼들의 친구였다. 그녀들에게 호의를 베풀었고 그녀들 위에 군림하여 힘을 행사했다. 무슨 조화인지 모르겠지만, 후안에게는 돈을 두 배로 늘리는 재주가 있었기에 그녀들은 자신들의 돈을 불릴 욕심에 그를 찾곤 했다. 로렌소에게 세상이 열렸다. 레티시아만 파멸한 것이 아니었다. 추상적 관념에 다분한 소질을 보이던 동생 후안이 악의 소굴이라는 아주 구체적인 것에 뛰어들었다. 로렌소, 그가 베리스타인 박사의 비호 아래 『카라마조프가의 형제들』과 『죄와 벌』을 읽고 있는 사이, 포주와 그의 사악한 친구들은 후안을 천박한 밑바닥으로 끌어당겼다.

"테나, 넌 지금 발표를 하고 있는 게 아니라 선동을 하고 있어."

"제가 선동을요?" 로렌소는 기가 막혔다.

"그래, 테나, 전-적-으-로. 수 세기 전 물려받은 학식들은 절대적인 진리야. 그런데 그것에 대해 의문을 품는 것은 일종의 도전이지. 교단에서 내려와 네 자리로 돌아가. 이 학교에서 우리가 너희들에게 요구하는 것은 아주 오래전부터 내려오는 신념에 대한 존중이야."

"선동가이자 세상과 타협하는 사람들은 바로 당신들이에요." 로렌소가 극한의 분노 상태에서 선생의 말을 가로채어 중단시켰다. "이것이 민중의 지위를 무력화시키는 시초인 거예요! 모두들 권력을 갈망하고 있지만 자신들이 반항하게 되면 그 권력에 도달하지 못할까 두려워서 아무도 논쟁 따위는 하지 않는 거라구요! 정부 고위 관직은 부의 축적을 위한 원천이고, 그것을 손에 넣기 위해 굴종과 부패는 필수 불가결한 것이죠. 멕시코에서는 권력이 개인을 모략하고 있어요. 토론과 연구를 하지 않는 것은 과학 발전을 막는 것이에요. 그 점을 전면적으로 다시 생각해봐야 할 거예요. 당신들은 기회주의자들이며 시류에 편승하는 인간들이고 속임수에 능한 정치가들일 뿐이에요."

"데 테나, 내려오라고 말했어."

"우리 자신의 머리를 써서 생각하지 않는다면," 그가 외쳤다. "발전이란 건 결코 있을 수 없을 거예요. 우리들이 포기해버린다면, 우리들이 추론한 것들을 이 나라 현실에 적용시키는 방법을 영영 찾아내지 못할 거예요. 내가 유일하게 바라는 것은 내 머리를 써서……."

선생이 즉시 손을 들어 올렸다.

"데 테나, 교장 선생님을 불러야겠군."

결과적으로, 로렌소는 공립 법학고등학교에 적응하지 못했다. 대학에선 그와 비슷한 일들이 절대 일어나지 않았을 것이다. 거기에는 강의의 주제를 정할 자유가 있었기에 교수들은 자신들이 원하는 것을 가르칠 수 있었다. 그가 지식과 신념은 별개의 것이라 단정 지어 말했을 때, 다른 논쟁거리를 유발시켰다. "네 친구들에게 신념이 있다손 치더라도 왜 아무 상관도 없는 질문을 그들에게 해대는지 모르겠군. 데 테나, 문제를 일으키고 다니는 게 네 목적 중 하나인 것 같아. 우리들은 배우기 위해 이곳에 있는 것이지 길을 잃고 방황하기 위해 있는 게 아니야. 게다가, 네 말투는 절대권력을 가지기라도 한 것처럼 거만하기 짝이 없어. 우리 선생들이 특히 싫어하는 것이지……. 결국, 인생이 너의 그 우쭐거리는 콧대를 납작하게 해줄 거라 믿어."

로렌소는 닥치는 대로 주먹을 휘둘렀다. 루시아의 죽음을 뼛속 깊이 느꼈다. 정부의 썩은 몸뚱이가 자신을 더럽혔고 레티시아의 임신 역시 불결했지만 더 추잡스러운 것은 인수르헨테스에서 일어난 살인사건을 둘러싸고 이러쿵저러쿵 쑥덕대는 사람들의 입방아였다. 그 '상류층' 여자와의 은밀한 관계를 통해서 그는 소위 상류사회라 불리는 집단을 농락했다. '보카토 디 카르디날레'—브리지 게임 때 마누엘 고모부가 '작은 케이크'를 한 입 가득 넣은 추기경의 입이라고 설명해주었다. 추기경처럼 신중한 사람의 그 같은 경박한 몸짓은 로렌소를 당혹스럽게 했다. "혐오스러워!" 그가 그런 식으로 반응을 보였다면, 나머지 사람들은 어떠했을까. 자신을 방어하기 위해 살고 있는 것이 아니라고는 하지만, 그의 무해한 말과 행동은 사람들에 의해 무참히 짓밟혔고, 거리와 재판정에서 그리고 『밀레니오』 신문사 편집실에서 들어야 했던 자신을 향해 쏟아지는 악평은 정말 어처구니없었다. 그는 자신의 몸이 더러워졌다고 느꼈으며 타인들의 몸뚱이 역시 마찬가지였다. 만일 누군가가 험담으로 더러워진 얼굴을 그의 얼굴 가까이에 들이대었다면, 사람들이 땀을 흘리고 똥을 누며 피범벅이 된 몰골사나운 집단으로 변하는 것을 갑자기 알게 되기라도 한 것처럼 뒷걸음질을 쳤을 것이다. 포장한 도로에서도 역겨운 지린내가 풍겼다. 루시아의 죽음, 그 죽음의 공포가 그를 따라다녔다. 존재하지도 않는 파리 떼를 무서워하면서 어떻게 미치지 않을 수 있을까, 그는 자신에게 물었다.

루세르나 집을 나와 로렌소와 그의 여동생은 마르세야 거리에 있는 한 건물로 거처를 옮겼다. 그 건물은 누군가가 화장실 쇠사슬을 잡아당길 때마다 붕괴 일보 직전에 놓이는 그런 건물이었다. 그 규모나 맞은편 벽 쪽으로 나 있는 창문들로 초라하기 짝이 없는 방 세 칸짜리 그 집은 로렌소 데 테나를 절망케 했다. 이미 그는 공립 법학고등학교에 나가지 않고 있었다. 대신 착취당하는 자신의 모습에 화가 나긴 했어도 집세를 지불하고 여동생을 부양하기 위해서는 급료가 절대적으로 필요했기에 로센도 페레스 바르가스의 변호사 사무소로 향했다.

메소네스 35번지에서 그는 양쪽 가장자리가 일직선상에 놓여지도록 이중 탭 장치가 있는 스미스 코로나 타자기 한 대를 샀다. 그리고 타자를 잘 치는 다른 견습생 호세 소토마요르의 도움을 받아가며 청구서들을 작성했다.

"데 테나, 보험회사가 청구한 엘 라피도 운송회사 건을 오늘 나한테서 가져가."

“그 요금은 어린애들과 노인들에겐 받을 수 없는 거잖아.” 로렌소가 이의를 제기하고 나섰다.

“오늘 당장 가져가. 이미 작성해놓은 청구서 있잖아?”

“없어. 이 청구서 작성보다 더 나쁜 게 없군그래.” 로렌소는 절망했다.

호세 소토마요르가 그런 그에게 한 가지 해결책을 제시했다. “민사상의 문제들을 맡고 있는 제이심 법정에다 그걸 한번 제출해 봐. 거긴 일을 신속하게 처리하는 데다가 많은 팁은 요구하지도 않으니까 말이야.”

“이 사무소에 들어와서 제일 많이 들은 말이 팁과 뇌물이야.” 그는 몹시 화를 냈다. 변호사 사무소에서 로렌소의 기분은 최악의 상태가 되었다. 재판소 대기실에서 그는 부글부글 끓어오르는 화를 느꼈고 재판관의 서명을 기다리는 그 오랜 시간 동안 분함을 곱씹었다.

재판소 서기의 개인적인 동의로 로렌소는 그와 동행하여 모네다 64번지의 엘 라피도 운송회사에 재판소 청구 사실을 통지하기로 했다. 번지수를 찾을 수 없었지만 놀라운 사실이 그를 기다리고 있었다. 맞은편 보도의 카사 델 로스 시에테 프린시페스 건물 안, 작곡가 호세 몬테스 데 오카 음악학원의 창문을 타고 피아노와 바이올린 선율이 흘러나왔다. “내가 왜 음악 공부를 하지 않았을까! 바이올린 켜는 것을 배웠더라면 저 안에 있을 텐데. 추잡스러운 송장들이나 받으러 다니러 여기 있지 않아도 되고 말이야.” 버스 몇 대가 주차되어 있었다. “젊은이, 그 번지수는 없는 거야. 하지만 사울이 그 모퉁이에 있는 운송회사 번지수를 알고 있을지도 몰라.” 사울의 운송회사는 머큐리 운송회사였고 그 앞쪽에는 라 플레차 운송회사가 있었다. 그들은 엘 라피도 운송회사에 대해서 한 번도 들어본 적이 없다고 했다. 버스회사 주인들은 페가수스 운송회사, 벨로스 운송회사, 라 콘피아블레 이삿짐 센터, 콘도르 운송회사, 그레이하운드 운송회사, 트루에노 운송회사처럼 신화 속에 등장하는 이름들로 송장들을 발부하는데, 그 회사들은 순식간에 사라져버린다. 재판소 서기가 괴로워하는 로렌소를 보고는 모네다 길모퉁이에 있는 케사디야 가게에서 김이 모락모락 나는 흰 토르티야를 먹자고 불렀다. 운전수들과 노무자들이 입술에 묻은 음식을 핥고 있었다. 로렌소는 자신의 토르티야에 그린 소스를 끼얹었고 재판소 서기는 레드 소스를 부었다.

풀죽은 로렌소는 재판소 서기와 함께 돈셀레스 거리까지 가 재판소 입구에서 그와 헤어졌다. "뭔가 알게 되면 즉시 알려드릴게요. 괜히 시간만 뺏어서 죄송합니다." 자신의 행동이 얼마나 미숙했으며 운송회사 주인들은 얼마나 부패했는가! 서기, 견습생, 사무원으로 살아가야 하는 이 삶은 또 얼마나 절망적인가! 그 생활을 견뎌낼 수 있도록 디에고 베리스타인과 나머지 친구들은 그에게 무엇을 해주었을까?

그 일로 마데로와 산 후안 데 레트란 보험회사에서 로렌소에게 보상을 해주었다. 과르디올라 건물 맞은편, 오월 오일 거리의 길모퉁이에서 펠트 모자를 쓴 한 뚱뚱한 사내가 망원경을 조립하고는 지나가는 사람들을 붙잡아 세웠다.

"별들과 대화를 해보세요."

로렌소는 망원경을 움직여 조심스럽게 초점을 맞추었다. 렌즈에 달이 나타났다. 그사이, 주책 맞은 사내는 큰 소리로 계속 떠들어대며 광고를 하였다.

"달을 보러들 오세요. 우리 머리 위에 떠 있는 저 달을 보세요."

이따금씩 서너 명의 사람들과 개 한 마리가 줄을 서곤 했다. 그래, 개도 이미 그 대열에 끼어 있었다. 그러자 아스팔트 길 위의 천문학자는 자신의 광고 문안을 주절주절 늘어놓기 시작했다.

"오십 센타보로 달을 보세요. 달을 방문하고 체험해보세요. 그리고 자신의 것으로 만드세요. 어쩌면, 도중에 하느님을 만날 수도 있어요!"

실제로 신이 있어 우리의 일상생활에 관여하고 유기체의 진화를 이끈다고 믿는 생각이 오월 오일 거리의 길모퉁이에 침투해 있었다. 로렌소는 그것을 부인하면서 생물학과 천체물리학 그리고 다른 과학들에 의해 반대 사실이 증명되었음을 자신있게 말했다. 하지만 주책 맞은 사내는 그룹 친구들, 공립 법학고등학교의 반 친구들, 타나 고모가 그랬던 것처럼, 로렌소의 설명을 들으려 하지 않았다. 다른 것이 발견되어도 유전학적으로 한 가지 사실만을 받아들이도록 교육받은 사람들에게, 공간과 시간 그리고 물질 속에 실재하는 세상이 드러났을 때, 어떤 일이 일어날 수 있을까? 로렌소는 일상생활에서 일어나는 가장 흔한 일들을 말하면서 우주의 의미에 관한 거의 모든 것을 그 남자에게 쏟아부었다. 어쩌면 미치광이는 바로 그였는지도 몰랐다. 그 자신보다 더 큰 어떤 것에 녹아들고 싶다는 생각을 여러 번 했었다. 그게 어쩌면 별로 좋지도 않은 그 망원경을 통해서 본 우주였는지도 몰랐다. 어쩌면 행복이 그곳에 있는지도 몰랐다.

네번째 만남에서, 길 위의 천문학자는 로렌소를 알아보았다.

"아, 자네군, 젊은이. 달 위를 거니는 걸 좋아하나 보군그래."

레티시아와 그녀의 부른 배는 그의 기운을 북돋는 데에 아무런 도움도 되지 않았다. 레티시아는 그를 방해하여 점점 더 힘들게 했으며 그 역시 살찌게 만들었다. 그들은 복도와 화장실에서 사람들과 부딪쳤고 그때마다 죄송합니다, 용서하세요, 몰랐습니다, 이 화장실엔 열쇠가 없어요, 죄송합니다, 라는 말들을 했다. 레티시아는 이제 더 이상 노래를 부르지 않았고, 오빠와 함께 하루가 다르게 불어나는 자신의 몸을 보게 되었다.

그들은 거울 앞에 선, 날렵하고 투명한 예전의 오누이가 아니라 공기의 흐름을 방해하며 놓여 있는, 땀으로 범벅이 된 채 괴로워하는, 두 개의 짐짝이었다. 그들은 두려운 마음으로 서로의 발소리를 들었다. "이제 오는군, 이제 가는군, 벌써 문을 닫았군." 그들은 서로 엇갈리기만 할, 자신들의 대화를 착잡한 심정으로 미리 예상했다. 로렌소는 가능한 한 많은 시간을 거리에서 보냈으며 여동생을 보지 않으려고 가끔씩 알바로 오브레곤 대로에 있는 의자에 앉아 있곤 했다. 라 메르세드에서 가져온 아주 작은 나무 식탁이 놓인 부엌에서, 레티시아는 오빠에게 점심을 차려주었는데 마음 좋은 틸라와는 달리 아무렇게나 성의 없이 내온 음식들이었다. 게다가 그것을 먹고 로렌소는 게우기까지 했다. 어느 날 아침, 레티시아가 건물 관리인에 관해 떠도는 소문들을 연신 떠들어대자, 로렌소는 여동생의 말을 중단시켰다. "레티시아, 입 좀 다물어. 너 때문에 아무 생각도 할 수 없잖아." 방문 뒤에서 그녀가 흐느껴 우는 소리를 들었을 때, 화가 치밀어 오른 그는 동생을 혼내줄 작정으로, 인정머리라고는 찾아볼 수 없을 정도로 매몰차게 말했다.

"넌, 너 하고 싶은 대로 했잖아. 그러니까 그만 그쳐."

여동생은 자신이 능욕당했음을 결코 인정하려 들지 않았다. 선과 악 사이에 선을 긋지 않고, 어떠한 결론도 내리지 않으며 사건들에 개의치 않는 것, 이것이 그의 학급 규칙들 중 하나였다. 죽는 그 순간까지도 아무런 교훈을 얻지 못한 채, 같은 실수를 반복할 수 있었다. 외견상 보이는 것과 관련될수록 완화되는 윤리 원칙, 그것을 강요하는 규율 속에서 교육받은 것으로 충분했다. 레티시아의 터무니없이 불안한 대화는 로렌소의 마음을 보다 더 자극할 수 있는 테마로 옮겨갔는데, 바로 루시아의 살해 사건이었다. 그 사건에 관한 모든 것을 공인회계사처럼 신중하고도 정확하게 꿰뚫어볼 심산으로, 그녀는 지금까지의 정황들을 정리해나갔다. 그러고는 마침내 결론을 내렸는데 루시아는 모두가 생각했던 그런 여자가 아니라, 그 반대였다는 것이다. "루시아는 가증스러운 이중생활을 했어. 오빠는 누구보다도 더 분명히 그 사실을 알아둬야 해."

"내가 왜 그래야만 하지?"

"카에타나 고모에게 브리지 게임을 하러 올 때마다 오빠가 그 여자를 집까지 바래다줬으니까." 레티시아가 불손한 저의를 가지고 대답했다.

그래, 젖이었다. 중독된 모성애와 더불어 레티시아 안에서 만들어지는 젖. 그녀의 유방 아래로부터 샘솟기 시작하여 그 유방에 고랑을 파내는 샘들. 그것들은 루시아가 그를 붙잡은 것처럼 로렌소를 붙잡을 작정으로 정맥조직처럼 촘촘한 그물망을 만들어갔다. 레티시아를 떠맡게 된 것은 그 사건에 대한 책임을 지는 것이었다. 아버지가 없는 이 소년은 환멸에 대해서, 자신들을 내맡겼던 자포자기에 대해서 골똘히 생각했다. 어린 산티아고가 그 위에 자신을 완전히 내맡긴 채, 누워 있었다. "아빠, 뜰리퍼 가져올까요?" 도둑질하는 후안, 분노하는 로렌소. 유일하게 구원받은 사람은 미국에 간 에밀리아였다.

언젠가 인수르헨테스 대로를 지날 때, 로렌소는 루시아의 집에 불이 켜져 있는 것을 보았다. 그 불빛은 지금 레티시아의 방 불빛과 같은 것이었다. 팔려고 내놓은 집임을 알리기 위해 길 쪽으로 켜놓은 노란 등.

로렌소는 여동생의 수다를 피할 마음에 "나 이제 간다," "이제 왔어"라고 미리 알리곤 했다. 집으로 돌아왔을 때, 가끔은 그녀에게 말을 건네고픈 충동이 일었다. "나한테 이 일을 줬는데……." 어쩌면 친밀감을 돈독히 해주는 대화의 유혹에 한순간 빠져들었는지도 몰랐다. 하지만 그녀를 보자마자 그럴 마음이 싹 가셨다. 처음 그에게 커피를 내올 때, 레티시아는 작은 나무 식탁에 함께 앉았다. 그러고는 이내 두 다리가 모아지지 도 않는 임산부의 무거운 걸음을 떼며 방으로 돌아갔다. 가운을 입고 있었는데 늘 같은 모습이었다. 레티시아는 그렇게 그녀의 출산을 기다리고 있었다. 한 번의 실수가 그녀의 운명을 바꾸어놓은 것이다.

그 시기에 로렌소는 거짓말을 하기 시작했다. 여동생의 거처를 숨기려다 보니 그 밖의 다른 것도 거짓말을 하게 되었다. 디에고에게조차 레티시아의 임신 사실을 말하지 않았다. 베리스타인의 여동생들 중 그 누구에게도 그와 같은 일은 일어나지 않을 것이다. 그녀들은 자존심들이 대단했고, 레티시아처럼 어머니의 죽음으로 인해 자신들을 평가절하하지도 않았다. 우주에 관해서 그렇게 많은 진실들이 감추어져 있는데 그 사실 하나쯤 숨기는 것은 거짓말이 아니라고 로렌소는 거듭 되뇌었다. 미학적이며 윤리적인 판단의 늪에서 사람들이 몸부림쳐대는데, 그 사소한 거짓말을 중요하게 여길 사람이 어디 있겠는가? 더욱이 누구에게 그 사실을 말해야 할 의무가 있는가?

베리스타인 박사에게 도움을 청했다면 분명 그를 도와주었을 것이다. 하지만 그의 자존심이 그것을 허락지 않았다. 누군가에게 뭔가를 부탁하는 건 어떨까? 그 하나의 가능성도 레티시아 때문에 불가능하게 되었다. 그녀가 평상시 입던 셔츠와 바지로는 도저히 부른 배를 감출 수가 없었다. 미국에 있는 에밀리아에게 도와달라고 편지를 쓸까? 최근에 결혼한 그녀는 남편에게 도움을 청해야 할 것이다. 그녀는 산티아고를 책임진다고 했기 때문에 약속대로 그를 보내라고 했다.

로렌소는 예전에 그가 사랑했던 모든 것을 마음속에서 파괴하는 데 전력을 쏟았다. 친구들의 실수를 크게 확대시켰으며 그들을 비열한 인간들이라고까지 하면서 그들 성격의 일면을 비난했다. 얼마나 손쉬운가! 공격적인 그는 그들이 혼란 속에 빠졌던 사건들을 다시 떠올렸다. "난 호세 과달루페 포사다처럼 가장 불행한 순간에 놓인 사람들의 마음을 사로잡는 거야." 그 남자는 그의 눈앞에서 뼈가 탈구된, 우스꽝스러운 꼭두각시 인형처럼 그들을 움직였다. 그리고 저 지옥의 깊은 심연 속으로 그들을 밀어 넣기 위해서 가장자리에다 세워두었다. "약자와 실패자는 죽어라. 그들이 사라지도록 도와주자. 이것이 우리가 이웃에 실천하는 사랑의 첫번째 법칙이다." 전에는 이 모토가 사람들에게 굉장한 희열로 다가왔다. 로렌소는 글자 그대로 그것을 실천했다. 유전학적으로 구원받을 사람은 아무도 없었다.

디에고 베리스타인은 굳은 결심으로 변호사직에 뛰어들었지만 로렌소는 그러질 않았다. 젊은 그들은 알레한드로 고메스 아리아스가 대학의 자치권을 요구하는 것을 들었다. 로렌소는 자신이 공립 법학고등학교로부터 제적당했다고 생각했다. "점점 더 이 과정이 진저리나게 싫어." 디에고에게 자신의 마음을 알렸다. "정말 간절히 바라는 건 그걸 포기하는 거야." "넌 제정신이 아니야. 거기엔 우리의 미래가 있어. 부자가 될 수도 있고 행복해질 수도 있단 말이야. 멕시코를 위해서 위대한 일을 해야지. 권력을 가진 모든 사람들은 변호사들이란 말이야." "난 권력자들처럼 되는 것에 아무런 관심도 없어." "바보처럼 굴지 마. 이 나라를 생각해." "그러다가 우리들은 곧장 파멸로 치닫게 될 거야." "로렌소, 제발……."

정말, 그것을 거부하는 것이 로렌소에게는 훨씬 나은 것이었다. "넌 지금 심술궂은 돌풍 속을 가로질러가고 있는 중이지만 무사히 통과할 거야. 어쩌면 그걸 모른 채, 카예타나 고모를 그리워하는 건지도 모르지." 차바 수니가가 말했다. 로렌소는 그를 거칠게 잡으려다 말고 친구를 향해서 환하게 웃었고 그 잠깐 동안, 서로 얼싸안은 두 소년은 다시 예전의 친구 사이로 되돌아갔다.

친불파 집안인 카스트로비에호의 집 앞으로 나 있는 알바로 오브레곤 대로를 걸었던 그날 밤 이후, 로렌소는 디에고 베리스타인과도 갈라섰다. 그 집의 높고 큰 창문으로 그들은 엄청나게 큰 거울과 휘황찬란한 샹들리에, 돈을 쏟아 부어서 모자이크 처리한 마룻바닥과 베르사이유 궁전에 갖다놓아도 아무 손색이 없을 법한 황금의자들을 보았다.

"부잣집 여자와 결혼해야 한다구." 알베르토 플리에고 알바레스가 감탄하여 소리쳤다.

그 집에는 레이스 달린 화려한 옷을 입은 대리석처럼 차가운 부인과 훌륭한 집을 결혼 지참금으로 준비할 결혼 적령기의 딸들이 있었다. 그녀들을 낚아야 했다. 디에고 베리스타인과 차바 수니가도 같은 생각이었다. 로렌소는 표범처럼 사납게 변했고 생전 처음으로 프랑스어 단어를 떠올렸다.

"'마크로,'* 그건 바로 너희들 같은 인간이라구. 이 포주들아!"

"왜 그러는 거야?"

"여자에게 빌붙어 살아가려는 호색한들."

"이봐, 로렌소!"

"너희들은 정말 구역질 나."

그의 분노는 이루 말할 수 없을 정도였고, 그 서슬에 모두들 멈춰 섰다. 알베르토 플리에고 알바레스만 그다지 놀라지 않았다. 그가 로렌소를 덮쳤지만 손을 들어 때리기 전에 디에고가 친구의 팔을 잡았다. "가자, 로렌소, 가자구." 그러고는 그를 곧장 자신의 차로 데려갔다.

"진정해, 친구! 그런데 그렇게 폭언을 해대다간 외톨이 신세가 될 거

---

* maquereaux. 포주들.

야. 그건 그냥 베토의 '재담'일 뿐이었다구."

"누가 귀띔해주지 않아도, 모두들 알고 있어. 그 녀석이 부잣집 여자애의 비위를 맞추며 알랑댄다는 걸, 돈 많은 산드라 오르바냐노스 리스텔에게 알랑거린다는 걸 말이야."

"로렌소, 네가 우리에게 맞추든지 그게 싫다면 꺼져버려. 오래전부터 널 알고 지낸 내가 이런 말을 하게 되는군. 친구들이 그러더라, 네가 도저히 참아줄 수 없을 정도로 변했다고 말이야. 모두가 널 달가워하지 않을 때가 올 거야."

"나 역시 그런 종류의 녀석들은 보고 싶지 않아."

8

"아빠, 로렌소와 얘기를 한번 해보셔야 할 것 같아요. 갠 지금 방향을 잃고 갈피를 잡지 못하는 게 확실하다니까요." 디에고의 이 말은 베리스타인 박사를 걱정시켰다.

"로렌소는 굉장히 총명하면서도 아주 감수성이 예민한 아이인 게 사실이야."

"그렇지만 아빠가 사랑하는 그 총명함이 언젠가는 광기로 빠져들 수도 있어요."

"나도 알고 있어. 너희들 중 유일하게 자살까지도 서슴지 않고 할 아이니까."

"뭐라구요?"

"그렇다니까, 디에고. 네 친구 데 테나는 아주 극단적인 행동도 서슴지 않고 할 수 있는 아이야."

"그걸 알고 계신다면, 왜 그 앨 도와주지 않는 거죠?"

"물론, 돕지. 그가 받아들이는 한도 내에서 말이야. 지금 당장 그에게 해줄 수 있는 건 우리들이 그의 친구이며 이 집을 자기 집처럼 편안히 여기라는 것 말고는 아무것도 없어. 진지한 소년이지만 아주 오만한 면도 있지. 그동안에 무슨 일이 일어나게 될지는 나도 모르겠구나."

그의 아버지 말이 옳았다. 로렌소는 누구에게서도 찾아볼 수 없는 집중력을 가졌고 독서에 몰두했다. 하지만 원치 않는 일을 하도록 납득시키는 인간적인 능력은 없었다. 로렌소가 빠진 자리에서 그들은 얼마나 야단법석을 떨었던가! 하지만 그가 있고 없음에 따라 상황은 확연히 달랐다. 때때로 그의 기발함과 대담함으로 종잡을 수 없는 분위기는 더 유쾌한 쪽으로 흘러갔다.

언젠가 로렌소는 그에게 섹스가 남자를 짓누르는 의무가 될 수도 있다고 말한 적이 있었다. 의무? 디에고가 웃었다. 의무라고? 이봐, 그건 즐거움이야. 우리들이 누리는 즐거움 중 최고란 말이야. "모두가 그렇게 아는 것처럼 단지 겉으로만 드러난 것을 말하는 게 아니란 말이야, 이 바보야, 내가 말하는 건 훨씬 더 심오한 거야." "렌초, 그게 뭔데? 어서 말해봐. 난 생각할 마음이 전혀 없으니까." "자기 속에 있는 여자에 관한 거야, 여자에 관한 거, 우리들은 그 여자를 보호해야 할 책임이 있어."

그들이 처음으로 창녀를 찾아갔을 때, 몹시 혐오스러워하던 친구의 모습을 떠올렸다. 무엇 때문에 울었을까. "지금 막 일어난 일이 아주 유감스러워." "이제 봐라. 낚시 감을 잡았다 싶으면, 넌 그 뒤를 졸졸 따라다니게 될 걸." 디에고의 시선이 흐려졌고 로렌소는 다른 곳으로 눈길을 돌렸다.

언젠가, 로렌소가 공립 법학고등학교의 자기 반 친구들을 신랄하게 비판했을 때, 베리스타인 박사가 그에게 말했다.

"로렌소, 우리 인생에서 최대의 비극은 자신을 선의 옹호자라고 여기는 거야."

소년의 절대고독은 재차 강조하여 밝히는 그의 무신론만큼이나 그렇게 그의 마음을 사로잡았다. 크게 언쟁을 벌였던 것 중 하나가 그에게는 어떤 신도 필요치 않다는 것이며 무신론자가 된 이후, 자유로워졌다는 것이다. 그는 자주 니체를 언급했다. 그를 자기 안에 받아들이고 싶었고 그에게 말하고 싶었다. 모든 게 자신에게 부족하지만 다른 누구보다 그가 주는 것을 받을 준비가 되어 있다고. 그러나 그건 쉬운 일이 아니었다.

"박사님, 아직까지도 전 능숙한 사고를 하지 못해요. 붙잡은 게 아무것도 없어요. 이에 반해 박사님은 사상가세요. 어떻게 작업하고 훈련해야 하는지 방법을 알고 계세요. 제가 도달하지 못하고 있는 것이죠. 박사님의 그 추론은 늘 저를 감탄케 해요."

"난 이제 휴면기에 접어들었어. 데 테나, 네게 해줄 말은, 실수도 중요하다는 거지……. 이젠 네가 그걸 소중하게 여길 거라 믿어. 내 말을 떠올리면서 말이야."

"전 교회에 등을 돌렸어요. 그런데 그게 절 괴롭혀요."

"이봐, 내가 후아레스 추종자란 걸 넌 잘 알고 있지. 하지만 네가 선택한 길은 네 가족들에게 큰 걱정을 끼칠 거야."

"전 가족이 없어요, 박사님. 동생들과 미국에 있는 누나가 다예요. 만약 누군가를 가족처럼 대해야 한다면 그건 바로 박사님이세요. 절 아들처럼 대해주시잖아요."

"그건 그렇고, 로렌소, 그들로부터 벗어나는 데에는 노력이 필요할 거야."

"자유로워지기를 바라는 사람이 왜 자유를 위한 노력을 하지 않겠어요?"

"네가 자유로워졌다는 걸 확신해?"

"그럼요, 박사님." 그는 쾌활하게 웃었다. "확신해요."

로렌소는 레티시아의 정부를 바퀴벌레 잡듯이 납작하게 만들어버렸다. 라이문도가 순수한 마음을 가진 인간이 아니었음을 그녀에게 과-학-적-으-로 증명하는 데 여러 날을 보냈다. "봐, 사랑은 우리 인생을 좌지우지해. 널 구속해서는 도저히 빠져나올 수 없는 터널 속으로 집어넣는 거야……." 그는 동생을 안았다. "우리 모두는 인생에서 최소한 한 번의 기회는 가지고 있어. 기지를 발휘해 그걸 붙잡는 거야. 네가 저지른 실수는 접어두고 네 미래를 머릿속에서 다시 그려보는 거야. 난 널 도울 거야. 우리가 여기서 함께 나가게 될 거라는 걸 네게 맹세해. 일단 아이가 태어나면, 넌 그전처럼 정상적인 생활로 돌아갈 수 있을 거야."

그녀에게 말한 것이 어쩌면 자기 자신에게 말한 건지도 몰랐다. 루시아가 그에게 모욕감을 안겨주었던 그날 밤, 그녀가 죽기를 간절히 바랐던 것을 잊을 수가 없었다. 신문은 앙심을 품은 정부에 대해서 말했다. 어쩌면 루시아는 그를 가지고 놀았는지도 몰랐다. 그녀는 남을 모욕하는 데 전문가였으니까.

그렇게 로렌소는 무엇이든 의심하기 시작했다. "의심하라, 그러면 적중시킬 것이다." 이 문구는 그의 모토가 되었다. 인생살이가 또 타인의 행동들이 그를 화나게 만들었지만, 그를 더 괴롭히는 것은 그의 생각에 침입해 들어와서는 가만히 내버려두지 않고 목표를 향해 앞으로 나아가는 사고의 흐름을 방해하는 것이었다. 거리를 재듯이 줄자를 가지고 공간과 시간을 잴 수 있을까? 그는 밤에 다음 날 해야 할 일들을 미리 계획했다. "오전에는 대학에 가고, 그런 다음 자료를 찾으러 도서관에 들르고……."

미래에 대한 희망으로 그는 만족해하며 잠을 청했다. 하지만 잔인한 삶은 다른 일을 결정해놓고 있었다. 레티시아는 길 한가운데 가로놓여 있는 산이었고 거기에 터널을 낸다는 건 도저히 불가능했다. 다른 방법! 로렌소는 그녀의 정부를 죽일 수 있었을 것이다. "단 하나 부탁하는 건 내가 일을 할 수 있게 좀 내버려두라는 거야." 로렌소의 이 말에 레티시아가 대답했다.

"책 읽기밖에 하지 않으면서 무슨 일을 한다는 거야? 그리고 그것도 하지 않으면 시선을 한곳에 박고는 자기 속에 틀어박힌 채, 거기 그러고 있으면서 말이야."

"생각하는 거야, 생각, 레티시아."

"난 오빠의 그 무서운 침묵을 참을 수가 없어. 꼭 내가 존재하지 않는 사람 같단 말이야."

"네 말이 맞아. 넌 나한테 문젯거리를 만들어놓을 때만 존재하는 아이니까."

"그러면, 오빠가 결혼을 해서는? 아이들이 있을 땐 어떻게 할 건데? 오빠한테 제일 중요한 건 일을 할 수 있게 여자가 가만히 내버려두는 거겠지!"

"그래. 어떤 여자든지 그렇게 해주는 걸 무엇보다 고맙게 생각할 거야."

"그럼, 아이들은?"

"난 절대 아이들을 가지지 않을 거야."

그 작은 집으로 돈을 가져오기 위해 그가 구역질을 참아가며 일을 한다는 사실을, 그의 그런 노력을 레티시아는 알지 못하는 것 같았다. 근무처가 여러 곳인 그는 어깨에 서류가방을 메고 이곳에서 저곳으로 뛰어다녀야 했다. 재판관, 비서관, 관료사회의 리듬은 그를 화나게 만들었고 그럴 때마다 자신을 향해서 되뇌었다. "침착해, 침착해, 소리쳐서는 안 돼." 하지만 그는 화가 나서 얼굴이 시뻘겋게 변했고 그의 신랄한 비난의 소리는 소혹성처럼 사람들의 책상 위로 떨어졌다. "당신네 같은 사람들 때문에 불쌍한 이 나라의 미래는 어떻게 되겠어요? 언젠가 한 선생이 자신의 투표용지에다 '분노한 시민'이라고 쓴 게 당연하죠." 저속하고 어리석은 삶은 그의 생각의 흐름을 방해했고 영원한 노여움 상태에 그를 머물게 했다.

레티시아가 아이를 낳았을 때, 로렌소는 전보다 더 심하게 굴었다. "여기서 젖을 물리지 말란 말이야, 좀 창피한 줄 알아." 그는 레티시아의 커다란 가슴 때문에 마음이 심란해졌다. 이십 일이 지난 후, 그는 갓난애가 숟가락으로 밥을 먹기 시작하는지 물었다. 플로렌시아가 갓 태어난 송아지의 네 다리를 떠받치고 들어 올리던 그때의 출산이 그가 혼신의 힘을 다해 참여해야만 했던 이 더딘 과정보다 훨씬 더 나았다. 동생의 두 팔에 안긴 또 다른 레티시아가 가는 곳마다 남긴 기저귀 자국 때문에 온 집 안은 지린내로 진동했다.

육 개월 후, 레티시아가 그를 맞았다.

"오빠, 나 이제 떠나."

"왜 떠난다는 거야? 어디로 갈 건데?"

"내 아들의 아빠와 함께 떠날 거야."

"뭐?"

"떠날 거야. 내 아들의 아빠와 함께."

"그 비겁한 작자와 함께?" 로렌소는 회의와 증오 사이에서 흔들렸다. "왜 아이를 아들이라고 부르는 거야? 그 애는 딸이라서 너처럼 레티시아라는 이름을 지어주었으면서 말이야."

"얘는 사내아이란 걸 확신해." 그녀는 자신의 배를 가리키며 말했다.

레티시아가 떠난다. 하지만 다른 사내와 함께. 로렌소는 그 사실을 믿을 수 없었다. "누구야? 어디서 그 사람을 만났어? 몇 시에? 어떻게, 언제, 그리고 어디서? 넌 개야. 물론 넌 내게서 떠날 거야. 소름 끼치는 인간 같으니. 여기서 단 일 분도 더 널 봐줄 수가 없어. 어리석은 암캐 같으니. 넌 내 어머니를 기억할 자격도 없어. 넌 아무것도 아니야. 모든 여자들처럼 발정기의 암캐일 뿐이야, 암캐들, 암캐들이라구."

레티시아는 더 이상 그가 하는 말은 듣지 않았다. 모든 게 준비되어 있었다. 그들이 말했던 바로 그 사내가 길모퉁이에서 그녀를 기다리고 있었다.

"멍청한 계집애, 길모퉁이에서 기다린다고?"

"인생은 그런 거야, 오빠. 여자들은 길모퉁이에서 자기를 기다리는 사내와 떠나는 거야."

여자라는 신분은 얼마나 천박한가!

그는 그리 되지 않기를 간절히 원했지만, 레티시아의 부재가 그의 마음에 기대했던 평온함을 가져다주지는 못했다. 집중하여 책을 읽는 게 힘들었다.

새벽 한 시, 로렌소가 괴테의 『파우스트』를 읽고 있는데 급하게 벨이 울렸다. 레티시아가 가버린 후, 그는 디에고에게 집 주소를 알려주었다. 다시 벨이 울렸다. 계단을 뛰어내려갔다. 밤늦은 시간에 그렇게 벨을 울릴 사람은 아무도 없었다.

"로렌소, 루세르나 집으로 가자. 좋지 않은 소식이……."

집으로 가는 포드 차 안에서 디에고가 그에게 소식을 알렸다. “네 아버지가 아주 위독하셔. 네가 임종을 지켜볼 수 있을지 모르겠다. 널 좀 찾아달라고 타나 고모가 우리 집으로 전화를 했어.”

“아버지한테 무슨 일이 일어난 거야?”

“심장마비라고 그러는데…….”

“아버지가 무엇 때문에 죽은 거야?”

“돌에 맞아서.”

로렌소는 얼굴이 달아오르는 것을 느꼈다.

“뭐라고?”

“다시 한 번 말하지만 돌에 맞아 돌아가셨어.”

“어디에서? 어떻게? 우리가 산에 있는 것도 아닌데, 어떻게 돌에 맞아 죽는다는 거야?” 로렌소는 운전하는 친구의 팔 위로 손을 얹었다.

“길을 걷고 계셨는데 길모퉁이를 돌 때, 누군가가 돌멩이 하나를 던졌던 모양이야. 그런데 정말 운 나쁘게도 그게 뒤통수에 맞은 거야. 아무런 고통 없이 바로 그 자리에서 즉사하셨대. 물론 피를 많이 흘리셨어. 그 다음은 말하지 않을게.”

“이건 미친 사람들, 미친 사람들의 짓이야. 죄인을 붙잡으려고 그랬을까?”

“아니. 그를 영원히 붙잡지 못할 거야. 네 아버지가 어디 사는지 알고 있던 몇몇 젊은이들이 시신을 거두어 집으로 가져왔대.”

그 죽음은 뭘까? 석기시대의 죽음일까? 죄를 주장하는 군중들에 의해서 비난받았던, 복음서에 나오는 간음한 여인의 죽음일까? 20세기에, 그것도 도심 한복판에서 그렇게 죽을 수도 있을까? 머리에 돌을 맞아서? 그의 아버지에게 가해진 그 수모가 로렌소를 화나게 만들었다. 개처럼 돌에 맞아서? 그처럼 나약한 사람이 그런 죽음을 맞다니. 로렌소의 마음 깊은 곳이 큰 상처를 입었다. 그의 심장이 그 섬유조직이 쿵쾅거리면서 뛰었고 이마는 땀으로 젖었다. "이해가 안 돼, 도저히 이해가 안 된다니까. 돌멩이 하나에?" 그는 같은 말만 되씹었다.

텅 빈 도로에서 디에고가 액셀러레이터를 밟아 단숨에 도착했다. 돈 호아킨의 침대 주위에서 도냐 타나와 틸라 그리고 검은 예복을 입은 두 부인이 기도를 드리고 있었다. 벽 앞에 놓인 촛대에서 깜박거리는 불빛의 떨림으로 침실이 꼭 경당 같아 보였다.

"임종을 지켜보지 못했구나. 심장마비였어." 안색이 변한 타나가 말했다.

아버지의 얼굴, 베개 위에 놓인 머리, 인정스러운 틸라의 손에 의해 감겨진 눈꺼풀. 그의 모습에는 로렌소를 깜짝 놀라게 만든 어떤 기품 같은 것이 있었다. 여태껏 한번도 그걸 알아채지 못했다니, 어떻게 그런 일이 가능할 수 있었단 말인가? 그의 옆모습은 아주 순결해 보였고 이마는 넓었으며 얇은 입술에는 엷은 미소가 번져 있었다. 그것은 마치 그에게 그의 굳건한 신앙심을 보여주는 듯했다.

'그렇지만 살아생전에는 아무것도 한 게 없는데, 어떻게 저런 기품을 지닐 수 있을까?' 로렌소는 생각했다. 하지만 그에게서는 분명 기품이 배어 나왔다. 틸라는 그 두툼한 손으로 침대 시트를 정리했으며 돈 호아킨의 머리 뒷부분을 빗질했다. 그 와중에도 그녀는 로렌소가 자신을 뚫어지게 쳐다보고 있음을 확실히 느꼈다. 틸라는 한가로운 생활을 즐기면서 무책임했던 저 주인 나리를, 저 한량을 좋아했던 걸까? 그의 아버지와 틸라 사이에 어떤 애정 관계가 있었을 것이라고는 전혀 의심하지 않았다. 그의 아버지는 무척이나 냉담했기에 그에게 있어 하녀는 하녀였을 뿐, 아무것도 아니었을 거라고 생각했다. 틸라는 낮은 소리로 중얼거렸다.

"제 아빠를 무척이나 좋아한 어린 산티아고를 데려오도록 해야 하는데……."

무감각한 표정을 짓고 있는 후안은 어둠 속에 우두커니 서 있었다.

방 한쪽 모퉁이에서 흐느껴 우는 소리가 새어 나왔다. 타나 고모였다. 그녀의 눈물이 로렌소를 놀라게 했다. 아버지의 얼굴에 어린 기품과 타나 고모에게도 감정이 있음을 보여주는 눈물. 이 두 가지 사실로 그는 무척 당혹스러웠다. 계속해서 침대를 정리하고 있던 틸라가 그녀의 심중을 짐작이라도 하듯 말했다.

"아들을 사랑하듯 남동생을 사랑했어. 늘 그를 보살폈지. 자신보다 먼저 저세상으로 간다는 것을 받아들일 수 없을 거야……. 그녀에게는 힘든 일이지, 로렌소. 최악의 일인 거야."

로렌소는 그렇게 무너지는 그녀를 본다는 것이 두려웠다. 그녀에게 가까이 다가가서 어깨 위에 손을 얹었다.

"고모는 늘 강하셨어요. 우리에게 약한 모습을 보이지 마세요."

짧고 굵은 목, 백발이 성성한 머리, 눈물로 뒤범벅이 된 얼굴의 타나 고모가 양어깨를 움직여 알았다는 신호를 했다. 그게 아니라면, '이제 나한테 정말로 중요한 게 뭐지?' 하는 표시로 양쪽 어깨를 들어 올렸던 것일까?

틸라가 다시 그의 옆으로 다가왔다.

"레티시아는 오지 않을 거니? 이제 곧 장의사 직원들이 들어올 거야. 그러면 그때부터 모든 게 신속하게 진행돼……. 모두들 이 방에서 나가야 하고 난 옷을 입히고……."

로렌소는 너무나 놀랐다. 아버지의 미망인은 나이에 비해 이상하리만치 매끄럽고 젊기까지 한, 둥근 얼굴의 틸라였기 때문이었다. (언젠가 레티시아에게 그것에 대해 말을 꺼냈을 때, 그녀가 말했다. "그건 가무잡잡한 살결이 흰 살결보다 더 건강하기 때문에 그런 거야.") 모든 결정을 하는 것도 역시 틸라였다. 결혼을 하지도 않은 그녀가 이제 곧 그의 아버지에게 향수를 뿌릴 것이고 씻길 것이다. 가장 좋은 옷을 입히고 넥타이를 매어 줄 것이다. 그녀가 처음으로 그에게 턱시도를 입힐 때, 그러니까 수년 전, 거울 앞에 선 돈 호아킨이 어떻게 넥타이를 매었는지 떠올렸다.

검은 옷을 입은 네 명의 장의사 직원들이 올라왔을 때, 틸라는 그들과 함께 방에 남았고 타나 고모는 검은 상복으로 갈아입으러 갔다. 그리고 그녀와 로렌소, 후안은 시간에 맞춰 디에고 베리스타인의 포드 차에 올랐다. 장례식 내내 몸차림에 신경을 쓰는 타나 고모를 보고 로렌소는 짐짓 놀랐다. 낙심한 표정이라고는 전혀 찾아볼 수 없는 강한 모습이었다. 만티야*를 머리 위에서 빗살이 긴 장식용 빗으로 고정한 그녀는 도도하게 미소를 지었는데 몰락한 여왕 같은 인상을 주었다. "벨라스케스**의 그림에나 나올 법했어." 디에고가 말했다. "그게 아니라 고야***의 그림이겠지." 로렌소가 친구의 말을 고쳤다.

사람들이 줄지어 앞으로 걸어나갔다. 그런데 갑자기 그 공동묘지에 아주 짧은 치마를 입은 레티시아가 헝클어진 머리에 민망한 모습으로 모두의 눈앞에 나타났다. 건강미를 한껏 발산하는 그 천사는 모두의 마음을 사로잡았다. 그녀의 헝클어진 빨간 곱슬머리는 머리 뒤에서 후광을 만들

---

* 스페인에서 부인들이 머리에 쓰는 비단 천으로 어깨까지 내려옴.

** 벨라스케스(1599~1660): 세비야에서 출생한 스페인 화가.

*** 프란시스코 고야(1746~1828): 스페인 화가. 근대적인 나부(裸婦)의 선구라고 할 수 있는 「나체의 마하」「옷을 입은 마하」로 유명하다.

었으며 그 모습은 막 침실에서 빠져나온 듯했다. 불쌍한 돈 호아킨에게 신경을 쓰는 사람은 아무도 없었다. 로렌소는 시루엘리요 후작 부인이 큰 소리로 말하는 것을 들었다. "저것 봐, 꼭 이태리 영화에 나오는 여배우 같잖아." 올모스 백작은 오페라에 오기라도 한 것처럼 그의 쌍안경 초점을 맞추고는 미미 로우라 레예스에게 말을 건넸다. "매력적인 머리를 가졌어." 무덤에서 삽으로 흙을 파내고 있는 네 명의 인부들 옆에서 검은 흙을 밟고 서 있는, 스타킹을 신지 않은 엷은 갈색을 띤 레티시아의 두 다리는 두 개의 자석이었다. 그 두 다리에서 아무도 눈을 뗄 줄을 몰랐다. 평범한 블라우스로부터 완전히 드러난 그녀의 두 팔 역시 사람들의 시선을 받기는 마찬가지였다. 땅바닥에 닿을 정도로 아주 깊이 흙을 파냈는데 관을 넣을 무덤 밑바닥에 물기는 없었다. 흙을 다시 삽으로 긁어모으던 인부들 역시 태양 빛을 받아 한층 더 돋보이는 그녀를 올려다보았다. 막 목욕을 끝내고 나온 듯한 살결엔 싱싱함이 묻어나 한 입 베어 물고 싶은 충동을 일으키게 했다. 그녀는 순수 그 자체였으며 에너지를 한껏 발산하고 있었다. 이런 이유로 사람들이 작은 무리를 지어 그녀 주위로 모여들었다. 이 매장 의식에서 슬픔이라곤 찾아볼 수 없었다. 로렌소는 사람들이 카예타나가 아닌 레티시아에게 애도를 표하고 그녀와 포옹하기 위해서 모여드는 것을 화가 나서 지켜보았다. 거기 모인 모든 사람들이 줄을 따라 움직였으며 레티시아와 꼭 붙어서 포옹하고 싶어 했다. '글로리아 인 엑첼시스 데오,* 레티시아.' 남자와 여자 그리고 아이들이 이 환희에 찬 창조물을 꽉 끌어안고 싶어 했으며 노인네들은 자신들을 삼촌, 숙모라 지칭하며 "울지 마, 예쁜 아가야, 울지 마. 여기 내가 있잖아"라는 말로 그녀를 위

---

* Gloria in Excelsis Deo. 하늘 높은 곳에는 하느님께 영광.

로하며 얼굴에다 키스 세례를 퍼부었다. 그러고는 자신들의 입술로 그녀의 눈물을 훔쳤다. (감상적인 데다 떠들썩하기까지 한 성격의 레티시아가 눈물을 많이 흘렸기 때문이었다.) 그런 식으로 로렌소의 여동생이자 돈 호아킨의 딸인 레티시아는 아버지의 장례식에서 아버지를 제치고 주인공이 되었다. 결코 기도할 마음이 없었던 젊은이들도 황급히 물었다. "묵주기도는 어디서 해요? 장례미사는 언제 있죠?" 그들은 앞으로의 일정에 대해서는 아무것도 모르는 레티시아에게 그것을 물었다.

사람들과 헤어질 때, 도냐 타나가 조카에게 말했다.

"묵주기도 때는 소매가 긴 블라우스와 다른 치마를 입고 왔으면 좋겠어……."

"그럴게요, 고모." 레티시아가 그녀를 껴안았다. "처음 눈에 띈 옷을 골라 입은 게 그만 그렇게 되었어요. 스타킹 신을 시간도 없어서……."

"그래, 그렇더구나. 먼저 집으로 들어가서 옷부터 다시 갖춰 입어라."

"그럴게요, 고모."

"너한테 어울리는 만티야를 빌려줄게."

"고마워요, 고모."

자긍심 대단한 데 테나 집안에서 지금 가장 유명한 사람은 은혜를 모르는 배은망덕한 계집애, 인생의 실패를 경험한 계집애, 유쾌함을 자아내는 계집애였다. 레티시아의 오랜 부재에도 불구하고 타나 고모가 그녀를 곁에 두는 것을 로렌소는 도저히 믿을 수 없는 눈으로 바라보았다. 카예타나 데 테나가 뭔가를 의심하고 있는 것일까? "레티시아가 언제 결혼했니?"라는 질문 따위는 하지 않는 걸로 보아 확실히 그런 눈치였다. 데 테나 집안의 여자가 불행 속으로 떨어진 사실을 그녀는 도저히 받아들일 수 없을 것이다. 그렇기 때문에 가장 현명한 방법은 아무것도 모르는 척하는 것이었다. 하지만 조카의 출현으로 그녀의 얼굴에는 생기가 돌았다. 타나 고모는 조카의 과일 같은 도톰한 입술이 자신의 두 볼에 살포시 내려앉도록 분 바른 두 볼을 내밀었고 그런 다음 즉시 그녀에게 키스해주었다. 어떠한 편견이라도 본성을 이길 수는 없다는 결론을 끄집어내는 것 말고 로렌소는 뾰족하게 별 다른 설명을 찾을 수 없었다.

"잘 지내니, 레티시아?" 로렌소가 굳어진 얼굴로 그녀에게 물었다.

"그래, 오빠. 잘 지내."

"먹는 건, 잘 챙겨 먹니? 네 아이들도?"

"그래, 우리는 잘 먹고 있어. 오빠가 집에 오면 오줌 소스에 똥으로 만든 단자, 귓밥 수프, 콧물 젤리를 좀 줄게."

레티시아는 여전했다. 이 상황에서도 좀처럼 변할 줄 몰랐다. 로렌소는 그런 그녀에게서 등을 돌렸다.

디에고 베리스타인이 레티시아에게서 받은 전반적인 인상을 말했다.

"세상에! 네 여동생에게 그런 성적 매력이 있었다니! 정말이야, 정말 굉장했어. 지금 당장 그 귀여운 악동을 보러 가야겠어. 로렌소, 넌 뭘 할 생각이야?"

허둥대는 친구를 보고, 젊은 데 테나가 대답했다.

"너랑 같이 갈 거야. 살아가면서 죽음과 맞서 싸우는 것이 정신건강을 지키는 원칙이겠지. 난 언제든 맞서 싸울 준비가 되어 있어."

"네가 그렇게 말하는 건 처음 봐! 가자! 참, 네가 언짢을지 모르지만, 네 여동생의 그 옷소매라니. 하지만 괜찮았어. 보기 좋았다니까. 지금까지 그렇게 매력적인 애는 보지 못했어, 정말이야, 여자애들 중에서……."

"난 맘에 들지 않아!"

"넌 다른 세상에 살고 있는 거야, 로렌소."

9

두세 달에 한 번씩, 로렌소는 카예타나 고모를 방문했다. 레티시아도 이따금씩 오후에 그녀와 시간을 보내곤 했다. 물론 아이들은 데려오지 않았다. 후안은 어디론가 사라지고 없었다. 막내 산티아고는 경제학도가 되어 있었다. '브로커'들이 에밀리아에게 말했다. "그의 미래는 월스트리트에 있죠." 그녀는 그들에게 호리호리하고 키 큰 남동생의 사진들을 주었고 그를 은행가로 만들었다. 그가 멕시코로 돌아오면 로렌소는 "웰컴, 웰컴 미스터 버클리"라고 말하며 동생을 맞을 것이다.

로렌소는 썩 내키지 않는 마음으로 루세르나에 갔다. 하지만 문턱을 넘어서면 집은 금세 그를 알아보았고 벽들은 오래된 외투처럼 그의 몸을 감쌌다. 부엌으로 들어가 "어린 렌초, 떠나기 전에 뭘 좀 줄까?"라고 말하는 틸라를 끌어안고, 방으로 올라가 쓸쓸히 혼자 앉아 있는 카예타나를 만나는 것은 의례적인 절차였다.

"고모, 정말 조용하네요!"

"너희들이 가버린 다음부터 별 왕래가 없어. 사람들을 잘 부르지 않다 보니까 불러주는 사람도 없고."

"잘 차려 드시던 음식들은요?"

"이제는 그러질 않아, 로렌소. 그러질 않아. 네 아버지와 마누엘이 없으니 아무런 의욕도 생기지 않아. 나도 그들과 함께 죽은 거야."

"고모, 그런 말 하지 마세요. 브리지 게임은요?"

"그건 한단다. 너도 알다시피, 브리지 게임을 할 땐 기분이 한결 나아지잖니. 하지만 나처럼 홀로된 친구들과 일주일에 한 번 정도 하는 게 다야."

집을 나올 때, 로렌소는 더 자주 찾아오겠다는 약속을 했지만 바쁜 일상 때문에 그 약속을 지키지는 못했다. 게다가 자신을 공립 법학고등학교에 보낸 것에 대한 섭섭한 마음을 아직도 가지고 있었다. 로렌소가 자신의 솔직한 심정을 말했을 때, 그녀는 그를 쳐다보는 게 고작이었다.

"고모, 전 변호사가 되기 싫어요. 부정부패와 교묘한 책략들을 참을 수 없어요. 우리에게 위탁하는 일이란 게 사람들의 지위를 강등시키는 것들이라구요. 그리고 세 든 사람들을 강제로 쫓아낼 만큼 전 비위가 좋지도 않아요."

변호사직을 포기했을 때, 로렌소는 자신의 불안한 마음을 함께 나눌 친구가 없었다. 무기력이라는 회색 모포 아래서 질식된 거리는 더 이상 그에게 즐거움을 안겨주지 못했다. 그는 생각에 잠긴 채 길을 걸었다. 우물 밑바닥으로 가라앉은 느낌이었다. 전날까지만 해도 자신의 집처럼 여겨졌던 도시에서 길을 잃고 방황하는 게 얼마나 간단하고 쉬운 일인지.

어느 날 아침, 차바 수니가와 부카렐리에서 우연히 맞닥뜨리게 될 찰나, 그는 바로 옆에 있던 잡화점 안으로 몸을 숨겼다. 베리스타인이 "세상에! 안 좋아 보이는데. 앙상하게 뼈만 남았어. 무슨 일이야?"라는 말로 그를 맞은 이후, 그는 누구와도 만나고 싶지 않았다. 수니가의 외침과 무엇이나 과장하는 그의 행동이 예상되었다. "사무실을 그만뒀다면서? 네 '사브와르-페르'*는 어디 간 거야? 넌 말이지 악의에 찬 인간으로 변해버렸어. 계속 그렇게 굴다간 어디에도 정착하지 못할 거야."

그룹 친구들 모두 신분이 상승했다. 예상 밖의 일은 모두 일종의 실수라고 믿는 수니가는 자신의 이 같은 신념을 인정해주는 정치가들과 더 많은 시간을 보냈으며, 빅토르 오르티스는 국제연합기구에서 일을 했다. "난 달러로 급료를 받아, 로렌소." 담배 파이프 역시 외교관이 되었다. 물론, 가장 멋진 길을 가고 있는 친구는 가장 뛰어난 자질을 갖춘 디에고 베리스타인이었다.

"로렌소는 어떻게 지내니? 어떻게 손을 쓸 수 없을 정도야. 치명적이라구! 어느 정도인지 모르는 모양이구나! 최악의 상태야. 모두들 그에게서 달아나." 자신의 속내를 드러낼 심산으로 레티시아는 웃어가며 오빠의 친구들이 했던 말들을 그대로 옮겼다. "오빠를 죄인이라고 하진 않았지만, 하는 행동은 죄라고들 했어." "넌 내 친구들과 공범이야. 그들과 같이 있지 그래, 레티시아." "봤지? 그들이 날 더 좋아해. 오빠가 전에는 『밀레니오』에서 필요한 존재였는지 몰라도 지금은 오빠를 불쾌하게 여기는 것 같아. 그들을 마지막으로 봤을 때도, 칠백 명의 멕시코 사람들이 광견병으로 죽었기 때문에 칠백만 마리의 개들을 죽여야 한다는 그런 얘기만 했다면서. 이십만 마리의 개들이 한 마리당 이백오십 그램의 똥을 눈다는 수치까지 들먹이면서 말이야. 그렇게 정확한 수치까지도 들이대는 그 똥철학으로부터 못 빠져나왔기 때문에 화를 내는 거라고 여기던데." 레티시

* 임기응변의 재치, 처세술

아는 웃었다.

그는 여동생을 쫓아낼 마음에 투덜거리며 화를 냈다. 레티시아는 그녀의 인생을 골라잡을 수 있었고, 돌멩이처럼 그것을 다른 곳으로 가져갈 수도 있었다. 하지만 그의 경우는 달랐다. 아무도 그를 이해하지 못할 것이다. 그는 여동생이 가진 매력도, 에밀리아가 가진 매력도 갖고 있지 못했다. 여자는 남자에게 달라붙을 수 있고, 다른 사람의 삶에 얽혀서 새 삶을 살 수도 있다. 그는 자신의 삶을 찾아야 했지만 남들이 앞을 향해 힘차게 달리는 동안 회의와 절망 속으로 몸을 숨겼다.

반면에, 레티시아는 콸콸 흐르는 강물처럼 행복을 뿜어냈으며 입가엔 미소가 번져 있었다. 그녀는 머리카락이 자랐다고 신경 써주는 소리까지도 들을 수 있었다. 그 애는 모두의 마음을 사로잡았다, 모두의. 두 번의 출산은 그녀를 한층 더 눈부시게 했다. 하이힐을 신은 그녀가 한 아이는 두 팔에 안고 또 한 아이는 손을 잡은 채, 열다섯 살 소녀의 아름다움을 발산하며 길을 걸었다. '사람들이 그 앨 좋아하는 이유가 있구나.' 로렌소는 생각했다. 그녀는 자신을 선물인 양 모든 장소에 가져다놓았다. 농담을 하고 웃어가며 자신의 아이들을 돌보았고, 꺼낼 법도 한 사내 얘기는 한번도 하지 않았다. "기분 상하게 하고 싶지 않아서. 오빤 화를 잘 내잖아." 로렌소와 헤어질 때, 그녀는 문간에 서서 연신 키스를 보냈다. "넌 아무 생각이 없는 애야." "오빤 말이지 멕시코의 양심이 되기 위해서, 그러기 위해서 사는 거지." 그녀가 얼굴을 찡그리며 대답했다. "넌 어딜 향해서 갈 거야, 레티시아?" "오빠는? 오빤 말이야, 그 쓸데없는 잡념들로 나보다 더 지옥에 가까이 있을 걸."

'어쩌면 그 애 말이 맞는지도 몰라.' 놀란 로렌소는 생각했다. 그녀는 무책임했다. 하지만 더 확신에 차 있고 편견에서 벗어나 있지 않은가! 섬광처럼 플로렌시아의 기억이 그를 뒤흔들었다. "어디 사니, 레티시아? 아니, 말하지 마. 알고 싶지 않아." "정원이 있는 집에서 살아. 아이들과 난 네잎클로버를 찾으러 목초지로 달려가지." "게다가 오빠가 그렇게 좋아하는 목련나무 한 그루도 있는데, 매년 꽃을 피워." "와, 네 그 미소와 함께 이름에 걸맞은 멋진 생활을 하는구나." "그래, 그렇지? 내가 정말로 불행했던 때는 오빠와 지낼 때였어." "무엇 때문에 불행했다는 거야, 레티시아?" "오빠와 같이 사는 건 한 사람이 자기 자신이 되기를 그만두는 거야. 오빠와 결혼하게 될 여자는 불쌍해." "난 절대 결혼하지 않을 거야. 가정을 꾸리지 않을 거야." "한번 두고 봐. 인생이란 게 오빠 생각대로 되질 않을 테니까. 불쌍한 여자, 단 한 번이라도 발가벗은 몸으로는 춤추지 못할 거야." "어떤 여자가 알몸으로 춤추고 싶어 하니?" "내가 그래, 오빠. 그리고 나처럼 많은 여자들이." 그녀는 달랐다. 분류하기 불가능한 자연현상이었다.

그는 후안이 보고 싶었을 것이다. 그에 대해서는 아는 것이 별로 없었다. 그저 잘 지낼 거라고 추측만 할 뿐이었다. 그는 특별한 직관력으로 후안만이 자신을 이해해줄 유일한 사람임을 알아차렸다. "후안 오빠는 파추카로 가는 길에 있는 타블라스 데 산 아구스틴 구역에 주물공장을 차렸어. 곧 우리에게 돈을 뜯으러 올 거야." 레티시아가 빈정대며 말했다. "난 그 애와 대화를 나누는 게 좋아." "놀라겠는 걸. 늘 별 볼일 없는 녀석이라고 그랬잖아." "봐, 레티시아. 나도 놀래키는 재주가 있지." "그게 의심스러워. 오빤 모든 면에서 후안보다 상상력이 부족하잖아."

이발소에서 아무 생각 없이 잡지를 넘기다가 조키 클럽의 '화이트 앤 블랙' 무도회에서 세련된 한 젊은 여자 옆에서 웃고 있는 베리스타인의 얼굴을 보았다. 로렌소는 배신감을 느꼈다. 삼백 명의 사람들과 『엘 우니베르살』과 『엑셀시오르』의 사회면에 자주 사진이 실리는 몇몇 인사들이 점점 더 혐오스러워졌다. 논쟁 끝에, 디에고가 그에게 듣기 싫은 소리를 해댔다. "로렌소, 난 반공산주의자야. 바스콘셀로스*가 소련의 스파이 행위를 비판하고 전례를 찾아볼 수 없는 난폭한 독재를 비판한 것은 전적으로 옳은 행위야." 로렌소는 자신의 기대에서 완전히 벗어난 그 대화를 무시했다. "넌 대법원 판사 자리를 사임한 나르시소 바솔스**처럼 과격한 혁명주의자로 변하고 있어. 그가 아빌라 카마초***에게 말했다지. 정부가 하는 일에 동의하지 않을 뿐만 아니라 투쟁까지도 불사하겠다고 말이야."

로렌소가 원하는 것은 투쟁이었다. 바솔스처럼 관직을 좇지 않는 사람들 곁에서 투쟁하기를 원했다.

"'사임의 챔피언'이 그렇게 널 끌어당기던?" 베리스타인이 웃었다.

"사람들이 바솔스를 그렇게 말하니?"

"그래. 그는 1934년에 교육부 장관직까지 사임했어. 그건 오르티스 루비오 대통령과 아벨라르도 로드리게스 대통령이 임명한 자리였는데 말이야. 그뿐만 아니라 도박장에 반대하기 때문에 내무부 장관직도 사임한다고 했어. 이것 봐, 그의 애국적인 용기가 가상하긴 하지만 바솔스는 현실을 직시하지 못한 거야."

"그건 정부에서 비열한 인간들의 눈속임을 돕지 말아야 한다는 생각 때문에 그런 게 아니었을까? 멕시코의 교육제도를 현대화하고 싶은 마음에서 그런 게 아니었을까? 거액의 비용이 낭비되는 것에 반대하는 자신의 생각을 나타내기 위해서 그런 게 아니었을까? 특권층의 허영심을 막아보

---

* 호세 바스콘셀로스(1882~1959) : 멕시코의 작가이자 정치가.

** 나르시소 바솔스(1897~1959) : 멕시코의 정치가이자 교육자.

*** 마누엘 아빌라 카마초(1897~1955) : 1940~1946년에 집권한 멕시코 대통령.

려는 생각에서 그런 게 아니었을까? 멕시코가 파리를 모방하여 우리들을 우롱하는 불란서화로 빠져드는 것을 원치 않아서 그런 게 아니었을까? 네가 우익 변호사가 될 거라고는 말하지 마! 그들이 하는 식의 말장난을 하지 말란 말이야!"

"그만 해, 로렌소, 그만 하란 말이야. 네 독소가 부카렐리 거리에까지 퍼지려고 해."

이런 로렌소의 생각도 알지 못하고 디에고가 로렌소에게 바솔스에 관해서 말한 것은 친구에게 길을 열어준 셈이 되었다. 바솔스를 주축으로 한 '정치활동연맹'의 창립을 전해듣자마자, 그는 그 첫 모임에 참석했다. 빅토르 마누엘 비야세뇨르와 마누엘 메사 안드라카, 리카르도 J. 세바다와 에미그디오 마르티네스 아다메는 전술한 대로 권력으로의 접근은 무엇이든 사절했다. 그것은 부패로 가는 길이었기 때문이다.

"노동 대학을 아니, 디에고?"

"너한테 사실대로 말하자면 롬바르도 톨레다노한테 퇴짜를 맞았어. 그의 웅변술이 제아무리 대단하다고는 하지만 말이야. 그는 민중과 함께 하고 민중처럼 생활하는 척하지만 실제로 원하는 것은 그들 위에 군림해 자신의 뜻을 강요하는 거야. 어쨌든 너의 그 대학으로 한번 가보자."

수업은 엉망이었다. 철도원 모자를 쓴 채, 졸고 있는 노동자 앞에서 선생은 어수룩하게 말하고 있었고 교실 안쪽에서는 뜨개바늘 부딪히는 소리가 울렸다. "계획은 좋았지만 문제는 그것을 어떻게 실행에 옮기느냐에 있었어." 디에고가 정말 가슴 아파하며 말했다. "기꺼이 수업을 해주러 올 수도 있지만 날 더 필요로 하는 곳은 대학인 것 같아."

"'알지'도 못하면서 어떻게 자유로워지려고 하는가?" 정치활동연맹 집회에서 한 노동자의 절규가 로렌소의 뼛속까지 파고들었다. 그의 바로 옆에 있던, 그의 또래쯤으로 보이는 호세 레부엘타스*라는 소년이 갑자기 자리에서 일어났다.

"동지의 말이 모두 맞아요. 우리의 처지를 서글프게 하는 무지가 정말 엄청나죠. 그런데 우리에게는 책조차 없으니!"

다음 날, 이 말에 자극을 받은 로렌소는 자신의 책을 선물했는데 그 중 몇 권은 사람들에게 많이 읽히는 것들이었다. 도스토옙스키, 톨스토이, 로맹 롤랑. 말라깽이로 불리는 페페**가 애정 어린 마음으로 책장을 넘겼다. "동지, 동지가 가져온 책들을 우리에게 준단 말이야? 이 책들처럼 나도 소설 쓰는 일을 갈망했지. '파괴'라는 제목으로 작품 하나를 쓰기 시작했는데 잃어버렸어, 어쩌면 사람들이 내게서 그걸 훔쳐갔는지도 모르지. 지금은 '물댐'이라는 제목으로 다른 소설을 쓰고 있어. 체호프와 고리키가 톨스토이보다 더 위대해. 얼빠진 열정으로 가득 찬, 그 작자가 난 정말 맘에 들지 않아. 요란한 천둥 소리, 튀는 섬광, 격정적인 열광이라고는 찾아볼 수 없이 연민이라는 아래로 향한 사랑이라니."

호세와 로렌소는 바스콘셀로스 추종자들의 활동에 참가하지 않았다. 로렌소가 바스콘셀로스를 지지하며 거리 시위를 벌이는 수많은 군중을 목격하고 부정선거에 분개하긴 했어도 활동에 참가하기에 그들은 너무 어렸다. 바스콘셀로스는 자신의 추종자들을 버려둔 채, 숨어서 망명할 목적으로 무장궐기를 소집했다. "난 바스콘셀로스가 훌륭한 철학자이며 소설가이기 때문에 그를 따르지 않아. 그렇기 때문에 말이야." 레부엘타스가 싱긋 웃었다. "아직도 그는 뭔가 놀라운 일을 할 수 있어." 로렌소가 주장했다. "이젠 늦었어, 늦었다구. 마흔아홉 살의 노인네인 걸."

---

* 호세 레부엘타스(1914~1976): 멕시코의 소설가.

** 호세의 애칭.

페페는 멈추지 않고 담배를 피워댔다. 그러기는 로렌소도 마찬가지였다. 그들은 줄담배를 피워가며 노동자 계급에 대해서 이야기를 했다. 그것은 담배 연기로 충혈된 그들의 눈 속에서 이글거리며 타는 못이었다. "난 반체제주의자야. 훙을 깨는 사람이지. 정부의 골치 아픈 적이기도 하고 말이야, 테나 동지." 로렌소는 후에 자신의 것으로 만들게 될, 괴테의 말에 감동받았다. "모든 이론은 회색이며 오직 영원한 것은 저 푸른 생명의 나무다." "괴테의 『파우스트』를 읽었니? 토마스 만의 『마의 산』은? 훌륭한 소설이지. 한번 읽어봐. 넌 세템브리니*의 철학적인 정밀 분석에 빠져들게 될 거야." 레부엘타스는 그 책을 원어로 읽었다. "사실 난 독일 학교에서 사학년까지 마쳤어."

레부엘타스에게 관심을 가지게 된 로렌소는 연맹 본부에서 초조하게 그를 기다렸다. "레부엘타스!" 그가 들어오는 것이 보이자 그렇게 인사했다. "레부엘타스!" 그러자 그가 씩 웃었다. "동지, 모두가 날 페페라고 부르는데 동지는 울림이 강한 내 성을 불러주니 정말 좋은데!"

"그룹 친구들보다 레부엘타스에게서 훨씬 더 강한 친밀감을 느껴." 로렌소는 단정 지어 생각했다. 1932년에 그에게 있었던 일을 알게 되었을 때, 로렌소는 탄복해 마지않았다. 그 당시 열일곱 살이었던 그는 마리아스 섬에서 오랜 옥살이 후에 미성년자라는 이유로 풀려났다. 그리고 삼 년 후, 밧줄에 포박되어 다시 그 섬으로 끌려갔다. 그곳에서 지금까지도 그를 괴롭히고 있는 말라리아열에 걸렸다. 그의 몸을 겨냥한 총구들, 레

---

* 루이지 세템브리니(1813~1877): 이탈리아의 작가. 제1차 이탈리아 독립전쟁 때 선동자 중 한 사람으로 1849년 체포되어 1851년 사형선고를 받았으나, 감형되어 십 년 동안 국외로 추방되었다. 그의 애국주의 정신과 반 교권주의 사상은 1866~1872년까지 나폴리 대학에서 강의한 『이탈리아 문학강의』(전 3권)에 잘 나타나 있으며 그의 『회고록』(1879, 죽은 뒤 간행)에는, 이탈리아 통일운동기에 고난의 생애를 걸어온 지식인의 자세가 기록되어 있다.

부엘타스의 머리는 여러 흉터 자국들과 심하게 맞아서 생긴 혹 투성이였는데 난폭하게 체포당했을 때 생긴 것들이었다. 그리고 그때, 구두에 채여서 늑골 두 개가 부러졌다. 그것이 단식농성 중 일어난 일이었다. 그는 감방의 콘크리트 바닥 위에서 잠을 잤다. 군중들에게 격려연설을 할 수 있었고 권총을 쏠 줄도 알았다. 그의 동생 페르민은 권총에 총알을 장전했다. 정치는 사람들의 일이다. 레부엘타스 형제에게 있어서 항의시위와 폭동 그리고 끝없는 추적은 매일의 일용할 양식이었다. 레부엘타스가 미성년자 보호소에 수감되어 마르크스주의를 공부할 때, 로렌소 데 테나는 어디에 있었을까? 데 테나는 제7차 국제공산당대회라는 것조차 알지 못했다. 에르난 라보르데와 '생쥐' 미겔 앙헬 벨라스코와 함께 멕시코 대표단의 일원으로 지명된 레부엘타스는 모스크바를 여행했으며 스탈린과 악수를 나누었다. "소련 사람들이 얼마나 많던지, 정말 굉장했어! 가슴 아픈 일은 거기서 내 동생 페르민이 죽었다는 소식을 전해들은 거였어."

'작은 새' 레부엘타스를 통해서, 데 테나는 비밀공작원으로서의 생활이 어떤 것인지 깨닫기 시작했다. 위태위태한 상황에서 느끼는 그 감정들을 그는 지금까지 한번도 경험하지 못했었다. "네가 정부에 반대하면 그들은 널 추적할 거야. 넌 그 추적자를 계속 따라오게 해야 할지 아니면 여기서 멈춰 세워야 할지 알게 될 거야."

이제 그가 입은 옷은 여느 사람들처럼 남루했으며 그가 느끼는 허기 역시 마찬가지였다. 작은 새와 그는 등이 휜 짐꾼의 노동을 뼈저리게 느끼며 땀투성이가 된 채 오갔다. 레부엘타스는 그들을 '동지들'이라고 불렀다. "테나, 여성 동지에게 길을 비켜줘." 뚱뚱한 상체의 여자가 겹겹이 쌓인 침대 시트가 든 커다란 바구니를 들고 지나갔다. 정말 사람들이 많군! 그는 그 많은 사람들 사이에서 정신이 없었고, 그들은 그런 그를 밀치고 지나갔다. "군중들 속에 녹아들어야 해, 동지." 도시는 생존을 위한 노력의 각축장이긴 하지만, 길모퉁이에서는 전봇대 주위로 몰려든 부랑자들이 몇 시간째 아랫배만 긁어대며 하염없이 앉아 있었다. 로렌소는 그들을 '게으름뱅이들'이라고 불렀지만 호세 레부엘타스는 '실업자들'이라 했다.

"알코올중독, 기름때, 무책임, 어떻게 이런 것들과 맞서 싸울 수 있을까?"

"알코올이 그렇게 해로운 거라곤 생각지 않아, 테나 동지. 내게 아주 굉장한 깨우침을 주기도 하고 날 저 천체 공간으로 데려다주기도 하니까."

"그 공간에 관해서 뭘 알고 있지?"

그들은 같은 공간 속을 떠돌았기에 가까운 사이가 되었지만 광활한 우주 공간을 대하는 태도는 서로 달랐다. 그들은 치열하게 살았다. 아니라고 말할 줄 몰랐기에 축적된 피로가 그들을 파고들기 시작했다. "사람들 속으로 뛰어들어 그들을 돕지 못한 것에 우리는 혹독한 죄책감을 느끼게 될 거야." 레부엘타스가 말했다. 그들은 인쇄물을 보고 달려가 부지를 계약했지만 한 시간 후, 주인은 그들에게 과도한 선불금을 요구했다. 보도 위에서 낡은 세간들을 끌어 모으고 있는 일가족을 돕기 위해서 게레로 구역 쪽으로 걸어갔지만 정신 나간 사람들처럼 멍한 상태였다. 그들에게 새로운 보금자리를 찾아줄 생각이었다. 그러는 사이 경찰이 그들을 미심쩍은 눈으로 쳐다보았다. "저런 감시의 눈초리가 우리를 광기로 몰고 가는 걸까?" 로렌소는 자문했다. 그들은 정부와의 계속되는 분열 속에서, 예측할 수 없는 상황에 모든 것을 내맡긴 채 살았다. 멕시코의 발전이 왜 더딘지 그 원인을 찾는 데 시간과 정력을 낭비했다. "멕시코는 아메리카 대륙에서 혁명의 선봉에 서야 해, 동지. 우리에겐 이점이 있어. 지금 유럽이 처한 상황을 우리는 이미 경험했다는 거야. 1910년에 일어났던 혁명은 우리 민중을 죽음으로 내몰았어. 소비에트연방 역시 이미 그 같은 혁명을 경험했지. 바로 그 때문에 프롤레타리아 동맹이 승리할 거야. 동지들을 더 많이 늘리기 위해서는 제일 먼저 사회의식, 다시 말해서 정신적인 면을 고취할 필요가 있어. 모스크바에서는 콤소몰*의 많은 젊은이들이 아무런 대가도 바라지 않고 지하철 건설에 참여했어. 순수한 열정으로 가득 찬 사람들이지!"

레부엘타스에 따르면, 지방에서 당의 과업을 수행하는 데 있어서 가장 중요한 것은 사람들과의 접촉이었다. 그는 자신을 목적지까지 실어다 줄 운송 수단을 구하는 데만 해도 여러 날을 보내야 했다. 어떤 돌파구가 있는 것도 아니고 그렇다고 말이라도 있어 타고 갈 수 있는 형편도 아니었기에, 그는 자신을 말에 태워주었던 한 오두막지기를 만날 때까지 그렇게 시간을 보내야 했다. "그냥 자신을 주어진 상황에 내맡겨야 해, 동지. 목적지까지 도달하는 데 거의 모든 정력을 소모하게 되고 또 도착해서는 동지의 말을 귀담아들어줄 새로운 동지들을 찾아내는 데 힘을 소모하게 되지. 무엇을 먹고 어디에서 잘 건지도 문제야. 왜냐하면 그곳에 공산당 친구가 없을 수도 있고 설령 있다손 치더라도 그가 열쇠를 쥐고 있을 수 있으니까. 작전 소집을 기다리는 동안 점점 지쳐갈 거야. 음향 장비가 있는 것도 아니고 모두가 없는 듯이 움직이기 때문에 말이야. 그러다 어느 날 밤, 자신에게 물어보게 되지. '여기서 도대체 내가 뭘 하는 거지?'라고. 이제는 자기 자신까지도 참을 수가 없게 된 거지. 카마론 동맹파업의 지방 지도자들 중 한 명이 나한테 그러더군. '아, 당신이 모두에게 교시를 주러 온 모양이지.' 그러더니 내 뺨을 한 대 때리는 거야. 그들이 네게 고

* 전(全)소비에트연방 공산주의 청년동맹.

마워할 거라고는 기대하지 마, 로렌소. 그건 소부르주아 계급에 대한 반동인 거야."

하지만 페페는 아주 환한 미소를 지으며 소리쳤다. "이 모든 것들 덕분에 난 세상에 태어난 것에 만족해."

테나와 레부엘타스가 본래부터 가진 생각은 비현실적인 것이었다. 그들은 수용할 줄도 몰랐고 용서할 줄도 몰랐다. "의심하라, 그러면 적중시킬 것이다." 로렌소는 말했고 호세는 그의 그런 생각을 완성시켰다. "제일 먼저 의심해야 할 사람은 바로 네 자신이야. 우리에게 무한한 능력이 있는지 누가 알겠니! 자, 차표 한 장만 줘."

"없어, 친구. 우리 걸어서 가자."

그들은 온 도시를 걸어다녔다. 레부엘타스는 로렌소보다 더 폭넓은 경험을 했고 공원의 나무의자에서 아무렇지도 않게 잘 잤다. 그는 아무것도 먹지 않고도 사흘을 버텼다. "이젠 익숙해진 걸." 이렇게 간단명료한 말로 그 괴로운 시간을 넘겨버렸다. "물이라도 많이 마셔둬. 허기가 좀 가실 거야. 더구나 넌 나보다 젊어. 그러니까 더 강하잖아."

바솔스처럼, 그의 대화 주제는 노동투쟁이었다. 그는 시골 공민학교와 농촌에 관심을 가질 것을 역설했다. "좋은 환경 속에서 자란 모든 멕시코인들이 시골 학교의 선생이 돼줘야 한단 말이야." 로렌소는 푸에블라로 가는 고속도로가 끝나는 곳에 위치한 옥타비오 실바 바르세나스 중학교에서 수학을 가르치겠다고 나섰다. 그곳까지 도착하는 것은 그를 흥분케 하는, 일종의 모험이었다. 하지만 교실에서 선생의 설명을 이해했다고 신호를 보내오는 아이는 아무도 없었다. "모욕을 주기까지 하는데도 별 반응이 없었어." 로렌소가 레부엘타스에게 말했다. "아이들의 얼굴은 돌처럼 딱딱하게 굳어 있고 내 기분은 엉망이 돼버려." 누군가가 원치 않는 것을 도의상의 의무라는 명목으로 강요하려는 것, 그것이 사회주의라는 것일까?

"나 역시 가르치는 게 싫어, 동지. 날 유혹하는 건 말이지 맥주 한 잔을 앞에 두고 생각한 바를 크게 외치는 거야."

그들은 맥주를 마실 형편이 아니었다. 커피 한 잔 마실 형편도, 버스를 타고 다닐 형편도 아니었다.

"우리는 일전 한 푼 없는 빈털터리야, 동지." 레부엘타스가 웃었다. "우린 가난하단 말이야, 가난해, 가난하다구. 왜 우리들은 이렇게 가난한 걸까?"

"우리보다 더 가난한 이들도 있어."

"또 가난으로부터 벗어나는 사람들도 있지. 하지만 우리들의 이 가난은 끝이 없어."

가난은 그들을 가까운 사이로 만들어주었다.

"돈을 빌려달라고 부탁할 사람은 없니?"

"없어." 로렌소가 얼굴을 붉혔다.

누구에게 도움을 구하지? 디에고에게? 하지만 맨 먼저 그를 마음에서 지워버렸다. 자신의 처지를 알고 있다면 많은 것을 바랄 수는 없었다. 패배자들과 손을 잡은 로렌소는 실패자인 동시에 반대자일 것이며 디에고가 그 유창한 영어로 말하는 것처럼 '아웃사이더'일 것이다. 놀이나 제도 속으로 뛰어들지도 않을 것이다. 더구나, 디에고에게는 『콤바테』 출판사는 굉장한 바보짓처럼 보였을 것이다. "대중음식점이나 못사는 집 부엌에서나 찾아볼 법한 요리법 같아. 한탄할 만한 일이지. 렌초, 그걸 분석이라도 해봤니? 바솔스는 비누, 이가 득실대지 않는 침대, 배고픔과 추위를 피하기 위해 필요한 음식과 옷, 자유로운 성생활을 요구하고 있어. 충동을 억제하거나 그 감정을 없애는 것이 가난이라는 사실을 간과한 채 말이야. 과학만이 줄 수 있는 유일한 행복과 균형을 보장하는 최소한의 문화를 요구하고 있지. 인류의 전체적인 의미가 결여되지 않도록 자연 속의 여러 은둔처들과 인간 생활의 갖가지 핵심 여기저기에 나타나는 것은…… 좋아, 그건 바로 감상적인 것에 선을 긋는 단순주의에서 나온 발상이야! 난 이해할 수 없어, 네가 그 안에서 무엇을 하는지, 네가 발견하고 있는 그 은둔처들이 무엇인지!"

결국 그들이 갈 길은 달랐다. 디에고는 그에게 같은 말만 되풀이했다. "어떤 부를 나누어 주려는 거야? 먼저 부를 창출해야 해. 우리들이 부를 '만들어'야 한단 말이야. 우리들은 투자자들 사이에 있어. 외국 투자가 흘러들어오고 있다구. 우리들은 이 세계의 미래야. 미주개발은행은 우리를 믿고 있어. 이 대륙에서 가장 큰 가능성을 가진 나라는 바로 멕시코야. 넌 이 훌륭한 기회를 그냥 보고만 있을 거니?"

기회라고? 제도혁명당은 이 나라를 마치 자신들 소유의 작은 부락인 것처럼 취급했다. 대통령들은 일 년에 일억 달러 이상의 비자금을 만들었고 그 돈을 자신들의 주머니에 챙겨 넣었다. 1917년 베누스티아노 카란사*에 의해 혁명헌법이 마련되었지만, 이 비자금들은 그가 가진 막강한 권력의 일부가 되었다.

"우리들은 대통령 중심제를 그만 끝내야 해, 디에고! 그들의 부정부패가 우리들의 목을 조르고 있어!"

"뭔가 잘하고 있다면 그들이 부를 축적하는 것 따위는 그리 중요하지 않아."

---

* 베누스티아노 카란사(1859~1920): 멕시코 혁명가.

정신이상자처럼 로렌소는 빈정거리다가 비웃기도 하고, 폭소를 터트리다가 분노하기도 했다. 자신의 감정을 자제하지 못한 채, 그는 투창을 던져댔다. 많은 이들이 그의 혹독한 말솜씨를 놓고 쑥덕거렸다. "그에게 가까이 가지 마. 네가 마음에 들지 않거나 언짢게 하는 말이라도 하게 되면, 만인이 보는 앞에서 개망신을 당할 테니까." "남에게 망신 주는 법을 알고 있는 사람이 있다면, 그건 바로 데 테나일 거야." 최근에 있었던 파티에서 차바 수니가가 디에고의 옷소매를 잡아끌었다. "저 애를 좀 데리고 나가. 그렇게 할 수 있는 사람은 너밖에 없어. 여기에서 끌고 나가. 더 말할 필요 없이 저 애송이 여자애의 얼굴 좀 봐. 모두들 그의 공격에 질려들 버렸어."

성미가 급한 로렌소는 모든 사람들이 훈련기관, 공동체의 발전, 과학기술 교육, 물을 정화시켜주는 식물, 학교 건축, 가난한 사람들이 자신들의 가능성을 발견할 수 있도록 도와주는 작업장에 대해서 관심을 가져주길 원했다. "우리는 과학을 통해서 국가 발전을 지속시켜나가야 해." "정말 흥미로운 걸!" 이런 몇 마디를 던진 후, 친구들의 대화는 최근에 있었던 정치 루머, 개인적인 이야기, 떠도는 소문으로 다시 되돌아갔다. "너희들의 사회적 책임은 어디에 있는 거야?" 로렌소가 소리쳤다. 보다 못한 차바 수니가가 그에게 말했다. "로렌소, 넌 우리와 함께 있는데도 항상 기회를 놓치고 있어."

무엇이 기회였을까? 그 기회가 언제 오는 걸까? 그들은 혼돈과 과두정치 사이에서 살고 있지 않은 걸까?

디에고는 초기 공산주의 사상에 어떤 관심도 보이지 않았다. "무슨 일이야, 렌초? 너한테서 증오의 기운이 스며나오고 있어. 누가 그걸 믿으려 하겠니? 전에 널 알던 사람은 네가 무언가에 열광하리라고는 생각지도 못했을 거야. 넌 너의 그 통찰력과 형식의 완성 그리고 사고의 전개로 네 인생의 예술품을 만들어가려 했었지. 지금도 그러고 있니? 아주 잘해내고 있었지. 렌초, 하지만 넌 네가 속한 사회계층을 배신하는 쪽을 택했어. 난 모르겠어. 네가 왜 어두운 공산주의 이론에 끌리는지를." "그게 바로 나니까." "아니야, 렌초. 아니야. 이제 넌 알게 될 거야. 우리에게 기회가 오게 되면 넌 무참히 깨지고 말 거야."

"네 분류사회학적인 논증은 20세기와는 동떨어져 있어."

"현실을 직시해, 렌초. 저 영광스러운 러시아혁명을 의심해보라구. 우익이니 좌익이니 하는 정치제도를 경계해. 어쩌다가 좌익의 옹호자로 변해버렸니? 자본주의는 일자리를 창출하고 있어. 우리의 혁명국가가 국민들을 먹여살릴 아무런 능력도 갖추지 못하자 그들이 리오 브라보 강을 건너가는 거야. 잘 보라구. 우리들은 일자리를 제공해줘야 해. 하지만 본질적인 것은 보호무역정책 국가가 되는 것을 그만두는 거야. 노동자 계급? 웃기는 소리 하지 마! 그들의 마음 저 밑바닥에는, 노동자들도 모든 사람들과 마찬가지로 안락한 생활을 원해. 미국 대사 조셉 다니엘과 대화를 나눠본 적이 있니? 일전에 에세키엘 파디야와 함께 외무부에서 그가 말하는 것을 들었어. 그의 관점들 중 일부에는 나도 동감해."

그링고*들이 엘 차미살 강의 땅을 단념하지 않고 자기들 것으로 만들려고 하는데 디에고가 외무부를 드나든다니, 어떻게 이런 일이 있을 수 있을까?

베리스타인, 수니가, 이투랄데, 오르티스, 담배 파이프 가르시아디에고는 사업의 세계로 뛰어들었다. "디에고, 그건 부자와 가난한 자들 사이

---

* 라틴아메리카에서 미국인을 경멸적으로 부르는 말.

에서 벌어지는 죽음의 전쟁이야." "그렇게 단순하게 보지 마, 로렌소. 혁명에서도 이기는 쪽은 가난한 사람들이 아니란 걸 기억해. 영리한 사람들이 얻게 돼 있어, 친구. 어제 저 아래에 있던 사람들이 오늘 위로 올라서게 되고 과거에 자신들이 지키던 것을 공격하는 거야."

친구라고? 아직도 우리가 친구란 말인가?

돈이 결정적인 것이었다. 하지만 로렌소와 페페는 정확히 돈과는 거리가 먼 곳에 있었고 그 돈이 없었기 때문에 돈에 대한 강박관념에 사로잡혀 있었다. "인생에서 돈 없이 뭘 할 수 있을까?" "간디를 봐, 로렌소. 프란치스코회 수사들을 보라구." "우리가 필요로 하는 물건들은 구체적인 것들이야. 전단지를 만들기 위해서 종이와 잉크가 필요하고 인쇄업자에게 현찰로 지불할 돈이 필요해." 어떻게 아무도 정치활동연맹에 협력하지 않을 수 있단 말인가? 어떻게 그 중요성을 깨닫지 못할 수 있단 말인가? 바솔스는 돈이 없는 것일까? 왜 그에게 돈을 달라고 요구하지 않는 걸까?

"너 미쳤니? 그는 분명히 그럴 거야. '동지들, 일을 하시오, 일을.' 그러고는 짐꾼으로 일하라고 우리를 라 메르세드로 보낼 걸. 넌 그가 한 가지 과업만 맡기는 사람이 아니란 걸 아직까지도 깨닫지 못했니? 그는 사무실의 쓰레기를 집어던지는 사람이야."

"그도 뭔가를 가져야 해. 정부 관직만 차지하고 그냥 가만히 앉아 있는 사람은 아무도 없잖아."

"내가 장담하는데 말이야, 아무 생각 없이 사는 것도 꽤 괜찮아. 그렇게 한번 살아봐."

나중에 차바 수니가가 말한 것처럼, 비솔스는 작은 체구를 가진 사내였다. 그를 본 사람이라면 그 누구도 그가 장관과 대사를 지냈던 사람이라고는 믿을 수 없을 것이다. 어느 날 오후, 렌초는 작은 천사처럼 버스

계단에 매달려 있는 그를 보았다. 그는 정말로 군중의 무리와 함께 세상을 돌아다녔다. 몇 년 후, 바솔스가 프롤레타리아 계급의 자전거를 받아들일 것을 로렌소는 의심치 않았다.

바솔스가 1939년 공화파 사람들의 집단 탈출과 같은 골치 아픈 문제에 대해서 실제적인 방법으로 논평하는 것을 듣고 있노라면 로렌소는 힘이 솟았다. 바솔스는 결단을 내릴 줄 알았다. 그가 말하는 것을 들으며 로렌소는 생각했다. 삼 년간의 내전을 치른 난민들에게 무뚝뚝하지만 매사에 정확하며 또 아주 구체적으로 결정을 내려주는 저 사내와의 만남이 힘을 북돋아주는 계기가 되어야 한다고. 그는 그들에게 기정사실인 것처럼 미래에 대해서 말했으며 멕시코 정부에 전보를 보내어 그 문제를 상의했다. 그리고 열흘 후, 그는 그들의 목숨이 걸려 있는 중대한 답변을 받았다. 날카로운 그의 말 앞에서, 불가능이란 없었다. 그는 난민들이 다시 일어설 수 있도록 호되게 채찍질했으며 그들에게 말했다. 멕시코가 당신들을 기다렸다고, 해야 할 것이 많은 나라에서 할 일을 찾을 것이라고. 그에게 자애로운 면이나 감상적인 면은 전혀 없었다. 그는 자신의 시계를 바라보았는데 그것은 "눈물을 흘리며 슬퍼했던 시간은 이제 끝났소. 지금은 닻을 올리고 새로운 삶을 시작할 시간이오"라고 사람들에게 말하는 것처럼 보였다. 그는 음식물들이 모두에게 골고루 돌아가는지, '이파네마, 시나이아, 멕시케' 같은 대서양 항로선에 위생예방책이 갖추어져 있는지 주의 깊게 살펴보았다. 멕시코는 기본적으로 농업국가이긴 했지만 지식인, 노동자, 농민 등 모든 계층의 사람들이 필요했다.

바솔스는 무슨 일이든지 인민전선과 의논한 다음에 했다. 그 때문에 그에 대한 무한한 존경심을 가졌으며 포로수용소의 난민 문제를 그에게 맡겼다. 모든 것이 최상의 결과를 위해, 최대한 신속히 해결되어야 했다. 시간은 난민들의 운명을 결정짓는 열쇠였다. 바솔스는 자신이 영웅임을 깨닫지 못한 채, 그들을 영웅들이라고 불렀다. 그는 프랑스의 포로수용소에서 만 명 이상의 스페인 공화파 사람들을 구해냈다. 그렇다고 해서 야단스럽게 자신의 감정을 드러내지도 않았으며 감상적인 감정에 사로잡히지도 않았다. 그들을 멕시코로 보냈다. 대법원 판사 자리가 쉬웠을지 몰라도, 그는 원점에서부터 다시 시작했다.

엄격하고 민첩하며 확고하기까지 한 바솔스는 나이에 비해 일찍 머리가 벗겨져 이마가 훤히 다 드러났지만 로렌소에게 깊은 인상을 남겼다. 다이아몬드처럼 깎여 조각된 그의 후광은 소년의 두 눈을 멀게 했다. "내가 바라보아야 할 사람이 여기 있어." 그는 혼잣말을 했다. "바솔스는 멕시코를 위해 일하고 싶어 해. 어떤 권력도 허용하지 않고. 다시 말해서, 권력에 굴복하지 않고."

10

"『콤바테』 잡지를 배포하는 일을 하고 싶지 않은가, 테나 동지? 지방으로 갈 거야, 자네의 조국을 속속들이 알게 될 걸세."

로렌소는 다시없는 좋은 기회라 여겼다.

"여행 경비는 거의 없다고 봐야 할 거야. 다른 동지들은 자넬 아주 검소한 사람이라고 하더군."

"프란치스코 수도회의 수사나 다름없죠, 바솔스 변호사님, 프란치스코 수도회의 수사 말이에요." 로렌소는 웃었다.

"테나 동지, 자네가 내 제안을 수락하고 난 이후부터 스물네 시간의 말미를 주겠네." 바솔스가 자신의 시계를 보면서 말했다.

로렌소는 웃었다. 그는 바솔스가 하는 말과 행동에 이미 익숙해진 지 오래였다. "한 시간 동안 담소나 나누세"라고 말하고는 정확히 한 시간 뒤에 시계를 볼 것이다. "두 시군. 점심 먹으러 가세. 세 시에는 사무실로 돌아와야 해." 제 아무리 토론에 열중해 있다 하더라도 세 시 십 분 전에는 계산서를 달라고 했다. 종업원에게는 후한 팁을 주었다. 그리고 사무실이 있는 돈셀레스 가 쪽으로 걷기 시작했다. 다른 동지들은 그런 그를 못마땅하게 여겼다. "감독관이라니까." 그렇지만 그의 뒤를 따를 수밖에 없었다. 로렌소는 에디슨 가에서 우연히 차바를 만났다. 바솔스의 요청으로 멕시코시티를 떠나게 되었다고 말하자 수니가는 하늘을 향해 두 팔을 번쩍 들어 올렸다. "혐오스러워. 그의 전보문은 악명 높기로 유명하지. 당연한 것이긴 하지만 가난한 사람들 곁으로 다가갈 필요는 없어. 그들은 타인의 삶을 고통스럽게 할 뿐이야. 무지가 횡행하는 나라를 신문 하나로 바꿀 수 있다고 믿는 것은 당치도 않아."

"그의 말은 칼날처럼 날카로워. 정곡을 찌르지."

"나한테 그 사람의 능력을 늘어놓지 마, 렌초. 올곧은 사람과 정치는 정말 지긋지긋하니까 말이야."

주간지 『콤바테』가 들어 있는 커다란 고무 포대 두 자루가 버스 위쪽에 올려질 참이었다. 작은 활자들로 인쇄된, 거의 여덟 쪽에 달하는 세로 사십오 센티미터의 타블로이드판 신문이었다. 정부는 그것이 민심을 어지럽힌다고 여겼다.

도시를 떠나게 된 로렌소는 자신의 어두운 생각들을 떨쳐내고 실질적인 문제들을 생각해야 했다. "명심해, 멕시코시티 다음으로 쿠아우티틀란에 모든 걸 걸어야겠지." 수니가가 그에게 충고했다. "하지만 넌 거기서 공허와 맞닥뜨리게 될 거야." "공허, 그건 바로 내가 원하는 거야." 버스 안으로 평원 속으로 들어가는 것 역시 허무와 조우하는 것이었다. 버스 운전수는 자신과 모든 승객의 목숨을 담보로 곡예 운전을 했다. 그가 운전하는 법을 배웠다면, 도대체 언제였을까? 그는 엔진을 무리하게 작동시켰으며 속력의 변화는 그때마다 견디기 힘든 고통이었다. 쇠붙이 부품들에서 나는 소음과 차의 심한 흔들림은 신경을 극도로 자극하였다. 난폭한 운전수는 커브 길에서도 차를 마치 네모반듯한 길인 양 몰아댔고 마지막 순간에 핸들을 한 번 내리쳤다. 버스가 벼랑 쪽으로 기울어졌다. 승객들은 아무런 항의도 하지 않았다. 어쩌면 그가 가솔린 냄새로 그들에게 최면을 걸었거나 그게 아니라면 자신들의 목숨이 저 정신 나간 미치광이 운전수의 손에 달려 있다는 것을 지극히 당연한 것으로 여겼는지 모른다. 얇은 금속판 감옥 안에서 뭔가를 꽉 붙들고 있는 승객들은 아무 생각도 없는 사람들이었다. 입을 벌린 채, 잠든 한 사람을 제외하곤 인간적인 특징이라고는 전혀 찾아볼 수 없는 짐짝들이었다.

로렌소는 첫번째 정류장에서 서둘러 내려 석유등 하나로만 불을 밝히고 있는 '옴브레스' 간판 쪽으로 걸어갔다. 그 역한 냄새 때문에 로렌소는 눈을 감고 입을 다물어야 했다. 벽 앞에 의자들이 놓여 있는 대합실 역시 매우 지저분했다. 모든 것이 아무런 저항 없이 죽음을 향해서 가고 있었다. 로렌소는 시원한 청량음료를 사야겠다고 생각했지만 한 모금도 넘길 수 없을 것이라는 걸 알았다. 메스꺼움이 그를 고통스럽게 했다. 하지만 그를 더 고통스럽게 한 것은 먼저 죽은 동지들이 느꼈을 체념이었다.

평원은 저 멀리 아득히 펼쳐져서 지평선을 이루었다. 도시와 달리, 산들이 중간에 우뚝 솟아 있지도 않았다. 지평선은 매번 더 크게 울부짖는 듯한 버스의 엔진 소리처럼 아무런 방해물 없이, 끝없이 계속 이어졌다. 온 사방이 시원하게 뚫린 평원은 점차 벌거숭이 불모지의 모습을 그대로 드러내놓았다. 돌연 그 광활함 속에서 로렌소는 모든 풍경을 관능적인 것과 연결시켜 생각했다. 언덕은 가슴이 되었고, 골짜기는 육체의 등, 곡선을 이루는 배, 가냘픈 목이 되었다. 로렌소는 몸을 숨기기 위해 울창한 숲으로, 구덩이로, 동굴로, 자연이 만들어낸 은신처로 내려갔을 것이다. 그 풍경들이 사람과 닮은 형상들을 만들어내는 것이 로렌소에게는 놀랍기만 했다. "이것이 바로 멕시코의 얼굴인 거야." 의심 많은 그는 자신을 향해서 같은 말만 되뇌일 뿐이었다.

그의 옆자리에 앉아 있던, 펠트 모자를 쓴 한 기술자가 고속도로 건설 일을 감독하고 있었다. 로렌소가 길가에 있는 인부들을 보고는 그 남자에게 물었다.

"저 사람들은 무슨 일을 해서 먹고살죠?"

"필요할 때 도로를 내는 일을 하지."

"그게 아니라, 무슨 일을 해서 먹고사느냐니까요?"

"이 나라의 칠십오 퍼센트가 영양실조로 고통받고 있다는 걸 몰랐단 말인가, 젊은이? 열악한 사정으로 볼 때 여긴 인도나 마찬가지야, 친구. 인도 말일세. 하지만 소는 없어. 왜냐고? 벌써 먹어치웠으니까." 기술자는 격분했다.

배고픈 개와 철망 뒤의 굶주린 인도 소, 메마른 흙과 바싹 마른 강이 로렌소의 머릿속을 가득 채우기 시작했다.

벽돌로 지어진 집에다 방 하나를 얻고 난 후, 그는 잡화점 여주인에게 물었다.

"여기 사람들은 어디서 모이죠?"

"지금 저기 술집에 다들 있다우."

로렌소는 부카렐리의 신문팔이들이 그랬던 것처럼 사람들의 왕래가 빈번한 마을 거리에서 소리쳐 신문을 팔았다. "『콤바테』 신문 있어요, 『콤바테』 신문 사세요." 그의 심장은 두려움으로 오그라들었다. "얼굴을 내 쪽으로 돌리잖아. 이 사람들은 제대로 먹을 것도 없는데. 내가 이들에게 종잇장을 팔러 온 거야. 뒤돌아서서 그냥 달아날 수도 없고." 그의 목소리는 우뚝 솟아 있는 산에 부딪혀 가난에 부딪혀 다시 되돌아왔다. 가난은 산 중에서도 가장 높은 산이었다. 꿈쩍도 않는 사람들 역시 조금은 버거운 산이었다. 똑똑한 사람들이 늘어나면 무엇이 가능해질까?

로렌소는 마을에서 마을로, 술집에서 술집으로 돌아다녔다. 주크박스로부터 흘러나오는 소리들이 그를 몸서리치게 했다. 오줌 냄새와 맥주 냄새가 마지막 문 틈새에까지 스며들었다.

술집 안으로 들어서자 담배 연기가 자욱했다. 고작해야 당구대 하나가 있을 뿐이었다.

"글을 읽을 줄 몰라."

이런 사람들에게 어떻게 신문을 팔라고 하는 것일까?

"난 학교라고는 근처에도 가지 못했지만 아쉬운 게 없었어."

그들은 건배를 했다. 초점 없는 시선. 로렌소는 그들이 쓰러질 때까지 마실 거라는 걸 직감했다. 자신의 자포자기에 의미를 부여해줄 수 있는 것도, 그가 무엇을 말하는지 사람들이 몰라도 그들을 테이블 주위로 모을 수 있는 것도, 알코올의 힘이었다. 로렌소가 일어나려고 하자, 그들 중 가장 많이 취한 한 남자가 그를 껴안았다.

"친구, 가지 말게. 우리를 내버려두지 마."

그의 두 다리는 무감각해졌다. 위 역시 마찬가지였다. 시간이 흐를수록, 끝 간 데 없이 황폐한 멕시코가 그에게 불러일으킨 놀라움은 오직 그를 허기지게 하는 고통에 견줄 수 있을 뿐이었다.

별들이 총총한 밤하늘은 팍팍한 생활에 대한 보상이었다. 그는 지구에서 보았던 것을 하늘에서 찾았다. 지금 그에게 지붕이 되어주는 우주 역시 지구에 존재하는 것들을 가지고 있을 것이다. 겉으로 보기에는 텅 비어 있는 것 같지만 거기에는 별과 별 사이에 존재하는 물질과 가스로 가득 찬, 아주 광활한 우주가 있을 것이었다. 푸른 오아시스와 유성들로 가득한 곳, 잘 가꿔진 경작지, 빛과 에너지의 샘이 있는 곳들도 있을 것이다. 별들 역시 술집 테이블 주위로 몰려든 사람들처럼 그렇게 별무리를 이룰 것이다. 엄청난 에너지를 발산하며 서로 술잔을 부딪치는— 이건 바로 성운의 충돌과 다를 바 없다—시골 사람들처럼 별들은 사라지는 그 순간까지 나선형으로 돌고 있을 것이다. 그렇지 않으면 그들처럼 그렇게 기진맥진한 상태로 있을까? 로렌소의 공상은 계속되었다. 그는 하늘을 다른 지구로 보았다. 별에서 어떤 물질이 매일 지구로 떨어진다면, 상호 작용에 따라 인간들도 저 하늘 위로 올라가서 대기권으로 퍼져나가야 한다. 우주공간 속에 내맡겨진 그들은 지구에서의 삶을 그대로 영위하게 될까? 우리 모두가 무(無)에서 창조된, 상상조차 할 수 없는 불타는 천체가 폭발하여 생긴 결과물이며 매번 더 큰 우주에 속해 있다면, 어떤 천재지변이 우리를 출발점으로 되돌려놓을까? 만약 출발점이라는 게 있다면 말이다. 다음 날, 로렌소는 우주의 나이와 비교해보면 겨우 십 초를 살다 사라지는 작고 가냘픈 별들에 더 깊은 애정을 느꼈고, 그것들을 꼭 껴안아주고 싶었다. 하지만 그는 술집에서 사람들을 기다려야 했다. 벽을 허물고 별무리를 만들기 위해서.

움푹 파인 구덩이들로 가득 찬, 멕시코의 조악한 길은 그의 신경세포를 흔들었다. 수 킬로미터를 걸어도 눈앞에 보이는 것이라고는 아무것도 없는 알타르 사막에서 어느 날 오후, 어떤 물체가 그의 시야에 들어왔다. 그 물체를 눈으로 쫓는 것이 여간 피곤한 게 아니었다. 토마토를 가득 실은 덜컹거리는 트럭이 다른 트럭과 충돌했다. 나무 광주리에서 튕겨 나와 터져버린 붉은 토마토들이 고속도로 위에 수북이 쌓였다. 두꺼운 판자도 튕겨 나와 붉게 물들었다. 그 옆에 피를 흘리며 죽은 두 사람이 누워 있었다. 별안간 어디에서 나타난 사람들인지 누더기를 걸친 남자와 여자들이

길바닥에 떨어진 토마토를 줍기 위해 달려들었다. 고속도로 위에 던져진 시체 따위는 그들에게 중요하지 않았다. 모든 것이 심연 속으로 굴러떨어지기 전에, 몸을 바삐 움직여 끌어 모아야 하는 토마토들이 그것만이 중요할 뿐이었다. 로렌소는 생각했다.

얼마나 끔찍한 광경인가! 로렌소는 생전 처음으로 자국 멕시코의 실체를 보았다. 가슴 아팠다. 가난한 멕시코, 아무짝에 쓸모없는 정거장, 의지할 곳 없는 주민들, 끝없이 광활한 공간 속에 주인 잃은 양동이. 부락은 그 내장을 적나라하게 드러내놓고 있는 배와 다를 바 없었다. 그리고 그 위에는 까마귀 떼들이 도사리고 앉아 있었다. 항상 까마귀 떼들이 그렇게 있었다.

그에게는 하늘을 생각하는 것만이 구원의 길이었다. 그는 머릿속으로 계산을 했으며 별빛을 서로 비교하였다. 코페르니쿠스가 아리스토텔레스의 이론에 반론을 제기했던 사실을 기억해냈다. 레부엘타스와 그것에 대해 얘기해야 할 것이다.

삶이 물방울을 떨어뜨려 균열을 남긴 채 달아나려는 것처럼 보였고, 먼지가 풀풀 날리는 금 간 포장도로에 난 구덩이들은 바닥에 닿을 듯 말 듯한 분화구들이었다. 이러한 상황을 생각하게 만든 일들이 있었다. 한 건장한 사내가 도전적인 시선을 던지며 다리를 절룩거리며 거리를 지나갔다. 날 때부터 안짱다리로 태어나 발목을 밟아서 분질러놓기 전까지 어떤 정형외과 기구로도 교정이 되지 않는 아이들은 언제나 그 남자에게 보내졌다. 바닥에 닿을 듯 말 듯 힘없이 돌아가는 절단되고 남은 그 발목만 아니라면, 그 남자는 거대한 체구를 가진 강한 사내일 것이다. 그는 두 다리를 쓸 수 없게 되자, 자신의 가슴을 강하게 키웠다. 하지만 무엇보다 강한 것은 그가 던지는 시선이었다. 로렌소는 한 가여운 사내가 불굴의 의지로 불운을 딛고 일어선 것이라 결론을 내렸다. 세심한 보살핌 속에서 자란 그룹 친구들이었다면 그 누구라도 포기했을 것이다. 그 남자는 자신의 약함과 세상의 냉혹함을 알고 있었다. 하지만 열등감은 느끼지 않았다. 흙과의 접촉을 통해 그는 참새가 자신보다 더 빠르고 개가 아주 미세한 소리까지도 감지한다는 것, 곤충은 그가 다른 사람들에게서 친절을 탐지하는 것보다 더 빨리 꿀이 있는 곳을 찾아낸다는 것을 배웠다. 하지만 그는 더러운 질병이 자신을 정복하려 드는 것을 가만히 보고만 있으려 하지 않았다.

이따금씩 그는 사람들을 향해서 유쾌하게 웃어 보였는데 그것이 자신만의 매력임을 알지 못했다. 바로 그 미소로 사람들의 호감을 얻었다. 고속도로 위에 쏟아진 붉은 토마토처럼, 붉은 잇몸이 고스란히 드러나는 그의 미소에는 상처의 흔적들이 있었다.

결국 로렌소는 침묵을 택했다. 그것은 그의 방탄조끼가 돼주었지만 나중에는 위험한 무기가 될 것이었다. 모두가 그의 말을 애타게 기다릴 때, 그는 비난의 침묵을 지킬 것이다. 미래에 사람들의 시선이 '프레지디움'*으로 향하게 될 것이고 그는 자신의 생각을 선뜻 내놓지 않을 것이다.

레푸블리카 델 살바도르 25번가로 돌아가는 길에 수없이 많은 의구심들이 들었다. 그는 편집위원들인 마르티네스 아다메, 메사 안드라카, 비야세뇨르, 세바다를 만나보고 싶었을 것이다. 하지만 그들은 돈 치촌을 만나기 위해 서둘러 안으로 들어갔다. 그들과는 겨우 인사만 나눴을 뿐이었다. 촌이라고 불리는 풍자만화가, 호세 차베스 모라도가 한 손에 마분지를 들고 미끄러지듯 들어왔다. 글로스토라 크림으로 머리를 빗질한 비

---

* (공산권 국가의) 최고회의 간부회 또는 일반적으로 정당의 간부회를 말함.

야세뇨르는 기분이 썩 좋아 보이지 않았다. 궁핍한 멕시코 현실 속으로 들어가보지도 않고 그들은 어떻게 기사를 쓰려고 하는 것일까? 로렌소가 그토록 가슴 아파했던 것이 무엇인지 시골로 가보지도 않고 무엇을 토대로 중역회의를 한다는 것일까? 『콤바테』는 가톨릭 신자이자 명백한 반공산주의자인 마누엘 아빌라 카마초와 대립하고 있었으며 언론의 영리주의와도 팽팽히 맞서고 있었다. 하지만 갱도로 내려가지도 않은 채, 『콤바테』가 어떻게 산 루이스 포토시의 광부들에 대해서 말할 수 있을까? 누에바 로시타, 코아우일라의 동맹파업을 지원하고 '아메리칸 스멜팅'*에 반대했지만 믿을 수 있는 직접적인 기사들이 부족했다. 『콤바테』는 미국과 엘 차미살 땅에 대한 양키들의 요구를 신랄하게 비난했다.

"우리는 『콤바테』를 배포할 다른 방법을 찾아야 할 뿐만 아니라, 생각을 바꾸어야 해." 로렌소가 레부엘타스에게 말했다. "우리가 접근해야 할 사람들이 누구지? 이 나라는 소련이 아니란 말이야. 시골 사람들을 위해서 알기 쉬운 말로 기사를 써야 해."

"돈 치촌에게 한번 말해봐. 내가 같이 가줄게."

동지들 중에서 유일하게 그를 이해하는 사람은 레부엘타스였다. 호세 마리아 루이스 모라의 『멕시코와 혁명』, 버트런드 러셀, 바르부스, 로맹 롤랑의 책들을 읽어야 했다. "우리가 사는 이 시대는 정말 굉장해! 전설적인 영웅들이 바로 우리들과 함께 살고 있어. 우리의 동시대인들이라구!"

"1824년에 모라가 무엇을 요구했는지 아니? 가난한 멕시코인들과 부유한 멕시코인들에 대해서만 말할 수 있도록 공식어에서 인디오란 단어가 사라져야 한다고 했어. 그리고 틀락스칼라에서 일어난 약탈적인 폭동에

* 미국의 철강회사.

관한 통지를 받았을 때, 모라는 국회의원들에게 상기시켰어. 그들이 인디오들이 존재하지 않는다고 의결했기 때문에 농지세 또한 요구할 수 없는 거라고. 그는 이 시대 우리들의 관념을 정립시킬 수 있는 사람일 거야!"

어느 날 오후, 레부엘타스는 데 테나와 함께 바솔스의 사무실로 들어갔다. 로렌소는 상관의 매서운 눈초리를 받아칠 준비가 되어 있었다.

"오후에 자리를 비우는 것을 허락해주셨으면 합니다. 올리비아가 곧 애를 낳을 것 같아서요."

"참 골치 아프게 됐군, 레부엘타스! 우리는 지금 자네가 필요해. 뒤로 미룰 수 없는 일이야. 애 낳는 일을 좀더 늦출 순 없을까?"

로렌소는 웃어야 할지, 울어야 할지 몰랐다.

"데 테나 동지, 자넨 내일 떠나야 한다는 걸 잊지 말게."

"무슨 일이죠? 우리들이 지금 이러는 게 무엇 소용이 있죠?" 고뇌에 찬 목소리로 그가 말했다.

"뭐라고 했나, 동지?"

"형벌을 받고 있는 이 나라에서 할 수 있는 것이라고는 아무것도 없어요, 바솔스 변호사님."

"패배감은 반동적 감정임을 기억하게나, 동지. 자네는 지금 적을 도와주고 있는 거야."

"전 현실주의자예요. 방법이 다를 뿐이죠. 사람들을 무지와 가난으로부터 구해내야 해요. 제일 먼저 해야 할 일은 그들에게 먹을 것을 주는 것이죠. 그런 다음, 읽는 것을 가르치고 교육시키는 거예요. 허기진 상태에서는 아무도 생각할 수 없는 법이죠."

"그렇다면 자네의 확신을 고수하게나. 하지만 자네에게 그런 식으로 말하도록 시킨 사람은 반동분자야, 동지."

“『콤바테』를 배포하면서 깨달은 저의 확신일 뿐입니다.”

“동지, 모두가 그 같은 확신을 가진다면, 이 나라는 어디를 향해서 가게 되겠나? 『콤바테』에서 우리들은 정부의 행동을 비난하지. 데 테나, 지금껏 자네에게 많이 참고 있네. 다시 한 번 명령하지만 임무 완수를 위해 내일 떠나는 것을 잊지 말게.”

“걱정 마세요, 변호사님. 떠날 겁니다. 그렇지만 우리들이 하고 있는 일은 별 소용이 없을 거예요. 결국, 전 제 자신만을 위로하게 되겠죠. 십억 년 전에 이 지구상에 나타난 박테리아가 십억 년이 지나면서 흔적도 없이 사라졌을 거라는 가능성을 생각하면서 말이죠. 인간은…….”

“너무 똑똑한 척 굴지 마, 테나.”

“용서하세요, 변호사님. 하지만 뒤집을 수 없는 피해를 피하기 위해서 대책을 세울 수 없는 위험을 제때에 알리는 것이 『콤바테』의 도덕적 의무라는 생각이 들어서요.”

“자네가 과학에 관심을 가지는 것은 알아. 하지만 지금으로서는 그것을 듣고 있을 시간이 없어, 테나. 내일 푸에블라로 떠나게. 그리고 『콤바테』가 해야 할 일이라고는 전혀 없는, 몰락한 촌락이라고 말하지 말아주게나.”

푸에블라에서 로렌소는 사회주의학생연맹을 찾았다. 그들은 스페인 공화국을 지지했으며 모렐리아로 보내지는 아이들을 받았다. 비솔스의 말에 따르면, 그들이 『콤바테』의 배포를 도와줄 것이다. 가스통 가르시아 칸투와 안토니오 모레노가 구독 예약을 했다. 두 명으로부터 구독 예약을 받아낸 것은 굉장한 성과였다. 그뿐만이 아니었다. 그들은 커피를 마시는데 그를 초대하기도 했다. 어느 정도 활기를 찾은 로렌소는 시우다드 델 카르멘 근처의 푼타 시칼랑고를 향해서 출발했다. 그는 타바스코의 비야에르모사에서 가리도 카나발의 추종자들과 접촉할 것이다.

차창으로 들어오는 공기가 엔진의 열기보다 더 뜨거운 열을 담아오기 시작하자, 여행에 대한 그의 반감도 조금 누그러졌다. 작고 붉은 열매가 달린, 무성하게 자란 어린 커피나무들이 고속도로를 침범하고 있었다. 식물은 궤도에서 벗어나 육감적으로 자랐다. 판야나무들이 하늘에 닿을 듯했다. 사방이 어두워지면서 폭풍이 불었다. 고무포대에 넣긴 했어도 『콤바테』 신문들이 비바람에 젖을 거라는 생각이 들었다. 결과적으로 로렌소는 북쪽보다 남쪽으로 가는 것을 더 좋아했고 바솔스는 멕시코에서 가장 화려한 곳 중 하나인 베라크루스로 그를 보냈다.

바닷가 근처의 아주 가난한 한 어촌마을에 도착했을 때, 로렌소의 영혼은 휴식을 취할 수 있었는데 그 마을은 야자수로 둘러싸인 만 안에 위치해 있었다. 수평선으로부터 어떤 유동체가 떠오르는 것을 보자 이내 그는 지독한 더위, 버스의 가솔린 냄새와 화해했다. "저기 바닷가 근처에 머물 곳이 있소." 운전수가 그에게 말했다. 코로나 호프집은 금속 테이블 몇 개와 의자를 갖추고 있었고 네댓 개의 작은 방은 호텔의 형태를 갖추고 있긴 했어도 그 이름이 무색할 정도로 초라하기 짝이 없었다. 그런데 검은 스타킹에 검은 옷을 차려입은 한 여자의 출현이 그의 관심을 끌었다. 검은색은 그녀를 훨씬 더 늘씬하게 보이도록 했으며 굽 높은 구두를 신은 그녀의 매끈한 두 다리에 그는 관심을 쏟게 되었다. 바다와 전갈(이것에 대한 해독제를 그는 가지고 있지 않았다)을 숨어서 기다리듯이 그녀를 숨어서 기다렸다. 몸이 노곤해진 그녀가 부채질하는 것을 보았다. 그런 다음, 뾰족한 구두를 신은 채로 하나밖에 없는 해먹을 향해 자신의 몸을 날렸다. '저러다간 찢어지고 말 거야.' 혹 여주인일까? 감히 그 같은 행동을 할 수 있는 것은 주인밖에 없을 것이다.

밤에 로렌소는 산책을 하러 나와 하늘을 올려다보았다. 은하수를 보다니 참 운이 좋군! 그런데 저것은 무엇으로 이루어졌을까? 돌아오는 길에도, 그 검은 옷의 여자가 계속 해먹에 누워 있는 것을 보았다. 로렌소는 그녀에게 말을 걸어보기로 마음먹었다. "술 한잔 같이 할까요?" 그녀는 노곤한 듯이 그의 제안을 받아들였고 해먹이 가볍게 흔들렸다. "좋아요. 하지만 여기서 마셔요. 난 술집에 자주 드나드는 편이 아니니까." "술집이 많은가요?" "다른 곳보다 많은 편이죠." 그녀는 희미하게 웃었다. 로렌소가 그녀를 향해서 환하게 웃었고 그녀는 그의 매력에 응할 수밖에 없었다. "도저히 뿌리칠 수 없게 만드는 미소를 가졌어, 꼬마." "꼬마?" 그는 불쾌해했다. "그런 소릴 들을 정도는 아닌데." 그 '꼬마'라는 말은 일종의 도전이었다. 그 말을 듣지 않았다면, 로렌소는 그 여자에게 자신의 사내다움을 보여줄 생각이 없었을 것이다. 그녀가 스타킹을 벗자, 우윳빛보다도 더 새하얀 다리가 드러났는데 그 다리 표면에 흰 거품까지 이는 듯했다. "단 한 번도 햇볕에 노출된 적이 없어. 낮엔 절대 밖에 나가지 않으니까. 난 햇볕을 싫어해. 햇볕에 피부를 태우는 건 나한텐 위험한 일이니까. 밤에 달빛과 별빛을 받으며 걷는 게 다야." '별'이라는 단어가 그로 하여금 그녀 또한 마리아 펠릭스*처럼 숱 많고 검고 긴 머리카락을 지녔다는 것과 그녀가 그 여배우의 모습을 많이 닮긴 했어도, 자신의 상상력이 부족하다는 것을 인정하게끔 했다.

"이름이 뭐지?"

"뭐가 중요해!"

"알고 싶어."

---

* 마리아 델 로스 앙헬레스 펠릭스 게레냐(1914~2002): 멕시코 영화계의 별로 알려졌을 만큼 유명했던 영화배우.

"루크레시아."

"정말? 이리 와, 바다로 가자."

"이 시간에?"

"새벽 세 시에서 네 시 사이가 수영하기에 가장 좋아."

그녀가 자신을 뒤쫓아올 것이라고 확신한 그는 갑자기 걷기 시작했다. 그들은 온 밤을 지새울 것이다. 그의 뒤를 따라 루크레시아가 약간 굳어진 차가운 모래 위를 걸었다. "이 모래 속에는 조개껍질이 있어." 모래가 눅눅해지기 시작하자, 루크레시아는 옷을 벗고 잉크보다도 더 검은 바닷물 속으로 들어갔다. 그는 바지를 벗어 해변에 놓아두고 알몸으로 그녀를 뒤쫓아 들어갔다. 물 속에서, 루크레시아가 그를 껴안았다. 두 사람의 몸이 하나가 되었다. 배와 배가, 가슴과 가슴이 서로 밀착되었으며 다리는 서로 엉켜 붙었다. 그들은 키가 같았다. 검은 바닷물의 숨소리 같은 그녀의 숨소리가 들렸다. 그렇게 그들은 서로를 마주 보고 서 있었고 그는 그녀를 소유했다. 그녀가 그의 등 뒤로 가서 두 팔로 그의 허리를 감쌌다. 그래 지금, 그렇게 날 꼼짝 못하게 만들어 물속에서 꺼내줘. 그렇게, 네 혼자 힘으로. 검은 바닷물과 검은 밤으로 뒤덮인 그녀는 한없이 펼쳐진 공간이었으며, 그런 그녀가 그에게는 신비 그 자체였다. 파도가 던지고 간 바닷물이 그녀의 옆구리에서 부드럽게 미끄러졌다. 소리 없이. 그것은 이 굉장한 여인의 짭짜름한 육체를 넘나드는 긴 항해였다. 끝없는 침묵이 하늘로부터 떨어졌다. 여자는 마치 그를 감싸듯이, 어둠 속에서 빠른 움직임으로 그를 휘감았다. 이제 로렌소는 파도의 움직임을 느끼지 못했기 때문에 저 반대편에 해변이 있을 거라 여겼다. 어쩌면 자신들이 이미 죽음 속에 들어섰는지도 몰랐다. 여자가 사라졌다가 다시 나타날 때마다 성난 바다는 더 쩌렁쩌렁하게 울부짖었으며 덩치 큰 거인과 같았다. 무서운 기세로 몰아치는 파도에 두 사람이 익사할지도 모른다는 두려움을 느꼈다. 계속되는 전율이 바닷물과 그 무게로부터 오는 듯했다. "지금 내가 죽게 되더라도 상관없어." 로렌소는 생각했다. 하지만 곧 자신을 힐책했다. "배포해야 할 『콤바테』가 너무 많아." 늘 지나치게 많았다. 그녀의 긴 허벅지에 휘감긴 로렌소는 이젠 거의 바다 소리를 듣지 못했다. 아니, 비가 되어 그녀 속으로 떨어지고 지금은 그의 온몸 위로 비가 되어 떨어지는 이 여인이 바닷물이었다. 물소리는 넓게 퍼져갔고 구두 소리 같았다. 로렌소는 자신이 여자의 육체인 바다에 고랑을 파내고 있는 것이라 느꼈다. 돌연 그녀가 곁에 없음을 느꼈다. 그녀의 목소리가 들릴 때까지 그는 장님처럼 허공을 휘저으며 그녀를 찾기 시작했다.

"이리 와." 그에게 말했다. 그녀는 밤과 물로부터 나왔다.

모래 위에서 그는 눈부시게 빛나는 그녀의 새하얀 육체를 상상했다. 그녀가 벗어놓은 그의 옷을 집어 들고 그에게 보였다. "여기 네 바지가 있어!" "마녀, 여긴 아무것도 보이지 않는데 어떻게 그걸 찾아낼 수 있었을까!" 그들은 일말의 망설임도 없이 야자나무 잎으로 지붕을 엮은 집 쪽으로 걸었다. 문 앞에서 여자는 움직이지 않았다. "이젠 네 방으로 가." "헤어지기 싫어." "그럼 내 방으로 와."

로렌소가 잠에서 깼을 때, 한낮의 햇살이 너무도 눈부셨다. 오후 두 시였다. 호텔엔 아무도 없었다. 그는 잡동사니 물건들 사이에서 나는 듯한 시끄러운 소리를 들었고, 주방이라고 여겨지는 곳으로 향했다. "커피 한 잔 마실 수 있을까요?" 커피 맛은 형편없었다. "주인은 어디 있니?" 로렌소는 어린 소녀에게 물었다. "떠나셨어요." "어디로?" "오아하카로요." "언제 떠났니?" "오늘 아침 일찍요." "아아." 로렌소는 다음 날 아침 그곳을 떠나기로 마음먹었다. 그러고는 계산서를 청구했다. "루크레시아주인께서 돈을 받지 말라고 하셨어요. 그리고 여길 집처럼 여기고 언제든지 들르라는 말씀도 남기셨어요."

정치활동연맹에서 지적인 표현을 써가며 말하는 한 남자가 로렌소의 관심을 끌었는데, 그는 바솔스가 끼어들어 하는 말들을 주의 깊게 듣고 있었다. 왼쪽 귀에 걸린, 쑥스러울 정도로 드러난 보청기로도 부족했는지 그는 돈 치촌의 말을 놓치지 않기 위해서 오른쪽 귓바퀴에 손을 가져갔다.

마침내 그의 차례가 되었을 때 로렌소는 감동 받았다. 바솔스보다 더 설득적일 뿐만 아니라, 아주 뛰어난 웅변가였다.

"누구야?" 레부엘타스에게 물었다.

"루이스 엔리케 에로*라고 해. 케레타로 회의에서 시골 학교의 자금 조달계획 문제를 놓고 그가 에세키엘 파디야의 코를 얼마나 납작하게 만들었는지 넌 모를 거야. 방청석의 일반인들은 화가 나서 항의 소동을 벌였지. 고함을 지르지를 않나, 휘파람을 불어제끼지를 않나, 심지어 발을 구르기까지 했지. 사람들은 그가 하는 말을 들으려 하지 않았지만 에로는 개의치 않고 말하기 시작했어. 한순간 군중들이 조용해졌지. 에로의 훌륭한 연설에 잠잠해진 군중들은 그에게 박수갈채를 보냈어. 그의 스타일은 영국인 풍자가들이 하는 것과 똑같아. 그 같은 사람은 없지. 그는 교육제도의 개혁을 원하고 교육이 모든 사람들에게 확대되기를 바라는 사람들 중 하나야. 바솔스와 함께 교육부에서 기술교육분과의 분과장으로 있었고 고등교육과 과학연구에 관한 국가위원회를 창설하기도 했어."

"과학이라고?"

---

* 루이스 엔리케 에로(1897~1955): 멕시코의 정치가. 토난친틀라 천문대의 설립자이자 초대 천문대장이기도 하다.

"그래, 그는 과학이 바탕이 되어야 한다고 믿는 사람이야. 기술학교의 설립자들 중 한 사람이기도 하지. 그들 모두가 극좌파로 사회주의 교육을 신봉하는 사람들이지. 그렇기 때문에 그의 관심은 기술학교에 있어."

로렌소가 몰랐던 것은, 에로 역시 그의 열정을 눈치 챘다는 것이었다.

11

루이스 엔리케 에로가 바에 구역의 필라레스 거리에 위치한 자신의 아파트로 그를 초대했을 때, 로렌소는 기쁘게 받아들였다. "그 노인네 집에 가게 되었어." 레부엘타스에게 말했다. "영광이야, 그는 정말 사람의 마음을 끌어당기는 데가 있어!" 레부엘타스와 마찬가지로, 데 테나 역시 자기 자신과 충돌을 일으키곤 했다. "넌 오늘 밤 내가 연맹에 참석하지 않아도 괜찮다고 생각하니?" "물론이지. 바보처럼 굴지 마. 감시를 당하는 것도 아니잖아. 혹 그렇다면? 늦게까지 메소네스에 있어야지. 라파엘 카리요가 비난하지만 않는다면 말이야."

놀랍게도 에로의 집에서 로렌소는 정치에 대한 불안감을 느끼지 않았다. 거의 새벽부터 레부엘타스와 거리에서 개시하는 그들의 임무에 대한 찬양을 그 순간만큼은 그만두었다. 아무도 대참사를 목격하지는 않았다. 대화는 길어졌다. 밤 아홉 시경, 에로가 서로 비밀을 공유하기라도 하는 사람처럼, 청각 장애인 특유의 캐묻는 듯한 시선으로 그에게 물었다. "옥상에 망원경이 설치되어 있는데 보고 싶지 않나?" 물론 로렌소는 보고 싶어 했다. 에로가 자이스 망원경을 조작하여 하늘에서 가장 밝게 빛나는 시리우스별을 찾아 그에게 보여주었다. 큰곰자리를 찾고는 다시 그를 불렀다. "이것 좀 보게나. 전에 없이 오늘 밤에 제일 잘 보이는군."

"전 곰을 한번도 본 적이 없어요."

"그걸 본 건 그리스인들이지, 친구. 우리에겐 그것으로도 충분해."

"안드로메다가 소녀였다는 생각이 드네요."

"그래, 그거야, 데 테나. 바로 그거야. 자네의 상상력을 발휘해. 아주 극소수의 별자리들만이 그 이름과 비슷하지."

로렌소는 에로가 정치 말고도 다른 곳에서 활동하고 있음을 알게 되었다. "난 천문학회 회원이야." 그가 말했다. "자네가 원한다면 한번 초대하지." 로렌소는 지난 몇 달을 낙담과 열광 속에서 보냈다. 그리고 지금은 생각지도 못한 선물처럼 그에게 하늘이 열렸다. 에로는 더 구체적으로 말했다. "자네가 원한다면, 밤엔 여기서 내 조수로 일할 수 있어. 현관 열쇠를 줄게. 그러면 자넨 옥상에 있는 망원경을 직접 다룰 수 있다네. 자네가 할 일은 밤 동안 감광판에 사진을 찍어 다음 날 그것들을 현상하는 거야. 바로 이곳에 암실도 마련되어 있다네. 그 감광판들을 나한테 건네주면 되는 거야. 원한다면, 그것들을 관찰하는 방법을 가르쳐줌세."

루이스 엔리케 에로는 자신이 이 소년의 인생을 바꾸게 될 것이라고는 전혀 예상하지 못했다.

"우리들의 나라는 하인들의 나라야, 테나. 인디오 원주민들은 백인들을 섬기고 가난한 사람들은 부유한 사람들을 섬기지. 우리가 그 사람들을 원래의 위치로 돌려놓지 못한다면, 이 나라는 엿 같은 곳이 되고 말 거야."

'에로와 같은 이런 사람들과 함께 새로운 나라를 건설할 수 있을 거야.' 로렌소는 생각했다.

그가 말한 논쟁의 쟁점은 사회주의 교육이었다. "초등교육은 그 고유한 특성상 다른 무엇으로도 대체할 수 없어. 그 중요한 가치는 모든 사람들에게 골고루 교육받을 기회를 제공한다는 거지." 그는 인재 육성이 아닌 생산에 주력하는 기술교육을 주장했다.

에로는 자유업, 기회주의 변호사들, 자신들의 재력으로 경제를 쥐고 흔드는 기업가들, 심지어 사회 변화를 반대하는 혁명가들까지 욕했다. "나의 영웅은 사파타*야. 땅은 그 땅을 손수 갈아 일한 자의 것이지. 땅과 자유**." 국가 부처에 우글거리는 잘난 사람들의 손아귀에 온 나라가 놀아날 것이다. "데 테나, 우리 나라는 가난해. 겉으로 보기에는 사회제도가 모든 사람에게 골고루 기회를 제공하는 듯하지만 실제로는 특권층에 유리하게 작용하고 있지. 우리 사회는 기계학, 전기, 화학, 회계 그리고 숙련공의 자격증이라면 무엇이나 업신여기는 경향이 있어. 대학을 나와야만 대접받는다는 생각은 버려야 해. 자유주의자들이 우리를 어디로 데려가는지 한번 보라구, 그들은 나라를 팔아넘기고 있어."

"루이신." 마르가리타라는 이름의 여인이 그들의 대화를 중단시켰다. "저녁 식사 해요. 당신의 젊은 친구는 계속 있을 건가요?"

마르가리타 살라사르 마옌은 오직 남편만을 위해서 살았다. 그녀는 그에 관해서 말할 때마다 그의 전기에 계급장을 하나씩 보태었다. "젊은이, 루이신이 아바나에서 살아남기 위해 통신으로 회계를 공부했고 상인들의 매상을 불려준 사실을 알고 있어요?"

"여보, 이제 그만해." 넌덜머리가 난 에로가 부탁을 했지만 마르가리타는 그의 말을 듣지 않았다. 청각 장애가 생긴 에로는 의장으로 있던 하

---

* 에밀리아노 사파타(1879~1919): 멕시코혁명의 농민군 지도자이자 토지개혁 선구자.

** 멕시코혁명의 모토.

원에서 물러났다. 들을 수가 없어 반론을 못하게 되자, 그는 고개를 돌려 정치판보다도 더 자신을 황홀하게 해주는 별들에 관심을 갖게 되었다. 하원에서 돌아오면 전에는 그녀에게 『엘 우니베르살』에서 떠들어대는 것처럼 그날 있었던 일들을 이야기했지만 지금은 오로지 별에 관해서만 이야기했다.

"1937년에 이이를 대단히 존경하는 카르데나스 대통령이 전문의에게 오른쪽 귀를 수술받도록 파리로 보냈다우." 도냐 마르가리타는 계속해서 말했다. "수술이 약간은 도움이 되었지. 두번째 수술을 생각해야 했는데 카르데나스는 다시 수술을 받아야 한다고 우기며 미리 수술비까지 지불했어. 하지만 젊은이도 보듯이, 내 남편에겐 그다지 가능성이 없는 일이었고 돈을 쓰는 게 별 소용 없게 되었지. 그래서 그 돈을 이십오 센티미터 자이스 망원경을 사는 데 투자했다우. 현대과학의 산실이 될, 새 천문대로 그것을 옮겨놓는 것이 이이의 꿈인데, 그 꿈이 실현될 날만을 기다리며 지금 옥상에 설치되어 있는 것이 바로 그 망원경이라우."

로렌소는 그와 단둘만 있게 된 첫날 밤, 영혼의 집에 도착한 듯한 느낌을 받았다. "이제 그걸 다룰 줄 아는군." 에로가 말했다. "나갈 때, 잘 덮어주고 열쇠로 문 잠그는 것 잊지 말게나." 그랬다. 그의 눈앞에 펼쳐진 무한한 우주공간은 그의 것이었으며 그것은 그가 마음속에 지니고 있던 것에 상응하는 것이었다. 수많은 창조물들이 서로 움직이며 생체조직을 이루어갔다. 지구상에서 그의 삶을 잡아두려는 그물망을 그의 몸뚱이 안에서 짜는 것과 마찬가지로. 그는 자기 자신의 우주였으며 그 이상이었다. 황폐한 도시, 지구 위에서는 아무것도 움직이지 않았다. 별들로부터 침묵이 시작되었다. 나는 어디에 있을까? 로렌소는 심호흡을 했다. 작고 둥근 돔 지붕을 닫게 되면 아무것도 존재하지 않고, 그가 바라던 대로 별들만이 있을까? 감광판에 찍혀서 다음 날 현미경으로 관찰하게 될 별들, 거대한 규모로 하늘에서 빛을 발하는 물체들은 그와 마찬가지로 심장이 고동치는 또 다른 육체였다. 작은 별들은 빛을 발했으며, 에너지를 가지고 자성을 띠었다. 로렌소는 오리온별자리 쪽으로 망원경을 돌리고 먼동이 터올 때까지 관찰을 계속했다. 자이스 망원경을 사랑스러운 마음으로 덮을 때면, 엔리케 에로와 그 밤에 대한 감사의 마음이 한없이 밀려왔다.

로렌소는 별들의 광도에 관해서 에로에게 질문을 던지곤 하였다. 사람 좋은 에로는 그에게 스펙트럼을 보여주며 프리즘을 통과해서 빛이 지나가는 것을 가리켰다. 빛의 원천이 스펙트럼에서 멀어지면, 스펙트럼의 선들은 빨간색 쪽으로, 다시 말해 파장이 더 긴 쪽으로 이동한다. 반대로, 빛이 가까워지면 스펙트럼의 선들은 보라색 쪽으로 움직인다. 그 이동은 빛의 속도에 비례한다. 음파 역시 그와 같은 원리를 가진다. 구급차가 가까이 있으면 사이렌 소리는 고음으로 들리지만, 멀어지면 저음으로 들리는 것이다.

로렌소는 분광기에도 관심을 가졌다. 의문은 또 다른 의문을 낳았으며 에로는 정말 알고 싶어 퍼부어대는 그의 질문들을 기꺼이 받아주었다. 그는 자신처럼 별들에 푹 빠져 있는, 최고의 협력자를 얻은 셈이었다.

"아, 로렌소, 이제야 네 일을 찾았구나. 넌 그 일 없인 살 수 없을 거야!" 그가 하는 말을 듣고서 레부엘타스가 말했다. "네 삶은 세상의 그 무엇과도 비교할 수 없을 만큼 위대해지겠지. 넌 복잡한 일상을 견뎌낼 수 있을 거야. 넌 지금 네 운명을 만들어가고 있는 거야."

"에드윈 파월 허블."* 로렌소는 존경 어린 마음으로 그 이름을 되뇌

---

* 에드윈 파월 허블(1889~1953): 미국의 천문학자. 1923년 100인치(254cm) 망원경으로 나선은하 중에서 케페우스형 변광성을 발견하고 광도 주기를 적용하여 거리를 측정, 모두

었고, 밤이면 고개를 들어 팽창하는 우주를 보았다. 그곳에서는 그 어떤 것도 잊어버릴 수 있었고, 그 누구도, 그 무엇도 중심이 아니었다. 그를 깊은 심연 속으로 내던지는 끝없이 넓고 깊은 창공은 그에게서 얼마나 많은 놀라움을 불러일으키는가! 그가 멈추어 서 있는 지구가 기껏해야 조그만 점 정도였다면, 방향 전환과 혁명을 갈구하며 터무니없는 비탄에 빠졌던 그는 과연 무엇이었을까? 그는 허블의 조수였던 후마슨에게 깊은 친근감을 느꼈다. 그는 초등학교를 겨우 마쳤을 뿐이었다. 그리고 캘리포니아에서 두 마리의 아르마디요를 몰아 몬테 윌슨 천문대의 건축가들에게 물을 날라다주었다. 그의 타고난 총명함에 깊은 인상을 받은 그들은 그를 그곳의 문지기로 받아들였다. 호기심이 너무도 강했던 후마슨은 허블에게 자신의 궁금증들을 질문했다. 또한 그는 도구를 조작하는 법을 배웠으며 감광판을 현상하여 정착하기도 했다. 결국 허블은 그를 자신의 조수로 삼았다. 얼마나 놀라운 위업인가! 그렇기에 과학은 접근하기 어려운 것도 아니며, 가난이나 낙후됨이 중요하게 작용하는 것도 아니다! 연구는 얼마든지 가능하다! 모든 이들이 우주 연구에 뛰어들 수 있는 것이다! 총명함만 있으면 그것으로 충분하다. 그는 총명하지 않은가!

새벽 다섯 시에, 그는 지구와 이어진 듯한 텅 빈 우주공간 속에서 자신의 길을 찾았다. 로봇처럼 옥상에서 내려와 거리로 나왔다. 망원경으로 보았던 놀라운 것들, 우리들 머리 위, 저 우주공간의 깊이를 가늠할 수 없는 어둠을 보기 위해서 그는 보도에서도 여전히 시선을 하늘에 두었다. 거기 보도에서 올려다보는 하늘이 그에게는 더 정겨웠다. 어쩌면 담배를 피

가 은하계 밖의 먼 곳에 있는 항성 집단임을 확인하였다. 1929년 성운 스펙트럼선의 적색 이동이 시선 속도라고 해석하고, 그 후퇴 속도가 성운 거리에 비례한다는 '허블의 법칙'을 발견하여 우주팽창설에 대한 중요한 자료를 제공하였다.

워 물었기 때문인지도 몰랐다.

뜬눈으로 지새우는 기나긴 밤들이 그의 일상이 되기 시작했다.

레부엘타스와 달리, 그는 일상 속에서 한낮의 빛을 참을 수 없어 했으며, 신문 마감 때마다 『콤바테』를 읽는 것에 화를 냈다. "우리들은 늘 사건의 맨 뒤에 처져 있어. 다른 방법으로 엘 차미살 문제를 들춰내야 해. 강물이 그 땅을 원하듯 땅의 주인은 우리야." 아무도 그가 강력하게 항의하는 소리를 듣는 것 같지 않았다. 교전 상태는 아무런 변화 없이 그대로였고, 동료들은 늘 그렇듯 그의 마음에 들지 않았다. "아니, 로렌소 동지, 17분파에서 말하기를……." "분파는 생각지 마. 그들 따윈 필요치 않아. 그들과 의논하지 않고도 할 수 있어!" "동지, 모든 것에 앞서 규율이 최우선이야." 비통한 분위기가 그들 주위를 감쌌다. 쥐새끼들처럼 쫓기는 자들은 남의 눈을 피해서 살았다. 그들은 강간범들과 살인자들과 함께 신문의 현상수배자 명단에 올라가 있었고, 자신들의 불행 때문에 친근한 사람들이 될 수 없었다. 로렌소는 그들을 거세게 붙들고 싶었다. "네가 느끼는 그 위기감은 지극히 정상적인 거야." 레부엘타스는 그를 안심시켰다. "나 역시 그런 분위기에 휩싸인 조직의 모순을 느끼고 있으니까." "그들은 털북숭이 짐승들이야, 레부엘타스. 네가 없었다면, 난 누구와 얘기를 했을까!" "데 테나, 사람들은 자신들이 완수해야 할 임무를 맡게 되면 아무도 널 간섭할 수 없을 거야." "그렇겠지, 하지만 얼마나 힘든지 몰라!" 로렌소는 몹시 두려웠다. 디에고 베리스타인의 그룹에서와 똑같은 일이 이 친구들의 그룹에서도 일어나려는 것일까? 그렇다면, 적응하지 못한 사람은 바로 자신이었다. 그의 동생 후안은 어디에 있는 것일까? 그는 직감적으로 느꼈다. 그가 겨우 경험하기 시작한 이 모든 것을 후안은 말을 하진 않았어도, 이미 경험했다는 것을. 동생이 그랬던 것처럼 그는 자기 자신에게 물었다. "난 무엇 때문에 이러는 것일까?" "네 자신을 통째로 대의(大義)에 내맡겨. 이런 일이 일어나는 것은 네가 마르크스를 읽지 않았기 때문이야." 레부엘타스가 웃었다.

자신들의 사소한 문제에 골몰하는 사람들, 무한한 희열에 찬 모습으로 오고 가는 사람들이 하늘에서 벌어지는 일에는 그토록 무관심하다는 게 너무도 이상하지 않은가!

에로는 점점 더 그에게 매력적인 사람으로 비쳐졌다. 어쩌면 로렌소는 자신이 발견한 광활한 우주에서 지구의 위치를 확인하듯, 자신 속에 자리 잡은 에로를 보았는지도 몰랐다. 그는 온 밤을 자이스 망원경과 씨름하면서 보냈다. 망원경은 그에게는 마약과도 같은 것으로 그는 그것에 매달렸다. 새벽 세 시, 추위가 그의 얼굴과 두 손을 후려쳤지만 그는 자신의 집념을 꺾지 않았다. 미지의 세계 속으로 뛰어들었다. 그것은 하늘에서 펼쳐지는 세상, 천문학의 세계이기도 했다.

옥상에서 관찰한 변광성들의 광도 관측을 통해서, 루이스 엔리케 에로는 하버드 대학의 레온 캠벨과도 교류했는데, 그는 미국 변광성 관측자 연합에서 '아마추어' 관측자들의 자료를 이용했다. 또 천문학을 사랑하는 수많은 사람들이 변광성의 광도를 측정할 수 있도록 그들을 가르쳤으며, 광도 곡선 작성에 그 자료들을 이용하기도 했다. 애호가들은—더러는 전문가 수준으로 혹은 그들보다 훨씬 더 세심한 사람들로서—하버드로 자신들의 연구결과를 보내기도 했으며, 천체 발견에 이바지할 수 있도록 해준 천문대에 대한 남다른 애착으로 그의 학문적 결점을 지적하기도 했다. 그들은 자신들이 실수라도 하는 것은 아닐까 하는 심한 우려로 지나치게 조심했지만 놀라우리만치 정확한 연구결과를 건네주었다.

에로는 세실리아 페인와 그녀의 남편 세르게이 일리아리오노비치 게포슈킨과도 친분이 있었는데, 이 둘은 그의 인생에 커다란 자극제가 된 사람들이었다. 그들과의 서신 교환은 에로를 하버드로 이끌었는데 라사로 카르데나스 대통령이 그를 보스턴 주재 멕시코 영사로 임명한 덕분에 가능해진 일이었다.

하버드에서 그는 할로 섀플리*를 알게 되었다. 그가 몬테 닐슨 천문대에서 직경 이 미터 오십 센티미터의 거울이 달린 망원경으로 작업한 직후, 은하의 가장자리에 위치한 태양을 발견함으로써 태양이 우주의 중심이라는 종전의 학설을 뒤집었기 때문에 사람들은 그를 현대의 코페르니쿠스라고 불렀다.

섀플리는 칸트의 생각에 동의했다. 즉 수백만 개의 별들이 원반 형태로 은하를 이루는 것이라면, 어쩌면 우리 은하와 비슷한 다른 은하들이, 위성의 별들처럼 우리 은하에서 꽤 멀리 떨어진 다른 은하들이, 존재할 것이다. 지구도, 태양도, 우리 은하도 우주의 중심일 수 없었다. "지금 이 순간에도 팽창을 하고 있는 이 광활한 우주 안에서 우리 인간들은 하찮은 쓰레기 정도밖에 되지 않는다네." 에로가 로렌소에게 말했다.

섀플리는 구상성단 내의 케페이드 변광성들을 이용하여 성단까지의 거리를 측정한 최초의 천문학자였다. 그는 그것들이 가상 구형으로 은하 중심 주변에 분포해 있다고 추론했다. 그의 학설에 따르면, 케페이드 변광성들은 태양의 직경 변화 때문에 변한다.

할로 섀플리는 게포슈킨 부부를 통해 소개받은, 열정에 찬 아마추어 멕시코인을 친절하게 맞았고, 에로는 미국 변광성 관측자 연합에서 아주

---

* 할로 섀플리(1885～1972): 미국 천문학자.

열심히 일했다.

그의 유창한 말솜씨와 멕시코에 새 천문대를 지으려는 그의 노력에 어찌 끌리지 않을 수 있겠는가? 전쟁이 일어나기 전, 타쿠바야 천문대는 초점거리 오 미터 삼십팔 센티미터의 렌즈가 달린 오래된 굴절망원경으로 훌륭한 연구결과를 내놓았다. 하지만 전쟁은 큰 가능성을 가진 모든 유용한 것들을 앗아가버렸다. 1874년 혁명이 발발하기 전, 멕시코인들은 원정을 나가 야영지를 세우고 맡은 임무를 훌륭히 해냈다. 하지만 혁명과 함께 이제 그들은 오십 년 이상 뒤처지게 되었고 현재는 기후 변화와 천체 역표에만 매달리고 있는 실정이었다.

섀플리는 아스테카력을 알고 있었지만, 루이스 엔리케 에로는 그에게 자신의 지식을 전했다. 대륙의 어떤 마을이 하늘에 관한 오래된 지식을 간직하고 있다면, 그건 바로 멕시코 마을이었다. 전통은 보존되어야 했다. 아메리카 대륙이 발견되기 훨씬 이전, 체구가 작고 고집이 세었던 마야인들은 치첸이트사에 있는 엘 카라콜로 올라가 하늘을 관찰했으며 그들의 고문서에 자신들이 본 새로운 사실들을 기록했다. 그들은 화성과 토성 그리고 금성을 관찰했다. 그들이 앞서 자연현상을 해독하고 미리 예측하는 법을 알았다면, 분명 세계 천문학에 새로운 기여를 했을 것이다.

섀플리가 프로젝트 분석을 위해 더 할로 스퀘어 모임에 그를 초대하자고 아주 진지하게 제안했다. "비공식적으로 얘기해보도록 합시다. 그렇지만 여러분에게 미리 알려드릴 것은 이 특별한 멕시코인이 날 설득시켰다는 겁니다." 도날드 멘셀 부의장, 바트 얀 보크, 세르게이와 세실리아 페인 게포슈킨, 조지 디미트로프, 프레드 휘플, 별 스펙트럼을 분류한 안네 점프 캐넌, 이론가 스턴, 베이커 망원경의 설계자 그리고 나이 어린 카를로스 그라프 페르난데스가 모였는데, 그라프는 MIT의 물리학 박사 과정과 구겐하임 장학금 그리고 중력 현상에 관한 그의 독창적인 이론으로 그 프로젝트에서 큰 비중을 차지하고 있는 인물이었다.

만약 젊은 멕시코 과학자들이 그 같은 역량을 지녔다면, 미국이 국경 저 너머에서 일어나는 일을 모를 리 없었다. 유럽이 불안에 몸서리치는 지금, 그 낯선 이웃 나라에 눈을 돌리는 것은 피할 수 없는 일이었다.

멕시코에 새 천문대를 지으려는 것은 멋진 일일 것이다. 만약 라틴아메리카에서 미국의 정책이 실패했다면, 과학 협력 정책이 좋은 결과를 가져올지도 모른다.

할로 섀플리는 에로의 손에 쥐어져 있는 타쿠바야 천문대의 연감을 유심히 살폈다. 에로가 그에게 멕시코혁명 직후 시간을 통일하려고 했던 문제에 관해 들려주었을 때, 그는 호방하게 웃었다. 국가 통신은 자체 시간을 가지고 있었고 철도는 미국 시간을 따랐다. 자오선 105도와 캘리포니아의 시간대가 시간의 댄스를 완성했다. "얼마나 환상적인 나라인지 몰라. 사람들이 제각기 자기 시간을 가지고 있으니 말이야!" 누구나 다 알고 있는, 멕시코인들의 개념 없는 시간 약속을 꼬집는 말이었다. 시간은 공중으로 떠돌아다녔으며 그것을 잡는 사람은 없었다. 천문대가 해야 할 일 중 하나는 그 시간들을 통일하는 것이었다. 육십 분마다 미국에 전보를 치기 위해 기계공 호세 알바 델 라 카날은 제대로 돌아가지 않는 타쿠바야의 낡은 시계를 전력을 다해 손봤다. 타쿠바야는 전화로 시간을 알려주었는데 질문 전화가 쇄도했다. 두 명의 전화교환수는 분당 팔십 통의 전화를 받았으며 거의 미치기 일보 직전이었다. XEQR을 통해서 방송되는 시간이 천문대의 업무를 줄여주었다. "섀플리 박사, 당신은 시간을 알려주는 것이 과학자의 사명이라고 생각하시오?" 그는 아나운서의 목소리를 흉내내었다. "국립천문대 시간으로, 오후 두 시 삼십삼 분입니다."

에로의 모습에 섀플리는 웃음을 터뜨렸다. 타쿠바야의 라디오 방송 덕분에, 멕시코에서 처음으로 텍사스의 산 안토니오 음악을 듣게 되었다. "자칫 잘못하다가는 천문대가 없어질 거요. 대중들은 '데이지, 데이지' 같은 노래나 '오 마이 달링, 오 마이 달링, 오 마이 달링 클레멘타인' 같은 미국 음악을 더 선호하니까 말이오."

하버드 천문대장은 자주 에로를 불렀다. 섀플리는 햇빛이 거북이의 성별을 결정짓는다는 사실을 알고 있었을까? 모래 속에 낳은 알들이 햇빛을 많이 받았다면, 그 알들은 부화하여 암컷이 될 것이다. 그렇지 않고 모래의 온도가 내려가 차가워지면, 수컷이 되는 것이다. 절충주의자인 섀플리는 키 큰 대화 상대를, 더욱이 자신을 즐겁게 해주는 그를 정식으로 받아줄 결심을 했다. 그들이 만남을 거듭할수록 멕시코에 현대적인 천문대를 지으려는 그의 생각은 커져만 갔다. 에로처럼 반파시스트주의자인 섀플리는 유럽의 과학자들을 미국 교육의 중요한 자리로 데려오는 것을 염려스러워했다. 1933년 가을부터 아인슈타인은 프린스턴에 있지 않았던가? 유태인들과 전쟁으로 추방당한 사람들이 계속해서 올 것이고 섀플리는 자신의 자유주의 사상 때문에 매카시와 문제를 일으킬 것이다. 반면, 미국인들은 멕시코를 자신들의 안마당쯤으로 여겼으며, 그는 그 광활한 영토 안에서 시간이 각각 다른 방법으로 측정된다는 사실에 호기심을 가졌다. 멕시코인들은 부족한 학교와 연구소를 자신들의 독창성으로 대신했다. 어쩌면 그들은 자신들의 그 같은 순수함으로 기대하지도 않은 결과에 도달할 수 있었을 것이다. 물론 그는 처음부터 에로를 경계하지 않았다. 섀플리는 국가들 간의 공동체를 믿었다. 유럽이 복잡한 상황에 놓여 있었기 때문에, 범미주의를 모색하고 있었던 것이다. 라틴아메리카와 결탁하여 그들을 동맹국으로 얻게 되는 것은 강압적인 정책보다 훨씬 더 나은 정책이었다.

카를로스 그라프 페르난데스는 에로가 섀플리의 호감을 얻는 데 한몫했다. 에로가 사용하는 보청기를 보았던 것일까? 제36차 회기의 국회의원으로 에로가 청중들의 주의를 끌었을 당시, 의회에서 일어났던 한 장면이 그에게 떠올랐다. 그가 저 유명한 논쟁을 벌이는 동안, 총격전이 벌어졌다. 입법자들은 서둘러 붉은 우단으로 된 의장석 아래로 몸을 피했지만 에로 의원은 연단에서 연설을 계속했다. 그의 멋진 연설이 끝나자, 동료들이 그를 축하했다.

"자넨 정말 용감해!"

"왜?"

"총알이 빗발치는 상황에서도 몸을 숨기려고조차 하지 않았으니 말일세."

"뭐라고! 총격전이 있었다고?"

또 다른 일도 있었다. 그의 보청기가 바닥으로 떨어져 그것을 찾으려고 몸을 숙였다. 바로 그때, 그를 겨냥한 총알이 앞좌석의 등받이에 박혔다.

그라프는 그에게 에로와 미래의 대통령 사이에 오갔던 대화 내용을 들려주었다.

"내 정부에서 어떤 자리를 원하오?"

"천체물리 천문대를 원합니다."

"당신이 내 행정부에 있겠다면 그렇게 해줄 것이오." 아빌라 카마초가 그의 요구를 수락했다.

미국에서 그와 같은 일이 일어난다는 것은 생각할 수 없다. 섀플리는 단 한 번도 자신의 연구에 그의 지갑을 열지 않았다. 국가가 제공하는 것이었기에 그런 식으로 일이 돌아가지 않았다. "이 멕시코인들!" 그라프는 뛰어났다. 엄격하면서 치우침이 없는 마누엘 산도발 바야르타는 노벨상을 수상한 아서 콤프턴과 친구가 되었고, 노버트 위너는 인간공학의 권위자인 아르투로 로젠블루스를 존경하듯 그를 존경했다. 아무나 MIT를 졸업할 수 있는 것은 아니었다. 나이 스물여섯 살에, 산도발 바야르타는 최고 연구자라는 명성을 얻었다. 그와 조르주 르메트르 수사는 우주선cosmic ray 이론의 장본인들이었다. 세상에, 이 멕시코인들은 자신들 안에 뭔가를 가지고 있다! 그들을 도와야 했다!

12

에로의 이야기를 듣는다는 건 분에 넘친 선물이었다. 로렌소는 그렇게 지냈다. 에로는 그것에 대해서는 조금도 의심치 않고 로렌소의 고민에 대한 돌파구를 내놓았다. "우리가 자유롭다고는 믿지 말게나. 마누엘 산도발 바야르타는 알베르트 아인슈타인의 상대성이론과 막스 플랑크의 전자기이론 그리고 에어빈 슈뢰딩거의 파동역학 강의를 들었다네. 자네가 알고 있는 것처럼, 물리학의 세계 중심인 베를린에서 삼 년간 체류했지. 카를로스 그라프는 세계에서 가장 뛰어난 물리학 이론가들과 연구를 했으며, 수학 분야에서 기대를 한 몸에 받고 있던 젊은 펠릭스 레시야스를 하버드로 데려갔어. 찬드라세카르가 그에게 관심을 가졌지. 테나, 우리들에게 장비는 부족할지라도, 우수한 사람들이 많아. MIT에서 멕시코인들이 두각을 나타내는 것처럼, 멕시코에서는 소테로 프리에토가 그라프, 바라하스, 나폴레스 간다라, 로페스 몽헤스를 가르쳤다네. 과학 연구와 고등교육이 굳건히 다져지고 있지만 정부가 우리를 더 많이 지원할 수 있도록 그들의 관심을 불러일으켜야만 해. 그렇지 않고 미국인들이 모든 지원을 맡아 하게 되면, 우리는 자치권을 잃게 될 거야."

에로의 민족주의는 로렌소가 생각하는 것과 같았다. "웰켐, 웰컴 미스터 버클리"는 그의 유년 시절에 있었던 부끄러운 일들 중 하나였다.

"정부가 과학에 투자하도록 설득하지 못한다면, 천문대는 만들 수 없을 거야."

"하지만, 어떻게 설득하죠? 그들은 무시무시한 짐승들인 걸요……."

"자네가 그들을 그렇게 여긴다면, 아무것도 얻지 못할 거야. 그들에게 보여주게나. 과학 없이는 앞으로 한 발짝도 나아갈 수 없음을, 우리들이 위축되어 있지 않음을 말일세. 마누엘 산도발 바야르타는 MIT에서 전혀 위축되지 않았어. 그가 이룬 성과를 한번 보게나. 그는 일개 공학교육을 담당하던 학교를 물리학과 수학 분야에 있어 선구적인 연구의 중심지로 바꾸어놓았어. 물론, 다른 우수한 인재들과 협력했지. 테나, MIT가 과학계에서 나타내는 위상을 보게. 멕시코가 뒤로 처질 이유가 없어. 정부를 설득해야 해."

"그건 그들을 잘 알고 또 다룰 줄 아는 당신이 해야 해요."

"그들은 그것이 인류와 자기 자신들에 대한 기본적인 의무라는 것을 깨달아야 해. 그게 아니라면 몽땅 잃게 될 거야. 우선은, 새 천문대에 필요한 천문학자들을 모집할 생각이야. 타쿠바야는 이제 제 역할을 다했어. 새로운 인재들이 필요해. 나와 함께하지 않겠나. 후회는 않을 걸세. 자네는 천체물리학자가 될 역량을 가지고 있어."

인생이 얼마나 경이롭고 위대한가! 레부엘타스의 말이 옳았다. 그의 삶은 다른 어떤 사람의 삶보다도 훨씬 더 위대했다. 친구가 그에게 말한 길을 이미 걷고 있었다. 비로소 살아 있음을 실감했다. 그러는 동안 저 아래에서 레부엘타스는 막 싹트기 시작한 부성애라는 새로운 환경에 몸부림치고 있었다. 호르몬에 의한 그 원초적인 환경에서 여자들은 자신들의 아주 작은 뇌와 매달 부풀어 오르는 자궁으로 사내들을 혼란시켰다. 『콤바테』 역시 세포 수준으로 움직였다. 새로운 피가 필요했다. 분명 『콤바테』에 무서운 결과를 가져올 현실과의 접촉이 필요했다. 차라리 그 모든 것을 잊어버리는 편이 나았고, 그 가능성을 루이스 엔리케 에로가 제공했다.

낮은 그저 지나치는 시간일 뿐이었다. 그 안에서 그는 바솔스가 그에게 맡긴 일들을 수행했다. 하지만 그것들은 그에게 아무런 도움도 되지 않을 것이다. 로렌소는 괴롭긴 하지만 그 사실을 잘 알고 있었다. 밤이 낮이 되었고 낮은 잠에 취한 기다림의 나침반이었다. 로렌소는 아침 일찍 울어대는 새의 지저귐에 눈을 떠서는 되뇌었다. "그래, 이것이 인생인 거야." 감광판을 현상하기 위해 바예 구역으로 부리나케 뛰어갔다. 현미경으로 그것들을 검사한 다음, 오전 열한 시에 엄청난 부를 자신에게 안겨다준, 그 신전의 문을 경건한 마음으로 잠갔다. 그리고 점심을 먹기 위해 근처 음식점으로 간 다음, 정치활동연맹으로 향할 것이다. 현미경의 환영들이 매 순간 그를 따라다녔다. 그 환영들은 음악과 그림이었다. 그는 미로와 클레 그리고 칸딘스키의 그림을 보았으며 우주의 멜로디, 피리 소리를 들었다. 그 소리는 육만 년 전으로 시간을 거슬러 올라갈 수 있을 것이고 산소, 비, 태양 광선과 뒤섞이기 위해 하강했다. 그가 지나다니는 길에서 만나는 아주 미미한 것들까지 그에게서 그 나름의 특별한 의미를 얻었다. 그는 나뭇잎과 금 간 벽에서 감춰진 보물을 발견했다. 빛은 그가 하늘에서 보았던 물체들의 참모습을 보여주었다. 아주 작고 평범하기 짝이 없는 세포 속에서 은하의 나선과 팔을 보았다. 천체 현상들은 그의 일상생활 속에 침투했다. 심지어 십자형으로 놓인 각목에서까지 그는 별 아니면 폭발하는 별의 축을 보았다.

지금 그의 삶을 이끄는 것은 많은 성운을 가진 남십자성이었다. 그의 삶은 희미한 안드로메다 별자리 주위를 아주 빠른 속도로 돌고 있었다. 오리온의 띠는 그를 포로로 삼았으며 오리온의 검은 그에게 기사 작위를 수여했다.

그 순간부터 별들은 그의 행동 양식을 이끌었다. 오후 네 시, 잠을 자러 집으로 돌아왔다. 시끌벅적한 거리와 '쾅' 하고 문 닫는 소리 그리고 한낮의 빛은 그의 잠을 방해했지만 피곤에 지친 몸은 그 모든 것을 이겨냈다. 그는 수십억 개 항성의 기묘하고 거대한 조직을 생각했다. 그 역시 그 조직의 일부였다. 모든 것은 그것에 맞게 할당된 몫이 있었다. 플로렌시아의 죽음은 그럴 만한 이유가 있었고, 호아킨 데 테나의 죽음 역시 마찬가지였다. 분명 공기 중 산소 속에, 특히 블랑키타가 발산하는 탄소 산화물 속에 그의 엄마의 숨결이 떠돌아다녔다. 에밀리아를 산 안토니오로 떠민 것은 분자들의 미묘한 결합이었으며, 산티아고의 인생을 이끈 장본인은 우주선이었다. 레티시아의 인생이 이젠 그렇게 모욕적인 것이라 여겨지지 않았다. 그녀의 인생은 메탄, 물, 암모니아, 수소, 우라늄의 배합 법칙들을 따랐다. 그녀가 버릇없이 무례했다면, 그건 언니인 에밀리아가 여자이기 때문에 당하게 될 부당한 차별대우와 그 영향으로부터 벗어나 미국으로 떠났기 때문이었다. 지금 로렌소는 버스의 승차표보다 방사능 동위원소에 더 몰두해 있었다. 루이스 엔리케 에로가 보여준 화학작용과 분광기의 특성이 절대 변하지 않을 것이라 믿었던 방식들, 그의 엄마를 내쳤던 잔인한 멕시코 계급사회를 대신했다.

"타나 고모! 타나 고모를 까맣게 잊고 있었네!" 어느 날 오후, 그는 불현듯 그 사실을 깨닫고는 그녀를 만나러 갈 결심을 했다. 육 개월 전에 본 것이 마지막이었다. 참 이상하지, 그녀에게 아주 사소한 원한도 느껴

지지 않다니 말이야!

그는 건강이 매우 악화된 고모를 보고 놀랐다. "나이 탓이야." 전에 없이 아주 기운차 보이는 틸라가 말했다. "개도 이젠 늙어버렸는 걸." 피피의 머리 부분에 난 흰 털은 이젠 예전처럼 그렇게 봉긋 솟아 있지 않았고, 배와 다리 그리고 눈 주위의 털은 누르스름했으며, 눈 아래 생긴 얼룩들이 점점 더 안쪽으로 파고들었다. 눈처럼 새하얀 카예타나의 얼굴에서도 눈은 사라지고 없었다. "우리 모두는 죽게 돼 있어." 생각에 잠긴 틸라가 말했다. "너도 알다시피 손아래였던 돈 호아킨이 먼저 갔잖아. 한번도 그를 만져보지 못했는데 말이야." 그녀는 원망 섞인 볼멘소리를 했다. 그녀가 그의 아버지와 가졌던 관계가 어떤 것이었는지 다시 한 번 생각하게 되었다.

틸라와 달리 로렌소는 카예타나가 자신에게 필요한 사람이라고 느꼈다. 후안은 제 인생을 살고 있었고 레티시아도 마찬가지였다. 그리고 에밀리아와 산티아고는 미국에 있었다. 고모만이 그를 과거와 이어주었다. 타나는 자신의 핏줄이었고 그에게는 그녀의 기억과 시간이 필요했다. 그가 아무리 그것을 밝혀보려 하여도, 그녀는 자신만이 그에게 말해줄 수 있고 또 그만이 받아들일 수 있는 사실들을 자기 자신과 함께 영영 가져가려 했다. 갑자기 더 많은 것들이 알고 싶어졌다. 그의 아버지는 어떤 사람이었을까? 플로렌시아를 어떻게 만났을까? 어디에서, 언제? 대답 없는 물음들만 가득했다. 가느다란 목소리가 로렌소의 귓가에 들려왔다. 그녀는 뭔가를 말하려 했고 핏기 없는 얼굴은 창백했다. 양쪽에 쿠션을 받치고 긴 의자 위에 앉아 있는 그녀의 흰 머리카락은 엉성하게 묶여 있었다. 피피는 그녀의 발치에 누워 있었다. 타나는 누군가를 기다리는 듯했다. 온 집 안을 노란 오렌지빛으로 가득 채우며 환한 얼굴로 돌아다니던 레티시아가 저 문으로 돌풍처럼 나타나는 것 이외에 그녀에겐 아무도 필요치 않았다. 냉정한 타나는 결코 자신의 고통이나 실망을 되새겨 생각하는 법이 없었다. 탄식하지도 않았다. 단 한마디의 질책도 하지 않았다. 오히려 그 반대였다. "인생은 내게 관대했어."

어느 날 오후, 그녀는 로렌소의 손을 잡고 쉰 목소리로 속삭였다. "난 네가 자랑스러워." 로렌소는 투명하리만치 핏기 없는 그녀의 손을 입술로 가져갔다. "저 역시 고모가 자랑스러워요." 그녀에게 웃어 보이며 손에 입을 맞췄다.

시체처럼 창백한 그녀로부터 어떤 가르침을 끄집어내고 싶었을 테지만 이젠 너무 늦었다. 타나는 그에게 다른 놀라움을 주려고 하였을 것이다. 마지막 며칠 동안, 그녀는 식은땀을 흘리며 부들부들 떨었다. "아파서 그런 걸 거야." 로렌소는 진정했다. "두려움 때문에 그래." 틸라가 잔인하게 말했다. "네 고모는 죽는 게 두려운 거야." 로렌소는 마음이 상했다. 틸라는 땀에 흠뻑 젖은 그녀의 이마를 서둘러 닦지도 않았고 침대 시트를 재빨리 갈지도 않았다. "이젠 아무것도 느끼지 못하는 걸." "아니, 알고 있어. 저렇게 떨고 있잖아." "그건 두려움 때문이라니까." 틸라가 같은 말을 반복했다. 피피 역시 부들부들 떨고 있었다. 그들은 쇠잔해진 육체에서 나오는 임파액과 오줌으로 반질반질해진, 꺼져가는 엷은 생명줄을 공유하고 있었다. 어느 날 오후, 레티시아가 문을 세차게 닫으며 들어왔다. 그러고는 고모에게 키스하려고 몸을 굽혔다. 카예타나는 그런 그녀의 목을 있는 힘을 다해 꽉 붙들며 거의 알아들을 수 없는 소리로 말했다. "날 버리지 마." "물론이죠, 고모. 로렌소 오빠와 제가 여기 있어요." 죽음의 그림자가 카예타나 데 테나에게 드리워졌고 그녀의 시선은 서원 십자가, 성 가족상, 예수 성심상, 성모상, 유니버시티 클럽, 조키 클럽, 폴로 클럽의 트로피들에 고정되어 있었다. 방 안의 그 트로피들은 먼지투성이였다. 루르드의 성모가 하늘에서 보이고 절규하는 기도 소리가 더듬거리는 말소리로만 들리며 로사리오 기도는 그의 머리에서 가시관이 되었다. 이렇게 인생 여정이 끝나는 걸까? 로렌소는 자문했다. 그의 마음은 고통으로 갈기갈기 찢어졌지만, 입천장이 다 드러날 정도로 입을 벌린 채 쌕쌕거리며 가파른 숨을 몰아쉬는 그녀 앞에서 속수무책이었다. "입을 좀 닫을 수 없을까?" 그가 틸라에게 물었다. "아니, 그럴 수 없어." 그녀는 그의 아픔을 동정했다. "그게 죽음인 거야. 그 모습을 보지 않는 것 말고는 달리 네가 할 수 있는 것이라곤 없어." 로렌소는 그녀의 입천장이 건조 중인 아주 작은 배의 뼈대라고 생각하려 했지만 뜻대로 되지 않았다. 그래서 창문 쪽을 보기로 했다. 쌕쌕대는 소리는 결코 멈출 것 같지 않았다. 임종을 앞둔 사람의 폐가 어떻게 저렇게 강한 소리를 낼 수 있을까? 그의 얼굴에 와 닿는 공기는 두 볼에 달아오른 열기를 식히지 못했다. "제발 끝나길." 그는 혼잣말로 중얼거렸다. "죽음의 공포는 강한 힘을 내지." 틸라가 말했다. 그 자리에 없는 레티시아가 필요했다. 그녀가 빠진 모든 것은 비참하기 짝이 없었다. 즉시 그 생각을 버리고 로렌소는 담배에 불을 붙였다. 틸라는 아무 말도 하지 않았다. 이젠 그럴 이유가 없었다. 그는 틸라에게 다가가 눈물이 가득 고인 눈으로 말했다.

"이런 일이 그녀에게 일어나는 걸 견딜 수 없어. 다른 누구보다도 그녈 존경했어."

틸라는 대답하지 않았다. 주체할 수 없는 삶을 살면서도 낙천적인 기질을 잃지 않았던 레티시아가 보는 앞에서, 타나는 숨을 거두었다. 며칠 뒤, 정확하게 말해서 로사리오 기도 칠 일째 날, 피피도 그녀를 따라갔다. 로렌소는 틸라에게 그 불쌍한 개를 정원에다 묻으라고 했다. "거름이 될 거야." 틸라가 그에게 말했다. "나도 고향으로 가고 싶어. 이제 그럴 시간이 된 것 같아. 네 고모가 내게 선물한 세간을 가져가고 싶은데 어떻게 해야 할지 모르겠어." 그 순간 로렌소는 전광석화처럼 어느 날 밤에 있었던 일을 떠올렸다. 턱시도를 입은 그는 방 안의 커다란 거울 앞에서 넥타이와 씨름하고 있었다. 그의 뒤에 서 있던 아버지가 손을 아들의 목 근처로 가져가서는 완벽하게 넥타이를 매어주었다. "그런 일쯤이야 식은죽 먹기지." 아버지는 아들을 껴안으려 했지만 로렌소는 고맙다는 말 한마디 없이, 디에고 베리스타인을 기다리기 위해 밖으로 나갔다. 아주 잠깐 동안 그는 양심의 가책을 느꼈다. "불쌍한 아버지, 속마음은 선량한 분이셨는데."

로렌소는 이삿짐 트럭을 한 대 빌렸다. 틸라 뒤에서 마지막으로 루세르나 집의 문을 잠갔을 때, 그는 분명하게 알았다. 타나 고모가 그녀의 불행한 비밀들도 함께 가져갔다는 것을. 그는 다른 비밀들을 찾게 될 것이고 분명 그것들은 매우 중요한 것일 것이다.

카에타나의 죽음에는 품위를 떠올리게 하는 독특함과 신중함이 있었다. 로렌소의 마음에 깊이 파고든 슬픔은 앞치마에 머리를 파묻은 채, "타나 마님은 아주 좋은 분이셨어, 아주 좋은 분이셨어, 아주 좋은 분이셨어"라고 되뇌는 틸라의 슬픔, 그것이었다. 곧 집 안의 모든 것들은 산산이 흩어졌다. 로렌소는 놀랍게도 그 집이 임대한 것이었음을 알게 되었다. 타나는 자존심 때문에 그 사실을 단 한 번도 입 밖에 내지 않았다. 그런 이유로 그렇게 돈에 신경을 썼던 것이다. 가장 좋은 가구들은 알무데나 고모가 휴스턴으로 가져갔다. 에밀리아가 원했다면, 몇 개를 그녀에게 주었을 것이다. 아니면 산티아고에게 주었을 것이다. 로렌소는 자신의 성에서 전치사 '데de'를 없애버리듯이 그렇게 그것들을 처분하길 원했을까? 그렇지 않으면 수입산 병풍 몇 가지와 장식 선반을 보관하길 원했을까?

물론 로렌소는 가정을 꾸리지 않는 이상, 아무것도 원하지 않았다. "알무데나 고모, 모두 고모 거예요. 아무도 고모만큼 그것들을 잘 관리하진 못할 거예요."

삼 개월 뒤, 루세르나 집 앞을 지나칠 때, 그는 '세 놓음'이라고 붙여져 있는 간판을 보았다. 거주자 없는 그 집은 다른 집들에 비해 좀더 컸을 뿐, 을씨년스러운 데다 작기까지 한 후아레스 구역의 여느 집들과 다를 바 없었다. 태양이 비치지 않는 듯했다. 수없이 반복한 자포자기로 그는 한기를 느꼈다. 이미 중력의 힘도 사라지고 없었다. 데 테나 집안 사람들, 그에게 의미를 준 사람들이 바로 그들이었다. 로렌소는 알았다. 자신의 마음속에서도 무언가가 꺼져버렸다는 것을. 한 점 불빛 없는 공간 속의 메아리가, 언젠가 자신의 별을 만들었던 가벼운 성분의 가스 메아리가, 그에게 와 닿는 것조차 원치 않았다.

13

후안의 삶은 그런 식이었다. 돈 좀 빌려줘. 나중에 갚을게. 담보로 여기 차의 송장을 가져왔어. 빚, 사기, 길거리에서의 싸움질, 몽둥이, 구타, 경찰과의 충돌, 내가 얼마나 어리석은지 보라구. 경찰과 폭력 그리고 감옥이 날 꽉 붙들고 놓질 않았어. 빌어먹을, 최근 육 개월을 또다시 레쿰베리의 검은 성에서 보냈어. 성격이 불같은 그를 한 사람의 힘으로는 도저히 감당할 수 없었기에 네 사람이 붙들어야만 했다. 도대체 그런 힘이 어디서 나오는 것일까. 어쩌면 그것은 분노의 힘이었는지도 몰랐다. 그는 사자처럼 자신의 몸을 방어했지만 사기를 치는 악랄한 동료들로부터는 단 한 번도 자신을 지켜내지 못했다. 그들은 자신들의 목숨을 구하기 위해 그를 희생양으로 삼았다. 후안은 그들의 요구에 응해야 했다. 제일 젊은 그가 감옥으로 보내지게 되었다. 감옥에서 출감할 때, 그는 말했다. "이제 이 바닥과도 안녕이야." 그러고는 오브세르바토리오 대로에 가스 냉각기 공장을 차렸다. 일 년 후, 국고와 관련된 일련의 문제들로 직공들과 현장을 지키는 경비원들이 그에게 공장 폐쇄를 강요했다. 지금 그는 옥탑방에서 비참한 생활을 하고 있었다.

"후안, 푸에블라의 토난친틀라에서 일할 생각 없니? 루이스 엔리케 에로가 천문대를 짓고 있어."

에로는 즉시 후안의 가능성을 알아보았다. 그를 짓누르는 불안감도 감지했다. 그런 면에서 그는 로렌소의 동생다웠다.

루이스 엔리케 에로는 에스킬로스의 프로메테우스*가 한 말을 본관 건물 정면에 그리스어로 새겨넣도록 했다. '신은 인간들에게 터무니없는 희망을 주며 죽음의 공포로부터 그들을 구했네.' 촐룰라 골짜기의 전경은 최고였다. 거의 일 년 내내 화산을 볼 수 있었다. 그 장관을 바라본다는 건 약속과도 같은 것이었다. 주민들에게 존재의 이유와 삶의 무게를 부여하기 위해 땅 위로 화산을 내뿜으며 골짜기와 산으로 연결된 그 풍경은, 무엇과도 비교할 수 없을 만큼 명상하기에 더없이 훌륭했기 때문이었다. 하루 여덟 시간씩 일을 하기 위해 몇 안 되는 사람들이 자전거를 타고 푸에블라의 탈라베라 공장으로 갔다. 그들의 인생살이는 종소리에 맞춰서 흘러갔다. 그 소리는 로페스 벨라르데를, 종 만드는 장인과 나누던 그의 느릿느릿한 대화를 떠올리게 했다. 종은 모두 366개였는데 일 년 365일에 맞추어 하나씩, 그리고 나머지 하나는 윤년을 대비해서 마련된 것이었다. 그것들은 365개 성당의 종루에 매달려 있었다. 종들을 일제히 울린다면 어떤 소리를 낼까? 아래 옥수수밭에선 새순이 돋아나기 시작했고 소와 나

---

* 그리스 신화에 나오는 티탄신족(神族)인 이아페토스와 바다의 요정 클리메네 사이에 태어난 아들. 신(神)과 사람에 관한 미래 지식의 소유자로 제우스가 인간에게서 불을 빼앗아버렸을 때 그를 속여 불을 훔쳐서 인류에게 주었으며, 제우스의 미래에 관한 비밀을 그에게 알려주지 않아, 화가 난 신은 그를 코카서스의 큰 바위에 묶어놓고 독수리로 하여금 간(肝)을 쪼게 하였다. 하지만 밤이 되면 그 간이 다시 회복되어 다음 날이면 똑같은 고통을 당해야만 했다.

귀 몇 마리가 울고 있었다. 나귀들은 두 형제의 시선을 끌기 위해 우는 듯했다. "에밀리아의 나귀." 그들은 옛날을 그리워했다. 어쩌면 둘 다 플로렌시아를 생각하는지도 몰랐다. 하지만 누구도 그것을 말하지 않았다.

"데 테나, 자네가 찾고 있는 것을 어쩌면 이곳에서 찾게 될지도 몰라." 에로가 말했다. "우리가 어려운 시기를 보내고 있고 자네 역시 그런 시기를 보내고 있음을 잘 알아. 자네에게 이성의 훈련과 엄격함에 기초한 규율을 약속함세."

"현실 도피가 판을 치는 이 나라에서 이성이라뇨?" 후안 데 테나가 빈정거렸다. 그의 형이 했을 법한 행동이었다.

"그래. 자넨 여기서 우리들 예지 저 너머에 있는 단편적인 것을 관찰하고 배우게 될 걸세. 난 뛰어난 수학자가 필요해. 자네 형 로렌소는 관측자지. 자네는 추상적 개념에 천부적인 재능이 있어. 자네의 윗사람들이 그렇게 말하더군."

후안은 놀랐다.

"난 변광성들을 발견했고 계속해서 찾고 있다네, 데 테나. 난 인간을 믿어."

"전 믿지 않아요."

"이제 겨우 스물여덟 살인데? 자넨 다시 인간에 대한 믿음을 가지게 될 거야, 데 테나. 다시 믿게 될 거라구. 자네가 이전에 신성한 것이라 믿었던 것을 더 배우고 태양계에 보다 더 가까이 다가갈수록 훨씬 더 중요한 걸 깨닫게 될 걸세. 천체 관측을 통해 자넨 인간에 대한 믿음을 회복하게 될 것이고 자네 뇌 속에서 일어나는 물리 화학적인 진행 과정과 하늘에서 일어나는 일, 이 둘이 서로 교신하고 있음을 알게 될 걸세. 자네의 뇌는 불가사의한 의문들을 풀 수도 있어. 우리들 뇌는 바로 지상의 하늘이야.

이곳에서 우리들은 저 하늘에서 일어나는 것들을 경험하지. 이 망원경을 통해서 자넨 천만 년 거리에 있는 빛을, 혹은 그보다 더 멀리 있는 빛을 보게 될 거야. 거기서 생물 진화에 영향을 미치는 성운이 자넬 기다릴 걸세."

그렇다면 이 황량한 언덕이 천문대 자리란 말인가? 후안은 사람이 살지 않는 것처럼 보이는 촌락을 바라보았다. 멕시코의 거의 모든 촌락들이 그랬다. 에로는 그 언덕에 천문대—고독한 버섯—를 짓도록 했다. 그 옆에 옥수수밭은 없었다. "저 위는 자갈밭이라서 비가 오면 빗물이 모두 아래로 떨어지지." 며칠 후, 잡화점 주인 돈 크리스핀이 그에게 말했을 것이다. 그의 작은 여행용 손가방은 무거웠다. 닭장에서 암탉들이 꼬꼬댁거리는 소리는 들을 수 있었지만 문이 열린 집이라고는 한 곳도 없었고 사람이라고는 찾아볼 수 없으니 도대체 그들이 어디에 있는 것일까? 분명 누군가가 암탉들에게 모이는 줄 텐데. 갑자기 커브 길을 돌자 소나무 한 그루가 보였다. 그는 그것을 에로에게 말할 것이다. "소나무 한 그루가 있는 걸 보니 저 위에 나무를 심을 수 있겠어요." 자신은 천문학을 하기 위해서 온 것이지 산림 식수를 위해 온 것이 아니라고 에로는 대답했을 것이다.

겨울이 시작되었다. 공기는 더없이 청명했고 밤은 길었으며 새벽은 살을 엘 듯이 추웠다. "후안, 일 년 중 지금이 관측하기에는 최적기야." 로렌소는 만족스러운 얼굴로 동생을 보며 말했다.

그날 오후, 에로는 두 형제와 함께 차를 마셨다.

"후안, 자넨 여기가 이상적인 장소라 생각지 않나? 저기 동쪽을 한번 보게. 포포카테페틀 산과 이스탁시우아틀 산이 보이고 서쪽으로는 라 말린체 화산이, 그리고 좀더 멀리 피코 데 오리사바가 보이지. 여기 코르테스의 길이 있고 말이야. 이 장대한 무대에서 무엇을 더 바랄 수 있겠는가? 후안, 자넨 천체 관측에 있어 기본 조건인 공기의 질이 다른 곳과는 다르단 걸 눈치 채지 못했나? 북쪽으로는 촐룰라의 피라미드가 그 모습을 드러내놓고 있다네. 그 피라미드 위에 식민지 때 세워진 성당이 있는 걸 봤나? 좀더 아래로 내려가면 치필로가 있어. 그곳에서 몇몇 이탈리아인들이 최고의 버터와 치즈를 만들지. 자네에겐 특권이 주어진 거야, 후안, 멕시코에서 가장 유명한 장소들 중 한 곳에서 일을 할 수 있는 특권 말일세."

언덕에 커다란 계단들이 있는 사무실 건물이 두드러지게 눈에 띄었다. 얼굴에 미소를 머금은 채, 에로는 자부했다. "그 계단들을 그리스식으로 만들었지. 우리 천문대가 멕시코 천문학의 파르테논 신전이 되기를 바라는 마음에서 말이야. 뒤쪽으로는 장비와 자이스 망원경, 암실 그리고 감광판 보관실이 마련되어 있다네."

에로 옆에 선 로렌소는 푸에블라 데 로스 앙헬레스 쪽을 바라보았다. 그 도시는 빠른 속도로 도시화의 물결을 타고 있었다.

"선생님, 멕시코시티에서와 똑같은 일이 푸에블라에서도 일어날지 모르는데 두렵지 않으세요? 차츰 폭발적인 거대 상업도시로 변해가는 푸에블라가 우리를 침범할지도 모르는데 두렵지 않으세요?" 더 멀리까지 내다보기 위해 계속해서 눈을 지그시 감은 상태로 그는 물었다.

"자네가 그렇기 때문에 염세주의자란 소릴 듣는 걸세, 테나 군! 그라프는 그 같은 불행이 닥치려면 아직 한참은 남았다고 했어."

에로는 카를로스 그라프 페르난데스의 학문적 지식에 의존했다. 게다가 그라프는 사람들을 불러모으는 대단한 능력을 가지고 있었다. 복도에서 웃음소리가 들리면 사람들은 이내 알아차렸다. "저기 그라프가 오는군!" 바라하스는 말하곤 했다. "그라프는 커다란 웃음보따리야!"라고. 과체중인 그는 뚱뚱한 사람들에게서 느낄 수 있는 푸근함을 가졌다. 그라프는 토난친틀라에서는 유일하게 매사추세츠 공대의 수학박사 학위를 가진 사람이었고, 같은 대학의 산도발 바야르타 밑에서 가르침을 받은 학생이었다. 그는 루이스 엔리케 에로를 따르고 진심으로 좋아했지만 알베르토 바라하스를 더 좋아했다. 에로는 토난친틀라 프로젝트에 그라프의 도움이 필요했기에 그를 만나러 매사추세츠로 갔다. 에로와 그라프, 그들은 서로 딴판이었다. 한쪽 귀에 보청기를 단 에로는 말랐지만 품위가 있었다. 반면 그라프는 땅딸막했으며, 자신을 친밀한 사람으로 느끼게 하는 푸근함이 있었다.

미국인들과 함께 교육을 받은 그라프는 그룹 토론에 익숙했으며 이따금씩 에로와 밤늦게까지 함께 있었다. 그의 사무실 문이 활짝 열려 있었기 때문에 그들의 격앙된 목소리를 쉽게 들을 수 있었는데 꼭 싸우는 사람들 같았다. 로렌소가 문 밖에 서 있었을 때, 에로가 그를 불렀다. "들어오게, 테나 군. 의자를 끌어당겨 앉게나. 우리들은 자네의 생각을 듣고 싶어. 중력에 관해서 이야기를 나누고 있었다네." 그날 밤 이후, 그들은 로렌소를 자신들의 그룹에 포함시켜주었다. 페르난도 알바 안드라데는 사려 깊고 신뢰감을 주는 조용한 사람이었다. 이제 막 결혼한 그는 푸에블라에서 살았고 아주 특별한 경우에만 토난친틀라에서 밤을 새웠다. 알베르토 바라하스가 자신의 친구 그라프를 만나기 위해 멕시코시티에서 왔을 때, 그들의 토론은 한층 무르익고 있었다. 그라프는 책상을 끌어당겨 그 위에 낱장의 종이를 놓고 메모를 해나갔다. 그의 글씨가 하도 커서 큰 소리를 내며 풀어나가는 한두 개의 방정식들로 종이는 꽉 찼다. 바라하스는 그 긴 다리를 쭉 뻗어 그라프의 책상 위에 올려놓았다. 그러고는 의자에 앉아 몸을 뒤쪽으로 기울여 천장을 바라보았다. 그라프는 그런 그의 방정식을 받아적고 있었다. 그때 갑자기 바라하스가 소리쳤다.

"아니야!"

"뭐가 아니라는 거야?" 그라프가 일어서면서 사납게 말했다.

바라하스는 자리에서 일어나 설명하고 나서는 다시 처음의 자세로 돌아갔다. 그라프도 그 낱장의 종이에 다시 메모를 하기 시작했다.

과학에는 늘 두 가지 가능성이 공존하며 그 둘 다 나무랄 데 없이 훌륭하다는 사실이 로렌소를 당혹스럽게 했다. 다른 사람들보다 먼저 그라프가 토론장을 향해서 자신의 생각을 털어놓았다. 심사숙고하는 법이 없었다. 로렌소는 그라프에게서 물리학을 배웠고, 페르난도 알바 안드라데는 그에게 자신이 알고 있는 것들을 가르쳤다. 이따금씩 에로가 번뜩이는 기지를 발휘했지만 그는 박사학위를 가진 학회원들을 존경했다. 가설을 내놓긴 했어도 그 박식한 사람들이 자신의 가설을 놓고 논쟁하기를 바라지는 않았다. 테나가 그에게 감동 어린 눈길을 보냈는데 그것은 천 마디 말보다도 그를 더 기쁘게 하는 것이었다. '저런 아들이 있었다면 좋았을 텐데.' 속으로만 생각했을 뿐 자존심 강한 견습생에게 말하지는 않을 것이었다. 로렌소가 그를 따르기보다 꿋꿋이 맞서는 경우가 더 많았기 때문이다. 그라프는 로렌소의 생각이 알고 싶어 평소처럼 다정한 말투로 물었다. "우리의 친구 데 테나 군은 어떻게 생각하는지 한번 들어보도록 합시다." 눈과 귀를 활짝 열어젖힌 로렌소는 그 격렬한 논쟁에 열중해 있었다. "그건 그럴 수 없어요, 그라프. 전자는 시간과 공간을 통해 나아가기 때문이죠." 에로가 그의 들리지 않는 귀 때문에 토론의 일부 내용을 놓쳤다고 하자, 그들은 천천히 말했다. 하지만 그것도 잠시, 토론은 말을 탄 듯 거침없이 진행되었고 로렌소도 거기에 가세했다. 그의 블랙커피는 식어 있었다. 재떨이에 담배꽁초 하나 버릴 틈이 없는 것을 보고 에로가 재떨이를 비우러 갔다. 하지만 그것을 알아차리는 사람은 아무도 없었다.

로렌소는 동생 후안이 그 즉석 논쟁에 참여할 수 있게 해달라고 부탁했고, 그를 가르치는 그라프와 페르난도 알바는 즉시 승낙했다. “자넨 눈부신 발전을 했어. 지난 삼 개월 동안 공과대 이학년 학생보다 더 많은 것을 배웠으니 말이야. 동생을 데려오게나. 뭘 망설이고 있나?” 알바는 흥분해 있었다. 그날 밤, 정말 놀란 사람은 로렌소였다. 후안은 간섭하는 사람처럼 토론에 뛰어들었다. 어떻게 저렇게 많은 것을 알고 있을까? 어디에서 배웠을까? 오 일 이상 지나고 나서, 그라프의 부추김—자, 자, 친구, 그렇게 조용히 있지만 말고 말을 해봐. 자네 눈은 초롱초롱 빛나는데—에 겨우 입을 연 로렌소와는 달리, 후안은 연장자들에 대한 배려를 몰랐다.

두 형제의 열정은 그라프, 알바, 에로 그리고 멕시코시티에서 온 바라하스에게 희망을 안겨주었다. 후안은 자신의 직관을 믿었고 거의 항상 바라하스와 같은 결론에 도달했다. “데 테나 군, 어떻게 그 결과에 도달했는가? 내게 한번 말해보겠나. 여기에 자네가 도출해낸 방정식을 적어보게.” 그라프에게서 종이 한 장을 가져와 후안에게 주었지만 그는 방정식을 종이 위에 적지는 못했다. 하지만 그가 도출해낸 결과는 훌륭한 것이었다. 그때 알바는 뒤쪽으로 물러나 있었다. 만족스러웠다. 후안과 같은 두뇌를 가진 젊은이가 있다면 멕시코의 과학은 희망이 있었다.

“스포츠는 과학자들에게 매우 유익한 거에요.” 에로는 하버드에서 섀플리가 했던 말을 곧이곧대로 따라했다. 오후에, 그들은 농구 시합을 하며 에너지를 방출했다. 에로는 메뚜기처럼 도약했다. 완벽한 스포츠맨인 그라프도 경기를 했는데 그는 에로에게 보청기를 빼라고 감독처럼 지시했다. 공과 함께 오고가는 욕지거리들이 도저히 믿기지 않았다.

형과의 재회로 행복해진 후안은 계속해서 로렌소를 놀라게 했다. 후안의 출현은 무수한 기억들, 묻어두었던 유년기의 장면들을 떠오르게 했다. 학교에서 그의 꽁무니를 졸졸 따라다니던 후안, 타나 고모를 “악한 마녀"라 부르며 그녀 앞에서 미친 듯이 날뛰며 춤을 추던 후안, 우유 잔마다 바닐라 빵을 덮어두던 틸라.

푸에블라가 그들을 놀라게 했지만 훨씬 더 놀라게 만든 것은 십삼 킬로미터 떨어진 거리에 있는 토난친틀라 언덕이었다.

"자네 동생은 유명한 수학자가 될 수 있어. 그라프와 알바가 그걸 간파했지. 이론적인 면이 부족하긴 하지만 실제 응용에 있어서는 그를 따를 사람이 없어. 다들 그의 능력을 부러워하고 있지." 에로가 그에게 귀띔해 주었다.

네 명의 형제들 중에서 후안은 그 속내를 가장 알 수 없는 동생이었다. 그런 그가 지금은 수학 분야에서 쟁쟁한 사람들과 경쟁하고 있다. 비쩍 마른 후안의 얼굴에는 고통의 흔적이 배어 있었다. 유년기에 그랬던 것처럼, 그는 마음을 열지 않고 농담 섞인 말만 했다. 자기 자신에 관해서는 한마디도 하지 않았다. 수학에 관한 것만 제외하고는 모든 것을 회피했다. 에밀리아나 레티시아의 삶 따위엔 관심도 없었다. 그가 유일하게 알고 싶어 한 것은 산티아고의 소식이었다. 그는 과거를 비웃었으며 로렌소에게 도전했다. 로렌소는 그에게서 자신과 같은 성격의 일면을 보았다. 후안은 죽음에 대한 도전으로 대화를 시작했다. "형은 할 수 없을 테니까!" 차츰 로렌소는 확신하게 되었다. 그 누구도, 테위슨 신학생조차도 후안을 배려하지 않았음을. 아무도 그를 제대로 평가할 줄 몰랐다. 자신조차도 마찬가지였다. 후안은 비범한 학생이었다. 하지만 그 재능은 자신의 재능에 가리어 아무도 알아차리지 못했다.

루세르나의 집에서, 과학이나 문화는 교양을 갖춘 예의범절에 밀려났다. 카에타나는 성적표를 보지도 않고 사인해주었다. 결코 조카들을 칭찬해주는 법이 없었지만 레티시아에게만은 신경을 썼다. 매주 일요일, 호아킨 데 테나는 아이들에게 돈을 나누어줄 때, 후안만은 건너뛰었다. "걔는 나쁜 애야." 도냐 카예타나는 그렇게 단정 지었다. 그 어린 후안이 느껴야 했던 감정은 어떤 것이었을까! 그런 까닭에 그는 집 바깥으로 맴돌았다.

"난 네 동생 후안에게 골이 깊게 패인 심한 불신감을 가지고 있어. 난 걔가 무엇을 하는지, 무슨 생각을 하는지 따위에는 관심 없어." 카예타나 데 테나는 양심이라고는 찾아볼 수 없는 잔인한 면을 지니고 있었다.

후안의 선생들은 그를 학교에서 내몰았다. 그가 문제를 제기하기도 하고, 때로는 그들이 대답할 수 없는 질문들을 던지면서 그런 문제에는 다른 해결 방법이 있다고 주장했기 때문이었다. 그가 손을 들 때마다 선생들은 그 아이로 인해 자신들이 궁지로 내몰릴 것이 두려워 아예 그를 무시해버렸다. "넌 교활하고 사악한 애야." 후안이 서른일곱 명의 반 친구들이 보는 앞에서 지리 선생이 적도가 어디에 있는지 몰라 당황해하는 꼴을 보여줬을 때, 그녀가 그런 말로 그를 공격했다. 그에게 쓴맛을 보여줄 생각이었고 다른 선생들도 그녀와 모의하여 그에게 최우수 성적을 주지 않을 이유를 만들어대기 시작했다.

초등학교 육학년이 되었을 때, 아무에게도 말을 하지는 않았지만 후안은 다른 세계, 그가 거리에서 탐색해온 세계를 찾기로 마음먹었다. 그는 집에서 학교까지의 구역 안에서 만난 사람들, 잡화점과 화장품점 그리고 약국의 주인들과 친구가 되었다. 한 곳에서는 철사를, 다른 곳에서는 알코올을 부탁했다. 그리고 거리에서 센세이션을 불러일으킨 실험들을 안마당에서 하기 시작했다. "난 멕시코에서 제일 먼저 냉장고를 만들 거야." 어느 날은 약국 주인의 라디오를 수리했고, 다른 날은 작은 차를 발명해 잡화점에서 일하는 여자의 딸을 위해 거기에 헤드라이트를 달아주었다. "거리의 가로등, 어두운 너의 집." 어린 후안은 루세르나 177번지를 제외한 모든 곳과 학교에서 영웅이었다. 후안의 사춘기는 어땠을까? 미스터리였다. 로렌소는, 후안이 빌려간 오 페소, 십 페소 심지어 이십 페소까지도 갚지 않았기 때문에, 그를 멀리했다. 훨씬 나중에 레티시아가 귀띔해주었는데 새벽에 후안이 산 후안 데 레트랑 거리의 창녀들을 집까지 바래다준다는 것이었다. "뭐라고?!" "정말이야. 후안 오빠가 그 여자들과 같이 간다니까." "뭘 타고 가는데?" "차가 있어, 오빠." "어디서 났을까?" "샀지. 후안 오빠가 얼마나 약은데. 오빠가 생각에만 잠겨 살기 때문에 아무것도 눈치 채지 못한 거야."

분노한 로렌소는 그의 삶 속에서 동생이란 존재를 지워버렸다. "포주 같으니. 그래, 후안은 그런 애야. 포주. 혼내야겠어." 시간은 흐르고 결국 로렌소는 그의 생각을 접었다. 여하간 그의 형제들은 각자 자신들의 길을 갔고 로렌소는 이미 커다란 짐 꾸러미였던 레티시아를 떠맡게 되었던 것이다.

지금, 토난친틀라 천문대에서 그 수수께끼 같은 동생을 머릿속에 떠올리며 로렌소의 마음은 놀라움으로 가득했다. 페르민, 실베스트레와 형제애가 돈독한 레부엘타스는 무엇을 생각할까? 로렌소는 후안을 미심쩍은 눈으로 보았다. 그에게 가까이 다가서고 싶어서가 아니라 탐색하기 위해서였다. 동생과의 장거리 도보여행에서 그는 자신을 향해 물었다. "넌 도대체 어떤 종류의 인간이야? 이곳까지 어떻게 왔니?" 두 형제는 서로에게 드러나지 않는 적개심을 보였고, 때때로 그 감정이 폭발하여 부들부들 떨었다. 그 적개심의 감정은 세상을 보는 눈을 뒤틀리게 했다. 그들이 푸에블라까지 가서 점심을 먹기로 한 날, 로렌소는 동생에게 물었다. "그동안 어딜 돌아다녔니, 후안?" 둘은 담배를 피웠다. 피우던 담배꽁초로 새 담배에 불을 붙였다. "언젠가 우리도 담배를 끊자." 로렌소가 동생에게 협박하듯 말했다. “차라리 점심을 굶는 게 더 낫지.” 후안이 웃었다. 로렌소는 이제 그런 동생의 모습에서도 그를 알 수 있을 것 같았다.

버스에 앉은 그들은 수수께끼 같기만 한 둥근 정방형에 관해 얘기를 했으며, 자신을 향한 형의 관심에 마음이 들뜬 후안은 로렌소에게 구상 중인 사업 계획을 말했다. 후안이 계획을 늘어놓을수록 로렌소의 얼굴빛은 점점 더 어두워져갔다. 주물기계의 주인이었던 후안은 다른 기계를 더 사들였을 것이다. 그리고 용광로를 만들기 위해 토지를 사들였다. 하지만 그가 받은 인가가 규정에서 벗어난 것이었기에, 검사관들은 공장 폐쇄를 명령했다. 중요한 뇌물이 빠졌던 탓이다. “여기 천문대에서 난 한 철만 있을 거야, 형. 내 발명품인 해면질의 철판을 팔러 국경지대를 여행할 생각이야. 그건 특수한 구조, 예를 들면 가솔린 탱크의 덮개라든지 날개 모양으로 된 지붕에 안성맞춤이야. 내 발명품에 테나로사라는 이름을 붙였어. 어때, 형? 그 사업이 잘 되지 않으면, 탐피코에서 잡화품을 취급하는 수출입 사업을 해볼 생각이야.” 틈이 나면, 후안은 스케이트를 어떻게 해볼 수 없을까 궁리했다. “스케이트라고, 후안?” “응, 얼음 위에서 타는 스케이트처럼 얇은 금속판으로 된 걸 만드는 거지. 네 개의 바퀴 대신 여섯 개의 작은 바퀴를 다는 거야. 대박 터지겠지.” 그리 되면 처음으로 에밀리아가 있는 산 안토니오를 방문할 것이고 그녀를 회원으로 끌어들일 것이다. 그녀는 미국 지사의 사장이 되는 것이다.

“넌 바로 나야, 후안.” 로렌소는 동생에게 그렇게 말해주고 싶었을 것이다. 그 광기가 어디까지 갈 수 있을까? 후안은 자신의 사생활에 대해서 여전히 아무 말도 하지 않았지만 로렌소도 자신의 속내를 드러내지 않았다. 그들 사이에는 암묵적인 신사협정이 체결된 것이나 다름없었다. “우리는 바로 우리 자신이다.” 사르트르는 말했다.

후안 역시 로렌소처럼 토난친틀라에 있는 집에서 살았지만 그에게 사는 집이 어딘지 절대 가르쳐주지 않았다. 아주 작은 마을에서 그 집을 찾는 게 그리 어려운 일은 아니었지만, 로렌소는 물어보지 않았다. 카예타나 고모와 마찬가지로 그는 동생과 거리를 유지했다. 후안에게 터놓고 말하지 않았지만, 동생 역시 자신을 불신하고 있음을 알고 있었다. 후안과 함께 하는 것보다 차라리 혼자 걷는 편이 나았다. 그 같은 생각이 그의 마음을 동요시켰다.

후안이 보이지 않자, 로렌소는 매우 불안해졌다. 토난친틀라 주민들의 말로는 그가 포포 산으로 떠났다는 것이다. 혼자서 말인가? 그건 아무도 몰랐다. 든든히 챙겨 입었을까? 그랬겠지. 잡화점 계산대에 서서 맥주를 마시고 나올 때, 후안은 사람들을 향해 소리쳤다. "포포 산에 올라 정상까지 갈거야. 거기서 만나자." 그는 산에 오르는 것을 촐룰라의 술집으로 가는 것처럼 별 대수롭지 않은 일쯤으로 여겼다. 동생의 용기가 얼마나 무모한가! 격분한 로렌소의 마음은 온통 동생에게 가 있었다. 혼자 갔을까? 아니면 동행자가 있을까? 아무도 몰랐다. 만반의 준비를 한 것도 아니고 그렇다고 산을 오르는 재간이 있는 것도 아니면서 모험에 자신을 내던지다니, 얼마나 무책임한가! 등반가라도 되는 것일까? 산을 탈 줄 아는 것일까? 에이, 빌어먹을 후안. 그를 목 졸라 죽이고 싶은 마음이 들었다. 토난친틀라에서 그가 필요한 이때, 어떻게 자신의 목숨을 위험 속으로 내던질 수 있을까? 혹 산악가였을까? 등반 시 지켜야 하는 3대 수칙—첫째, 자기 자신을 지킬 것. 둘째, 가망성 있는 사람을 구할 것. 셋째, 선택 상황에서는 생존 가능성이 더 높은 사람을 구할 것—정도는 알고 있을까?

닷새째 되던 날, 이성을 잃은 로렌소는 동생을 찾으러 산으로 갈 결심을 했다. 두꺼운 가죽 점퍼를 입고 산을 오르기 시작했다. 후안이 내디

딘 걸음걸음이 그를 죽음에 빠뜨릴 수 있다는 생각만으로도 로렌소는 초긴장 상태가 되었다. 날이 저물 무렵, 긴장은 해소되었지만 그의 머릿속은 혼란스러웠다. 확실히 그의 뇌에 산소가 부족한 게 틀림없었다. 그와 동행하겠다고 따라나선 돈 칸델라리오와 심호흡을 하기 위해 잠시 멈춰 섰을 때, 아무리 애를 써도 돈 칸델라리오가 그에게 반복해서 던지는 말을 알아들을 수 없었다. 공기가 부족했다. 반면에, 돈 칸데는 아주 빠르게 숨을 쉬면서도 방심하지 않고 있는 듯했다. "물을 마셔야 해요." 그에게 병을 건넸다. "탈수가 되면 위험하니까." 참 아는 것도 많구나! 로렌소가 오래도록 기침을 했다. "그건 폐가 마르기 때문에 그런 거예요." 그에게 설명을 했다. "목구멍이 그 정도로 마르게 되면 늑골이 심한 기침으로 부러지게 되죠." 로렌소는 그가 하는 말을 들었다. 마치 둘 사이의 거리가 이십 미터는 되는 듯했다. 발가락과 두 손도 아무런 감각이 없었다. "선생님, 얼굴이 종잇장처럼 창백해요. 좋지 못한 징조에요. 그만 돌아갑시다." 로렌소는 그렇게 하라고 허락이라도 하듯, 게우기 시작했다. 칸델라리오가 내려가려고 몸을 돌렸을 때, 로렌소는 아무 말 없이 그의 뒤를 따랐다. 토난친틀라로 향하는 버스 안에서도 로렌소는 침묵을 지켰다. 칸델라리오가 건네는 말조차 듣지 않았다.

"선생님 뇌가 더 많은 공기나 피를 필요로 하기 때문에 그런 거죠, 안 그런가요, 선생님?"

로렌소는 저 위 어딘가에 있을 후안 말고는 아무것도 생각할 수가 없었다.

천문대 입구에서 과르네로스가 의기양양한 표정을 지으며 그에게 알려주었다.

"선생님, 선생님이 동생을 찾으러 떠난 얼마 후에 그가 돌아왔어요."

14

톡스키네 집은 흙으로 지어졌고 바닥도 마찬가지였다. 차곡차곡 포개어 쌓은 돌 지붕, 돌담은 태양빛에 구워졌고 화장실은 윙윙거리는 파리 떼 천국이었다. 그의 방 천장에는 전등 바로 옆에 노란색 비단끈이 마치 유일한 사치품인 양 매달려 있었는데 파리들로 차츰 검게 변해갔다. 도냐 마르티나는 '모빌 오일' 양철통의 바깥쪽이 보이지 않도록 덮었는데 그 양철통에 제라늄 꽃들이 피었고 가장자리를 없앤 대야에는 향기를 내뿜는 풀들이 자라고 있었다. 씻을 때 쓰라며 그에게 그것을 건넸다. 첫날, 그녀는 해맑은 미소를 지으며 그에게 팜올리브 비누 한 장을 선물했다. 그때 그에게 곧 샤워기와 함께 욕실이 마련될 것이라고 말해주었고 그 약속은 지켜졌다. 한 달 후에 욕실에 붙일 타일이 도착했다. "선생님, 그 사이 임시로 쓰실 욕실은 무화과나무 아래에다 빨리 마련해드릴게요. 아무도 들여다보지 않을 거예요."

"쉿, 선생님이 쉬고 계시잖아." 마르티나가 아이들에게 조용히 하라고 야단쳤지만, 로렌소는 여섯 시간 이상 자지 않았다. 안마당에서는 흑

돼지들이 꿀꿀거리고 암탉들이 울어댔으며 개들이 털을 긁고 있었다. 그리고 어린 나귀 한 마리가 그날 실어나를 짐을 기다렸다. 또다시 플로렌시아가 생각난 것일까? 도시에서보다는 시골에서 그녀가 더 많이 생각났다. 토난친틀라에서 사는 건 산 루카스의 과수원으로 되돌아가는 것이었다. 어쩌면 그 때문에 로렌소가 그렇게 행복해하는지도 몰랐다.

태양이 정오를 향해서 나아갈 때, 기분이 아주 좋았던 로렌소는 감광판을 현상하기 위해 암실로 들어갔다. 그리고 나중에 현미경 앞에 앉아 그것들을 관찰했다. 외견상 생명이 없는 것처럼 보이는 세상, 전날 밤 뜬 눈으로 지새우며 보았던 그 세상이 감광판 안에 고스란히 담겨져 있었다. 로렌소는 그 별들에 아주 작은 가위표를 했다.

로렌소는 지구 위에서 일어나는 일들과 때때로 그의 애를 태우는 후안 그리고 엉망이 된 자신의 계획들로 우주에 대한 반발을 느꼈다. 그렇게 부를 수만 있다면. 하지만 매주 일요일 돈 루카스 톡스키가 칠면조 요리를 먹으러 오라고 식사에 초대하면, 흔쾌히 받아들였다. 왜냐하면 돈 루카스는 기우사(祈雨師)로 특히 화산과 강력한 유대 관계를 가졌기 때문이다. 포포와 이스타는 그의 운명을 이끌었다. 도보여행에서 로렌소는 주민들에게 미치는 산의 위력을 발견했다. 산은 신이었다. 그들 앞에 제단을 쌓고 옥수수, 갖가지 과일, 꽃봉오리, 코팔, 용설란으로 빚은 술을 공물로 바쳤다. 실제로 그들은 스페인에서 가져온, 십자가 위에서 처참하게 죽은 그리스도보다 더 위대한 신들이었다. 사람과 마찬가지로, 포포카테페틀 산은 자신만의 기질을 가지고 있었고 톡스키는 그 산을 돈 고요라 불렀다. 화산 자락에 위치한 마을 주민들은 잠자는 여인*—머리카락이 눈

---

* 여기에서 '잠자는 여인'이란 '이스탁시우아틀' 산을 가리키는 것이다. 참고로 '포포카테페틀' 산은 '연기를 피워 올리는 산'이란 뜻이다.

처럼 새하얀 제의와 같은—을 두려워하지 않았다. 모든 것을 삽시간에 끝내버릴 수 있는 것은 포포 산이었다. 그렇기 때문에 용암이 분화구에서 흘러내려 집과 밭을 집어삼키지 않도록 공물을 바치는 것이 꼭 필요했다.

로렌소는 확신하고 있던 몇 가지 사실들을 다시 생각하게 되었다. 화산이 아무런 힘도 없다고 믿었던 적도 있었지만 이젠 전처럼 생각하지 않는다. 기우사들과 모든 종류의 구름, 번개, 바람, 우박 등 기상 변화를 통제하는 사람들의 이야기는 그를 일반지식의 세계로 이끌었다. 본관 건물 계단에 앉아 있는 그와 에로에게 타니타가 그날 밤에는 별을 관측할 수 없을 거라고 미리 알려주지 않았던가?

"왜죠, 타니타?"

"파리들이 아주 낮게 날고 있기 때문이죠."

그녀의 말이 옳았다. 그들은 별을 관측할 수 없었다. 자연현상은 옥수수, 강낭콩, 자식들의 성장과 마찬가지로 그녀 삶의 일부였다. 화산들은 부부였다. 서로 손을 잡고 걸었으며 오줌을 누기도 했고 사랑의 달콤함에 취해 오래도록 앉아 있기도 했다. 서로 싸우다가 화해하기도 했으며 부둥켜안고 잠이 들었다. 그들의 존재는 마을 주민들의 삶을 결정하였다. 화산은 아버지와 어머니였으며 바람과 태양을 부를 수 있었다.

허블에 의해서 발견된 그 팽창하는 우주와 수천 개의 은하들 중 우리는 그저 하나의 은하일 뿐이라는 사실이 로렌소에게서 야기한 본능적인 두려움은 모든 종류의 구름, 번개, 바람, 우박 등 기상 변화를 통제하는 사람들과 기우사들의 확신으로 보상받을 수 있었다. 그것을 이해하려는 노력을 그와 함께 나눌 사람은 아무도 없었다. 로렌소는 우주가 계속해서 팽창하고 있는 것인지 자문했다.

시골 사람들과 대화를 나누는 것은 시간을 거슬러 오르는 것이었다.

그는 돈 루카스 톡스키, 오노리오 테쿠아틀, 필로메노 테판쿠아틀 그리고 그의 사촌 다비드 케촐 데 판코아틀이 하는 이야기를 귀 기울여 들었다. 어린 나이에 죽은 그들의 조상들은 산타 마리아 토난친틀라 성당 앞마당에 묻혔고 푸르고 흰 세라믹 판에는 이렇게 적혀 있다. “하느님은 마음씨 고운 미겔을 매우 사랑하셨다. 1918년 10월 8일 주님의 품으로 돌아가다.” 아주 오래된 다른 판에는 이렇게 기록되어 있다. “2월 1일 월요일, 1756년 토난린의 이비카에서 태어난 이 마을 출신 돈 안토니오 베르나베 테쿠아페틀라 에스크리바노가 잠들다.” 그 땅에 뿌리박은 마을 사람들은, 그 망자들의 뼈를 밟지 않을 뿐만 아니라 밤하늘에 별들이 아주 조그맣게 보인다면 그것은 그 별들이 우리가 알고 있는 것보다 훨씬 더 멀리 있기 때문이라 말할 수 있는 확고한 지식도 가지고 있었다. 그들은 태양을 알고 있었으며 그것으로 흙을 만들고 그들의 뼈와 살갗을 만들었다. 그리고 벽돌로 벽을 쌓고 지붕을 잇기 위해 그 태양을 유심히 살폈으며, 사람의 기질을 태양의 주기와 연관시켜 생각했다. 그들이 로렌소에게 던지는 질문은 인위적인 것들이 아니었다. 오히려 그들이 알고 있는 아주 오래된 지식으로부터 나온 자연스러운 것이었다. 그들은 태양을 신처럼 여기지 않았으며 인간이 새까맣게 타지 않고 태양에 도달하게 될 날을 이야기했다. “하지만 그땐 벌써 태양이 사라지고 없을 거야. 기온이 급격히 떨어져서 우리들은 죽게 될 거라구.” 루카스 톡스키가 말했다. 그들은 태양이 사라지게 될지도 모른다고 걱정했다. “누군가 태양을 훔쳐 달아나버리면 우리들은 죽거나 다른 곳으로 가게 되겠지.” “어떤 곳으로요?” “우리들이 찾은 게 사실이라면 이곳처럼 그런 곳으로 가겠지.” “태양은 움직이며 돌아. 절대로 멈추는 법이 없지.” “태양이 없으면 옥수수는 자라지 못해.” “태양이 없으면 초록빛도 자취를 감출 거야.” “태양이 없으면 우리들은 추워서 죽게 될 거야." "난 태양으로부터 혹들이 나온다고 확신해. 자네들의 천문대가 있는 언덕도 하나의 혹이지. 저 위 태양에 다른 똑같은 것이 있다고 믿어. 난 태양의 갈라진 틈들을 본 적이 있다구." "이것 보시오, 선생. 이 침침한 눈에는 별들이 자리를 바꾸는 것으로 보인다오. 그리고 난 그게 사실임을 확인했어. 내가 어렸을 적에 내 별이라고 점찍어둔 것이 있었거든. 이제 내 나이 쉰인데 그 별이 어디 있는지 몰라. 별빛이 꺼져버렸는지도 모르지. 그렇지만 움직인다니까, 움직인다구." 돈 루카스가 느릿느릿 들려주는 이야기는 더할 나위 없는 친근감을 느끼게 했으며, 로렌소는 맥주를 마시며 생각지도 못한 평온함을 누렸다. 그러는 동안, 여자들은 아궁이 앞에서 열심히 일하고 있었다.

별을 관측하기 시작한 그 순간부터, 로렌소는 우주가 자신을 다른 사람으로 변화시켰음을 깨달았다. 물론 그는 타인들과 어울려 살아갈 것이고 그들과 함께 걸어갈 것이며 그들이 하는 말을 귀 기울여 들을 것이다. 함께 어울려 밥을 먹을 것이고 미소 지을 것이다. 하지만 그는 매일의 삶을 영위하는 세상보다 훨씬 더 현실적인 자기만의 세계를 가지고 있었다. 망원경 앞에 돌아와 앉을 수 있다는 희망으로 일상적인 일들을 견뎌냈다. 미심쩍은 듯 아무런 호기심 없이 듣는 그 인간들의 삶보다는 별들의 삶이 훨씬 더 그의 마음에 와 닿았다. 별들의 행동과 비교해보면 인간들의 행동은 거칠기 짝이 없었지만, 그 행동을 미리 알아보기 위해 감광판을 관찰하듯 그렇게 현미경으로 그들을 관찰할 수는 없었다. 인간들과 마찬가지로 별들도 태어나 성장하고 죽었다. 매혹적인 자신들만의 삶을 가지고 있었다. 놀랍게도 큰 별들이 오래도록 밝게 빛나지 못하는 데 반해, 백색 왜성(矮星)들은 더 밝게, 더 오래도록 반짝거렸다. 천억 년 후, 어느 날 어쩌면 태양은 하얀 난쟁이만 한 크기로 줄어들 것이다. 혹 우주가 생성되기 전에 별들이 생겨난 것일까?

로렌소는 별들의 죽음에 대해 깊이 생각했다. 루이스 엔리케 에로는 그에게 어떤 별들은 감동적인 죽음을 맞는다고 했다.

인간들이 가진 생명의 불씨 역시 그렇게 꺼져간다고 로렌소는 생각했다. 플로렌시아는 그녀에게 주어진 연료를 너무 빨리 소진했음이 틀림없다. 거기에 그녀의 죽음, 그 원인이 있었다. 하지만 거기에는 또 헬륨과 수소가 한데 어울려 있었다. 로렌소는 그 죽음을 곰곰이 되짚어볼 생각으로 이따금씩 눈을 깜박거렸다. 인간들과 마찬가지로, 별도 그 삶의 방식과 때에 따라 자신이 속하게 될 최초의 집단이 결정되었다. 어떤 사람들은 어렸을 때부터 강인한 사람이 될 것을 약속받지만, 또 다른 사람들은 소멸되었다. 그들 내면의 열정을 불사르고 때가 되기 전에 죽었다. 로렌소 역시 그리 될 것이다. 그는 지칠 때까지 하늘을 탐색할 것이고, 별과 별 사이의 거리를 계속해서 측량할 것이며, 그 각도를 계산할 것이다. 그리고 그 리스트들을 대조할 것이다. 이젠 확실히 안경이 필요했다. 그는 별을 탐지하는 기계로 바뀔 것이다. 무수히 많은 숫자들을 기록해야 한다 해도 지치지 않을 것이다. 십만 개 이상 되는 별들의 위치와 움직임을 표시할 것이다. 에로는 하늘의 별들이 지구 위의 인간들보다 더 많음을 그에게 장담했다.

낮 시간에 전날 밤의 문제를 생각하고, 다른 사람들과 함께 있는 동안에도 이 생각 저 생각을 하는 버릇이 생겼다. 천문대 후원가의 조카인 젊은 브라울리오 이리아르테가 로렌소에게 인사를 건넸다. "정신을 팔고 다니는 현자 선생, 오늘은 어떠신가?" 로렌소는 그를 보지도 않고 가던 길을 계속 갔다.

돈 루카스 톡스키의 호전적인 사촌 필로메노 테판쿠아틀이 던지는 말에 로렌소는 번뜩 정신을 차리곤 했다. 천문대에서 일 년을 보냈을 때, 톡스키가 그에게 가시 돋친 말을 했다. "당신네들이 저 위에서 장비들을 사고 별 중요하지도 않은 문제들에 매달려 있을 때, 우리 자식들은 학교를 가기 위해 아틀릭스코까지 가야 해. 학교가 없으니 말이야." 그 말에 로렌소는 한 방 얻어맞은 듯한 기분이었다. 그들에게 학교를 지어줄 것이다. 하지만, 무슨 수로? 가난한 그의 생활로는 뚜렷한 해결책이 없었다.

"돈 필로메노, 왜 꽃들을 재배하지 않는 거죠? 여기다 무엇이든 심을 수 있어요." 로렌소는 물었다.

"꽃이라고?"(그들은 "꽃," "달걀," "완두," "신발"이라고 말했다. 복수형으로 말할 줄 몰랐다.)

"그래요, 꽃을 심어봐요. 돈 필로메노, 바로 당신이 나한테 말했잖아요. 여길 찾는 방문객들이 항상 장미꽃을 사고 싶어 한다구요. 그들에게 옥수수를 주는 대신 꽃을 주는 거예요."

"우리보고 꽃을 먹자고?"

"필로메노, 바보처럼 굴지 말아요. 돈을 버는 거예요. 꽃이 옥수수보다 훨씬 더 많은 돈을 벌어들일 거예요."

학교를 짓기 위해 필요한 돈을 어디에서 구하지? 로렌소는 동생과 의논을 했고 후안은 분명한 해결책을 제시했다. "갈릴레오는 공작과 후작들로부터 기부금을 얻고 자신이 가진 망원경의 렌즈를 사기 위해서 베네치아의 불독 같은 귀족들의 비위를 맞춰야만 했어. 그의 후원자가 되어줄 가능성 있는 사람들을 찾아가기 위해 베네치아에서 플로렌시아로, 로마에서 베네치아로 여행을 했지. 그 대가로 그들의 두 손에 자신의 발명품들의 모형을 안겨주었어. 형은 한창 잘나가고 있는 친구들이나 정부 각 부처의 장관들을 만나러 멕시코시티로 가기만 하면 돼. 갈릴레오가 발견한 것이 얼마나 중요한지도 모른 채 죽은 17세기의 왕자들처럼 그들이 그렇게 꽉 막힌 사람들이겠지만 말이야. 자존심 따위는 버리고 용기를 내, 형. 정치가들과 기업가들을 찾아가 호소해. 그것 말고는 다른 방법이 없어."

"난 할 수 없어. 지금까지 단 한 번도 남에게 부탁해본 적이 없다니까."

"방법이 없어. 자존심 따위는 버리라구. 토난친틀라 마을을 돕고 싶다면, 고개를 숙이고 다른 사람들처럼 접견실에서 차례를 기다려야 해."

"테나 군, 자네의 뛰어난 웅변술을 한번 발휘해보게. 자넨 마음만 먹으면 남을 설득하는 재주가 있지 않은가. 자네의 그 재주를 믿어보게나." 에로가 그에게 부탁했지만 지금까지 로렌소는 어떤 문도 두드려보지 않았다. 그는 국가 행정과 관계된 모든 것을 혐오했다. 밤 속으로 가라앉고 싶었으며, 그것을 위해 살고 싶었고, 조화로운 하늘의 일부가 되고 싶었다. 약해빠진 인간들 사이에서 몸부림치며 살고 싶지 않았다.

동이 터서 엷은 빛 때문에 행성들을 제대로 식별할 수 없게 되자, 로렌소는 잔뜩 기분이 상해서 천문대의 둥근 돔 지붕을 닫을 준비를 했다. 온몸이 무감각해진 그는 팔을 잡아당기고 두 다리를 움직였다. 마을에서 급속도로 불어나는 수탉들의 꼬꼬댁 소리에 희미하게 웃었다. 귀뚜라미들의 합창 소리가 어스름 속에서 아직까지도 들려왔다. "귀뚜라미는 행운을 가져오지." 마을로 천천히 걸어 내려왔다. 밤새 발산된 에너지의 소모로 아직까지도 어지러웠다. 지상으로 내려온 별들은 풀잎과 나뭇가지에 앉아 반짝거렸고, 아주 작은 수백 개의 빛 조각들은 그와 함께 새로운 대화를 시작했다.

로렌소는 모든 것을 하늘과 연결시켰다. 그의 진정한 삶은 저 위에 있었고 밤과 함께 시작되었다. 그에게 있어, 태양은 지구를 그 빛의 테두리 안에다 가두어두는 거짓말쟁이였다. 밤이 되면, 어둠은 로렌소에게 그의 진정한 공간인 우주를 선물했다. 그 깊은 심연, 그 공간에 감탄하여 외치지 않을 수 없었다. "와, 굉장해! 내가 어디에 있는 거지?"

언젠가 로렌소는 자신의 깊은 고독감을 동생 후안에게 말한 적이 있었다. 하지만 후안은 그를 비꼬았다. "고상한 척하지 마, 형. 자신을 속이지 말라구. 꼭 타나 고모 같아. 천문학이 요구하는 것은 기정사실이지 감정 따위가 아니란 말이야. 형의 고독은 실성한 웃음밖엔 안 돼. 형은 지금 기원전 400년에 카탈로그에 실린 천스물일곱 개의 별들이 떠 있는 아리스토텔레스 시대의 하늘을 보고 있는 게 아니란 말이야. 우리는 지금 20세기의 하늘을 보고 있고 사람들이 형에게 요구하는 것은 달의 분화구 앞에서 넋을 놓고 있는 것도, 자신의 감정을 주체하지 못해 쩔쩔 매는 것도 아니야. 오십억 년 전에 어떻게 출현했는지 아직까지도 알지 못하고 있는 우주의 기원을 밝혀내는 것이 형이 할 일이야."

화물 트럭이 천문대까지 들어오기 위해 특히 할로 섀플리가 보내는 슈미트 카메라를 가져오기 위해서는 아카테펙에서 토난친틀라까지 별 중요치도 않은 구간의 고속도로 포장이 꼭 필요했는데, 루이스 엔리케 에로는 통신성으로부터 그 허가를 받아내는 일을 로렌소에게 맡겼다. 그 슈미트 카메라로 어마어마하게 넓은 우주공간에 닿을 수 있을 것이고, 하늘의 드넓은 지역을 촬영할 수 있을 것이며, 전에는 알아보기 힘들었던 별들을 관찰할 수 있을 것이다. 대기실에서 씩씩거리며 기다린 후, 로렌소는 거만한 태도로 차관과 대면했다.

"그 어떤 구간에도 쓸 돈이 없다네, 젊은이. 자네 상관한테 그렇게 전하게. 게다가 우리는 북쪽 이웃나라의 꽁무니만 졸졸 쫓아다닐 자네들의 연구에 한 푼의 돈도 낭비하고 싶지 않아."

로렌소는 그만 평정심을 잃었다.

"만약 우리 대신에 다른 사람이 연구하도록 내버려둔다면, 결코 앞으로 나갈 수 없을 겁니다. 장관 나리, 내가 단 한 가지 바라는 것은 내 이머리를 쓰고 싶다는 것 그뿐입니다. 보아하니 당신도 명목깨나 따지며 살고 싶어 하는 것 같군요."

고속도로 포장 건은 물 건너갔고 로렌소는 강력한 적만 얻은 셈이 되었다.

"이 골치 아픈 문제를 해결하기 위해서 내가 직접 대통령을 만나러 가겠네. 자네는 최악의 사절이야." 에로가 화를 냈다.

"거드름이나 피워대는 그 바보가 뭐라 말할지 두고 보자구요."

"이봐, 테나, 너무 그렇게 빡빡하게 굴지 말게."

"제발, 돈 루이스, 바로 당신이 내게 말했잖아요. 아빌라 카마초에게 천문학자들이 스펙트럼을 가지고 연구를 한다고 말했더니 그가 놀라서 '아이고 맙소사!' 하고 소리를 질렀다고 말이에요."

토난친틀라에서 일어나는 일들을 통제하는 것이 에로의 몫이었지만, 그는 그것을 제대로 인식하지 못한 채, '자신의' 동료 과학자들의 사생활에 참견을 했다. 페르난도 알바 안드라데는 부인을 너무도 사랑했기에 그녀를 따라서 순순히 미사에 갔다. 그 사실에 분개한 에로가 그를 가만히 내버려둘 리 없었다.

"돈 루이스, 당신이 사그라도 코라손 학교에서 받은 종교교육을 나 역시 받긴 했지만, 난 신자가 아닙니다." 페르난도 알바 안드라데가 대답했다. "내게 예수 그리스도는 다른 이들을 위해 자신의 방식대로 싸운 사람이며 다른 많은 사람들처럼 죽임을 당했습니다. 난 내 아내를 존중하기 때문에 그녀가 함께 가길 원하다면, 그렇게 할 겁니다."

에로는 계속해서 흉포하게 굴었다.

"봅시다, 미사에나 따라다니는 저 작자가 뭐라 말하는지 봅시다." 그는 빈정대는 투로 말했다.

"그를 좀 가만히 놔두세요, 돈 루이스."

"내 말 좀 들어봐, 젊은 친구……."

"돈 루이스, 당신과 상관없는 일에 끼어들지 말아요." 로렌소가 간섭했다.

"자넨 나한테 함부로 하는 경향이 있어."

"자신이 가진 권력을 함부로 남용하는 사람은 바로 당신이라구요."

우발적으로 일어난 일로 소동이 벌어졌다. 만약 카를로스 그라프의 중재가 없었다면 더 큰 사건으로 번졌을 것이다. 그라프의 장난스러운 성격, 그의 끊이지 않는 농담은 토난친틀라에서는 꼭 필요한 것이었다.

"이것 보세요. 망원경이 온다고 하니까 모두들 긴장한 것 같군요." 그라프는 웃었다. "산타 마리아 성당으로 내려가는 건 어때요. 천사들과 케루빔*들 사이에서 훨훨 날아다니는 겁니다. 에로는 실수로라도 성당에 들어가지 않겠지만 말이에요."

두 명의 하버드 졸업생들이 부품이 제각기 분리된 망원경을 트럭에 싣고 매사추세츠의 캠브리지에서 국경지대의 라레도로 오고 있었다. 그들 중 한 명은 멕시코인이었고 다른 한 명은 미국인이었다. 누가 국경에서부터 토난친틀라까지의 운반을 책임지고 맡을까? 에로는 데 테나 형제를 지목했다.

"이건 내가 자네를 믿고 있다는 증거야."

---

* 세라핀 다음의 천사로 9위 중 제2위. 지식을 관장하는 천사이기도 하다.

펠릭스 레시야스가 라레도까지 트럭을 운전했다. 키가 크고 가무잡잡하며 힘이 좋은 그는 데 테나 형제에게 친절히 대했는데, 특히 후안을 마음에 들어했고 후안은 그와 짧은 우스갯소리와 농담을 주고받기 시작했다. "날 보는 것 같군." 레시야스가 손바닥으로 그를 가볍게 쳤다. 반면에, 알빈 프렌티스 조수는 자신의 중요성을 부각시킬 마음에 그의 아버지가 1915년에 몬테 윌슨 천문대의 100인치나 되는 망원경을 운반한 얘기를 여러 수식어를 덧붙여 자세하게 들려주었다. 하마터면 그 운반 차량이 저 깊은 심연 속으로 사라질 뻔했다는 것이다. 망원경을 운반하는 것은 아주 위험한 일이었다. 매번 차가 지나가는 거리를 재야 했다. 헤어지는 순간에도 그링고는 같은 말을 또다시 되풀이했다. "돌발 상황을 조심하게나."

로렌소는 두려움과 행복감이 교차되는 감정 상태에서 여행을 했다. 후안이 운전해서 나르는 중요한 짐은 많은 멕시코인들의 삶을 변화시킬 것이다. 그들은 후피동물들처럼 태양 아래에서 다른 트레일러들의 뒤를 따라 앞으로 나아갔고 로렌소는 손톱을 물어뜯었다. 하버드 천문대의 망원경, 클리블랜드 공과대학의 망원경, 미시간 대학 천문대의 망원경과 마찬가지로 전쟁 중에 만들어진 그 망원경은 목테수마의 보석보다 더 값진 보석이었다. 미국, 소련과 경쟁할 수 있는 세계 제일의 과학이 토난친틀라에서 만들어질까? 오늘부터 토난친틀라는 가장 큰 슈미트 카메라 하나를 가지게 되었다.

"부품들이 잘 맞을까? 둥근 모양의 거울이 제 기능을 다할까? 세계에서 가장 우수한 퍼킨스-엘머의 광학기계가 좋은 결과를 가져올까?" 슈미트 카메라로 아주 멀리 떨어진 지역까지 한눈에 볼 수 있었다. "아주 희미한 물체들을 잡아낼 수 있을까?"

후안과 교대하여 차 뒤편에 앉아 가게 되었을 때, 로렌소는 렌즈 위에다 조심스레 손을 얹었고 여행 기간 내내 그렇게 하였다. 어린애를 붙들듯 그렇게 카메라를 잡았다. 굴곡이 심한 커브 길의 경사는 그의 심장을 방망이질 치게 했다. 그에게 있어서 그건 군인의 불침번과도 같은 것이었다. 하지만 후안은 별 대수롭지 않게 카메라를 만졌다. "슈미트 카메라한테 기도하는 것처럼 보여. 그렇게 열광하지 마, 형. 세상에는 숭배할 만한 다른 물건들이 많아." "테나로사 말이지?" 로렌소는 으르렁거리며 말했지만 이내 곧 후회했다. 동생의 마음에 상처를 입혔다. 에이, 이 멍청한 것 같으니! 하지만 그는 자신의 무자비한 빈정거림을 인정하는 대신, 자신 속에 틀어박혔다. 이번이 처음은 아니었다. 분명 후안은 그의 빈정거림에 익숙해져 있었다. 어른들이 내뱉는 가혹한 말들은 어린 후안의 몸속 깊숙이 내려가 그만이 알고 있는 곳에 머물렀을 것이다. 그곳엔 이미 다른 폭언들이 자리하고 있었고, 너무도 아픈 기억들이 있었다.

몇 달간, 로렌소는 망원경 조립에 열중하느라 후안에게 신경 쓸 겨를이 없었다. 동생을 까맣게 잊었다. 토난친틀라의 분위기는 한껏 고조되어 있었다. 망원경의 둥근 돔 지붕을 떠받칠 지지대의 견고성에 관한 얘기, 둥근 돔 지붕이 돌게 될 원형 레일, 언젠가 작동하게 될 망원경, 특히 확대경이 그들의 유일한 화제였다. 페르난도 알바는 이미 광물 박물관에서 우주선 실험실의 측량기계를 설치해본 경험이 있었기 때문에 그 방면에 전문가였다. 초조해진 에로가 그를 독촉했다. "푸에블라에 믿을 만한 기계공이 있을까?" 로렌소는 젊은 에두아르도 미란다의 기술에 넋을 잃을 정도였는데 그는 머리를 싸매고 고민하는 법 없이 척척 일을 해치웠다. 매일 새벽마다, 자전거의 라이트도 켜지 않은 채 출근했다. "에두아르도, 고속도로에서 차가 자넬 붙잡으려 할 걸세." 루이스 엔리케 에로는 그의 열정을 발산했고 페르난도 알바 곁에서 계속해서 밤늦게까지 일했다. 로렌소는 잠을 청하기 위해 망원경 옆에 쓰러졌다. 아주 조심해서 다뤄야 하는 확대경을 언젠가는 그들이 손수 닦을 것이고 규소, 석영, 파이렉스와 같은 재료들의 특성도 알게 될 것이다. 어떤 식으로 그것들이 오므라들기도 하고 늘어나기도 하는 걸까.

에로는 망원경의 성능이 집광력과 분해 능력에 달려 있음을 거듭 강조했다.

그 기간 동안 로렌소는 에로의 변덕과 그의 예측할 수 없는 반응에도 불구하고 그를 아주 친근하게 느꼈다. 멕시코에 저런 노인네들이 있다는 게 얼마나 다행인가. 그의 곁에서 일할 수 있다는 게 얼마나 큰 특권인가. 이따금 로렌소는 에로에게서 깊은 인상을 받았다. 위대함. 그건 오직 베리스타인 박사에게서만 느낄 수 있었던 것이었다.

에로는 부족한 부품을 구해오라고 그를 멕시코시티로 보냈다. "자네만 믿네, 테나. 실수하지 않을 거라는 걸 알아." 도시에서도, 최근에 설립된 물리학연구소는 열기로 후끈 달아올라 있었다. "사정이 근본적으로 개선되고 있군. 『인헤니에리아』* 잡지사로 가자구. 그동안의 결과 보고를 해야지. 하지만 우리도 곧 우리들만의 잡지를 가지게 될 거야." 알바가 빙긋 웃었다. "우리가 발간하게 될 잡지의 이름은 '아스트로피시카' **가 될 거야." 에로가 말했다. "우리가 해야 할 중요한 일은 여기 남아 있는 다른 학생들을 가르치도록 우수한 학생들을 바깥으로 내보내는 일이에요." 그라프가 자신의 생각을 밝혔다. "여러분들이 알고 있는 레시야스의 경우가 바로 그렇죠."

---

* '공학기술'이란 뜻.

** '천체물리학'이란 뜻.

펠릭스 레시야스와 그의 부인 파리 피시미시의 도착으로 에로는 천군만마를 얻은 듯했는데 이는 파리가 수준 높은 이론 지식을 가지고 있었기 때문이다. 터키로 도피한 독일 수학자들에게서 가르침을 받은 그녀는 어윈 프롤리츠 교수의 제자이기도 했으며, 아인슈타인의 보조로도 일했었다. 에로는 그녀를 하버드에서 알게 되었다. 게포슈킨 부부는 늘 그녀와 함께 차를 마셨는데 세실리아는 전형적인 영국 여성답게 아무나 초대하지 않았다. 파리에게는 학식이 뛰어난 연구자들과 쉽게 마음을 터놓고 얘기를 주고받는 남다른 재주가 있었다.

"이 모든 것이 당신을 위한 거요, 파리. 당신에겐 무제한의 자유가 주어져 있소." 에로가 그녀에게 말했다. 당장 가장 높은 직위가 그녀에게 맡겨졌다. "무엇이 필요하오?" "필요한 건 아무것도 없어요, 돈 루이스. 아무것도." 하버드에서 그녀는 틀에 박힌 일상적인 작업을 하였지만, 지금 멕시코에선 에로가 그녀에게 토난친틀라의 하늘을 준비해주었다.

레시야스는 어떠한 환경에서라도 적응하는 재주가 있었다. 게다가 그는 수학에 탁월한 재능이 있었는데 버코프와 사리스키에 의해 증명되었다. 그는 오크리지 국립연구소에서 망원경 조작법을 배웠다. 천문학자들은 그를 신기한 듯이 쳐다보았는데, 카를로스 그라프가 그를 한 원주민 마을에서 데리고 나온 이야기와 함께 그가 멕시코 인디오들의 총명함을 여실히 보여주고 있다고 그들에게 말했기 때문이다. 고아였던 레시야스는 산 마테오 지방 출신으로 나우아틀어를 했다. 그라프는 그를 수학 방면으로 나가게 했으며 하버드에 소개했다.

레시야스가 후안 데 테나를 알아보았다. "이봐, 넌 네 형과 한가족이 아닌 것 같아. 나처럼 거칠고 사나워서 맘에 쏙 들어. 너와 난 프롤레타리아 계급에 속하는 부류들이지." 매우 독립심 강한 후안은 권위에 굴복하지 않았다. 반면 에로를 훌륭한 독려가쯤으로 여기는 학회원들과 달리, 로렌소는 그가 자신에게 맡기는 모든 일을 최선을 다해 열심히 했다.

페르난도 알바 안드라데는 원자물리학에 의문이 생기면 늘 새맷에게 도움을 구했고 그를 찾았다. 그리고 펠릭스 레시야스는 후안 데 테나에게 별과 관련된 역학을 가르치기 위해 찬드라세카르에게 도움을 청했다. 페르난도 알바는 핵물리학에 있어서도 새맷의 도움을 받았다. 후안이 영어를 할 줄 몰랐기 때문에 알바는 알프레도 바뇨스의 책을 교재로 썼는데 수업 진도가 나갈수록, 이상한 점을 발견하게 되었다. 그는 바뇨스의 책 내용이 새맷의 책과 거의 똑같다고 에로에게 말했다. 에로는 두 사람의 책을 대조해보고 타쿠바 카페의 테이블에 앉아서 서로 비슷한 점을 논평했다. 옆 테이블에 앉아 있던 한 기자가 그 소리를 들었다. 다음 날, 『엘 우니베르살 그라피코』 지에 '표절'이라는 제목의 기사가 실렸고 『엘 나시오날』 지에도 「물리학 연구소의 소장이 표절하다」라는 기사가 났다. 그 기사는 바뇨스에게 치명적이었고, 기사가 나간 후 연구소의 사정은 엉망이 되었다. 외교관의 아들이었던 그는 교육을 받은 미국으로 되돌아가 멕시코로 돌아오기를 거부했다. 과학계에는 생각했던 것보다 그렇게 큰 추문이 돌지 않았다. 타쿠바 카페는 공중 광장으로 변했고 부정한 짓을 저지른 자는 화형에 처해졌다.

로렌소가 원하는 것은 오직 하나, 과학에 대한 자신의 열정을 삶이 집어삼키지 않는 것이었다. 무수한 별들과 함께할 수 있도록 삶이 허락되는 것, 그것이 그의 제일 큰 소망이었다. 다른 연구자들은 부인과 자식들의 존재를 어떻게 견뎌냈을까? 로렌소는 하늘과 자신 사이에 그 누구도, 그 무엇도 끼어드는 것을 원치 않았다.

15

1942년 2월 17일, 마침내 망원경이 첫선을 보이는 날이 왔다. 국기를 손에 든 군인들이 아빌라 카마초와 그의 호위대에 경의를 표하기 위해 마을 입구에서부터 천문대 입구까지 열을 지어 섰다. 푸에블라의 시장 곤살로 바우티스타와 긴장하여 창백한 얼굴이 된 루이스 엔리케 에로 사이에 자리한 대통령은 자신을 망원경이 있는 곳으로 안내할, 이미 포장된 고속도로의 마지막 구간을 걸었다.

국가원수의 뒤를 이어, 초대된 손님들이 부동자세로 꼿꼿이 서 있는 군인들 사이를 지나갔다. 푸에블라와 멕시코시티에서 온 만 명 이상의 사람들이 기다리고 있었다. 아마추어 천문학자이기도 한 기업가 도밍고 타보아다는 천문대 부지의 일부를 기증했고 그것이 그에게는 개인적인 영광이었다. 미국과 캐나다에서 온 서른 명의 과학자들이 새 천문대의 후원자인 할로 섀플리와 함께했다. 그들 중에는 바트 얀 보크도 끼어 있었다. 하버드에 있는 슈미트 카메라를 책임지고 있는 그에게 이것은 두번째 멕시코 방문이었다. 각 언론사의 취재진들이 더 나은 보도사진을 내보내기 위해 행사에 참가한 사람들 앞을 분주히 뛰어다녔다.

미국인들은 한껏 기대하고 있는 눈치였다. 그들은 내리쬐는 햇살을 받으며 토난친틀라의 깎아지른 듯한 비탈길을 올랐고 거기에서 멕시코인들의 뜨거운 환영을 받았다. 그들은 미국이 전쟁 중임에도 불구하고 이렇게까지 마음을 써준 것에 감사했다. 할로 섀플리가 일 년 전 아빌라 카마초의 취임식에 참석한 적이 있었던 미국의 부통령 헨리 월리스가 보낸 메시지를 읽었다. 메시지에서 루즈벨트는 미국과 멕시코 간의 동맹이 꼭 이루어지기를 바란다고 표명했다.

곤살로 바우티스타 시장의 연설은 청중들에게 깊은 인상을 남겼다. 멕시코는 미국과 손을 잡고 교육과 과학 연구에 아낌없는 지원을 할 것이다. 그리고 이 만남은 친구 이상의 돈독한 관계를 맺고 있는 두 이웃 사이에 조약으로 체결될 것이다. 두 나라는 과학과 과학기술에 동맹관계를 맺음으로써 사회 발전과 국민 후생 그리고 사회 평등에 박차를 가할 것이다.

루이스 엔리케 에로의 연설은 단도직입적이었다. 병든 세상에 몰아치는 전쟁의 소용돌이는 우리를 집어삼키지 못할 것이다. 전쟁은 우리의 전진을 막지 못할 것이다. 반대로, 과학 발전은 모든 전쟁으로부터 벗어난 인류의 미래가 될 것이다. 다른 것에 조금도 개의치 않고, 언변술 뛰어난 에로는 자신의 생각을 피력했다. 한 부인이 자신의 팔찌를 벗어 가방 속에 넣었다. 아빌라 카마초 대통령과 바우티스타 박사는 심각한 얼굴로 서로를 바라보았다. 몇몇 군인들은 느슨하게 풀어지기까지 했다. 그때, 에두아르도 미란다와 함께 뒤쪽에 있던 로렌소는 친구들 테쿠아틀, 톡스키, 테판쿠아틀이 언덕을 올라오는 것을 보았다. 그들은 면으로 된 반바지 차림에 샌들을 신고 있었고 칠십 명 이상의 시골 사람들이 그 뒤를 따르고 있었다. 밀짚모자를 머리에 쓴 그들은 떼를 지어 앞으로 전진했으며 삐쩍 마른 개들이 그들의 꽁무니를 따랐다. 단번에 비탈길을 올라왔다.

"그건 우리들의 망원경이기도 한 거요."

로렌소는 웃었다. 그들의 자부심 섞인 마음을 이해했다. 그의 마음 역시 그랬으니까. 불미스러운 일을 미연에 방지하기 위해 디미트로프의 지휘하에 기술자들은 수없이 많은 테스트 작업을 했었다. 둥근 돔 지붕의 커다란 덮개 두 개가 스르르 가볍게 미끄러지기 시작하자, 손에 모자를 든 시골 농부들은 기대감에 부풀어 다들 조용해졌다. 기계기사 팀 옆에 서 있던 조지 Z. 디미트로프가 아빌라 카마초에게 조종장치의 버튼을 눌러달라고 했다. 올라오는 망원경이 보이자, 참석자들의 입에서 "와" 하는 감탄사가 쏟아져 나왔다. 모든 사람들이 일제히 반응을 보였다. 루이스 엔리케 에로의 얼굴에서 팽팽한 긴장감이 사라졌다. 그의 두 손 역시 마찬가지였다. 디미트로프가 슈미트 카메라의 기능들을 설명했고 신발도 신지 않은 많은 아이들이 호기심에 찬 작은 얼굴을 들어 그 기계를 보았다.

"어쩌면 저 아이들 중에 미래의 천문학자가 있을지도 모르겠군요." 섀플리가 웃었다.

마을의 음악대가 큰북을 치며 올라왔다. 그 소리는 경쾌했으며 그윽하기까지 했다. 저 아래 성당 앞에서는 폭죽 소리가 요란하게 울렸으며, 화려한 불꽃이 밤하늘을 수놓았다. 방문객들은 그 연회에 경탄해 마지않았다. 사람들이 던진 형형색색의 색종이 조각들이 바닥을 장식했고 분홍 테이블보와 노랑 테이블보 위에는 자메이카,* 타마린도,** 오르차타,***

* 자메이카산 럼주.
** 타마린도라는 콩과의 나무 열매로 만든 청량음료.
*** 추파Chufa라는 사초의 알뿌리 또는 아몬드를 재료로 해서 만든 청량음료.

레몬수, 알팔파* 같은 선명한 빛깔의 음료수가 담겨진 유리병들과 왕관 모양으로 자른 파인애플과 수박 쟁반이 놓여 있었다. 할로 섀플리는 도날드 하워드 멘셀과 함께 상석에 앉았는데 멘셀은 즐거운 듯 소리쳤다. "내가 닭고기와 초콜릿을 함께 먹게 되리라고는 꿈도 꾸지 못했어." 찬드라세카르는 연신 고추를 베어 먹었다. "사실, 인도에서는 아주 맵게 먹지." 블라스 카브레라가 설명을 했는데 그는 아픈 사람처럼 보였고 거의 먹지 않았다. 내전을 경험한 스페인 과학자들의 참석은 미국인들의 호기심을 자극했는데 그들은 페드로 카라스코, 비센테 카르보넬 그리고 마르셀로 산탈로 옆에 자리를 잡고 앉았다. 마르셀로 산탈로는 멕시코 하늘을 관측하기 위한 안내서를 준비하고 있었지만 지금은 시나이아**에서의 여행을 사람들에게 자세히 들려주고 있었다. 그들은 라틴아메리카와 미국의 동맹 그리고 범미주의에 대해서 많은 이야기를 나눴다. 페르난도 알바 안드라데는 버코프와 긴 대화를 시작했다. 루이스 엔리케 에로는 머리를 꼿꼿이 들고 자신감에 찬 눈으로 모든 사람들을 맞았다. 그에게 있어서, 그날은 일생 최대의 날이었다. 그는 오토 스트러브에게 레몬과 소금으로 테킬라 마시는 법을 가르쳐주었다. 그의 재주에 섀플리가 감탄하여 소리쳤다. "정말 완벽한 사람이야! 과학, 정치, 역사뿐 아니라 멕시코 요리법까지 훤히 꿰뚫고 있으니 말이야." 에로는 그에게 강낭콩 같은 독특한 맛을 주는 유명한 에파소테*** 차에 관해서 말하고 있었다. 곤살레스 자매인 그라시엘라와 기예르미나는 월터 시드니 아담스에게 푸에블라의 아름다움을 자랑했다. "카사 델 알페니케를 꼭 보셔야 해요. 그건 꼭 입맞춤과도 같

---

* 알팔파라는 콩과 식물로 만든 음료수.

** '카르파티아의 진주'라 불리는 루마니아 최고의 휴양지.

*** 수송나물과 식물의 잎으로 만든 멕시코 차.

은 것이니까요." "키스?" "그래요, 그래, 키스." 브라울리오 이리아르테는 그의 재치로 세실리아와 세르게이 게포슈킨 그리고 캐나다인 J. A. 피어스를 박장대소하게 만들었다.

오후 늦게 그들은 산타 마리아 토난친틀라 성당으로 내려갔다. 사람들의 입에서 "오!" 하는 감탄사가 일제히 새어 나왔다. 테킬라에 취해서였을까? 아니면 환각 상태에 빠진 것일까? 노란 파인애플과 빨간 석류들 사이에 자리 잡은 수많은 천사들과 케루빔들이 그들의 머리 위로 폭포수처럼 쏟아져 내릴 것만 같았다. 충동적인 그들은 팔을 뻗었고 번들거리는 입을 다물 줄 몰랐다. 성당 천장을 장식한 완만한 곡선의 좁은 길들은 그 중앙에 위치한 둥근 석고 조각품에서 만나고 있었다. 성당을 떠받치고 있는 기둥들은 종려나무 잎처럼 얽혀 있었고, 스타코*는 반 정도 쪄낸 빵처럼 부풀어 있었다. "이 성당의 바로크 양식은 보는 사람의 정신을 쏙 빼놓죠." 브라울리오 이리아르테가 설명했다. "인디오들의 손으로 만들어진 바로크 양식이랍니다." "몇 세기 것인가?" 정결한 성상들과 성당 안을 가득 채운 커다란 황금색 꽃들에 시선을 고정한 채, 섀플리가 물었다. "16세기 것이죠." "왜 스페인 사람들은 자신들의 교회를 꾸미는 일을 원주민들에게 맡겼을까?" "그건 원주민들이 어떠한 그림이라도 단번에 복제하는 것을 보고 재주가 뛰어난 장인임을 알아챘기 때문이죠." 인디오 예술에 매료된 바트 얀 보크가 말했다. "천사들에 사용된 여러 색들은, 저 위에서 보았던 탁자 위의 작은 깃발들과 테이블보에 사용된 것과 같은 것이군. 정말 뛰어난 색감이야!" 과학자들은 원주민들의 솜씨를 좀더 보고 싶어 했다. "이와 비슷한 다른 경당이 있는가?" "물론이죠. 저기 엘 로사리오

* 치장 회반죽.

경당이 있어요." 멕시코는 공허에 대한 두려움을 가지고 있었기에 바로크 양식이 너무 지나치게 나타났다. 공허에 대한 두려움, 거기에 과열의 원인이 있었다. 어느 것 하나라도 공백 상태로 놔두는 법이 없었다. 모든 것이 도를 넘고 나서야 직성이 풀렸다. "왜 천사들의 머리카락이 금발이죠?" 세실리아 페인이 물었다. 브라울리오는 자신도 금발의 멕시코인이며 어린 천사의 얼굴을 가졌다고 대답했다. 세실리아는 다갈색 피부를 가진 사람들 대신 파리 피시미시와 같은 취향을 가졌다고 말했다.

브라울리오 이리아르테는 성당 안에 조각한 꽃들과 아이들이 많은 것을 보고 '어쩌면 그때가 오월이었기 때문이 아니었을까'라는 추측을 했으며, 흰옷을 입은 아이들이 우리의 어머니이자 원주민들의 여신인 토난친의 성모에게 꽃을 드린 것이라고 말했다. "이것 봐, 브라울리오." 로렌소가 그의 옆을 지나쳤다. "이미 충분히 잡담을 늘어놓았어. 에로가 화가 나서 저기 바깥에서 기다리고 있다구." 로렌소의 충고는 역효과를 가져왔다. 꿈속을 헤매는 듯한 브라울리오의 자만심만 부추긴 셈이 되었다. "천사들의 오케스트라를 생각해보셨나요?" 그러고 나서는 악기 하나하나를 설명해나갔다. "얼마나 경이로운지 몰라요! 안 그런가요? 테오티우아칸 제국의 몰락 후, 의식의 중요한 중심지였던 촐룰라를 말하지 말지어다! 전 이번 목요일에 여러분의 고적지 안내원이 되는 걸 영광으로 여길 겁니다."

브라울리오는 그들에게 천문대는 틀림없이 의식을 치르던 중심지 위에 세워진 것일 거라고 알려주었다. 시골 사람들이 코르테스 시대 이전의 물건들을 팔 요량으로 일주일에 한두 번씩 천문대로 올라왔다. "이것 좀 사세요, 선생님!" 진품들이었다. 로렌소와 브라울리오는 사람들의 긴 행렬 속에서 흑요석으로 만든 화살, 도자기 파편들, 그릇, 심지어 비의 신 틀락록의 얼굴을 한 가면까지 발견했다.

출구 쪽에서 터지는 폭죽 소리에 그들은 고개를 들었다. 멕시코의 축제는 오로지 그들만을 위해서 팽이처럼 빙글빙글 돌았다. 보크는 김이 모락모락 나는 그릇에서 연한 옥수수 이삭을 꺼내는 한 여자 앞에 멈춰 섰다. 그러고는 하나를 달라고 해서 한 입 가득 베어 물었다. 얼마나 맛있을까! 모두들 그를 따라했다.

"이건 지금껏 경험해보지 못한 내 생애 최고의 파티야!"

푸에블라 대학에서 아메리카 국가 간 과학 회의가 시작될 참이었다. 그런데 그때까지도 통역할 사람들이 도착하지 않고 있었다. 대규모 계획이 수포로 돌아갈 순간이었다. 아, 멕시코여, 너는 배반자로구나!

"자네만이 이 난관에서 우리를 구해낼 수 있네." 에로가 그라프에게 다가갔다.

사람 좋은 그라프는 순순히 승낙했다. "발표자가 사고의 흐름을 방해받지 않도록 하기 위해 통역은 마지막에 하는 것이 좋겠군요." 그라프는 오토 스트러브 박사의 발표가 끝나기를 기다렸다가 그 내용을 아주 명확하게 요약해서 말했다. 프레드 위플의 차례가 되었다. 그라프는 그가 하는 말을 주의 깊게 듣고 난 후, 정확하게 요약했다. 심지어 자신의 기지 넘치는 생각까지 덧붙여 말했다. 광전자의 광도 측정에서 개척자로 알려진 조엘 스테빈스와 여러 가지 태양 폭발에 빛의 곡선 그래프들을 비교할 수 있었던 태양관측 천문학자 로버트 레이놀드 맥메스의 발표도 같은 식으로 끝났다. 여섯 번의 통역이 거듭되고 나자, 할로 섀플리가 회의를 중단시켰다.

"그라프가 발표문을 스페인어로 옮길 때마다 종이 위에 나타나는 변화가 그저 놀라울 따름이오! 마치 통역자가 발표자보다 테마를 더 잘 알고 있기라도 하듯, 그의 통역은 탁월할 뿐만 아니라 이해하기도 쉽군요."

버코프는 그를 "강력한 수학자 카를로스 그라프"라 언급하고서는 더 이상의 말을 하지 않았다. 발광선의 곡률과 스펙트럼 선들의 붉은색 쪽으로의 발산에 관한 그라프의 설명은 버코프가 보기에 자신이 한 것보다 더 나아 보였다. 감탄한 그는 상대성이론과 중력에 대한 강의를 담당할 교수로 그라프를 하버드 대학으로 초청했다.

버코프도 대학의 초청을 받아들였다. 그는 멕시코로 일하러 올 것이다. 그라프는 그가 미국으로 가서 가르치는 대신, 버코프가 하비에르 바로스 시에라, 로베르토 바스케스, 프란시스코 수비에타 같은 뛰어난 학생들을 책임지고 맡아주기를 희망했다. 그들은 미분 기하학의 새로운 길을 모색하고 있는 학생들이었다. 바라하스와 그라프가 이미 지구 중력설에서 두 물체에 관한 어려운 문제를 해결했지만, 버코프는 최고의 스승인 알베르토 바라하스와 함께 그 분야에서 일하게 될 것이다.

세실리아 페인 게포슈킨은 줄곧 파리 피시미시에게 매달렸는데, 파리는 물속을 헤엄쳐 다니는 물고기처럼 이리저리 빠져 나갔다. 에로는 그녀가 토난친틀라 팀에 들어온 것에 대해 축하의 말을 했다. 그녀의 서투른 스페인어 실력에도 불구하고, 학생들이 파리를 둘러쌌는데 사람 좋은 그녀가 그들에게 유명한 학자들을 소개시켜주었기 때문이다. "가까이 다가설 수 있을까? 우리가 그에게 인사를 건넬 수 있을까?" 파리가 웃으면서 그들을 그리로 안내했다. 미국인 프레드 위플은 성간 구름 먼지의 응축으로 별이 형성된다는 메커니즘을 내놓았다. 조엘 스테빈스는 별의 색 지수를 통해서 구름의 형태로 떠 있는 성간 물질의 광전 측광에 대해서 말을 했다. 그리고 월터 시드니 아담스(후안 데 테나는 그에게 혹시 탐험가 넵튠의 친척이 아니냐고 물었다)는 성간 물질을 테마로 하여 토론하기를 고집했다. 그의 학설에 따르면, 성간 물질은 그 스펙트럼에서 별 사이의 여러 선들에 의해 구름의 형태로 나타나는 것이었다.

멕시코인들과 스페인 망명 학자들의 수준 높은 발표에 미국인들은 놀라워했다. 물리학자 블라스 카브레라의 자기작용에 관한 설명은 젊은이들을 감동시켰다. 돈 페드로 카라스코는 스페인을 떠나올 때 결심했었다. "미국에선 단지 연구만 할 뿐, 내 조국은 멕시코가 되는 거야." 그는 수학과 물리학 담당 교수였는데 그의 학생들 대부분이 말하기를, 그의 말을 경청하고 있노라면 꼭 파티에 온 것처럼 신명 난다고 했다. 그들은 그의 강의를 계속 듣는 조건으로 그에게 '지식 수업'을 요구했다.

회의는 점심 식사와 저녁 식사 때는 물론 팔라폭시아 도서관과 푸에블라 대성당을 방문하는 동안에도 계속되었다. 브라울리오가 그들에게 커다란 삼나무 옆에 서방교회의 4대 교부인 성 아구스틴, 성 예로니모, 성 그레고리오 그리고 성 암브로시오가 그려진 그림을 보여주는 사이에도 그들은 천체물리학으로의 귀소본능을 보였다. 이렇게 계속되는 토론이 로렌소가 유년기 때 베리스타인 박사와 나누었던 대화나 『콤바테』에서 레부엘타스와의 입씨름 그리고 망원경을 조립하면서 친구들과 주고받은 논쟁보다 더 그를 만족시키지는 못했다. 그들의 말로부터 경험이 분출되었으며 그 경험은 지금 로사리오 경당의 지나치게 화려한 바로크 양식으로 완성되었다. 전자들이 원자와 충돌하는 것처럼 서로 충돌하는 의견들의 교환과 연구를 통해서 돈독해지는 동료애는 얼마나 아름다운가!

토론이 끝나갈 무렵, 후안이 운전을 하겠다고 자청하고 나섰다. 아틀릭스코까지 가는 길, 차창 밖 풍경은 세실리아 페인 게포슈킨을 매료시켰다. "마치 내가 15세기 이탈리아 화가의 그림 속으로 들어온 것 같네요! 이탈리아어가 들리지 않는 게 아쉽긴 하지만 말이에요!" "치필로로 가면 이탈리아어를 들을 수 있을 거예요. 거기에 버터와 치즈 그리고 살라미*를 만드는 이탈리아 사람들의 부락이 있으니까요." 브라울리오가 웃었다. "이 나라는 인도와 비슷해서 꼭 내 집에 온 것처럼 편안하군." 찬드라세카르가 확신하듯 말했는데 그의 동료들은 그를 찬드라라고 불렀다. 아틀릭스코의 식민지 시대 때 세워진 건물로, 산 후안 데 디오스 자선 수도회가 빈민층을 위한 병원으로 사용하고 있는 그곳에서, 한 어린 소년이 그들에게 그림 상태가 매우 조악한 유화들을 보여주었다. 그들은 소년이 로페 데 베가의 언어로 묘사하는 그림 속 인물들을 누가 누군지 알아볼 수 없었다. "아름답긴 하지만 추잡스럽고 음탕한 이 여자들과 활활 타오르는 지옥 불에서 창녀들을 구해내는 하느님의 후안을 보세요."

"얘야, 넌 우리를 15세기로 안내하는구나." 즐거운 듯 에로가 말했다. 라 셀레스티나**가 빠지긴 했다.

"너 참 똑똑하구나. 이름이 뭐니?" 세실리아 페인이 물었다.

"엑토르 아사르예요. 아틀릭스코가 제 고향이죠. 전 이 그림들에 묻어 있는 긴 세월의 먼지를 털어낼 거예요."

몇 년 전 올더스 헉슬리***가 토난친틀라를 보고 "이건 가톨릭의 가

---

* 돼지고기와 소고기를 곱게 갈아 돼지 비곗살과 함께 섞어서 돼지 창자에 넣은 것.

** 15세기의 스페인 문학작품으로, 정식 제목은 『칼리스토와 멜리베아의 희비극』이며, 일반적으로 등장인물의 이름에서 유래한 『라 셀레스티나』로 알려져 있다. 귀족 청년 칼리스토와 부유한 상인의 딸 멜리베아의 비극적 사랑이 중심이며, 간사하고 꾀 많은 노파 셀레스티나를 비롯하여 하층계급 사람들의 성격이 생생하게 묘사되어 있다. 근대적 사실주의의 선구적인 작품으로 후세 문학에 큰 영향을 주었다.

*** 올더스 헉슬리(1894~1963): 영국의 소설가이자 비평가. 그는 다방면에 해박한 지식과 번뜩이는 재치로 유명하며 그의 작품은 우아한 문체, 위트, 신랄한 풍자가 두드러진다. 작품으로는 『연애 대위법 *Point Counter Point*』(1928)과 『멋진 신세계 *Brave New World*』(1932) 등이 있다.

장 관능적인 신전이야"라며 감탄하여 외친 애기를 브라울리오가 들려주었고 세실리아도 같은 생각이었다. "저도 토난친틀라가 더 좋아요."

멕시코, 이 얼마나 모순투성이의 나라인가! 방문객들은 연신 놀라움을 금치 못했다. 푸에블라 데 로스 앙헬레스는 스페인의 어떤 도시와 견주어도 손색이 없었다. 그들은 멕시코를 통해서 자신들의 나라가 경멸하는 본토의 문화를 보았으며 부끄러움을 느꼈다. "우리들은 지금까지 무엇을 생각했을까?"

촐룰라는 그들에게 오래도록 기억될 또 다른 인상을 남겼다. 그들은 열두 마리의 굶주린 개들이 어슬렁거리는 유적지에 도착했다. "이곳은 불균형한 비율로 되어 있군." 파나마 모자를 쓴 할로 섀플리가 말했다. "유적지의 주각들은 정확한 수학적인 수치에서 나왔군요." 바트 얀 보크가 덧붙여 말했다. 라틴아메리카에 대한 그의 애정은 오 년 전으로 거슬러 올라갔다. 그가 물었다. "기원전 이백 년에 우리들은 어디에 있었을까요?" 촐룰라의 위대한 피라미드는 사백 미터나 되는 둘레와 육십오 미터의 높이로 테오티우아칸에 있는 태양의 피리미드보다 훨씬 더 높을 뿐만 아니라, 더 넓은 면적을 차지한다고 브라울리오 이리아르테가 설명했다. "고고학자들이 피라미드에 터널을 팠는데 거기서 무덤과 벽화, 그림무늬 띠 그리고 세공한 돌들을 찾아냈어요." "뱀이 있나요?" 세실리아 페인 게포슈킨이 물었다. "뱀이 없다면, 한번 들어가보고 싶어요."

버코프는 육십오 미터 높이의 피라미드를 올라갔다. "스페인 사람들은 자신들의 종교를 강요하고 코르테스 시대 이전의 미개한 생활방식을 끝낼 목적으로 피라미드 꼭대기마다 성당을 세웠다는군." 높은 곳에서 가슴 뭉클하여 저 아래 유적지와 건축물, 정복자들이 싹둑 잘라버린 뛰어난 문화의 흔적들을 바라보았다. 스페인 사람들과 아스테카 사람들 중 과연 누가 야만인들일까?

정오가 되자 촐룰라의 태양이 거대하게 부풀어 올랐다. 반반한 대지는 몇 개의 야트막한 동산이 되었고, 바로 그 위에 문이 닫힌 다 쓰러져가는 집들이 있었다. "꼭 사람이 살지 않는 마을 같군." 피어스가 말했다. 귀에 거슬리는 음악 소리만이 그 침묵과 궁핍을 깨고 있었다.

"왜 그토록 가난한 거요?" 버코프는 미국의 과학과 기술을 알리기 위해 칠레, 아르헨티나, 우루과이를 여행했기 때문에 그 사정을 어느 누구보다 더 잘 알면서도 눈에 띌 정도로 놀란 모습을 하며 물었다.

브라울리오가 말했다. "그래요, 이 가난은 정말 가슴 아파요. 이 지역 농부들은 기술자들이었어요. 강물과 샘물을 끌어오는 관개수로를 통한 용수방식을 고안해낸 명백한 흔적들이 있으니 더 가슴 아픈 일이죠."

멕시코는 그들의 전답과 함께 그들을 갈라진 땅 속으로 집어삼켰다. 아무도 논바닥에 물을 가두는 법을 몰랐기 때문에 물은 증발해버렸고, 옥수수밭은 태양빛으로 바짝 말라 비틀어졌으며, 과일은 여름의 불볕더위를 이겨내지 못했다. 그들은 어쩌면 질식하여 죽을지도 모른다는 생각들을 하면서 피라미드 안의 습한 어둠 속에서 아주 긴 터널을 걸었다. 마침내 태양빛 아래로 나왔다. 영양실조로 배가 볼록 나온 아이들과 몇 푼 안 되는 돈을 받고 자신들의 귀중한 물건을 팔려는 토산품 행상인들이 그들에게 달려들었다.

세르게이 게포슈킨이 갑자기 풀 죽어 고개를 떨군 부인의 손을 꽉 잡았다. 멕시코에 왔을 때, 그들은 다른 문화에 의해 파괴된 한 문화와 대면하게 되리라고는 생각지도 못했으며 이젠 서양인이라는 사실이 부끄럽기까지 했다. 한 인종 전체에 가해진 가톨릭의 힘은 가히 파괴적이었다. 물론, 스페인 정복자들의 예술은 놀라웠다. 그러나 아직도 연기가 피어오르는 유적지 위에 세워진 원주민의 예술은 또 다른 기적이었다. 세실리아 게포슈킨의 머릿속에서는 아스테카의 신들과 천사들이 한데 어울려 죽음의 춤을 추었고, 바로크 양식으로 꾸며진 제단의 황금 폭포수가 그녀의 머리 위에 있었다. 그녀는 현기증을 느꼈다. "모두들 괴로운 거야." 헨리 노리스 러셀이 확언했다. "이런 일이 생기리라고는 생각지도 못했어."

새플리가 말동무 삼아 걸을 사람으로 학생인 자신을 택한 것이 로렌소에게는 인상적이었다. 로렌소와 에로는 걸으면서 생각하는 버릇이 있었다. 그들은 천문대 주변을 생각에 잠겨 서너 바퀴씩 돌곤 했다. "나가서 걸어요." 로렌소가 자신의 대화 상대에게 청했다. "저 바깥에서 생각이 훨씬 더 잘 나요." 땅을 밟고 걷는 것이 문제를 체계적으로 분석하는 데 도움이 되었다. 생각의 실타래를 따라서 한 발자국씩 걸음을 떼었다. 이따금 그는 동생 후안과 함께 그의 이야기를 들으며 걷기도 했는데, 후안의 직관은 그의 수학적 지식을 뒷받침했다. 로렌소는 그렇게 상대방의 총명함, 그의 반짝이는 생각들을 발견했다. 그것들은 때론 실용적이지 못한 것이었고, 또 때론 실용적이긴 했어도 상상력이 부족한 것이었으며, 또 때론 엉망진창이었다. 후안은 격렬하게 논쟁을 벌였고, 무슨 문제든지 첫 번째 작전 원칙은 공격이었다. "우린 실험실, 장비, 실험재료들이 필요해. 연구자는 별 볼일 없어." 그는 주장했다. 카를로스 그라프의 말이 후안과 로렌소에게는 가장 효과적인 자극제였다.

그라프는 삼천 미터 경주의 챔피언이었고, 알레만 클럽에서 가장 뛰어난 조정선수였으며, 훌륭한 다이빙 선수였지만, 지금은 걷는 것을 마다했다. 하지만 이번에 그는 새플리와 함께 멋진 경치를 보러 다녔고 로렌소가 그들과 함께했다. 행복했다.

성운의 전문가인 도날드 멘셀 박사가 발언권을 요구했다.

"이번 회의가 과학사에 있어 가장 중요한 회의들 중 하나였음을 의심치 않아요. 그 중요성은 여기 멕시코에 처음으로 가져다준 발견물의 엄청난 수만 보더라도 가히 짐작할 수 있을 것이오."

회의는 멕시코 자치 대학교에서 계속 열릴 것이고 할로 섀플리와 마누엘 산도발 바야르타, 헨리 노리스 러셀과 월터 시드니 아담스에게 명예박사 학위를 수여한 모렐리아의 니콜라이타 대학교에서 끝날 것이다.

멕시코인들의 노력은 결실을 맺었다. "우리들은 다른 식으로 멕시코를 대해야 해요." 그들은 멕시코인들의 연구논문을 출판하고 싶어 했으며, 그들을 국제과학단체의 회원으로 초청하고 싶어 했다. 프린스턴 대학교의 천문대장인 헨리 노리스 러셀은 루이스 엔리케 에로를 초청했으며, 월터 시드니 아담스는 멕시코인들이 몬테 윌슨 천문대를 이용할 수 있음을 상술했다. 시카고 여크스 천문대의 오토 스트러브 역시 그렇게 했다. 캐나다의 도미니언 천체 천문대의 J. A. 피어스는 멕시코인들을 보고 "동료들"이라 불렀다. "많은 연구자들이 그들의 넓은 실험실 안에서 이루지 못한 일을 멕시코인들은 부족한 장비와 뛰어난 재능으로 성취하는군요."

MIT 공대의 물리학 교수인 마누엘 산도발 바야르타는 멕시코 과학자들의 중요성을 여실히 보여주는 살아 있는 본보기였다. "사람들은 그렇게 세상 어디서든 경쟁할 수 있어."

슈미트 카메라가 사람들 앞에 첫선을 보였을 때의 흥분이 가시자, 에로는 사람들이 빠져 나간 것을 알게 되었고 그의 도취감도 차츰 사그라들었다. 무(無)에 대한 돌파구로 생각했던 인재 양성은 텅 빈 두 팔로 아침을 맞았다. 연구자들은 아주 낯선 새로운 주제와 대면하게 되었고 그 학술모임의 멤버들은 그라프, 파리 피시미시, 알바 안드라데 그리고 레시야스였다. 레시야스는 곧 학위를 받게 될 참이었다. 카를로스 그라프가 제아무리 이론물리학에서 뛰어나다 하더라도, 천문학적 훈련이 부족했으며 그런 그는 지구의 중력현상에 전념하기를 원했다. 그 사실을 종종 느끼긴 했지만 그가 토난친틀라에서 할 수 있는 것은 아무것도 없었다. 게다가 때마침 멕시코 대학교에서 그를 불렀다.

망원경 조립과 같은 당면 문제들에 마음을 쓰게 된 에로는 현대식 새 천문대의 큰 결함을 알게 되었다. 천문대의 재산목록 제1호는 멕시코에서는 첫번째로 십이각형 둥근 돔 지붕 아래 설치된 슈미트식 망원경이었다.

그 즈음 에로는 로렌소 데 테나를 하버드로 초청하겠다는 할로 섀플리의 제안을 받았다. 거기서는 젊은 천문학자들을 필요로 했다. 테나에게는 다른 종류의 망원경들에 익숙해지고 과학을 하는 미국인들의 방식을 접해볼 수 있는 최상의 기회였다. 더구나 로렌소가 환경의 변화를 굳이 마다하지 않는다는 것을 섀플리는 멕시코에 머무르는 동안 알게 되었다.

"어떻게 자네가 미국으로 간단 말인가?!" 에로의 목소리가 떨렸다. 그는 한 손으로 보청기를 확인하기 시작했다. "그러면 누가 별의 광도와 남쪽 은하수의 스펙트럼 연구를 한단 말인가? 자네는 남쪽 하늘에 속해 있어. 은하의 극 부분, 용골자리, 남십자성의 별자리, 마젤란 해협의 구름에 속해 있단 말일세. 내겐 자네가 꼭 필요해. 게다가 슈미트 카메라는 결함이 있어. 이 결함이 망원경의 작동에 방해가 되지는 않겠지만, 전쟁이 끝나고 나야 고칠 수 있을 것 같아."

로렌소는 망원경 앞에 앉았던 첫날 밤, 하늘을 올려다보았을 때 느꼈던 감동을 기억했다. 에로와 마지막 작별 인사를 나눌 때, 슈미트 카메라와도 마지막 인사를 해야겠다고 생각했다. 이제 그의 운명의 주사위는 던져졌다. 그는 천문학에 전념할 것이다. 자신의 별인 지구로부터 태양, 작은 행성, 혜성과 같은 하늘에 있는 물체들을 연구할 것이다. 그리고 사람들이 성간이라 부르는 별과 별 사이의 공간을 떠도는 물질도 연구할 것이다. 망원경의 둥근 돔 지붕을 열고 하늘을 향해 조준한 그 순간부터 그는 자신에게 행복감을 안겨주기 시작한, 아직 실재하지 않은 곳으로 나아갔다.

16

첫 순간부터 로렌소는 자신이 하버드를 사랑하게 될 것임을 알았다. 그곳에서 학생들은 과실수처럼 무럭무럭 성장했다. 잘 손질된 나무들 사이의 사과처럼 강의실에 모습을 나타냈다. 그들의 손에 쥐어져 있는 우윳잔까지도 잘 손질된 듯했다. 로렌소는 '드러그스토어'에 들어가서(단골 손님들이 식품과 약 사이를 오가는 것이 얼마나 이상한지! 하지만 어쩌면 그게 당연한 것인지 몰랐다) 서툰 영어로 주문을 했다.

"언 애플 파이 앤 어 글래스 오브 밀크."

"뭘 한잔 달라고요?"

"어 글래스 오브 밀크."

"뭐라구요?"

"밀크."

"당신이 뭐라 하는지 모르겠어요."

"밀크, 메에에에엘크, 멜크, 밀크."

여 종업원이 그를 찬찬히 보았다. 그래서 로렌소는 허공에다 대고 소젖 짜는 시늉을 해 보였다.

"어 글래스 오브 카우 주스."

그 사디스트가 주문한 사과 파이와 우유 한 잔을 가져왔다. 로렌소는 두 번 다시 이곳에 오지 않을 거라고 맹세했다.

첫 주에 로렌소는 깊은 고독감을 느꼈다. 하버드에서는 젊은이들이 다른 일은 하지 않고 오직 공부에만 전념할 수 있도록 모든 것이 계획되어 있었다. 보스턴, 붉은 벽돌이 돋보이는 얼마나 아름다운 도시인가! 그는 공립 법학고등학교의 기억과 영화 속에서 본 장면들에 이끌려 재판소 안으로 들어갔다. 영화에서는 새파랗게 질린 증인들이 성경에 손을 얹어 맹세를 했고, 무표정한 얼굴을 한 판사가 내리치는 망치 소리가 법정 안을 울렸었다. 실제로 마호가니로 만들어진 대는 위압적이었고, 판결을 내리는 열두 명의 선량한 배심원들은—물론 그들은 공정한 사람들이었다—"재판장님, 이의 있습니다"라고 외치는 변호사의 고함 소리에 때때로 중단되어지곤 하는 소송을 열심히 쫓아갔다. 법정 안이 사람들의 웅성거림으로 시끄러워졌다. '영화에서 본 것과 똑같군.' 로렌소는 생각했다. 그는 경내의 아름다움에 감탄했다. 난간 손잡이는 반들반들 윤이 나게 닦여 있었고, 불빛은 영화 촬영장에서 쓰는 조명으로 다시 바뀌어 있었다. 하지만 그는 고야의 그림을, 염소 머리를 한 위대한 대법관을 생각하지 않을 수 없었다. 마법사의 형상을 하고서 바람을 가르며 형벌을 집행하는 모습이나 엉덩이 쪽에다 몽둥이를 감추어둔 모습이 머릿속에서 떠나질 않았다. 자신이 그렇게 빈번하게 고야를 떠올리다니 정말 믿을 수 없는 일이었다. 사람들의 언성이 높아지자 고야의 그림 속 염소와 마찬가지로, 네모진 얼굴에 잿빛 머리카락을 한 판사가 법정 밖으로 내보내겠다고 엄포를 놓았다. 로렌소는 그 틈을 타 바깥으로 나갔다. 크게 심호흡을 했다.

법전 대신 망원경을 선택한 것이 얼마나 잘한 일이었는지!

전쟁 소식은 신문과 보스턴 거리에 연일 쏟아져 나왔다. 사람들은 은밀하게 핵에너지에 관해 말했고, 특히 많은 사상자를 낸 영국 공군에 대해서 많은 말들을 했다. 훈련된 독일 공군이 폭탄을 투하하고 전투기 조종사와 열을 지은 포병 부대가 베를린을 공격하는데 어떻게 사상자를 피할 수 있겠는가. 몇몇 전투기 조종사들은 서른 가지 이상의 임무를 받았다. 독일군의 폭격에 맞서 싸우는 영국 공군이 얼마나 용맹스러운가! 이 전쟁은 파시즘에 대항한 스페인전의 연장이고, 1936년 수많은 목숨을 앗아간 내전의 연장이며, 자유를 수호하려는 전 세계 단체들의 계속되는 전쟁이라고 나이 지긋한 물리학자 톰 브랜드가 하는 말을 로렌소는 경청했다. 브랜드는 '링컨'*에 많은 친구들이 있었는데 그들은 굉장한 인물들이었다.

로렌소는 브랜드 때문에 『더 매시즈』 지를 사보기 시작했다. 평화주의자인 톰은 정당한 전쟁은 하나도 없으며 그 결과는 처참하다고 굳게 믿고 있었다. 히틀러는 악의 화신이었으며 정신착란으로 최후를 맞아야 했다. 전쟁에서 많은 사망자가 생기는 것은 서로에게 총부리를 겨누는 전투 때문이 아니라 어리석음과 무지 그리고 최고위층의 비겁함 때문이라고 톰은 주장했다. 권력층에 앉은 사람들을 믿지 말고 통치자를 비판할 줄 아는 사회를 만들어나가는 것이 문명국가로 향하는 첫 걸음이었다. 그토록 많은 젊은이들을 도살장으로 보내는 것은 얼마나 큰 잘못인가! 어떤 식으로든 군에 입대하는 것은 어리석은 행동이었다. 그건 조국에 대한 사랑이 아니다. 징병을 초조하게 기다리는, 애국심에 불타는 젊은이들에게 그의

* 미국 네브래스카 주의 주도.

말은 거슬렸다. “정신 나간 늙은이, 노쇠한 데다 멍청하기까지 하네. 머리가 어찌 되었나 보군.” 그들은 말했다.

톰 브랜드는 자신의 고뇌를 로렌소와 함께 나눌 수 있을 것임을 직감하고 자신의 모든 역량을 그리로 돌렸다.

브랜드가 하는 말을 경청하고 『무비톤』 지의 기사들을 보는 것 말고도, 로렌소는 전황을 예의 주시했다. 1937년 발렌시아 의회에 사절로 간 레부엘타스의 동생 실베스트레가 공화파의 투쟁 열정에 고무되어 돌아온 연유로 레부엘타스가 그에게 스페인 내전에 대해서 말을 했어도 그는 내전을 걱정하지 않았었다. 스페인 난민들이 도착하기 시작했을 때 로렌소는 토난친틀라에 살고 있었지만 멕시코가 그들을 받아들인 나라들 중 하나라는 사실에 뿌듯했다. 루이스 엔리케 에로는 성직자단과 가톨릭 신자 대부분이 프랑코를 지지하는 것에 분노했다. 그는 반파시스트주의자들의 운명에 신경을 썼다. 그가 망원경에 지나치게 몰두하지 않았다면, 파시스트 군사동맹에 폭탄을 떨어뜨렸을 것이다.

영국, 프랑스, 소련, 전 유럽과 미국이 독일 나치와는 양립할 수 없다는 자신들의 반대의사를 표명한 전쟁과 달리, 스페인 내전은 같은 형제들끼리 총부리를 겨눈 전쟁이었다. 로렌소는 톰 브랜드를 찾아 구역질 나는 영화관에서 나왔다. “이 전쟁은 학살이야. 일종의 범죄라구.” 그는 동의했다. 하지만 그의 생각과는 달리, 로렌소는 어쩌면 현실이 될지도 모르는 연합군의 승리에 흥분해 있었다.

로렌소는 매사추세츠에 초청을 받아 오크리지 국립연구소의 망원경 앞에 앉아서 ‘과학을 하는 다른 방법’에 관해서 섀플리가 토난친틀라에서 자신에게 말한 것을 실천했다. 그 망원경은 지금까지 그가 본 것 중 최고였다. “섀플리가 아쉬울 것 하나 없이 무엇이든 할 수 있었던 게 당연해.”

그는 조종장치와 그 버튼들을 보면서 부러운 마음이 들었다. "우리는 언제 이런 걸 가질 수 있을까?" 망원경이 자전거나 냉장고처럼 대량으로 팔리고 가장 좋은 상표를 고르는 일 외에 할 일이 없다면 얼마나 좋을까? 이 망원경은 로렌소가 보지 못했던 저 멀리 있는 가장 희미한 물체들까지 볼 수 있게 해주었다. 그는 아무리 과한 업무로 지치더라도 그 조종법을 꼭 배울 것이다. 거울이 천체의 빛을 모아들였다. 토성의 고리는 멋진 장관을 연출했으며, 목성의 위성을 보는 것은 화성의 위성처럼 생각지도 못한 큰 선물이었다. 그는 행성상 성운에 열중했다. 그것은 정확히 백색 왜성으로 변하기 전 마지막 변화 단계에 있는 가스로 뒤덮여 있는 별들이었다. 바트 얀 보크는 행성상 성운이 은하의 화학 변화를 연구하는 데 있어 매우 중요하다고 그에게 일러주었다. 로렌소는 은하의 중심부에서 방출되는 방사선과 함께 떠도는 물체들을 찾는 데 뛰어들었고, 새 행성상 성운 67을 발견했다.

로렌소는 애당초 약속했던 것보다 훨씬 더 많은 시간을 망원경 앞에서 보냈다. 전쟁은 그에게 행운의 시간을 선물했다. 그는 자신이 피곤에 굴복한다는 것을 단 한순간도 생각해보지 않았을 것이다. 자신이 패했음을 인정할 수 있는 것은 오직 죽음뿐이었다.

망원경 이외에도 현대식 건물들과 최고의 장비를 갖춘 실험실, 연구소 그리고 완벽하게 제 기능을 발휘하며 돌아가는 모든 것이 그에게 깊은 인상을 심어주었다. 많은 사람들이 전쟁에 나갔기 때문에 필요로 하는 인원의 채 절반도 되지 않는다고 말해주었지만, 그가 보기에는 지금도 많은 인력이 있었고 모두 우수해 보였다. 하버드에서는 가능한 한 모든 기계들을 총동원하여 우주를 개발했으며 연구자는 자신들의 손 닿는 곳에 가시광선 말고도 라듐, X선, 자외선, 적외선, 그리고 우주선을 두고 있었다.

물리학자와 천문학자 그리고 생물학자들은 서로 의견을 주고받았다. 건강이 좋지 않아 군대에 가지 못한 노먼 루이스는 무선천문학의 전문가였다. "그건 새로운 문명을 찾는 독특한 방법이지." 그가 로렌소에게 말했다. 하지만 다른 행성에 생명체가 있다고는 믿지 않는다고, 외계인은 공상과학에서나 있을 법한 일이라고 말하기가 난처했기 때문에 로렌소는 혀를 깨물고 있을 수밖에 없었다. 1938년 뉴욕에서 CBS 라디오 방송을 통해 오손 웰스가 화성인이 침입했다고 알리자 그 소식을 들은 사람들이 혼비백산하여 집 밖으로 뛰쳐나온 일이 있었다. 로렌소는 사람들의 그 같은 경솔한 신뢰가 참으로 놀라웠다. 지금까지 저 너머의 어떤 존재도 지구 위에 모습을 드러내지 않았다. 외계인의 연락을 뒷받침해주는 최소한의 증거나 표시도 없었다. "의견을 나눠보도록 하자. 집으로 초대하지." "너무도 많은 행성들이 죽었어." 로렌소가 강조하여 말했다. "그래, 그렇지만 우리들이 찾아내야 할 행성들이 훨씬 더 많아. 아주 멀리 있는 물체들에 몰두해봐. 어쩌면 그것들 중에서 인공물체를 발견하게 될지도 몰라. 만약 그것을 발견하게 된다면 그건 지능이 뛰어난 외계인의 작품일 거고, 넌 내 말이 옳았음을 알게 될 거야."

저녁에 노먼 루이스는 다시 토론을 시작했다. 치켜 올라간 왼쪽 눈썹은 저 너머에서 보내오는 메시지를 노상 듣고 있는 것처럼 보였다. "우리들은 이렇게 외모까지도 무선천문학자라니까." 그는 웃었다. 매우 창백한 그는 병약해 보였으며, 투명한 도자기 잔 밑으로 그의 이마에 돋은 푸른 혈관이 뛰고 있었다. 하지만 무엇보다 로렌소의 주의를 끈 것은 그의 두 손이었다. 다른 남자의 손처럼 보였다. 그것은 전 인류를 상징하는 손으로 한 노동자의 군살 박힌 커다란 손이었다. 노먼이 양손을 아래로 내렸을 때, 로렌소는 그것들이 몹시 그리웠다.

최근 들어 과학자들은 파괴에 대해서 얘기들을 많이 했다. 노먼은 "공격이 최상의 방어다"라는 군 원칙을 거부했지만, "현실주의자가 되어야 해. 가만히 앉아서 죽을 수만은 없잖아?"라고 주장했다. 세계 패권을 거머쥔 미국, 오펜하이머*의 숭배자가 로렌소를 어리둥절하게 만들었다. 물론, 선의의 과학과 악의의 과학이 있었다. 그런 까닭에 그는 자신들이 발견한 것들을 감추는 소련 사람들과는 달리, 선의의 과학 편에 섰다. 작은 새 레부엘타스의 영향으로 한때 로렌소는 소비에트 사회주의공화국연방에 매료된 적이 있었다. "이쯤에서 끝나나 보군." 그는 생각했다. 하지만 상황을 주도해나가는 노먼이 그의 어깨 위에 팔을 걸치고 그가 있는 쪽으로 몸을 기울였다. "너와 난 논쟁할 게 많아. 그렇지만 먼저 저녁부터 먹자. 내 친구 리사가 스파게티를 만들어줄 거야." 그제야 로렌소는 아무 매력도 없는 금발의 한 여자가 연구소에서 자신을 집요하게 바라보고 있다는 사실을 알게 되었다.

다음 날, 검사할 감광판을 가지고 암실에서 나오다가 복도에서 다시 그녀와 마주쳤다. 그녀가 손을 들어 아는 체를 했다. "두고 봐, 양키 계집애들은 우리 밥이야." 차바 수니가가 그에게 했던 말이다. "재수 없는 양키년!" 로렌소는 생각했다. 매력적인 멕시코 여자들과는 비교도 되지 않았다. 흰 리넨처럼 매끄럽게 흘러내리는 젊은 여자애들의 진한 금발이 그에게는 젖은 수건처럼 여겨졌다. 하지만 리사는 노먼 루이스와 함께 천체물리학 연구실에서 그를 보았을 때부터 그에게 간절히 갈망하는 눈길을 보냈었다. 그녀는 석사과정 수업 때문에 과학철학 세미나에 참석했다. 그녀의 집요함이 효과가 있었던지 금요일 밤에 로렌소는 그녀를 소박한 자신

---

* 존 로버트 오펜하이머(1904~1967): 미국의 이론물리학자. 세계 최초의 원자폭탄 제조에 주도적 역할을 했다.

의 방으로 안내했다. 그 방 창문 너머로 사과나무들이 보였다. 거기서 보니 그녀에게도 매력적인 데가 있었다. 그녀의 머리카락은 상큼한 레몬 향을 발산했으며 새하얀 피부 역시 마찬가지였다. 그녀의 불그스레한 젖꼭지는 고양이의 코처럼 보였고 그 매력에 굴복하지 않을 사람은 아무도 없었다.

아주 자연스럽게 리사는 로렌소의 작은 방에서 자신의 자리를 찾았다. 그리고 일주일 후, 그는 그녀 없이는 무엇을 해야 할지 모르게 되었다. 관측 시간이 줄어들었다. 분명 그랬다. 하지만 그녀를 통해서, 그는 하버드의 하늘과 좀더 가까워질 수 있었다.

토난친틀라에서 하늘과의 진실한 관계가 시작되었다면, 하버드에서 하늘은 그에게 화려하고 거만하게 여겨졌다. 그를 받아들이질 않았다. 멕시코에서 하늘은 그의 모자였고 저 위의 친구였으며 그에게 속한 것이었다. 그를 품고 그를 덮었던 짐승이었다. 곰과 같은 하늘, 소와 같은 하늘, 개와 같은 하늘이었다. 그런데 여기 미국에서는 화려한 하늘 말고는 아무것도 찾을 수가 없었다. 그 하늘은 그와 함께 호흡하지도 않았으며, 그의 황홀경마저도 두 팔 벌려 다정하게 껴안지 않았다. 이곳 하버드에서는 도리어 하늘이 그를 지켜보는 듯했다. "자, 애송이 천문학자, 나하고 뭘 하자는 거야." 뚱뚱하지도, 상냥하지도, 솔직하지도 않았다. 비를 뿌리지도 않았고 촉촉이 젖어 있지도 않았다. 이따금씩 맥주 맛이 나기까지 했다. 리사, 멕시코산 맥주가 세계에서 최고야. 컵을 닦으면서 리사는 눈을 깜박거리지도 않고 그가 하는 말을 귀 기울여 들었다. 그녀의 출현은 로렌소가 지금까지 단 한 번도 경험하지 못한 선의의 확신으로, 그에게 성유를 부으며 축복하는 것 같았다. 그는 자신의 내밀한 생각들을 그녀와 공유했다. "별이 반짝이는 하늘은 살아 있어. 고동치지. 변하지 않는 게 아니야. 지구에서도 똑같은 일이 일어나. 여기 아래에서는 모든 것이 움직여. 저 위도 마찬가지야." 그녀는 그에게 물었다. "하늘은 물이 아니야. 흙도, 공기도, 불도 아니라구. 그 네 가지 요소 중 아무것도 아니야. 그렇다면 뭐지? 하늘이 다섯번째 요소라는 거야?" 리사는 철학에 깊은 조예를 가진 뛰어난 학생이었기 때문에 대답했다. "아리스토텔레스는 믿었어. 별은 움직일 수 없는 것이고 하늘은 영원을 위해 꼼짝 않고 있는 것이라고 말이야." 신에 대해서 말할 때, 그녀는 그의 생각이 옳다고 믿었다. "사람들은 신을 숭배해야 했고 기하학이나 천문학 또는 언어학과는 결코 섞어서는 안 되는 것이었어. 하늘은 신학자들을 위한 것이고 별과 행성은 천문학자들을 위한 거지."

그녀 덕분에, 로렌소의 영어 실력은 굉장한 발전을 했다. 그는 영어로 테니슨의 책을 읽었으며 피바디 도서관을 찾았다. 리사는 그에게 윌리엄 블레이크*의 얇은 책을 뽑아주며 그것을 외우도록 했다. "타이거, 타이거, 어두운 밤의 숲에서 밝게 빛나는 타이거." 그리고 조이스의 『율리시즈』 중 과학에 대해서 언급한 대목들을 그에게 가르쳤다. 리사는 연인의 품 안에서 매번 더 넓은 우주를 껴안으며 성장하고 있었다. 어느 날 밤, 그녀가 아파트 문 입구에서 소리쳤다. "나 머리 깎았어." 이마 앞으로 일부러 낸 머리들이 그녀를 꼭 사내애처럼 보이게 했다. 그녀는 굽 있는 신발은 신지 않았다. 만약 그랬다면, 그보다 더 컸을 것이다. 그녀의 길게 뻗은 다리는 면바지 안에서 그 모습을 감추고 있었고 그녀는 골반을 앞으로 내밀고 허리와 가슴을 부풀려 보폭을 크게 해서 걸었다. 그녀의 가슴은, 마치 그가 그녀의 내장을 보호하기라도 해야 하는 것처럼, 부서질지

---

* 윌리엄 블레이크 (1757~1827): 영국의 시인. 시집으로 『경험의 노래』 『아메리카』 『결백의 노래』 등이 있다.

도 모른다는 느낌을 주었다.

리사는 한가한 일요일을 택해 천천히 사랑을 속삭이는 즐거움을 그에게 가르쳤다. "오늘 하루 온종일 우린 여기 있을 거야." 그녀는 침대를 가리켰다. "여기서 식사를 하고, 네 정액과 황소처럼 끓어오르는 네 뜨거운 피로 날 아름답게 꾸미는 거야." 처음에 리사는 그를 당황케 했다. "난 쾌락을 즐기고 싶어. 급히 해치우고 마는 네 방식을 받아들일 수 없어. 네 식대로는 너하고 아무것도 하지 않을 거야. 사절이야. 깔끔 떠는 네가 싫어. 급히 서둘러 끝내버리는 것도. 그러기 위해서 둘러대는 네 핑겟거리도 증오스럽다구. 난 즐기고 싶어. 그리고 그건 나의 권리이기도 해. 멕시코를 위해서 네가 계획했던 일들은 잊으라구. 여기선 아무도 간섭하지 않아." 그제야 로렌소는 자신이 재빨리 끝내버리고 만다는 것을 알게 되었다. 하녀 코코리토는 그가 일을 마치고 욕조로 뛰어들어 그녀 안에서보다 샤워기 아래서 머무는 시간이 더 많아도 그냥 내버려두었었다.

베리스타인의 여자친구가 "모두가 이용할 수 있도록" 아브라함 곤살레스에 아파트 하나를 빌리자고 제안했을 때, 로렌소는 감히 코코리토를 생각하지 못했다.

"그 굉장한 여자를 한번 데려와 봐. 그러지 않을 거야? 안 그런다면, 넌 아주 멍청한 거야." 베리스타인이 그를 곤란하게 했다.

코코리토를 보았을 때, 로렌소는 그녀가 여왕 같다는 생각을 했다. 꽉 조여진 배, 위로 올라간 엉덩이. 그녀는 마치 항해라도 하는 것처럼, 탁자들 사이를 이리저리 지나다녔으며 높이 치켜든 머리를 사랑스럽게 움직였다. 피부는 창백한 삼나무 같았고 머리카락은 광택이 도는 마호가니였다. 그녀는 여신이었다. 라 아바나 카페 바닥에 입을 맞출 수 있을 것이다. 그곳에서 그녀는 작은 앞치마를 허리에 두르고 요염하게 돌았다. 로렌소가 생각에 잠겨 있을 때는 언제나 한 손에 커피 주전자를 들고 그가 하는 말을 귀담아들을 자세가 되어 있는 코코리토가 거기에 있었다. 카페 지배인이 그녀를 위협했을 때, 그는 탁자에서 물러설 뿐 아무것도 할 수 없었다. "이봐, 통에 부딪혔어. 네 입술이 그녀를 굴복시켰나 보군." 다른 사람이 아닌 자신을 선택한 코코리토의 마음에 로렌소는 뛸듯이 기뻤다. 그녀는 그를 신이 되게 했다. 그녀에 의해서 그는 주피터도 되었다가 유혹자도 되었으며 카사노바도 되었다. 카페 안으로 들어설 때, 그는 얼굴을 붉혔으며 심장은 쿵쾅쿵쾅 뛰었다. 교실에서는 거침없이 행동했던 그가 당황하여 두 눈을 제대로 들지도 못했다. 친구들은 그런 그의 소심함을 놀려댔다.

첫날, 그녀의 손을 잡고 닳아빠진 계단을 올라 아파트로 데려갔을 때, 그는 부끄러웠다. 하지만 그녀가 숫처녀가 아님을 알고 나자, 그의 모든 쾌락은 순식간에 사라졌다. 무서운 상실감이 그의 두 눈에 뚜렷이 나타났다. 그는 그녀를 제단에 올렸다. 그리고 몇 초 후, 그녀를 증오하면서 두 번째로 그녀의 몸 속 깊숙이 파고들었다. "이봐, 난 이 여자를 위해서 죽을 수도 있을 것 같아." 그가 하는 말을 들었을 때, 디에고 베리스타인조차도 친구를 놀렸었다. 하지만 그가 그녀를 완전히 자기 것으로 만들어 계속 소유하게 되자, 디에고는 친구가 여자의 속임수에 걸려들었다며 한탄했다. "그 여자를 잘 알지도 못하면서 어떤 사기를 치는지 알 게 뭐야?" 디에고가 놀렸다. "난 도저히 믿을 수 없어. 코코리토가 오직 너만을 기다리고 있을 거라고 네가 생각하는 것을 말이야. 멀리서도 그녀가 어떤 여자인지 다 보여. 넌 순진한 거야. 결혼이라도 하자고 할 생각이야, 그게 아니면 뭐야?"

마지막으로 로렌소가 그녀 옆에서 옷을 벗고 누워 미국으로 떠나기 때문에 더 이상 만날 수 없을 거라고 말했을 때, 코코리토는 그의 가슴 위로 올라가 요람을 타듯이 몸을 흔들었다.

"날 이토록 사랑해준 것을 내가 얼마나 고마워하는지 넌 정말 모를 거야." 그녀는 자신이 살아온 얘기를, 겁탈당했던 일을 그에게 들려주었고 로렌소는 고통에 찬 그녀의 불안한 마음을 느꼈다. 그녀를 두고 떠나야 했기에 두 팔에 안겨 울었다.

레티시아는 무엇이었을까?

제일 맏이인 에밀리아는?

그리고 지구 위의 모든 여자들은?

코코리토의 고결함이 어느 정도 그를 위협했고 자신이 그녀 안에서 녹아 없어지지 않을까 두려웠다. 하지만 무엇보다 로렌소, 그도 약해질 수 있다는 것을 그녀는 알았다.

지금 그는 리사 앞에서 코코리토에게 자신을 내맡겼을 때와 똑같은 감정을 느꼈다. 하지만 리사와 함께하는 것이 훨씬 더 행복했다. 모든 것이 그녀에게서 나왔다. 그녀는 그들이 볼 영화와 책 그리고 친구를 멋지게 선택했으며 확신을 가지고 행동했다. 그녀와 함께 나누는 대화는 유쾌했으며 음식은 훌륭했다. 그녀는 나이에 비해 훨씬 더 성숙했다. 그는 그녀를 옆에 데리고 다녔다. 그녀는 가슴을 부풀렸으며 리넨과 같은 그녀의 머리카락은 곱슬곱슬했다. 지구가 태양 주위를 회전하고 있는 확실한 사실처럼 그녀 또한 그에게는 일종의 확신이었다. 게다가 그녀는 다른 하버드를 그에게 보여주었다. 아인슈타인, 이고리 스트라빈스키, 버트런드 러셀과 같은 대가들이 하버드를 찾았었다구. 봐, 이곳은 그들의 집이었고 여기서 살았어. 이 좁은 길을 지나다녔지. 네가 여기 있다는 게 얼마나 큰 행운이야, 로렌자치오. 네가 하버드라는 파라다이스에 도달하여 엘리트층에 속하고 남들보다 더 뛰어난 두뇌를 가졌음을 증명할 수 있게 된 것이 얼마나 큰 행운이야.

주말마다 리사는 그를 콘서트에 데려갔다. 권위 있는 강연은 휴식시간도 없이 이어졌고 리사는 그에게 숨 돌릴 틈도 주지 않았다. 자, 가자. 그것을 놓치는 것은 범죄야. 우리가 이런 사치를 언제 또 누려보겠어. 노먼 루이스가 자신에게 속한 것 같지 않은 그 손으로 문을 노크했다. "어디에 가려는 거야? 나도 너희들과 같이 갈게." 그들의 대화에 그녀는 끼어들 수 없었다. 그래서 리사는 조건을 달았다. "이리 와, 노먼. 하지만 천문학에 관해 말하는 건 절대 사절이야." 그 약속을 이행하기는 애초부터 불가능한 것이었다. 노먼의 영향력 아래에서 리사까지도 어떻게 외계인을 받아들이고 냉장고에서 어떤 음식을 꺼내어 그에게 주면 좋을지 상상했다.

혈기왕성한 리사는 결코 지치는 법이 없었다. "네게서 나오는 전자기파가 날 죽이고 있어, 리사. 정말이야, 넌 너무 혈기왕성해." 그녀는 이 일에서 저 일로, 쉼 없이 옮겨다녔으며 로렌소가 주의해서 알아차리지 못했다면 밤에도 그녀에게 끌려다녔을 것이다. "오늘은 조용히 집에 있자." 그가 애원했다. "안 돼, 안 된다구, 로렌자치오. 난 무슨 일이 있어도 코렐리의 크리스마스 콘체르토 그로소를 들어야겠어. 그리고 너도 그걸 들을 필요가 있어. 네 정신건강을 위해서 꼭 필요하거든." "내 정신건강을 해치고 있는 건 너의 그 지칠 줄 모르는 활동력이라구, 액셀러레이터 미망인, 세뇨라 다이너모." "앉자구, 로렌자치오. 방사선 방출처럼 넌 지금 치명적인 방사물질을 내보내고 있어." 리사는 인간 운석이었다. 어쩌면 그녀는 살아 움직이는 수많은 세포들을 가지고 있어 과다하게 남은 그 세포들이 그녀를 그리도 분주하게 만드는 것인지 몰랐다. 그녀는 그 실천정신과 바지런함으로 일상생활 속에서 일어나는 문제들을 해결해나갔다. 그녀가 없다면, 로렌소는 잠을 잤을 것이다—그에게 꼭 필요한 것이었으니까—. 하지만 그녀는 그를 이끌고 하버드의 생활 속으로 들어갔다. 그녀를 통해서 그는 보스턴과 아이비리그의 다른 대학들을 알게 되었다. 하버드에서 에머슨, 롱펠로, 소로, 헨리 애덤스 그리고 T. S. 엘리엇이 그들과 함께했다. 그들은 법과대학, 신학대학, 의과대학 그리고 공과대학을 구경했다. 피바디 자연사 박물관, 바트 얀 보크와의 연구 약속으로 걱정이 된 로렌소는 서둘러 그곳을 나와야 했지만 얼마나 굉장한 곳인가!

"너와 가장 가까운 곳에 내가 있고, 난 매순간 너로부터 더 많은 에너지를 받고 있어, 리사." 어떻게 단 한 번도 아프지 않을 수 있었는지 그는 시간이 지난 후 자신에게 물을 것이다. 빛과 열의 공급자인 리사가 그를 방해하는 것이라고, 자신이 아주 행복한 사내라고 결론지었다.

멕시코가 그의 눈앞에 없었기에 그를 괴롭히지 않았다. 레티시아 역시 마찬가지였다. 로렌소는 강한 경쟁의식에 사로잡혔다. 그링고들에게 자신의 가치를 증명해야 했다. "너희들이 할 수 있는 것이라면 난 그보다 훨씬 더 잘 할 수 있지." 그들에게 눈빛으로 말했다. 언젠가 거리에서 한 그링고가 그를 불렀다.

"헤이, 점프하는 작은 멕시칸 땅콩."

그렇기는 해도 보스턴에 인종차별주의자는 없었다. 멕시코의 작은 땅콩들이 얼마나 매운지를 그들에게 보여줄 것이다. 그는 마지막까지 남아 망원경 관측을 했다. 둥근 돔 지붕을 움직이고 조종장치를 끄는 사람도 그였다. 밤새도록 서 있었다. 매서운 추위에도 아랑곳하지 않고, 히터기 옆으로 다가갈 생각조차 않다니! 한랭한 기후로 하늘은 청명했으니 관측하기에 더없이 좋았다. 그는 단 한 번도 불평한 적이 없었다. 망원경 앞에 앉아 관측을 하며 자기 스스로 저 너머로 가면서, 그는 혹시 우주가 자신의 본래의 모습을 강요하는 것은 아닌지 자문했다. 그의 의지가 감정의 왕국일 수 없는데, 무엇을 더 요구할 수 있을까? 감정, 얼마나 큰 방해물인가! 어느 날 밤, 리사가 그에게 별 하나를 가리키며 "저 귀여운 작은 별 좀 봐!"라고 했을 때, 로렌소는 화를 냈다. 별은 부드럽지도 않았고 귀엽지도 않았으며 멋지지도 않았다. 그리고 또 총명하지도 않았다. 그냥 보이는 그대로였다. 그렇기 때문에 과학은 인문학에 비하면 명확한 것이었다.

어느 날 밤, 눈보라가 둥근 돔 지붕을 강하게 후려쳤다. 로렌소는 계산에 몰두해 있었기 때문에 아무것도 알아차리지 못했다. 밤새도록 바람은 닫혀 있는 둥근 돔 지붕을 세차게 내려쳤지만 그 아래서 그는 측정에만 매달려 있었다. 눈은 건물 유리에 부딪혀 산산조각이 났다. 하지만 별 모양의 눈송이가 그의 소매 위로 떨어지고 나서야 그는 바깥으로 나가 알게 되었다. "눈이다, 눈이야, 드디어 내가 눈을 보게 되는군." 그는 눈을 보기 위해서 차양 아래로 뛰어들었다. 성난 눈송이들이 공중에서 선회하는 것을 멈췄을 때, 로렌소는 무릎까지 쌓인 광활한 눈밭 사이로 나갔다. 너무도 성급한 행동이었다. 숨을 내쉴 때 나오는 입김과 눈만이 그의 유일한 동행자였다. 마침내 그는 눈을 보았다. 동생 후안을 찾으러 갔을 때, 포포에서 본 눈은 채 서리 상태도 되지 못한 작은 얼음 덩어리에 불과했다. 눈이 많이 쌓이는 하버드에서 지구는 빙하기로 거슬러 올라가는 것 같았다. 2억 5천만 년 전, 지구는 푸른 얼음 덩어리였다. 두 극지방이 퍼져나가 바다를 얼어붙게 했다. 매서운 찬바람이 몰고 온 끝없는 겨울이 지상에 정착했다. 그런 다음 최신세가 왔다. 생기 없는 태양 아래서 인간들은 살아남으려고 발버둥쳤다. 어떻게 자연이 인간들에게 그렇게 흉포해질 수 있었는지! 일 미터 높이로 쌓인 눈 속에서 걸음을 한 발짝 앞으로 떼었을 때, 로렌소는 세상을 지배하는 자연의 응축된 힘을 생각했다. 인간이 그것에 대항할 수 있을까? 이 눈은 폭탄이야! 기온 하강에 얼마나 화가 났던 것일까! 동물들은 어디에 있을까? 어떻게 몸을 피했을까? 그는 한기로 더 이상 발을 내디딜 수 없었다. "서두르지 않는다면, 천문학과도 영원히 안녕이겠군." 동물의 형상이 저 멀리 나타났다. "맘모스라면 어떨까!" 맹렬한 기세로 몰아치는 눈보라는 겨울의 시작과 함께 찾아왔다. 멕시코에서는 우기에 하늘이 머리 위에서 열렸다. 하지만 그건 열대성 폭우였다. 북극에서부터 전진해온 이 추위는 어쩌면 그가 유일한 생존자일지도 모른다는 생각을 하게 했다. 동시에, 그는 자신을 향해서 낮은 목소리로 말했다. 이 새하얀 눈이 그에게 처음으로 그 순결함을 보여주고 있는 것이라고.

북극곰으로 변한 로렌소는 리사의 두 팔 안으로 숨어들었다.

다음 날 눈보라는 더 거세어졌다.

곧 다른 관측자들은 할로 섀플리에게 알렸다.

"멕시칸 녀석 참 지독하더군요. 하룻밤도 거르는 법이 없어요."

단 하룻밤이라도 관측을 멈추게 할 수 있는 건 죽음뿐이었다. 오크리지 국립연구소는 다양한 종류의 망원경을 보유하고 있었으며 그것들에 다가갈 수 있다는 사실이 그를 흥분시켰다.

로렌소는 처음부터 멀리 떨어져 있는 아주 붉은 별이나 푸른 별의 발견에 열중했다. 아주 희미한 빛을 내는 별들(광범위하게 퍼져 있는 자료들에서 찾아낸)의 목록을 작성하느라 몇 시간째 그러고 있었지만 피곤한 기색 없이 귀찮아하지도 않았다. 그를 황홀케 하는 별을 자세히 관찰하며 자신의 모든 시간을 망원경 앞에서 보내지 못했지만 화를 내지 않았다. 그 순간, 그는 은하 무리에서 아주 푸른색을 띤 새로운 종류의 성운을 감지

했다. 몇 개가 있었을까? 아주 많은 것이 확실했다—로렌소는 감격했다. 왜냐하면 과학자들은 성운의 대부분은, 특히 핵은 노란색이며 그것은 늙은 별들을 나타내는 것이라고 여겼기 때문이다. 푸른 성운의 존재는 그것이 대규모로 최근에 형성되었음을 의미할 것이었다. 또는 로렌소, 그가 천체물리의 새로운 진행 과정을 발견했음을 의미하는 수도 있을 것이다. 어쩌면 자외선을 강하게 방사하는 성운을 찾을 수도 있을 것이다.

자신의 끈질긴 연구 자세가 상관에게 불러일으킨 충격 역시 그는 알아차리지 못했다. 그는 처음에 팔 인치 굴절 망원경 로즈에 티코브의 발견 방법을 적용했다. 아주 희미하게 빛나는 별들을 발견하기에 딱 들어맞는 각도를 가진 색의 곡선이 렌즈에 나타났다. 감광유제 위에 연속적으로 놓인 세 개의 여과장치를 통해서 모두 드러난, 다양한 상의 감광판들을 렌즈에 갖다대었다. 그런 식으로 계속 한다면, 지구와 가까운 우주공간에서 태양계를 발견하게 될 것이다. 하지만 그것은 우리 태양계와는 완전히 다른 것이었다.

17

바트 얀 보크 그리고 그의 부인 프리실라와 아이들이 자신을 식사에 초대하는 것이 로렌소에게는 더없이 즐거운 일이었다. 그들에게 자신이 최근에 발견한 것들을 이야기할 수 있을 뿐만 아니라, 그것에 관해서 의견을 나눌 수 있기 때문이었다. 가족의 품 안에서 느끼는 따뜻함은 그에게 용기를 주었고 보크의 지원은 친숙했다. 더욱이 보크는 그에게 자신감을 심어주었다. "아주 잘했네, 테나 군. 아주 잘했어. 모두들 자네의 연구에 감동하고 있다네……. 그런 결과들을 가지고 자네의 첫 논문을 출판해야지."

네덜란드 사람인 그는 로렌소에게 말할 때 무척 감격스러워했다.

"하버드는 자네와 같은 사람들이 필요하다네. 자네가 이곳에 영원히 남는다면 좋을 텐데."

로렌소는 흥분하여 얼굴이 상기된 채 대답했다.

"사실 제가 간절히 바라는 것은 이곳에서 연구를 계속하는 겁니다. 한가지 걱정스러운 건 멕시코에 우리의 입장이 너무 난처해진다는 것과 에로가 절 기다린다는 거죠. 그는 저의 이러한 결심을 배신으로 여길 겁니다. 에로 때문에 제가 이곳에 있을 수 있었으니 그가 그렇게 느낄 법도 하죠. 그렇지만 모든 건 제게 달려 있어요. 전 보스턴에서 박사과정을 밟을 생각입니다."

"그건 우리 모두가 바라는 바일세. 우선은 할로 섀플리가 자네의 체류를 연장해줄 것을 에로에게 부탁해놓았다네."

그보다 더 기쁜 일은 없었다. 보크가 자신의 체류를 원하고 논문을 기다리는 것이 그에게는 일종의 자극제였다. 로렌소가 생각하기에, 모든 게 자신에겐 너무도 과분했다. 그는 천문학과 관계된 영어를 완벽하게 구사할 수 있었기에 논문을 쓰는 것이 그리 어려운 일은 아닐 것이다.

그는 할로 섀플리가 자신을 오크리지 국립연구소 소장으로 초빙하기 위해서 불렀다는 것을 꿈에서라도 생각해본 적이 없었다. 로렌소는 자신이 섀플리에게 그의 젊은 시절을 떠올리게 했음을 알아차리지 못했다. 섀플리는 멕시코 청년의 무모함에서 과거 자신의 모습을 보았다. 그는 캔자스에서 폭력사건 담당 기자로 시작했다. 미주리 대학에서 학업을 시작할 결심을 하기 전까지 술 취한 석유 상인들의 언쟁을 요약하는 일을 했었다. 아직 신문방송학과가 개설되지 않았던 때라 그는 천문학을 선택했다. 고고학이란 단어를 발음할 수조차 없었던 아주 단순한 이유 때문이기도 했지만. "교과과정이 나와 있는 카탈로그를 펼쳤다네. 제일 먼저 나온 것이 고-고-학(a-r-c-h-a-e-o-l-o-g-y)이었어. 하지만 그걸 발음할 수가 없었지. 페이지를 넘기니 천-문-학(a-s-t-r-o-n-o-m-y)이 있었어. 그건 발음할 수 있겠더군. 그렇게 해서 내가 이곳에 있게 된 거야." 섀플리와 마찬가지로, 멕시코 청년 역시 두려운 게 없었고 미쳐 날뛸 정도로 경쟁심이 강했다. 섀플리는 성능 좋은 망원경으로 우리 은하의 완전히 새로운 모델을 스케치할 수 있었다. 그것은 기존의 전통적인 이론과는 너무도 상이한 것이어서 거센 비난을 마주해야 했지만 그는 자신의 강인한 성격으로 버텨냈다. 1921년 『보스턴 선데이 애드버타이저』 지는 하버드의 천문학자, 할로 섀플리가 우주는 지금까지 생각했던 것보다 천 배는 더 크다는 것을 증명할 수 있었다는 기사를 여덟 면에 걸쳐 보도했다. 열나흘의 언쟁이 섀플리를 자극했다면, 멕시코 청년 역시 전시 속으로 뛰어들었고 그와 마찬가지로 울 안에 갇힌 살쾡이처럼 자신을 방어했다.

집으로 돌아가는 새벽이면 그의 온몸에서 빠져나간 에너지를 망원경이 다시 충전해주는 듯한 느낌을 받았다. 별들의 전령사인 갈릴레오 갈릴레이가 1609년 렌즈 두 개로 된 망원경으로 산 마르코 대성당 탑에서 세 시간 후에야 그 모습을 볼 수 있을 정도로 수 킬로미터 떨어진 거리에 있는 베네치아 선박을 원로원에 보여주기 위해 그들을 초대했을 때, 그도 로렌소와 같은 느낌이었을 것이다. 얼마나 놀라운 일인가! 갈릴레오가 로마교황청에 목성과 그 위성들을 보여주고 난 뒤 망원경을 부수었을 때, 교황청 역시 놀랐을 것이다. 이듬해 그를 사탄으로 몰아세워 그에 대한 모든 후원을 금하고 마침내는 그를 재판에 세워 처벌할 속셈으로 그들은 소리쳤다. 악마를 처벌하시오! 악마를 처벌하시오! 그로부터 삼백오십 년이 훨씬 더 지나지 않았는가!

미국인 천문학자들이 전선에 있을 때, 하버드는 로렌소처럼 집요하게 연구에 몰두하는 젊은이를 필요로 했다. 할로 섀플리는 그에게 자리를 제공했고 로렌소는 그런 그들을 호의적으로 대하려 했다. 섀플리는 그가 자신의 제안을 거절하지 않기를 바랐다. 그것이 얼마나 큰 영광인가! 로렌소는 두 배로 더 열심히 연구했다. 『천체물리학저널』이 그의 논문을 출판할 것이다. 산다는 것이 그에게는 색다른 경험이었다. 정말이지 이런 행복은 처음이었다. 추위가 제아무리 그의 가슴을 파고들어도 밤을 새워 연구하는 것이 제일 좋았다. 실험실에서의 연구결과는 감광판들이 그의 가설을 확실히 뒷받침해주는 아주 만족스러운 확인이었다. '모든 게 너무 순조롭게 잘되고 있어 혹 뭔가 잘못되지나 않을까 두려워.' 그는 속으로 생각했다. 들려오는 전쟁 소식은 그를 슬프게 했지만, 그의 내면의 삶은 밤하늘하고만 관계를 맺었다. "리사, 리사, 넌 행복한 남자와 사는 거야." "그런데 말이야, 셔츠를 입고 있잖아." "지금 당장 벗을게."

로렌소는 유년 시절 과수원에서의 추억으로 나무가 있는 정원을 갖고 싶어 했고, 리사는 그에게 사과나무가 있는 과수원을 가르쳐주었다. "하루 한 개의 사과는 의사를 멀리할 수 있도록 해준다." 그들은 하루에 한 개 이상의 사과를 먹었고 온 집 안에는 과일 향이 퍼졌다.

보스턴 들녘과 정원에는 사과나무가 있었고, 리사는 남의 집 담장을 뛰어넘어 사과를 땄다.

"그러니까 자네들이 도둑들이군." 주인이 나왔다.

"용서하세요, 선생님. 다시는 이런 짓을 하지 않겠습니다."

"공부를 하는 학생들은 아닌 것 같군. 그렇다면 도덕률이란 게 있다는 걸 모를 리 없을 텐데 말이야."

"저는 천체물리학과 학생입니다, 선생님." 로렌소는 서둘러 말했다. "멕시코에서 왔죠."

"멕시코에서 왔다고? 자네가 멕시칸이란 말인가? (그의 얼굴에 환한 미소가 번졌다.) 아, 이게 얼마나 큰 행운이야! 어쩌면 자네가 마야인일 수도 있겠군? 그런데 말이야 자네 생김새는 꼭 미국인 같아. 참, 내 이름은 에릭 톰슨*이야. 마야인들의 위대함에 푹 빠져버린 사람이지. 난 치첸이트사와 코바에 관한 논문 몇 편을 출판하기도 했다네. 참, 코바는 내 신혼여행지였어."

"맙소사, 우리가 에릭 톰슨의 사과를 훔쳤단 말이야!" 리사가 손을 입으로 가져가면서 소리쳤다.

반백의 남자가 미소 지었다.

"자, 내 자네들을 초대함세. 내게서 차 한 잔을 훔치도록 말이야. 테킬라는 없다네."

1926년, 에릭 톰슨은 프로그레소 항구에 도착했고 그때부터 자신의 삶을 마야족 연구에 바쳤다.

"자네는 마야족의 말을 할 수 있는가, 젊은이?"

"못합니다. 그 말을 할 수 있는 사람이 멕시코에는 거의 없습니다." 로렌소는 변명했다.

"왜 없다는 건가! 과테말라, 온두라스, 벨리세 그리고 멕시코에서 이백만 명이나 되는 사람들이 그 말을 쓰고 있는데 말이야. 내 서재로 가세. 자네들은 내가 멕시코에 제단을 지었다는 사실을 확인하게 될 거야."

욱스말과 치첸이트사 그리고 테오티우아칸을 찍은 사진들이 책으로 빽빽이 들어찬 책꽂이 여기저기에 놓여 있었다.

"난 지금 『마야인들의 위대함과 몰락』이라는 책을 집필하고 있다네. 하지만 탈고를 하려면 한참은 더 남았어."

"얼마 만큼이나요?"

"한 육 년이나 팔 년 정도 꾸준히 집필할 생각이야. 십 년 가까이 걸려서 끝낸다면, 아주 만족스러울 것 같아."

로렌소와 리사는 서로의 얼굴을 쳐다보았다.

---

* 미국인 고고학자. 특히 마야 문명에 많은 관심을 가진 학자이기도 하다.

"캄페체, 치아파스, 타바스코, 오아하카, 베라크루스도 가보았다네. 이보게, 친구, 얼마나 위대한 나라인지 몰라! 난 멕시코와 중미 쪽을 더 많이 둘러볼 생각이야."

로렌소가 자신은 천문학을 한다고 몇 번을 말했을 때, '달팽이 선생'은 메뚜기처럼 공중으로 뛰어올라 그 '수도자의 집'으로 들어갈 때까지 계속해서 폴짝폴짝 뛰었다. "암 그렇고말고, 자네가 천문학자라는 것을 내가 왜 미처 짐작하지 못했을까? 당연한 건데 말이야. 마야인들은 일식과 월식을 예언했고 시간의 흐름과 천체의 움직임을 유심히 관찰하여 기록했다네. 달력을 발전시키기도 했지. 자네들은 존 로이드 스티븐스와 프레드릭 캐서우드*가 누군지 틀림없이 알고 있을 거야."

둘은 고개를 가로저었다. 톰슨이 그리 놀라는 눈치는 아니었다.

"일반 지식조차 모르게 되는 것, 그게 바로 전문화 교육의 단점이지. 여보게, 친구, 자네는 아주 뛰어난 문명을 이룩한 마야인들의 후손이야. 그러니 자네가 그 문명에 대해서 자세히 알아야 하지 않겠나. 스티븐스와 캐서우드는 실바누스와 나를 위해 돌파구를 열어주었어. 젊은 천문학자, 자네는 과거에서 미래로 향하는 끝없는 시간의 순환, 그 시간의 흐름에 마야인들이 매료되었다는 사실을 틀림없이 흥미로워 할 걸세. 키리구아의 석상에 새겨진 그들의 계산은 우리들을 수천 년 전으로 이끌지. 다른 것에서는 그들이 미래를 연구한 흔적도 보인다네."

톰슨은 정곡을 찔렀다. 시간은 로렌소의 사춘기를 지배했던 테마였다. 마야인들이 사용한 천문학적 숫자의 크기가 그의 상상 속에서 비행을 했다. 로렌소는 톰슨에게 그에 대한 논문을 썼었는지 물었다. 그가 '별쇄

---

* 미국인 탐험가 존 로이드 스티븐스와 영국인 화가 프레드릭 캐서우드는 마야 문명을 최초로 발견한 사람들이다.

본' 하나를 내밀었을 때, 로렌소는 그에게 멕시코식으로 포옹을 하며 감사의 마음을 전했다. 위대한 마야인들에게 무슨 일이 있었던 것일까? 톰슨의 얼굴에 그늘이 드리워졌다. 팔렝케는 텅 비었고, 옛 도시들은 몰락했다. 무서운 전염병이 돌았던 것일까? 쇠퇴해진 탓일까? 로렌소는 리사가 소매를 잡아당기자 그제야 자리에서 일어섰다.

그들은 사과 한 바구니와 톰슨의 초대까지 챙겨들고 그 집에서 나왔다. "언제든지 놀러오게나. 멕시코에 대해서 얘기하는 게 내게는 큰 즐거움이라네."

"자, 봤지. 나랑 다니지 않았다면, 그를 만나지 못했을 걸."

로렌소는 그녀를 껴안았다. 하버드의 하늘은 그에게 행복을 선물했으며, 완벽을 자랑하는 이 대학의 도서관에서 스티븐스의 책을 찾고 캐서우드의 삽화들을 훑어보며 라이프니츠와 칸트의 책들을 읽을 수 있을 것이다. 그저 팔을 앞으로 뻗기만 해도 책꽂이에서 그 책들을 끄집어낼 수 있었다. 리사를 거머쥐었듯이 그렇게. "미국 대학들은," 리사가 으스대었다. "최고의 도서관을 가지고 있어. 멕시코에 관해 기술된 모든 책들을 네게 알려줄게. 오스틴 대학이 우리 대학보다 더 많은 책을 가지고 있긴 하지만 네가 멕시코 작가의 책도 읽었으면 좋겠어."

할로 섀플리가 그를 자신의 사무실로 불렀다.

"루이스 엔리케 에로가 내게 아주 초조하게 묻더군, 자네가 언제쯤 돌아올 수 있는지 말이야. 하기야 이 년 정도 지났으니……."

"그 점에 관해서 이야기를 나누고 싶었습니다. 전 이곳에서 박사과정을 하고 싶어요. 허락만 해주신다면……."

"이보게, 테나, 자네의 그 집념을 보고 있으면 내 젊은 시절이 생각

나. 무엇보다도 그게 너무 좋아. 하지만 불행히도 내가 악마의 변호인이 되게 생겼어. 자네가 여기 머물게 된다면, 내 친구 에로가 내 등을 단도로 찌를 생각을 할지도 몰라. 자네가 이곳에서 박사과정을 밟으려면 적어도 이삼 년은 더 걸릴 테니 말이야. 결정은 자네가 해야 하겠지. 이곳에 남는다고 하면, 내가 물심양면으로 도와주겠네. 하지만 내 도의적 의무는 자네에게 에로가 자신의 유능한 인재를 포기할 생각이 전혀 없다는 걸 말해주는 거겠지. 자네는 놀라울 정도로 뛰어난 직관을 가졌어. 노련미가 돋보이는 훌륭한 관측자야."

"제가 학위를 받지 못하면요?"

"학위가 전부는 아니야, 친구. 박사학위를 가진 천문학자들이 자네가 지금껏 한 것의 반에 반도 해내지 못했어. 자넨 푸른 성운, 푸른 별, 행성상 성운에 대한 관측을 계속해야 하네. 그렇게 연구를 하다 보면 다른 별과 다른 어떤 것들을 찾게 될 거야. 우린 자네가 자랑스러워. 자네가 이십칠 개월간 연구에 몸 바친 시간만큼 그렇게 관측한 사람은 아무도 없었어. 자넨 실행을 통한 경험을 바탕으로 이론을 세울 수 있을 거야. 갈릴레오도 처음부터 천문학자로 태어난 건 아니야."

로렌소는 멕시코로 돌아갈 생각에 뜬눈으로 밤을 새웠다.

떠날 때가 왔음을 알게 되었을 때, 한 가지 생각으로 초조했다. 리사를 멕시코로 데려가면(짐 꾸러미처럼 그렇게), 그녀를 신경 써야 할 것이다. 그의 애인은 언어 문제뿐만 아니라 멕시코 문화에 적응하느라 애를 먹을 것이다. 하지만 독립심이 강한 그녀는 장애물들을 극복할 것이다. 문제는 다른 곳에 있었다. 집으로 일찍 돌아와야 할 일이 생기면, 로렌소는 혼자였을 때처럼 그렇게는 공부를 하지 못할 것이다. 얼마나 성가신가! 에잇, 빌어먹을! 그는 생각했다. 그들이 바흐의 푸가를 듣고 있을 때,

로렌소가 리사에게 프러포즈를 했다. 하지만 그건 그녀에 대한 확신 때문이 아니라 자신의 자존심 때문이었다.

"싫어." 그녀가 간단명료하게 대답했다.

"싫다고?" 그녀의 거절에 망연자실해진 로렌소가 같은 말만 되풀이했다.

"그래."

"하지만, 왜 싫은 거야? 진심으로 하는 말이야? 나 없이 뭘 할 건데?"

"네가 나 없이 지내게 될 것과 마찬가지야. 견뎌낼 테니 걱정하지 마. 난 네게 길들여졌지만, 너의 부재에도 다시 익숙해질 거야."

로렌소는 '와르르' 무너지는 느낌이었다. 리사가 그렇게 대답하리라고는 생각지도 못했다. 별들로부터 나오는 방출선은 발견할 수 있었지만, 리사의 그 같은 반응은 은하계 밖의 현상으로 도저히 설명할 수 없는 것이었다. 그의 삶의 일부였던 그녀가 어떻게 그로부터 도망치려고 할까. 여자는 정신 나간 불쌍한 존재들임에 틀림없다. 분별력이라고는 없다. 진심이었을까? 그의 존재 저 밑바닥으로부터 깊은 슬픔이 배어 나왔다. 예견하지 못한 일이었다.

"리사, 널 이대로 놔두긴 싫어."

"하지만 넌 떠날 거잖아. 그리고 난 내 나라가 아닌 다른 곳에서는 살 수 없을 것 같아."

"이곳에 남는다는 건 불가능한 일이야. 내 조국을 배신할 순 없어. 그렇게 되면 거울 속에 비친 내 모습을 똑바로 쳐다볼 수 없을 거야. 널 데려갈게." 로렌소는 억지로 역정을 참아가며 말했다.

"가고 싶지 않아."

"이해가 안 돼, 리사. 네가 이러리라고는 상상도 못 했어."

"난 네가 이렇게 순진한 줄 몰랐어."

"리사, 네 그 말투가 몹시 신경에 거슬려."

"떠나는 사람은 너고, 상처를 입게 되는 사람은 나야."

"그러니까 너한테 결혼하자고 했잖아, 함께 가자고 했잖아."

"로렌소, 넌 멕시코 수컷이고 난 앵글로색슨계야. 적응하려면 무진 애를 먹을 거야……."

"내가 수컷이라고?" 화가 난 로렌소가 그녀의 말을 중단시켰다.

"넌 사랑을 하는 방식까지도 그래. 내 덕에 네가 좀 바뀌기는 했지만, 넌 관계가 끝나기가 무섭게 부리나케 욕실로 달려가잖아. 씻으려고 말이야. 임신을 할 수도 있는 사람은 네가 아닌 난데도 말이야. 뭐가 그렇게 역겨웠어?"

"뭐? 왜 진작 말하지 않았어?"

"난 매춘부가 아니야. 전염병이 있는 것도 아니구. 넌 날 껴안아주지는 않고 씻으러 달려가잖아."

"말하지 그랬어."

"말했지. 하지만 너의 그 행동은 일종의 조건반사야. 자동적으로 그렇게 하잖아. 너와 난 너무도 달라. 난 발가벗은 몸으로 온 집 안을 돌아다니는 걸 좋아해. 내가 자유분방한 반면 넌 의무감에 사로잡혀 살아. 넌 늘 무언가에 빚진 기분으로 살지만, 난 아주 홀가분한 기분으로 살지."

마음이 심란해진 로렌소는 얼굴을 감췄다.

"이해할 수 없어, 아무것도 이해할 수 없어."

"물론 그렇겠지. 네가 유일하게 이해하는 것은 네 망원경 앞으로 매일 밤 달려가는 거니까 말이야. 그게 다야. 네가 다룰 수 있는 그 망원경이 바로 네 진짜 남근이겠지. 네가 달고 다니는 그 물건은 아무 소용도 없으니까 말이야. 널 그리워하는 일 따윈 없을 거야. 아무튼 우리의 성생활은 엉망이었어."

이렇게 잔인하고 천박스러울 수가 있을까! 그녀 역시 레티시아와 같은 부류의 인간이었을까? 로렌소는 비틀거렸다.

"여자가 하는 말치고는 너무 노골적인 것 같은데."

"내게 그런 식으로 말하지 마, 로렌소. 우린 여자들이 노예처럼 취급당하는 네 나라에서 사는 게 아니라 미국이라는 나라에서 살고 있으니까 말이야. 여기선 남녀가 평등해. 정자와 난자는 처음엔 똑같은 진화 과정을 거쳐 생겨났어. 똑똑히 기억해둬."

로렌소는 그녀가 증오스러웠다. 그가 여자에게서 찾았던 것은 자신에게 문젯거리를 만들지 않는 것이었다. 그렇기 때문에 그녀가 매번 자신의 화를 돋울 때마다 그런 그녀가 증오스러웠다. "시비 걸지 마, 일 좀 하게 내버려둬." 그녀가 부르짖는 페미니즘이 싫었다. 그녀의 비난이 싫었다. 그녀가 자신의 공범자였을 동안은 그녀를 받아들였지만 자신에게 정면으로 대항하고 나서는 순간에는 그녀를 일종의 위협적인 것으로 간주했다.

다른 한편 리사 없이 하버드 생활을 한다는 건 불가능했다.

로렌소는 거실 소파를 바꾸었다. 잠을 이룰 수 없었다. 그 순간 침실 문을 반쯤 열고 곤히 잠들어 있는 그녀를 보았다. '웃으면서 자잖아.' 그는 망연자실한 채 속으로 생각했다. '어쩌면 그녀가 화성인일지 몰라. 아니 어쩌면 하등동물일지도 모르지.' 그는 짧은 반바지 차림으로 테니스 경기를 하러 나가는 그녀를 보았고 창가로 가 그녀의 모습을 계속 좇았다. 자신이 민첩하고 성급하며 창조적이고 뛰어나기를 기대하며 그녀를 변함없이 사랑했을까? 규범에 따를 것 같으면, 그녀는 내재적인 여자였다. 하지만 그들의 경우, 서로의 역할이 바뀌었다. 그녀는 그를 지배하고 싶어

했고 그것이 그가 연구를 위해서 필요로 하는 마음의 안정을 앗아가버렸다. 그녀는 돼먹지 못했고, 레티시아와 마찬가지로 그녀의 변덕은 그를 화나게 만들었다. 하지만 리사가 저녁 식사를 준비하기 위해 시간 맞춰 집으로 돌아와 정성스레 식탁을 차리자, 그는 평소 자신의 습관처럼 오크리지 국립연구소로 갈 마음이 생기지 않았다. 마지막 식사를 하며 시간을 보냈다. 그녀는 거의 말을 하지 않았지만 그녀의 행동에서 전날 밤과 같은 그러한 징후는 찾아볼 수 없었다. '만약 내가 남는다면?' 로렌소는 골똘히 생각했다.

가죽 점퍼를 입고 캄캄한 밤에 집을 나섰다. 평소보다 꽤 늦은 시각이었다. 새벽 다섯 시, 울적한 마음으로 돌아왔을 때, 침실 문이 열쇠로 잠겨져 있음을 알았다.

최근 며칠 로렌소는 우울한 나날을 보냈다. 그는 트렁크 두 개를 들고 역으로 출발했다. 당황한 노먼만이 그와 동행했다.

"내가 리사는 아니지만, 너의 그 멋진 나라로 널 보러 갈게. 네 말이 맞는지 확인하고 싶어." 그들은 서로를 얼싸안았다.

플랫폼 위에 서서 마지막으로 손을 흔들어 보이는 노먼의 모습이 작아져갔다.

18

멕시코로 돌아간다는 흥분에 잠을 이룰 수 없었다. 모든 것을 집어삼킬 것만 같은 사막이 창 쪽으로 달려들어 잠든 사람들을 덮어버렸다. 사막의 모래는 기차와 몇 안 되는 승객들을 삼키려고 했다. 미국에서 멕시코까지의 긴 노선 간 운행을 견뎌내는 사람이 거의 없었기 때문에 정말 몇 안 되는 사람들이었다. 이 객차 안의 사람들은 어떤 사람들일까? 그들은 모든 것을 감내하고 있는 것처럼 보였다. 양다리를 벌리거나 몸을 웅크린 자세로 하루 종일 잠만 잤고, 보잘것없는 작은 짐 꾸러미 같은 그들의 자식들은 종착지에 도착하기만을 기다렸다. 그건 무엇일까? 밖으로 나가는 것. 다른 아이들은 좌석 사이를 뛰어다녔을 텐데 감히 그러질 못했다. 기관실에서 장난을 치던 한 아이가 아버지에게 뺨 한 대를 얻어맞은 그 소리가 아직까지도 객차 안을 울리고 있었기 때문이다. 객차 안 분위기는 덜커덩덜커덩 단조로운 소리를 내며 느리게 달리는 기차로부터 나왔고, 생각에 몰두한 로렌소까지 그러한 분위기에 합세했다. 한 손에 연필을 쥔 그는 오리온 성운의 변광성을 중심으로 자신을 사로잡는 모든 가설들을 꼼꼼히 살폈다. 리사보다도, 자신의 삶보다도, 그것에 더 열중해 있었다. 별들이 죽지 않거나 행성처럼 차가워지지 않는다면, 별의 진화는 도대체 어떤 것일까? 로렌소는 별들에 온 마음을 빼앗겨버린 사내였다.

그가 종이 사이에 파묻혀 있는 것을 보지 못했다면, 누군가가 그에게 말을 건넸을지도 몰랐다. 하지만 로렌소는 자신이 그 객차 안에서 고립되어 있다는 사실조차 눈치 채지 못했다.

덜커덩거리며 달리던 기관차의 창문들이 갑자기 나뭇가지와 수액으로 덮여버렸다. 야수 같은 식물이 기차를 집어삼키려고 했다. 하지만 짙은 신록은 어떠한 호흡도 하지 않았다. 밀림의 그 후덥지근한 습기가 객차 바닥에서 올라오는 지린내를 없애주었다. 열대밀림 역시 사막과 마찬가지로 그들을 후려쳤다. 고원지대에 도착했을 때, 로렌소는 휴식을 취했다. 하지만 리사에 대한 추억이, 그녀의 복부가, 그녀의 시선이 그를 짓눌렀다. 리사가 그의 곁에 있었다면 여행이 달라졌을 텐데! 그녀는 이 사람, 저 사람과 말을 주고받기 시작했을 것이고 기관사의 이름을 알아내 그를 '포터'*라고 부르는 대신 이름을 불러주었을 것이다. 리사는—지금 깨달은 사실인데—그가 세상과 교신하는 통로였다. 반면에 그는 자기 속에 갇혀 살았다. "태양은 지금처럼 얼마나 더 비출 수 있을까?" 그는 자문했으며 그 질문에 스스로 답하는 것은 객차 안에서 벌어지는 그 어떤 일보다도 훨씬 더 큰 도전이었다. "태양은 에너지를 생산하고 수소를 헬륨으로 바꾸는 핵 전력 식물과도 같아. 오십억 년이 지나 그 에너지가 모두 소진되고 나면 무슨 일이 일어날까? 우리 모두 추위에 떨며 죽게 될까?" 로렌소는 태양이나 늙은 별보다는 이제 막 생성된 어린 별들을 생각했다. 그

---

* porter, 짐꾼.

는 다시 생각 속으로 빠져들었다. 우주가 끝없이 광활한 것인지, 그렇지 않은지, 그 진위를 언제쯤 가려낼 수 있을까? 그 우주가 하나의 큰 덩어리인지, 혹은 다른 것인지, 언제쯤 확인할 수 있을까? 우주는 어떻게 생성되었을까? 한없이 작아진 로렌소는 갈릴레오가 아무것도 모른다고 말했던 것처럼 대답할 수 있는 게 아무것도 없었다.

하늘에 관한 문제들로 의기소침해진 그는 관심을 다시 지구로 돌렸다. 텍사스에서 에밀리아를 만나는 건 아주 근사한 일이겠지만 그렇게 되면 며칠을 머물러야 했기에 그는 어쩔 수 없이 멕시코로 향하는 기차에 몸을 실었다. 게다가 슈미트 카메라로 푸른 빛을 내는 성운을 계속해서 관찰하는 것이 무엇보다 시급했다. 멕시코에서 무엇을 해서 먹고살지를 자문하는 것이 아니라 어떻게 망원경과 씨름해야 될지를 자문했다.

옥수수밭과 고원지대의 높고 푸른 산들을 바라보며 로렌소의 마음은 한없이 부드러워졌다. 여동생 레티시아의 아름다운 얼굴까지 그의 상상 속에서 춤을 추었다. "내 속에서 설명할 수 없는 강한 힘이 느껴져. 황소 한 마리도 거뜬히 쓰러뜨릴 수 있을 것 같아." 그는 지금껏 배웠던 그 모든 것으로 풍요로웠으며, 멕시코를 대하는 그의 시선은 개척자의 그것이었다. 그는 사막에서 물을 길어 올릴 것이다. 토난친틀라를 사랑했다. 아, 얼마나 애착을 가지고 사랑했던가! 큰 숙제가 그를 기다렸다. 그는 에로에게 천문대의 일대 혁신을 제안할 것이다. 그의 동생 후안도 외국에서 자신이 지금까지 배운 지식들을 비교해봐야 할 것이고, 오크리지 국립연구소의 장비들을 접해야 했으며, 현대 수학자들의 강의를 들어야 했다. 노먼 루이스는 그를 잘 보호해줄 것이고 믿을 수 있는 친구였다.

그는 먼저 푸에블라로 가는 버스를 탄 다음 자신의 보금자리인 토난친틀라행 버스로 갈아탔다. 차는 더 덜컹거렸고 더디게 달렸다. 돈 루카스 톡스키가 두 팔 벌려 그를 환영했다. "방은 아주 외롭게 옛 주인을 기다렸죠. 여전히 비어 있어요."

종소리가 울려 퍼지는 마을은 잠든 것처럼 보였다. 종소리 역시 그 고즈넉한 분위기에 맞춰 느리게 울렸다. 시간의 흐름은 그를 좀먹었고 그들에게서 피보다 진한 정을 느끼게 했다. "자, 자, 뭐가 그리 급해요?" 그가 언덕길을 오를 때, 못내 아쉬워하면서도 그를 밀어 올리며 한 농부가 말했다.

"동생은 어디 있죠?" 천문대 입구에서 웃는 얼굴로 파르네로스에게 물었다.

"여기 없어요."

"어디로 갔죠?"

"이젠 여기 없다니까요."

천문대는 이상하게도 텅 비어 있었다. 방에는 아무도 없었다. 마침내 사무실에서 에로를 만나 그와 감격적인 포옹을 나눴다. 루이스 엔리케 에로가 그에게 말했다.

"난 자네 동생과 헤어져야 했다네. 유감이야."

마을 사람들과 농구 시합을 벌이는 난리법석 중에 후안이 한 사람을 떠밀어서 바닥으로 넘어뜨렸다. 두 사람이 주먹을 휘둘러 치고받으며 서로 얽혀서 싸울 태세였다. 그렇게 되자 에로는 마을 사람을 화나게 만든 후안을 묵인하고만 있을 수 없어 그를 내쫓았다.

"왜 하버드로 저한테 편지를 보내지 않으셨어요?"

"테나, 자넨 아무것도 할 수 없었을 거야. 그 결정을 철회할 생각이 없었으니까."

"제가 알고 싶은 건 동생이 어디 있느냐는 거예요."

"그건 아무도 몰라. 일 년도 훨씬 전에 일어난 일이고, 이젠 그와 연락이 닿는 사람도 없으니까."

"그를 찾으러 지금 당장 멕시코시티로 돌아가겠어요." 화를 삭이지 못해 얼굴빛이 붉어진 로렌소가 소리쳤다. 그는 몇 가지 질문을 더 했다.

"페르난도 알바는 어디 있죠?"

"가요와 함께 타쿠바야 천문대에 있다네."

"그라프는요?"

"대학에 있어."

실의에 빠진 로렌소는 멕시코시티로 돌아갈 결심을 했다.

"이봐, 네게 이런 말을 하게 되어 부끄럽기까지 한데 에로는 나가야 할 방향을 잃었어. 네 동생을 농구 시합에서뿐만 아니라 토난친틀라에서도 내쫓았어." 알바 안드라데가 그에게 귀띔해주었다.

"전혀 이해가 안 돼요, 페르난도. 시합 중에 누군가를 떠미는 건 어디서나 일어날 수 있는 대수롭지 않은 일이잖아요."

"사실 그건 핑계야. 에로는 네 동생의 재능을 참을 수 없었던 거지. 곧 그를 앞질러버렸거든. 그래서 네 동생을 내쫓을 속셈으로 그 우발적인 사건을 걸고 넘어진 거야. 중학교도 가보지 못한 애송이가 모든 면에서 자신보다 월등히 낫다는 사실을 견딜 수가 없었던 거지."

"지금 후안은 어디에 있어요?"

"그라프와 바라하스도 나한테 똑같은 질문을 하더군. 후안은 그와 가장 절친했던 레시야스와도 연락을 하지 않나 봐. 이 불행한 사건으로 그는 모든 사람들과 관계를 끊어버렸고, 난 가장 우수한 학생을 잃었어. 내가 누굴 데리고 수업을 해야 했을까? 가르칠 만한 가치도 없는 훌리토 트레비뇨와 다른 두 학생을 데리고? 몹시 골치 아파진 그라프는 점점 찾아오는 횟수가 줄어들었어. 결국 돈 루이스와 나만 남게 되었지. 계속 그곳에 남아 있으니까 그가 그러더군. '알바, 여기가 만족스럽지 않다면, 가게나. 그래, 무얼 얻는지 한번 보자구'라고 말이야. 그래서 종합기술학교와 사관학교 그리고 대학에서 수업을 하게 되었지. 난 점점 천문학과는 담을 쌓고 있어. 지금은 버코프의 상대성이론에 모든 걸 바치고 있고 말이야."

"펠릭스 레시야스와 파리 피시미시는요?"

"그들은 파리 천문대로 갔어. 타쿠바야에서 그 재능으로 주목받고 있는 유일한 사람은 치아파스 핏줄과 독일 핏줄을 반반씩 물려받은 기도 뭉크지. 하지만 그도 곧 떠날 거야. 그에게 여키즈 천문대에서 찬드라세카르와 연구할 수 있도록 구겐하임 장학금이 주어졌어. 토난친틀라는 이제 끝났어, 로렌소. 남아 있는 과학자는 아무도 없고, 젊은이들은 에로의 쓸데없는 참견을 들으며 배우려고 하지 않아. 이봐, 연구 분위기는 강제로 만들어질 수 없는 거야. 그리고 나도 천문학이 물리학에서 갈라져나온 한 분파가 아님을 알게 되었구 말이야. 속도에 관한 것을 천문학에서 배운다는 게 불가능한 것이었어. 에로는 아마추어 천문학자야. 게다가 슈미트 카메라의 확대경이 말을 듣지 않고 있는데 그걸 퍼킨스-엘머로 보내지 않는다면, 아무런 연구 성과도 기대할 수 없을 거야. 네가 이곳을 떠난 이후 일어난 일들이야. 1943년 학술대회 후…… 모든 것이 아래로 추락했어."

후안을 만나야 한다는 생각이 굴뚝같았지만 어디서 그를 찾아낸단 말인가? 레티시아라면 분명 알고 있을 것이다. 그런데 레티시아는 또 어디서 찾아야 할까? 그는 엽서 한 장조차 보내지 않았는데.

로마 구역의 오리사바 거리에 위치한 한 하숙집 앞에서 그녀를 찾아내는 데는 두 통의 전화로도 충분했다. "안녕, 레티, 저녁에 보자!" "레티, 내 사랑, 내일 아침으로 시리얼을 잊지 마." "레티, 널 무지무지 좋아해. 그런데 말이야 내 침대 시트랑 수건이 이 주 동안 바뀌지도 않고 그대로야." 쉰 목소리가 저 지옥 밑바닥으로부터 들려왔다. "안녕, 잘 갔다 와." "알았어." "걱정하지 마, 갈아줄게." 로렌소는 그 목소리에 이끌려 한 여자가 누워 있는 침대의 침실까지 갔다. 다리미대와 식탁이 놓여 있는 그 방은 그녀의 작업실 겸 미용실, 주점, 게임 장소로 변해 있었다. 로렌소는 방으로 들어가지 못하고 주춤거렸다. 들려오는 목소리에 겨우 용기를 내었다.

"들어와, 뭘 도와줄까?"

로렌소는 하마터면 뒷걸음질을 칠 뻔했다. 레티시아는 블라우스를 재빨리 개고는 부스스한 머리를 손봤다. 고작 이 년이 조금 더 지났을 뿐인데 폭삭 늙어버린 그녀의 모습에 그는 적잖이 놀랐다. 팬더곰처럼 거무스름한 눈 주위는 그녀의 두 눈을 검게 만들었다.

"오빠, 언제 도착했어? 어떻게 지냈어? 테킬라 한잔 줄까? 한 달 전부터 달고 다니는 이 지독한 감기가 도망갔는지 어쩐지 알아볼 겸 오빠랑 한잔해야겠네. 그래서 내 꼴이 이 모양이야."

"우선 거실로 나가 얘기를 하고 싶어."

"그럼, 그러지 뭐. 지금 곧 가운을 걸치고 나올게."

그러고는 곧장 침대에서 뛰어내려 슬리퍼를 신고 의자 등받이에 걸쳐져 있던 옷을 집어 들었다. 그는 불쾌한 인상을 받았다. '너무 더러워! 어떻게 저렇게까지 자신을 방치할 수 있을까!'

그의 앞에 앉은 레티시아는 담배에 불을 붙였다.

"한 대 피울래? 난 피워야겠어. 안 그럴려고 해도 오빠 때문에 초조해서 말이야."

"레티이이이이." 문기둥 쪽에서 들리는 소리였다. "오늘 밤 내가 들어오지 않아도 걱정하지 마, 알겠지? 그녀와 진하게 한판 붙어볼 생각이야."

"알았어, 잘되기를 바랄게. 그럼 내일 봐."

"와, 하숙생들과 아주 사이가 좋은데 그래!"

"그러면 내가 그들을 미워하기라고 했으면 좋겠어?" 레티시아가 대꾸했다. "차라리 미국에서 어떻게 지냈는지 얘기하는 편이 훨씬 낫겠어! 거기선 사람들이 달러로 계산하지, 안 그래?"

호들갑을 떨며 친한 척하는 레티시아가 천하게 느껴졌다. 경험으로 얻은 것을 물불 가리지 않고 행동하다가 모든 걸 잃었다. 그녀의 아이들은 모두 학교에 있다니, 얼마나 다행인가. 정말? 네가 알지도 못하는 말들을 장황하게 늘어놓아 귀찮게 할 테니까 말이야. 그 애들은 어때? 아이참, 누가 알겠어, 그저 괜찮다고 믿을 수밖에. 적어도 학교에서 걔네들을 내쫓지는 않으니까 말이야. "에밀리아가 텍사스에서 왔었어. 와, 얼마나 예뻐졌는지. 몰랐어? 세월은 그녈 비껴가는가 봐, 그 몸매하고, 안 그래? 난 이렇게 비곗덩어린데. 아주 근사한 양키 옷을 가져와서는 나한테도 질 좋은 드레스 한 벌을 줬는데, 그게 말이야 들어가질 않는 거야. 그녀 덕분에 이 하숙집에 필요한 세간들을 들여놓을 수 있었어. 산티아고는 은행에서 근무해. 굉장하다니까. 얼마나 옷을 잘 입고 다니는지 몰라. 멋쟁이가 따로 없다니까. 물론 키는 오빠보다 훨씬 더 커. 여자애들이 걔만 봐도 껌뻑 넘어간다니까. 한번 만나볼 거지, 응? 이따금씩 밥 먹으러 여길 와서는 그때마다 나한테 물건을 주고 가. 물건이 뭔지 알아? 모른다면 할 수 없지. 오빠, 그게 뭘까 곰곰이 생각해봐. 후안 오빠를 만나보고 싶어? 그렇담 레쿰베리의 검은 성으로 가봐야 할 거야. 육 개월 전 거기다 공작령을 세웠거든. 난 그가 죽지 않기만을 바랄 뿐이야. 내게서 꾸어간 돈이 있으니까. 물론 앞으로는 빌려주지도 않을 거고 빌려주고 싶지도 않아. 우리 중 산티아고가 가장 근사할 거야. 애인이라는 계집애들이 그 앨 재우지 않고 너무 심하게 들볶지만 않는다면 말이야. 오빠를 식사에 초대할게. 물론, 내가 쏘지. 아, 이젠 좀 변했겠지. 그링고들의 나라에서 전보다 더 일에 미친 사람이 되어 돌아왔을 거라 믿는데. 벌써 갈 거야? 좋아, 할 수 없지 뭐. 언제든지 놀러 와. 난 변함없이 하숙생들의 대모로 이곳에 있을 테니까 말이야."

충격을 받은 로렌소는 리오데자네이루 광장 벤치에 앉아 담배에 불을 붙였다. 잠시 후, 마음을 어느 정도 진정시킬 수 있었다. "레티시아는 늘 저런 식인데 새삼스레 뭘 그리 놀라는 거지? 이젠 적어도 타협안은 찾았잖아." 돈 포르피리오가 프랑스에서 가져온 붉은 벽돌로 지은 다락방들과 눈 대비용 추녀가 있는 이 건물들조차 부조화스러워 보였다. 눈이라니? 난간 손잡이는 얼마나 괴상스러운가! 모든 게 얼마나 우스꽝스러운지! 그는 심호흡을 했다. '멕시코는 유럽의 희생물이야.' 그는 속으로 생각했다. 사그라다 파밀리아 성당에서 흰 메렝게*를 나눠주고 있는 곳까지 천천히 걸었다. 성당 돌계단에서 한 무리의 거지 떼들이 서로 과자를 잡으려고 앞 다투어 손을 뻗쳤다. 그들 사이에서 후안을 보게 될 거라고 믿었다. 머리에는 만티야를 덮어쓰고 젖가슴 사이에 과달루페 성모의 메달을 목에 건 두 명의 흑인 여자가 그의 앞을 지나쳤다. 로렌소는 차풀테펙 대로를 가로지른 다음 플로렌시아 거리로 접어들었다. 그리고 인수르헨테스 거리와 접해 있는 쿠아우테목 교차로까지 레포르마 대로를 쭉 걸었다. 인수르헨

* 계란 흰자위로 만든 구름처럼 폭신폭신한 설탕 과자.

테스 거리에 루시아 아람부루의 집이 보였다. 새 단장을 한 집은 새 거주자들을 받아들였다. 그는 부카렐리 거리의 중국 시계 아래에 멈춰 서서야 걷는 것을 중단했다. 아아, 멕시코, 네가 얼마나 날 아프게 하는지! 멕시코가 그의 마음 깊숙이 파고들어와 그를 아프게 했다. 괴로움을 못 이겨 이 도시를 헤매고 다녔던 예전처럼 그는 다시 거리를 헤매고 다녔다. 울어서 퉁퉁 부은 눈은 제쳐두고라도 두 다리가 무감각했다. 이러다 미쳐버리게 되는 걸까? 그는 마지막 담배 연기를 깊이 들이마셨다. 그리고 자신에게 물었다. "이곳으로 돌아온 후 도대체 담배 몇 갑을 피우고 있는 걸까, 세 갑, 네 갑?"

하버드로 떠나기 전, 그는 친구들과의 관계를 모두 끊었다. 그런데 지금은 그 친구들이, 특히 디에고가 간절히 보고 싶었다. 두 사람이 재회했을 때, 둘 중 아무도 베리스타인 박사의 죽음에 관해서는 입을 열지 않았다. 서로 부둥켜안았을 때 둘 다 눈을 감았다. "그 얘긴 나중에 하자, 로렌소." 디에고가 나지막이 말했다. "나중에, 지금은 말하고 싶지 않아." 그러고는 테니스 시합이라든지, 재무부에서 그가 하고 있는 일, 도저히 받아낼 수 없는 자신의 강력한 서브로 매 세트마다 이기는 경기 같은 비교적 가벼운 얘기만 말했다. 그의 사회 활동 중에 브리지 게임도 잊지 않고 넣었다. "얼마나 치열한 두뇌 싸움인지 몰라, 로렌소. 거의 체스와 같은 수준이라니까. 네 기억력 정도라면 멋진 시합을 펼칠 수 있을 거야."

로렌소가 잠자코 있었기 때문에, 디에고가 그에게 말했다.

"넌 변하지 않은 것 같아. 예전에도 그랬지만 지금도 여전히 열정에 찬 지식인 같아 보여."

로렌소는 친구의 알랑거림이 거북스러웠다. 그가 멕시코를 떠나 있는 동안, 디에고는 전보다 더 속물로 변해버렸다. 사교성이 뛰어난 그에게

임기응변술은 그의 천성이 되어버린 지 오래였다. 매주 토요일과 일요일에는 우고 마르가인과 후안 산체스 나바로, 두 유명인사와 함께 바깥나들이를 했다. 그들은 성공을 위해 교육받은 젊은이들로 잘생긴 데다 유쾌하기까지 했다. 멕시코에서는 개개인이 자신의 감정을 숨기고 '예절'이라는 이름하에 자신들을 포장하며 살아갔다. 모두가 얼마나 친절하고 예의 바르며 외교적인가! 그는 노먼과 벌인 열띤 과학 논쟁이, 리사의 솔직함이 그리웠다. "이제 돌아왔네, 정말 멋있어." 아드리아나가 그에게 부드럽게 말했다. '천박한 계집애, 난 너 따위와는 아무 상관도 없어.' 로렌소는 생각했다. 그가 없는 동안에도 시티에서의 삶은 여전히 제자리를 돌고있었으며 개개인은 자신들의 일상 안에서 움직였다. 자신의 원대한 포부에 비하면 그룹 친구들의 관심은 유치해 보였다. 처음에 가졌던 열정을 잃어버린 그들은 용사가 아닌 그저 그런 사람들이었다. 그 누구도 번거롭게 세상을 살지 않았다. 이제는 고인이 된 베리스타인 박사만이 그들의 이상을 함께 나눌 수 있을 것이다. 작은 새, 레부엘타스는 감옥에서 방황하고 있었다. 로렌소는 친구들에게서 전에는 전혀 감지하지 못한 교활하고 야비한 분위기를 느꼈다. 그들이 하는 말은 그링고들의 '투 굿 투 비 트루'처럼 입에 발린 소리로만 들렸고 믿을 수가 없었다. 뭔가 감추는 게 있었다. 그들은 이중적인 삶을 사는 것일까? 다른 사람들과 사귀기 위해서 어떤 가면을 사용했을까?

며칠 후 그는 깨달았다. 하버드에서의 경험을 친구들에게는 말할 수 없음을. 리사에 대한 추억으로 괴로웠다. 이 도시에서 무엇을 할 수 있을까? 무엇 때문에 돌아왔을까? 왜 담배 파이프와 차바 수니가의 초대를 받아들였을까? 그들과 나 사이에 무슨 공통점이 있다고?

커다란 보아뱀의 오수가 아닌 그렇고 그런 일에, 시간 개념 없이 줄

줄이 나오는 많은 음식들을 먹어 치우느라 오후 시간을 소모하는 것에, 그는 적잖이 놀랐다. "얼마 있지도 않아 벌써 그링고가 된 거야? 멕시코 음식은 세계에서 최고라구." 하버드에서 '런치'는 오전과 오후 일 사이에 놓인 휴식 시간, 두 생각 사이에 놓인 자극제였다. 낭비할 시간이 없었다. 이곳에서는 점심 시간에 비나그레타*가 뿌려진 돼지 다리를, 그 뼈까지 '쪽쪽' 빨아가며 먹었다. 튀긴 토르티야와 함께 나오는 돼지 다리 요리, 돼지 등심살로 만든 타코, 돼지 껍질 요리는 정말 일품이다. 그린 소스가 끼얹어진 기름에 튀긴 돼지 비계, 여기도 돼지 저기도 돼지, 온통 돼지로 만든 요리였다. "토르티야 좀더 건네줘, 식욕이 돌아서 말이야." "렌초, 틀라코요**와 팜바소*** 없이 어떻게 지낼 수 있었어?" 그러고 보니 멕시코는 이글거리는 태양에 튀겨진 엄청나게 크고 두꺼운 토르티야 같았다.

어떻게 친구들이 이렇게 별 시답잖은 얘기들을 주고받을 수 있을까? '너희들은 이보단 더 똑똑해야 해.' 로렌소는 불안하게 생각했다. '총명했잖아.' 하지만 그들은 계속 공허한 말들만 지껄여댔다. 이따금씩 베리스타인이 빈정거리는 투로 자신의 생각을 말했지만 이미 취할 대로 취한 그들은 누구의 말도 듣질 못했다. "아무것도 아닌 것에 왜 다들 만족해하는 걸까?" 그러면서 그는 자신을 질책했다. "왜 내 비판감각은 수그러들질 않는 거지?" 몇몇 여자애들은 사람들이 들락거리는 공공장소에서 아주 커다란 방적기였다. 만족한 그녀들은 파티 전까지 자신들의 일정을 세세하게 말했고 로렌소는 친구들이 다른 속셈이 있어 그녀들을 치켜세운다는 것을 알아차렸다. "그녀들의 바보짓을 조금만 참아. 그러고 나서 네 것으로 만

---

* 올리브 기름, 식초, 잘게 선 양파와 미나리를 섞어 만든 소스.

** 콩을 재료로 해서 만든 커다란 토르티야.

*** 샌드위치의 일종.

드는 거야. 아주 난폭하지만 침대에서는 끝내줘." 차바 수니가가 말했다.

루세르나 집에서 열한 살 때 느꼈던 불안감이 다시 로렌소를 엄습했다. 그때 그는 어른들이 세상 이치를 다 알고 있다고 믿었는데 그들의 생각이 천편일률적임을 알아차렸다. 리사와 노먼은 깜짝 놀라지 않을까? 어쩌면 리사 탓에 그는, 여자들이 멀리 떨어진 집성체, 이해할 수 없는 혈구 덩어리로 여겨지는지도 몰랐다.

멕시코가 그에게 돌팔매질을 했다. '내 아버지에게 던졌던 돌팔매.' 그는 생각했다. 하버드에서는 태양빛에 완전히 노출된 돌멩이 신세, 하릴없이 길모퉁이에서 어물거리는 남자들의 신세 따위는 없었다. 가난은 멕시코 사람들을 삶의 방관자로 만들어버렸다. 과연 혁명이 그들을 위해 한 일은 무엇일까? '내가 이곳에만 있었더라면, 그렇게 많은 결점들을 의식할 수 있었을까?' 하버드에서 모든 별들은 신성(新星)이었는데, 이곳에서는 성운들만 보였다.

"넌 물 바깥으로 나온 물고기 같아." 디에고 베리스타인이 그를 껴안았다. "네가 들어가든지, 가라앉든지 둘 중 하나야. 한 사람에게 일어난 일을 다른 사람들 모두에게 떠맡으라고 책임지워서는 안 돼. 그건 널 고립시킬 뿐이야."

"어디로 들어가야 하지, 디에고? 네가 원하는 것은, 몇몇 사람들만 과자를 나누어 갖고, 나머지 사람들을 대신해서 결정을 내리며, 비참한 현실 앞에 무방비 상태로 놓인 군중의 짐을 대신 짊어져야 하는 것 때문에 한탄하는 그런 나라잖아. 내가 바라는 것은 농부와 노동자 혹은 가정주부들에게 과학을 알리는 거야. 비록 그들이 어떠한 정당에도 가입되어 있지 않고, 자신들이 찾는 것조차 표현할 줄 모른다 할지라도 말이야. 내가 바라는 건 그들을 참여자로 만드는 거야. 난 여기 있고, 여긴 내 나라야. 뭔가를 하고 싶어."

친구들은 로렌소의 쓴소리에 모두들 그를 멀리했다. 루이스 마리아 마르티네스 대주교가 성호를 긋고 나서 성수를 뿌려가며 백화점, 카바레, 무도장, 레스토랑을 축성하는 모습이 『로토포토』에 나왔다. "영대도 두르지 않은 채 수단*을 입고 시어즈 로벅 백화점 진열대에 있는 그를 보라구. 판매원들은 그가 지나가면 무릎을 꿇어." "로렌소, 네가 오해하고 있는 거야." 차바가 끼어들었다. "그가 얼마나 소탈한 사람인지 몰라. 이틀 전 사람들이 맨 앞줄 좌석에 그를 앉히려고 했을 때 그가 뭐라고 대답했는지 아니? '조금이라도 불편한 자리에선 숨이 막혀서요'라고 했어." 로렌소는 통고렐레**와 대주교의 차이점이 단지 입고 있는 옷만 다를 뿐이라고 계속 주장했다. "대주교보단 그녀에게서 배울 점이 더 많아." 비아냥거리는 차바처럼 그 역시 같은 투로 대답했다. "이 나라는 아구스틴 라라, 호세 알프레도 히메네스, 차로***를 쓴 가수 호르헤 네그레테 그리고 폰초****를 걸친 채 술에 취해 잠이 든 인디오의 나라야. 정체된 이 생활에서 우리들은 언제쯤 벗어날 수 있을까?"*****

---

* 영대(領帶)는 장백의(長白衣) 위 목에 걸치는 넓은 띠로서 성직자의 직책과 의무, 권한과 품위를 상징하고 드러낸다. 성직자의 평상복인 수단은 발꿈치까지 내려오는 긴 옷으로 로만 칼라가 달려 있다. 수단은 성직자의 직위에 따라 그 색깔이 다르다. 교황은 백색, 추기경은 적색, 주교는 자색, 사제 이하는 흑색인데 여름에는 백색 수단을 입기도 한다.

** 본명은 욜란다 몬테스. 전문적인 댄서로 활동하면서부터 '통고렐레'로 알려졌다. 그녀는 멕시코 영화에서 이국적인 분위기를 자아내는 댄서와 배우로 1940년대 후반에서 1980년대까지 활약했으며 라틴아메리카와 스페인에서는 여전히 전설적인 배우로 기억되고 있다.

*** 챙이 넓은 멕시코 모자.

**** 인디오들이 몸에 걸치고 다니는 모포.

***** 아구스틴 라라(1897~1970) : 멕시코 작곡가이자 가수.

로렌소는 차바의 기분을 언짢게 했다. 겉으로 보기에 친구들의 이상은 관을 통해서 흘러갔다. 모두들 사는 수준이 높았다. 하지만 로렌소는 그들이 "아주 형편없다고" 비난했다. 차바가 손을 내둘렀다. "네가 계속해서 이런 식으로 말한다면, 우리 모두 네 요구사항보다 못한 비열한 인간들로 전락하겠지. 이 나라 전체가 네가 요구하는 것에는 미치지 못할 거야, 절대. 관대해져 봐, 로렌소. 관대해져 보라구." "그냥 보고 넘기라는 말이겠지, 살바도르. 난 그럴 수 없어. 계속 요구할 거야." "그렇다면 많은 것을 요구하지 마, 그러면 사는 게 지금보단 수월할 테니까."

로렌소는 첫 잔을 들이켰다. 아무런 효과도 나타나지 않았기에 또 한 잔을 들이켰다. 세번째 잔을 비우고 나자 연거푸 들이킨 술기운이 퍼져 기분이 좋아졌다. 자신의 고통을 무마시키기 위해 왜 전에는 술을 생각하지 못했을까? 리사와 그는 단 한 번도 술을 마신 적이 없었다. 노먼 역시 마찬가지였다. 가끔씩 맥주 한잔도 마시지 않았다.

노먼 루이스는 동생 후안과 토론하는 것을 좋아했을 것이다. 노먼과 마찬가지로 후안 역시 지능을 가진 생명체가 다른 행성에도 있을 거라고 믿었기 때문이다. "저기에는," 후안은 하늘을 가리키면서 흥분했다. "개발할 자원들이 많아. 땅속에서 가스와 석유 혹은 광물들을 캐듯이, 저곳에는 개발되지 않은 광맥들과 퀘이사* 저 너머에 있는 지역 그리고 블랙홀이 우리를 기다리고 있어."

그 자신이 기술공이기도 했던 후안은 도구의 우수성을 역설했다. 자

호세 알프레도 히메네스(1926~1973): 멕시코 작곡가이자 가수.

호르헤 네그레테(1911~1953): 본명은 호르헤 알베르토 네그레테 모레노. 멕시코의 전설적인 가수이자 배우. 그를 통해서 차로와 멕시코 남성의 이미지가 널리 알려지게 되었다.

* 이것은 블랙홀의 에너지에 의해 생성된 강력한 전파와 빛을 발산하는 준항성체로 준성(準星)이라고도 하며 지구에서 관측할 수 있는 가장 먼 거리에 있는 천체다.

신의 말을 귀담아듣고 싶어 하는 사람에게 그는, 마이크가 인간의 청각보다 더 정확하며 필름이 인간의 눈보다 더 정밀하다고 늘 강조했다. 하지만 광전지에 관해서는 아무런 언급도 하지 않았다. 과학기술이 인간의 한계를 뛰어넘을 수 있었다면, 기계들이 말초신경보다 훨씬 더 민감했다면, 분명 우리의 뇌는 기술에 의해 파멸되었을 것이다. 파블로프*는 인간의 성스러운 의지가 조건반사일 수 있음을 증명하지 않았는가? 로렌소는 후안의 생각들에 화가 났다. 하지만 인간의 짧기만 한 목숨을 행성의 나이와 늘 비교하는 노먼에게는 외계 사회가—일 년이 천 년 혹은 십만 년일지도 모르는 사람들에게는—우리 은하를 정복하는 게 가능한 것으로 여겨졌을 것이다. 후안과 노먼의 생각은 일치했을 것이다. 로렌소는 자신과 논쟁을 벌이던 동생의 총명한 얼굴이 몹시 그리웠다

그는 레티시아의 하숙집으로 돌아가 그녀에게 산티아고를 식사에 초대해달라고 부탁할 결심을 했다. "물론, 그래야지, 오빠. 금요일 어때?"

산티아고가 얼마나 훌쩍 자랐는지! 정말 레티시아의 말이 맞지 않는가! 로렌소는 잘생긴 데다 자신감에 차 있는 막내동생의 매력에 '푹' 빠졌다. 에밀리아에게 감사하는 막내의 마음은 끝간 데 없는 것으로 그 때문에 로렌소는 그에게 더 호감을 느꼈다. "에밀리아 누나에게 입은 은혜를 결코 갚지 못할 거야." 베리스타인, 차바 수니가, 담배 파이프에게서 감지한 것과 같은 속세의 후광이 그의 주위에서 밝게 빛났다. 그는 승리한 멕시코인이었다. 식사가 끝날 무렵— 정말, 맛있는 식사였다— 로렌소는 레쿰베리에 가서 후안을 만나보고 싶다고 동생에게 말했고, 그들은 일요일에 그곳에서 보기로 했다. "신분증을 가져와. 그렇지 않으면, 들어

---

* 이반 P. 파블로프(1849~1936) : 러시아의 생리학자. 소화샘과 조건반사에 관한 연구로 업적을 남겼으며 1904년 '소화샘 생리학의 연구'로 노벨생리, 의학상을 수상하였다.

갈 수 없어."

가장 절망에 찬 멕시코 속으로 들어가는 것, 그게 바로 레쿰베리였다. 죄수들이 철창을 꽉 움켜잡은 원숭이들처럼 쇠창살 뒤에서 욕설을 퍼부어 대며 으르렁거리는가 하면, 손을 쭉 뻗어 돈이나 정어리통조림을 요구했다. 그들 중 한 명이 로렌소를 잡아끌었는데 아무 생각 없이 그 옆에 너무 가까이 있었던 게 잘못이었다. 산티아고와 로렌소는 절도범들이 수감되어 있는 F방에 도착했고, 고약한 냄새가 풍기는 공기 중에 자신들의 성이 울려 퍼질 때 로렌소는 오싹함을 느꼈다. 그는 너무도 작아져버린 후안을 알아보지 못했다. 얼굴은 거의 없어져버린 듯했다. 빡빡 민 머리 아래 퀭한 두 눈만이 보였다. "후안." 후안은 두 팔이 묶여 있었다. 그런 동생의 모습에 로렌소는 누군가에게 항변하고 싶었지만, 입 밖으로 나오려는 외침을 꾹 삼켰다. "그들이 너한테 무슨 짓을 한 거야, 후안?" 동생은 무표정한 얼굴로 형을 바라보았다. 죄수복은 닳아빠져 더러웠고, 두 팔에는 상처 자국들이 처참하게 나 있었으며, 광대뼈에는 피멍이 들어 있었다. 후안은 형의 손에 쥐어져 있는 피다 남은 여송연을 기다렸다. "출감하려면 얼마나 더 남았니?" "몰라, 이곳 변호사 말로는 올 연말쯤 나갈 것 같다는데." 한순간도 동생 곁에 가까이 있을 수 없었다. 레티시아가 준비해준 바구니의 음식들을 셋이 함께 먹을 준비를 할 때조차도 접근은 허용되지 않았다. "레티시아 누나는 요리 솜씨가 좋아." 쾌활한 산티아고가 숟가락을 입으로 가져가면서 말했다. 후안은 웃지 않았다. 그저 조용히 먹기만 했다. "담배를 가져왔어, 후안." 담배 한 갑을 그에게 내밀었지만 후안은 손을 뻗어 선물을 잡으려고도 하지 않았다. 식사가 끝날 때쯤 로렌소 쪽으로 얼굴을 돌려 묻는 게 전부였다. "하버드에서 푸른 물체들을 연구했어? 토난친틀라에서 그렇게도 형을 감동시켰던 별들의 방출선에 대해 뭔가를 알아낸 거야? 어쩌면 거기서 별의 진화에 있어 중요한 무언가를 찾아냈을 테지." 로렌소는 죽었던 사람이 다시 살아난 것처럼 반가워 막 대답을 하려고 하는데, 후안이 감방 쪽으로 걸어갔다. "다음에 얘기해줘. 다시 면회를 온다면 말이야." 그러고는 초록색 얇은 판으로 된 문을 닫았다.

감옥 앞 공원에서 로렌소는 산티아고에게 물었다. "후안이 괜찮을까?" "응, 걱정하지 마. 후안 형은 늘 앞서 가잖아." "무감각한 사람처럼 보였어." "오히려 낫지. 그래야 저 안에서의 생활을 견뎌낼 수 있을 테니까 말이야. 저긴 사회에서 낙오된 사람들을 모아놓은 끔찍한 곳이야." 산티아고가 대답했다. "왜 변호사를 선임하지 않았니?" "그럴 필요가 없었어, 형. 모두들 얼마나 약은지 몰라. 게다가 후안 형은 곧 나올 거잖아." "후안을 위해서 내가 무엇을 할 수 있을까?" 로렌소는 절망 속에서 부르짖었다. 막내 산티아고가 그의 나이와 생활방식과는 영 어울리지 않는 대답을 했다. "아무것도 해줄 게 없어, 형. 아무것도. 그저 지금처럼 계속 형의 삶을 영위해나가는 것 말고는. 우리가 우리의 삶을 내팽개친다면, 어떻게 후안 형을 지옥에서 구해낼 수 있겠어?"

19

바로 그날 오후, 로렌소는 분노한 마음을 안고 토난친틀라로 돌아가는 버스에 몸을 실었다. 잠시 후안을 생각했으나 여행이 중반으로 접어들 즈음엔 T-타우리*에 온 정신을 빼앗겼다. 페르난도 알바의 염세주의에도 불구하고, 분명 천문대에는 별들에 관해서 함께 대화를 나눌 누군가가 있을 것이다. "데 테나 군, 자네가 행성상 성운의 연구에 몰두한다면," 바트 얀 보크가 그에게 말했다. "헬륨과 수소가 은하의 생성에 미친 결과와 마찬가지로 아르곤과 유황처럼 어떤 무거운 기체가 다량으로 있다는 사실을 알아낼 수 있을 걸세. 그건 아주 중요한 거야!"

아, 이럴 수가. 토난친틀라에서 시간은 멈춰버린 듯했다. 조용하기만한 천문대는 그를 분노케 했다. 잠든 마을에서, 톡스키 일가 역시 앞을 향해 박차고 나가지 못했다. 아이들마저 제자리걸음을 하고 있었다. 보스턴에서 돌아온 후, 모든 것이 그에게는 아주 작게만 보였다. 길가에 움푹

---

* 우리 은하 속에 있는 젊은 별들을 말한다. 그 질량과 크기는 태양과 비슷하지만 더 밝다.

패어 있는 구덩이, 이층이 올려지기를 기다리며 흉물스러운 골재를 그대로 드러내놓고 있는 집들, 허물어졌거나 짓다 만 흙 지붕, 모든 게 어중간했다. "꽃 재배는 어떻게 되었어요?" 돈 오노리오에게 물었다. "음, 그게." 무기력한 대답이었다. 그랬다. 무기력이 모든 것을 지배했다. 그의 분노는 점점 더 끓어올라 관자놀이가 아주 심하게 뛰었다. "내가 그렇게 강조한 과학은 아무 쓸모도 없잖아. 나만 절망적인 사람이 돼버렸어."

로렌소는 에로와의 끝없는 논쟁에 열중했고, 그가 아직까지는 어느 정도 제 기능을 하는 왼쪽 귀에 의지하고는 있지만 뚜렷하게 듣지 못한다는 사실을 알아차렸다. 들으려고 안간힘을 쓰는 그의 얼굴은 고통으로 일그러졌다. 설득력이 뛰어났던 논쟁자는 이제 기력을 잃어 예전 같지 않았다.

계속해서 내뿜는 담배 연기에 휩싸인 로렌소는 그들 앞에 보이는 마을이 정체되어 있는 것에 대한 자신의 불안한 마음을 에로에게 털어놓았다. 행성의 작은 조각인 이 지구에서보다 하늘에서 더 활발한 움직임이 있다니, 어떻게 그게 가능할까? 하늘은 언제쯤 인간들의 삶에 영향을 미칠까? 언젠가 그는 웃으면서 에로에게 말했었다. "하늘과 지구는 똑같은 거예요. 저 위에서 일어나는 일이 바로 우리가 사는 지구에서 일어나는 일이죠." 에로가 예전에 로렌소더러 자신의 조수로 일하지 않겠냐고 제안했을 때, 필라레스 거리에 있던 집 옥상에서 자신에게 지어 보인 스승의 미소를 떠올렸다.

"테나, 마을에서 살지 말고, 방갈로 하나를 얻어 거기서 살고 싶지 않니?"

"혼자 사는 남자한테 방갈로라니요? 그럴 필요 없어요."

"테나 동지, 이젠 신부감을 찾을 때도 됐잖아. 결혼은 생각하지 않는 거야?"

"제가 원하는 건 일이에요." 로렌소가 투덜거리며 화를 냈다.

"결혼한다고 해서 일을 방해받지는 않을 거야."

"저 아랫마을의 톡스키 가족과 정말 잘 지내고 있어요."

로렌소는 성운과 푸른 별들에 미쳐 있었지만 그것들에 관해 함께 얘기를 나눌 사람이 없었다. 에로는 늙었다. 하버드에 있었을 때는 보크가 확실한 대화 상대가 되어주었다. 하지만 여기선 누가? 디에고 베리스타인이라면 유년기를 함께 보낸 절친한 친구로서 그가 하는 말을 귀담아들을 것이다. 하지만 어떠한 대답도 해줄 수 없을 것이다. 오, 노먼! 어디에 있는 거야? 하버드에서 그와 나눴던 격렬한 논쟁들이 너무도 그리웠다.

슈미트 카메라 앞에서 첫날 밤을 보낸 로렌소는 단번에 멕시코 하늘이 발산하는 매력에 다시 빠져들었다. 이 하늘은 그의 살결이었고, 그의 뼈였으며, 그의 피였고, 그의 호흡이었다. 생명을 이어가게 하는 유일한 것이었다.

"토난친틀라의 하늘처럼 날 이토록 행복하게 하는 것은 없어요." 에로에게 말했다.

"그렇다면 거기에 푹 빠지게나. 그게 자네를 구원하는 길이야."

"저기서는 어떤 일인가가 벌어지고 있어요."

"나를 비난하고 싶은 건가?"

그들 사이에 눈에 보이지 않는 희생자처럼 후안이 버티고 있음을 두 사람은 알고 있었다. 동생의 인생을 산산조각 낸 것은 그렇다 치더라도, 연구 인력들이 빠져나가 썰렁해진 천문대 사정에 대해 로렌소는 그에게 따지고 들었다. 무기력하기 그지없는 천문대는 바로 무기력한 이 나라이기도 했다.

"십 년 뒤엔 밑동이 썩어들어가는 매화나무를 보게 될지도 몰라요."

"끝까지 붙어 있지 못한 사람들에 대해서 나는 아무 책임도 없다네." 에로가 말했다.

국립대학교는 소테로 프리에토에게 가르침을 받은 뛰어난 수학자와 물리학자들을 영입하였다. 국립대학교의 각 단과대학들은 도시 여기저기에 흩어져 있었는데 생물학 건물은 차풀테펙에 있었고, 지질학 건물은 산타 마리아 라 리베라에, 물리학과 수학 연구소는 팔라시오 데 미네리아에, 철학 연구소는 마스카로네스에 있었다.

제2차 세계대전 기간 동안 하버드와 MIT에 머물러 있었던 사람들은 멕시코에서는 다소 생소한 주제를 가지고 다시 강단에 섰다. 팔라시오 데 미네리아에서 나보르 카리요는 표면역학을 강의했고, 카를로스 그라프는 상대성이론에 다시 접근했다. 라울 마르살은 공학기술학교를 부흥시키는 책임을 맡았고, 알베르토 바라하스는 수학을 책임졌다. 공과대학의 미래 학장이 될 알베르토 J. 플로레스는 역학진동에 조예가 깊었지만, 레오폴도 니에토가 그것을 맡았다. 젊은 마르코스 마사리는 물리학과 공학 강의를 들었다. 그는 라울 마르살의 수업에서 나보르 카리요의 수업까지 모두 듣고 다녔다. 곧 두각을 나타냈다. "선생님, 어째서 통합이론은 가르치지 않는 거죠?" 얼마나 대단한 열의인가! 나중에 과학대학에서 가르치게 될 선생들은 그런 식으로 단련되었다.

지금, 멕시코시티의 단과대학들은 화산지대가 광활하게 펼쳐진 남쪽으로 모여들고 있었다. "정말 아름다워, 로렌소. 정말 아름답다구." 그라프 페르난데스가 눈앞에 펼쳐진 아름다움에 넋을 잃었다. 캠퍼스는 아이비리그의 웬만한 명문대학을 능가할 것이다. "이리로 와, 로렌소. 천문학 과정은 없지만 너랑 함께 개설하면 돼. 이곳에는 네 자리도 마련돼 있어. 토난친틀라엔 없잖아." "다시 일으켜 세울 거야, 두고보라구." 로렌소가 씩씩거리며 대답했다. "고집 피우지 마. 함께 일할 사람들이 없잖아. 그 먼지 구덩이에 누가 가고 싶어 하겠어?" 그라프와 더불어, 과학대학은 나라의 발전을 이끌어 나갈 것이다. 디에고 리베라, 다비드 알파로 시케이로스 그리고 후안 오고르만이 대학 캠퍼스를 거닐었다.* 오고르만에게는 도서관 건물에 그림을 그리는 책임이 주어졌고, 다비드에게는 총장실 건물 탑에도 사용한 적이 없는 재료들을 가지고 아주 역동적인 벽화 작업을 하는 임무가 주어졌으며, 디에고에게는 스타디움이 맡겨졌다. 대학 박물관, 식물원, 최고의 수영장, 운동 경기장 말고도 세 개의 예술작품이 있지 않은가!

용암지대 위에 세워진 아름다운 건물들 앞에서, 황홀경에 빠진 그라프는 엄청나게 큰 창문들을 통해 내다보이는 훌륭한 자연경관에 만족스러워했다. "정말 멋진 캠퍼스야! 아직 공사가 끝나지 않았지만 이 대학 도시는 정말 굉장해! 그리고 옆에는 쿠이쿠일코 피라미드도 있잖아!" 공사 중인 벽들이 도처에 있었고 최근 완성된 지붕들이 꽃을 피웠다. 몇몇 단과대학들은 아직 설계 단계에 머물러 있었다. 회반죽 통을 손에 든 미장이들은 빵 부스러기 주위로 날아드는 비둘기들 같아 보였다. "이 모든 것이 우리들 거야." 나보르 카리요가 친절하게 가리켰다. "우린 이걸 함께 공유할 만반의 준비가 되어 있어." 그라프가 과학대학 측에 요구할 사항들을 열거했으며 원자 연구를 위해 곧 핵 원자로와 반 드 그라프 가속장치**를

---

* 디에고 리베라(1886~1957)를 비롯해 호세 클레멘테 오로스코(1883~1949), 다비드 알파로 시케이로스(1898~1974), 후안 오고르만(1905~1982) 등은 유럽의 영향력에서 벗어나 멕시코 스타일의 민중미술을 일궈낸 벽화미술가로 유명하다.

** 반 드 그라프 가속장치는 이를 개발한 로버트 제미슨 반 드 그라프의 이름을 따서 붙여진 것으로 그는 1901년 12월 20일 알라바마주의 투스칼루사라는 마을에서 태어나 1967년 1월 16일 매사추세츠 주 보스턴에서 세상을 떠난 미국의 물리학자이다.

갖게 될 것이라고 말했다. 그라프 옆에 있던 검은 머리의 키 큰 청년, 마르코스 모쉰스키가 그들의 대화에 간간이 끼어들어 번뜩이는 자신의 생각을 털어놓았다. "그라프, 우리 대학이 카드로 지어진 성처럼 아무 힘도 없다는 걸 알아차리지 못했어? 국가 교육이 완전히 후진국 수준이야. 이십 퍼센트도 아닌 십 퍼센트의 사람들만이 고등학교 진학을 하고 있잖아. 반면 미국에서는 고등학교 진학률이 팔십 퍼센트에 육박한다는 사실을 알고 있어? 우리 나라에는 교육의 혜택도 받지 못하고, 자포자기해버리는 비율이 너무 높아." "렌초, 그렇게 부정적으로 생각하지 마. 중요한 건 우리가 고등교육과 과학교육에 신경을 쓰기 시작했다는 거야. 미국 대학들로부터 공동 연구를 하자는 제의도 여러 번 받았어."

"그랬겠지. 우리의 과학 활동이 워낙 미미해서 그들에게는 어떠한 위험요소로도 작용하지 않으니까 말이야. 우린 과학자들의 수에서도 열세야. 미국은 우리보다 백 배 이상이나 되는 인력을 가지고 있어. 그들 편에서는 정치나 경제로는 경쟁 상대도 되지 않는 우리가 과학 방면에 더 주력하는 것이 가상하게 보였을 테지."

"경쟁심이 강한 건 바로 너야, 렌초. 너의 그 비관적인 생각이 널 파멸시키고 말 거야."

"우린 인재가 필요해. 그러기 위해선 교육을 일정 수준 이상으로 끌어올려야 해."

"초보 수준의 사람들을 교육시켜야 한다는 데 동감해, 렌초."

•

도시에서 과학에 대한 관심이 고조되어 그 전성기를 맞는 동안, 토난친틀라에서는 그 열기의 불씨가 꺼져갔고 그건 로렌소에게도 마찬가지였다. 하버드에서 삼 년을 더 머물며 연구할 수 있기를 얼마나 갈구했던가!

"박사과정도 이수하지 않은 네가 뭘 입증하겠어?" 언젠가 후안 마누엘 로사노가 그에게 한 말이었다. 학위 문제에 관해서는 오직 노먼 루이스하고만 상의할 수 있을 것이다. 그는 동료들 앞에서 적의에 찬 침묵을 지켰다. "조국이 날 배신했어." 지구와 하늘에서 일어나는 현상을 설명하는 가설이나 모델의 발명은 대다수 젊은이들과는 아무 상관도 없었다. 그들은 어떠한 방정식도 만들 줄 몰랐고 모두들 미래가 확실히 보장되는 쪽으로 가고 싶어들 했다. 게다가 연구소와 장비, 도구, 장학금은 도대체 어디에 있단 말인가? 물론 타쿠바야에 선의를 보이며 관심을 보이는 정치인조차 없을 것이다.

전에는 거리에서 보행자들이 고개를 들어 밤하늘을 올려다보았고 가장 밝게 빛나는 시리우스별을 단번에 찾아냈다. 그런데 지금은 가로등뿐만 아니라 자동차의 헤드라이트 불빛으로 별들이 예전만큼 밝지 않았다. 현대화의 물결에 조바심을 내게 된 사람들은 그들의 삶에서 하늘을 지워버린 지 오래였다. 몇몇 과학자들을 제외한다면, 누가 행성이라든지 별, 운석, 혜성 같은 이런 것들에 관심을 가지겠는가?

푸에블라 데 로스 앙헬레스에서 나오는 도시의 불빛이 지도에도 나타나 있지 않는 작은 마을 토난친틀라까지 습격했다. 건물과 광고판들로부터 뿜어져 나오는 빛들이 위쪽으로 올라가 오렌지 색의 미세먼지들이 하늘을 덮게 될 판이었다. 전에는 밤하늘이 칠흑같이 검고 맑았는데 이젠 관측하기조차 힘들 지경이 되어버렸다. 하지만 아무도 항의하지 않았다. 브라울리오 이리아르테, 루이스 리베라 테라사스 그리고 로렌소 데 테나만이 사람들의 무신경에 맞서고 있었다.

로렌소가 토난친틀라에 초등학교를 짓고 싶어 했을 때, 돈 루카스 톡스키가 그에게 무기력하게 말했다. "누가, 뭘 가지고 짓는다는 거요. 정부 인사들은 코빼기도 보이지 않는데." 로렌소는 화를 냈다. "나무 아래, 저 바깥에서는 공부할 수 없을까요? 그들에게 그렇게 서둘러 요구하면, 바라는 것들을 제대로 관철시킬 수 없잖아요." "우린 제대로 된 학교를 원하는 거요." 그의 노력 덕분에, 그들은 학교를 가지게 되었다. 하지만 로렌소는 지칠 대로 지치지 않았던가! '난 젊은 나이에 죽고 말 거야.' 속으로 생각했다. '그래, 하지만 죽는 건 아무래도 괜찮아.'

토난친틀라와 타쿠바야의 정체(停滯)는 로렌소에게서 더욱 뚜렷이 나타났다. 그의 옛 스승이자 동료들인 페르난도 알바 안드라데, 카를로스 그라프, 알베르토 바라하스와 위대한 수학자 소테로 프리에토의 제자들이 대학 도시에서 열정적으로 활동했고, 그 결과 전에는 법학과나 회계학과, 의학과 같은 안정적인 학과를 선호하던 학생들을 불러모으는 데 성공했다. 이제 그들에게 과학은 예전처럼 그렇게 별 볼일 없는 것도, 무시할 어떤 것도 아니었다. 물리학에서는 마누엘 산도발 바야르타와 그라프 페르난데스가 학생들이 추종하는 대상이었다. 하지만 아르투로 로젠블루스*를 닮고 싶다는 학생은 없었다. 참, 과학은 이해할 수 없는 것이지 않은가?

몇 개월 동안, 로렌소는 에로가 자신에게 충고한 대로, 밤하늘에 푹 빠져 지냈다. 하지만 곧 슈미트 카메라가 아무런 반응도 하지 않는다는 사실을 알게 되었다. 오크리지, 오크리지, 어디에 있는 거야?! 망원경에는 아주 심각한 결함이 있었다. 강력한 렌즈를 떠받치는 것이 경통이나 구조물일까? "로렌소, 다음 주에 펠릭스 레시야스가 푸에블라 대학에 온대. 그를 만나서 얘기해보는 게 어때?" 루이스 리베라 테라사스가 넌지시 말했다.

* 아르투로 로젠블루스(1900~1970)는 멕시코의 과학자로 미국의 수학자 노버트 위너와 인공 두뇌학 연구에 참여했다.

푸에블라에서 레시야스를 만남으로써 로렌소는 자신이 품고 있던 의혹을 확인하게 되었다. "이보게, 테나. 그링고든 누구든 간에 그 어떤 사람도 제대로 작동하지 않는 토난친틀라의 망원경으로는 아무것도 할 수 없어. 경통을 제대로 설계하지 않아 기계가 작동하지 않는 거야. 잘 생각해봐. 몇몇 장인들이 수작업으로 그걸 만들었고 에로가 여기저기서 불러 모은 아무런 경험도 없는 사람들이 조립했잖아. 자네가 하버드로 떠났을 때, 슈미트 카메라는 이미 제 기능을 하지 못했어. 그걸 가지고는 어떤 작업도 할 수 없었다구. 그때부터 뿔뿔이 흩어지게 되었지. 마지막 남은 해결책이라면 그걸 다시 하버드로 돌려보내는 걸 거야."

토난친틀라로 돌아오는 버스 안에서 로렌소는 레시야스의 마지막 말을 되씹었다. "슈미트로 뭔가를 할 수 있는 사람은 아무도 없어. 그것을 설치한 사람들이 아마추어들이었기 때문에 기계가 제대로 작동하지 않는 거야." 확대경에는 아무런 결함이 없었다. 망원경이 제대로 작동하지 않는 것은 망치질을 해서 조립한 구조 때문이었다. 멕시코에서는 아직 찾기 힘든 최고 수준의 공학자와 기계공들이 제작한 초현대적인 설계도가 필요했을 것이다.

로렌소는 돈 루이스와 그의 친구들의 열정을, 디미트로프의 오케이 신호가 떨어진 부분을 조립하고 용접하던 기계공들의 재능과 열의를 기억해냈다. 그러면서 기계를 다룰 수 있는 사람은 자기밖에 없다고 히스테리컬하게 되뇌었다. "어떻게 하지. 그렇지만 이 승부에서 꼭 이겨야 해. 소모하게 될 시간은 아깝지 않아. 방법을 찾아야 해." 이 같은 결심으로 그는 초긴장 상태가 되었다. 다른 일은 생각할 수도 없었다. 그것은 죽음의 고통이었다. "무엇보다 내가 카메라 하나 제대로 손볼 수 없다는 사실에 분통이 터져." 그는 슈미트 카메라라는 철의 제국으로부터 빠져나오지 못하고 부아를 터뜨리며 분개했다. 빌어먹을 슈미트.

그는 슈미트 카메라 이외에는, 아무것도 생각하지 않고 잰걸음으로 언덕을 오르내렸다. 괴로움이 갈수록 더해져 아스피린을 복용해야 했고, 계속되는 자신의 무능력과 싸워야 했으며 들리지 않는 분노, 그 격분을 이기지 못하고 금방이라도 오열을 터뜨릴 것 같았다. 로렌소는 슈미트 카메라가 제대로 작동하게 하려고 온갖 방법을 다 썼다. 그가 어떻게 그토록 많은 생각과 계획들을 세울 수 있었는지, 변변한 기계 하나 없이 뭘 할 수 있단 말인가? 새플리를 부를까? 멕시코를 떠나버릴까? 로렌소는 슈미트를 발로 걷어찼다. "다른 망원경은 있을 수 없어." 그는 되뇌었다. "마찬가지로 다른 나라가 내 조국이 될 순 없어!"

어느 날 밤, 그는 둥근 돔 지붕의 덮개를 연 다음, 하늘을 향해 망원경을 조준했다. 경통이 휘어져 있음을 알았다. "레시야스가 말한 대로, 장인들이 제작했을 거야. 하지만 확대경은 굉장해." 그날 밤, 그는 감광판 하나도 찍지 못했다. 분석적인 두뇌로 계산을 하고 또 했다. 그리고 새벽 다섯 시가 되어서야 잠을 청하러 마을로 내려갔다. 무엇이 잘못되었는지 알 수가 없었다. 원하는 연구를 하기 위해서 기계를 어떻게 다루어야 하는지, 그것에만 집착했다. "아마 수학자들이 일반원리를 발견해낼 때도 이런 식일 거야. 본질에 이를 때까지 불필요한 것들을 제거하면서 말이야. 그리고 마지막에 가서는 불변의 원리인 해식을 발견해내겠지." 그는 자신을 격려했다.

로렌소는 아주 신중하게 계산을 해나갔으며 리스트들을 만들어나갔다. 매일 델리카도스 담배 세 갑을 피워댔지만 그것으로도 충분하지 않았다. 가게 주인인 돈 크리스핀이 그에게 말했다. "박사님, 여기 담배 네 갑 받으세요. 연구에 더 매진하시라고 드리는 거예요." 매일 밤, 그의 노력은 그를 더욱더 먼 곳으로 데려갔다. 검은 리놀륨으로 장정한 수첩에다 망원경이 작동되었을 때의 기울기를 적었으며 계속해서 가설들을 세워나갔다. "경통이 이십 도 정도 기울어져 있으니까 그 기울기를 고려해서 다시 맞춘다면, 좋은 결과를 얻을 수도 있을 거야." 계산을 시작한 지 두 주가 지나갈 때쯤엔 조준할 필요가 거의 없었다. 모든 것이 그의 머릿속에 있었다. 변형된 다른 가설들, 계속되는 실험, 무엇보다 레시야스가 했던 말들이 그의 머릿속에서 맴돌았다.

그가 슈미트를 자유자재로 다룰 수 있게 되었을 때, 매일 밤 망원경을 몇 밀리미터씩 움직여가며 새로운 결과들을 얻었다. 그렇게 하루 열네 시간씩 구십 일을 작업했다. "자, 이제 이 먹통 망원경이 제 기능을 발휘하는지 한번 볼까." 감광판을 현상할 때, 오크리지 연구소에 있는 것만큼 성능이 뛰어남을, 아니 어쩌면 그보다 더 멀리 있는 물체도 잡아낼 수 있음을 그는 확신했다.

지구에서 하늘까지의 거리는 인간의 머리로는 상상할 수 없는 것이었다. 어떤 행성들과 별들은 한곳에 멈춰 꼼짝 않고 있었지만, 대부분은 이동했다. 적어도 로렌소는 그렇다고 믿었는데 그것들이 분명 사라졌다가 다시 남쪽 하늘에서 움직이고 있었기 때문이다. 그 사실을 증명하는 것이 그가 겪는 모든 고통을 견뎌내게 했다. 그는 망원경을 앞에 놓고 그 망원경에다 대고 큰 소리로 말했다. 그것을 어떻게 조작해야 하는지 정확히 알고 있었으며, 단 한번에 원하는 곳을 찾아 일말의 망설임도 없이 감광판을 놓고 사진을 찍었다. 매일 밤 그는 새로운 불가사의 속으로 들어갔지만 다른 불가사의가 꼬리에 꼬리를 물고 나타났다. 오리온 성운의 변광성들은 그를 붙잡아 수소의 발머 계열로부터 붉은 선을 아주 강하게 방출하는 T-타우리로 이끌었다.

그가 에로에게 자신의 첫번째 결과들을 보여주었을 때, 에로는 아버지가 아들을 껴안듯 그렇게 그를 껴안았다.

"테나, 자네는 나의 모든 희망이야."

감탄한 레시야스는 동료에게 하듯 그를 친밀하게 대했다. "네가 리스트들을 작성했는지, 아니면 그 모든 게 네 머릿속에 있는지 그건 모르겠어. 문제는 아무도 해내지 못한 관측을 완벽하게 해냈다는 거야. 테나, 놀라운 사실은 네가 슈미트로 얻어낸 결과가 클리블랜드와 위스콘신에서 슈미트로 얻어낸 것보다 열 배는 더 큰 성과라는 거지. 그링고들은 곧 포기해버렸어. 그들의 슈미트 사용은 네가 멕시코에서 한 것의 절반에도 훨씬 못 미치는 수준이었어."

레시야스의 말에 로렌소는 기분이 좋았다. 하지만 이 빌어먹을 슈미트 때문에 공연히 결과를 기다리던 연구자들과 이론가들이 뿔뿔이 흩어지게 되었으니 메모를 해두지 않았던 게 얼마나 유감스러운지 몰랐다! "정교한 렌즈로 굉장한 망원경을 얻을 수 있을 거야." 레시야스가 말했다. 민족주의자인 에로는 망원경이 멕시코 과학기술의 기적이라고 믿었다. "네덜란드나 미국에서도 슈미트를 이보다 더 잘 다룰 순 없을 거야!" 클리블랜드에서도 슈미트에 결함이 생겨 작동되지 않았다. 멕시코에서 슈미트가 다시 제 기능을 할 수 있게 된 건 순전히 로렌소의 인내심과 용기 덕분이었다. "이 굉장한 친구, 자네의 그 뛰어난 재능이라면 어떤 선진국에서도 자넨 천재로 통할 거야. 하지만 여기선 그런 자네의 가치를 제대로 평가해주지 않는군그래." 에로가 말했다.

어느 날 오후, 로렌소는 다시 한 번 산타 마리아 토난친틀라 성당을 보러 갈 결심을 했다. 장인들이 저 아래에다 자신들만의 우주 질서를 만들어놓았을까?

성당지기 일을 맡고 있는 돈 크리스핀의 집에서 열쇠를 챙긴 뒤 성당 문을 열었을 때, 그는 오렌지 속으로 들어간 것 같았다. 햇살을 듬뿍 받은 따뜻한 과즙이 황금 가지로부터 방울방울 떨어져 내렸다. 달콤한 파인애플과 빨간 수박이 담긴 탐스러운 과일 바구니. 파인애플과 멜론이 천장에서 쏟아질 것 같은 이 성당은 바로 과일 바구니였다. 무화과 열매처럼 보이는 헤아릴 수 없이 많은 포도, 꼿꼿이 세워진 바나나, 꽃잎으로 벌레를 잡아먹는 식충꽃. 하지만 그것이 전부는 아니었다. 이곳에는 수학 법칙에 의한 뚜렷한 질서가 있었다.

성당은 마법을 행했다. 마을 사람들은 천사들이었으며 동정녀 마리아는 그들의 어머니이자 위로자였다. 그녀는 그들을 사랑했으며 수많은 꽃과 과일로 그들을 감쌌다. 주민들이 그녀의 어린 천사들을 찬양할 때, 동정녀 마리아는 그들을 보호했다. 영원한 생명을 가진 천사들이 뛰어난 균형감각으로 그들을 심판하는 이 성당 안을 훨훨 날아다녔다. 성당은 레티시아와 닮은 데가 있었다. "좋은데." 레티시아는 그렇게 말했을 것이고 케루빔들이 우레와 같은 갈채를 보내며 그녀를 반갑게 맞았을 것이다. 레티시아는 천사의 무리를 형성했다. 성당의 거대한 하늘, 바로 그 무절제와 넘치는 충만함으로 절대권력을 행사했으며, 신자들과 방문객들은 경의를 표했다.

날이 저물자, 로렌소는 음탕한 천사들을 서둘러 성당 안에다 가두고 열쇠를 돌려주었다. 저기 위에서 슈미트 카메라가 그를 기다리고 있었다. 망원경이 있는 언덕을 오르는 동안 그는 리사가 제단 앞에서 틀림없이 이렇게 말했을 것이라고 생각했다. '정말 굉장해.'

20

『엑셀시오르』 지의 머리기사가 로렌소의 주의를 잡아끌었다. "멕시코 상공에 나타난 이상한 물체들." 에로는 의기양양하여 UFO, 즉 미확인 비행물체에 대해서 말했고 토난친틀라의 슈미트로 촬영한 사진들로 자신의 발견을 뒷받침했다. 실제로 사진에는 달 표면 위로 흰 광선이 지나간 흔적이 보였다. 이상하게 여긴 로렌소가 아침 산책길에 에로에게 물었다.

"돈 루이스, 정말 확신해요?"

"물론이지, 모든 건 내가 책임져." 천문대장은 화를 냈다.

"잘 알고 계시잖아요. 슈미트에 흔들림이 나타났고 브라울리오나 엔리케 차비라가 갑자기 그걸 움직였을 수도 있다는 걸 말이에요. 모르셨어요?"

"물론, 알고 있어. 테나, 지금 자넨 날 무척이나 화나게 하는군." 에로가 불평했다.

"신문기자들에게 가시기 전에 기다리셨어야 했어요."

"무엇 때문에? 난 내가 한 일을 잘 알고 있어, 테나. 그리고 발견한 것을 확신해."

오만불손한 로렌소는 바로 그날 밤 망원경에 감광판을 놓고 달 사진을 찍어볼 것이다. "테나, 자네가 지금 나한테 도전하고 있군그래." 에로가 분을 삭이지 못하고 부들부들 떨었다.

다음 날, 로렌소는 에로의 눈앞에 그 사진들을 들이밀었다.

"문제는 광선이죠. 그 빛이 정말 슈미트의 미세한 떨림 때문에 생긴 것인지 확인하기 위해 몇 번을 찍어보았어요. 이런 식으로 매일 밤 특별한 물체들을 마음대로 만들어낼 수 있다구요."

안색이 변한 에로가 그를 위협하듯 말했다.

"테나, 두 번 다시 자넬 보고 싶지 않네."

해질 무렵까지 에로를 찾아다니던 로렌소는 등이 구부정한 도서관 사서 돈 후안 프레스노의 곁을 지나게 되었는데 그가 로렌소의 귀에다 대고 "노스트라다무스!"라고 말했다.

"내 눈앞에서 사라지라고 하지 않았는가?" 루이스 엔리케 에로가 치를 떨었다.

"예, 걱정하지 마세요. 떠날 거예요."

멕시코시티로 향하는 버스 안에서, 로렌소는 양심의 가책을 느꼈다. 노인네 때문에 괴로웠다. 에로의 핼쑥한 얼굴이 자꾸 나타났다. 그는 자신을 향해서 말하고 또 말했다. "내가 너무 잔인하게 굴었어. 감정을 절제해야 했는데. 하지만 가만히 두고 볼 수만은 없었어. 그건 너무 무책임한 행동이야."

그날 이후 그는 토난친틀라로 돌아가지 않았다. 멕시코시티의 한 호텔 방에서 밤을 보내게 된 로렌소는 잠을 청할 수가 없었다. 디에고를 찾았다. "스스로 무덤을 팠군! 그 노인네가 널 아들처럼 좋아했는데! 이제 무엇을 할 생각이야? 물론 여기서 네게 일거리를 줄 수도 있어. 하지만……."

할로 섀플리가 남아공의 블룸폰테인에 세워져 있는 하버드 소속 천문대를 맡아보지 않겠냐고 그에게 제안했다.

"내가 아프리카로 못 갈 이유가 없잖아? 당연히 블룸폰테인으로 가야지!"

50년대 말, 늙은 루이스 엔리케 에로에게 이제 남은 것이라고는 심통밖에 없게 되었을 때, 로렌소는 다시 한 번 제안을 받았다. 섀플리와 상의한 후, 로렌소는 비행기표를 살 준비를 했다. 멕시코에서 아바나로, 아바나에서 버뮤다로, 버뮤다에서 아소레스로, 아소레스에서 마드리드로 네 개의 발동기가 달린 이베리아를 타고 장장 서른 시간을 비행할 것이다. 마드리드에서 기착했다가 다음 날 아침, 모로코의 카사블랑카로 떠날 것이고, 그런 다음에는 다카르, 앙골라를 거쳐 케이프타운에 도착할 것이다. 거기서부터 필요하다면 낙타와 같은 운송수단을 타고 블룸폰테인에 도착할 것이다. "슈바이처 박사처럼 바이올린을 배웠더라면 좋았을 텐데!" 그가 웃으며 말했다. 저벅저벅, 보도 위를 걸어가는 그의 발소리가 울렸다. 신고 있는 구두는 더 이상 타나 고모의 것이 아니었다. "오늘은 시내 거리를 돌아다녔지만 다음 주에는 아프리카의 낯선 도시를 걷고 있겠군. 참, 내 삶도 물음표야." 그는 앞으로 펼쳐질 새로운 생활에 대한 호기심을 느꼈다.

"로렌소, 방금 너한테 큰 소리로 얘기했는데 꿈쩍도 하지 않더라. 뭘 그렇게 골똘히 생각하는 거야?"

"블룸폰테인."

"그게 뭔데?"

"남아프리카에 있는 도시야. 그곳에 있는 천문대를 책임지고 맡기로 했어."

알레한드라 모레노가 믿기지 않는다는 듯, 그 자리에 멈춰 섰다. "꼭 작대기로 두들겨 맞은 피냐타* 같아." 로렌소가 웃었다.

"이것 봐, 네가 그런 결정을 내렸다는 게 믿기지 않아. 그런 말은 더 이상 듣고 싶지 않다구."

푸른색 베레모를 쓴 알레한드라의 얼굴이 공중에 매달려 있었다.

그들 주위에는 교통량이 많았으며 물건을 팔러 다니는 상인들로 혼잡을 이루고 있었다. 알레한드라와 로렌소는 그 때문에 지체하기는 했어도 가던 길을 계속 걸었다. "이봐, 그런 얼굴 하지 마. 난 죽지 않았어." 알레한드라가 자기 쪽으로 로렌소를 잡아당겼다. "멕시코에는 네가 필요해. 넌 갈 수 없어." 그들이 타쿠바 거리에 이르러 로렌소가 여행사 안으로 들어가려고 하자, 알레한드라가 갑작스럽게 그를 잡았다. "표를 사기 전에, 살바도르 수비란에게 작별 인사를 하러 가야지." 그래서 그들은 대학 총장실이 있는 후스토 시에라 16번지까지 걸었다. 알레한드라가 위압적인 총장실의 노커를 두들긴 후, 안으로 들어가서는 자신의 분노를 털어놓았다. "로렌소 같은 인재가 또 있는 것도 아닌데 어떻게 그가 가도록 수수방관만 해요?" 손을 움직여가며 말했다. "이 불쌍한 나라, 정말 불쌍해요! 어디선가 그를 먼저 낚아채려고 하는데도 아무것도 모르고 있으니. 우리가 문서나 받아 적으면서 관료주의의 늪에 빠져 있는 동안, 다른 사람들은 그가 어떤 사람인지 그의 가치를 알아봤다구요."

알레한드라의 비탄에 잠긴 듯한 두 눈이 로렌소의 눈을 응시했다. 그녀의 고뇌에 찬 눈길은 자신의 목소리가 온 방 안 가득 울려 퍼질수록 깊어져갔다.

---

* 속에 과자를 넣고 공중에 매달아놓은 허수아비로, 가장무도회나 아이들 생일잔치에서 눈을 가리고 작대기로 때려 터뜨린다.

흑단으로 만든 자신의 책상 뒤에서 살바도르 수비란은 알레한드라의 말을 너그럽게 듣고 있었다. 바로 그 너그러움으로 그는 자신의 환자들을 대했다. 그가 짙은 색 옷을 입고 있긴 했어도 깔끔한 의사 가운을 걸치고 있는 것 같은 느낌이었으며, 이 때문에 그에 관한 기억들이 편안한 것처럼 여겨졌다. 자신의 앞에 있는 젊은 과학자와 그의 옹호자인 알레한드라를 보았다. 그는 아주 오래전부터 그녀를 알고 있었다. 알레한드라의 그 같은 열정이 과학에 대한 애정 때문인지 볼이 발그스름하고 얼굴이 둥글둥글한 젊은이 때문인지 알 수는 없었지만, 모든 젊은이들이 그런 열정을 가졌으면 하고 생각했다. 타쿠바야에서는 망원경뿐만 아니라 연구 인력도 제대로 가동이 되지 않는다는 사실을 그도 알고 있었다. 위치천문학이 팔로마 산, 윌슨 산, 키트 피크, 리크와 같은 세계 모든 천문대에서 활발히 이루어졌던 영향력 때문에 현재 몇몇 아마추어들은 하늘의 별자리를 파악하는 일에 집착하고 있었다. 그라프 페르난데스, 페르난도 알바 안드라데, 알베르토 바라하스, 리카르도 몽헤스 로페스, 알프레도 바뇨스 그리고 추방당한 스페인 과학자들은 타쿠바야 천문대가 혁신을 꾀해야 한다는 것에 뜻을 같이 했다. 천문대장으로 이십육 년을 버틴 가요가 멕시코 천문학의 포르피리오 디아스가 될 참이라고 에로가 그에게 말했었다. "내 성이 가요야. 난 가요*답게 내 자리를 지킬 거야." 이제는 타쿠바야가 새롭게 정비되어야 할 때였다.

이 젊은이들 앞에서 수비란은 자신의 생각을 조금도 의심치 않았다. "지금이 기회야. 다른 방법은 없어. 천문학은 현대화되어야 하고 가요는 이제 그만 물러나야 해."

---

* 대문자로 시작하는 Gallo(가요)는 성(姓)을 나타내지만 소문자로 쓰게 되면 수탉을 가리킨다.

두 젊은이는 손을 잡고 고색창연한 건물 계단을 내려갔다. 그때 이미 로렌소 데 테나는 타쿠바야의 새로운 천문대장이 되어 있었다.

"돈셀레스까지 같이 가줄래? 교육부 건물 안뜰에서 디에고 리베라가 그림을 그리고 있거든." 알레한드라가 그곳을 가리키며 말했다. "정말 실성한 여자처럼 그 사람을 찾아다녔어. 자, 그렇게 완고하게 굴지 말고 같이 가자."

국가 각 부처의 복도와 멕시코 노동자 연맹에서 유일하게 나눈 대화는 국가 산업화에 관한 것이었다. 새로운 국가에 관해 이야기하는 것은 일종의 열병과도 같은 것이었다. 멕시코는 외국 자본으로 새로운 도약을 시작할 것이고 미국의 경쟁 상대가 될 것이다. 사람들은 농부에서 산업 근로자로 변신하게 될 것이다. 아판 평원에 자리한 최대 규모의 용설란 농장에서 일하던 사람들은 철도 차량 건설 전문 노동자로 탈바꿈했다.

미국의 시골에 가보면 사람은 더 이상 없고 기계만 있다. 멕시코도 그렇게 될 것이다. 그러는 사이, 배고픔을 이기지 못해 리오 브라보 강을 건너 북쪽의 이웃나라로 가는 일용 노무자들이 생겨났다. 로렌소는 승리를 손에 거머쥐기라도 한 것처럼 우쭐거리며 수수방관만 하고 있는 정부에 정말 화가 치밀었다. 이성을 잃고 싶지 않다면 이러한 모든 환경으로부터 멀리 떨어져 있는 게 상책이었다. 플로렌시아가 그에게 춤을 가르쳐 주었을 때 불렀던 「형형색색의 비눗방울」이라는 노래가 그러한 환경들보다 훨씬 더 순수한 것이었다.

로렌소는 천문대장으로 임명되고 나서, 도심에서 팔 킬로미터 이상 떨어진, 사람이라고는 찾아볼 수 없는 타쿠바야의 시골 마을에 거주지를 정했다. 디에고 베리스타인이 그를 만나러 왔다.

"네가 차풀테펙 성의 천문대에서 회의를 주재하는 것을 보지 못해 유감스럽긴 하지만 이 건물이 너와 정말 잘 어울리는군."

나무가 울창하게 우거진 드넓은 내부 정원, 높은 지붕, 큰 창문들과 지붕을 덮은 연판, 그리고 방문객들이 찬탄해 마지않는 정원뿐 아니라 탑도 있었는데 그 탑의 둥근 돔 지붕은 하늘로 향해 있었다. 천문대에는 초점거리 5미터, 직경 38센티미터의 굴절망원경으로 토성과 그 위성들, 소행성들과 별들을 관찰할 수 있었다. 삼월이 되자 홍목의 엷은 자줏빛 새 가지들이 쑥쑥 뻗어나갔다. 그 나무를 보는 것이 그에게는 위로가 되었다. 건물 안에서 가장 멋진 것은 프랑스에서 가져온 열다섯 개의 스테인드글라스였는데 코페르니쿠스, 케플러, 허셜, 케루빔 천사들이 떠받치고 있는 실크 리본에 적혀진 이름들을 찬양하는 내용이었다. 목재 구조물 위의 망원경과 다섯 개의 사과가 달린 선악과가 일련의 이미지들을 완성시켰다. 지붕을 덮은 연판들을 제외하고, 나머지 것들은 텅 빈 상자들과 먼지투성이 책장, 색 바랜 회보들과 국립천문대에서 1881년부터 발행한 연감들이 전부였다. 거기에 젊은이의 마음을 잡아끌 수 있는 것은 아무것도 없었다. 하지만 건물은 방문객들에게서 존경심을 자아냈다. "아들아, 이곳에서 하늘을 볼 수 있단다. 천문학자들이 별을 관측하기 위해 그 탑으로 올라가는 거야."

로렌소는 선반에 쌓인 먼지에도 불구하고, 거기서 전임자들의 보고서를 꺼내어 프란시스코 디아스 코바루비아스와 프란시스코 불네스의 1876년 기록을 호감을 가지고 읽었다. 그들은 금성의 이동을 관측하기 위해 일본, 요코하마로 원정대를 보낸 것에 대단한 자부심을 가지고 있었다. "우리가 프랑스 사람들보다 먼저 결과를 넘겨주었어." 그 대성공을 거둔 이후부터 그들은 타쿠바야 망원경보다 훨씬 더 성능이 우수한 망원경들을 보유한 나라들을 초대하기 시작했다. 그 무렵, 천문학의 인기는 굉장해

시내 한 주점이 가게 이름을 '태양 표면을 가로질러 통과하는 금성'이라고 지을 정도였다.

1910년 혁명 시기 동안 사람들은 별보다는 죽어간 시체를 더 많이 목격했지만, 천문학은 발렌틴 가마 덕분에 제자리를 찾을 수 있었다. 그는 호기심이 매우 강한 똑똑한 사람으로 호아킨 가요를 천문대장으로 임명했으며, 이로써 가요는 지리학자에서 천문학자로 변신을 하게 되었다. 그는 일식과 월식을 좇아 원정대를 조직하는 일에 완전히 매료되었다. 그가 개기일식을 보기 위해 1944년 페루로 떠난 마지막 여행에 관해서는 호세 레부엘타스와 펠릭스 레시야에게서 전해들어 잘 알고 있었다. "우리는 배를 타고 아카풀코 항구를 출발하여 엘 카야오까지 갔어." 레부엘타스가 그에게 이야기해주었다. "난 아주 진지하게 내 일지를 집어들어 거기에다 많은 것들을 기록했지. 원정대의 일원이었던 페르난도 베니테스와 루이스 스포타, 두 작가 친구들이 놀려대도 상관하지 않았어. 흠잡을 데 없이 아주 완벽한 나침반 상자에 대해서도 기록했지. 어쩌면 그걸 보면서 널 생각했는지도 몰라. 나중에 그들과 함께 문학학술대회가 열리는 칠레로 가야 했지만, 내 욕심대로 할 수 있었다면 난 첸문학자들과 그곳에 머물렀을 거야."

아, 레부엘타스! 늘 자신을 첸문학자라고 불렀었지! 로렌소는 노르스름한 종이로 제본된 책들을 훑어보다가 호아킨 가요를 생각했다. "언젠가는 사람들이 이 자리에서 나도 끌어내리려고 하겠지. 그러고는 '이봐 테나, 자네는 한쪽으로 물러날 줄도 알아야 해. 하루가 다르게 발전하는 현대천문학을 따라잡지 못하고 있잖아'라고 말하러 오겠지. 새로 임명된 천문대장이 몇 년 안에 날 대신하러 올 거야. 비쩍 마른 나를 보고 훌륭하다고는 생각하겠지. 나한테 이렇게 말할 거야. '이제 당신 시대는 끝났소.

당신은 동료들을 괴롭게 했어'라고." 과학 연구소 소장 자리가 영구적이어서는 안 된다고 생각한 그는 새로운 규정을 작성했다. 칠팔 년의 임기면 충분했다. 그는 그것을 수비란과 그라프에게도 말할 것이다. 그라프는 대학에서 대학 이사회를 개혁해야 하는 이유에 대해서 말했다.

어느 월요일, 저녁 일곱 시 무렵, 로렌소는 젊은 수위가 사람들을 안으로 들여보내는 것을 보았다.

"사람들이 어딜 가는 건가?" 그가 물었다.

"별을 보러요."

"개방일은 매주 토요일과 일요일, 이틀뿐이야."

"돈 호아킨은 주중에도 개방하라고 하셨어요. 그래야 사람들이 무지와 미신으로부터 벗어날 수 있다고 말씀하셨죠."

"가요는 이제 천문대장이 아니야. 방문을 당장 중지시키게."

그의 놀란 표정을 보고, 로렌소는 그 이유를 설명해주었다.

"망원경은 연구자들의 관측을 위한 것이지 사람들의 호기심을 위한 것이 아니라네."

"연구자들이요?" 수위가 물었다.

"뭐라 그랬나? 그런 말을 한 번도 들어본 적이 없는가?"

타쿠바야 천문대는 1914년 이래, 그때와 같은 식으로 움직여왔다. 초·중학생들은 별을 보기 위해 또 혜성, 일식, 금성의 이동에 대해 가르쳐주는 강연을 듣기 위해, 제멋대로 안으로 들어왔다. 청강생들이 어떤 때에는 다섯 명, 또 어떤 때에는 스물다섯 명가량 되었다. 문 앞에서 카를로스 로드리게스가 계산한 대수표를 팔았는데 천문대가 일반인들에게 '도움을 준다는 취지에서' 찍어낸 것이었다. "구구단이 적혀 있는 전단지만 팔지 않았지 모든 것이 다 있군그래." 로렌소가 화를 냈다. 사람들은 유리

아래 전시된 천문학 사진들과 이제는 사용하지 않는 오래된 장비들을 둘러볼 수 있었다. 로렌소는 남자와 여자들, 젊은이와 어린애들과 복도에서 마주치기 일쑤였는데 그들은 '여보세요, 당신 화장실을 좀 쓸 수 없을까요?'라고 물어왔다. 그리고 정원의 의자에 자리를 잡고 앉아 파이를 먹는 사람도 있었다.

"이건 성지 순례가 아니라 고등교육과 연구의 메카라구. 눈앞에서 벌어지는 일들을 도저히 받아들일 수 없어. 이대로 묵인하진 않을 거야." 로렌소가 화를 냈다.

매일 아침, 로렌소는 예상치 못한 상황에 직면해야 했다. 나이 든 직원들 중 한 명인 에를린다 토바르 양이 그에게 자신이 맡고 있는 일들을 이야기해주었다.

"난 우리 천문대와 관련된 일들을 언론에 알리는 일을 맡고 있어요. 그뿐 아니라 라디오 강연도 하죠. 아무런 보수도 받지 않고 지방에서 강의를 해요. 돈 호아킨 가요 박사님의 지시로 여행 경비와 강연에 대한 약간의 급료를 받는 게 다죠."

토바르의 여러 친구들이 별에 특별한 관심을 갖고 있다는 사실을 로렌소는 그때 알게 되었는데, 그녀들은 자신들의 별자리 운세를 알고 싶어 친구를 방문했다.

"그건 천문학과는 아무 상관도 없는 것이오." 로렌소는 화가 나서 소리쳤다.

"그건 아무에게도 해를 입히지 않아요. 그보다는 당신의 그 괴팍한 성격이 전에는 평온하기만 했던 천문대를 해치고 있어요." 에를린다 토바르가 맞받아쳤다.

천문대 직원들은 로렌소의 조급한 성격을 언짢아했다. 몇 주 지나지도 않아 그는 도서관 사서의 반감을 사게 됐는데 사서는 몇 번의 주의에도 불구하고 여전히 늦게 출근하면서, 호아킨 가요는 그것에 대해 자신에게 어떠한 질책도 하지 않았다고 항변했다. 가장 무서운 사람들은 바로 여직원들이었다. 그녀들은 토바르 양을 앞세워 공동으로 대항하고 나섰고, 여직원의 날을 두고 싶어 했다. "이 나라가 필요로 하는 건 하루 열두 시간의 노동이지 휴일이 아니요!" 에를린다의 집요함 앞에서, 로렌소가 그녀를 쏘아붙였다. "왜 '멍청이의 날'은 정하지 않는 거요? 그러면 모두 거기에 속할 테고……." 놀랍게도 토바르 양이 그의 말을 가로막았다.

"개자식의 날이라 그러시죠, 박사님. 개자식의 날이라고……."

에를린다는 웃고 있는 로렌소를 보고 그만 아연실색했다.

1901년에 설립된 천문학 단체의 회원들 역시 자신들이 푸대접을 받는다고 느꼈다. 가요는 셈에 아주 밝은 사람이었다. 가요는 그들과 대화를 나누곤 했는데 새로 부임한 천문대장은 가요처럼 그들에게 커피 한잔 대접하지 않았다. 몇몇 기업가들은 자신들의 집에 망원경을 두는 사치를 누렸으며 자신들에게 걸맞은 합당한 대접을 받았다면 타쿠바야를 도울 용의가 있었을 것이다. 도대체 테나는 뭘 믿고 그러는 것일까!

한 젊은이만이 호감을 가지고 새 천문대장을 대했으며 그를 따랐다. 타쿠바야에 찾아든 밤의 고독 속에서, 로렌소는 관측을 위해 위로 올라갔다. 도시의 환한 불빛에도 불구하고, 망원경 앞에 앉는 그 시간이 제일 행복했다. 하지만 보름달이 뜬 날에는 사무실 문을 잠그고 하염없이 시계만 바라보았다. 국가의 정체, 무엇보다 멕시코 과학의 정체를 생각하며 절망했다.

얼마나 조바심을 내는지 몰랐다! 로렌소는 우리 속에 갇힌 사자처럼 어슬렁거렸다. "진정해, 이 야수야, 진정하라구." 이따금 소원해진 에로와의 관계를 후회했다. 그는 아직도 우발적으로 벌어진 그 일로 괴로워했다. 하지만 에로는 아무 일도 없었던 것처럼 계속해서 『엑셀시오르』지에 기사를 싣고 있었다.

절망에 빠진 자신을 구제하고자 로렌소는 더더욱 망원경에 매달렸다. 어느 날 밤, 호아킨 가요의 심부름꾼으로 일했던 젊은이를 보고는 그에게 이렇게 물었다.

"나와 함께 올라가지 않겠나?"

대단한 인내심을 가지고 로렌소는 그에게 성운을 향해 렌즈의 초점을 맞추는 법을 가르쳤다. 다음 날 밤 같은 시간에 어김없이 그가 나타났다.

"이름이 뭐지?" 로렌소가 물었다.

"아리스타르코 사무엘이에요."

"뭐라고?"

"아리스타르코는 제 이름이구요, 사무엘은 성이지요."

"누가 그 이름을 지었나?"

"모르겠어요. 아마 아빠가 지으셨을 거예요."

"아리스타르코 데 사모스라는 사람이 세계 최초의 천문학자였다고 말해주는 사람이 없었나?"

"피시미시 박사님이 얘기해주셨어요. 하지만 제 이름이 그와 같다는 걸 별로 신경 쓰지 않으셨어요."

'제대로 된 천문학자들이 없다면, 난 배우고자 하는 사람을 가르칠 거야.' 로렌소는 내심 생각했다.

저개발국가에서 과학을 하는 것은 어쩌면 관심을 보이는 첫번째 사람을, 특히 그가 아리스타르코라면 그를, 가르치는 것일지도 몰랐다. 결국, 그도 자신의 열정만으로 망원경이 있던 리나레스 거리의 옥상에서 에로를 좇아 여기까지 왔으니 말이다.

"이봐, 밤에 관측을 하기 위해서는 구름도 없어야 될 뿐 아니라 안개도 없어야 해. 망원경을 대기 중에 안정적으로 고정시키려면, 미리 둥근 돔 지붕을 열어야 하지. 잘 봐, 여기 온도계가 있지. 망원경을 움직이려면 이 줄을 이용해서 표시된 방향으로 조준을 하는 거야. 여기 위치를 나타내는 원들이 보이지. 내일 아침에는 우리가 저녁에 관측할 별들의 목록을 한번 만들어볼 거야."

로렌소는 자신들이 관측할, 조그맣게 네모진 하늘을 그에게 정확히 가리켰다. "여기서부터 움직이지 마. 감광판을 찍을 거야. 그건 일종의 사진이라고 볼 수 있지." 다음 날 감광판들을 현상한 후, 그에게 그것들을 대조해가며 보는 방법을 가르쳤다. 아리스타르코 사무엘처럼 그렇게 열성적이며, 또 그렇게 능동적인 사람은 본 적이 없었다.

다음 날 밤 하현달이 떴을 때, 로렌소와 소년은 탑으로 올라가 광활하게 펼쳐진 하늘에서 별의 위치를 파악했다. 그러고는 감광판을 찍느라 일 분, 삼 분, 육 분, 구 분, 이십칠 분을 꼼짝 않고 있었다. "아주 멀리 떨어진 별들의 광도를 얻기 위해서는 관측 시간을 세 배로 늘려야 해." 아리스타르코 사무엘은 형언할 수 없는 놀라움을 감추지 못한 채, 로렌소가 가리키는 쪽으로 망원경의 초점을 맞추었다. 열다섯 어린 나이에도 불구하고, 그는 밤새도록 자지 않았다. 그에게는 넘치는 에너지가 있었다. 로렌소가 말했다. "우린 광도가 높은 별들에 대한 작업을 할 거야. 그러면 네가 날 도와 그것들을 분류해야 해." "더 멀리까지 내다볼 수 있다면 얼마나 좋을까요." 아리스타르코가 답답해했다. "이봐, 친구, 자네 눈이 빛을 식별할 수 있을 때까지 기다려야 해. 자네가 직경 사 미터의 눈동자를 가졌더라면, 이 망원경보다 사십 배는 더 멀리 볼 수 있을 텐데. 하지만 그런 눈을 가지지 못했으니 스펙트럼을 꺼내야 할 거야."

"멀리까지 볼 수 있다는 건 젊음을 두고 한 말이었어요."

로렌소는 별들이 나타내는 색을 통해서 어떤 별이 나중에 만들어졌고 어떤 별이 먼저 만들어졌는지 식별하는 법을 그에게 가르쳤다. "지금부터 별의 위치와 감광판 견본 그리고 내일 저녁에 우리가 관측할 곳을 체크하는 일은, 네 몫이야."

아리스타르코는 로렌소를 감동시킬 정도로 아주 열심이었다. 그는 별들이 어떻게 만들어졌으며 검은 가스 성분은 어떤 것인지 물어왔다. 그의 마음을 사로잡고 있는 것은 붉은 빛을 발하는 별들이었다.

"달이 싫어요."

"무엇 때문에?"

"상현달이 뜨고 달이 차기 시작하면 관측을 할 수가 없잖아요. 전 지금 성모님께 기도드려요, 제발 달이 뜨지 않는 밤하늘을 저희에게 선물로 주십사고 말이에요."

로렌소는 나사를 조여 롤리플렉스 카메라를 망원경에 장착했고, 망원경의 움직임을 이용할 수 있도록 열려진 셔터로 카메라를 조정했다.

어느 날 밤, 독감에 걸려 아팠던 로렌소는 소년에게 그가 없어도 관측을 할 수 있겠는지 물었다. 자정 전에 한번 둘러볼 생각으로 연신 콜록거리며 망원경이 있는 계단을 올랐다. 책임감을 가지고 신중하게 관측을 하고 있는 그를 보고 로렌소는 말했다.

"내일 네가 한 것을 볼 수 있을 거야."

놀랍게도 아리스타르코가 대답했다.

"우리에게 아주 큰 사이즈의 카메라가 있다면 좋을 텐데 말이에요."

다음 날 로렌소는 정원을 쓸고 있는 그를 만났다.

"장래 희망이 뭐지?"

"천문학자가 되는 거예요."

"지금처럼만 하면, 그렇게 될 거야."

"박사님, 발견이란 게 도대체 어떤 거죠?"

"위대한 발견이란 많은 사람들이 궁극적으로 바라는 연구의 최종 목표지. 한때, 남들과는 판이하게 다른, 뛰어난 두뇌를 가진 몇몇 사람들의 개인적인 연구에만 관심을 모았었지. 뉴턴과 그보다 훨씬 뒤에 나타난 아인슈타인은 이미 알려진 것을 재구성하여 그것을 다른 방식으로 밝혀냈어. 아리스타르코, 그게 바로 발견인 거야. 하지만 그 걸음을 내딛기 위해 필요한 모든 지식들은 이미 저기에 있어."

로렌소는 아리스타르코가 허셜, 칸트, 라플라스, 영국인 천문학자 토머스 라이트 그리고 마지막으로 허블의 이름을 받아적도록 했다. 허블은 최초로 성운 스펙트럼을 해석했으며 은하들이 우리 은하에 속해 있지 않고 그보다 훨씬 더 멀리 있음을 증명해낸 사람이다.

"아리스타르코, 우주의 거리는 다른 작은 별들이나 별의 밝기를 이용해서 잴 수 있어. 허블은 자신의 굉장한 망원경으로 다른 은하에 접근할 수 있었고 변광성을 이용해서 그 거리를 측정했지. 빛이 우리에게 도달하는 데까지 걸리는 시간은 실로 엄청나. 게다가 거리는 광년으로 계산되잖아. 우리 은하에 가깝다고 하는 안드로메다 은하는 이백만 광년이나 떨어져 있어. 우린 지금 천만 년, 이천만 년, 삼천만 년, 사천만 년 전에 은하에서 보낸 빛들을 받아보고 있는 거라구. 천문학자는 그중 더 멀리서 온 빛들을 보고, 더 많은 별들을 관찰하지. 그 별들이 계속해서 생성되고 있으니까 말이야. 궁극적인 목표는 우주가 형성될 때 같이 만들어진 최초의 은하들, 그것들의 비밀을 밝혀내는 거야."

21

하버드에서 돌아온 후, 로렌소는 쥐꼬리만 한 급료를 받았다. 하지만 그는 검소한 사람이었다. 구두가 완전히 닳아서 못 신게 되면, 분명 다른 구두를 살 돈이 생길 것이다. "얼마 안 되는 돈으로도 생활할 수 있어." "넌 언제쯤 자동차를 몰 거야? 대중교통이 마음에 든다고는 말하지 마." "차바, 그렇지만 아니라고 말할 순 없어. 여러 사람들을 만날 수도 있고 말이야." "시골 냄새가 좋니?" 로렌소는 자신을 조롱하는 수니가의 얼굴 위로 주먹을 휘둘렀다. "결혼할 생각을 하고 있는 건 아니겠지, 렌초?" "연구에 전념할 수 있게 내버려두는 여자를 만난다면, 그럴 생각이야. 내가 유일하게 부탁하는 건 제-발-연-구-에-전-념-할-수-있-게-날-내-버-려-달-라-는 거야." "그런 생각을 하고 있다면, 좋은 자리를 꿰찰 수 있겠는데." "차바, 난 과학을 하고 싶어. 불쌍한 이 나라에 뭔가 도움이 되는 사람이 되고 싶어." "네 동생 산티아고가 너보다 훨씬 더 잘 될 거야. 그 앤 너보다 더 현실을 직시할 줄 알아. 너와 후안은 세상에 적응하며 살기에는 애초부터 글러먹은 것 같아 보여. 너희들은 도대체 어느 행성을 돌고 있는 거야?"

그가 후안을 들먹이자 로렌소는 그를 주먹으로 갈겼다. 감옥에서 나온 후안이 토날라 거리에 있는 그의 아파트 문을 두드렸다.

"형, 형은 내가 도와달라고 매달릴 수 있는 유일한 사람이야. 오백칠십구 페소만 좀 빌려줘. 그렇지 않으면 전화가 끊길 거야."

"뭘 했길래 그만한 돈을 빚질 지경까지 되었어?"

"멕시코에선 구할 수 없는 도선 몇 개를 급히 부탁하느라 에릭슨으로 장거리 전화를 했거든."

에릭슨이라는 말에 그는 아버지를 떠올렸다. 아버지는 집으로 초대한 사람들에게 곧잘 묻곤 했었다. "멕시카나야, 에릭슨이야?" 그들이 멕시카나를 이용한다고 하면 그는 그들을 무시해버렸다.

후안은 감격스러워했다. 이제 막 자신의 발명품인 멕시코산 냉장고가 완성될 참이었다. "지금은 제너럴 일렉트릭 냉장고를 수입하고 있는데, 뭐 때문에 냉장고를 발명하려고 그러는 거야?" "알고 있어. 하지만 내가 만들 냉장고는 최소의 비용으로 만들어질, 최고 품질의 냉장고가 될거야. 세기의 발명품인 셈이지. 문제는 이걸 끝낼 때까지 누군가의 도움이 필요하다는 거지." 로렌소는 동생을 믿을 수 없었다. 후안은 점점 더 나빠져만 갔고, 거지처럼 달라붙어 끈덕지게 졸라댔다.

"로렌소 형, 타나 고모의 가구를 팔 수는 없을까?"

"뭐? 아무것도 없는데 뭘 판다는 거야."

"어쩌면 형이 고모의 옷장을 가지고 있을지도 모른다고 레티시아가 그러던데."

"레티시아가 거짓말을 한 거야. 너도 알잖아."

"친구들에게 돈 좀 빌려달라고 부탁할 수도 있잖아."

"누구에게? 후안, 누구에게 부탁하라는 거야? 난 너하곤 달라서 그런 일이 수치스러워."

"베리스타인에게 부탁 좀 해봐. 그에게 오백칠십구 페소는 오십 센타보도 되지 않는 돈일 걸."

친인척을 등용시켰다는 이유로 정부 관리들을 비난하고, 친인척 고용 금지법을 제정하라고 외친 그가, 타쿠바야에서 동생을 위해 자리를 마련한다는 건 있을 수 없는 일이었다. 그가 얼굴을 내밀며 나타나자 로렌소는 언짢게 여기기 시작했다. 그가 오는 게 보일 때마다 로렌소는 중얼거렸다. "또 돈을 뜯으러 오는군." 후안이 게레로 구역에 있는 자신의 집으로 발명품을 보러 오라고 초대했을 때, 그는 동생이 사는 모습을 보고 전율했다. 미개간 토지에다 흙담과 얇은 양철로 지붕을 댄 허름하기 짝이 없는 집 안에서, 후안은 자신이 만든 냉장고뿐만 아니라 온갖 형태의 잡동사니 쇠 조각들, 자신이 직접 설계하고 만든 격자 창과 발코니를 자랑스럽게 내놓았다. 그것들에서는 동생의 예술적 감각을 느낄 수 있었는데 매우 아름다웠다. 로렌소가 격자 창 하나를 불안정하게 집어 들었다. "형, 굉장하지." 그는 동생의 발명품들 대부분이 장래성 없는 별 볼일 없는 것임을 알았지만 딱히 뭐라 말해야 될지 몰라 난로와 냉장고, 분해된 모터와 터빈이 널려져 있는 방바닥 사이를 이리저리 걷기만 했다. 아주 싼값에 자동차를 수입하고 있는데, 도대체 누가 멕시코산 자동차를 생산하는 일에 투자를 한단 말인가? 안마당 한가운데 빨간색 작은 자동차가 마치 피를 흘리기라도 한 것처럼 그의 눈길을 끌었다. "전동차야, 형. 가솔린이 필요 없어." 난로 역시 전기로 가동되었다. 세 명의 소년들이 후안과 함께 일했는데 '나의 조수들'이라 불리는 그들은 그가 하는 말을 주의 깊게 듣고 있었다. "언젠가 내가 형보다 먼저 우주의 기원을 밝혀낼 거야."

손바닥으로 형의 등을 가볍게 치면서 말했다. "그리고 천문대 탑에서 그 우주의 비밀을 형한테 알려줄 거야." 로렌소는 이제 머리가 멍해져서 더 이상 아무것도 알아낼 수 없을 거라고 동생에게 말하고 싶었지만 목구멍까지 올라오는 그 말을 꾹 참았다. 한없이 울고 싶었다. 그는 후안과 함께 천체물리학의 추상적 문제들에 관해서 몇 시간이고 논쟁을 할 수 있었을 것이다. 후안은 그의 진정한 대화 상대였으며 루이스 엔리케 에로보다 더 할 말이 많았다. 하지만 이제는 무용지물이 돼버린 낡은 고철더미가 쌓인 이 쓰레기장 같은 곳에서 어떻게 그것들을 말할 수 있단 말인가? 마분지 박스 안에는 너덜너덜해진 책들이 쌓여 있었다. 에디슨의 일생, 섬에 관련된 책, 새맷의 책, 조너선 스위프트*의 『신중한 제안』, 종이 뭉치, 신경질적으로 갈겨쓴 문서를 가지고 이중으로 덮은 귀퉁이, 토난친틀라에서 가져왔음직한 세 개의 천체지도.

로렌소 역시 스위프트에 완전히 매료되어 그의 책을 읽고 또 읽었었다. 조이스가 아니라 스위프트를 통해 아일랜드를 알고 싶었다. 물론, 조이스는 자신의 책 『율리시즈』에서 천문학에 대해 아주 훌륭히 써내려갔지만 조이스는 '확신하건대' 『신중한 제안』이 없었다면 존재하지 못했을 것이다. 『통 이야기』가 없었더라도 그랬을 것이다. 로렌소는 『걸리버 여행기』에 깊은 인상을 받았고, 여러 번 멕시코 사람들을 소인국 릴리퍼트의 주민들과 비교하곤 했었다. 후안의 손때 묻은 책들 사이에 스위프트의 책이 있는 것을 보자 로렌소는 마음이 심란해졌다. "우린 같은 시기에 같은 책을 읽었구나." 둘 사이에 존재하는 유사성이 한층 더 두드러졌다. 자신

---

* 조너선 스위프트(1667~1745): 영국의 풍자작가이자 성직자, 정치평론가. 주요 저서로 『걸리버 여행기 *Gulliver's Travels*』(1726)와 정치, 종교계를 풍자한 『통 이야기 *A Tale of Tub*』(1704) 등이 있다.

과 얘기를 나누지 않고, 후안은 누구와 스위프트에 대해서 얘기를 나눌 수 있었을까? 그의 고독, 그 지옥의 깊이는 얼마 만한 것이었을까? 로렌소에게는 디에고가 있었다. 하지만 후안에게는 누가 있었을까?

그의 조수들은 한시도 그를 가만히 내버려두질 않았다. 그들 중 종이 위에 갈겨쓴 방정식을 이해하는 사람은 아무도 없었지만 로렌소는 그들의 열정이 존경스러웠다. 후안은 하루 세끼를 그들과 함께 해결했고 추파스의 엄마가 그의 옷을 빨아주었다. 뭘 빨았을까? 로렌소는 길을 잃고 헤매는 동생을 보면서 생각했다. 그에게도 기분전환 거리가 있다면, 일요일 오후 길 가장자리에 퍼질러 앉아 맥주를 마시는 것이 전부였다. 로렌소는 나침반을 잃고 시로 페랄로카*처럼 변해버린 후안 때문에 슬픔에 잠겨 그 집을 나왔다. 그의 번뜩이는 천재성에도 불구하고 그는 점점 더 깊은 나락 속으로 굴러떨어질 것이다. 후안에게 함께 살자고 제안할 수도 있었다. 하지만 그의 동생은 이 고립된 생활에 이미 익숙해져 있었고, 그것이 그의 생활 터전이었다. 수중에 땡전 한 푼 없다는 것은 그의 무능함을 보여주는 동시에 그의 몰락을 의미하는 것이기도 했다. 하루하루를 연명해나가는 것, 아무것도 먹지 못했음을 저녁때가 되어서야 깨닫게 되는 것은 젊은 시절에는 견딜 만한 것이다. 하지만 그런 날들의 연속이라면 결국에는 어떻게 될까? 후안은 매우 궁핍한 생활을 하는 사람처럼 행색이 초라했으며 가난에 찌든 얼굴에, 가난에 찌든 상처 자국, 가난에 찌든 손, 가난에 찌든 눈을 하고 있었다. 제 나이에 비해 너무 빨리 늙어버린 그는 형보다 훨씬 더 나이가 들어 보였다. 사실 로렌소에게도 돈이 없기는 마찬가지였다. 거의 일 년 전까지만 해도 그는 토난친틀라 마을에서 톡스키

* 시로 페랄로카는 디즈니사에서 만든 병아리 캐릭터로 영어명은 자이로 기어투스. 도날드덕의 친구로 등장하는 그는 오리 나라에서 가장 유명한 발명가이기도 하다.

가족과 함께 살았었다. 하지만 후안의 궁핍한 생활에 그는 전율하지 않을 수 없었다. "만약 내가 친구들의 말대로 현실과 동떨어져 있다면, 내 동생 후안은 낯선 천체 궤도를 돌고 있는 걸 거야." 어쩌면 데 테나 집 사람들에게는 광기의 씨앗이 내재되어 있는 건지도 모른다고 그는 생각했다. 비양심적인 레티시아와 무책임한 후안 그리고 강박관념들에 사로잡힌 자신. "엄마가 돌아가신 게 우리들에겐 얼마나 치명적인지 몰라!" 그는 되뇌었다. "돌아가실 때 우리들 마음의 안정도 함께 가져가신 거야!" 그 사실을 증명이라도 하듯 네 명의 형제들이 저기에 있었다. 그 광기로부터 벗어난 유일한 사람은 에밀리아였다.

결국 제일 맏이에게 도움을 청하기로 했다. "후안, 에밀리아에게 편지를 써. 그녀라면 우릴 도와줄 수 있을 거야." 형이 우리라고 말한 것이 후안에게는 인상적이었을 것이다. 에밀리아의 긍정적인 답변을 기다리는 데는 그리 오랜 시간이 걸리지 않았다. 그녀는 남편의 관대한 처사로 돈을 보내올 것이다. 두 달 후, 후안은 돈이 더 필요했고 로렌소는 그의 방문을 무슨 협박처럼 여기기 시작했다. 후안은 아주 위태위태한 순간에만 그렇게 나타났기 때문에, 자신을 찾아오는 동생을 아주 불쾌하게 여겼다. "후안, 레티시아가 너보다 더 책임감 있게 살아."

"레티시아는 여자잖아. 그래서 그 애를 도와주는 사람들이 많아."

로렌소가 친구들과 모였을 때, 그는 국가의 장래로 한껏 고무된 디에고 베리스타인의 기세에 눌렸다.

"우린 부자야. 석유, 광산, 산림, 수자원, 수킬로미터의 해안뿐 아니라 남미에서 어느 나라보다 유구한 역사를 가졌어. 물론, 미국과도 비교할 수 없지. 이 모든 조건들이 우리를 라틴아메리카의 리더로 이끌고 있어. 대중의 지지를 받는 우리의 영웅들 또한 아메리카 대륙의 다른 어떤 나라 영웅들보다 특이하고 독창적이지."

"제발, 디에고. 제도혁명당과 정치계급, 기회주의자들, 그리고 사파타와는 아무 상관도 없는 사람들이 그를 자신들의 편인 것마냥 선전했고, 그들의 더러운 거래에 그를 이용함으로써 비열한 사람으로 망가뜨려놓았어. 제도혁명당의 연설에서 사파타에 대한 악선전을 듣노라면 정말 맥이 빠져. 그들은 후아레스에게도 똑같은 짓을 했어. 대통령과 그 내각은 일간지 사회면에서 드러나듯 더러운 위선자들이지만 역사상 위대한 인물인 후아레스를 이용했지. 그들은 교황의 강복과 거룩한 교회의 모든 비호 속에 눈을 감고 자신들의 자녀들을 대성당에서 결혼시키며 바티칸으로 가서 교황을 알현하지. 그들의 모든 행동들이 뭐라 정의 내릴 수 없는 모순투성이야. 얼마나 부끄러운 일인지 몰라!"

"유럽인들이 전쟁을 피해 멕시코로 오고 있어. 이들이 가져올 부의 분배와 창출될 일자리의 분배로 발전하는 이 나라를 넌 보게 될 거야. 그들 덕분에 강철 같은 민족적 위업이 기정사실화되었어. 몬테레이와 라 콘솔리다다의 금속용해기계의 용광로는 목탄 대신에 석탄을 사용하고 있어. 탐사와 아메리칸 스멜팅은 높은 배당금을 올리는 기업들이라구."

"도대체 그 높은 배당금이 누굴 위한 거지, 디에고? 부패와 공공 경영은 서로 떨어질 수 없는 관계야. 이 나라 정치를 독점하고 있는 제도혁명당은 선거에서 패하지 않아. 그들과 대적할 경쟁자가 없기 때문이지. 만약 그럴 만한 사람들이 나타난다면, 반대파인 그들은 우리에게 가공할 만한 엄청난 힘을 줄 거야. 물갈이가 필요해. 넌 수백만의 일자리가 창출될 거라고 말하지만 지금 당장 멕시코 빈곤층 사람들에겐 구매력이 없어. 그들은 여전히 가난에 허덕이고 있다구."

"난 해럴드 파프와 만나 얘기를 나누고 AHMSA 철강회사의 회의에서 가난한 이들의 구매력을 높이기 위해 어떤 대책을 세우는지 보았어. 우리도 미국과 같은 자본을 형성할 것이고, 조세제도도 좀더 합리적으로 재정비할 수 있을 거야."

"그런 소리하지 마!" 로렌소가 그의 말을 중단시키고 나섰다. "이 나라에서 가진 자들은 온갖 명목으로 세금을 면제받으며 번성해가고 정부 여당인 제도혁명당은 가난한 이들의 목을 조르고 있어. 거의 목숨이나 부지하며 간신히 살아가는 사람들에게 어떻게 물건을 구매할 능력을 끌어올리겠다는 거야?"

"상업 활동을 자유롭게 개방해야 해. 외국 투자의 조성으로 그렇게 될 수 있어. 네가 뛰어난 재정가이자 멕시코 은행단의 창설자인 고메스 모린을 만나 그의 말을 한번 들어봐야 해. 이 나라는 외화로 가득할 것이고……."

"사회적 불만도 높아만 가겠지."

로렌소는 자신이 공화주의자이자 사회주의자이며 유물론자에 무신론자라는 것을 거듭 말하고 나섰다. "악령에 홀렸군!" 차바 수니가가 웃었다. 로렌소는 자신의 생각들을 맹렬하게 항변하고 나섰지만 그런 그를 이해해주는 친구는 아무도 없었다. 차바는 미국에서처럼 하루 여덟 시간의 노동이면 충분하다고, 로렌소의 분노가 히스테리에 가깝다고 말했다. 어떻게 이 나라를 발전시키려는 걸까? 어떻게 다른 공업국가들과 비교할 수 있을까? 우리의 뒤처진 현실을 극복하고 스스로 능력을 키워 경쟁력을 갖추기 위해서는 두 배의 노력이 필요하다. 다른 나라들이 걷고 있다면, 우리는 뛰어야 한다.

"로렌소, 네가 있었던 곳이 하버드였니, 일본이었니?"

"일본의 그 신비로움이 우릴 사로잡으면 좋을 텐데. 그 나라가 내 골수까지 마구 흔들어놓았어. 폐물들로 가득 찬, 바다로 둘러싸인 그 땅덩어리를 보면서 나 자신에게 물었지. 멕시코인들은 넓은 국토를 가졌으면서도 왜 성공하지 못하는 걸까? 하고 말이야."

그런 다음, 차바는 게이샤들에 대해 말하기 시작했고 도쿄의 메이지 대로에서 택시를 잡아탄 이야기를 들려주었다. 그 택시는 부부 침실 같았는데 좌석에는 흰 레이스가 씌워져 있었고 등받이 부분은 얼룩 하나 없이 깨끗했다. 흰 레이스가 씌워진 좌석은 새하얀 생크림이 담겨진 컵 같았는데 그 위로 운전수의 머리가 삐죽이 나왔다. "이봐, 네가 택시에 올라탄 순간부터 침실이 되는 거야. 차가 미끄러지듯 움직이기 시작하면 성적 흥분도 함께 달아오르지. 그리고 말이야, 침대는 여기 멕시코에서처럼 돌로 만들어져 있지 않아. 렌초, 너 정말 게이샤를 찾아가지 않았어? 정말 그러지 않았다면, 넌 못 말리는 후아레스 추종자야."

22

“우수한 학생들을 골라내서 그들을 법대와 문과대 그리고 경영대로부터 떼어놓아야 해.” 그라프가 로렌소에게 말했다. “우릴 좀 도와줬으면 좋겠어. 네가 할 일은 그들을 설득해서 확신을 심어주는 일이야. 렌초, 끈질긴 네가 늙은 소테로 프리에토만큼 똑똑한지 어디 한번 보자.”

대학에서 로렌소는 젊은이들이 미국이나 소련, 필요하다면 일본과 같은 외국에서 박사학위를 받아야 한다고 확신하게 되었다. “그들이 경쟁력을 키우는 건 반드시 필요한 일이야.” 언젠가 그라프가 했던 말이었다.

과학대학에서 우수한 학생들을 발굴하여 그들에게 자신들의 적성이 무엇인지 깨닫게 한 다음 그 길로 이끄는 것, 파리 피시미시 박사는 그 일을 함께할 아주 중요한 협력자였다. 멕시코에는 천문학 석사과정이 없었을 뿐만 아니라, 파리 말고는 논문을 지도해줄 사람도 없었는데 그녀만으로는 충분치 않았다. 학생들은 그녀에게는 두려움을 느끼지 않은 반면, 건물 복도에서 로렌소를 만나면 슬그머니 피했다. 지도교수는 그들을 설득시켜야겠지만 그보다 먼저 하버드에 있는 노먼뿐 아니라 MIT의 월터 바데와 별의 구조와 진화에 대한 전문가 마틴 슈월츠차일드와 연락을 취할 것이다. 그의 두툼한 추천장들은 뛰어난 학생들을 위한 것이었다.

나중에 그는 자신이 찬탄해 마지않은 새플리와 찬드라세카르, 빅터 암바르추미안과 파리 뫼동 천문대의 에브리 샤츠만 같은 위대한 천문학자들을 대학과 토난친틀라로 초청할 것이다.

로렌소는 학생 각자가 처해 있는 당면 문제를 해결하는 데 상당한 시간을 투자하여 그들을 포섭하고 설득해야 했다. "선생님, 제가 결혼을 하게 되었어요." "그럼 자네 부인도 데려가면 되겠군." "박사님, 저의 부모님은 저 없이 사 년이란 시간을 견뎌낼 수 없을 거예요." "자네가 그분들께 공부하러 갈 곳을 알려드리면, 기다리다 못해 자넬 방문하러 가지 않겠는가." "유학비가 없어요, 박사님." "여가시간에 아르바이트를 할 수 있다네. 모든 학생들이 그렇게 하지." "선생님, 제 영어 실력은 아주 형편없어요." "그게 어쨌다는 건가? 나도 처음엔 그랬어. 속성 과정을 듣게나. 그러면 한결 나아질 걸세." "전 양키들이 싫어요. 그들의 문화가 혐오스러워요." "걱정하지 말게나. 영국이나 프랑스, 이탈리아 혹은 일본에서 장학금을 받으며 공부할 수 있게 조정해볼 수 있으니까. 아르메니아의 뷰라칸 천문대로 가고 싶은가?" 그는 학생들을 설득하는 데 많은 시간을 소모했다. "각 개인의 두뇌는 하나의 세계야." 결과적으로 그 두뇌는 그를 화나게 만드는 공통된 장소였다. 어째서 장애물이 이다지도 많은지, 하느님 맙소사! 교체되어 들어오는 후보생들의 특성을 살펴보면 핑곗거리보다는 요구사항이 늘었다. 이 학생에게 투자를 해야 할까? 아주 엉뚱한 질문들을 들으면서 로렌소는 생각했다. 속내를 터놓고 얘기를 나누어보면, 모두가 유치하기 짝이 없었다. 물리학 분야에서 두각을 나타내는 학생들에겐 자동적으로 후보가 되는 특권이 주어졌는데 그들의 답변은 무례하기 짝이 없었다. "천문학은 과학에서 보면 민속학 정도에 지나지 않아요." "뭐라고?" 로렌소는 분개했다. "예, 그래요. 매우 대중적이어서 모든 사람들이 좋아하죠. 하지만……." "이봐 그라프, 뭐 이런 애들이 다 있어. 다른 후보생들을 보내줘." 장시간의 절망적인 대화로 로렌소는 아주 심란해졌다. "심리학자처럼 단순하게 보고 넘겨, 로렌소." 그라프가 웃었다.

로렌소는 학생 한 사람 한 사람과 대화를 나눴는데 당혹스러움과 놀라움을 금할 수가 없었다. 자신들의 생각을 말하는 그들은 듣는 사람에 대한 배려는 조금도 하지 않고 일장연설을 늘어놓았다. "내게 앙갚음을 하려는 걸까?" 로렌소는 자문했다.

엉망으로 깎은 머리에 다 해진 면바지를 입은 파비오 아르구에예스 뉴만이 눈 밑이 거뭇거뭇해진 채, 숨어서 그를 기다렸다. 그의 절망적인 눈빛만 아니었다면, 로렌소는 그를 발로 걷어차 사무실에서 내쫓았을 것이다. 하지만 지금은 반쯤 자란 그의 턱수염을 아무런 반감 없이 바라보았다. 그와 마주하고 있는 선생이 과학대학에서 큰 영향력을 행사하는 사람 중 하나인데도 아직 아무런 결단을 내리지 못하고 있는 이 총명한 젊은이는 얼마나 많은 사람들과 부대껴야 할까? 로렌소는 마음의 평정을 잃지 않기 위해 스스로를 자제시켜야 했다. 파비오의 나이에, 그라면 어떠했을까? 낙담하고 있지 않았던가? 조금은 날카로운 그의 목소리를 들으면서 로렌소는 『콤바테』를 배포하기 위해 멕시코 각지를 돌아다니던 자신의 긴 노정을 떠올렸다. 하지만 무엇보다 그는 베리스타인 박사의 다정했던 모습을 기억했다.

"데 테나 선생님, 전 몇 가지 것을 확신해요. 증오하는 것보단 사랑하는 편이 훨씬 낫고, 불의보다는 정의가 거짓보다는 진실이 낫다는 걸 알고 있죠. 문학이 아주 그럴듯하게 잘 꾸며낸 거짓말이긴 하지만 말예요.

세계는 어디든 똑같아요. 버클리에서도 전 똑같은 의문을 가지겠죠."

"그렇지만 실험용 도구들이 같지 않고……."

"저의 이 머리가 제 도구인 셈이죠."

"거기선 멕시코에서 가질 수 없는 정보들을 얻을 수 있게 될 거고 우수한 인재들과 경쟁하게 될 거야."

"선생님, 이미 플라톤이 말하기를 모든……."

"과학에서? 워너 예거*의 『파이디아』를 읽었는가?"

"물론이죠, 선생님."

아르구에예스 뉴만은 칸트와 그의 뛰어난 철학사상에 심취해 있었다. 말로는 도저히 표현할 길 없는, 헤아릴 수 없을 정도로 무수히 많은 것들 중에서 얼마 안 되는 것을 자신의 것으로 소유하고 그것이 우주를 이루는 것과 같은 물질임을 알게 될 때, 인간은 자신의 경험을 아주 굉장한 것으로 여긴다. "하지만 이건 천문학일세, 파비오." 젊은이가 대답했다. "천문학은 물리적인 우주의 기원을 밝혀내려 하는 것이고 제가 마음을 쓰는 것은 실체론적 성격을 띠는 것으로…… 존재하느냐, 그렇지 않느냐 하는 것이죠."

"지금 우리가 앉아 있는 이곳이 바로 우주라네." 로렌소가 웃었다.

"보세요, 박사님. 천문학은 우주의 물리적인 성질에 대해 품고 있는 의문들을 밝혀내려는 것인 반면, 철학은 그 의문들을 표명하는 것이죠. 선생님, 우주가 한갓 꿈에 지나지 않는 것이라면요? 선생님은 저를 버클리로 보내고 싶어 하시겠지만, 누군가 느끼는 세상이 그저 존재하는 것 정도라고 여기는 사람에게 버클리가 무슨 소용이 있겠어요? 전 확신보다

---

* 워너 예거(1888~1961): 20세기 독일의 대표적인 고전문헌학자. 주요 저서로 『아리스토텔레스』, 『초기 그리스도교와 파이디아』 등이 있다.

는 의문을 더 많이 품고 있어요."

지금으로선 파비오 아르구에예스 뉴만이 버클리로 가는 것이 옳다는 뚜렷한 확신을 가지고 있다고 말해주고 싶었지만, 로렌소는 꾹 참았다. 그리고 젊은이가 머리카락을 쥐어뜯으며 지금까지 찾아낸 과학적 해답들이 있긴 하지만 본질적인 우주의 비밀은 아직 풀리지 않았다고 그에게 말했을 때, 그 말에 수긍했다. 여기서 우리들이 하는 것은 무엇일까? 존재한다고 믿고 있는 것들이 실제로 존재할까? 로렌소는 더 이상 참고만 있을 수가 없어 그의 말을 가로막고 나섰다. "실재하는 것이 물리적인 것이라 믿지 않는다면, 도대체 자넨 과학대학에서 뭘 하는 것인가?"

"철학이 품고 있는 의문들에 대해 곰곰이 생각해보는 거죠. 이 책상이 제가 지각하는 것보다 더 실재하는 것인지 모르겠어요. 이 개념을 우주 전체로 확장시켜 생각할 수 있죠. 우리들이 최첨단 기구를 이용해서 보는 것들이 실재와는 판이하게 다른지 어떤지 우린 모르잖아요."

파비오가 한층 더 날카로워진 음성으로 계속 말하는 동안, 로렌소는 자리를 박차고 일어나지 않으려고 두 손으로 의자를 꽉 붙잡고 있어야 했다. 젊은이가 선생의 두 눈 속에서 뭔가를 보았는지 당황한 기색을 보였다. "과학 연구가 기여한 공로를 간과하려고 하는 게 아닌 이상 그 중요성을 인정은 하겠지만, 제가 품은 의문은 아무것도 해결해주지 않아요."

"뭐? 아무것도 해결해주지 않는다고?" 로렌소는 격분했다.

"별이 어떤 물질들로 이루어져 있는지 또는 화성에 물이 있는지 없는지 알아내는 일처럼 살아가면서 우리를 매혹시키는 일은 아주 드물어요, 선생님. 하지만 그것을 알아냈다고 해서 우주의 존재에 관해 우리들이 품고 있던 의문들이 없어지는 걸까요? 전 그렇다고 생각지 않아요."

'아주 웃기는 놈이군.' 로렌소는 속에서 부아가 치밀어 올랐지만 입 밖으로 새어나오지 않게 조심했다. 잊어버리려고, 건성건성 들으려고 애썼다. 한 시간 혹은 일 년 안에 일어나게 될 일을 우리가 안다고 믿더라도 "바로 다음 순간에 일어날 일"을 추측할 수 없을 거라고 파비오가 말했을 때 로렌소는 마음이 움직였다. 모순적이게도, 나머지 모든 일들이 그 순간에 좌우된다는 것이다. "그 순간이 과연 존재하는 건지 누가 장담할 수 있어요?" 재촉하듯 물었다. 그러자 로렌소는 자신이 베리스타인 박사의 서재에서 그에게 뭐라고 물었는지 떠올렸다. "그렇다면 철학이란 게 감히 진실을 말할 수 없는 건가요?" 그리고 그에게 되돌아온 답변은 결코 잊을 수 없는 것이었다. "있는 그대로는 아니지, 로렌소. 그보다 먼저 우리가 그 진실을 받아들일 수 있는지 없는지를 물어보아야 해. 진실이란 종종 우스꽝스러운 가설 같기도 하니까 말이야."

파비오는 자리에서 일어나 두 손을 이리저리 움직여가며 말했다. "어쩌면 시간이 흐르지 않고 어떤 곳으로 향해 가는 것인지도 모르죠. 마치 시간이 현재보다 좀더 나은, 어떤 곳으로 우릴 데려가기라도 하는 것처럼 우린 점차 그 시간이란 것을 계산하려 들잖아요." 말을 마친 파비오가 두 팔을 내리고 괴로워하는 로렌소를 바라보았다. "세상에 존재하는 모든 불확실성에도 불구하고, 우리 삶은 알지 못하는 어떤 질서에 의해 움직이고 있고 우린 거기서 찾게 되는 의미에 책임을 져야 한다"고 선생은 대답했다. 로렌소는 자신에게서 모든 것이 빠져 나가 텅 비어버린 듯했다. 그것으로 그들 사이의 대화는 끝이 났다.

철학을 너무도 사랑한 로렌소는 외쳤다. "오직 하나 내가 바라는 건, 훌륭한 물리학자를 얻는 거라네."

가족 간의 결합이 의미하는 바를 전혀 몰랐던 데 테나는 그라프에게 그것에 대해 말하려 했다. 꽉 조여진 고리는 교수형 당한 죄수의 목에 걸린 밧줄이라는 걸 굳이 말하지 않더라도, 여간해서는 풀리지 않는 매듭이었다. 모험을 하려는 젊은이는 아무도 없었다. "물론 그들에게도 모험심이란 게 있어, 로렌소. 자넨 그걸 찾아내야 해." 열여섯 살이 되면 아이들을 '홈 스위트 홈'으로부터 독립시켜 '추수감사절'에만 집으로 돌려보내는 미국의 교육방식이 훨씬 나은 것 같다고 로렌소는 말했다. 바로 그것이 아이들을 자유롭게 하는 길이었다. 하지만 이곳에서는 과감히 탯줄을 끊을 수 있는 젊은이가 아무도 없었다. "이보게, 그라프, 애들이 맷돌까지도 짊어지고 가려 할 걸. 정말 도저히 두고 볼 수 없을 지경이야. 일전에는 그만 이성을 잃고……."

"자네가 이성을 잃었다고? 도저히 믿기지 않는군!"

로렌소는 그라프의 말에 신경 쓰지 않았다.

"'자네 할머니가 동행해주기를 바라는가?'라고 한 학생에게 말했다네. 그러고 나서 곧 후회했지."

한 세계가 다른 세계에 부딪혔고 로렌소는 멕시코 사회의 끝없는 정체 속으로 가라앉았다. 진취적인 마음도 없이 어떻게 뭔가를 얻을 수 있단 말인가? 토난친틀라에서 일할 남녀를 모으는 일이 루이스 엔리케 에로에게는 그리 힘든 일이 아니었다. 그땐 지금과 달랐다. 그들은 자신들이 징집된 것을 다행으로 여겼다. 로렌소에게 있어, 루이스 엔리케 에로는 적어도 구세주였다. "난 이 애들처럼 그렇게 애걸 따윈 하지 않았어." 로렌소가 진저리를 쳐가며 불평했다.

순간 그라프의 표정이 심각해졌다.

"점점 이상을 잃어가고 있는 거야, 렌초. 우린 이제 순수하지도 않고 허황된 꿈 따윈 꾸지 않잖아. 난 의심치 않아. 이전의 우리들이 지금보다 훨씬 나았다는 걸 말이야."

"노인네처럼 그렇게 말하지 마."

"이젠 열정도 식었어."

"그래, 우리가 많이 유연해진 게 사실이긴 하지만 끝까지 버텼잖아. 안 그래, 그라프?"

루이스 엔리케 에로는 환멸을 느끼며 괴로워했지만 『엑셀시오르』 지에 계속해서 기사를 실었고 『현대 천문학의 기본사상』, 『꿀벌의 언어』 같은 그의 저서들을 서점에서 찾아볼 수 있었다. 그는 부득이하게 병원 신세를 지게 되었는데 그곳에 머물면서 쓴 소설이 제일 괜찮았다. 『맨발』은 "암울했던 우리 역사 속에서 한줄기 빛"이었던 에밀리아노 사파타에게 헌사한 책이었다.

병상에 있는 그를 방문했을 때, 로렌소가 대뜸 그에게 말했다. "당신 소설이 『악시오마』*보다 훨씬 낫고 수학의 논리적 기초에 관해서 쓴 연구 논문들도 훌륭해요." 에로는 불쾌한 마음에 연신 투덜대면서도 심장병 전문의에게 그의 방문이 얼마나 고마운지 모른다고 말했다. 여의사는 그의 부인은 아니었지만 그에게 이렇게 말했다. "이 청년은 일평생 당신을 불안하게 했어요. 이제 당신이 더 이상 해결할 수도 없는 문제들을 제기하려고 왔나 보군요. 게다가 거만하기까지 하네요."

1955년 1월 18일, 에로는 향년 58세의 나이로 생을 마감했고, 로렌소는 도냐 마르가리타에게 적은 액수이긴 하지만 연금을 받을 수 있도록 하겠다고 약속했다. 그리고 그의 유언대로, 유골을 토난친틀라 천문대에 안치했다.

---

* 공리(公理).

"나를 추모한다거나 그와 비슷한 유치한 일 따윈 절대 하지 말게, 알겠지! 화려한 기념비 따윈 원치 않네. 하지만 길 위에 세워진 주행거리 표시 경계석처럼 그리 요란스럽지 않은 것이라면 괜찮네."

그 순간 로렌소는 자신이 얼마나 그를 좋아하는지, 그에게 얼마나 감사해하는지 말하고 싶었다. "에로, 제가 당신 아들 같다는 생각이 드네요. 당신은 제게 아주 훌륭한 스승이셨어요." 하지만 로렌소는 자신도 죽으면 그와 비슷한 기념비로 그의 곁에 남을 거라는 것 역시 터놓고 말하지 못했다. 늙은이는 그에게 뭐라고 대답했을까? "테나, 감상주의에 빠져들지 말게나." 나중에 로렌소는 자신의 생각을 그에게 말하지 않은 것을 깊이 후회했다. 이틀 뒤, 그의 부인인 마르가리타 살라사르 마옌이 오열하며 에로가 죽었다고 그에게 알려왔기 때문이다.

외국에서 장학금을 받으며 공부하는 학생들의 활동만큼 로렌소를 즐겁게 하는 일은 없었다. 캘리포니아 공과대학인 칼텍에선 한 명이 멕시코 학생이었고, 버클리에선 여섯 명 중 세 명이 멕시코 학생들이었다. 그 사실이 아주 자랑스러운 로렌소는 격려차 그들에게 편지를 써서, 자신의 하루 일과가 기사 의식을 치르기 위해 자신들의 무기를 손질하는, 원탁의 기사단에 들어가기를 희망하는 중세 기사들의 일과와 별반 다를 것이 없다고 말했다. "자네들은 자신들이 가진 능력을 검정하고 자기 자신과 대면하여 과연 자신이 누구인지 알아내야만 해." 호르헤 산체스 고메스가 그에게 편지를 보냈는데 자신이 배우는 교수들 중 두 사람이 노벨상을 받았고 졸업생 이천 명 중 구백오십 명이 외국인이라는 내용이었다. "인도 애들, 중국애들과 경쟁한다는 것을 상상하실 수 있겠어요, 박사님? 외국인들에게도 똑같은 기회를 주는 걸 보면 미국이라는 나란 정말 민주적인 나라예요. 이곳에서 전 칠레, 아르헨티나, 프랑스, 영국, 일본에서 가장 똑똑하다는 애들을 만나요." 로렌소의 얼굴에 미소가 번졌다. "경쟁이란 결국 무시무시한 거예요. 전 제가 가진 총명함, 상상력, 특히 자기비판 능력을 시험하고 분석하죠. 이따금씩 땅딸막한 한 볼리비아 여성 천문학자와 점심을 먹곤 하는데 굉장하죠. 칼텍에 볼리비아 여자라니, 상상하실 수 있겠어요? 여기 제 성적표를 동봉해요. 어떻게 보일지 모르겠네요."

23

『천체물리학저널』과 『전미(全美) 과학 아카데미 회보』에 실린 로렌소의 논문들이 미국에서 불러일으킨 반향이 멕시코에서 파장을 일으켰고 그의 명성은 높아만 갔다. 교육부 건물 복도에서, 대학에서, 콜레히오 나시오날에서, 고등교육을 담당하는 중앙교육기관에서 "국제적으로 인정받은 뛰어난 천문학자"에 대한 말들을 했다. "정말 훌륭해." 살바도르 수비란이 축하해주었다.

1948년, 루돌프 민코프스키는 행성상 성운의 수를 단정 지어 발표했으며 드레이퍼* 카탈로그는 별의 수를 9,000개에서 227,000개로 늘렸고 행성상 성운 하나만을 추가했다. 하지만 1949년에서 1951년 사이 토난친틀라에서 로렌소와 그의 팀은 600평방미터 지역에서 437개의 별을 발견했으며, 그 같은 기여에 힘입어 멕시코는 명실공히 천문학계의 선두 주자

---

* 헨리 드레이퍼(1837~1882): 미국의 천문학자이자 의학자, 천체사진의 창시자. 1918~24년에 출판된 이십삼만 개의 천체스펙트럼을 기재한 카탈로그는 그의 이름을 붙여 '헨리 드레이퍼의 항성표' 라고 불리고, 현재도 여전히 천체스펙트럼의 원전(原典)으로 이용되고 있다.

가 되었다.

로렌소는 눈코 뜰 새 없이 바쁘게 살았다. 국제천문학회의 부회장과 왕립천문학회의 정회원으로 임명된 그는 대중을 상대로 열리는 심포지엄에 참석하기 위해 여행을 했다. "이제 모든 사람들이 천문학자가 된 걸까? 이천 명 이상이나 되는 사람들과 대화를 하게 되다니, 정말 믿기지 않아." "저는 영어 악센트가 좀 섞인 스페인어로 말하겠어요"라는 말로 그는 자신의 발표를 시작했다. "전 아주 아름다운 별을 가진 천문학자입니다." 그는 사람들에게 말했다. 국제회의에서 천문학자들은 자신들의 결과물을 서로 비교했으며 각자의 전문 분야를 알게 되었고 서로 경쟁했다. 하지만 무엇보다 그들은 자신들의 의견을 나누며 토론했다. 아, 축복받을 토론이여!

그는 오토 스트러브와의 작업을 위해 클리블랜드의 케이스 공과대학에서 텍사스의 맥도널드 천문대로 날아갔다. 프리츠 츠비키가 있는 스위스의 그의 집을 방문하여 그와 토론하는 것은 즐거운 일이었다. 때마침 츠비키가 머리털 자리의 별들을 연구하고 있어 토론은 한층 더 즐거웠다. 그는 가스 성운의 성분에 관한 심포지엄에 참석하기 위해 다시 MIT로 돌아갔다. 그리고 황소자리 T형 별인 T-타우리를 계속 연구하기 위해 거기서부터 대서양을 건너 오스트레일리아의 스트롬로 산 천문대로 갔다. 안드로메다 은하의 스펙트럼과 삼각자리와 물뱀자리 은하의 스펙트럼을 보고, 로렌소는 전에는 그 은하들에서 성운이라 여겼던 별들이 오리온 성운과 비슷한 방출 성운*이라는 것을 알게 되었다. 그때까지만 해도 사람들은 T-타우리 별들이 빛을 방출하는 어두운 가장자리에 있다고 믿고 있었

* 중심부 또는 주위에 있는 고온 별의 강력한 복사에 의해 빛을 내는 가스 성운.

다. 하지만 토난친틀라와 다른 지역 천문대에서처럼 남쪽 하늘에서도 관측할 수 있는 수많은 T-타우리 별들은 스펙트럼상에서 보여주는 특징처럼 밝기를 달리하며 반짝거렸다.

로렌소는 별 스펙트럼의 전문가 윌리엄 윌슨 모건과 함께 연구한 바로 그 T-타우리 별들을 통해 변광성이라 불리게 될 별들을 발견했다.

나이가 서로 다른 군집은하들을 체계적으로 연구한 결과, 변광성들이 젊은 별들의 군락에 속해 있음을 증명해냈다. 그는 그 진화 과정을 입증했으며 그것들을 태양보다 작고 차가운 것으로 묘사했다. "이 변광성들은 갑자기 밝아진답니다. 그러다가 순식간에 '쾅' 하고 굉음을 내며 폭발하고 말죠. 오랜 시간이 흐른 뒤 정상 상태로 돌아가기 위해, 어떤 경우에는 수천 배에 이르는 빛을 발하면서 말이죠."

신성과 초신성에 관한 그의 발견으로 사람들은 그에게 아낌없는 찬사를 보냈다. 은하의 남극 부근에 보이는 푸른빛을 발하는 별들에는 이미 다른 별들이나 혜성, 은하와 마찬가지로, 그의 성을 나타내는 머리글자가 붙여졌다. 그가 발표한 연구논문만 해도 일흔네 편이 넘었으며 클리블랜드 케이스 공과대학으로부터 명예박사 학위를 수여 받았다. 로렌소는 이 모든 것이 만족스러웠다. 케이스 공과대학은 그의 발견물들이 그가 몸담은 대학과 조국에 명성을 안겨주었으며 훗날, 많은 나라의 학생들과 천문학자들에게 도움이 될 것이라고 했다.

월터 바데는 『천체물리학저널』에서 RR Lyrae 변광성에 관한 로렌소의 논문을 읽기가 무섭게 그를 칼텍으로 초대했다. 독일에서 망명한 관측천문학자인 바데는 우주에서 변광성의 거리 척도에 심혈을 기울였으며 RR Lyrae 변광성 내에 두 가지 형이 있음을 발견했다. 우주는 우리가 생각하는 것보다 두 배는 크다는 사실을 로렌소는 깨닫게 되었다. 확실히 우주는 섀플리가 생각했던 것보다 훨씬 더 컸다.

칼텍에서, 로렌소는 곧잘 섀플리를 생각하곤 했는데 지금은 그를 훨씬 능가했다. 과학은 쇠사슬과 같은 그런 것이다. 한 과학자가 기존의 다른 과학자를 이어 다음번 연결고리가 되는 것. 나이 든 천문학자들만이 은하의 종류에 관해 커티스와 섀플리 사이에 오간 논쟁을 두고 의견을 주고받았다. 허블과 우주의 팽창은 숭배의 대상이었다.

타쿠바야 천문대를 이끌고 있다 해서 그가 자신의 연구에 몰두하는 것에 방해를 받는 것은 아니었다. 총장이 그에게 토난친틀라 천문대와 대학의 천문학과를 책임지고 맡지 않겠냐고 제안했을 때, 그는 난처했다. 카를로스 그라프가 그런 그를 축하해주었다. "얼마나 원했던 거야, 로렌소! 자넨 '위대한 천문학자'야. 더 많은 일을 해낼 수 있어. 대학에는 자네가 필요해. 자넨 타쿠바야의 보물이야. 토난친틀라를 발전시킬 수 있는 사람은 자네밖에 없어."

어느 일요일 정오, 디에고가 토난친틀라로 로렌소를 찾아왔다. "네가 우리를 만나러 오지 않으니, 내가 이렇게 올 수밖에 없지. 로렌소, 날 식사에 초대해주겠니. 하지만 그보다 먼저 그 유명한 40인치 망원경을 한번 보고 싶어."

본관 건물에 새겨진 그리스어를 보자, 디에고는 다른 수많은 문학작품들 중에서 에스킬로스의 바다의 여신들과 합창단 사이에 오간 대화를 떠올렸다. "죽음의 공포로부터 인간들을 구하기 위해 무슨 짓을 한 건가?" 프로메테우스가 대답한다. "그들의 마음에 보이지 않는 희망의 씨를 뿌렸어요." 바스콘셀로스가 번역하여 출판한 책에는 이렇게 나와 있었다. "그들 사이에 보이지 않는 희망이 살도록 했어요."

디에고의 열광에 감동하여, 그들은 자신들을 사춘기 때로 되돌려놓는 토론에 몰두하기 시작했다. 그들의 영원한 주제인 시간 속으로 되돌아갔다. "디에고, 우리가 죽은 후에도 시간은 계속 흐르겠지." 로렌소가 미소지었다. 그에겐 시간의 흐름 속에서도 과학이 연속적으로 이어진다는 사실이, 과학자들의 실험이 쇠사슬처럼 서로 연결되고 거기서 누군가는 도태되고 또 누군가는 계속 앞으로 나아가게 된다는 사실이 위안이 되었다. 그는 되뇌었다. "영원이란 건 인간이 만들어낸 거야." 디에고는 대폭발과 놀라우리만치 정확한 우주에 관해서 말했다. "일 밀리미터까지도 정확해. 렌초, 달과 화성으로 가보고 밀키웨이도 보도록 하자." 로렌소는 팽창하는 우주에는 수백만 개의 은하들이 있다고 거듭 말했다. "그래, 그것 봐, 어디에 끝이 있니?" 디에고가 천진난만한 미소를 지었다. "끝은 우리들 마음에 있어." 염세적인 로렌소가 내린 결론이었다.

"종교 문제를 가지고 우리들이 벌였던 논쟁을 기억하니, 렌초? 넌 말했었지, 사람들이 시답잖은 말만 늘어놓고 늘 대화를 끝내버리니까 그것에 관해 말해봤자 충돌만 일으킨다고 말이야. 엘로르두이 선생은 오른편에 외아들을 대동하고 구름 위에 앉아 있는 흰 수염의 늙은이를 그냥 참고 볼 수는 없었나 봐. 넌 우리들에게 물었지. '너희들은 생명력도, 어떤 지배하는 힘도 없는 우주를 어떻게 이해하고 싶니?'라고. 네가 설명하지 못한 네 그 명령하는 우주의 힘으로부터 아무도 널 끌어내지 못했고, 넌 악령에 홀린 사람처럼 같은 말만 되풀이했지. '난 신을 믿지 않아, 신을 믿지 않아, 신을 믿지 않는단 말이야'라고."

"난 테니슨의 원탁의 아서 왕처럼 별 볼일 없는 초라한 사람이야. 전쟁에서 패하고 겨우 목숨만 건져 돌아왔을 때, 그는 환멸을 느꼈어. 여왕은 그를 배신했고, 언젠가 부러움의 대상이었던 자신의 왕국은 실패작이었지. 결국 그는 아름다운 별들과 대자연의 모습에서 신을 볼 수 있다는 결론을 내리게 되었어." "하지만 난 증오와 열정에 눈이 멀어 암살과 전쟁도 불사하는 인간들 사이에서 신을 찾지 않아. 마치 이 모든 것이 자신의 계획을 눈부시게 발전한 현실세계에 옮겨다놓지 못한 형편없는 신의 장난인 것 같아." "난 테니슨의 심정을 이해해. 사람들은 우주의 완성과 질서에 가슴 뭉클해하지만 지구는 악이 지배하고 있어. 인간은 생각할 수도 없는 범죄들을 서슴지 않고 저지를 수 있지. 우리 시대에 극악무도한 포로수용소와 홀로코스트, 그리고 히로시마와 나가사키의 처참하기 그지없는 전멸을 목격했잖아."

굶주림에 관해서 이야기하게 되자, 그들의 대화는 격렬해졌다. "이봐, 디에고, 멕시코에 민주주의는 존재하지 않아. 문맹자는 투표도 선거도 할 수 없어. 정치 계획 따위를 왜 알려고 하겠어? 최소한의 경제적 보장이라도 해줘야 그들의 결정을 지지할 게 아닌가. 급료도 받지 못하는 가난한 사람이 무엇을 지지한단 말인가? 그게 바로 우리가 매일 보고 있는 현실이야." "렌초, 네 말대로 멕시코 사람들이 정부 결정에 아무런 영향을 행사하지 않는다면, 뭐가 해결책이야?" 로렌소는 교육의 중요성을 강조했으며, 멕시코 사회 발전의 최대 장애물인 교회를 비판하고 나섰다. "아들아, 천상의 왕국이 네 것이니 인내하여라." 가톨릭 교회는 사건이 터지면 속수무책인 수백만의 멕시코 사람들을 거리로 내몰면서 그들의 힘을 약화시켰다. 바로 그게 로렌소는 용서가 되지 않았다. "모두가 그런 것만은 아니야, 렌초." 로렌소는 대답 대신 디에고를 푸에블라 북쪽 산맥에 자리한, 사카틀란 델 라스 만사나스에서 세 시간 정도 떨어진 테페친틀라로 데려가겠다고 했다. "그곳 산간 분지에서는 모두들 맨발로 걸어다녀. 그리고 장작을 운반하기 위해 머리에 가죽끈을 매지. 그곳에 내가 세례 대부를 서준 아이의 아버지가 살고 있어. 자기 소유도 아닌, 얼마 안 되는 땅덩이에서 비참하게 일하지. 그가 나한테 그러는 거야, '먹는 것은 물건을 소유하는 것과 같다네. 너무 과하면 해가 되니까 말이야'라고. 그의 아이들은 정말 작아. 자라지 못하는 거지. 아주 심각한 영양실조야. 열 살인데 여섯 살 정도로밖에 안 보여. 아이들은 그렇게 작게 보이는데도, 너무 오랫동안 굶은 탓에 식욕이 사라졌는지 먹고 싶어들 하지 않아. 내가 그 애들을 보러 가면 숨어버려. 디에고, 그들의 거뭇거뭇 얼룩진 살갗과 눈 밑의 거무스름한 자국을 한번 보게 된다면, 내가 그랬던 것처럼 너 또한 무기력한 분노를 느낄 거야."

"멕시코시티에는 언제 오니, 렌초?"

"일주일에 나흘은 대학과 타쿠바야에 가지. 하지만 매번 느끼는 건데 난 도시 생활에 어울리지 않아."

"그렇게 네 자신을 고립시켜선 안 돼. 오는 목요일에 사람들을 저녁 식사에 초대할 건데 너도 와."

"혐오감만 주게 될 걸. 사실, 내 행동이 혐오스러운 설인의 행동과 별반 다를 게 없잖아." "더 잘됐군그래, 네게 소개할 눈의 여왕이 있으니 말이야. 내 아내가 손님 접대를 아주 잘 하니까 그런 건 걱정하지 마. 그리고 서재엔 네가 접해보지 못한 다양한 책들이 널 기다리고 있어."

디에고가 마련한 모임에서도 로렌소는 물 밖의 물고기 꼴이었다. 그의 부인 클라라는 책이며 연주회, 전시회에 관해 이런저런 말을 했다. 하지만 아인슈타인의 뇌 무게를 두고 입방아들을 찧긴 했어도, 과학 이론에 관해 말하는 사람은 아무도 없었다. 서너 잔의 술을 연거푸 들이킨 로렌소는 그들에게 자신이 청소년기 때 칠판에 쓰여진 맥스웰*의 방정식을 보고 느꼈던 희열을 말하기 시작했다. "어느 날 아침 갑자기 깨달음을 얻어

전자기에 관한 공식을 썼다니, 어떻게 그런 일이 가능할까요?" 로렌소는 흥분했지만 그의 감정에 동조하는 사람은 아무도 없었다. 디에고가 그런 그를 거들었을 테지만, 그는 나무랄 데 없이 훌륭한 주인답게 한 곳에만 머물지 않고 이곳저곳 옮겨다니며 사람들을 챙겼다. 그 같은 대발견을 한 맥스웰은 분명 남들과는 다른 뇌를 가졌을 것이다. 잠시 후, 그의 이야기를 듣고 있던 사람들이 다른 대화자를 찾아 하나 둘씩 자리를 떠났다. "사람들은 우주를 이해하는 것에 관심이 없는 걸까?" 너무도 이상해진 로렌소는 자신에게 물었다.

바스콘셀리즘의 깨끗함에 대해서 말하는 소리가 들리자, 로렌소는 분개했다. 바스콘셀로스가 순수하다고? '그 스승'이란 작자는 어디에 있는가? 멕시코를 위해 그가 실제로 한 일은 무엇이었는가? 멕시코 사람들에게 무엇을 주었는가? 아무것도, 아무것도 주지 않고 사람들을 혼란케만 했다. 정부에 맞서는 방법을 그들에게 가르쳤는가? 제발이지 손가락만 빨고 있지 말자! 그는 자신의 추종자들을 연인처럼, 입다 벗어놓은 옷가지처럼, 폭도들처럼, 남겨놓고 떠났다.

믿을 만한 사람이 없다는 것, 방향타 역할을 해줄 위대한 원로들의 부재, 바로 그것이 젊은 멕시코의 당면 문제였다. 순수한 배신자들!

"시골 사람들에게 고전작품들을 나눠주는 게 도대체 무슨 소용이 있어? 누가 그것들을 읽지? 그건 창문으로 돈을 내던지는 것과 같은 거야.

---

* 제임스 클러크 맥스웰(1831~1879): 영국의 과학자. 맥스웰의 가장 큰 업적은 전자기의 통합에 있다. 패러데이의 전자기장의 고찰(작아지는 자기장은 전기장을 만들며 전기장은 도선의 전하를 움직이도록 만든다)을 기초로 하여 유체역학적 유추를 써서 수학적 이론을 완성하고, '맥스웰의 기초 방정식'을 유도하여 전자기학 이론을 대성하고 빛의 전자기이론(전자기파가 빛의 속력과 같은 속력을 가진다)을 수립했다. 즉, 전기와 자기뿐 아니라 빛까지 하나의 이론으로 통합했다.

우리에게 필요한 건 '어떻게 해야 하는지 방법을 알려주는' 거야. 시골 사람들은 마음만 먹으면 얼마든지 잘살 수 있는데도 어떻게 해야 하는지를 아는 사람이 없어 굶주림으로 죽어들 가고 있어. 그들에게 더 중요한 건 『일리아스』와 『오디세이아』 같은 책을 받는 것이 아니라 어떻게 땅의 지력을 회복시키고 과일을 보관하는지 배우는 거야. 왜 우리는 땅 위로 늘어진 벚나무 열매들을 따서 활용하는 법을 가르치지 않는 거지? 어째서 다른 농업국가들은 그들의 생산물만으로도 부유한 걸까? '어떤 사람에게 생선 한 마리를 주는 것은 그에게 하루치 식량을 주는 것이다. 하지만 그에게 평생 먹을 식량을 주려면 물고기 잡는 법을 가르쳐라'는 속담을 기억해보라구."

"우리 셀라야에서 포도주를 넣은 카헤타*를 먹자, 카헤타 말이야." 디에고는 웃었다. 유년 시절 친구의 모습을 보게 되어 깊은 행복감을 느꼈다. "내가 너보다 만족해하며 사는 것 같군."

"물론이지, 넌 무슨 일이 날 기다리고 있는지 모르잖아."

디에고 역시 탄탄대로를 달렸다. 그는 재무장관으로 정계에서 은퇴할 것이다. 그리고 국가가 그의 가치를 알아본다면, 대통령도 될 것이다.

"그건 그렇고, 장관께서 광학연구소의 계획안을 아주 호의적으로 보고 계셔. 그분을 한번 찾아뵙고 문제를 얘기해볼 절호의 기회야."

"물론, 그래야지. 정말 잘됐군! 네가 원한다면, 언제든 만날 준비가 되어 있어. 이번엔 가능한 한 외교적으로 처신하도록 노력해볼게."

"넌 충분한 자격이 있어." 디에고가 그를 안았다.

호기심 많은 차바 수니가가 옛 친구의 옆으로 와서 앉았다.

---

* 양유로 만든 캐러멜과 시럽으로 과나후아토 주 셀라야의 특산품.

"과학의 세계는 다른 세계야. 다루기 어려운 세계지. 게다가 신도 없잖아. 아무도 널 따르지 않을 걸. 멕시코에서 교육이 종교로부터 벗어났다고는 하지만, 청중들은 네 말에 깜짝 놀라고 말 테니까."

"넌 무신론자에다 자유로운 사상가라고 늘 말했지. 그런데 지금 나한테 뭐라고 하는 거야, 차바."

"여자들이 내 무신론을 받아들이지 않잖아. 그녀들은 신에 대해서 말해주기를 원해."

"침대에서?"

"거기선…… 이봐, 렌초. 넌 의심할 여지 없이 교구 사제로 부름 받은 무신론자야. 네 설교는 성령의 말을 전하려 하지만 실제로는 창자의 고통과 만취의 결과지."

차바가 어떻게 저렇게까지 경박스러울 수 있으며, 현실에 타협적일 수 있을까! 디에고 역시 그렇잖은가! 그 집을 나올 때, 로렌소는 두 번 다시 친구들을 만나지 않겠다고 자신에게 맹세했다. 하지만 디에고에 대한 애정으로 그는 다시 친구를 찾았고, 늘 그랬듯이 똑같은 결과가 반복되었다.

"로렌소, 결혼할 생각은 없는 거야?"

"사탄아, 물러가라! 그런 질문을 하는 사람은 너뿐이야, 디에고."

"평범한 질문이잖아."

"개인적인 질문은 절대 평범한 게 아니야. 그 본질이 다르잖아."

"알레한드라 모레노와는 왜 결혼하지 않는 거야? 아주 총명하잖아. 네가 그녀를 좋아한다는 걸 아주 멀리서도 단번에 알 수 있어. 너와 비슷한 환경에, 비슷한 교육 수준이잖아. 너하곤 달리 그녀는 늘 쾌활하지. 바로 네가 나한테 그랬잖아, 그녀가 너한테 용기를 준다고 말이야."

이따금씩 로렌소는 알레한드라를 생각했다. 그녀에게 청혼을 한다면,

그와 결혼해줄 것이란 걸 알고는 있었다. 하지만 알레한드라에게서 풍기는 매력은 남성적이었다. 그뿐 아니라 그녀는 페미니스트였다. 바스크식 모자를 쓴 그녀가 여성의 권리를 요구하며 신문에 나온 것을 보았다. 그녀는 낙태의 합법화를 요구했으며 노동자들을 위한 행군에 참여했다. 그녀와 함께하는 그의 삶은 펄펄 끓는 용광로가 될 것이고 그 용광로는 여하간의 이유로 투사가 된 그들의 도피처가 되어 지령들이 오고 갈 것이다. 오, 고독이여, 축복받은 고독이여, 사랑스러운 고독이여!

차바 수니가는 그가 청년 시절에 자주 써먹던 테마를 들고 나왔다.

"행복해 보이지 않는군. 렌초, 왜 그런지 아니? 네 습관들, 세상에 대한 네 생각, 네 비뚤어진 윤리의식, 그 습관들이 네 본래의 열망과 행복을 좌우하는 사물들에 대한 네 욕구를 파괴했기 때문이지. 네 자신에 반하는 그 같은 잔인한 행동들을 계속한다면, 네게 남는 건 파멸뿐이야."

"아, 그래? 그 텅 빈 머리를 가지고 내게 무슨 충고를 하는 거지?"

"시간을 내어 네 자신에 대해 깊이 생각해보시지. 너의 그 끊임없는 불안은 또 다른 형태의 두려움이란 걸 알게 될 거야."

시간이 지날수록, 로렌소는 시골 생활을 그만둘 수 없게 되었다. 그곳 마을에서 그는 최소 열 명이나 되는 아이들의 세례 대부였다. "우리 아이의 대부가 될 사람이 저기 오는군. 내 부탁을 들어달라고 아주 정중히 말해봐야지. 만일 아이가 사내아이라면, 당신처럼 테나라는 이름을 지어주고 싶어요." "하지만 테나는 이름이 아니라 성이에요." "테나 톡스키, 이렇게 아이에게 이름을 지어주고 싶어요." 여자들은 임신을 했고, 아이를 낳았다. 그리고 다시 불룩 나온 배를 앞으로 내밀며 나타났다. "내가 임신시켰어." 루카스 톡스키가 자랑스러운 듯 말했다.

로렌소는 그렇게 많은 아이들을 보면서 자신의 생각을 굳혔다. "난 절대 아이들을 갖지 않을 거야." 그는 괴로움에 몸부림치며 자신에게 물었다. "그들은 앞으로 무엇이 될까?" 특히 여자아이의 출생은 더더욱 끔찍한 것이었다. "여자들에게 이 세상은 너무 가혹해. 오십 년 후엔 달라질 수 있겠지만 지금은 아니야. 그녀들의 길은 이미 정해져 있지. 그저 출산이나 하는, 그런 일 말고 다른 걸 찾아야 해." 어느 날, 로렌소는 딸에게 젖을 물리느라 가슴을 훤히 드러내놓은 도냐 마르티나를 보았을 때, 부끄러운 마음과 함께 화가 치밀어 올랐다. 그래서 그녀에게 물었다.

"가슴을 좀 가리면 어떨까요?"

그는 아이들이 자신이 제안하고 주도하여 세워진 초등학교에 가는 걸 보았다. 그런 그들을 바라보면서 깊이 생각했다. '무엇이 그들을 기다릴까? 그들의 미래는 어떤 것일까?' 하지만 마을 사람들의 형편은 조금씩 나아졌다. 돈 오노리오 테쿠아틀은 캄프리꽃을 심어 아주 크게 자라면, 푸에블라로 가져다 팔았다.

"박사님, 당신은 점성가죠. 어쩌면 생산량이 늘지도 몰라요. 그래서 말인데 그것을 실어다 나를 트럭을 사기 위해 대출이 필요해요. 많은 꽃들이 그냥 썩어가고 있어요." 어느 날 아침, 돈 오노리오가 말했다.

로렌소는 안도의 한숨을 내쉬었다. 돈 오노리오의 완고한 성격에 부딪혀 불꽃 튀겨가며 싸운 것이 벌써 오 년도 훨씬 전의 일이다. "그냥 이대로 놔두겠소." 하지만 결국 눈앞에 드러난 뚜렷한 성과 앞에 굴복하여, 시골 사람들은 로렌소의 의견을 따르기 시작했다. 그때까지 그들은 자신들을 옭아맨 숙명 앞에 요지부동이었다. 그들을 두 손 놓게 만든 다른 하나는 화산이었다. 로렌소는 미사를 드리기 위해 보름에 한 번씩 찾아오는 신부를 자신의 두 손으로 목 졸라 죽이고 싶었을 것이다. 그는 적어도 사람들에게 영향을 미치고 그들을 가르치며 외부의 소식을 전해줄 수 있는 사람이었다. 하지만 어느 것에도 무지했던 그는 결코 아무것도 말하지 않았다. 그가 하는 말이라고는 하느님이 명령하시는 것, 하느님의 뜻, 하느님…… 하느님밖에 몰랐다.

어느 날, 로렌소는 그가 한 불쌍한 여자에게 말하는 소리를 들었다. "뭘 좀 가져왔는가?" 로렌소는 그만 이성을 잃고 소리쳤다. "뭘 가져왔냐고? 어떻게 그렇게 물을 수 있어요? 당신은 그녀에게 뭘 주려고 하죠, 이 불행한 기식자 나리? 고속도로에서 파리처럼 죽지 말라고 신자들에겐 빨간 등을 사서 자전거에 달라는 말조차 하지 않으면서 말이죠."

신부는 성서 말씀을 따르지 않았다. 자신의 양 떼를 돌보지도 않았고, 잃어버린 양을 찾지도 않았다. 포포카테페틀 산에서 흘러 내려온 흙탕물이 점점 불어나 모든 것을 집어삼키며 무서운 기세로 달려드는데도 피해를 막기 위한 대책을 세우지 않았다. 반대로 아주 태평스럽게 지껄여대는 소리를 들었다. "흙탕물이 간신히 협곡 사이에 갇혔군. 그렇게 되면 아무 일 없을 거야." 그런 연유로 마을 사람들 모두 같은 말만 되풀이했다. "그냥 이대로 놔두겠소." 그들에겐 그저 묵묵히 참는 것이 살아남는 유일한 방법이었다. 신부 역시 성서 구절 같은 것에 집착하고 있었다. "정말 뭔가 일어나는 날에는 종소리를 듣게 될 것이다." 하지만 오 년이 지난 지금, 돈 오노리오는 자신의 무기력을 기업정신과 맞바꾸었다. 강한 턱과 넓은 이마를 가진 돈 오노리오 테쿠아틀은 마을의 우두머리였기에 이제 곧 다른 사람들도 그의 뒤를 따를 것이다.

디에고가 재무장관과의 약속을 알려주기 위해 토난친틀라로 전화를 했을 때, 로렌소는 한껏 고무되어 즉시 멕시코시티로 갔다. 마침내, 지난 몇 개월 동안 생각한 광학연구소 계획안이 빛을 보게 될 것이다. 기분이 좋아진 로렌소는 수개월 간 만나지 못한 레티시아를 찾아갔다. 그들이 헤어질 때, 여동생이 말했다. "일이 잘되도록 촛대에 불을 밝혀야겠네."

정각 다섯 시에 로렌소는 재무부에 있었다. 대기실에 앉아 칠 분간 기다리면서도 화를 내지 않은 건 이번이 처음이었다. "장관께서 지금 회의 중이세요. 하지만 곧 오실 겁니다." 장관이 찡그린 얼굴을 하고 나타났을 때, 그것이 로렌소에게는 불길한 징조로 여겨졌다.

"이보시오, 데 테나 박사, 대통령께선 우리가 지금 우선적으로 해야 할, 다른 일이 있다고 보고 계시오. 하지만 토난친틀라에 광학연구소를 세우자는 당신의 청을 앞으로 검토해보겠소."

"청이라뇨? 전 한 번도 부탁을 드린 적이 없습니다."

"우리 모두가 존경하는 돈 디에고 베리스타인 변호사가 그러던 걸요. 당신이 연구소 건립을 위한 자금을 물색 중이라고 말이오."

"디에고 베리스타인이 뭔가 크게 착각을 한 모양이군요. 장관께서 연구소 건립에 관심을 가지고 계시다고 저한테 그랬는데. 하지만 여기서 서로의 오해는 끝났군요. 그럼 안녕히 계십시오." 로렌소는 문 쪽으로 걸어갔다.

그는 당장 디에고에게 전화를 했다.

"왜 내게 그렇게 말했어? 재무부에서 내 계획안에 관심을 가지고 있다고 말이야? 모든 게 엉망이 돼버렸잖아. 두 번 다시 내 일에 끼어들 생각하지 마."

로렌소는 두말 않고 전화를 끊었다. 이번 일이 자신의 가장 절친한 친구에게서 일어난 것이라면, 과학의 중요성에 대해 아무 생각도 없는 멕시코 정치인들에게서 뭘 기대할 수 있겠는가? 로렌소는 권력에 맞서 문을 노크하고 또 노크했다. "박사님, 지금으로선 예산이 없어요, 대통령께선 순방 중이세요." "죄송합니다, 박사님. 하지만 그 계획안은 공교육의 우선 사업에 해당되지 않아요. 우리들은 교실 증축에 박차를 가하고 있어요." "박사님, 당신은 국제적으로 알려진 분이잖아요. 왜 우리보다 지불능력이 뛰어난 네덜란드, 스웨덴, 노르웨이, 오스트레일리아 같은 나라의 과학연구소에다 도움을 구하지 않는 거죠?" "박사님, 그 계획을 좀더 부유한 나라에 맡기는 게 어떨까요. 모든 나라가 하나 되기엔 약간 부족한 감이 있긴 하지만 지금 전 세계는 글로벌 시대를 향해 가고 있어요. 과학육성에 국고를 낭비할 여유가 없다구요."

그날 저녁, 로렌소는 레티시아의 집으로 돌아갔다. 오빠의 얼굴에 나타난 표정만으로도 일이 어떻게 돌아갔는지 금방 알 수 있었다. "이리 와, 오빠. 기분 전환엔 테킬라 한 잔이 최고야. 그 개자식들은 아무짝에도 쓸모없는 놈들이야. 그렇지만 오빠가 괜찮다고 한다면, 그 자식들을 엿 먹일 방법을 가르쳐줄게."

"토난친틀라로 가면서 그걸 생각해봐야지."

푸에블라로 가는 고속도로에서 보내는 시간은 길이 넓게 잘 닦여져 있었기 때문에 그렇게 힘들지 않았다. 그를 강하게 끌어당기는 문제, 하늘에 떠 있는 별들에 대해 생각할 수 있었다. 재무부에서 있었던 일은 지난 몇 주간 그를 뒤흔들었다. 디에고가 전화를 걸어와 그 괴로운 일이 있고 나서 사직서를 제출했다고 말하기까지 했으니.

이스타팔라파의 마지막 부락을 벗어나면서부터 그는 생각에 잠길 수 있었다. 자신의 생각, 그 리듬에 맞춰 포드를 몰았다. 아주 천천히 달리다가 액셀을 '꾹' 눌러 밟기도 했다. 차는 박차를 가해 전속력으로 질주했다. 은하의 거리를 언제쯤 알 수 있을까? 그가 한번 속력을 내면, 아주 대담할 정도였다. 하지만 이따금씩 트럭 뒤에서 속도를 줄여야 했기 때문에 항상 같은 속력으로 달릴 수는 없었다. 우주가 넓게 펼쳐진 것이라면, 다시 말해, 한 지점에 집중된 물질로부터 수천 수백만 년을 향해 넓게 펼쳐졌으며, 우주에 직선이 아닌 곡선이 있는 것이라면, 어떤 공간들을 가로질러 어떻게 그 거리를 계산할까?

로렌소는 안달하며 기다렸던 약속들과 그로 인한 중압감, 시티에서의 실패를 토난친틀라로의 여행으로 털어버릴 수 있었다. 우주의 밀도에 대해 이런저런 생각들을 했다. 누가, 언제쯤 그걸 발견하게 될까?

차창 밖으로 펼쳐진 시골 풍경이 그의 마음을 진정시켜주었다. 자동차 앞 유리를 통해 보이는 언덕길에 소나무들이 서 있었다. 그 나무들은 물을 끌어당기는 힘이 보통이 아니다. "토난친틀라에 더 많은 나무를 심어야겠어." 우에호칭고에 이르자, 사방에서 사과 향이 퍼졌다. 그는 잃어버린 평온을 되찾았고 차분하게 호흡을 가다듬었다. 그 시간에는 고속도로에서 트레일러와 화물 트럭을 찾아볼 수 없었다. 통신운수성에서 발표한 대로, 이제 곧 자동차 전용도로가 건설될 것이다. 우리에게 유능한 기술자들이 있다니 얼마나 멋진 일인가! 그렇게 되면 우리 나라의 도로는 최고가 될 것이다! 화산들은 이 왕가의 길을 자기 것인 양 소유했으며 베라크루스에서 멕시코시티로의 여행객들은 그 점을 생각해야 했다. 베르날 디아스 델 카스티요*는 눈부시게 화려한 테노치티틀란**을 두고 왕가의

---

* 베르날 디아스 델 카스티요(1492?~1583?): 에르난 코르테스의 멕시코 정복 당시 종군 기록자. 1568년 『누에바 에스파냐 정복의 진상에 관한 역사』(전 214장)를 완성했는데, 집필 동기는 고마라가 저술한 『정복사』(1552)가 코르테스 한 사람의 공적만을 칭송하고 다른 것을 경시한 데에 분개했기 때문이라고 한다. 사실을 정확하게 전하고 있으며 정복에 관한 가장 좋은 일차적 사료인 동시에 기록문학의 걸작으로 평가된다.

** 지금의 멕시코시티 자리에 있었던 아스테카 왕국의 수도. 1345년 무렵 테스코코 호수의 섬 위에 세워졌다고 한다.

도시라 말하지 않았던가.

로렌소는 푸에블라 데 로스 앙헬레스를 지나왔음을 알아차리지 못했다. 애정 어린 눈길로 토난친틀라 언덕을 찾았다. 정면에 보이는 사람들에게는 별 관심을 보이지 않았다. 하지만 파블로 마르티네스 델 리오가 고고학자로서 자신의 자질에 대해 물으며 기원전 만 년에 인간들은 그것에 대한 관심을 접었다고 설명했던 것이 떠오르자, 그의 얼굴에 미소가 번졌다.

로렌소에게 멕시코시티의 소음은 정말 참을 수 없는 것이었다. 토난친틀라에서는 종소리와 이따금씩 들리는 돼지의 소름 끼치는 비명 소리가 전부일 정도로 한적했다. 비행기조차 지나가지 않았고 아무것도 공기를 가르지 않았다. 저 드넓은 창공은 오직 망원경의 소유였다. 아카테펙 근처에서 하마터면 자전거를 타고 가던 사람을 고속도로 가장자리로 내몰 뻔했다. 맙소사! 왜 자전거에 등을 다는 것을 의무화 하지 않는 걸까? 화물차 운전자들 역시 자신들의 헤드라이트 따윈 신경 쓰지 않았고 많은 사람들은 잠시 눈을 붙이기 위해, 혹은 여자와 그 짓을 하기 위해 길가에 차를 세워두곤 했다. 멕시코, 얼마나 조심성 없는 나라인가! 조심성이라는 말에 로렌소는 동생 후안을 생각했다. 그는 시티에서 자주 형을 찾았었다.

로렌소는 차를 왼쪽으로 몰아 애니 J. 캐논이란 이름이 붙은 작은 고갯길을 올라갔다. 그러고 나서 경적을 울렸다. 그 시간에 루이스 리베라 테라사스는 만날 수 없을 것이다. 그는 로렌소를 돕고 있는 사람이었다. 그라시엘라, 기예르미나 곤살레스 자매는 분명 푸에블라로 갔을 것이다. 과르네로스는 문을 여는 데 행동이 굼떴기 때문에, 성질 급한 로렌소는 다시 한 번 경적을 울렸다. "이 천문대엔 나 말고도 완전히 정신 나간 사람이 또 있군그래." 에잇, 빌어먹을 과르네로스. 불길한 징조를 몰고 다니는 그 정원사는 도대체 어디 있는 걸까? 세번째 경적을 울리려 할 때, 면

바지를 입은 한 여자애가 급하게 뛰어 내려오는 것이 보였다. 그녀는 자물쇠에 서둘러 열쇠를 꽂아 사슬을 풀고는 웃는 낯으로 문을 열었다. 로렌소는 안으로 들어갔다. 양손으로 핸들을 잡은 그는 차 안에서 잔뜩 화가 나 소리쳤다.

"누구야?"

"파우스타라고 해요. 파우스타 로살레스."

"아, 그래? 그런데 여기서 뭐 하는 거지?"

"과르네로스를 돕고 있어요."

"미안하지만, 뭘 돕는다는 거지?"

"정원 손질하는 걸요. 혼자서 하기엔 너무 일이 많아서요. 돕겠다고 했더니 그렇게 하라고 했어요."

"이름이 뭐라고?"

"파우스타예요, 박사님."

"파우스타?" 그는 잔뜩 화가 나서 소리쳤다. "파우스타란 이름을 쓰는 여잔 없어!"

"아버지께서 지어주신 이름이에요." 소녀가 대답했다. 적잖이 놀란 눈치였다.

"지금 당장 과르네로스를 해고시켜야겠군."

그는 자동차에서 내려와, 그녀의 손에 쥐어져 있던 사슬과 자물쇠를 낚아채고는 말했다.

"나가. 꼴도 보기 싫어."

그녀는 뒤도 돌아보지 않고 머리를 꼿꼿이 세운 채, 마을로 향하는 고갯길을 내려갔다. 이성을 잃은 로렌소는 차에 시동을 걸어 자신의 방갈로 앞에다 차를 주차시켰다. 목구멍까지 그렇게 화가 치밀어 오르기는 정말 오래간만이었다. "과르네로스!" 그의 이름을 부르며 이곳저곳으로 찾아 다녔다. 하지만 대여섯 번을 불러도 그는 나타나지 않았다. 로렌소는 정신 나간 사람처럼 망원경이 있는 곳으로 갔다. 그러고는 다시 소리쳐 불렀다. "과르네로스!" 하지만 정원사는 어디에도 없었다. 그는 차를 마시며 냉장고 안에 뭐가 있는지 살피기 위해, 그리고 야간 관측 때 입을 두꺼운 가죽 점퍼를 꺼내놓기 위해 결국 자신의 방갈로로 되돌아갔다.

아리스타르코 사무엘은 촐룰라에서 살았고, 또 둥근 달이 뜨는 밤에는 오지 않았기 때문에 십 년 전부터 천문대에서 잠을 자는 유일한 직원은 과르네로스였다. 혼자서 고독했던 로렌소는 자신과 밤을 함께 보내는 동반자에게 이따금씩 오후에 차를 권했으며, 그의 가족에게 닥친 비극적인 일들을 단조로운 목소리로 이야기하는 것을 들었다. 중풍에 걸린 노모, 병든 부인, 성치 못한 아들, 쥐꼬리만 한 급료, 하루가 다르게 쇠약해져가는 자신의 건강. 그의 불행은 엄청난 것이었다. 그래서 어느 날 밤, 로렌소는 몰래 그의 뒤를 밟았다. "그를 위해 뭔가 좋은 일을 해야겠어. 그가 물탱크 주위를 지날 때, 그리로 떠미는 거야. 그렇게 되면 그의 모든 문제들이 해결되는 거지." 자신이 무슨 짓을 했는지 알았을 때, 로렌소는 겁을 집어먹었다. "거긴 인적이 드문 곳인데. 내가 미쳤나 봐. 내일 아침 일찍 멕시코시티로 돌아가야겠어." 그 모든 것을 루이스 리베라 테라사스에게 털어놓았고 이야기를 들은 그는 별일 아니라는 듯 웃었다. "걱정하지 마, 렌초. 죽지 않았을 테니까." 두 사람은 젖은 모자를 쓰고 전정가위를 들고 들어오는 과르네로스를 보았을 때, 웃는 얼굴로 그를 맞았다. 하지만 과르네로스는 그들을 보고 웃지 않았다. 그럴 이유가 없었다. "박사님, 펌프가 망가졌어요." 그는 무슨 보복이라도 하듯, 무기력하게 털어놓았다.

"괜찮아요, 과르네로스. 걱정하지 말고 이리 가까이 와요. 내가 테킬라 한잔 쏘죠."

로렌소는 지금 우주의 나이에 관한 문제처럼 아주 복잡한 수수께끼를 앞에 놓고 있었다. 그 멍청한 계집애가 과르네로스와 무엇을 한 걸까? 어떻게 그에게 접근했을까? 몇 날 몇 시에 그에게 말을 건넸을까? 둘은 어떤 관계일까? 도무지 믿기지 않는 일이었다. 내일 아침 일찍, 무슨 일이 일어났는지 그에게 물을 것이다. 로렌소가 도시에서 허리를 굽신거리며 아부하는 사이, 과르네로스는 고용인과 계약할 정도로 그들은 여기서 자기들 멋대로였다. 계집애는 뻔뻔스럽고, 게다가 이름이 파우스타라니!

다음 날, 루이스는 그를 진정시키려고 했다.

"그 애는 마을에서 지낼 곳을 찾았어. 여기선 모두가 그 앨 좋아해. 남을 돕기 좋아하는 데다 아주 똑똑하지. 내게 하는 질문들이 얼마나 총기 있는지 모를 거야. 몇 년 전에 죽었는지는 모르겠지만 하여간 죽은 의사의 딸이라지. 나도 그 애가 도서관에 들어가는 것을 허락했는데 새맷의 책에 정신이 빠져 있는 걸 여러 번 보았어."

"하지만 여기서 뭘 하는 거야? 뭘-하-냐-구?"

"정원사의 조수 일을 하는 거지. 싸리빗자루를 들고 이곳저곳을 청소도 하고. 과르네로스보다 훨씬 더 민첩하게 일을 잘 해."

"우둔한 과르네로스는 도대체 어디 있는 거야?"

"저기 어딘가에 있겠지. 그렇게 안달하지 마. 곧 나타날 테니까."

"여자앤 어딨어?"

"누가 알겠어."

"다시 올까?"

"그런 모순적인 말이 어딨어, 렌초! 그 앨 내쪼찼다고 하지 않았어?"

"내쫓았다야." 화가 난 로렌소는 그가 잘못 말한 것을 고쳤다. "내쪼

찼다가 아니라 내쫓았다. 그래, 내가 그 앨 내쫓았지."

"알았어, 그러니까 그 애에 관해선 묻지 마."

"그러지. 묻지 않을게."

아무도 그날 파우스타를 보지 못했다. 로렌소는 그녀에게 너무 심하게 했다는 생각으로 기분이 좋지 않았다. "그렇게 심하진 않았어." 늘 차분한 테라사스가 미소 지었다. "그러니까 그렇게 자책하면서 에너지를 낭비할 필요 없어." 하지만 그는 종기에 칼질을 해대는 것 역시 잊지 않았다. "렌초, 넌 경우가 바른 사람이잖아. 이성을 잃고 그런 식으로 행동하다니, 어떻게 그럴 수 있어?"

로렌소는 다섯 시가 되기만을 기다렸다가 루이스에게 말했다.

"마을에서 그 앨 보게 되면, 여기 와도 괜찮다고 말해줘."

파우스타가 아무 말 않고 돌아왔다. 로렌소는 과르네로스와 함께 걷고 있는 그녀를 보았다. 오후 여섯 시, 호스에 스프링클러를 꽂기 위해 실랑이를 벌이는 그녀를 창문으로 보았다. "그렇게 해선 안 돼"라고 말해줄 참이었다. 하지만 꾹 참았다. 다시 고개를 들었을 때는 스프링클러에서 물줄기들이 흘러나오고 있었고 소녀는 이미 그 자리에 없었다. 그렇게 나흘이 지났다. 파우스타는 그의 사무실에서 멀찍이 떨어진 곳에 있었고 로렌소는 그녀와 말 한번 제대로 나눠보지 못한 채, 그토록 증오하는 멕시코시티로 돌아가야 했다. 로렌소는 그녀에게 마음을 뺏기고 싶지 않았다. 하지만 정원 어딘가에서, 혹은 도서관에서—사람들의 말에 따르면, 그녀가 도서관에서 책 속에 빠져 있다고 하니—언젠가는 그녀와 부딪히게 될 것을 알고 있었다. 파우스타는 천문대장의 영역 안으로 들어가는 것에 신경을 썼다. "그녀에게 관심이 있나 보군." 테라사스가 웃었다. "가까이서 지켜보고 있잖아."

24

파우스타는 렘브란트*의 자화상들을 주의 깊게 보았다. 열일곱 살의 렘브란트는 거만했으며 우쭐거렸다. 짙은 눈썹에 흰 레이스 칼라 위로 보이는 단단한 턱, 옅은 갈색 솜털이 살랑이는 복숭앗빛 뺨. 그 모든 것이 젊음의 표징이었다. 1606년, 1629년, 1630년, 1632년, 1634년, 1652년도 자화상들에선 얼굴을 잔뜩 찡그리고 있었고 1659년도 자화상에선 금빛 광택이 감도는 투구를 머리에 쓰고 있었다. 깃털 장식이 달린 상이한 모자들, 터번, 마치 왕관이라도 쓴 듯 이마를 덮은 화려한 모자들, 차츰 움푹 들어가게 된 두 눈, 제기랄, 삶은 그렇게 무너져갔다. 1662년도에 스케치한 미소 짓는 얼굴은 겨우 휴전 상태였을 뿐이었다. 시간은 그를 망가뜨렸고 그 파괴의 손길은 계속되었다. 그의 나이 예순셋, 이젠 초로

* 렘브란트(1606~1669): 네덜란드의 화가이자 판화가. 높은 종교적 정감과 인간 심리의 움직임이 깊이 있게 표현된 그의 작품에는 따뜻한 애정이 스며 있다. 작품으로 「사스키아 반 오이렌부르흐의 초상」 「헨드리케 스토펠스의 초상」 「엠마오의 그리스도」 「야곱의 축복」 「유대인 신부」 「성가족(聖家族)」 「다에나」 「병자(病者)를 고치는 그리스도」 「세 그루의 나무」 등 다수가 있다.

의 늙은이가 되어버린 1669년 마지막 자화상에서는 백발이 성성한 머리에 턱수염이라고는 거의 찾아볼 수 없었다. 나이를 먹는다는 건 얼마나 치욕스러운 일인가! 파우스타는 일렬로 늘어놓은 그림엽서들을 몇 번이고 훑어보았다. 렘브란트는 심연 속을 굴렀다. 삼 년 후, 그의 나이 예순여섯, 죽기 전까지 그의 눈은 차츰 환멸로 가득 찼고 자제심을 잃어버린 모습이다.

어떻게 자화상을 그릴까? 어떤 거울을 통해서 자신을 보는 걸까? 시간은 어떤 고독, 어떤 침묵 사이를 흐르는 걸까? 파우스타의 아버지 역시 자신의 늙음을 슬퍼했었다. 그의 피부 모공마다 새겨진 패배의 흔적, 처져가는 눈꺼풀로 작아진 두 눈, 하지만 처진 눈꺼풀 아래 시선과 거무스름하게 부풀어 오른 두 눈가는 그녀에게 한 가지 대답을 강요하며 뚫어지게 그녀를 응시했다. 하지만 그것이 과연 무엇이었을까? 그녀가 어렸을 때도 아버지는 자신의 생각을 강요했었다. "할 수 있겠어? 혼자 긴 여행을 하게 되는 거야. 견뎌내겠어?" 파우스타에겐 여행에 관한 기억이 하나도 없었다. 후두염으로 퉁퉁 부어오른 목구멍, 그로 인해 발생한 열로 그녀는 어떠한 모험도 할 수 없었다. 확실한 방법으로 그녀를 격리시켰다. "파우스타는 여행을 할 수 없어, 독감에 걸렸거든." 그의 아버지, 프란시스코 로살레스 박사가 여행을 반대했다. 격리된 파우스타는 의연히 자신의 계획을 접었다. 그녀는 자신의 손에 닿는 모든 책을 읽었다. 의학 논문이며 구강 위생, 질 세정에 관한 조언들. '언젠가는 꼭 여행을 떠날거야.' 그녀는 생각했다. 그녀의 오빠 알프레도 역시 책을 읽었지만 그에게서 단 한 번도 책을 빌리지는 않았다. 알프레도를 제외하고, 그녀의 모든 형제자매들은 축구, 쿠에망코 수로에서의 조정, 피아노와 영어 레슨 등 다양한 활동을 했다. 남자 형제들은 스포츠 경기를 했기 때문에 그녀는 무엇보다 그런 그들이 부러웠다.

파우스타는 일곱 살이 되기 전, 아버지의 전용 욕실을 발견했다. 그녀의 형제자매들은 그곳을 '수술실'이라 불렀고 아무도 거길 드나들 생각을 하지 못했다. 그곳에서 새어나오는 향수 냄새에 떠밀려 파우스타는 탐정처럼, 흰색 문으로 다가가 그 문을 밀고 안으로 들어갔다. 당혹한 그녀는 샤워기 두 개를 자세히 살폈는데 그중 하나는 수압으로 조절되는 것이었고 화장실은 최신 모델이었다. 푹신푹신한 매트, 아주 엄청나게 큰 거울과 욕조 위 천장에 길게 드러누운 또 다른 거울. 그토록 많은 거울이 왜 필요한 걸까? 저울, 스펀지, 벨벳으로 휘감긴 욕실 분위기는 뭔가를 자극했다. 하지만 그게 무엇이었을까? 아치형 창문 위로 길게 늘어선 투명한 향수병들은 다른 가능성들을 제공했다. 집 안에 걸려 있는 수건들보다 더 예쁜 수건들은 마치 흰 폭포수 같았다. 걷잡을 수 없는 부끄러움이 파우스타에게 밀려왔다. 아무에게도 들키지 않기를 바라면서 그녀는 그곳을 발끝으로 살금살금 걸어나왔다. 집 안에 모르는 누군가가 살고 있다는 결론을 내렸다.

그녀의 형제자매들 중, 가장 내성적인 아이는 알프레도였다. 그를 제외하고 모두들 식탁에서 소리를 질러댔는데 그는 그저 덤으로 앉아 있는 것 같아 보였다. 그의 촉촉이 젖은 붉은 입술은 새하얀 얼굴에서 단연 두드러졌다. 어느 날 밤, 식탁엔 그와 파우스타, 단둘만 남았다.

"알프레, 레몬수 좀 건네줘." 그녀가 그에게 부탁했다. "열이 나서 입술이 말라버렸어."

"내가 너한테 그걸 건네주면, 네 침대에 들어가도록 해줄 거야?"

"그래, 그러지 뭐."

일곱 살 소녀가 또 어떤 대답을 할 수 있겠는가? 그녀보다 일곱 살이나 많았던 오빠는 침대 시트 사이로 들어와 그녀를 더듬으며 만지기 시작했다. 그리고 급기야는 그녀 위로 올라가 그녀의 몸속에 자신의 물건을 집어넣으려 했다. "알프레, 무거워. 저리 비켜. 뭐 하는 거야? 저리 비켜. 아프단 말이야." 소녀의 기억 속에는 덜덜 떠는 자신의 두 다리 사이로 길을 내며 물건을 집어넣으려는 오빠와의 사투, 몸부림이 있었다. 다음 날, 그녀는 그 모든 것을 엄마에게 말했다.

"그건 사실이 아니야. 넌 지금 이야기를 만들어내고 있어." 엄마는 화가 나서 소리쳤다. "어떻게 그런 일이 일어날 수 있어? 분명 네가 잘못 들었을 거야……."

"잘못 들었다고요? 그럼 꼭 들어야 했던 말은 뭐죠?"

아버지 역시 그녀의 말을 믿지 않았다. 그 순간부터, 파우스타는 깨닫게 되었다. 자신을 괴롭히는 문제를 엄마, 아빠가 회피하고 있다는 사실을. 그들이 그녀에게 닥친 불행을 인정하지 않을 때, 그것은 존재하지 않는 것이었다. 그 불행을 누군가에게 떠넘기는 것은 그것을 구체화하는 것이었다.

울고 있는 딸을 보면, 엄마는 물었다. "독감에 걸렸니?" "예, 엄마. 그런 것 같아요." 단 한 번도 딸을 방으로 불러 "파우스타, 무슨 일이야?"라고 묻지 않았다. 아이는 척추에 통증을 느낄 지경에까지 이르게 되자, 자신에게 일어난 불행을 학교에다 말할 작정이었다. 하지만 크리스티나가 그녀의 계획을 중단시켰다. "안색이 아주 안 좋아. 피곤한 것 같구나. 침대로 가서 좀 누워 있으렴. 내일 얘기하자꾸나."

그들은 단 한 번도 허심탄회하게 대화를 나눈 적이 없었다. 모든 것을 그녀의 건강 탓으로 돌리는 사람에게 어떻게 마음을 터놓고 얘기를 할 수 있단 말인가?

어렸을 때부터 파우스타는 보통사람들과는 좀 다른 길을 걸었다. 그녀는 자신을 행복의 나라로 데려다줄 감춰진 좁은 길을 택했다. "얘야, 이름이 뭐니?" 사람들이 그녀에게 물으면 자신을 찾아낸 것에 금세 얼굴이 새빨개졌다.

도둑고양이 한 마리가 새끼를 낳으려고 서로 연결되어 있는 네 개의 방 중 한 개에 자리를 잡았다. 마치 알프레도가 그녀를 선택한 것처럼. 파우스타는 침대 시트가 피로 물들어 있는 것을 보고, 갓 태어난 새끼 고양이들을 집어서 물통 속에다 빠뜨렸다. 그리고 어미 고양이는 정원의 무화과나무에 목매달아 죽였다. 알프레도를 죽이고 싶었던 심정이었을까?

"난 나쁜 애야, 아주 나쁜 애야." 그녀는 같은 말만 되풀이했고, 정말 그것을 확인이라도 하고 싶은 마음에 불량 서클을 만들어 다른 서클 아이들에게 돌팔매질을 해댔다. 파우스타는 집에서는 말수가 적은 고분고분한 아이였지만, 집을 벗어나면 자신이 받은 스트레스를 거리에서 풀었다. 그녀의 모든 힘은 오른쪽 팔에 집중되어 있었는데 무엇이든 아주 정확히 겨냥하여 맞추었기 때문에 반대파 아이들은 그런 그녀의 실력을 두려워했다. "얘, '죽은 파리'한테 가까이 가지 마. '죽은 파리'를 조심해야 해." 그들을 향해 돌을 날리는 것은 일종의 카타르시스였고, 싸움판에선 패하는 일이 없었기 때문에 그곳은 지상에서 가장 안전한 곳이었다.

"위선자, 엿 같은 년." 언젠가 한 친구가 그녀에게 말했다.

오전 여덟 시, 문지기 수녀가 입구에 놓인 종을 쳤다. 소심한 파우스타는 붙잡힌 학생들 사이에 끼어 있었다.

"양말을 짝짝이로 신었군. 너 대신 다른 아이들이 올 때까지 밖에 있어."

양말을 짝짝이로 신었다는 이유로 파우스타는 수업이 끝날 때까지 문

밖에 있어야 했다. 기다리는 것 따윈 아무렇지 않았다. 그보단 자신이 받은 모욕감에 괴로웠다.

수녀들에게 복수하기 위해, 파우스타는 그녀들이 아주 조심스레 다루는 성체를 훔쳐내기로 마음먹었다. 쉬는 시간에 그녀는 경당으로 들어가 성 요셉 상 뒤에 놓아둔 감실* 열쇠를 집어 들고 원숭이처럼 기어 올라갔다. 그러고는 감실에서 성합**을 꺼내어 앞치마 주머니에 성체들을 쏟아부었다. 그때까지도 그녀는 겁이 나서 부들부들 떨었다. 안뜰로 나와 얇은 밀병을 한꺼번에 몇 개씩 삼켰고, 수업시간에도 그것들을 계속해서 몰래 먹었다. 얇은 종잇장처럼 입천장에 달라붙었는데, 혀끝으로 살살 떼어내는 재미는 몇 초 동안 맛볼 수 있는 희열이었다. 간이 콩닥콩닥 뛰는, 너무도 위험한 행동이었기에 그 순간만큼은 어떠한 죄책감도 느끼지 못했다. "내가 엄청난 죄를 저질렀어, 엄청난 죄를. 예수님의 거룩한 몸인데." 하지만 아무도 그 불경스러운 일을 눈치 채지 못했다.

"우리는 주님의 딸,/ 이보다 장엄한 일이 있을까?/ 성가를 부르세,/ 목청 돋워 주님을 찬양하세."

"매주 금요일 첫 미사 시간을 빼먹지 않고 성체를 아홉 번 받아 모시면, 천국으로 갈 거예요." 어린 여학생들은 일곱 살 때부터 어두운 고백소 안으로 들어가 무릎을 꿇었다. 모든 학생들은 신부가 귀머거리란 사실을 알고 있었다. 하지만 그는 자신의 신체적 결함을 인정하는 것을 창피스러워했고 파우스타는 그런 그를 골려주었다. "신부님, 이틀 전 밤에 제 오빠 알프레도를 죽였어요." "좋아요. 편안한 마음으로 돌아가 성모송 세 번을 하고, 금요일 첫 미사 시간에 성체를 영하도록 하세요." 그의 어린 고

---

* 가톨릭에서 제대(祭臺) 위에 성체를 모셔두는 방.

** 성체를 담아두는 그릇.

해자는 하느님을 두려워하지 않고 계속해서 거짓말을 했다. 그녀에겐 감실 앞 램프가 곧 알라딘의 요술램프였다. 시간이 흐를수록 종교는 요정들의 이야기처럼 그렇게 공허한 것이 되어갔다.

수녀들이 어떤 사람들이며, 무엇을 하는지 몰래 염탐하는 일은 또 다른 위험 속을 달리는 일이었지만, 감실에서 성체를 훔치는 것에 비하면 덜 위험했다. 머릿수건 아래에 머리카락이 있을까? 마르타 델 라 인마쿨라다 콘셉시온 수녀의 이 사이에 시금치 찌꺼기와 강낭콩 껍질이 남아 있었기 때문에 그녀들이 무엇을 먹었는지 알아내는 것은 그리 어려운 일이 아니었다. 수도복은 그녀들을 다른 세상에 속한 사람들로 여기게 하지 않았다. 그건 단지 그녀들의 땀이 얼룩진 것으로, 가스로 불룩해진 배와 다른 육체적 결함을 감추고 있는 것일 뿐이었다.

의사인 아버지의 영향으로 그녀는 자라면서 해부학에 관심을 보였다. "수술하는 동안 살아 있는 육체를 보셨어요?" 아버지를 따라 수술실로 들어가는 것은 놀라운 경험이었다. 거기서 그녀는 살갗이 벗겨진 몸뚱이, 내장과 그 안쪽, 번들거리는 윤기와 색깔, 호흡 시 주름살이 펴지면서 부풀어 오르는 기관들, 진주모 모양의 폐를 볼 수 있었는데 흡연자들의 경우, 그들의 폐는 검은 그늘로 덮여 있었다. 그 외에도 흉곽과 옆구리를 관찰했는데 외과의사인 아버지는 그곳에 손을 집어넣었다.

"여기서 난 정말 행복해." 수술실을 나오면서 그가 파우스타에게 말했다.

"그렇게 보여요, 아빠."

"딸아, 이건 엄청난 희생을 요구하는 직업이야. 네가 잠을 잘 때에도, 휴식을 취할 수 있게 널 가만히 내버려두질 않아. 211병상의 환자가 어쩌면 오늘 밤을 넘길 수 없을지도 모르고, 417병상의 환자는 수술 후의 충격으로 고통스러워 하고 있지. 그건 네가 미리 알아챘어야 하는 거야. 그리고 302병상의 환자는 약 때문에 고생을 하고 있어. 다른 것으로 바꿔주어야 해. 그렇지만 내게 제국이 주어진다고 해도, 난 이 직업을 바꾸지 않을 거야."

익스타판 델 라 살에서 휴가를 보내던 프란시스코 로살레스 박사는 환자의 뱃속에 거즈를 남겨뒀다는 것을 깨닫고 시티로 되돌아갔다. 크리스티나는 화가 나서 어깨를 들썩거렸고, 아이들도 그런 그에게 화를 냈다. 파우스타만 아버지에게 같이 가면 안 되냐고 물었다. "안 돼, 딸아. 네 휴가를 망칠 순 없어." 그러고 나서 그는 자신의 삶에서 유일하게 사치스러운 MG를 타고 고속도로를 내달렸다. "네 아버진 돌아오시지 않을 거야. 두고 봐." 크리스티나가 말했다. 사실, 프란시스코는 다음 날 급한 수술이 있었다. "사람들의 몸을 갈라 하루에 다섯 번의 수술을 하는 게 어떤 건지 알기나 해요?" 파우스타가 아버지를 변호하고 나섰다. 엄마는 기분이 상해서 딸을 쳐다보았다. "아버진 제게 긍지를 심어주셨어요. 제 마음은 그런 아버지에 대한 사랑과 존경심으로 가득해요." "이 봐, 더 이상 촌스럽게 굴지 마!" 큰언니 알시라가 말했다. 그들 중 누구도 파우스타가 아버지를 생각하는 마음의 반에 반도 따라오지 못했다. 그녀는 스스로를 위로했다. 의학을 공부하여 아버지의 뒤를 따를 결심을 했다. 아버지처럼 살 것을 결심했다. 65세대인 프란시스코 로살레스 박사가 될 결심을 했다. 파우스타는 의학과 아버지 주위를 맴돌며 자신의 미래를 계획했다. 열일곱 살, 자신의 사춘기가 거리에서의 예상치 못한 일로 완전히 무너지기 전까지.

사람들에게 알려져 있는 로살레스 박사는 뱃사람들을 찾아 정기적으로 해군성 본부가 있는 로페스 거리로 갔다. 그의 스포츠카를 보고 달려온 그들은 처음에는 몸을 내맡기겠다고 했다가 나중에는 그를 위협했다.

동성애자로 살아가는 자신의 삶 때문에, 프란시스코 로살레스는 불안했다. 부인을 임신시키는 것은 그녀와 잠자리를 가지지 않아도 되는 방법이었다. 하지만 그는 그녀를 사랑했고 자식들을 사랑했으며 자신의 환자들에게 나타나는 변화를 집요하게 관찰했다. 통증 완화제를 발견할 수 있다면 자신의 목숨도 내놓았을 만큼 아주 열심히 연구했다. 그는 최대한 자신의 남성성을 강요하면서 그것을 학대했지만 로페스 거리의 젊은이들과의 부끄러운 만남은 피할 수 없었다. 그것은 그보다 더 강한 어떤 것이었다.

크리스티나는 남편에게 자기 말고도 다른 누군가가 있음을 확신하게 되었다. 부인이 알아선 안 되지 않겠냐며 박사에게 돈을 요구하는 한 청년의 협박전화를 가로채었을 때, 그녀는 최후의 일침을 가했다.

"아, 그래? 지금 당장 네 인생을 끝장내주지." 그녀는 수치심에 흐느껴 울었다.

아이들은 전율하며 아버지에게 대들었다. 사랑을 의무감이라고 여기는 아이들에게 아버지는 늘 그들의 요구를 들어주었었다. "우리 아빠가? 어떻게 그럴 수가? 엄마가 말하고 있는 게 사실이에요?" 가정을 둔, 그토록 세심한 사람이 건강을 해친다는 쾌락을 찾아다닌 것을 아무도 이해하지 못했다. "우린 빌어먹을 동성애자의 자식들이야." 제일 맏이가 그 말을 남긴 채, 다음 날 집을 나갔다. 알시라도 집을 나가버렸다. 이제 남은 사람은 알프레도와 파우스타였는데 그는 아무렇지도 않은 것 같았다.

언니 오빠들과 달리, 파우스타는 진료소로 아버지를 찾아갔다. 환자들 때문에 부녀는 많은 이야기를 나눌 수는 없었지만, 그럼에도 불구하고, 그녀에게 아버지는 보면 볼수록 더 친밀한 사람으로 다가왔다. 쉰여섯의 아버지가 민첩하고 섬세한 동작으로 아이의 등과 그 엄마의 배를 청진기로 진찰하고 있는 것을 보았다. "안심하세요, 제 딸자식이에요." 그는 환자를 안심시키려고 파우스타가 누군지 말했다. 그녀는 한 손에 청진기를 든 아버지를 뚫어지게 보았다. 그 눈빛이 너무 강렬해 그는 고개를 들어 딸아이의 검은 두 눈을 보지 않을 수 없었다. 그러고는 다시 어린아이의 어깨뼈와 젊은이의 피부 쪽으로 시선을 내렸다. 피부는 감염되어 두드러기가 돋아나 있었고 머리카락은 기름이 끼어 번들거렸다. "보세요, 박사님. 여기에 작은 뾰루지들이 돋아났어요." 거친 호흡, 누렇게 뜬 까칠까칠한 피부, 끈끈한 가래침, 이 모든 것들이 일용할 양식이었다.

"제가 처방전을 쓸까요?"

"그러려무나, 네 글씨체가 나보다 낫잖아."

파우스타는 프란시스코 로살레스, 멕시코 국립자치 대학교 의사면허번호 87997이라 씌어진 종이를 꺼내어 아버지에게 서명을 받아서 환자에게 내밀었다. 그는 그런 딸이 자랑스러웠다. "상상 속에서도, 타인들로 인한 자살 충동 속에서도, 소심함 속에서도, 제 속에 도사리고 있는 뭔지 모를 검은 것들 속에서도, 아버진 제가 닮고 싶은 분이세요." 파우스타는 되뇌었다.

로살레스 박사는 많은 사람들을 변호했지만 정작 그를 변호하고 나서는 사람은 없었다. 동성애자들에 대한 혐오감을 드러내는 몇몇 엉뚱한 외과의사들은 "고삐 풀린 정신 나간 여자들"을 비웃으며 자신들의 마초 기질을 재차 강조했다.

자식들 중에서, 파우스타는 그와 가장 가까우면서 또 그의 마음을 가장 심란하게 하는 아이였다. 아이는 제 자신에 대해서 뭘 알고 있을까? 그녀의 거짓말은 누가 봐도 단번에 알 수 있는 것이었다. 그가 탈장으로 수술을 받아야 했을 때, 파우스타는 옆에 있어준 유일한 아이였다. 로살레스는 병원에 온 아이를 받아들이는 것 말고는 다른 방법이 없었다. 그런 딸에게 감동하기는커녕, 딸의 출현에 한없이 초라해진 듯했다.

"의치를 하고 계시면, 주세요. 제가 빼드리길 원하시면 입을 벌리시구요."

"내가 할 수 있어. 물 한 잔 주겠니. 날 좀 일으켜줘, 파우스타."

그는 자기 자신에 대한 수치심으로 몹시 괴로워했으며, 그의 만성질환은 그를 열등한 사람으로 만들었다.

파우스타에게 있어, 아버지의 회복기는 자신의 희생을 의미하는 것이었다. 잠자리를 살펴드려야 했으며 흠뻑 젖은 베개와 수의로 변해버린 침대 시트와 목에 감은 수건을 갈아야 했다. 삼십 분마다 젖은 수건을 짜야 했는데, 그 몸에서 그토록 많은 양의 물이 나올 줄이야! 그 고운 두 손뿐 아니라 두 팔도 부들부들 떨었다. 위, 아래 치아들이 부딪혀 거의 온종일 딱딱 소리가 났는데 지금은 그 증세가 더 심해졌다. 갑자기 가물거리는 눈꺼풀을 뜨고 딸에게 말했다.

"밥 먹고 오너라, 파우스타."

"쟁반에 남겨진 것을 먹었어요, 아빠. 이젠 배고프지 않아요. 정작 뭘 좀 드셔야 할 사람은 아빠예요."

세구로 소시알 병원에서와 마찬가지로, 간호사들은 느긋하게 일했다. 어느 날 오후, 프란시스코 로살레스는 절망감에 빠졌다. 어디서 그런 힘이 생겼는지 그는 바지를 입고 구두를 신고 복도를 걸어 내려와 밖으로 나갔다. 그를 본 사람은 아무도 없었다. 병원 현관에서 외출증을 요구하는 경관조차도 그를 보지 못했다. 택시를 탄 그는 집에 도착하여 택시비를 계산했다. 파우스타는 그런 아버지가 그저 감탄스러울 뿐이었다.

"병원에다 따져야겠어." 크리스티나가 투덜거렸다.

하지만 아무도 그 일을 두고 병원에 따지거나 해명을 요구하지 않았다. 어쩌면 그 역시 의사였기 때문에 그랬는지도 몰랐다. 그게 아니라면 일을 미루다 보니 그랬을 수 있었고 회의가 들어 그랬을 수도 있었다. 그 일을 두고 따지거나 해명을 요구할 가치가 있었을까? 어쩌면 마음 밑바닥에선 추문들을 원치 않았기 때문에, 동성애가 그들을 별 볼일 없는 하찮은 사람들로 만들었기 때문에 그랬을 수도 있었다.

엄마와의 관계는 소원하기만 했다. 어렸을 때부터 그녀는 잔뜩 흥분하여 층계를 네 칸씩 단번에 뛰어 엄마가 있는 침실로 갔지만 그녀가 맞닥뜨린 건 멍한 모습의 엄마였다. 크리스티나는 아이의 얘기를 듣는 둥 마는 둥 했고 풀이 꺾인 그 말들은 생명력을 잃고 바닥으로 떨어졌다. 파우스타의 음역은 그녀의 것과 너무 다른 것이어서 그 둘은 결코 맞지 않았다.

신체적 외모에서도, 파우스타는 달랐다. 그녀의 가늘고 검은 머리카락은 양쪽에서 세 가닥으로 땋아져 어깨 위에 닿았다. "그 머리카락 좀 자르렴, 파우스타. 그건 하녀들이나 하는 머리 모양이야." 이따금씩, 밤에는 스페인식으로 목덜미에서 머리를 몽땅 묶었는데, 다음 날엔 다시 세 가닥으로 땋은 머리를 하고 있었다. 그녀는 머리가 풀리지 않도록 검정색 끈으로 여러 번 돌려서 그 끝을 단단히 묶었다. 어두운 색으로 칠한 입술은 보기에 부담스러웠지만 활활 타오르는 숯처럼 내리꽂히는 그녀의 시선만큼이나 부담스러운 것은 없었다. 급기야 엄마가 소리쳤다. "에밀리아노 사파타 같은 그 시선 좀 거둬. 몹시 거슬리잖아."

툭 튀어나온 광대뼈, 날이 선 콧날, 가무잡잡한 살결, 그녀에게선 전사의 분위기가 풍겼다.

"기분 나쁜 연보라색 말고 다른 루즈는 없니?"

"이게 좋아요, 엄마."

파우스타는 열여섯 살 때부터 어두운 빛이 도는 같은 색만 썼다.

어느 날 밤, 파우스타는 산 앙헬 거리의 산본 바에서 쿠바 리브레* 두 잔을 마셨다. 그리고 집으로 돌아와서는 엄마에게 붙들릴까 봐 침대로 잽싸게 미끄러지듯이 들어갔는데 그녀를 부르는 엄마의 쉰 목소리가 들렸다.

"파우스타, 너니? 이리 좀 와."

"졸려요."

"이리 와 봐. 네 아버지가 돌아가셨어. 경색이었다는구나."

"거짓말 마, 이 마녀. 사실이 아니야!" 파우스타는 소리쳤다.

"사실이야, 얘야."

엄마를 그런 식으로 부른 건 처음이었다. 그렇게 많은 자식들 중, 한 아이만 유독 아버지의 죽음을 받아들이지 못했다.

파우스타는 인생에서 가지게 될 유일한 공범 관계가 깨졌음을 알았다. 아버지의 부재를 견뎌내기 위해 이젠 불가능해져버린 대화를 여전히 계속했으며, 『주역』에서처럼 이상한 것을 보게 되면 아침에 아버지와 의논했다. "물고기 알 좀 보세요, 아빠. 학교 가기 싫어요!" "가거라, 파우스타. 가야지." 그와의 관계는 전보다 훨씬 더 공고해졌다. 지금, 그는 그녀의 공범자였다. "곰 같은 게 뭔지 모르실 거예요, 아빠. 여자애가 제게 춤을 추자고 잡아끌었는데 싫다고 했어요. 얼마나 곰 같은지, 다른 애들이 뭐라 할지 두려웠어요. 근데 엄마는 어때요?"

딱 한번, 파우스타는 부엌에서 엄마에게 따지듯이 물었다.

"아버진 특별한 분이셨어요. '잘 가요, 거기서 만나요'라는 말 대신,

---

* 코카콜라와 럼주를 섞어 만든 칵테일의 일종.

왜 그를 붙잡아 인생을 망쳐놓았어요?"

"나중엔 그리워하게 될지도 모르지, 그의 좋은 점들을. 하지만 지금은 그럴 수 없구나, 파우스타."

"할 수 없는 거예요, 아니면 하기 싫은 거예요?"

"얘야, 난 동성애가 뭔지 몰랐어. 여자 옷을 입고 다니는 남자들 정도로 생각했어."

"엄마, 쉰다섯이나 먹은 사람이 정신지체인처럼 말하는군요."

떠들썩한 지하철 통로처럼 울기에 적합한 장소는 없었다. 몇몇 사람들이 그런 그녀에게 관심을 보이며 흘깃흘깃 쳐다보았고 파우스타는 그들에게 미안하다고 했다. 통행인들을 슬쩍 살피며 그녀는 생각했다. '날 보지 않으면 더 좋을 텐데'라고. '그들이 아무 말 않고, 쳐다보지도 말고, 말을 건네려 들지도 않았으면' 하고 바랐다. 그녀는 가족들 사이에 퍼진 독소와 비슷한, 자기 자신에 대한 경멸을 발전시켰다. 로살레스 집 형제들은 '자신들의' 삶이라고 부르는 그 이상한 일을 위해 집을 나갔고 유일하게 결혼하지 않은 그녀만 외롭게 남겨졌다. 알프레도와 그녀는 비어 있는 침실에서 잠을 잤는데, 파우스타는 열쇠가 있는 방을 골랐다. 사실, 자식들 중 아무도 자기만의 방을 가지지 못했다. 쓰러져 자는 곳이 곧 그들의 방이었다. 바로 그것이 그들의 소유의식을 방해한 요인이었다.

엄마는 파우스타가 연극 공부를 한다는 것을 알고 있었다. 하지만 어떻게, 누구와 함께하는지는 몰랐다. 묻지 않았다. 왜 하필 연극일까? 아무도 그 이유를 몰랐다. 연극을 하겠다고 나서는 그녀를 막지 못할 것이다. 어쩌면 연극은 그녀를 좀더 사교적으로 만들어놓을 것이다. "연극은 사람을 아주 차분하게 해줘요." 제일 맏딸인 알시라가 엄마에게 말했다. 크리스티나는 파우스타가 거의 집에서는 밥도 먹지 않고 들어오고 나가는 것을 보았다. 그리고 얼마 후, 그녀는 한 친구와 아파트에서 함께 지내게 돼서 더 이상 집에 오지 않겠다고 엄마에게 말했다.

"아, 그래? 어떻게 생계를 꾸려갈 거야?"

"알아서 할게요."

파우스타는 아버지의 감색 나비넥타이와 의치, 갈고리 모양의 금속판에 끼워넣은 두 개의 이를 소중하게 간직했으며, 재단사가 아버지의 양복을 자신의 몸에 맞게 줄여주기를 원했다. "아씨, 치수 차가 너무 나서 불가능하겠는데요."

친구인 마르셀라의 아파트는 그녀에게 소름 끼치는 곳이었다. 하지만 그보다 더 소름 끼치는 것은 전자음악에 열광하는 친구의 취향이었는데, 신문기자로 일하는 그녀는 『엑셀시오르』 신문사에서 돌아오기가 무섭게 볼륨을 있는 대로 높였다. 그 아파트는 바야르타 거리 근처에 있었기 때문에, 마르셀라는 우쭐거렸다. "직장까지 걸어서 다녀." 파우스타의 방은 공명상자였다. 헤비 록 음악으로 진땀을 흘려야 했지만, 창문 맞은편의 아찔하리만치 번쩍거리는 간판은 정말이지 참을 수 없었다.

"파우스타, 넌 참는 게 아무것도 없어. 그 얼굴 표정 좀 보라구."

파우스타가 매번 심각하게 이야기하고 싶을 때마다, 마르셀라는 볼륨을 높였다. 냉장고 문을 열자 안에는 썩은 토마토가 있었고 아구아카테는 반쯤 검게 변해 있었다. 언젠가 썩은 과일들을 쓰레기통에 버린 일이 있었다. 그러자 표범으로 돌변한 마르셀라가 그녀에게 쏘아붙였다.

"어떻게 그럴 수 있어? 결정을 내리는 사람은 바로 나란 말이야."

파우스타는 자기가 살 아파트를 구하러 다녔다. 연극으로 버는 돈으로 아파트 경비를 지불할 수 있었다. 그녀는 무대장치뿐만 아니라 의상과 조명에도 신경을 썼고 매표구에서 표를 받는 일도 했다. 그 모든 일을 거뜬히 해냈다. 가장 먼저 도착해서 가장 늦게 돌아가는 사람도 그녀였다. 한번은 여배우가 오지 않은 날이 있었는데, 그 역을 기억하고 있던 파우스타에게 부탁을 해와서 대신 연기를 한 일이 있었다. 그 여배우보다 훨씬 더 연기를 잘 했다. 할리우드 영화에서처럼 그녀의 주가는 올라갔고, 그 여배우를 갈아치울 수 있었다. 하지만 그녀는 넘어뜨려야 할 상대가 아니었다. 아버지가 그랬었던 것처럼 돕고 싶었다. 파우스타는 자신이 생각하는 것을 남에게 강요하지 않았고 아무에게도 부담을 주지 않았다. 신비스러운 후광이 그녀를 에워쌌고 그것이 그녀에게는 대중적 인기보다 더 큰 위로가 되었다.

시간이 흐를수록, 아버지와 주고받던 허심탄회한 대화는 중단되었다. 렘브란트의 자화상들을 오래도록 바라볼 수만 있다면, 꼭 그럴 필요도 없었다.

25

파우스타가 엄마를 연극 작품의 초연에 초대했을 때, 그 내용에 대해서는 아무런 귀띔도 하지 않았고 마지막에 그녀가 하얗게 질려서 나가는 것을 보자 가슴이 아팠다.

"이건 도저히 있을 수 없는 일이야." 그녀가 중얼거렸다.

"그렇지 않아요, 엄마." 파우스타가 그녀의 팔을 잡았다.

"아니, 그럴 수 없어." 그녀는 머리를 흔들었다.

"울려고 하지 마세요. 엄마가 울면 죽고 싶을 거예요."

"네 아빠처럼, 네 아빠처럼 그러다니." 그녀는 중얼거렸다.

돌연 파우스타는 늙어서 구부정해진 엄마를 보았다. 그래서 알파카 털외투를 입은 엄마의 어깨를 팔로 감싸고 자신의 머리를 엄마의 머리 가까이 가져갔다.

"사실 엄마는 주변에서 일어난 일들을 있는 그대로 보고 싶지 않을 거예요, 몇 달 전부터 말이에요."

"몇 달 전부터라고?"

"어쩌면 수년 전부터인지도 모르죠."

"그 여자애와 같이 사는 거야?"

"예, 아주 잘 지내요."

분명 그녀는 생각했다. 파우스타가 동성과 단지 잠만 자는 것이 아니라 가족의 치부를 대대적으로 공개하는 것이라고. 자신의 딸이 무대 위에서 다른 여자에게 입을 맞추고 그녀와 함께 옷을 벗었다. 파우스타, 검은 머리카락을 세 갈래로 땋아내린 자신의 딸아이가 발가벗었다. 다른 여자의 큰 젖가슴 옆에 나란히 누운 그녀의 작은 젖가슴, 그녀의 성(性), 다른 여자의 밝은 음부 위에 포개진 검은 음부, 다른 여자, 다른 여자, 다른 여자. 말없이, 풀 죽은 듯한 파우스타. 잡화점에서 섀미 가죽 행주를 사기 위해 눈을 아래로 내리깔고 그 여자에게 일 페소를 달라고 요구하는 파우스타.

"엄마, 세상은 엄마가 생각하는 것처럼 그렇지 않아요. 다른 식으로 돌아가죠. 계속 절 만나고 싶으시면, 제 동성애를 인정하셔야 해요."

"하지만 나쁘단 걸 못 느끼겠니?" 그녀가 소리쳤다.

"단 한 번도 그것이 죄라고 생각한 적 없어요. 내 몸뚱이는 나보다 더 현명해요, 원하는 것이 있는 곳으로 날 데려가죠. 내 신경세포들은……."

"파우스타, 사람들이 뭐라고 말할 것 같니?" 엄마가 딸의 말을 가로막았다.

"내가 느끼는 것에 대해 누구도 자기 생각을 말할 필요는 없어요. 그건 내 영역이고 내 몸뚱이는 내 자유이자 내가 마음대로 다스릴 수 있는 대학과도 같은 거예요. 게다가 날 황홀케 하는 건……."

그녀는 입 밖으로 차마 내뱉지 못할 것 같았던 말을 내뱉고 말았다.

"아버지에게 했던 것처럼 내게도 그럴 생각 마세요."

그녀들과 동석한 알프레는 완전히 무관심한 척했다. 아니, 어쩌면 몇 년 전부터 엄마를 꼬드기고 있는지도 몰랐다.

"차 있는 곳으로 가자." 그녀가 아들에게 말했다. "집으로 가고 싶구나."

초등학교 때부터 여자애들은 파우스타에게 매력을 느끼기 시작했다. 그녀는 애인이 있었지만, 단 한 번도 그와 친밀한 순간에 이르지 못했다. 반면, 라켈과의 은밀한 관계는 그녀를 다른 세계로 이끌었다. 그건 마치 출산을 하는 듯한 그런 것이었다.

넘쳐나는 에너지를 가진 소녀, 넘쳐나는 에너지를 가진 암캐, 넘쳐나는 에너지를 가진 암말. 가공할 만한 엄청난 에너지를 발산하는 것은 그녀에겐 사활이 걸린 문제였다. 철사처럼 삐쩍 마른 파우스타는 사력을 다해 교내 육상경기에서 우승을 차지했다. 도전에 대한 응답, 그녀는 제일 먼저 위험 속으로 뛰어들었다. 왜 그 속으로 뛰어들었을까? 이제 네 차례야. 어른들이 두려웠고, 그들이 자신을 좋아하지 않는다는 사실을 확인하는 것이 두려운 그녀의 뒤통수에는 늘 죽음이 도사리고 있었다. 그녀는 두려움과 실망이 교차하는 유년의 추억을 안고 살았다. 가족들은 그녀를 사랑했다, 정말로. 하지만 그녀가 그들을 사랑하는 만큼은 아니었다. 아무도 그녀가 원하던 것을 주지 않았다. 그들이 그녀를 사랑했다면, 그 사랑은 충분하지 않았다.

단지 승부의 세계에서만 그녀는 자신에 대해서 잊고 자신을 비울 수 있었다. 그 순간엔 관객처럼 자신을 볼 수 있었고 그건 아주 큰 위로였다.

무대에서 키스를 나누었던, 첫번째 애인이 그녀를 버리고 떠났을 때, 매우 큰 충격을 받았다. 심신이 지칠 대로 지쳐버린 그녀는 고통으로 괴로워하다 병원 신세를 지게 되었다. 의사들이 그녀에게서 편도선을 떼내었고 엄마가 왔다. 이제 혼자라는 생각에 더 이상 아파하지 않아도 되었다. 그녀는 엄마의 품속에 숨어들었다. 다른 소녀가 나타나 "이리 와"라고 자신에게 말할 때까지. 단지 그뿐만이 아니었다. 그녀 때문에 기꺼이 한 남자를 포기하기까지 했다. 지난 상처를 보상받은 파우스타는 새 연인의 시정(詩情) 속에 머물며 자신을 방어했다. 키 큰 그녀는 바다로 난 창문을 파우스타에게 열어젖혔다. "봐." 처음에 파우스타는 아무것도 볼 수 없었다. 자신에 대한 연민의 눈물이 그것을 방해했다. 일 년 후, 마르타는 그녀가 정말로 선호하는 대상이 남자들임을 고백했다. "우린 이제 성인이야. 네가 레즈비언인지 게이인지 혹은 바이 섹슈얼인지 분석하려 들지 마. 넌 사랑을 하는 사람이고 그걸로 된 거야. 사랑하는 사람과 함께 넌 과거의 기억을 잊는 거야. 그저 단순히 사랑에 빠져들면 그걸로 된 거야."

늙은 전신기사들이 스톱이라고 말하듯, 말끝마다 '그걸로 된 거야'라고 외치던 애인과 헤어졌을 때, 파우스타는 배경그림들 사이, 무대 뒤의 힘든 일과와 분장실을 오가며 허드렛일을 했다. 빗자루로 쓸고 소품들을 모았다. 모두가 꺼리며 하기 싫어하는 일, 그것이 그녀의 일상 과제가 되었다. 다른 사람들의 시중을 들고 저자세를 취했으며 그링고들이 말하는 것처럼, 크게 성공할 수 있는 곳으로 자신을 내몰지 않았다. 아직 활동은 했지만 다른 사람들의 시선을 피했다. 얼마나 큰 모순인가. 특히 성공을 보장하는 가능성이라면 무엇이나 뿌리쳤다. "아니, 그건 제 몫이 아니에요. 눈에 띄지 않게 이렇게 시중드는 것이 좋아요." "파우스타, 넌 크게 될 수 있어." "저 말고 다른 사람들이나 생각해주세요. 그들은 어떻게 되겠어요? 그들도 함께 데려가지 않는다면, 여기서 나갈 마음이 없어요." 극장 흥행주는 말했다. "그들은 평범하지만 넌 그렇지 않아. 너 자신을 생각해봐. 난 널 선택하고 있는 거야." 화가 난 파우스타가 대답했다. "그들과 함께 가겠어요." "아, 그렇다면 계약은 없었던 걸로 하지, 그들과 남도록 해. 너 스스로 네 불행의 원인이 되고 싶다면, 그걸 방해할 사람은 아무도 없을 거야."

치열하게 경쟁하는 세상 속에서, 파우스타는 다른 이들이 앞서 나간다는 생각을 하지 않을 수 없었고, 그것은 수녀들이 온갖 관습들로 그녀를 괴롭혔던 것과 별반 다를 것이 없었다. "지금 네가 하는 건 연극보단 사회인류학과 더 관련 있어." 아버지의 외모를 제일 많이 빼닮은 큰오빠 마르틴이 어느 날 그녀에게 말했다. "이 좁은 우물 속에 갇혀 안절부절 하지 말고 여행을 떠나. 이 나라와 다른 사람들의 삶을 알아야 해." "어떻게 사람들을 두고 떠나지, 마르틴 오빠?" "간단해, 돌아오지 마. 난 확신할 수 있어. 그들은 네가 생각하는 것처럼 그렇게 느끼지 않을 거야." "어떻게 그걸 알아, 오빠?" "내가 너보다 세상을 더 살았고, 또 사람들의 심리를 잘 알고 있으니까."

등에 배낭을 짊어지고 침낭, 에버레스트 랜턴, 면바지, 치콘쿠악 지방의 모자와 자루를 챙긴 파우스타는 방학을 이용해 길을 나섰다. 구월이면 돌아올 것이다. 그땐 지금보다 확실히 통통해져 있을 것이고 눈 밑의 거무스름한 자국도 없어질 것이다. 멕시코시티와 푸에블라를 오가는 버스 속에서 그녀는 하늘과 땅으로 향한 풍경에 자신의 모든 수문들을 활짝 열어젖혔다. 푸른 신록이 눈과 코와 귀를 통해 그녀에게 전해졌다. 버스는 이미 산 마르틴 텍스멜루칸을 향해 달렸고 그녀는 폐 안 가득 공기를 들이마셨다. 버스가 정차한 역에 사과향이 물씬 풍겼다. 푸에블라는 크고 아름다운 곳이었지만 그곳에서 세 시간을 머무른 후, 그녀는 살루스티아의 고향 마을을 찾아가기로 마음먹었다. 살루스티아는 그녀의 집에서 수년간 식모살이를 했던 아이로 토마틀란을 찾으면 언제든지 환영하겠다는 말을 하고 떠났었다.

요정들의 이야기에서처럼, 살루스티아는 그녀에게 도움의 손길을 내밀었다. "침낭이 있긴 하지만 어떻게 바닥에서 자겠어요, 아가씨." 그 가족들의 생활 리듬에 익숙해지는 것은 그리 어려운 일이 아니었다. 그들의 생활은 옥수수를 중심으로 돌아갔다. 옥수수 씨를 뿌리고 그것을 추수해서 먹었다. 새벽 네 시에 아침을 맞는 것은 머리가 멍해지는 일이었다. 어둠 속에서, 시간을 제대로 파악하지도 못한 파우스타는 자문했다. 나는 어디에 있는 걸까? 도대체 난 누구지? "난 세상의 창조주야. 새벽을 알리는 수탉들 보다 먼저 일어나지." 텔레비전이 없었기 때문에 밤이면, 짐승들을 우리 속에 가둔 다음, 가족들도 잠을 잤다. 매일 조용히 반복되는 일상은 파우스타에게 그것이 영원하리라는 느낌을 주었고 그런 느낌은 도시에서는 단 한번도 경험하지 못한 것이었다. 새벽 다섯 시에, 돈 비센테는 우리에서 가축들을 꺼냈고 그의 열두 살 난 아들 페드로는 새끼 양들을 데리고 산으로 갔다. 두케가 짖어대며 아이의 뒤를 따랐다. 짐승들과의 관계는 아주 인간적인 것으로 서로의 마음을 이해하는 듯했다. "전 조그만 강아지처럼 아침을 맞아요." 살루스티아가 추워서 연신 몸을 부들부들 떨면서 말했다. 그들의 시선에는 희망이 있었다. 특히 새들의 노랫 소리는 그녀에게 커다란 발견이었다. 새벽이면 저음, 고음, 날카로운 음으로 삼부 합창을 해가며 새날을 맞았다. 하늘 한켠에 몰려든 수십만 마리의 새들이 특별한 행복을 노래했다. 새들의 지저귐은 균열 하나 없이 계속되다 태양이 고개를 내밀면 신기하게도 딱 멈췄다. 이젠 지저귀지 않는 걸까? 어디로 갔을까? 왜 멈췄을까? 기억이라도 하는 걸까? 새들의 조그마한 머리, 그들의 뇌 속에서 무슨 일이 일어나고 있는 걸까? 몇몇 새들은 그 짧은 멜로디를 정확하게 반복했고, 다른 새들은 가늘고 긴 선율을 노래했으며, 여린 숨을 쉬기 위해 잠시 휘파람 소리를 중단했다. 새들도 숨을 쉴까? 파우스타는 너무도 경이로워 자신도 모르게 성호를 그었다. 그들에게 다른 노래를 가르친다면, 그걸 배울 수 있을까? 새들은 작고 아름다운 여자아이뿐만 아니라 아무것도 요구하지 않는 그 모든 사람들에 대해서도 더 알고 싶어 하는 것 같았다. "새들이 지저귀는 건 열기 때문이에요." 살루스티아가 말했다. 밤이면 기분 좋은 노랫소리가 나뭇가지로부터 내려왔다. 살루스티아의 말에 따르면, 그건 그들의 본능이었다. 파우스타의 말에 따르면, 새들은 날씨에 따라 이리저리 옮겨다녔고 자신들이 지저귀었다는 사실을 기억했다. 그렇기 때문에 태양이 지면 다시 노래를 한다는 것이었다. "새들은 인간들과 같아." 파우스타는 자랑하듯 말했다. "리본초 씨앗처럼 아주 작은 점만 한 뇌에 그 노랫가락을 저장하듯이 자신들에게서 벌어지는 사건들을 모으는 거야." "그들의 뇌가 조그만 점만 하다고요?" 살루스티아가 물었다. "그들의 눈알만 할 걸." 파우스타가 말했다.

남자들은 일 년을 주기로 쟁기로 밭을 갈아 옥수수 씨를 뿌리고 흙을 덮기 위해 들로 나갔고, 그 사이 살루스티아와 여자들은 머리에 양동이를 이고 강으로 빨래를 하러 갔다. 파우스타는 그녀들을 따라갔는데 용설란의 두꺼운 잎을 양 무릎 아래 깔고 옷이 젖지 않게 그걸 다시 반으로 접어 무릎 위로 올리는 것을 지켜보았다. 옷을 돌 위에 올려서 빤 다음, 비누칠해서 깨끗해진 빨래를 볕에 말렸다. "이렇게 빨래를 해요." 살루스티아가 그녀에게 설명했다. 한번은 마지막으로 헹군 옷을 말리기 위해 그걸 나뭇가지와 나무 울타리 그리고 용설란의 뾰쪽한 끝에다 걸쳐놓았다.

살루스티아가 침대 시트를 보고 말했다.

"마르거라, 얼른얼른 마르거라."

그러고는 태양을 불렀다.

"어디 있는 거니? 게으름 피우지 말고, 빨래들을 말리러 이리로 오려무나."

살루스티아는 시골 생활과 너무도 다른 도시 생활을 어떻게 견뎠을까? 파우스타에게 있어 그 둘을 비교하는 것은 뺨을 한 대 얻어맞은 듯한 그런 충격이었다. 세탁기, 탈수기와 양 무릎 아래 까는 용설란의 두꺼운 잎 사이에는 어떤 관계가 있을까? 로살레스 가족이 키 큰 소나무 대신 살루스티아에게 준 것은 무엇이었을까?

파우스타는 생각했다. "왜 지금까지 난 이렇게 살지 못했을까?"

오후 한 시에, 여자들은 점심을 가지고 들로 나갔다. 그녀들은 자신들의 숄로 태양 빛을 가렸는데, 미사를 드리고 나올 때도 바로 그 숄을 가지고 요염하게 굴었고 아이를 업을 때도 사용했다. 행복한 시간이었다. 남자들과 여자들 그리고 아이들이 빙 둘러앉아 점심을 먹었고, 몇몇 사람들은 낮잠으로 힘을 재충전하기 위해 나무 등걸을 찾아 자리를 떠났다. 파우스타에겐 그런 그들을 바라보며 생각하는 것이 추상적 개념, 일반원리, 이론처럼 어렴풋한 행복을 느끼게 했다.

살루스티아와 그녀의 엄마 그리고 그녀의 자매들은 파우스타를 깍듯이 대했다. "차 마시지 않겠어요, 아가씨? 타코를 어떻게 만들어줄까요?" "그러지 마, 살루스티아. 난 아주 좋아, 전에 없이 말이야." 만약 그런 그녀들의 마음을 받아들였더라면, 파우스타는 유별난 사람이었을 것이다. 아이들은 제대로 먹지 못했고 어른들과 마찬가지로 힘든 일을 했다. 그들이 제일 좋아하는 일은 용설란 액을 채취하기 위해 긴 조롱박과 양동이를 들고 나가는 아버지를 따라가는 것이었다. 그런 다음 박으로 만든 조그만 용기로 그것을 나무 물통에다 비우고 발효 되기를 기다리며 거기에 손목을 담갔다. 아이들은 용설란 술을 빚는 여러 단계의 일을 거들었지만 그들의 손목에는 더러운 것들이 잔뜩 묻어 있었기 때문에 나무 물통에다 손목을 담그는 일은 할 수 없었다. 그 더러운 것이 네 것이었을까, 아님 내 것이었을까? 누구 것이든 무슨 상관이람. 파우스타 아가씨도 한번 해보고 싶으시면, 해보세요. 나중에, 돈 비센테는 용설란 술을 사보텐, 샐러리, 난석류 열매와 함께 여러 해 동안 묵혀둘 것이다.

파우스타는 라 마림바에 용설란 술을 건네주러 가는 아이들을 따라나섰다. "젖지 않도록 해." 도중에 물웅덩이가 아이들을 유혹했다. 그들은 돌멩이를 던져 갈색 수면 위에 아주 작은 물결을 만들기도 하고, 물웅덩이에 들어가 토끼처럼 깡충깡충 뛰기도 했다. 그러다 야단을 맞아야 했다. "어떻게 신발을 그 지경으로 만들 수 있어? 굶어." 그들은 틱스칼라우이스 놀이를 하러 산으로 가기 위해 물이 잔뜩 담긴 작은 통을 실은 당나귀를 데리고 여행을 했다. 그녀는 가시를 제거한 용설란의 두꺼운 잎 위에 앉아 소나무, 떡갈나무, 멕시코 소나무의 뾰족한 가시 위를 미끄러져 내려왔다. 아이들은 다른 아이들이 자신들의 용설란 잎을 가져가지 못하도록 그 잎을 숨기기까지 했다. 밤에 짐승들에게 물을 주고 나면, 아이들은 석유등잔 아래서 숙제를 했는데 그 연기에 눈이 아팠다. 파우스타는 그런 그들에게 이야기를 들려줄 생각으로 이상한 나라의 앨리스를 떠올렸다. 매일 당나귀, 소, 개, 심지어는 꽃을 피우는 산복숭아와 목초에까지 말을 건네는 아이들이었기에 동물들이 말을 하는 것이 그리 놀라운 것은 아니었다. 사람이 아주 크게 변한다거나 건포도가 박힌 아주 작은 과자를 마음대로 먹는 아이 이야기 역시 이상한 것이 아니었다. 모데스타, 에스텔라, 차벨라, 루시아, 실베스트레, 에울로히오, 비센테 그리고 펠리페가 조금씩 그녀에게 자신들의 얘기를 숨김없이 털어놓았다. 차벨라와 같은 반 친구는 애인이 있었는데 그 애인이라는 애가 말을 타고 와서는 강당 앞에 멈춰 섰다. 그러자 시샘하던 모든 여학생들이 그 사내애를 보기 위해 창가로 몰려들었다. 그는 그녀들에게 백마 탄 왕자님이었다.

파우스타는 모아둔 돈이 이젠 얼마 남지 않았음을 확인하고는 살루스티아에게 일할 수 있는 방법에 대해 물었다. "아이구, 여기선 힘들어요! 하지만 푸에블라의 탈라베라 데 로스 우리아르테의 공장에선 일자리를 구할 수 있을 거예요. 거기선 아가씨가 할 수 있는 일도 있을 테니까요. 사람들이 그러는데 토난친틀라에 천문대가 세워졌는데 거기서 별도 볼 수 있고 일할 사람을 찾는……."

"천문대라고 했어?"

"아가씨 두 눈이 초롱초롱해졌네요."

파우스타는 자신의 물품들을 챙긴 다음 모두와 포옹을 했다. 그들은 그녀에게 사과와 숄을 선물했고, 그녀는 다시 돌아오겠다고 약속했다. 살루스티아가 버스를 타는 고속도로까지 그녀를 배웅했다. 차는 그녀를 푸에블라로 데려갈 것이고, 다시 갈아탄 차는 토난친틀라까지 데려다줄 것이다. 천문대 아래 그 성당이 있는 곳까지.

지난 과거의 일을 추억하는 지금, 파우스타에겐 안경 너머로 자신을 적대적으로 바라보고 있는 신경쇠약 환자의 불편한 심기 따윈 중요치 않았다. 그건 시간이 지나면 잊혀질 것임을 알고 있었기 때문이었다. 그는 문의 위치를 바꾸었고 망원경으로부터 몇 발자국 떨어진, '상크타—상크토룸'* 안에 있었다. "히피들을 싫어하지." 루이스 리베라 테라사스가 그녀에게 악수를 청하기 위해 손을 내밀며 넌지시 귀띔해주었다. "어쩌면

---

* 상크타-상크토룸은 라틴어로 로렌소에게 가장 성스러운 곳, 중요한 곳으로 망원경이 있는 방을 의미한다.

널 아주 형편없는 히피쯤으로 여겼을 거야. 아메리카 대학교를 설립한 이후, 많은 히피들이 이곳을 배회하며 시골 사람들을 물들이고 있지. 그래서 이젠 그들도 목걸이를 하고 머리를 기른다니까." 첫날부터, 파우스타는 로렌소 데 테나라는 인물에 대해 호감을 가지게 되었다. 그녀는 리베라 테라사스가 태양의 흑점을 연구한다는 것과, 두 여비서 그라시엘라와 기예르미나 곤살레스, 도서관 사서 그리고 천문학자 브라울리오 이리아르테와 엔리케 차비라처럼 그가 다섯 시가 되면 푸에블라로 돌아간다는 것을 알았다. 천문대의 돌아가는 움직임을 배우는 것이 그녀에게는 그리 어려운 일이 아니었고 과르네로스를 돕는 일이 끝나면, 도서관에 들어가 책을 읽을 수 있었다. 밤에는 엔리케 차비라가 슈미트 앞으로 가서 관측을 했는데 그녀의 출입을 허락해주었다. 차비라가 그녀에게 모든 기계장치에 대해 가르쳐주었기 때문에 토요일과 일요일에는 혼자서도 관측을 할 수 있었다. "이봐, 이 여자애는 아주 똑똑해. 나보다도 더 빨리 배워. 새벽에 둥근 돔 지붕을 닫으려니까, 슬픈 듯이 이러는 거야, '그렇게 일찍 닫으려고요?'라고. 마누라까지 왜 늦게 오냐고 윽박을 지르는데 말이야. 전에는 늦어도 열두 시에는 갔었는데, 지금은 새벽 두 시가 되어야 갈 수 있어. 다 그녀 때문이지." 차비라가 테라사스에게 말했다. "정말 이상한 애야! 누굴까?" 마을 사람들은 그녀를 알지 못했지만, 그녀의 선의는 알아차렸기 때문에 기꺼이 그녀를 받아들였다. "그녀는 작은 깃털처럼 가벼워." 토니타가 말했다. "성당지기에게 제단의 꽃을 갈겠다고 했다네." 그리고 돈 크리스핀이 말하길 그녀가 단 하루도 거르는 법 없이 자신이 약속한 것을 지킨다는 것이다.

토난친틀라의 수동성은 다분히 자기반성적인 데가 있었고 파우스타는 자신의 삶을 뒤돌아볼 시간을 가지게 되었다. 지금 그녀는 기쁨에 충만한 삶을 살고 있었다. 성당의 종소리와 투명한 하늘, 정겹게 인사를 건네는 마을 사람들과 일요일의 마을 광장을 사랑했다. 하지만 차비라를 따라 슈미트로 가는 것에 견줄 만한 것은 아무것도 없었다.

그녀에 대한 리베라 테라사스의 호의는 눈에 띄게 뚜렷했다. 그들은 여러 번 함께 차를 마셨는데 언젠가 로렌소는 카페에서 테라사스와 함께 깔깔대며 웃고 있는 그녀를 보았다. "무슨 말을 저리도 재밌게 하는 걸까?" 그는 신기한 듯 자신에게 물었다. 그녀는 곤살레스 자매들과도 친구가 되었다. 리베라 테라사스가 우연히 그에게 말했다. "보름 전에 그녀를 데리고 푸에블라에 갔었어. 신발이 필요하다고 해서 말이야. 양쪽 신발 밑창에 구멍이 난 것을 자네가 보았더라면 좋았을 텐데." "그녀에게 신을 골라줬나?" 로렌소가 퉁명스럽게 물었다. "거의 그렇다고 봐야지." 루이스가 웃으며 말했다. "아주 질긴 장화가 필요하다고 해서 그걸 샀는데 급료가 고스란히 다 들어갔어. 급료를 좀 올려줘야 해. 그 앤 샛별이야. 푸에블라 대학에는 아직까지 마르크스주의가 알려지지 않았지만 그녀는 마르크스를 읽은 것 같아. 그렇긴 해도 거기서 수업을 듣도록 하는 게 좋지 않을까?"

26

파우스타가 처음으로 "바이오-에너지"란 단어를 꺼냈을 때, 로렌소가 모욕적인 방식으로 폭소를 터트렸지만 그녀는 자신이 놀림을 당했다고 여기지 않았으며, 그가 있는 쪽으로 고개조차 돌리지 않았다. 파우스타는 설득력이 뛰어났다. 로렌소도 그 점은 인정해야 했다. 그녀의 열정은 곧장 심장으로 날아가 박혔고, 사람들의 어떤 신경을 건드리는지는 모르겠지만 그들을 자극했다. "그녀가 열정적으로 부르는 찬송가 소리를 들어본 적 있어? 꼭 뱀을 부리는 마법사 같다니까!" 루이스 리베라 테라사스가 그에게 말했다. 그녀는 갠지스 강의 물을 마셨다. 언제? 매일. 매일이라고? 그랬다. 그녀는 몸과 마음을 깨끗이 하기 위해 묵은 때 딱지와 팔다리가 잘려나간 곳, 속옷을 강물에 씻는 수백만 명의 순례자들과 함께 매일 그 강물을 마셨다. 베나레스에서 그녀는 갠지스 강 가장자리에서 장작을 태워 시체들을 화장하는 것을 도왔으며 빗자루로 그 재들을 쓸어모아 히말라야로부터 흘러 내려와 인도양으로 흘러 들어가는 그 성스러운 강에다 뿌렸다. 지금까지도 그녀는 새벽 네 시면 돗자리에서 일어나 하타 요가를 연습했다. 하느님 맙소사! 로렌소가 망원경을 닫고 따뜻한 침대를 간절히 원했을 때, 이 무감각한 아가씨는 명상을 끝낸 뒤 얼음물에다 몸을 담갔다.

파우스타는 로렌소의 캐묻는 듯한 시선을 느끼며 도서관 안으로 들어갔다. "뭘 읽고 있지?" 그녀는 『마의 산』의 책 표지를 그에게 보여주면서 말했다. "세템브리니의 장황한 논리적 분석에 질려버렸어요. 그래서 이따금씩 그런 부분들이 나오면 그냥 넘겨버려요." 그녀는 천문대 직원 회의에 참석했고, 천문대장의 방갈로에 마련된 책상에 자리를 잡고 앉아 솜씨 좋은 토니타가 만든 옥수수 토르티야를 칭찬했다.

"'심히 위대한 것은 우주로 나가는 것을 의미하고 우주로 나가는 것은 멀리 도달하는 것을, 멀리 도달하는 것은 다시 원점으로 돌아옴을 의미하는 것이다'라는 노자의 말을 아세요, 박사님?"

"노자가 누군지 몰라." 로렌소는 투덜대며 말했다.

"아이, 박사님. 진정하세요!"

파우스타는 그를 화나게 했다. 어느 날 오후, 나무를 껴안고 있는 그녀를 발견했다. 왜 그러고 있느냐고 묻자, 그녀가 다른 질문을 던졌다. "한 품에 다 안을 수 없는 이 나무도 처음엔 아주 작은 씨앗에서부터 시작했다는 사실이 놀랍지 않아요?" "케케묵은 소리나 하고 있군!" 로렌소가 이렇게 말하자, 파우스타는 사랑 역시도 작은 점에서 시작할 수 있다고 반론했다.

"아름드리나무가 될 때까지 자란다고?" 로렌소가 비꼬아 말했다.

"혹은 첫 새벽에 날아다니는 새의 부리에 놓인 리본초의 씨앗처럼 말라죽는 신세가 될 수도 있죠." 말을 마친 파우스타가 몸을 돌렸다.

건방진 계집애 같으니, 무슨 권리로 그를 길 한가운데 혼자 내버려두는지. 지금까지 그를 그런 식으로 취급한 사람은 아무도 없었다. 아무도 그보다 먼저 등을 돌리고 작별을 고하지 않았다. 당돌한 계집애. 그녀를 천문대에서 강압적으로 내쫓으려 한다는 걸 눈치 채지 못했을까? 강압적으로? 음, 그런 건 아니지만—그는 내심 미소를 지었다—그 일이 성공할 것 같지도 않았다. 하지만 의욕만은 충분하고도 남았다. 왜 알지도 못하는 여자애가 그의 내면으로 파고들어와 평화로웠던 마음을 들쑤셔놓는 것일까?

파우스타는 로렌소에게 완전히 낯선 미지의 세계를 내놓았다. 어떻게 그렇게 사는 게 가능할까? 다른 여자애들도 날카로운 칼날 위를 걸어다니는 걸까? 그녀의 삶은 그의 누나 에밀리아와 여동생 레티시아 혹은 디에고 베리스타인의 여동생들, 결혼한 여자들, 어머니들, 주부들을 포함한 그 시대, 그 어떤 여자들의 삶보다도 훨씬 더 위태로웠다. 파우스타는 산 루이스 포토시로 페요테*를 먹으러 갔었고 마법사 마리아 사비나를 알고 있었다. 그녀에게 절벽 위 오두막에서 지내며 우아우틀라 데 히메네스에서 보낸 수개월 동안의 일을 이야기했다. 그 절벽은 지그재그로 쪼개어진 자연 절벽이었을 뿐만 아니라 그녀 자신, 그녀의 정신건강을 상징하는 절벽이기도 했다. 그녀는 뾰족 모자를 쓴 마법사의 마법과 주술 그리고 내뱉은 말을 기억했다. 어느 날, 화가 난 로렌소가 중단시킬 때까지 그녀는 같은 말만 되풀이했다. "난 예수 그리스도 같은 여자예요, 예수 그리스도 같은 여자예요, 예수 그리스도 같은 여자예요." 언젠가 로렌소가 말했다. "파우스타, 넌 정상이 아니야." 그러자 그녀가 웃었다. "하루 세끼 식사를 하는 사람들처럼, 그런 게 정상인가요? 아니에요. 만족스럽다고 하면서 연신 하품을 해대는 사람들처럼, 그런 게 정상인가요? 아니에요. 대화거

* 멕시코의 선인장과 식물.

리가 없는 연인들처럼, 그런 게 정상인가요? 아니에요. 전 남들보다 좀더 풍부한 상상력을 가졌고 박사님 역시 그래요, 자신을 억압하지만 않으신다면 말이에요. 원하신다면, 박사님은 장미 한 송이도 될 수 있어요."

'장미 한 송이, 내가?' 로렌소는 그날 밤 사십 인치 망원경이 있는 곳으로 걸어가면서 생각했다.

"이 애가 가진 예지력은 정말 굉장해." 루이스 리베라 테라사스가 말했다. "천문학뿐만 아니라 모든 것에…… 자네에 대해 말하는 것을 들었더라면 좋았을 텐데. 모든 걸 알고 있더라니까."

"오, 그래?" 로렌소가 화를 내며 대답했다. "그렇다면 내가 자기를 어떻게 생각하는지, 여기서 왜 내쫓으려 하는지 그 이유를 그녀가 들어봐야겠군그래."

모두가 몸을 사리는데도, 파우스타에겐 공생의 법칙을 깨뜨리는 게 별로 마음에 걸리지 않았다. "용서하세요, 박사님. 하지만 잘못 알고 계신 것 같아요"라고도 하지 않고, "박사님, 당신은 지금 거짓말을 하고 계신 거예요"라며 감히 그의 말을 중단시키고 나섰다. 너무 놀라 어쩔 줄 몰라 하는 리베라 테라사스 앞에서 파우스타는 아무런 이유 없이 로렌소에게 맞섰다. 그 바퀴벌레 같은 계집애가 감히 그에게 도전을 해왔다. "그녀의 성격이야. 원래 그런 식이잖아. 그걸 자네가 바꿀 순 없을 거야. 받아들이든지 아니면 그러려니 여기든지 그래야지 뭐." 루이스가 그녀를 감싸고돌았다. 그 성격을 받아들인다? 그가 파우스타를 받아들인다? 그 정신 나간 무책임한 계집애를? 그래, 똑똑하긴 하지만 그게 그에게 무슨 도움이 될까? 로렌소는 밀교와 관련된 것을 싫어 했다. 초절대적인 명상, 구루들,*

* 힌두교에서 종교상의 스승, 도사(導師), 교부(敎父)를 일컫는 말.

깨우침을 얻은 사람들, 인도의 승려들, 스승을 따르기 위해 모든 것을 버린 사람들이 그에게는 정신지체인들처럼 보였다. 고작해야 속임수에 쉽게 넘어간 몇몇 불쌍한 사람들일 뿐이었다. 그에게 있어, 희망의 가능성이 보이는 인도는 과학자 찬드라세카르*의 인도였다. 그 이외의 나머지는 무지, 가난, 회피, 쓰레기, 굶주린 군중의 헛소리들일 뿐이었다.

파우스타가 가진 능력들 중에는 다른 사람의 마음을 간파하는 능력이 있었다. 그녀는 사람들의 생각을 폭로했을 뿐만 아니라 완전히 까발렸다. 그래서 로렌소는 그 확실한 능력이 발휘되는 순간을 목격하기 위해서 어떠한 모임 자리에서도 그녀를 예의 주시했다.

파우스타는 로렌소에게 현기증을 느끼게 했다. 지금껏 살아오면서 그는 타인들을 생각해보거나 그들이 내지르는 아우성이나 자아내는 웃음, 걸음걸이를 생각해본 적이 거의 없었다. 멀찍이서 그들을 바라보았을 뿐이었다. 그들은 공간 속에 놓인 막연하기만 한 군중이었다. 노먼 루이스에게조차도 그의 개인적인 생활에 대해 묻지 않았었고, 노먼 역시 그랬다. 그들에겐 그것 말고도 할 말이 너무 많았다. 그는 레티시아와 후안, 산티아고에 대해서 알고 싶어 하지 않았다. 만약 그들에게 무슨 일이 생긴다면, 그가 인내심을 잃고 펄쩍 날뛰는 모습을 보기 위해서라도 그를 찾을 것이다. 그의 친구들은 이미 다른 궤도를 돌고 있었다. 멕시코시티와 관계를 끊고 지내는 그의 삶은 매일 아침 그의 시야에 펼쳐지는 두 개의 화산 앞에서 무한하기만 했으며, 사막에 놓여진 것처럼 자신의 존재를 생각하곤 했다. 그래, 사막에 놓여진 것처럼. 하지만 그건 별들로 이루어진 사

---

* 찬드라세카르(1910~1995): 미국의 천체물리학자. 인도 라호르(현재 파키스탄) 출생. 1983년 별의 진화 연구로 노벨 물리학상을 W. A. 파울러와 함께 수상하였다. 저서에 『항성내부구조론입)』(1939), 『항성역학개요』(1943), 『방사류론』(1950) 등이 있다.

막이었으며 파우스타까지도 강렬한 시선을 보내며 그의 삶에 침입해 들어왔다.

그를 뒤흔들어놓기 위해서? 물론이죠, 박사님. 당신을 온통 뒤흔들어 논쟁을 벌여야죠. 경치 감상이나 하며 앉아 있을 시간이 없어요.

로렌소는 자신의 위태위태한 영혼과 함께, 전보다 훨씬 더 경계를 하며 숨어서 그녀를 기다렸다. 함정에 빠뜨리고 말 거야. 그는 다른 사람들을 어떻게 하면 함정에 빠뜨릴 수 있는지 그 방법을 잘 알고 있었고 그들이 함정에 빠질 (정확한) 순간을 기다리며 철저한 감시를 했다. "경계하라. 그러면 적중시킬 것이다." 하지만 파우스타는 한옆으로 비껴갔고 계속해서 그에게 도전을 해왔다. "테나 박사님, 달은 가스로 둘러싸인 움직이지 않는 바위가 아니라 살아 있는 유기체예요. 셀레네*는 우리들의 친구죠. 보름달이 뜰 때마다 일곱 번씩 그녀에게 절을 하면서 소원을 빌어야 해요. 그녀는 소원을 꼭 이루어주니까 말이에요." "내게 유일하게 필요한 게 있다면 너의 천문학 수업을 듣는 것이겠군. 달은 그저 달일 뿐이고 지구는 그저 지구일 뿐 가이아**가 아니야." "제가 어떻게 그 같은 주제넘은 일을 할 수 있겠어요, 박사님. 달과의 관계에 대해서 말했을 뿐이에요. 박사님이 분명 잘못 알고 계신 것 같아서요. 정말이지 그걸 제대로 다루실 줄 몰라요."

"오, 그래? 그럼, 여자를 다루는 건?"

"그것 역시 서툴러요, 박사님. 서툴러요. 좀더 정성을 들이세요. 진심에서 드리는 말이에요."

도스토옙스키의 책을 읽었을까? 『죄와 벌』을 어떻게 생각했을까? 파

---

* 그리스 신화에 나오는 달의 여신.

** 그리스 신화에 나오는 대지의 여신.

우스타가 『백치』와 『카라마조프가의 형제들』을 읽고 난 후 그 책들이 자신의 정신건강에 해로운 것 같아 책 읽기를 그만두었다고 했을 때, 로렌소는 빈정거리는 표정을 지었다. "정신건강에 나쁘다고? 들리는 소문에 따르면, 넌 어떤 사악한 것에도 별 두려움을 느끼지 않는다던데." 로렌소는 그녀에게 타격을 가했고 파우스타의 반응은 그에게 극도의 불안감을 느끼게 했다.

더 정밀한 검사, 더 정확한 측정과 관측으로도 명확히 밝힐 수 없는, 원자 세계의 모든 사건들에 불명확한 것이 있는 것과 마찬가지로, 로렌소는 'A=b/mv'와 같이 파우스타에게 적용시킬 만한 방정식을 찾지 못했다.

이렇다 하고 단정 지을 수 없는 것, 그게 맞는 말일 것이다. 그는 파우스타를 이렇다 단정 지을 수도 없었고 그녀를 일정한 틀 안에 가두어둘 수도 없었다. 그녀에게서 나오는 고주파의 감마선은 아무짝에도 쓸모없는 것이었다. 적어도 그녀가 그에게서 호기심을 야기하는 행동을 그만둔다면, 그는 편안히 휴식을 취할 수 있을 것이다. 하지만 그걸 포기하는 건 파우스타의 성격이 용납치 않았다. 그는 어떤 대책을 강구할 것일까? 그는 그녀의 위치와 속도를 결정할 수 없었다. 다시 말해, 그녀가 어떤 리듬으로 움직이는지 몰랐다. 설명할 수 없는 어떤 것이 그가 발견하게 될 그녀 안에서 결정을 내렸다. 그가 그녀의 얼굴에서 닦아내게 될 얼룩.

마을로 가는 길에서 파우스타를 보았을 때, 로렌소는 차를 세웠다.

"파우스타, 나랑 같이 베라크루스에 갈래?"

"천만에요."

"좋아, 그렇다면 다음 주에 보도록 하지."

그가 좁은 캐논 거리를 돌려고 할 때, 그녀가 뛰어오는 것이 보였다.

"예, 함께 가겠어요."

그녀는 두말 않고 앞자리에 올라탔다.

"왜 마음이 바뀌었어?"

"도저히 이해할 수 없는 우주적 이유에서죠."

"아무 준비도 없이 그렇게 갈려고?"

"필요한 건 여기 모두 있어요."

"칫솔 하나도 없이?"

"토르티야가 있는 동안엔 칫솔이 필요 없어요."

두 사람 중 아무도 입을 열지 않았다. 경치가 바뀌어 온통 푸른 플라타너스 숲이 그들의 시야에 나타나자 로렌소가 말했다.

"원한다면 만났던 곳에 다시 내려줄 수도 있어."

"아니에요, 박사님. 계속 가요. 하지만 이렇게 가다간 오늘 밤에 베라크루스에 도착할 수 없겠어요."

"포르틴에서 묵을 수도 있어. 치자나무 좋아해?"

파우스타는 침묵을 지켰다. 무엇 때문에 천문대장의 차에 올라탔을까? 무엇 때문에 그녀를 괴롭히는 충동에 굴복하고 말았을까? 자신의 집에서라면 지금 당장이라도 마음의 안정을 찾을 수 있을 것이다. 도저히 이해할 수 없는 한 남자와 동행하지 않아도 되고. 자신을 음탕한 눈길로 살피는 이 사내가 아니라 리베라 테라사스와 함께 있는 편이 훨씬 더 나았을 텐데. 대하기도 수월하고! 하지만 그녀는 로렌소 데 테나와의 관계가 테라사스와의 관계보다 더 중요하다는 것을 알았다. 남자 또는 여자, 새 또는 키메라*, 동물 또는 사물, 행성 또는 혜성, 그 무엇도 그녀를 그런

* 그리스 신화에 나오는 머리는 사자, 몸은 양, 꼬리는 용의 형상을 한 괴물로 불을 내뿜음.

식으로 곤혹스럽게 하지는 않았다. 그녀의 아버지, 그녀의 삶 속에서 나누었던 사랑조차도.

파우스타는 과거에 그랬었던 것처럼 결과들을 생각하지 않고 모든 것을 한순간에 포기할 수 있음을 알고 있었다. 하지만 지금은 자기 자신에 대해 그때처럼 그렇게 만족감을 느끼지 못했다.

"저녁 식사를 했으면 좋겠어?"

파우스타는 그에게 이렇게 대답하고 싶었다. '왜 차를 세워놓고 나한테 달려들지 않는 거죠?' 하지만 그러지 않았다. '내가 얼마나 비겁한지 모르겠어.' 그녀는 생각했다.

그들은 포르틴에서도, 베라크루스에서도, 할라파에서도, 오리사바에서도, 강가의 레스토랑에서도 이상한 벌레들처럼 서로를 쳐다보지 않았다. 호텔에서 로렌소는 방 두 개를 부탁하고는 점잖게 물었다. "몇 시에 저녁을 먹으면 좋겠어? 몇 시에 아침 식사를 원해?" 그는 불만스러워 보였다. 그가 정원에 앉아 지평선에 시선을 고정한 채로 있는 동안, 파우스타는 산책을 하러 나가 삼십 분이나 늦게 식사 시간에 나타났다. 화가 나서 그녀를 바라보았다. "왜 나한테 이러는 거지?"

돌아오는 길, 천문대 정문으로 들어오기 전, 파우스타가 화를 내며 물었다.

"왜 절 데려간 거죠?"

"왜 가겠다고 했지?"

차에서 내릴 때, 파우스타는 자동차의 문을 세차게 쳤다.

로렌소가 멕시코시티에서 열흘 정도 머물다 돌아왔을 때, 파우스타가 물었다.

"실패로 끝난 우리들의 그 밀월여행 이후 어떠셨어요?"

로렌소는 자신을 고통스럽게 하는 이 빌어먹을 여자애 때문에 일부러 토난친틀라로 오지 않았었는데 지금 교활한 그녀가 그를 맞고 있다.

"방법을 강구해보자, 파우스타."

"어떻게요?"

"내게 우주적인 해결책이 있어. 두 행성이 충돌하여 카오스 속으로 빠져들고 하나가 되는 거야."

파우스타가 로렌소의 입술 위에 손을 얹고는 말했다.

"우린 너무도 서로를 갈망하고 있어요. 하지만 모르겠어요. 절 기다리는 게 희뿌옇게 퍼진 빛인지도. 시간을 좀 주세요."

로렌소가 자신의 입술 위에 놓인 그녀의 손을 잡고 키스했다.

"네가 말한 대로 될 거야, 파우스타."

로렌소는 매번 더 급한 업무들을 처리하느라 녹초가 되어갔다. "시간이 얼마나 남았을까?" 그는 물었다. 그리고 그날 밤 한 게 아무것도 없다는 중압감을 느끼며 잠이 들었다. 토난친틀라에서 커피를 앞에 두고 파우스타에게 느닷없이 말했다.

"공터의 나무통 위에 걸터앉아 밤마다 말을 타고 달리는 날 보지 못했어?"

산책을 나가 포포카테페틀 산을 바라보며 그녀의 팔을 잡고 말했다. "파우스타, 내 사랑은 격렬해." 그녀는 그의 손을 꽉 잡았다. "당신은 절 유혹하기 위해 오셨어요." 다른 날엔 이렇게 말했다. "파우스타, 난 실험실에 갇혀 지내는 파우스토 박사야. 미동도 하지 않는 이 골짜기에서 울리는 종소리만을 듣지."

"하지만 파우스타라 불리는 사람은 저예요, 박사님."

"그게 이상하다는 거야. 넌 그렇게 불리면서 난 왜 그러면 안 된다는 거지? 난 사람들에게 염증이 났어. 초자연적인 것에 대해서 알기를 간절히 원해. 넌 네 살갗 안에서 아주 만족해하고 있어. 하지만 난 끊임없는 의구심들에 지쳐버렸다구."

"좀 쉬세요, 박사님. 너무 많은 일을 하세요."

"늘 내 자신으로부터 벗어나기를 원했지만 감옥에 갇히고 말았어."

하지만 그의 연구는 전적으로 자신이 어떻게 하느냐에 달려 있었기 때문에 처음에는 과학이 그에게 자유를 안겨주었다. 그는 창의력이 풍부한 사람이었고 그러다 결국 대면하게 된 것은 자기 자신이었다. 다른 사람에게 책임을 전가할 수는 없었다. 남들에게 '굉장히 똑똑한 사람'으로 불리는 것이 그를 보호하는 방패막이였고 그에게 유일한 공간을 만들었다. 그는 타인들을, 정치인을, 치과 의사를, 경영인을 이해할 수 있었지만 그들 중 누구도 그가 하는 것을 이해하지 못했고 그것은 고유한 자기만의 세계 속에 그를 고립시켰다. 과학적 지식은 천박한 것이 아니었다. 그는 그 과학이 타인들의 복지에 일조할 수 있으리라는 확신을 가지고 있었다. 아무튼 그건 드넓은 바다 위에 떠 있는 배 위로 오르는 것과 같은 기분 좋은 느낌으로, 지금까지의 일상과는 달리 앞으로의 일은 전혀 예측할 수 없는 것이었으며 하루하루가 같지 않았다. 그가 무엇보다 감사하게 여기는 것은 한 가지 주제를 중심으로 돌아가는 세상을 통해 맺어지는 동료들과의 관계였다. 연구는 그들을 하나로 묶었고 그들은 그것을 두고 서로 의견을 나누었다. 하지만 시간이 지날수록, 로렌소는 가공하리만치 놀라운 자신의 에너지를 잃어갔다. "과학은 너무 요구하는 게 많아. 사물은 아주 빠르게 변해가지만 자넨 그 승부세계의 바깥에 있기 때문에 자네의 과학 분야에서 앞으로 나아갈 수 없을 걸세." 언젠가 그라프가 그에게 한 말이었다. 그의 목소리에는 고뇌가 묻어 있었다. 그때 로렌소는 아무것도 이해할 수 없었다. 하지만 지금은 그 말의 의미를 뼛속 깊이 실감했다.

27

그를 더 당황하게 만든 것은 파우스타가, 컴퓨터 조작처럼 최소한의 통제도 할 수 없는, 낯선 세계로 자신을 내던지는 것이었다. 천문대장의 명령이 그대로 이행되는 주변을 벗어나 파우스타와 매번 모험을 할 때마다, 로렌소는 갑자기 장발의 사내가 그녀와 춤을 추기 위해 자신들의 탁자 쪽으로 다가왔던 그때처럼, 어떻게 해야 할지 모른 채 공간 속을 맴돌았다. 그녀는 그에게 눈길 한번 주지 않고, 자리에서 일어나 남자를 따라 홀 중앙으로 나갔다.

"난 이유 없는 반항아가 아니라네/방탕아도 아니라네." 로큰롤 가수의 귀를 찌르는 듯한 고함 소리가 주크박스에서 흘러나왔고 로렌소는 망연자실한 채, 그녀가 그 낯선 사내의 손을 잡고 춤추는 것을 보았다. 그녀는 팔을 높이 들어올리고 돌았는데 그때 그녀의 아름다운 겨드랑이가 살짝 드러났다. 그들의 춤을 중단시키고 그 무례한 사내에게 일격을 가한다. 파우스타를 그 손아귀에서 빼내고 주크박스를 발로 걷어찬다. 그 모든 생각들이 단 몇 초 동안 그의 머릿속을 오갔다. 하지만 그는 네그라 모델로 맥주를 입으로 가져가며 그 춤추는 한 쌍의 파트너를 지켜보았을 뿐이었다.

그날 오후 로렌소는 토난친틀라 근방에 단 하나 있는 레스토랑에서 커피를 마시자고 파우스타를 초대했고 그녀는 흔쾌히 그 초대를 받아들였다. 놀랍게도 그가 맥주 한 병을 주문했다. 십 분 후, 로렌소가 어느 정도 안정을 찾을 무렵, 그녀는 록 음악에 열광한 장발의 사내와 함께 춤을 추었다.

그 히피 사내는 주크박스에 동전 몇 개를 집어넣었고 로렌소는 그가 그녀를 한자리에 계속 세워둘 것이라고 생각했다. 그녀가 자신의 부재를 슬퍼할까? 그렇진 않을 것이다. 혼자 그렇게 서 있는 것에 두려움을 느낄까? 아닐 것이다. 바로 그가 그녀에게는 공포의 대상이었다. 왜 그 히피 사내를 따라갔었는지 내일 그녀에게 물어볼까? 아니다. 맥주병을 앞에 놓고 혼자 앉은 그에게 버림받았다는 감정이 솟구쳐 올랐다. 난 불완전한 남자야. 그는 자신에게 말했다. 맥주 한 병을 더 시켰다. 파우스타가 춤을 추며 스텝을 뗄 때마다, 그의 자존심은 짓밟혔고 그를 어두운 현실 속으로 가라앉혔다. 난 그녀 때문에 고통받고 있어. 자신이 만족과는 동떨어져 있다는 확신으로 그는 괴로웠다. 파우스타는 저기 홀 중앙에서 엉덩이를 흔들어대고 고개를 뒤로 젖히며 긴 다리를 서로 바꿔가며 춤을 추었다. 푸른색 블라우스 아래로 흔들리는 두 가슴, 남자에게 내맡긴 부드러운 두 팔, 그 얼굴에 번진 웃음, 그녀는 공범이었다. 그녀와 파트너가 된 것은 그가 아니라 땀에 흠뻑 젖은, 록 음악에 열광한 사내였다. 로렌소는 네그라 모델로를 세 병째 주문했다. 만약 그녀와 그 사이에 끼어든다면, 그를 대신할 수 있을까? 그는 자기 자신을 보지 못했다. 천문대장은 홀 중앙 여기저기를 돌아다니며 자신이 공중분해 되는 것과 같은 그런 기분을 느졌을 것이다. 급히 화장실에 가고 싶었다. 돌아올 때, 그냥 가버릴까도 생각했다. 하지만 아무짝에도 쓸모없는 몸짓이 그를 가지 못하도록 붙잡아 두었고, 그 역시 내심 그 자리를 떠나고 싶지 않았다. 탁자에 앉아 몇 병째인지도 모르는 맥주병을 앞에 두고 그는 지금까지 살아오면서 자신이 육체보다는 영혼에 전념했다는 결론을 내렸다. 앞으로는 그렇게 살고 싶지 않았다. 그는 차츰 무너져 내릴 것이다. "내 존재의 정당성은 지금처럼 연구를 하는 거야." 그는 자신을 향해 말했다. 그가 살아가는 이유는 과학 때문이었다. 천문학자가 되는 것만으로도 자신의 공허를 메우기에 충분했다. 자신의 상태가 만족스럽지 않다고 느끼는 것은 사치였다. 그런데 파우스타로 인해 공허를 느끼게 되었다. "엿 같은 빌어먹을 계집애, 살면서 지금껏 한 게 아무것도 없으면서."

파우스타가 홀 중앙에서 그에게 달콤한 유혹의 미소를 보냈다. 그 미소만으로도 그 자리를 떠나지 않았던 것에 대한 충분한 보상이 되었다. 욕망이 파도처럼 그를 침잠시키며 그 안에서 솟구쳐 올랐다. 하지만 자신을 구원할 유일한 방법은 자신을 정화하는 것, 순수한 영혼으로 돌아가는 것이라 생각했다. 꼼꼼한 관찰 덕분에 그는 타인들의 영혼 속 비밀도 들여다볼 수 있었다. 파우스타가 탁자로 돌아온다면 무엇을 할까? "비참하게 보일 만한 실수 따윈 하지 말아야지." 갑작스럽게 몰려드는 욕망의 큰 파도가 다시 그를 휘감았다. 바로 그 순간 로렌소에게서 그 욕망의 파도가 파우스타는 자신을 사랑하지 않을 것이라는, 어쩌면 다른 사내들 사이에서 자신을 사랑할 것이라는 확신으로 바뀌었다. 더욱더 나쁜 건 사내들이 아닌 여자들을 사이에 두고 자신을 사랑하는 것이었고 그것은 그에겐 참을 수 없는 일이었다. 실패로 예정된 충동적인 생각으로 그는 자신에게 다가온, 본능에 충실한 그 암컷에게 화가 났다. 자신의 세계로부터 그녀를 추방하는 것은 어려운 일이 아닐 것이다. 지천에 널린 게 여자였고, 그녀 역시 그런 여자들 중 하나였다. 하지만 더욱 나쁜 건 자신이 어떻게 해야 할지조차 모른다는 사실이었다.

"따님을 빌려줘서 감사해요." 록 음악에 열광한 젊은이가 익살스러운 표정을 지으며 말했을 때, "날 닮았지, 안 그런가?"라고 로렌소가 채 말을 건네기도 전에, 파우스타가 그의 팔을 잡아끌었다. "갈까?" 그가 물었고 그녀는 대답으로 그의 손을 잡았다. 그렇게 손을 잡은 채, 그들은 레스토랑을 나왔다. 차에서 그녀는 평소 습관처럼 창가 쪽에 앉는 대신, 그의 옆에 와서 앉았고 천문학자는 어쩔 줄 몰라 당황했다. 왜 이러는 것일까? 정신이 나간 걸까, 아니면 주체할 수 없는 끼 때문일까. 자신에게 사랑이란 불가능한 것이라고 그는 생각했다. 그리고 이 갈보가 자신에게 다시 들러붙는 것은 오 분 전에 함께 춤을 춘, 양키 음악에 열광한 그 젊은이와 자신을 혼동한 때문이라고 생각했다. 빌어먹을 계집애, 정말이지, 못 말리는 계집애 같으니! 왜 지금 당장 그녀를 제일 먼저 눈에 띄는 모텔로 데려가 욕보인 후, 다음 날 내쫓지 않는 것일까? 모든 것을 질타로 단번에 끝내버릴 수도 있는데 말이다.

옅은 안개에 둘러싸인 이스탁시우아틀 산이 자동차 앞 유리에 나타났다. 그는 마치 그 광경이 처음인 것마냥 바라보았다. 그의 마음속에 있던 모든 악마들, 그의 영혼을 괴롭혔던 모든 수치심들이 그 장엄한 경관 앞에 굴복했고 그는 침착한 목소리로 자신의 동행자에게 말했다. "난 속도를 바꿀 수 없어." 그녀가 단숨에 달려들었다.

검푸른 짙은 밤 위에 실루엣을 드러낸, 나무랄 데 없이 완벽한 포포카테페틀과 이스탁시우아틀 산 정상은 그에게 예전 자신의 의미와 자연 속에서 자신의 위치를 되찾게 했다. 그는 퍼즐 속에서 빠진 조각이었다. 여긴 조금 푸르고 저긴 조금 짙고, 이제 모든 게 완성되었다. 반면 소녀는 얼굴이 없었다. 바로 그 성격 탓에 아무도 그녀를 어디에 두어야 할지 모를 것이고 그건 그녀가 찾아야 할 일이었다. 그녀는 다른 사람들과 달랐다. 그녀는 낮에 뜨는 달이라고 그에게 말하지 않았을까?

그가 숙소 앞에 차를 세우자, 고분고분해진 파우스타가 다소곳이 물었다.

"들어가실래요?"

"아니, 관측하러 올라가야지."

"동행해도 될까요?"

"내일, 내일 하지."

차에서 내렸을 때, 그는 몹시 피곤함을 느꼈다. 휴대용 약상자에서 수면제를 꺼내어 처방전에 씌어진 것보다 더 많이 마셨다. 그리고 침대에 쓰러졌다. 그것이 그녀에겐 슬프고도 이해하기 힘든 것으로 보였다.

파우스타는 그를 사춘기 시절로 되돌려놓았다. 여자들을 다시금 생각하는 것 역시 피할 수 없는 일이었다. 그는 그녀들을 판단할 수조차 없었다. 그녀들은 그랬다. 여자들, 원치 않는 아이들을 만들어내는 아기 주머니의 연속. 앞으로 무슨 일을 할지 뻔히 가늠할 수 있는 불쌍하기 그지없는 그녀들을 보호해야 했다. 그가 그랬던 것처럼, 그녀들을 알게 되는 것은 여성의 모든 신비가 사라지는 것이었다. 아기 주머니. 임신한 여자들은 피와 체액이 줄어드는 대신 젖으로 가득 찼다. 말랑말랑 부드러워진 여자들. 침대 한가운데 무릎 꿇고 앉은 그녀들은 구원의 손길을 기다렸다. 그가 햇볕에 검게 살을 그을리는 동안, 그녀들은 바람 빠진 풍선처럼 남자의 발치에 쓰러지기 위해 한껏 부풀어 올랐다. 그녀들을 덮쳐 빨리 사정을 끝내고 가자. 차바 수니가처럼 로시타 베라인의 달콤함에 뒤얽혀선

안 돼. 죽음에 적용시키는 공식을 여자들의 그 문제에도 똑같이 적용시켜야 했다. 그녀들의 다리 사이에서 재빨리 빠져나와 깨끗이 씻는 것. 불쌍한 여자들, 아직도 지구엔 그녀들의 시대가 도래하지 않았다.

파우스타는 그녀의 한계를 넘어섰다. 승자는 이제 그가 아니라 그를 쓰러뜨린 버릇없는 이 계집애였고, 그가 감추고 싶어 했던 것, 자신이 나약한 사내란 사실을 확신케 했다. 파우스타는 그가 마음속 깊이 묻어두었던 기억들을 다시 들춰냈고, 로렌소는 '빌어먹을 여자들'과의 관계를 다시 떠올렸다. 첫번째 여자는 차베스 페온 신부의 에우레카 영화관에서 만난 여자애였다. 매주 일요일, 불이 꺼지는 순간이면 사내애들은 사방에 울리는 폭음을 틈타 여자애들 옆에 앉기 위해 계단 쪽으로 내달렸다. 차베스 페온 신부는 화면에서 키스 장면이 길어지면, 자신의 모자로 영사기의 렌즈를 덮는 습관이 있었다. 관람석의 줄과 줄 사이에서 어린 남자애들의 괴성이 쏟아져 나왔다. "키스, 키스, 키스." 그러면 기름때 냄새를 풍기며 타르단 모자를 귀까지 푹 눌러쓴, 검은 수단을 입은 차베스 페온이 예절 교육에 대한 일장 연설을 늘어놓기 위해 무대 위로 올라갔다. 그가 무대에서 내려오면, 영화는 다음 키스 신이 나올 때까지 다시 계속되었고 에피소드를 담은 삼십 분짜리 필름은 오후 네 시부터 여섯 시 반까지 상영되었다.

로렌소는 자신보다 연상인 소코로 게라 리라의 옆자리에 앉기 위해 그리로 달려갔다. 윤기 흐르는 그녀의 검은 머리카락, 그녀에게서 발산되는 상큼한 레몬 향은 그를 유혹했고, 그가 그녀의 손을 잡았을 때 그녀는 즉시 받아들였다. 더 이상 영화가 눈에 들어오지 않았다. 그녀가 나긋나긋해질수록 그는 흥분의 도가니에 휩싸였다. 그녀에게 키스하고픈 욕구로 고통스러웠지만 소코로는 모른 체 시치미를 떼고 있었다. 하지만 로렌소가 그녀를 자기 쪽으로 끌어당겼을 때, 그에게 먼저 키스한 것은 그녀였다. 그 잊지 못할 의식을 치른 이후, 일요일마다 로렌소는 에우레카 극장의 매표구 앞에 줄을 섰고 소코로에게 키스를 퍼붓기 위해 그녀가 기다리는 자리로 달려갔다. 그는 아무것도 인식하지 못했으며 그저 느껴지는 것에 놀라워했다. 어디까지 도달할 수 있을까? 겉으로 보기에 적정선을 유지하는 쪽은 그였다. 소코로가 상상할 수 없는 심연 속으로 그를 밀어넣으며 그의 바지 앞부분에다 손을 얹었다. 그는 자신의 삶에서 난생처음으로 사정이라는 게 뭔지를 알게 되었고, 세 시간 후 혼란스러우면서도 부끄러운 마음을 안고 루세르나 집으로 돌아왔다.

압둘 하다드가 그에게 결투를 신청해왔다.

"내 애인과 무슨 짓을 한 거야?"

압둘이 더 컸지만, 로렌소는 그에게 달려들어 일격을 가했다. 베리스타인의 체육관에서 몸을 다져놓았던 것이 많은 도움이 되었다. 초인적인 힘이 그에게서 분출되었고 그의 타격은 결정적이었다. 압둘은 꽁무니를 빼며 달리기 시작했고, 로렌소가 다시 자신에게로 몸을 날리는 것을 보자 소형 권총을 꺼내 로렌소의 복부를 향해 쏘았다. "렌초, 일격을 가해." "압둘, 죽여버려"라고 외치던 고함 소리로 난장판이 된 싸움판에 일순간 정적이 감돌았다. 싸움은 감쪽같이 중단되었다. 그때까지도 디에고가 저기 있었으면 좋을 텐데라고 생각할 여유가 로렌소에게 있었다. 그러고는 실신했던 모양이다. 병원의 흰 침대에 누운 그는 지독한 두통과 속이 울렁거리는 구토 증세를 느꼈다. "마취 때문에 그런 거야." 두 눈에 눈물을 글썽이며 레티시아가 말했다. 그녀와 타나 고모가 침대 주위를 지키고 있었다.

"젊은이, 자네가 달타냥 놀이를 하도록 더는 내버려두지 않을 거야."

루세르나의 집에서 몸조리를 했다. 타나 고모, 틸라, 레티시아가 그의 침대 발치를 번갈아 지켰다. "하느님의 도우심으로 다행히 총알이 내장을 피해 갔고 상처는 실로 봉합했어. 장골(腸骨)을 좀 깎아내긴 했지만 간단한 수술이었지."

어떤 여자애가 흐느끼며 그의 안부를 묻기에 이름이 뭐냐고 물었더니 전화를 끊더라고 간호사가 그에게 전했지만, 로렌소는 두 번 다시 소코로 게라 리라를 만나지 않았다. 그는 그녀가 흐느껴 울었다는 말에 얼굴을 붉혔다.

"자넨 어린 황소야, 젊은이." 외과 의사가 친절하게 말했다. "튼튼한 근육벽을 가졌어. 한 며칠 쉬고 나면 전보다 더 좋아질 거야."

소코로와 그 아랍애에 얽힌 추억이 그의 기억 속에서 생생히 되살아났다는 사실이 로렌소는 그저 놀라울 따름이었다. 그 일이 있고 난 어느 날 오후, 그의 침대 모서리에 앉아 있던 타나 고모가 그의 파자마 셔츠의 단추를 풀었다.

"너무 더워, 렌초. 옷을 벗는 게 좋겠어."

그녀의 손길이 닿자, 에우레카 극장에서의 그 뒤얽힌 사건이 로렌소에게서 되살아났다. 도냐 카예타나가 그것을 눈치 챘는지 다시는 그의 몸에 손을 대는 일은 없었다. 다락방의 창문을 통해 멕시코의 모든 열기가 그대로 전해졌다.

"곧 자리에서 일어나게 될 거야. 그때까지 움직이면 안 돼. 아플 테니까 말이야."

"통증에 굴복하란 말이에요, 고모? 그럴 순 없어요!"

그런데 반대로 더 자극적인 충동이 그를 찾아왔다.

"고모, 제 인생은 제가 만들어요. 제가 명령을 내린다구요."

"말은 항상 거창하게 하시지." 레티시아가 웃었다.

욕망의 포로인 로렌소는 의식하지 못했다. 자신이 고통의 침상에 놓여 있는 것이라 상상했고 발기로 괴로웠다. 틸라는 커다란 흰 꽃들로 뒤덮인 침대 시트를 아무 말 없이 갈았고, 두 사람 모두 부끄러움으로 침묵하고 있음을 로렌소는 알았다. 그에게 일어난 모든 일이 부정할 수 없는 사실이었고, 그를 포함한 모든 가족들이 아무것도 알지 못하는 체했다. '이 집에선 육체란 없어. 아무도 섹스의 횡포에 괴로워 몸부림치지 않아.' 로렌소는 생각했다. 욕구불만 역시 육체를 갖고 있지 않았다. 언젠가 레티시아만이—그의 말을 빌리자면, 나이가 어려 짐짓 시치미 떼는 것을 몰랐고 육체에 대해 아무런 생각이 없는—그에게 말했다.

"타나 고모가 틸라에게 그랬어. 오빠를 위해 기도를 많이 해야 한다고. 오빠를 얼마나 사랑하는지 봤지?"

"저 아래에서 또 무슨 말들을 했어?"

"오빠가 여자애들이랑 어울려 다녀서 이렇게 된 거라고 했어. 차베스페온 신부님이 오빠를 야단치려고 오셨었어."

다락방의 뜨거운 열기 속에서 로렌소의 육체는 화끈 달아올랐다. 전에는 순결한 영혼의 소유자였지만, 지금은 주체할 수 없는 육체를 길들여야 했으며 침대 시트 아래에 자신의 충동적인 욕구를 감추어야 했다. 다른 가족들이 자신을 이상한 눈으로 본다는 것을 알았지만 아무도 그 실체를 보진 못했다.

"네 아버지께서 널 보자고 하시는구나. 식당으로 내려올 수 있으면 말이다. 고통으로 정화될 수 있음을 기억하라는 말씀도 하셨어." 타나 고모가 엄숙하게 말했다.

"고통이 그렇게 위대한 스승이라면, 왜 그가 고통을 겪지 않는 거죠?

왜 직접 날 보러 올라오지 않는 거예요?"

"그럴만한 이유가 있겠지. 참, 당돌한 애구나. 네 아버지가 다락방에 올라와야겠니?"

"이봐, 레티, 디에고에게 말해서 나한테 『종의 기원』이란 책을 갖다 달라고 해주겠니?"

디에고가 다락방으로 올라왔을 때, 그들은 다윈과 불쌍한 압둘 하다드와 소코로의 얘기뿐만 아니라 복부에 난 총상에 대해서도 이야기를 했다. "상처 좀 보여줘." 로렌소는 상처 자국을 보여주며 우쭐거렸다. "얼마나 운이 좋았는지 몰라! 아프니?" "쿡쿡 쑤시는 게 다야. 긁고 싶지만 그랬다간 꿰맨 데가 터지고 말거야." "몇 바늘 꿰맸어?" "검은 실로 열세 바늘." 로렌소는 정말로 인간 본성이 자유의 원천인지를 친구에게 닦달하듯 물었다. "난 생물학자가 아니라서 잘 모르겠어, 렌초." "꼭 알아야만 해, 디에고." "모른다고 했잖아." "좋아, 그럼 나 대신 베리스타인 박사님께 물어봐줘." "알았어. 참, 아빠가 너한테 안부 전하더라는 말을 내가 했던가?" "고마워, 그 본성에 관한 질문을 꼭 물어봐줘." "네 불같은 성질은 여전하군그래. 이제 더 이상 병원엔 가지 않아도 될 거야. 봐, 아빠가 너한테 사르미엔토*의 『파쿤도』를 보내주셨어." "빅토르 위고의 『레미제라블』은 가져다줄 수 없겠니?" "지금 병상에 있는 너한텐 어울리지 않아. 나중에 읽도록 해."

단 한 번 로렌소는 에우레카 영화관을 찾았다. 그 권총 사건 이후 소코로를 본 사람은 아무도 없었다. 차베스 페온 신부가 그를 힐책했다.

---

* 도밍고 파우스티노 사르미엔토(1811~1888): 아르헨티나의 사상가. 『파쿤도*Facundo*』(1845)는 가우초의 이야기를 최초로 진지하게 묘사한 작품으로 팜파스와 도시문명 간의 문화 충돌을 다룬 것이다.

"너 때문에 그 애가 그렇고 그런 애라는 소문이 쫙 퍼졌어. 앞으로 결혼이나 제대로 할지."

제기랄! 로렌소가 지금 당장 거실로 내려가 데 테나 집 식구들에게 그 권총 사건으로 훨씬 더 나은 다른 삶을 보게 되었다고, 그 삶이 저 바깥에서 그들을 기다리고 있다고 말한다면, 그들은 억압받는 사람도 자신이며 멍청한 사람도 자신이라고 그에게 말할 것이 분명했다. 데 테나 집안이 명문가 중 하나였다면 어떻게 최상의 삶을 누리려 하지 않았겠는가? 고조모 아순시온은 카를로타 왕비의 시녀였다. 에스칸돈, 링콘 가야르도, 로메로 데 테레로스, 마르티네스 델 리오 집안들처럼, 데 테나 집안은 자신들의 문장(紋章)에 새겨넣은 모토대로 살았었고 그 찬란한 족보와 빛나는 영예로 멕시코에서는 몇 안 되는 귀한 가문에 속했다. 그들의 조상은 스페인 사람이었고 그들은 왕을 자신들의 소유물인 것처럼 말했으며 막시밀리아노 황제와 카를로타 왕비와 이주 친밀한 사이라도 되는 것처럼 말했다. 그렇게 떠벌리는 말들이 최소한의 반향이라도 불러일으킬 가능성은 전혀 없었다! 하지만 후안과 레티시아에게 그 사실은 참 유감스러운 것이었을 것이다. 빌어먹을!

그는 옛 기억을 떠올리는 것을 멈추었다. 파우스타를 생각하는 강렬한 마음이 자신의 실체를 환영으로 날려버렸다. 하버드와 토난친틀라에서의 일들이 그를 맴돌며 사라져버렸다.

"일을 해야 해. 파우스타에게서 헤어날 수 있는 유일한 방법이야. 사랑 때문에 시간을 낭비할 순 없어."

"벌써 수요일이야? 세상에! 시간이 어떻게 가는지 모르겠군." 그가 하는 말을 들었을 때, 파우스타가 말했다.

"하루도 빠지지 않고 매일, 어떤 날엔 두 번씩이나 시간을 그냥 허비했다고 한탄을 하시네요. 시간이란 게 뭔지 정말 아무도 모른다면, 걱정할 게 뭐가 있어요? 그건 그냥 지나쳐가는 아주 가느다란 공기일 뿐이라구요. 괴롭지만 어떡하겠어요, 붙잡을 방법이 없으니." 외로운 날들이 이어지자 로렌소는 아주 조심스럽게 파우스타를 시간에 대한 자신의 강박관념을 함께 나눌 상대로 여겼다. 그녀에게 『인생은 꿈이어라』라는 작품에 관해 말했을 때, 공고라*, 고야, 벨라스케스, 로페**보다 삼십팔 년 후에 태어난 칼데론 델 라 바르카***가 스페인 황금세기의 주역들이라고 대답하는 그녀에게 그는 적잖이 놀랐다.

"파우스타, 칼데론 델 라 바르카를 어떻게 알아?"

"연극을 통해서 알게 됐죠. 세히스문도를 유일하게 다룰 줄 아는, 클로탈도란 이름의 하인이 정말 맘에 들었어요. 어떻게 들으면 추한 이름 같기도 하지만 또 어떻게 들으면 매력적인 이름이에요. 제가 그린 이 소녀 그림을 잘 보세요. 하지만 제 미완성 작품들이 영 마음에 들지 않아 추한 이름들을 붙였죠. 그중 기억나는 하나가 헤다우레라는 이름이에요. 마음에 드는 멋진 작품이 완성되는 날엔 로드리고, 토마스, 안드레스, 니콜라스, 루카스, 크리스토발, 이네스 같은 이름들을 붙일 생각이었는데 단 한 번도 그런 그림을 그릴 수가 없었어요. 헤다우레로부터 벗어나지 못한

---

* 루이스 데 공고라 이 아르고테(1561~1627): 스페인 시인. 그의 후기 작품은 언어의 자유로운 전위, 부자연스러운 대구, 과장된 비유, 수사의 조탁(彫琢) 등 난해한 것으로 그의 난해한 시풍은 '교양주의' 또는 '공고리스모Gongorismo'라 불린다. 대표작은 「폴리페모와 갈라테아의 우화」 「고독」 등이다.

** 펠릭스 로페 데 베가 이 카르피오(1562~1635): 스페인 작가.

*** 페드로 칼데론 델 라 바르카(1600~1681): 스페인 극작가. 로페와 함께 당대 스페인 연극계를 주름잡았던 칼데론은 스페인 특유의 종교극인 성찬 신비극의 완성자로 평가되기도 한다. 대표작 중 하나로 『인생은 꿈이어라』가 있다.

거죠."

"그건 완벽에 대한 추구야."

왕비가 아기를 낳다가 죽고 그 아기가 자신의 왕위를 빼앗을 것이란 예언자들의 말에 폴란드의 왕 바실리오가 세히스문도를 탑 속에다 어떻게 가두게 되는지, 그 경위를 파우스타가 들려주었다.

"박사님, 클로탈도 말고는 세히스문도를 제대로 아는 사람이 아무도 없었어요. 그가 성년이 되었을 때, 왕은 예언자들과 상의한 후 하인에게 아들을 감옥에서 데리고 나와 궁궐로 데려오라고 명령했어요. 그를 한번 시험해보기로 한 거죠. 클로탈도는 그에게 물약을 건네주었고 그걸 마신 세히스문도는 궁궐에서 아침을 맞았어요. 잠에서 깨어난 그는 그때까지 여자를 한번도 본 적이 없었기 때문에 로사우라에게 난폭하게 굴었고, 왕실을 모욕하는 말을 내뱉었으며, 신하 한 명을 발코니로 집어던졌죠. 세히스문도는 힘이 어마어마한 괴물이었거든요. 아들이 왕이 될 수 없음을 확인한 아버지는 그로 하여금 그 모든 일들이 꿈이었다고 믿게 하면서 그를 다시 감옥으로 돌려보냈어요. '꿈을 꾸네/여기 감옥에 갇혀서,/꿈을 꾸었네./다른 환경에 놓인 아주 만족스러운 날 보았지./인생은 무얼까? 광란,/인생은 무얼까? 환영,/그림자, 허구,/최고의 행복은 작은 것,/모든 인생은 꿈이어라,/꿈, 꿈이어라.' 하지만 세히스문도 왕자는 사랑에 빠졌고 그가 유일하게 기억하는 것은 사촌 에스트레야에 대한 사랑이었어요. 아름답지 않아요, 박사님?"

"뭐라고 했어?"

파우스타가 그랬던 것처럼 로렌소 역시 세히스문도의 독백을 음미하며 무엇 때문에 자신들은 새와 곰처럼 자유롭지 못한지를 자문했다. 그들은 이구동성으로 말했다. "내가 깊은 영혼을 소유했기에, 자유를 누리지 못하는 걸까?" "내 이 본능 때문에, 자유를 누리지 못하는 걸까?"

과거를 반추한다는 것은 늙음의 매우 확실한 표지였고 로렌소는 그것이 두려웠다. "내 몸이 늙어가고 있음을 인정해. 그렇지만 이 두뇌는 그렇지 않아. 날 실망시키지 않을 거야. 아무도 날 앞설 수 없어."

28

시티에서 돌아올 때마다 어쩌면 파우스타가 없어졌을지도 모른다는 생각에 로렌소의 마음은 오그라들었다. 그녀는 이미 토난친틀라 직원 중 한 명이었고 급료 지불 명부에도 이름이 올라 있었다. 도대체 파우스타는 몇 살쯤 되었을까? 그녀는 산전수전 다 겪은 듯한 그런 느낌을 풍겼다. 몇 가지 피가 섞여 그녀의 몸속을 흐르는 것일까? 누가 그녀를 저런 형태로 만들었을까? 스스로 변화되기를 바랐던 기적, 이제 로렌소는 그 기적을 기대하지 않았다. 그런데 지옥으로부터 온 한 여인이 그에게 그것을 선사했다. 파우스타는 마약을 했고 마리화나를 피웠다. 젊은 사내애들은 그녀가 자신들과 마약을 함께하고 그들처럼 말했기 때문에 자신들 중 한 명쯤으로 여겼다. "안녕하세요, '마이 닥'?" 그녀가 그의 옆으로 다가오며 말했다. "마이 닥이라고? 그런 식으로 날 부르지 마." 로렌소는 그녀에게 이렇게 말해주고 싶었지만 꾹 참았다. 대신 다른 질문으로 복수하고 싶었다. "늘 똑같은 바지야?" "다른 거예요. 잘 보세요, 마이 닥. 이 바지는 주머니가 엉덩이 쪽에 있지만 다른 건 양옆에 있잖아요." 이번엔 그녀가 그에게 물었다.

"왜 머리를 기르지 않으세요?"

"나 말이야?"

"예, 아인슈타인처럼 헝클어진 긴 머리 말이에요."

언젠가 그녀는 록 음악을 들으며 아주 감동했다.

"제니스 조플린*을 아세요? 그녀의 노래를 들어보셨어요?"

그녀는 완전히 정신이 나가 있었다. 그저 놀라운 인간이라고밖에 할 말이 없었다.

토난친틀라에 정착하고 몇 달 되지 않아, 그녀는 정수리의 머리카락을 빳빳이 세우고 나타났다. 세 갈래로 땋아내린 아름다운 검은 머리카락을 싹둑 잘라버렸다. 로렌소는 불쾌한 감정을 감춘 채, 그녀에게 물었다.

"어떻게 그렇게 머리카락을 세울 수 있지?"

"남자들이 사용하는 젤로요, 박사님. 한번 만져보세요."

파우스타는 로렌소의 손을 자신의 머리 위로 가져갔다. 머리카락들이 완전히 딱딱하게 굳어 있었다. 고행자의 촘촘히 못 박힌 판자도 더 이상 관통할 수 없을 것이다. 그녀의 손이 잠시 주춤했다. 하지만 촘촘히 가시 박힌 머리를 한 파우스타가 얼마나 매력적으로 보였는지! 시간이 지나자 그녀는 그 머리가 지루했던지 다시 머리카락을 기르기 시작했다.

로렌소에게 있어 마약과 마리화나는 펑키 문화와 디스코, 록 음악, 낙태를 일삼는 의사들, 슈퍼마켓 습격, 난교(亂交)의 더러운 세상을 함축하는 것이었다. 그렇기에 종국에 가선 황폐함밖엔 남는 것이 없었다. 그는 함께하고픈 이와 나란히 잠자리에 누웠다. 하지만 그는 남자였다. 그

---

* 미국의 전설적인 여성 로커. 1970년 헤로인 과용으로 27세에 사망.

녀는 아주 멀리 가버린 듯했지만 T-타우리와 마찬가지로 그에게 순수한 느낌을 주었다.

지금 당장 파우스타는 토난친틀라의 홍역이었고, 리베라 테라사스의 열의를 고려한다면 곧 푸에블라 대학교의 홍역이 될 것이다. 자신이 몸담고 있는 대학을 무척이나 염려한 루이스는 로렌소에게 그곳에서 일어나는 소식들을 전하곤 했다. "적어도 정치, 경제 문제들을 두고 토론을 하기 시작했어. 얼마 전까지만 해도 문화 활동이라고 부를 수 있는 게 캠퍼스 미사가 고작이었다니까."

로렌소와 루이스는 시간을 할애하여 고등교육에 대한 많은 얘기를 나눴다. 루이스의 말에 따르면, 카롤리노 건물 입구에 들어서면, '시험기간을 맞아 드리는 캠퍼스 감사 미사에 법대생들을 초대합니다'라는 커다란 현수막이 걸려 있다는 것이다. 대주교가 그들을 자주 방문했으며, 과달루페 성당으로의 순례는 의례적인 학교 행사에 속하는 것이었다. "우리가 설 자리는 어디야, 렌초?" 루이스는 절망했다. "똑같은 일이 물리학과에서도 벌어지고 있어. 레레나라는 스페인 저자가 쓴 아주 형편없는, 정말이지 형편없는 책을 교재로 쓰고 있는데 그가 물리학에 대해 알고 있는 건 가위로 자르고 붙여서 짜깁기 한 정도라니까. 칠만 명이나 되는 예비 학생들이 그 책을 산다는 걸 생각해보라구!"

루이스는 양손을 움켜쥐었다. "왜 단 한 과목이라도 수업을 하지 않는 거야?" "마찰이 있다는 걸 자네도 알고 있잖아, 루이스. 부디 내 연구를 가엾게 여겨주게나. 매번 충분한 연구를 하지 못하고 있는 형편이야." 루이스는 강조했다. "적어도 중량과 질량을 혼동하지 않는 선생들을 채용해야 해. 내 말 좀 들어봐, 렌초. 물리학 강의실에 들어갔는데, 글쎄 말이야, 그 선생이라는 작자가 섭씨온도와 캘빈온도의 차이도 알지 못하는 거 있지."

공산주의자로 과달루페 성모에 대한 신심이 두터울 뿐 아니라 마카렌코*의 '교육적 시'에도 충실한 테라사스를 로렌소가 놀렸기 때문에 그는 웃으면서 얘기를 마칠 수밖에 없었다. "대학에서 한 선생이 그가 '멕시코 종족'이라 부르는 것에 대해 나한테 설명을 하는데, 그게 말이야, 과달루페 성모와 코바동가 성모의 미숙아라는 거 있지."

"세상에! 그가 다른 네 인종—백색, 흑색, 황색 그리고 멕시코인들끼리 섞여서 만들어진 구리색—보다 월등히 우수한 다섯번째 인종인 우주 종족**에 대해 말할 때는 바스콘셀로스를 능가하는군그래! 붉은 피부빛을 가진 사람들 못지않게 구릿빛 피부의 사람들도 뛰어나지." 로렌소는 웃었다.

어느 날 새벽, 간밤에 누가 그랬는지 토난친틀라 천문대 담벼락은 낙서들로 엉망이었다. '테나와 테라사스는 공산주의자,' '안티 멕시칸,' '빨갱이들은 꺼져라,' '마을의 적,' '공산주의는 뒈져라,' '배신자들,' '테나와 테라사스는 호모래요.' 반공산주의자들에 대한 투쟁이 토난친틀라에까지 밀어닥쳤다. 새로운 사상을 가진 사람이라면 누구나 할 것 없이 마을의 전통을 위협하는 것이었다. 푸에블라는 다른 주보다도 더 강한 보수주의 색채를 띠었으며, 자유주의자라면 누구나 할 것 없이 모스크바를 배신한 볼셰비키 당원이라고 비난했다.

푸에블라 자치 대학교에서는 육십 명을 수용할 수 있는 강의실에 백이십 명이나 되는 학생들이 서로 밀쳐대며 수업을 받는 형편이었다. "선생님들, 여러분들은 여덟 시간은 학교에 남아 있어야 할 의무가 있어요"라고 테라사스가 선생들을 보고 말했을 때, 그중 한 명이 항의를 하고 나

---

* A. S. 마카렌코(1888~1939) : 러시아의 교사이자 집필가, 교육철학자.

** 바스콘셀로스의 책 제목.

섰다. "말씀에 동의는 합니다만, 제가 나무 아래나 바위 위에 앉아 있기를 바라시는 건가요?" 선생들에게 작은 연구실 하나도 제대로 제공하지 못하면서 어떻게 학교에 남아 시간을 보내달라고 요구할 수 있단 말인가? 많은 학생들은 자신들의 집에서 과제를 할 수 있는 공간을 얻지 못했다. 강의실이 더 필요한 실정이었다.

"잘 봐. 4인용 책상이 열 개 있으니까 우리들은 그저 마흔 명의 학생들에게 도움을 줄 수 있을 뿐이야. 이런 대학이 멕시코에서 오랜 전통을 가진 대학이라구." 로렌소는 교육부 장관과 얘기해보겠다고 약속했다. 하지만 그와 루이스는 천성적으로 비관주의자들이었다. "불쌍한 나라! 가엾은 멕시코! 젊은이들의 미래는 어떻게 될까?"

리베라 테라사스가 푸에블라 대학교에서 겪은 문제들은 로렌소에게 대학도시에서의 이공계 대학 설립과 그 후 몇 년 뒤에 있었던 과학연구 아카데미 설립을 떠올리게 했다. 화학자 알베르토 산도발 란다수리는 높은 과학동 건물의 11층과 12층 그리고 13층 공간을 넓히기 위해서 손수 벽을 허물어뜨렸다. "난 내 실험실에 필요한 물건들이 뭔지 정확히 알지. 유리 작업실과 창고, 공기압축기와 진공압축기를 원해." 한 손에 망치를 든 그는 탄소이산화물이 든 소화기와 높은 수압의 살수기 설치를 요구했다. 위험을 감수하고 있을 수만은 없었다. 그는 건축가 카초가 여러 사람들에게 말한 대로, 페르난도 월스가 커다란 메탄올 병이 놓여 있는 보일러 앞의 디젤 기름 웅덩이에 미끄러지는 바람에 온몸에 불이 붙어 심한 화상을 입은 일을 로렌소에게 들려주었다.

화학공대의 학장은 무뚝뚝하다고 소문이 나 있었고, 그의 목소리에는 정력이 넘쳐났다. 빙 돌려 말하지 않고 직설적으로 말해버리는 그의 스타일이 로렌소는 마음에 들었다. "사내다운 그런 타입의 사람과 사귀는 게 좋아.” 그들은 같은 방식으로 문제를 해결했다. 늦은 오후에 함께 차를 마시는 것이 습관처럼 되어버렸다.

자신들의 급료에 대해 불평을 늘어놓는 과학자들과는 달리, 산도발 란다수리는 월 육백 페소의 급료를 대단히 큰 액수로 여겼고, 그런 그의 무욕(無慾)이 로렌소를 감동시켰다.

“과학동 건물에 이상한 기운이 감돌고 있다네.” 산도발 란다수리가 그에게 말을 꺼내기 시작했다. “꼭대기 층에 있기 때문에 알게 된 건데 말이야, 서로 인사를 건네는 사람 없이 엘리베이터에서 내려. 다른 분야에 대해선 서로 모르는 거지. 우리가 과학자들의 호기심도 자극하지 못하면서, 어떻게 일반인들의 호기심을 자극할 수 있단 말인가? 서로에 대한 동료들의 무관심이 극에 달했다고 여겨지지 않나? 자넨 내 친구야, 로렌소. 날 좀 도와주게나.”

그가 기르는 암캐 니카는 어디든 주인을 따라다녔다. 아스팔트처럼 검은 털을 가진 그 개는 회의용 긴 책상 아래 누워 있었는데 얼마나 꼼짝 않고 누워 있었던지 사람들이 그에게 “당신 개가 박제된 거요?”라고 물어볼 정도였다. 그런 니카도 회의가 끝났음을 알리는 박수 소리가 나면, 밖으로 나가기 위해 꼬리를 이리저리 흔들어대며 용수철처럼 벌떡 일어났다. 니카가 칼에 등이 찔려 죽었고 로렌소는 그의 친구와 슬픔을 같이 했다. “난 늘 개를 길렀고 항상 정원에서 살다시피 했지.” 그에게 털어놓은 말이었다.

“우리 말고 누굴 회원으로 임명하나?” 과학연구 아카데미 설립을 결정했을 때, 산도발 란다수리는 웃었다. 로렌소의 도움을 받아가며, 그는 회원들을 뽑았다. “안 돼, 그 작자는 안 돼. 불쾌하기 짝이 없어.” “그 낯짝 두꺼운 늙은 여자는 보고 싶지 않다네." "이 자는 내뱉는 말마다 거짓말이야. 손톱만큼도 신뢰할 수 없어." 정부의 지원을 받아 운영되는 학교에서 교육받은 산도발 란다수리는 아주 덩치 큰 아이처럼, 시원시원한 의견을 내놓았다. 로렌소처럼 그도 이론을 내세우는 것보다는 행동으로 옮기는 것이 훨씬 더 시급한 일이라고 여겼다. "우리의 더딘 발전이 언제까지 계속될지 모른다네. 사회자본을 기대할 수 없고 인적자원은 물론 경제자원도 생각할 수 없어. 우리 계획이 오십 년은 뒤처져 있지. 멕시코 기업인들을 참여시키지 않는다면, 과학 발전을 이룩한 제1세계 국가들과는 결코 경쟁할 수 없을 거야. 과학 분야부터 손을 써야 해. 하지만 결점투성이 정치인들이 그걸 이해 못하는 동안, 기차는 우릴 싣고 떠나버리고 말 거라네, 로렌소."

로렌소는 새로 만들어진 아카데미를 주재하면서 만족감을 느꼈다. 처음에 스물다섯 명의 회원을 받아들이고 다시 스물다섯 명을 더 받아들였다. 그는 우수성을 거듭 강조하여 말했다. "우리는 최고 수준의 사람들, 완전히 차별화된 최고 수준의 사람들로서, 엄격해야 합니다. 미라나 신성한 소, 거드름이나 피우는 당나귀 따위는 절대 용납치 않습니다." 그는 마흔 살 미만의 연구자들을 고무시키기 위해 일 년에 한 번 상을 수여하기로 했다. 물론 과학 분야에 우선권을 주겠지만 인문과학 또한 장려할 것이다. 첫 수상자들 중 한 사람은 변호사인 엑토르 픽스-사무디오였다. 하지만 젊은 물리학자 마르코스 모쉰스키에게 상을 수여한 것이 로렌소에게는 크나큰 기쁨이었다.

아카데미의 회원이 되기 위해서는 최근 삼 년 사이에 한 편의 과학논문을 써낸 실적이 있어야 한다는 규정이 마련되었다.

로렌소는 어처구니없는 고집을 부렸고 그의 그런 행동을 어이없어 하며 듣는 사람들도 있었다.

"적어도 삼 년에 한 번은 우수 논문을 발표할 필요가 있어. 그렇게 되면 산도발 바야르타 같은 사람을 우리 학회에서 내쫓을 수 있지. 명예 따위나 먹고사는 괴팍한 성격의 늙은이들을 받아들일 수는 없어. 마누엘 산도발 바야르타는 논문을 발표하지 않았기 때문에 제명시켜야 해!"

어떻게 데 테나가 최고 과학자에게 그토록 흉포하게 굴 수 있을까? 산도발 바야르타는 그를 엘 콜레히오 나시오날에 받아들여준 사람이기도 한데 말이다.

"내 생각엔 거물급 인사를 대외적으로 내보이는 것도 중요할 것 같아." 알베르토 바라하스가 대답했다. "자네의 요구는 거의 모든 수학자들을 내쫓는 거야. 그들 중에는 나도 포함되어 있고 조만간 그라프도 포함될 걸세."

"완전히 미쳤군!" 나보르 카리요가 중간에 끼어들어 말했다.

"활발한 연구를 위해선 꾸준히 논문 발표를 해야 한다는 게 마르코스 모쉰스키와 알베르토 산도발 그리고 내 생각이야."

"자네가 논문을 써내듯이 그렇게 발표를 할 수 있는 사람은 아무도 없어." 나보르 카리요가 힘주어 말했다. "좀 자제해, 이 친구야. 자네의 그 잣대로 과학자들의 공동체를 평가해선 안 돼. 우린 극소수야. 자네가 사람들을 내쫓기 시작한다면, 우리를 따르는 사람들이 자네와 아주 불편한 사이가 될 수도 있다는 사실을 기억하라고. 우리에게 길을 제시해준 사람들과 자네의 관계처럼 말일세."

"만약 늙은이들이 연구를 게을리 한다면, 쓰레기장으로 보내는 편이 나아." 로렌소는 거듭 말했다. "우리가 젊은 과학자들의 우수함만 요구한다면, 우리 자신에게 만족할 수 없을 거야."

"자네는 완전히 외톨이 신세가 될 거야."

"불이익을 당할 각오는 되어 있어. 우리가 그냥 묵인하고 넘어간다면, 실패하고 말 거야. 이 나라 국민들의 생활 속에 과학은 존재하지 않아. 인도나 아프리카의 상황이 우리보다 훨씬 나은 편이지. 제1세계 국가들에선 고등학교 진학률이 팔십 퍼센트에 육박하는 데 반해 멕시코에선 채 삼십 퍼센트도 되지 않아. 국립대학교와 폴리테크니코 대학교를 제외하면, 우리 대학들은 어디에도 그 명함을 내밀 수 없을 정도야. 중학교 수준에도 미치지 못하니까. 그렇다고 우리가 엘리트 연구자에 속하는 것도 아니야. 바라하스, 그건 누구보다 자네가 더 잘 알 거야. 다방면으로 엄청난 교육적 노력을 기울이지 않는다면, 우린 낙오자가 되고 말 걸세."

"몇 편의 논문을 발표하느냐가 아니라 얼마만큼 알고 있느냐 하는 것이 어쩌면 더 중요한 게 아닐까." 알베르토 바라하스가 주장했다. "출판하느냐, 망하느냐 하는 것은 미국인들에게서 받은 영향이야."

"그래. 그렇긴 하지만 우리가 미국의 경쟁 상대가 되어 그들과 겨룰 수 있는 유일한 방법이기도 해."

"자네는 점점 에로를 닮고 있어. 괴팍하고 무뚝뚝한 사람이란 소문이 났어. '그 테나 선생이란 작자는 모두를 내쫓을 작정인가?'라며 학생들이 쑥덕거려. 모두들 자넬 피해. 내게 와서 불평을 늘어놓더군. 자네는 과학자들의 단체를 만들려고 하면서 그들을 난폭하게 다루고 있어."

"자네들은 어리석고 경솔해, 나보르. 월트 디즈니의 세 신사*처럼 말이야. 기억들 하는가?" "우리는 세 명의 신사들이라네……." 로렌소는 더 이상 아무 말 않고 가볍게 이리저리 오갔다. "자네들은 스타 증후군에

---

* 월트 디즈니사의 1945년 작품으로 만화영화의 주인공은 도날드 덕이 맡았다.

빠졌어. 자네들의 유일한 관심사는 유명인이 되는 거야." 그가 말했다.

"자넨 이미 유명해졌으니 문제될 게 없겠지. 자네의 그 편협한 생각이 아카데미를 망쳐놓을 거야."

"그 반대로, 내가 가능한 것을 요구하지도 못하고 게으름 피우는 연구자들을 내쫓지도 못한다면, 아카데미를 없애버릴 거야."

멕시코는 권력이 지배하는 사회였다. '너의 미래에 포드 차가 있다'는 것이 '내 민족을 위해 영혼을 노래하겠노라'는 것보다 더 큰 의미를 갖고 있었다. 대학에서도 권력을 가진 세력들이 판을 치며 거들먹거렸다. 처음에 로렌소는 총장과 마찰이 있었다.

"전 동의할 수 없습니다." 그는 경멸하는 듯한 표정을 지었다. "부끄러운 일이에요."

"아, 로렌소. 자넨 아주 섬뜩한 판단을 곧바로 내리는군!"

"총장이라는 사람이 자기 집 정원을 손보기 위해 학교 정원사들을 데려다 쓰는 건 부끄러운 일이에요. 따로 정원사를 두셔야죠."

데 테나는 나약함을 용납치 않았다. "너무 심하군, 로렌소. 도가 지나치잖아!" 토난친틀라에서 루이스 리베라 테라사스가 얼굴을 찡그리며 그에게 말했다. "그를 좀 가만히 내버려둬, 결국 우리의 손님이잖아." 사 년 전, 그들은 자신들의 연구결과를 그 분야에 정통한 사람들과 나누기 위해 소련과 미국의 과학자들을 토난친틀라로 초대했다. 그들은 토난친틀라의 아름다움에 깊은 인상을 받았고, 로렌소가 방문객을 한 사람씩 붙잡고 늘어지기 전까지는 모든 것이 아주 만족스러웠다. 그는 그들을 몰아붙이면서 연구 내용을 두고 토론을 벌였는데 완전히 녹초가 된 연구자들은 모임을 통솔한 이의 말에 모두들 고개를 끄덕이며 동의하기에 이르렀다. "이

건 도저히 풀 수 없는 신비야, 과학이 아니라 신비라니까!" 이 같은 혹평을 통해 그는 자신의 연구에 대한 다른 연구자들의 의견을 듣게 되었고 자극을 받았다.

푸에블라 대학교과 국립대학교 학생들과도 마찬가지였다. 그는 그들과 몇 시간이고 토론을 벌였다. 로렌소의 생각은 나날이 성숙해갔고, 그는 그것을 글로 쓰기도 하고 루이스와 토론을 벌이기도 했다. 밤에는 자신의 경쟁자에게 난폭하게 굴었다. "죽여버릴 거야." 그는 광폭한 논쟁자였지만, 다음 날 루이스는 풀이 죽어 있는 그를 만났다. "물리학에 대해서 충분한 것인지 모르겠어." 그리고 어느 날은 몇 년 못 가서 젊은이들과 경쟁할 수 없을 거라고 그에게 소리 질렀다. "난 대학 교육을 받지 못했고 내 직관 역시 만족스럽지 않아."

하지만 그가 문제에 대면하는 유일한 방법은 상대를 위협하는 것이었다.

"렌초, 왜 해럴드 존슨에게 스페인어로 말하라고 강요하는 거야? 그건 그를 모욕하는 거라구." 리베라 테라사스가 불평했다.

텍사스 인스트루먼트사*에서 온 도날드 켄덜이 그에게 "전 아메리칸입니다"라고 말했을 때도 그가 한 말을 정정했었다. "나도 역시 아메리칸이라네. 자넨 북아메리칸이지." 그는 딱 잘라 말했다. "미국인들이 아메리카에 욕심을 내고 있지만, 아직 대륙 독점권은 갖지 못했어."

"우리들이 멕시코에 있으니 이 그링고가 우리 말을 해야지."

"괜한 시간 낭비야."

"상관없어, 참을 수 있어."

---

* 미국의 전자 · 전기 제품 회사.

"그렇지 않을 걸."

"그링고는 우리 말을 하게 될 거야. 그만큼의 희생은 치러야지."

"그게 무슨 의미가 있어? 그렇게 해서 자네가 얻는 게 뭐야?"

"존중할 줄 아는 마음, 우리도 자기들만큼 가치 있는 사람들이라는 걸 알아야 해."

"로렌소, 과학 용어는 현대사회의 라틴어라고 불리는 영어라구. 독일 사람, 이탈리아 사람, 스웨덴 사람, 네덜란드 사람 할 것 없이 전 세계가 영어로 말해."

말싸움을 끝낸 테나와 리베라 테라사스는 각자 자신들의 연구실로 들어갔다.

심상찮은 조짐들에도 아랑곳하지 않고, 로렌소는 자신의 의지를 강행하여 아카데미를 굳건히 다져갔다. 하지만 어느 월요일 우편함을 열었을 때, 알베르토 산도발 란다수리로부터 온 편지 한 통을 발견했다. "별 다른 방법이 없군. 최근 삼 년 동안 단 한 편의 논문도 발표하지 못했다네. 규칙을 정했으니 그걸 깨뜨려선 안 되지." 자신들의 규칙을 지키기 위해서 산도발 란다수리는 아카데미를 떠났다.

그의 모습이 모임에서 보이지 않게 되자, 로렌소는 그가 그리웠다. 그는 산도발 바야르타와 산티아고 헤노베스의 제명을 조장했고 점점 외톨이가 되어갔다. 걸음을 뗄 때마다 자신을 향한 사람들의 비판의 소리가 감지되었다. "증오스러워." 언젠가 이그나시오 곤살레스가 한 말을 들었다. 나머지 회원들은 언제 터질지 모를 폭발을 두려워했지만 로렌소는 팔짱을 낀 채 방관만 하지는 않았다. 산도발 란다수리는 그에게 비판적인 평을 해주는, 그에게는 꼭 필요한 사람이었다.

그들은 과거까지도 함께 공유했다. 두 사람 모두 기예르모 젠킨스을 알고 있었다. "렌초, 네 자존심은 한옆으로 젖혀둬. 혐오감 따윈 잊어버리고 젠킨스을 한번 만나봐." 베리스타인이 그에게 넌지시 말했다. "그는 푸에블라를 사랑해. 네가 외교적으로 나간다면, 도와줄지도 몰라. 술 판매 과정에서 저지른 그의 재정적 실수를 모두들 알고는 있지만 그는 기업인이고 널 이해해줄 수 있는 유일한 사람이야." "더 이상 아무 말도 하지마." 로렌소가 화를 냈다. "'재정적인 실수라'! 횡령한 사기꾼을 지금은 그런 식으로 부르니?" "사기꾼이든 아니든, 그를 한번 만나봐. 내가 힘닿는 데까지 널 돕긴 하겠지만 꿈에서라도 젠킨스의 재력은 손에 쥐어보지 못할 거야."

푸에블라의 절반을 소유한 젠킨스는 깨끗하지 못한 방법으로 엄청난 부를 축적한 사람이었다.

로렌소의 바람 중 하나는 학생들에게 장학금을 지급하는 것이었다. 젠킨스의 개인비서가 그에게 전화를 했다. "영사님께서 월요일 열두 시에 박사님을 만나시겠답니다."

그의 사무실 문을 열고 들어섰을 때, 로렌소는 자신을 억제했다.

"오, 공산주의자 양반!"

"아, 밀수업자 나리!"

"내가 밀수업자라고? 당신이 뭘 잘못 알고 있군그래."

로렌소가 등을 돌려 나가려는 순간, 전직 미 영사의 강력한 손이 그의 어깨 위로 내려앉았다.

"들어와요, 박사."

그의 설명이 끝나자, 젠킨스는 딱 한마디를 했다.

"내가 당신을 돕겠소."

"후원의 대가로 원하는 게 뭐죠?" 로렌소가 물었다.

"내가 뿌린 돈으로 무엇을 했는지 볼 수 있게 날 초대해주는 거요."

"좋아요. 당신이 저지른 잘못을 그런 식으로 씻을 수 있는지 한번 두고 보죠."

사무실에서 나오자, 건장하고 키 큰 한 사내가 다짜고짜 그를 껴안았다. "정말 굉장하잖소, 얼마나 굉장한지! 젠킨스는 어마어마한 부자요, 푸에블라 주에서 가장 많은 땅을 소유한 사람이니 말이요. 재산이 굉장할 뿐만 아니라 갖은 방법을 총동원해서 엄청나게 부를 늘렸죠. 알코올 생산을 하는 아텐싱고 제당공장을 알고 있소?"

로렌소는 자신을 껴안으려는 그 사내를 피했다. 어깨가 그렇게 넓은 사람은 아니었다. "난 리베라 테라사스의 친구요. 그리고 당신과도 친구가 되고 싶소. 몇 년 전 공산당에 입당했죠. 내 이름은 알론소 마르티네스 로블레스요. 우리 점심 식사나 함께합시다. 당신과 테라사스처럼, 소득이 불평등하게 분배된다고 믿고 있소."

로렌소는 뒤가 구린 자본가의 대기실에서 그가 뭘 하고 있었는지 물어보려다 꾹 참았다. 그 사내 역시 같은 질문을 할 수 있었을 것이다. 빌어먹을 놈의 자본주의. 젠킨스 같은 인간에게 도움을 구하러 와야 하는 것이 얼마나 지랄 같은지! 하지만 그링고는 그에게 인색하게 굴지는 않았다. 모든 경영인들처럼 즉시 일을 처리했다. 예스 아니면 노. 젠킨스는 그에게 예스라는 대답을 주었다.

산도발 란다수리가 로렌소에게 젠킨스에 대한 이야기를 들려주었다. 란다수리는 젊었을 때, 아텐싱고 제당공장에서 화학자로 일을 했었다. 그는 검당계로 당의 함유량과 알코올의 비율을 측정했다. 그러다가 젠킨스가 검사관들을 돈으로 매수한 사실을 알게 되었다. 사탕수수 즙을 가지고 알코올을 주조하는 것은 금지되어 있었는데 아텐싱고에서는 사탕수수 즙을 증류시킬 수 있도록 커다란 금속제 항아리에서 발효시키고 있었다. "한 달을 참았어, 렌초. 그러다 엘 만테 제당공장에 자리가 났다는 걸 알고 그리로 옮겼지."

산도발 란다수리와 마찬가지로 로렌소 역시 기업인들이 프로젝트를 내밀며 도와달라고 찾아오는 사람이 있으면, 그 과학 분야에 투자하라고 설득하고 싶었다. 알베르토는 스테로이드 연구를 위해 신텍스 연구소와 호르모나 연구소에서 일한 소중한 경험을 갖고 있었다. 화학자 러셀 마커가 오아하카의 덩굴풀인 현삼과 식물로부터 사포닌을 추출했고, 다시 사포닌에서 사포제닌을 추출, 사포제닌에 아주 간단한 처리를 해서 남성 호르몬과 여성 호르몬 성분을 추출하는 데 성공했다. 생각지도 못한 놀라운 소식이지 않은가! 신텍스와 호르모나 소믈로, 로젠크란츠, 코우프만의 주인들은 피임약으로 천만장자가 되었다.

화학 분야와 생물학 분야에서 얻어진 발견물들은 즉각 실생활에 활용되었다. 하지만 천문학 분야에 누가 투자를 하겠는가? "당신네, 천문학자들은……." 로렌소는 이 말이 몹시도 섭섭했다. 왜냐하면 마녀들처럼 머리에 뾰족 모자를 쓰고 어깨엔 금방이라도 하늘로 날아오를 것 같은 고양이를 얹고 망원경에 걸터앉아 밤에 옥상을 거니는 정신 나간 이상한 사람으로 자신을 여긴다는 것을 대번에 알아차렸기 때문이었다. 광학기기, 그래 광학기기라면 수익을 올릴 수 있고 실생활에 즉각 활용될 수 있기 때문에 기업인들의 관심을 끌 수 있다. 우리가 확대경을 만들어 그걸 수입산보다 더 저렴한 가격으로 팔 수 있을까? 바슈롬과 경쟁할 수 있을까? 전자공학 역시 미래과학이었다. 하지만 "천문학자들은 성층권에 정신이 팔려 지상에서 일어나는 문제들에는 무관심하니."

하지만 모든 학문들 중 가장 로맨틱한 것이 천문학이었고, 학생들은 그것에 관한 질문들을 했는데 특히, 여학생들이 많은 질문을 던졌다. 천문학에 대한 학생들의 열기는 그들 사이에서 급속도로 번져갔고 엘리베이터 안에서 호기심 어린 눈으로 자신을 바라보는 생기 넘치는 젊은 얼굴들을 만난다는 것이 로렌소에겐 즐거운 일이었다. "매번 더 많은 학생들이 몰려들어요." 파리 피시미시가 믿음직한 미소를 지으며 그에게 말했다. "우수한 학생들인가요?" 로렌소가 미심쩍은 듯 물었다. "아직까지는 잘 모르겠어요. 하지만 몇몇 학생들이 던지는 반짝이는 질문들에 답해주기 위해 밤새도록 공부를 해야 해요." 그라프는 과학의 미래에 대한 믿음을 가지고 있었고 모든 면에서 그라프를 따르는 알베르토 바라하스는 아무 말 하지 않았다.

과학대학의 학생인 아만다 실버가 교내에서 로렌소를 비방하고 다닌다는 사실을 라파엘 코스테로가 와서 알려주었고 로렌소는 그 여학생을 불러오라고 했다.

"자네가 날 욕하며 돌아다닌다는 소문이 있던데……."

"예, 박사님." 그녀는 꿀 먹은 벙어리처럼 있다가 간신히 대답했다.

아만다는 매달 학교에 와서 보름간 강의를 해주는 자신의 선생, 리베라 테라사스가 공산주의자로 푸에블라에 붙잡혀 있다는 소식을 신문에서 읽었다. 더 이상 생각할 것도 없이 그녀는 로렌소 데 테나를 비난했다. 그를 지키지 않고 멕시코시티에서 무엇을 하고 있는가?

"아! 자넨 신문에서 말하는 것을 곧이곧대로 믿는가 보군?"

로렌소가 전화 수화기를 들어 토난친틀라로 전화를 걸었다. 파우스타가 받자 리베라 테라사스를 바꿔달라고 했다. "루이스, 나 때문에 자네가 체포되었다고 말하는 자네 학생이 여기 있네. 내가 그렇고 그런 사람이 돼버렸어…… 그녀를 바꿔줌세."

놀란 여학생이 수화기를 건네받았다.

"아만다, 네가 생각하는 것과 달리 테나는 늘 날 두둔해주는 사람이야. 그것만이 아니야. 1959년, 철도 파업이 있었을 때도 천문대로 날 피신시켜줬어. 당분간 이곳에서 숨어지내는 거야. 주말에 친구들과 날 만나러 오겠다면, 대환영이야. 자네들이 머물 방갈로도 있어."

자신의 행동이 몹시도 부끄러워진 아만다는 문 쪽으로 가기 전에 로렌소를 곁눈질해서 보았다.

"내일부터 연구하러 나오게나." 로렌소가 그녀를 멈춰 세웠다.

"그럼 학교는요? 아직 졸업도 하지 않았어요. 또 피시미시 박사님은 어떡하구요?"

"내일 오후에 여기서 보도록 하지."

그녀를 어떻게 훈련시킬까? 여성 과학자에 대한 그의 믿음은 세실리아 페인 게포슈킨에게 한정되어 있었다. 나머지 여성 과학자들은 남성 과학자들의 경쟁 상대가 될 수 없었다. 헤일, 섀플리, 허블, 헤르츠스프룽 같은 여성 과학자들은 찾아볼 수 없었다. 에로가 토난친틀라 프로젝트에 보인 애니 점프 캐논의 열정에 보답하는 마음에서 천문대로 오르는 짧은 고속도로 구간에 그녀의 이름을 붙이긴 했지만, 그녀의 공헌은 보크, 슈바르츠실트, 츠위키, 카이퍼, 호일에 비하면 새 발의 피 정도였다.

아만다가 알고 있는 물리학, 수학, 전자공학 그리고 광학기기에 대한 학식들은 로렌소에게 도움이 될 것이다. 그녀는 자신을 폭로하듯 거듭 말했다. "전 여성 천문학자가 될 거예요."

토난친틀라에 머무는 동안, 그녀는 벽에 쓰인 낙서들을 보고 깜짝 놀랐다. '테나와 리베라는 공산주의자.' "외지에서 온 몇몇 사람들이 시뻘

건 대낮에 그렇게 낙서를 했다우." 토니타가 방갈로를 청소하면서 그녀에게 귀띔해주었다. "다시 칠을 해야겠어요." 아만다가 넌지시 말했다. "이미 파우스타 양이 페인트를 사놓았다우." "누가요?" "파우스타 로살레스가 말이우. 우리를 도와 일하는 아가씨지."

파리 피시미시가 인솔하여 데려온 한 무리의 학생들이 토난친틀라에 더없는 활기를 가져왔다. 밤에는 사십 인치 망원경 주위로 우르르 몰려들었는데 학생들은 저마다 자신들의 특정 관측지가 있었다. 그리고 다음 날에는 자신들의 감광판을 서로 비교했다. 로렌소가 그들에게 많은 것을 요구했지만, 그래도 그들은 천문대장을 찾았고 그의 신뢰를 특히 그의 인정을 받고 싶어 했다. "박사님은 뛰어난 문학비평가로 토마스 만의 책은 모두 읽으셨다고 그러더군요." 로렌소는 라파엘 코스테로의 말을 막지 않았고 코스테로는 나머지 학생들이 침만 삼키고 하지도 못하는 질문들을 그에게 던졌다.

과학이 고립될 수 없는 국제적 활동이라고 주장하는 사람들에게 대항하여, 로렌소는 멕시코에 도움이 되는 과학을 장려하였다. 그는 자국의 학생들이 학교를 졸업한 후, 유럽이나 미국의 주요 대학 학생들과 경쟁할 수 있는 방법을 모색했다. 하지만 늘 도사리고 있는 두뇌의 유출, 그 위험을 걱정했다. "여보게들, 돌아오게나. 자네들은 멕시코에 도의적 의무가 있잖은가!" 하지만 멕시코가 다른 국가들과 고립된다면, 아래로 가라앉게 될 것을 부정할 수는 없었다. 알베르토 바라하스가 강력히 말했다. "똑똑한 사람은 어디든 있다네. 인도의 귀족가문 출신인 찬드라세카르를 보게나. 영국을 여행하다가 미국에 정착하게 되었지. 제3세계 출신 연구자들이 제1세계 국가들에 의지하는 건 당연한 거야. 우리에게 변변한 실험실 하나 제대로 있는가? 제3세계에 머물면서 노벨상을 탈 수 있는 과학자는 아무도 없을 걸세."

토난친틀라에서, 학생들은 인내할 줄 몰랐고 뭔가를 발견해야 한다는 생각에 초조해했다. 그들은 한 달 안에 다른 성운을 찾고 싶어 했으며 거기에 자신들의 이름을 붙이고 싶어 했다. 겸손할 줄도 몰랐고 에로가 그의 논문에서 언급했듯, 꿀벌의 더디지만 바지런한 노력의 자세도 몰랐다. 밤하늘에서 찾아낸, 별것 아닌 발견물도 커다란 성공이라고 로렌소가 그들에게 말했을 때, 적잖이 놀라는 눈치였다. 그들은 자신들의 야심에 불탔으며 격하기 쉬운 젊음은 그들을 소멸하여 사라져버리는 별들로 만들었다. 타쿠바야에선 초점거리 5미터, 직경 38센티미터의 굴절망원경으로는 도저히 관측이 힘들었지만 그들은 거기서도 관측을 할 수 있게 해달라고 졸라댔다. 감광판을 체크한 그들은 아무것도 발견하지 못했음을 알고 자신들은 피시미시 박사처럼 관측 천문학자가 아닌 이론 천문학자가 되겠다고 소리쳤다. "자네들이 원하는 대로 돼야지. 그렇지만 연구를 게을리 해선 안 돼." 로렌소가 말했다.

해질 무렵, 라파엘 코스테로를 앞세운 몇몇 학생들이 그의 방갈로 문을 두드렸고 그런 그들에게 그는 차 한 잔씩을 내놓았다. 그들은 자신들의 미래와 정치, 멕시코에서의 과학과 정치, 전자학과 정치에 관해 이야기를 했다. 수많은 밤, 로렌소는 그들과 계속 대화를 나누고 싶은 마음에 엘 바스코 데 푸에블라로 그들을 저녁 식사에 초대했다. 그에게 있어서 사생활은 그리 중요한 것이 아니었기 때문에 학생들이 자신에 대해 더 많은 것을 알고 싶어 한다는 사실은 전혀 생각지 못했다. 미혼일까, 기혼일까? 숨겨둔 애인이 있을까? 왜 그렇게 책읽기를 좋아하는 걸까? 어떤 책을 추천해줄까? 그들은 그를 두려워하면서도 맹목적으로 따랐다. "박사님, 박사님은 꼭 철학적 훈련을 받으신 분 같아요. 니체에게 끌리셨나요?

그렇지 않으면, 칸트나 사르트르 혹은 오르테가 이 가세트*에게?" 언젠가 로렌소는 디에고 베리스타인과 오랜 시간 예거의 『파이디아』를 두고 대화를 한 것처럼, 그들에게 그 책에 대해 말했다.

학생들과 어울리면서 그의 청년기적 열정이 되살아났다. 하지만 시간의 흐름과 더디고도 힘겹게 나아가는 멕시코의 과학 현실이 그를 짓눌렀다. 육학년 학생들은 아무도 그 멕시코 과학에 기대고 싶어 하지 않았다. 라파엘 코스테로가 묻는 말에 그는 당황했다. "왜 파우스타 로살레스를 부르지 않는 거죠? 얼마나 똑똑한지 몰라요." "똑똑하다고?" "예, 특별한 사고를 해요. 그녀를 어떻게 활용해야 하는지 모르시는군요. 이미 아만다와 친구가 되어 두 사람은 함께 관측도 해요. 그녀가 너무 열심이어서 아만다가 자신의 석사과정 논문 내용을 알려줄 정도로 그녀를 신뢰하고 있어요." "파우스타가 관측을 한단 말인가?" "예, 박사님. 게다가 그녀가 지금껏 살아온 인생살이도 휘황찬란하던 걸요."

파우스타가 자신의 인생살이를 그들에게 들려주었다니, 빌어먹을 계집애 같으니. 그녀는 그를 제외한 모든 사람들에게 자신을 알렸다.

놀랍게도 학생들은 그에게 파우스타를 생각하도록 했다. 어디로부터 왔을까? 왜 말수가 적은 걸까? 어떻게 하면 그녀에게 가까이 다가설 수 있을까? 악마에게 영혼을 팔아버린 걸까? 학생들에게 모험정신이 부족하다면, 파우스타에겐 그 모험정신이 넘쳐난다고 그는 내심 생각했다.

---

* 호세 오르테가 이 가세트(1883~1955): 스페인 철학자.

29

"똑똑한 멕시코 친구, 자네가 날 데리고 다니면서 도시를 구경시켜 주면 좋겠는데. 마제스틱 호텔에 머물 거라네." 노먼 루이스가 편지를 보냈다. 그와 휴가를 보내고 싶어 하버드에서 날아왔다. 얼마나 좋은 일인가! 그들은 노먼이 잘 아는, 지구로부터 아주 멀리 떨어진 물체들에 대해서 이야기를 나누게 될 것이다. 마침내 천문학에 관해 함께 대화를 나눌 상대가 생긴 셈이다.

호텔 로비에서, 로렌소는 그를 꽉 끌어안았다. "이봐, 내가 그랬지. 멕시코로 자네를 찾아오겠다고." 노먼이 그에게 말했다. "한 세기는 지난 것 같군!" 그를 보자, 로렌소는 디에고가 있긴 했어도 그동안 자신이 얼마나 외로웠는지를 깨달았다. 노먼은 변한 게 없었다. 강해 보이는 긴 손가락도, 아무렇게나 자란 턱수염을 하고서 시골자처럼 걷는 걸음걸이도, 드센 금발의 곱슬머리가 매력적인 머리도 예전 그대로였다. "꼭 예전에 금을 찾아다녔던 사람들 같군. 이 광활한 공간에 다른 문명들을 남긴 금덩이를 찾기 위해 전 세계의 모래란 모래는 죄다 걸러내는 사람 말야." 로렌소는 생각했다. 거의 이 미터나 되는 장신에다 뭔가 캐묻는 듯한 시선이었지만 오래도록 달을 봐서 그런지 창백해진 얼굴, 부서질 것 같은 모습으로 노먼은 로렌소의 포옹에 답했다.

두 사람은 그들을 도저히 풀 수 없는 매듭으로 연결시키는 열정을 함께 나누었다. 그동안 어떻게 지냈는지를 묻는 대신 지금은 뭘 연구하고 있는지를 물었다. 그리고 자신들의 최근 발견물들을 대조, 비교하였다. 그들에게 있어서 그 밖의 나머지 것들은 부차적인 것이었다.

“자네 나라 문화에 대해서 알고 싶네. 내일 당장 피라미드를 보러 가세.” 테오티우아칸 앞에서 그는 입을 다물지 못했다. 실제로 그 도시에서는 인간들이 신이 될 수밖에 없었다. 이십 킬로미터 높이의 피라미드를 둘러본 친구는 기진맥진했다. 로렌소가 그를 아콜만 수도원으로 데려가자, 그는 태양과 달의 피라미드 사이에서 시간을 보내는 것이 훨씬 더 좋다고 말했다.

테오티우아칸을 시작으로 그는 다른 고대 유적지들도 보고 싶어 했으며 천체의 현상과 측정 그리고 고대 멕시코인들처럼 큰 부락에 전해 내려오는 일련의 전설들을 기록한 고문서들을 살펴보고 싶어 했다. “치첸이트사, 욱스말 뿐 아니라 미틀라, 타힌, 몬테 알반도 가보세.” “노먼, 자네의 측정은 멕시카 족*들이 한 것처럼 그렇게 정확치가 않아 보여. 두 장소 사이의 거리를 알지 못하나?” 모든 것이 그저 놀랍기만 한 노먼에게 로렌소의 말이 귀에 들어올 리 없었다. “원주민들이 시간을 계산한 것이 아주 특이해. 하버드에서는 왜 이것에 관해 대화를 나누지 않았을까?”

밀짚모자를 쓴 가이드는 사자(死者)의 거리가 스발성 쪽으로 향해 있

---

* 아스테카 제국을 건설한 멕시코 원주민.

다고 노먼에게 알려주었다. "보세요, 전에는 아주 밝게 보였는데 지금은 자리를 옮긴 건지 죽어버렸는지 모르겠어요. 하늘에서도 모든 게 변하니까요." 한 평범한 사내가 자신에게 하지점과 동지점, 주야 평분점에 관해 설명을 하고 "하늘에서 사라진 별들이 우리들처럼, 저승으로 가는 것"이라고 말하는 것이 노먼을 무척이나 놀라게 했다.

때때로 로렌소의 눈에는 노먼이 너무 흥분한 나머지 이성을 잃은 것처럼 보였다. "자네의 선조들이 다른 세계 사람들과 연락을 취해 그들로부터 지식을 얻지 않았을까? 그들이 외부의 아무런 도움 없이 이런 추상적 사고와 수학에 그 같은 재능을 가졌다는 게 어떻게 가능할까? 어떤 만남이 있었던 게 분명해, 그렇게 생각지 않나? 고대 멕시코인들의 능력은 이 세계의 것이 아니야."

노먼은 그들이 우주로부터 어떤 소리를 들을 수 있었을지를 물었고, 은하수에서 나오는 윙윙거리는 독특한 소리가 그들에게 들렸을지도 모른다고 말했다. 별과 성운이 무전 신호를 보냈을까?

노먼은 모든 것에서 별을 보았다. 벽에 조각된 첫번째 돌은 하늘을 그린 지도였고 세 개의 선들은 세 개의 별자리를 나타냈다. 모든 행성이 기념 석주에 조각되어 있음을 볼 수 있었다. 그 기념 석주가 그곳에서 하지와 연관되었음을 밝히는 데는, 그것이 위도와 경도에 관련되어 있다는 것만으로도 충분했다.

"노먼, 자네에게 다른 것을 보여주겠네. 코르테스 시대 이전 작품만 볼 수는 없지 않은가."

로렌소는 디에고 리베라의 벽화가 있는 교육부 안뜰로 그를 데려갔다. 노먼이 벽화에 대한 평을 했다. "예술적 기교는 어느 정도 엿보이는데 평면적이군." 로렌소는 꾹 참아가며 리베라가 원주민을 구하고 식민지 정복을 비난했음을 그에게 설명했다. "관심 없어. 너무 풍자적이야." 그래서 그는 큰 기대를 안고 노먼을 오로스코의 벽화가 있는 산 일데폰소 성당으로 데려갔다. 그 작품이 마치 자신의 것이라도 되는 것처럼, 그는 친구의 감탄만을 기다렸다. 하지만 노먼은 냉소적인 목소리로 말했다. "다른 것보다 훨씬 더 못하군, 이건 조잡하기 짝이 없어."

"뭐라고?" 눈앞이 아찔해진 로렌소가 소리쳤다.

"묘사적인 데다 풍자적이기까지 하고 서툴러. 또 추해, 추하다구. 이 벽화가는 정말 단순화주의자야. 이렇게 조잡한 그림은 지금까지 한번도 본 적이 없어. 추상적 사고를 한 부락민들을 어떻게 이런 식으로 모욕할 수 있단 말인가?"

로렌소는 더 이상 분노를 참고 있을 수 없었다.

"자넨 이 나라 역사를 이해 못하는 혐오스러운 인간이야."

"그림 속 인물들이 너무 의도적이야. 선은 통속적이고 무시무시해. 이건 완전히 소름 끼치잖아." 그가 딱 잘라 말했다.

"귀담아 들어야 할 사람은 자네야." 로렌소는 산 일데폰소 성당 안마당을 벗어나기 위해 입에 거품을 물고 그의 소맷자락을 잡아끌었다. 자신의 생각을 그에게 강요할수록 마음이 차츰 누그러짐을 느꼈다. 친근하게 그의 팔을 잡고 코르테스 호텔 쪽으로 천천히 걸음을 옮겼다.

"이봐, 노먼, 인디오들은 완전히 산산조각 났어. 그들이 이룩한 조직 사회가 무참히 짓밟혔고, 그들의 신과 신전들이 파괴되었으며, 자네가 경탄해 마지않는 그들의 과학과 종교에 대한 지식들이 처음엔 스페인 사람들에 의해 그리고 그 후엔 메스티소들에 의해 지워져버렸어. 한 부락에 이보다 더한 비극적인 일이 어떻게 일어날 수 있는지 어디 한번 말해보게. 그들에게서 웃음, 부드러움, 기쁨을 향유하고 서로 나누며 상부상조하던 미풍양속, 그들의 동물적 본성까지도 앗아가버렸어. 그들에게서 물과 불의 신을 빼앗고 거기에다 아무런 힘도 없을 뿐만 아니라 그저 그렇게 죽은 신을 대체시켜놓은 것을 생각해보게."

"식민화된 모든 부락들이 순식간에 그들의 과거를 잃어버렸어."

"입 닥쳐, 멍청한 그링고 같으니. 다 똑같은 것은 아니야. 우리의 경우, 상처는 치명적이었어. 삶의 의미 자체를 잃고 방황했으니까 말이야. 우리들이 누구이며 또 어디로 가는지도 몰랐어. 혁명이 발발할 때까지 우리는 고통당하는 인디오 원주민들과 억압된 메스티소들을 보았지. 그 혁명을 계기로 가장 고통받던 인디오들부터 다시 태어나기를 바랐어. 디에고 리베라는 역사의 결과를 뒤집어 원주민들을 찬양하고 정복자들과 외부 세력들을 웃음거리로 만들었지. 복음의 전파자들도 구원받을 수 없어. 노먼, 잘 봐. 그들은 매독 환자들에 타락자들일 뿐 아니라 여자의 비위나 맞추는 속물들이라구. 그 후, 친불파들이 칼을 휘둘러 벽화가들의 작품, 라 말린체*의 성(性), 자신들의 추한 다갈색 피부로 그녀를 공격한 인디오 원주민들을 산산이 부수어버렸어."

로렌소의 말이 설득력을 얻지 못했는지 친구가 냉랭한 말투로 그의 말을 중단시켰다. "더 이상 알아듣지도 못할 말을 참고 있을 수 없군그래. 자넨 하버드에 있을 때보다 더 똑똑해졌어." "영어로 말하지 마. 우린 멕시코에 있어, 이 멍청아!" 코르테스 호텔 안마당에서 그들은 차 두 잔을 시켰다. 그러고 나서 노먼이 말했다. "이보게, 자네의 귀향이 도리어 자네를 망쳤어. 완전히 아스테카인이 돼버렸군. 자칫 잘못했다간 흑요석으로 만든 칼로 내 가슴을 찌르겠군그래, 무슨 일 있어?" "자네 그링고들은

---

* 멕시코 아스테카 문명의 정복자 에르난 코르테스의 통역자이자 정부이기도 한 원주민 여성.

멕시코를 이해 못해." "난 그링고라기보다 영국인에 더 가까운 걸. 그리고 신들에게 자네의 심장을 바치기 위해 그걸 끄집어내려고 이곳에 온 게 아니야. 자네의 심장은 이미 리사의 침대에 있을 테니까 말이야." "오호라, 그 마녀에 대해 얘기하려고, 그러려고 왔구먼?" "그 마녀는 내가 개입하지 않고도 자신의 문제들을 잘 처리했어. 난 자네 친구고, 또 내가 정말 가보고 싶었던 나라에 대해서 자네가 자주 말을 했기 때문에 이렇게 온 거야. 그런데 자꾸 이런 식으로 나온다면, 내일부터는 나 혼자 다니겠네. 자네가 원하는 건 내 얼굴을 박살 내는 거 아닌가. 자네에게 무슨 일이 일어났는지 알기나 하는가, 로렌소? 자넨 센티멘털리즘에 빠져 있어. 그 감상적인 센티멘털리즘이 자유를 의미한다면, 완화된 감정 역시 자유를 의미하는 거겠지. 하버드에 있을 때, 자넨 그 흥분을 다른 식으로 분출했고, 그것이 날 고무시켰어."

"너무 험하게 차를 모는군." 그들이 토난친틀라로 돌아올 때, 노먼이 한마디 했다. "그러다 언젠간 사고로 죽게 될 거야. 왜 학교의 운전기사를 쓰지 않지? 엄청난 시간을 절약할 수 있을 텐데 말이야." "그런 식으로 기대고 싶지 않아." 로렌소가 화난 투로 대꾸했다. 명령을 내리는 것이 그의 타고난 본성이긴 했어도 거드름 피우며 우쭐대는 것은 그의 생활 항목에 없는 것이었다. 많은 수입의 편안한 직업과 그 지위를 둘러싼 허례허식을 거부했다. 물론, 시간을 벌어야 했고 결정을 내리기 위해서 마음을 진정시켜야 했다. 하지만 마음에 들지 않는 것들이 있다. 권력의 속성은 사납게 으르렁거림으로써 기반을 얻고는 집 안으로 들어가는 것이다. 자가용 운전기사는 영어로 "아이 엠 워스 잇(난 그만한 가치가 있어)"라고 강조하여 말하는 헬레나 헐리 홀 안주인의 기사로 들어갔다. 노먼은 로렌소에게 파리 로몽 가의 한 헛간에서 부인 마리 퀴리와 함께 폴로늄과 라듐을 발견한 피에르 퀴리가 프랑스 레지옹 도뇌르 훈장에 추천되었던 이야기를 들려주었다. 그때 퀴리는 폴 아펠에게 다음과 같이 대답했다. "장관께 감사하다는 말과 함께 훈장을 받아야 할 최소한의 필요성도 느끼지 못한다고 전해주시오. 그보다 더 시급한 것은 내게 연구소가 있어야 한다는 거요."

"내게도 연구소 두 개가 급히 필요해. 하나는 광학연구소고, 또 하나는 전자공학연구소지."

"하버드라면 도와줄 수 있을 거야. 섀플리가 아무것도 약속하지 않았지만 말이야."

인정 많은 노먼의 도움으로 로렌소는 안정을 되찾아갔고, 루이스 엔리케 에로와 경기를 하곤 했던 오래된 코트로 그를 불러내어 함께 농구를 하기도 했다. 공격에 나선 노먼은 그저 손 하나 움직였을 뿐인데도 많은 골을 넣었다. "정말 점프하는 땅콩이네!"라며 노먼이 로렌소의 도약을 보고 감탄했지만 결국 자신의 큰 키 덕분에 이겼다. 그들은 실컷 웃었고, 흠뻑 땀을 흘렸다. 그리고 막역지우인 그들은 샤워를 하기 위해 달려갔다.

노먼과 파우스타는 도서관에서 알게 되었고, 곧 서로에게 친근감을 느꼈다. 아무도 그녀에게 부탁하지 않았지만, 노먼은 파우스타가 일상의 일 말고도 로렌소의 사무실에 차를 내오고, 전화를 받고, 일을 수월하게 처리한다는 것을 친구에게 일깨워주었다. 로렌소는 파우스타가 토난친틀라와 타쿠바야 천문대의 '회보'를 만들기 위해 수도인 멕시코시티로 그들과 함께 갈 것이라고 말했다. "얼마나 좋은지 몰라! 자네가 발행하는 회보가 세계적인 명성을 얻고 있지 않은가. 인쇄소에 자네들과 동행하는 것보다 더 기쁜 일은 없을 걸세." 노먼은 굉장히 흥분했다.

무미건조한 내용의 주제에도 불구하고 그녀가 훌륭한 교정자란 것을 알았을 때, 전에는 아무도 믿지 않던 천문대장도 그녀에게 모든 책임을 맡겼다. 그녀는 그것을 '노동'이라고 불렀다. 그들은 오전 일곱 시에 인쇄소에 도착하기 위해 전날 밤에 시티로 향했다. 파우스타는 지치지도 않는지 매우 활동적으로 교정쇄들을 수정했고, 잘못된 글자들을 체크했으며 그런 다음 로렌소처럼 참을성을 가지고 한 면 한 면 꼼꼼히 검토했다. 라이노타이프 타자수들은 그녀와 함께 일하는 것을 더 좋아했다. 인쇄소의 분위기와 길고 좁은 얇은 금속판 테이블들이 파우스타를 매혹시켰다. 그 금속판 테이블에는 활자와 인쇄기들이 놓여 있었다. 인쇄기에서 나는 소리와 함께 인쇄된 종이가 한 장 한 장 나왔고 그럴 때마다 로렌소는 히스테리에 가까운 불안감을 감추지 못하고 테이블이 있는 곳까지 파우스타의 팔을 잡아끌어 그것을 살피기 시작했다. 방정식에서 마이너스 부호가 들어가야 할 자리에 플러스가 들어간 것은 한 이론의 결과에 치명타를 던지는 커다란 실수였다. 파우스타는 그 사실을 알았기에 주의를 집중했고 그것은 로렌소를 감동시켰다. 그녀는 정말 보기 드문 최고의 교정자였다. 그녀의 머리 쪽으로 고개를 숙였을 때, 로렌소는 흰 머리카락 몇 개를 발견했다. "파우스타, 흰머리가 있어." 그는 내심 만족스러워하며 말했다. 그녀가 늙어갈 때, 자신은 다시 젊어지고 있음을 의미했기 때문이었다.

정오가 되어 그들은 파이와 청량음료를 라이노타이프 타자수들과 나누어 먹었다. 그런 다음 계속해서 교정쇄를 고쳤다. "잉크 냄새가 어떤 마약보다도 훨씬 더 강력한 마약이에요." 그렇게 말한 파우스타는 소장을 안심시키기 위해 웃었다. "이건 진짜 모험여행이에요, 하지만 페넬로페*

---

* 그리스 신화에 나오는 인물로 오디세우스의 정숙한 아내. 남편이 집을 비운 동안, 자신을 탐하는 젊은이들에게 베가 다 짜질 때까지만 기다리라고 속여, 낮에는 베를 짜고 밤에는 다

와 달리, 내가 집 안에만 갇혀 있는 건 아니죠. 오디세우스* 곁에서 전 그 누구도 알 수 없었던 그의 계획들과 하늘을 고쳐나가는 거라구요." 그들은 오전 한 시에 일을 끝마쳤다. "이건 하룻밤 사랑보다 더 긴 작업이면서 또 그보다 더 세심한 주의를 요구해요." 그녀는 지칠 때까지 웃었고 로렌소는 그녀가 머무는 친구네 집 앞에서 그녀와 헤어졌다. "내일 일곱 시에 봐." 회보를 교정해서 일정한 형태를 잡는 데만도 사나흘 정도의 시간이 걸렸기 때문이었다. 마지막 교정을 본 후, 그가 "음, 내 생각에 이제는……"이라고 말하고 출판사 사장에게서도 "오케이" 승낙이 떨어지자, 그제서야 로렌소는 본래의 자기 모습으로 되돌아올 수 있었다.

노먼과 로렌소는 예전의 그들로 다시 되돌아갔다. 한 가지 달라진 것이 있다면, 파우스타의 출현이었다. 그들은 논쟁을 벌였다. 그 밑바닥엔 과학이 있었고 그건 끝없는 논쟁이었다. 노먼이나 그는 절대진리를 가지고 있지 않았다. 하지만 로렌소는 과학에 대한 자신의 우려 말고도 조국의 미래에 대한 걱정이 있었다. "입 닥쳐, 노먼. 자네들에겐 이미 미래가 보장되어 있지만 우리는 그렇지 않아!"

그는 과학에 대한 정부의 철저한 무관심으로 자신들이 영원히 파멸될 것이라고 주장했다. "우리들은 저마다 정지 상태에 머물러 있어. 우리 앞에 펼쳐진 정체된 마을을 한번 보라구." "그렇지만 대통령이 천문대를 세워줬잖아." "그건 에로에 대한 존경심에서 그런 거지. 마찬가지로 그에게 장관직, 세관, 농장도 내주었을 걸." "렌초, 그렇게 비관론자처럼 굴지 마." "아니, 내가 그런 게 아니라, 멕시코에선 모든 일이 다 그런 식이야."

시 풀었다고 함.

* 그리스 신화에 나오는 인물로 트로이 전쟁의 용사이며 이타카의 왕. 전쟁 후, 십 년의 표류 생활 끝에 집으로 돌아옴.

로렌소는 언젠가 고속도로에서 차를 세워 한 시골 농부를 태웠던 일을 말했다. 그가 하도 말이 없기에 뭘 생각하느냐고 물었다. 그러자 그 사람이 대답했다. "선상님도 아시다시피, 우리들이 꿈을 가진다는 건 가당치도 않은 사치입죠." 뜻밖에도 파우스타가 격렬하게 그의 말에 반격을 하고 나섰다. "박사님, 당신은 지난 수 세기 동안 겁에 질린 남자와 여자들이 꿈이란 걸 가질 수 있다고 믿으시는 거예요? 그건 단순히 배고픔의 문제가 아니라구요, 박사님. 멕시코 사람들의 성적 억압에 대해서 제게 뭘 말씀하실 수 있죠? 우리들 육체에 대한 자유는 어디에 있는 거죠? 권력의 손이 닿지 않는 곳을 알고 계세요? 멕시코의 모든 제도엔 노예제도와 같은 굴종이 판을 치고 있어요. 박사님이 고속도로에서 보는 장작을 짊어지고 나르는 소녀들은 일상의 폭력 속에 노출되어 있고, 일찍 혼인을 한 부부들 사이에선 흔히 일어나는 일이죠. 수백만 여성들이 섹스의 즐거움이 뭔지도 모르고 있다구요." "강간이라고?" 노먼이 물었다. "그래요, 루이스 박사님. 이 나라 수천 명 여성에게서 벌어지고 있는 일이죠. 우리 여자들에겐 인간으로서의 권리가 없어요."

파우스타의 그 증오가 로렌소를 놀라게 했다. 두말할 필요도 없이 그는 성에 관한 것으로 주제를 옮겼다. 섹스의 유일한 목적을 생식이라고 믿는 것이 동성애를 제재하는 이유 중 하나였다. 그렇기 때문에 동성애자들을 타락자일 뿐만 아니라 불구자들이며 더럽고 무능한 인간들로 여겼다.

"섹스는 침범받아서는 안 되는, 인간의 본질적인 선택의 영역에 있는 것이라고 생각해." 노먼이 말했다.

파우스타가 대화 중 자신에게 보인 말투에 적잖이 당황한 로렌소는 멕시코 교회가 여자들은 아이를 가져야 한다고 떠들어대는 것이라고 말했다. 하지만 파우스타에 의해 강요된 테마는 그 순간 그들의 논쟁거리와는 아무런 관련이 없었다. 혹 그녀는 그들이 동성애자들에 대해 말하기를 원했던 걸까?

노먼은 파우스타의 생각을 지지했다. 섹스가 오직 생식만을 위한 것이라고 생각하는 미국인은 아무도 없었다. 마초들의 나라 멕시코는 여자들을 거칠게 다루기로 유명했다. 동성애를 일종의 타락이라고 여기는 것은 차별이었다.

로렌소는 파우스타에게 물었다, 물이 없는데 자유가 있다 한들 그것이 소녀들에게 무엇을 해줄 수 있는지를. 우선 필요한 것은 기본 필수품으로부터 느끼는 만족감이었다. 흥분한 파우스타는 어느 날 오후, 여기 그의 방갈로에서 그가 자신에게 강조하여 들려주려 했던 이야기를 그에게 상기시켰다. 그 순간, 여배우가 자리에서 일어났다.

"제가 갈릴레오와 크레모노니 추기경, 두 사람의 역을 연기해보겠어요." 그녀는 노먼과 로렌소를 응접실에 앉히고 식당으로부터 걸어나와 그들에게 인사했다. "토난친틀라의 위대한 별이자 뛰어난 군주이시며 멕시코 과학계의 대부시여." 그녀는 로렌소에게 깊은 경의를 표했다. "고명하신 방문객이자 21세기의 케찰코아틀* 신이시며 일식과 월식의 관측자, 전파 소리의 감별자, 사이버 우주비행사, 전자공학의 발견자시여." 그녀는 노먼 앞에 고개 숙여 절했다. 그러고는 두 번의 공중제비를 선보인 다음, 중세의 뜨내기 광대처럼 작품 설명을 계속했다.

등장인물에 따라, 파우스타는 목소리와 태도를 바꾸었다. 자신에 대한 확신으로 신념 강한 갈릴레오, 등이 굽은 데다 몸을 부들부들 떨며 쉰 목소리를 내는 크레모노니. 침대 시트를 망토인 양 걸치고 수건으로 베네

---

* 고대 멕시코 신화에 나오는 깃과 털이 달린 뱀신. 아스테카, 톨텍 등 여러 문화의 종교, 신화에서 민중에 문화를 전수한 신.

치아 사람의 모자를 만들어 쓰고 설명을 했다.

갈릴레오가 자신의 작은 망원경으로 목성이 위성들을 가지며 이것들이 움직인다는 것을 증명했을 때, 저명한 수학자 세사레 크레모노니 추기경의 로마에 있는 집으로 달려가 그에게 말했다. "몬시뇰,* 아리스토텔레스의 실수를 증명할 수 있는 증거 자료가 있습니다.—아리스토텔레스는 우주가 움직이지 않는다고 믿었죠— 목성의 위성들이 어떻게 움직이는지 한번 보시죠."

"이보게, 갈릴레오." 크레모노니는 매몰차게 말했다. "이 세상의 과학은 아리스토텔레스의 지식들을 기반으로 해서 만들어진 것이라네. 이천 년 전부터 인간들은 지구가 우주의 중심이며, 인간이 그 우주의 주인이라고 믿으며 살아왔고 죽어갔어. 하느님은 우리를 자신의 모상대로 만드셨어. 그 후 예수 그리스도께서 이 땅에 오셔서 우리에게 기독교라는 선물을 주셨지. 그것은 아리스토텔레스를 훨씬 더 능가하는 것으로 세상을 완성시키고 영적인 것으로 만들어놓았어."

"논리학, 의학, 식물학, 천문학에 관해 오늘날 우리가 알고 있는 모든 것들이 아리스토텔레스에게서 나온 것이지." 로렌소가 끼어들었다. "이천 년 동안 위대한 학자들은 그 신념에 토대를 두고 연구를 해왔으며 그것에 통일성을 부여하며 더할 나위 없이 눈부신 성과를 이루었어. 하지만 기독교인들 이외에도 유태인, 아랍인, 중국인, 인도인들이 있었다는 것을 잊어서는 안 돼."

"중앙아메리카에서 살았던 원주민들, 고대 멕시카인, 올메카인, 마야인, 그리고 남아메리카의 잉카인들도 잊어선 안 되지." 노먼이 자리에서

* 가톨릭 고위 성직자에 대한 경칭.

일어나 과장된 몸짓을 했다.

"관객들이 공연 중간에 끼어들 수는 없어요, 루이스 박사님. 이제 막 갈릴레오의 말에 답하려는 크레모노니의 말을 인용하려던 참이었는데!"

"미안해, 그런데 그 대답이 뭐지?"

"난 지금껏 내 삶을 기독교에 헌신하며 살아왔고, 그 가르침은 내게 평화와 행복을 주었다네. 난 이제 늙었고 여생 또한 얼마 남지 않았어. 그런데 자넨 내가 사랑하는 모든 것으로부터 내 믿음을 파괴하려고 왔는가? 내게 얼마 남지 않은 시간들을 동요와 갈등으로 중독시키고 싶은가? 날 망가뜨리지 말아주게. 난 목성도, 또 그 위성들도 보고 싶지 않다네."

"하지만 세사레 추기경님, 진실은 아무 의미도 없는 것입니까?"

"아니, 그렇지 않아. 날 좀 가만히 내버려두게. 내게 필요한 건 평안한 안식이라구."

"참 이상하군요. 제 경우 평안과 행복은 항상 진리를 구하고 그것을 받아들이는 데 있었는데 말이죠. 세상은 크레모노니와 갈릴레오, 그러니까 당신과 나 같은 사람들로 이루어져 있어요. 당신은 세상이 지금처럼 그대로 있기를 원하고, 전 앞을 향해 나아가길 바라죠. 당신은 하늘을 올려다보는 것을 두려워하고 있어요, 어쩌면 거기서 당신 전 생애에 걸쳐 닦아놓은 가르침들을 거짓으로 바꾸어놓을 어떤 것을 보게 될지도 모르니까요. 전 그런 당신을 이해해요, 우리의 일이란 게 너무도 고달픈 데다 불행히도 당신이 겪는 것처럼 산적해 있으니까요. 그렇지만 우리들 중 한 사람은 승자가 되겠죠."

"갈릴레오, 만일 자네가 승자가 된다면? 우리 지구가 다른 수천 개의 별들처럼 작고 초라하기 짝이 없는 별이고, 인류가 그 수많은 별들 중 하나로부터 위협당하며 살아가는 별 볼일 없는 창조물이라는 것을 증명하기 위해 자네가 머리를 짜내어 일을 하는 것이라면, 무엇을 얻을 수 있을 것 같은가? 신의 모상대로 창조된 인간을 깎아내리기? 이 지구의 주인을 강등시켜 별 볼일 없는 인간으로 전락시키기? 코페르니쿠스, 케플러 그리고 자네가 찾고자 하는 것이 바로 그런 것인가? 그게 천문학의 궁극적인 목적이란 말인가?"

"단 한 번도 그런 것은 생각해보지 않았어요." 갈릴레오가 대답했다. "전 수학자이고 또 진리를 받아들이는 어떤 것이라면 그게 아무 의미 없는 착오 위에 쌓아올린 인간의 위엄보다는 더 신에게 가깝게 가는 것이라고 믿었기 때문에 진리를 찾을 뿐이죠."

"갈릴레오, 내 나이 여든셋이고 지금껏 철학과 아리스토텔레스적인 사고의 틀 위에서 내 삶을 쌓아올렸어. 날 조용히 죽게 좀 내버려두게나."

데 테나 박사가 파우스타에게 들려준 이야기는 여기까지였다. 그녀는 공연을 끝마치고 두 사람 사이로 돌아오기 위해 눈에 보이지 않는 커튼을 치도록 했다.

"정말 굉장한 기억력이야, 파우스타!" 로렌소가 매우 만족스러워하며 말했다. "그런데 우리들의 논쟁이 이제 막 공연한 것과 무슨 상관이 있는지 모르겠군."

"물론 관련이 있죠. 크레모노니 추기경의 마지막 대사, '날 조용히 죽게 좀 내버려두게나' 하는 말은 비겁한 것이에요. 진실을 회피하려는 사람, 과거 속에 머물러 그 속에서만 생각하려는 사람, 마음의 평화를 위해 도그마 속에 숨어드는 사람은 비겁한 사람이죠. 데 테나 박사님, 개혁을 한다는 건 희생이 따르는 일이에요. 과학자는 새로운 증거물을 얻게 되면 그 인식의 기준을 바꿀 준비가 되어 있어야 해요. 그렇지 않다면, 그건 비판이나 자기비판이 아닌 거죠."

"파우스타, 네 의견에 전적으로 동의해. 과학이 발전 과정에 있고, 지금 젊은이들이 우리보다 훨씬 더 많은 것을 알고 있어. 현재 활동 중인 과학자라면 삼사십 대의 과학자들보다 훨씬 준비를 잘 하고 있기 때문이지."

"박사님의 과학적 사고는 진보적이지만 그 밖의 다른 것들은 혐오스러울 뿐이에요. 게이들에 대해서는 말하고 싶지 않다고 이제 막 노먼 박사님과 제게 말씀하셨죠. 박사님은 수많은 본질적인 주제들을 회피하고 있어요. 어쩌면 그것들을 들여다보고 싶지 않은 거겠죠. 정말 크고 위대한 것과 하찮은 것을 결합할 줄 모르세요. 박사님은 아인슈타인과는 달리, 아직까지도 모든 것이 상대적이라는 것과 1687년 뉴턴의 만유인력 법칙의 발견 이래, 이 지구상에서 한 사람의 레즈비언도 그 법칙의 일부라는 것을 깨닫지 못하고 있어요(어쩌면 깨닫고 싶지 않은 건지도 모르죠). 박사님은 삼백 년이나 뒤처져 있어요, 이젠 하루가 한 시간과 맞먹는다는 걸 아시겠어요? 솔직히 말씀드리면 박사님에게서 좀더 건전한 생각들을 기대했었는데."

파우스타가 가고 나자, 노먼이 감탄해 마지않으며 물었다. "렌초, 도대체 저 여자앤 누구야?"

파우스타는 오리온성운의 가스 구름들 사이에서 발견한 굉장한 발견물이라고 로렌소는 그에게 설명했다. 노먼도 잘 아는 것처럼, 오리온성운은 젊은 별들로 이루어졌으며 지구로부터 천오백 광년 떨어져 있다. 생성되는 수백 개의 별들 사이에서, 파우스타는 그에게 그 자신에 대한 새로운 자각을 하도록 했다. 그녀 덕분에 예전에는 알지 못한 타인들을 들여다보는 능력을 키웠다. "그래서 자네가 인간적으로 변했군. 안 그런가?" 노먼이 웃었다. "좀 관대해진 것 같긴 해." 로렌소가 진지하게 대답했다. "두려움을 느끼고 있음을 자네에게 고백하지만 말일세. 파우스타처럼 이제 막 생성된 별들은 소용돌이치는 자외선 빛으로 자신들을 둘러싼 것들을 폭발시키고, 별들 사이에서 이는 그 강력한 바람으로 먼저 생성된 별들을 파괴시키지. 우주에서 모친 살해가 일어나는 거야. 무엇이 날 기다리고 있을까? 파우스타의 나선형 팔 사이에서 난 어떻게 될까?"

로렌소는 목소리를 높여 말하지 않았지만 그녀를 둘러싸고 들려오는 험담들은 그를 참 많이도 아프게 했다. 브라울리오가 그에게 파우스타가 히피들과 마약을 나누어 하며, 그녀에겐 남자나 여자, 새나 키메라가 똑같은 것이라고 말해주지 않았던가? 하지만 자신만의 시간에는 어떨까? 브라울리오의 농담이었을까? 파우스타가 회의에 알몸으로 나타났는데 보기 좋았다기보다는 뼈만 앙상하게 남았더라고 말하지 않았던가? 그녀를 바라본 개자식들은 무엇을 보았을까? 별들을 이해할 수 없는 것처럼, 그 힘을 그녀에게 설명할 수는 없었지만, 파우스타에게서 분출되는 에너지가 그를 끌어당겼고 무자비한 힘을 발휘했다. 파우스타에게서 나오는 중력의 힘은 그를 포로로 만들었다. 그녀는 그가 들이마시는 산소였고, 그의 뼈를 구성하는 칼슘이었다. 그의 피 속에 녹아든 철분이었고, 세포를 구성하는 탄소였다. 언젠가 그녀를 이해할 수 있게 된다면, 플로렌시아의 죽음이 무엇 때문이었는지 알 수 있을 것이다.

사흘 후, 로렌소는 노먼이 파우스타의 동의를 얻으려 하다는 사실을 눈치 챘다. "그녀의 총명함을 받아들여." 그가 말했다. 로렌소의 애정 어린 시선을 받으며, 파우스타가 말했다. 정치인들은 '과학'이라는 단어에서조차도 두려움을 느낀다고 말이다. 그들은 이런저런 말들로 자신들을 숨겼다. "난 수학에는 젬병이기 때문에 철학자라고 하는 편이 낫겠지."
"그 경우 당신은 절대로 훌륭한 철학자는 될 수 없을 거요." 파우스타는 로렌소가 했던 말을 그대로 옮겨 말했다. 통신장관은 그가 날짜를 정하는 것까지도 그냥 모른 척 눈감지 못했다.

해질 무렵, 그들은 전망대 앞에 섰다. 밝게 빛나는 멕시코가 꼭 지구 위에 떨어진 거대한 별처럼 보였다. "이 얼마나 난폭한지!" 빈곤의 벨트를 넓히며 도시 주위로 옹기종기 모여든 집들을 보자 로렌소는 분개했다. 그의 곁에서 파우스타가 조용히 듣고 있었다. "시골에서는 사람들이 배고픔으로 죽어가고 있어. 그래서 정말 돼지우리 같은 곳으로 구름처럼 모여들고 있지." 파우스타가 다시 로렌소를 치켜세우기 시작했다. "데 테나 박사님께서 사람들이 보는 앞에서 대통령에게 질문하셨죠. 해양수산부는 멕시코 만이나 태평양 연안에 항구를 건설하는 일을 추진하지 않고 수도에서 무엇을 하는 거냐고 말이에요. 또 코아차코알코스나 포사 리카가 아닌 시티에서 멕시코산 석유를 가지고 무엇을 하는지도 말이에요. 데 테나 박사님께선 콜레히오 나시오날에서 여러 번 강연을 하셨는데 지방 분권화에 찬성한다는 말씀을 하셨죠. 그중 한번은 정부에서 한 자리를 차지한 혁명의 영웅, 에리베르토 하라 장군이 어떻게 로마스 데 차풀테펙에 조선소를 세우라는 명령을 내리고, 시멘트 선박들을 만들었는지 아주 심하게 비꼬아서 말씀하셨어요."

밤에 파우스타가 빠진 마제스틱 호텔에서 마지막 남은 차를 노먼이 들이키며 물었다. "왜 그녀와 결혼하지 않는 거야? 굉장한 아가씨인데 말이야." "그녀가 내 안에 살고, 난 매 순간 그녀를 생각하지. 사실, 난 내 사생활을 돌볼 시간이 없어. 하지만 한숨 돌리고 나면, 그녀에게 결혼 얘기를 꺼낼 참이야, 노먼." 노먼이 그의 말을 중단시켰다. "자네가 생각하는 것보다 자넨 훨씬 더 보수적이야, 로렌소. 자네의 과거가 그 사실을 말해주지. 난 자네처럼 확고부동한 생각들은 갖고 있지 않아." "내가 보수적이라고?" 로렌소가 화를 냈다. 이미 밤이 깊어 잠자리에 들 시간이었다.

좀더 이른 시간이었다면, 후안을 만나러 가는데 노먼을 데려갔을 것이다. 하지만 생각만으로도 그의 얼굴은 수치심으로 화끈 달아올랐다. 게다가 마지막 방문 때 동생을 그렇고 그렇게 보지 않았던가. 노먼에게 대답이나 할 수 있을까?

다음 날 세 사람은 인쇄소로 갔다. 노먼은 알폰소 카소와 인터뷰가 있다면서 네 시에 그들과 헤어졌다. 웬일인지 파우스타가 평소처럼 꼼꼼하게 일을 하지 못했다. 교정 보는 일도 내팽개쳤다. 연필만 허공에서 맴돌았다. 그래서 로렌소가 그녀에게 물었다. "뭘 생각하는 거야, 파우스타?" "노먼이 그러는데 머지않아 이 모든 일을 기계들이 대신해줄 거래요."

로렌소는 끈덕지게 주장했고 노먼은 그를 진정시키려 했다. "제1세계 국가에서 사는 것보다 멕시코에서 사는 게 더 고무적이야." "그렇다면 자네가 이리 와서 사는 데 뭘 해줬음 좋겠어?" "일을 준다면, 오겠네. 그렇게 되면 자네의 파우스타를 지금보다 더 잘 알게 되겠지. 그녀는 지드*의 연인이 아니라 자네의 여자야." 노먼이 웃었다. "내일 당장 무슨 일이 일어날지 모르는 이 생활이 정말 좋아. 미국에선 모든 게 계획되어 있으니까 말이야. 난 자네가 멕시코를 구해야 한다고 생각하는 것처럼, 내 나라를 구해야 할 필요성을 조금도 느끼지 않아. 거기서 난 익명의 한 사람일 뿐이지. 많고 많은 사람들 중 하나일 뿐이야." "자네 역시 스타 증후군을 앓고 있군그래." 로렌소가 비꼬아 말했다. "자네가 카우보이, 합창단원, 축구부 대열에 합세하면 정말 볼 만할 걸세! 우리 나라가 유일하게 승리를 거두는 것이니 말이야. 멕시코 사람들은 자메이카나 브라질과의 경기에서 이기게 되면, 전율한다네. 골을 넣는 꿈들을 꾸고 자신들을 축구선

* 앙드레 지드(1869~1951): 프랑스의 소설가로 1947년 노벨 문학상을 수상.

수와 동일시하지. 손쉽게 할 수 있는 일이니 말이야." "그렇다면 과학 분야에서도 한 골 넣어보게나." "시도해볼 참이네." "데 테나 박사님께선 이미 넣으신 걸로 아는데요." 파우스타가 나타나서 로렌소를 두둔했다. "자네들은 혼자가 아니야, 우리가 도울 테니까." 노먼이 로렌소를 끌어안으며 말했다. "외국에서 석사나 박사과정을 하기 위해 나간 많은 학생들이 자네 나라를 선택하고 있어. 그들에게 거액의 급료와 질 높은 최상의 삶을 제공하기 때문이지. 하지만 난 그들에게 고국으로 돌아오라고 부탁할 걸세. 그래서 말인데 날 좀 도와주게나. 하지만 정확히 자네에게 뭘 부탁해야 할지 모르겠어." 로렌소는 격앙되었다.

노먼이 하버드로 돌아갔고 로렌소는 마음 한구석이 이상하리만치 허전함을 느꼈다. 공항에서 마지막 맥주잔을 앞에 두고 이별하던 장면을 떠올렸다. 파우스타가 고개를 기울이고 그들에게 노래를 불러주었다. 그 매력적인 모습 앞에 쓰러지지 않을 사람은 아무도 없었다.

> 국경의 남쪽
> 멕시코로 가는 길,
> 거긴 내가 사랑에 빠졌던 바로 그곳이죠.
> 하늘 위의 별들이
> 나와서 노닐던 때.
> 그리고 지금 그 연인들은 방황하였기에
> 서로의 생각들은 모두 흐트러져버렸죠,
> 국경의 남쪽
> 멕시코로 가는 길.

어디서 영어를 배웠을까? 언제 배웠을까? 정말 파우스타는 그의 영혼 깊숙이 도달하는 열핵 반응을 했다. 그녀가 내보내는 라디오파와 적외선은 그가 기대했던 것보다 훨씬 더 멀리까지 침투했다. 그녀의 궤도권 안에서 돌며 그녀를 지키기 위해 오리온성운의 가스 표면 중 일부가 되는 것은 아무렇지도 않았다. 그녀가 아주 어렸을 때, 우주에 관한 헤라클레이토스*의 정의는 아주 인상적이었다. “이 우주는 그 자체로 하나의 단일체이다. 어떤 신과 인간에 의해서 창조된 것이 아니다. 그것은 법칙들에 따라 타오르고 꺼지는 영원한 불이었고 불이며 불일 것이다.” 로렌소에겐 정말 이해하기 어려운, 그를 곤혹스럽게 하는 그 법칙들을 파우스타는 순순히 따랐다.

---

* 헤라클레이토스 (BC 540?~?): 그리스의 철학자. 불을 만물의 근원이라고 하고 그 만물은 멎지 않고 변화한다고 말한 철학자로 알려져 있다.

30

정부가 한계를 넘어선 국립과학연구 아카데미를 대체할 국립과학 위원회를 새로이 창설하여 거기에 막대한 예산을 쏟아부을 생각임을 카를로스 그라프가 로렌소에게 알렸을 때, 그는 놀라지 않을 수 없었다.

"누가 그 위원회의 책임자로 내정되었는지 맞춰보겠나? 자네와 내가 꿈도 못 꿀 엄청난 급료로 이미 호화 자동차를 굴리고 있다네."

"도대체 누군데 그래?" 로렌소가 물었다.

"바로 파비오 아르구에예스 뉴만이라네."

"그 철학자 말인가?"

"그렇다네, 조만간 자네를 찾아올 거야. 우리를 그리로 끌어들여야 할 테니까."

어느 날 아침, 열한 시에 로렌소는 아르구에예스 뉴만의 방문을 받았다. 그 옛날 푸른색 아르마니 정장을 입은 담배 파이프 가르시아디에고를 질투하여 새파랗게 질렸던 기억이 나는데, 그 푸른색 아르마니 정장을 입고 나타난 그를 로렌소는 알아보지 못했다. 무스로 머리를 빗어 넘긴 그는 육 년 전 자신과 함께 오랜 시간 대화를 나누던 젊은 실존주의 철학자가 아니었다. 파비오 역시 그때의 만남을 기억하고 싶지 않은 듯했다. 그는 자신이 침체에 빠져 있는 과학계를 자극하고 싶었기 때문에 대통령의 임명을 받아들였으며, 토난친틀라 프로젝트처럼 중요 사업들을 위해 예산을 마련할 것이라고 설명했다. 로렌소가 원하기만 하면 아침, 점심, 저녁, 언제든 그를 식사에 초대하겠다고 했다. 그는 자신의 개인용 전화기를 가지고 다녔다. 줄곧 담배만 피워 물었고 헤르메스 라이터로 로렌소의 담배에 불을 붙여주었다. 그런 다음 명함을 꺼내어 로렌소에게 내밀었다. "파비오 아르구에예스 뉴만 박사" 그의 열띤 장광설이 끝나자, 로렌소는 자리에서 일어섰다.

"비열한 자네를 내 사무실에서 두 번 다시 보고 싶지 않군그래."

파비오가 놀란 채 자리에서 일어났지만 로렌소는 하던 말을 멈추지 않았다.

"자넨 훌륭한 천체물리학자가 되었을지도 모르는데, 그 모든 걸 콩 한 접시와 맞바꾸어버렸어."

"박사님, 절 욕하지 마세요. 계속 연구할 생각이에요. 제가 맡은 이 직책이 영원한 건 아니잖아요. 토요일과 일요일엔 논문에 전념할 수 있을 거예요."

"아, 그런가? 그렇다면 박사과정도 마치지 않았으면서 감히 이름 앞에 박사 칭호를 달고 다닌단 말인가. 하기야 사 년 만에 학위를 땄다는 게 좀 이상하긴 했어. 학교 당국에 고발할 수도 있겠지만, 동료들이 씹듯이 나 역시 학위가 없으니. 내가 박사 학위를 계속 할 수 없었던 건 그 당시의 어쩔 수 없는 상황 때문이었고, 지금 자네 경우에 비하면 훨씬 더 이해관계를 벗어난 것이었어."

"박사님, 전 박사님에게 욕 먹을 만한 이유도 없고 배신 행위 따위도 하지 않았어요. 박사과정이 끝나면 연구를 할 거예요. 그러는 동안 많은 동료들의 과학 프로젝트들을 실행에 옮겨 추진시킬 거예요. 당신과 달리, 그들은 저의 임명을 만족스러워해요."

"더 이상 할 말이 없군그래, 여기서 나가주겠나."

그 순간, 파비오는 휘청거렸고 넘어지지 않도록 의자 등받이를 붙잡아야만 했다. 첫 회견에서 그가 보인 그 불안정한 표정이 로렌소에게 연민을 자아냈다.

"쓰러질 것 같으면, 좀 앉게나."

파비오는 의자 위로 무너져 내렸다. 이마의 땀이 식었다. 로렌소는 갑자기 패배감을 느꼈다. 그랬다, 파비오의 패배는 바로 자신의 패배였다.

"박사님, 최악의 사태는 박사님께서 맡고 계신 연구소의 예산을 저와 함께 짜야 한다는 거예요."

"좋아." 로렌소가 한결 부드러워졌다. "너무 걱정하지 말게. 내가 끔찍한 사람이긴 해도 나이 탓에 추진력을 잃고 이따금씩 깜빡하니까."

교육부에서 스승과 제자가 다시 만났다.

"박사님, 박사님께서 책임지고 계신 기관들의 예산을 다시 짜셔야 해요. 기구 구입비는 따로 두고서라도, 박사님의 급료를 포함해서 나머지 직원들에게 적절한 급료를 지불해야 해요."

"무슨 말을 하는 건가?"

"우리는 지금 다른 시대에 살고 있고, 이 시대는 태도의 변화를 요구하고 있어요."

"난 지금의 내 급료에 만족하고 있고 다른 사람들도 마찬가지네."

"그들이 내게 와서 불평을 해요. 그들의 말이 맞아요. 박사님께 임금 지불 장부를 건네기 전에 이 근처에서 점심을 먹으면서 설명을 드릴게요."

"지불 장부나 주게나, 뭘 할 수 있는지 보겠네."

오후 두 시 반, 로렌소는 파비오와 함께 점심을 먹고 싶지 않아 했다. 그래서 파비오는 동료 한 사람과 나갔다. 다섯 시에 돌아왔을 때, 그는 천체물리학 연구소 소장이자 토난친틀라 천문대장이 손에 펜을 들고 정확히 같은 자리에, 같은 자세로 앉아 있는 것을 보았다. 한옆에 놓여 있는 재떨이는 담배꽁초들로 가득 찼다. 사람들에게 줄 급료 책정을 아직까지 끝내지 못하고 있었다. 파비오는 그 리스트를 보기 위해 다가갔다.

"박사님, 이젠 표준책정이란 게 없어요. 이 기회를 십분 활용하세요."

"안 돼, 그건 타락한 짓이야."

"박사님, 제발 국립대학교에서 하는 대로 하세요. 이제 등급 따윈 없어요. 그들의 급료를 올려주세요, 삼사백 페소가 아니라 삼사천 페소로 말이에요. 그들에게 실질적인 인상을 할 수 있도록 허락해주세요. 박사님의 급료가 얼마나 보잘것없는지 한번 보시라구요. 이 돈은 급료뿐만 아니라, 분광사진기, 전자공학연구소를 위해 쓰려고 타낸 것이에요. 박사님은 돈을 지출하는 것도 배우셔야 해요. 이건 순간일 뿐이에요. 매년 조정되는 기초 예산안 따윈 잊어버리세요……."

"자넨 날 설득할 수 없을 걸세, 파비오. 이것이 소장으로서 허용할 수 있는 인상액이야."

"박사님, 급료를 올리셔도 불평할 사람은 아무도 없어요. 그리고 이것이 노사문제를 피할 수 있는 방법이기도 하구요. 만약 그렇게 하지 않으시면, 사람들을 잃게 될 거예요. 어떻게 미국인들이 받는 급료와 경쟁을 하시겠어요? 최고 수준의 연구자들이 박사님을 떠나게 될 거예요. 박사님은 좀 현대화되셔야 해요. 만천 달러 하던 스펙트로포토미터* 기억나시죠? 박사님은 그걸 만드는 방법도 몰랐던 토난친틀라 전자공학연구소에서 조립해야 한다고 우기셨고 결국 만이천 달러가 지출되었죠. 당신은 항상 주장하셨어요. 그것에 관해 단 한 번도 훈련받은 적이 없는데도 우리들이 손수 기구들을 제작해야 한다고 말이에요. 어쨌든 우리의 전자공학연구소와 광학연구소는 당신의 의견에 따랐고 몇 번의 성공도 거둘 수 있었죠. 마이크로머시너리와 태양전지, 트랜지스터와 축전기, 콘덴서에서 특허권을 얻었고 당신은 그걸 무척이나 자랑스러워했죠. 텍사스 인스트루먼트사가 관심을 보였으니까요. 하지만 결국 한발 늦었죠. 왜 우리들이 당신의 말에 따랐는지 아세요, 박사님? 두려웠기 때문이에요. 토난친틀라에선, 루이스 리베라 테라사스를 제외한 모든 사람들이 당신을 두려워했어요……."

파비오의 인신공격에 현기증을 느낀 로렌소는 그 모든 것에 답하는 대신 자리에서 일어났다. 파비오가 동행하겠다는 걸 사양하고 디에고 리베라의 벽화들에 둘러싸인 계단을 내려와 거리로 나왔다. 점심을 먹지 않았지만 허기를 느끼지 못했다. 자신의 슬픔으로 주린 배를 채웠다. "도무지 상황 적응이 안 돼, 아무것도 이해할 수 없어." 견해의 차이 말고도, 멕시코에 새 천문대를 세울 다른 장소를 물색하여 더 성능이 뛰어난 망원경을 설치하는 일이 급선무였다. 사십 인치 망원경으로는 더 이상 관측을 할 수 없었다. 천문대 건축은 광학연구소와 전자공학연구소에 도움이 될 것이다. 물론 교육과 연구에도 도움이 될 것이다! 토난친틀라는 낙후되었다. 하지만 토난친틀라와 타쿠바야에서 발행되는 회보들은 그렇지 않았

* 분광광도계.

다. 그것들은 그를 전 세계에 유명인으로 만들었다. 적어도 그랬다!

여행만이 조국에 대한 번민을 붙잡아 매었다. 그것은 그가 국제적으로 저명했기 때문에 가능한 일이었다. 미국의 키트피크, 팔로마 산, 윌슨 산 천문대에서 그를 초청했을 뿐만 아니라 남미의 톨롤로와 코르도바 천문대에서도 그를 초청했다. 그는 아프리카 남서쪽에 위치한 브룩카로스 산 천문대를 알고 있었다. 특히 큰 기대를 가지고 방문했던 아프리카의 하버드 소속 천문대 블룸폰테인은 잘 알고 있었다. 하마터면 그곳의 책임자가 될 뻔했었다. 현재 천문대장으로 있는 사람이 그를 맞으며 소리쳤다. "당신이 그 유명한 테나 박사님이시군요!" 스미스소니안 천체물리학 센터, 미국 천문학회, 국제천문학협회의 전문가들은 세계의 주요 수도에서 정기적으로 학술회의를 개최했고, 이에 참석하기 위해 로렌소는 흥분된 마음으로 비행기에 올랐다. 아주 매력적인 한 여성 천문학자의 말이 생각났기 때문이다. "여자를 덮쳐 사랑놀이를 하거나 흠뻑 취하기엔 여행이 최고죠." 로렌소는 폭음을 했고 완전히 다른 사람이 되었다. 만약 한 여자가 그에게 서류가방을 강물에 날려보내라고 했다면, 분명 그렇게 했을 것이다. 그게 센 강이었을까? 아니면, 템스 강이나 다뉴브 강? 선택해보시지. 종종, 그는 런던에서 피카딜리 광장과 다우닝 스트리트를 거닐며 만나보지 못한 어떤 것에 대한 사냥에 나섰다. 사실 그는 그게 무엇인지 전혀 알지 못했다. 카슨 맥컬러스*는 『마음은 외로운 사냥꾼』이라는 책을

* 카슨 맥컬러스(1917~1967): 미국의 작가. 조지아 주(州) 출생. 주로 미국 남부를 배경으로 기형적인 인물을 등장시켜 인간 본성에 깃들인 악의 싹, 억압된 성(性)과 고독한 마음 등을 주제로 하는 작품을 썼다. 처녀작은 파시즘을 풍자한 『마음은 외로운 사냥꾼』(1940)이며, 대표작은 『결혼식의 멤버』(1946)로서, 이 작품은 작자 자신이 극화(劇化)하여 상연하기도 하였다.

셨다. 로렌소는 단단히 준비를 하고서 하늘을 향해 총을 쏘았다. 그를 "아스테카인"이라 부르며 노획물들이 땅으로 떨어졌다. 그것들은 자신들에게서 제발 심장을 꺼내달라고 그에게 애원했다. 마치 자신이 산악지대에서 내려온 가여운 어린 사슴인 것 같은 느낌이 들었다. 세상의 모든 엽총이 자신을 겨냥하는 것만 같았다. 상처를 입고 절뚝거리며 걸었다. 옛 추억들로 가득했다. 그는 늙은이였지만 동시에 이제 막 태어난 갓난애이기도 했다. 파우스타에 대한 사랑으로 그는 상처 입었다. 최근 몇 년 사이 얼마나 많은 것들을 배우고 잊어버렸던가. 그는 클라우딘과 콜레트를 사랑하는 것에, 그녀들을 굉장히 사랑한다고 말하는 것에 익숙해져 있었다. 모든 면에 있어서 로렌소는 탐나는 독신남이었고 프랑스, 러시아, 폴란드, 체코, 이탈리아 아가씨들이 가보고 싶어 하는 이국적인 나라 멕시코에서 두 개의 과학연구소를 책임지고 있는 소장이었다. 그녀들에겐 태양이 고개를 내밀고 은하수가 침상 한가운데 머물 때, 사랑을 나누자고 자신들을 깨우는 천문학자와 삶을 함께하는 것만큼 로맨틱한 것은 없어 보였다.

로렌소는 그녀들에게 16세기 덴마크의 프레데릭 2세에게서 총애를 받은 천문학자 티코 브라헤*의 삶을 들려주어 즐겁게 했다. 천문학자는 왕에게서 하사받은 벤 섬에 화려한 고딕양식의 성 우라니보르그 천문대를 짓도록 했다. 그 성탑과 둥근 돔 지붕, 옥상, 발코니에서 그는 천체 관측을 했다. 사 년 후, 그 천문대로는 충분치 않았다. 그래서 별들의 성이라는 스티에르네보르 천문대를 세웠다. 구리로 제작된 수많은 육분의, 자오

* 티코 브라헤(1546~1601): 덴마크의 천문학자. 코펜하겐 근처에 있는 벤 섬에 우라니보르그 천문 관측소를 세우고 이십 년 동안 정확한 관측 자료를 수집하였다. 이 자료들은 후에 케플러에게 전해져서 케플러가 행성운동에 관한 3법칙을 발견하는 토대가 되었다.

의와 반 자오의, 그리고 천체 궤도들로 이루어진 방, 천체 관측기기, 해시계들이 모든 기구의 대부분을 차지했다. 한쪽 벽면에 조립된 목재로 만든 벽사분의로 전에 없이 천체의 정확한 위치를 관측했다.

로렌소가 이야기로 그녀들의 넋을 홀딱 빼버렸기 때문에 아주 전문적인 내용임에도 불구하고 그녀들은 그 모든 것을 이해하는 척했다. 천문학자를 사랑하여 한 섬의 여주인이 되고 별들의 성에서 산다는 것, 이 얼마나 굉장한 꿈인가! 로렌소의 이야기가 끝날 것 같으면 그때마다 그녀들은 "노!"라고 동시에 소리쳤다. 티코 브라헤가 알랭 드롱*만큼의 인기를 얻었다. 티코 브라헤의 엄청난 관측 횟수는 사랑하는 연인에게 태양과 달, 유성과 혜성 같은 것들을 선물할 수 있는 것에 비하면 그리 중요한 것도 아니었다. 브라헤에게는 케플러**라는 아주 열심인 제자가 있었는데 그는 열네 권의 역작을 읽고 또 읽었다. 하지만 티코 역시 모든 천문학자들처럼 1601년 10월 24일 쓸쓸하게 죽었다.

"왜 천문학자들은 쓸쓸하게 죽는 거죠?" 아르메니아 출신의 아름다운 한 여성 천문학자, 엘마 파르사미안이 물었다.

"볼 수 없었기 때문이죠."

아르메니아의 뷰라칸 천문대는 훌륭하고 멋진 기관으로 바뀌어 있었으며, 다른 무엇보다 빅토르 암바르추미안***의 출현이 그를 흥분시켰다.

---

* 알랭 드롱(1935~): 프랑스 파리에서 출생한 미남 영화배우. 「태양은 가득히」를 통해 세계적인 명성을 얻었으며 1980년 이후에는 감독, 제작자로 활동하고 있다.

** 요하네스 케플러(1571~1630): 독일의 천문학자. 루돌프 2세의 보호 아래 화성 운행에 대한 관측을 계속하고 있던 브라헤의 조수가 되어 공동 연구를 하였다. 브라헤가 죽을 때 십육 년간에 걸친 관측 자료의 정리를 유언으로 위탁받았으며, 동시에 후계자로서 궁정 수학관으로 임명되었다. 케플러 법칙으로 유명하다.

*** 빅토르 암바르추미안(1908~1996): 항성계의 기원과 진화 및 별의 진화 과정을 연구한 아르메니아의 천체물리학자.

1956년 처음으로 그를 방문했을 때, 뷰라칸 천문대는 토난친틀라와 맞먹을 정도였다. 암바르추미안이 뷰라칸 천문대를 세계에서 가장 활발한 활동을 펼치며 번창하는 천문대 중 하나로 만들어놓았다. 멕시코인들은 천문학에서 뿐만 아니라 이 분야를 벗어나서도 그와 비슷한 일은 결코 할 수 없을 것이다. 그뿐만이 아니었다. 그는 아르메니아 과학아카데미의 의장으로서 과학, 기술학, 인문학 단체들의 강한 결속력을 도모했다. 그건 로렌소가 한때 몽상에 잠긴 낙천주의자로 멕시코를 위해 꿈꾸었던 것과 별반 다를 것이 없었다. 야금학, 생물학, 측지학, 물리학, 천문학, 수학, 석유화학, 화학, 표면역학, 광학, 전자공학, 역사학, 언어학, 이 모든 것들이 가업을 이어받으며 살아가는 약 삼백만 주민들로 이루어진, 한 조그만 공화국 안에서 이루어졌다.

뷰라칸에서 예전에 그의 마음을 사로잡았던 것들이 이젠 아무런 의미도 갖지 못했다. 섬광별을 발견한 로렌소는 격정적으로 논쟁을 벌였고, 문제점들을 분명히 했다. 논쟁의 여지가 있었던 그의 연구논문도 한층 견고해졌다. 아주 드문 일이긴 했지만 자기 자신에게도 만족했다. 자신의 눈앞에서 하루가 다르게 발전해가는 암바르추미안을 보며 가졌던 열등감도 이젠 느끼지 않았다. 암바르추미안은 은하의 구름들로 우주가 나뉘어진다는 것을 발견했을 뿐만 아니라, 행정부에서 하루 열네 시간에서 열여섯 시간씩 일했으며, 로렌소와는 달리 세상 문제들에 관심을 가지는 것을 시간 낭비라고 여기지 않았다. 로렌소에게 행정 업무는 참을 수 없는 일이었다.

"빅토르, 정말 어떻게 할 수 없는 것은 인간들 사이에서 벌어지는 일들이라네. 뷰라칸 사람들은 어느 정도는 영리할 거라고 믿어. 절대로 태업은 하지 않지. 멕시코에선 내가 노동조합까지도 만들어주길 원해. 그래서 그들에게 말했지. 하루 스무 시간씩 일을 한다면 별 효력도 없을 노동조합을 결성할 권리가 있는 거라고 말이야."

"여기서도 일이 실패로 돌아가기는 마찬가지라네, 테나." 암바르추미안이 다정하게 웃었다. "인내심을 가져야 해."

"내게 부족한 거라네. 사람들이 날 화나게 하면, 그들을 미워하지. 곧 후회하게 될 거면서 말이야."

"후회는 아무런 도움도 안 돼." 암바르추미안이 말을 마쳤다.

멕시코에 이렇게 뛰어난 인물이 나오지 않은 게 정말 애석한 일이었다. 빅토르 덕분에 그의 연구는 소비에트연방에 알려지게 되었고 그것은 그를 천박한 자만심으로 가득 채웠다. 빅토르가 아르메니아에서 한 일에 백분의 일이라도 그가 멕시코에서 할 수 있다면 좋을 텐데! 빌어먹을 나라, 그의 의지를 꺾어버리는 빌어먹을 사람들! 궤변과 악선전 그리고 나약함으로 그는 멕시코가 어떻게 손을 쓸 수 없을 정도로 망가져버렸다는 결론을 내렸다. "우리들은 이 지구의 수형자들이야." 프란츠 파농*의 책을 인용하면서 그가 디에고 베리스타인에게 했던 말이다. 또 그는 엿 같은 상원의원들, 별장을 소유한 대학의 총장들, 나우칼판의 시장들이 특권층을 형성한다고 말했다. 그들은 기껏해야 후에고스 플로랄레스**의 명성과 상을 자랑해 보이는 게 고작이었다.

진정한 바벨탑 뷰라칸은 유럽인들과 북미인들을 기원전 15세기의 고대 유적지인 에레반으로 데리고 다니면서 즐겁게 했다. 대부분의 주민들

---

* 프란츠 오마르 파농(1925~1961): 프랑스 령(領) 마르티니크 태생의 알제리 평론가, 정신분석학자, 사회철학자. 주요 저서로 『검은 피부, 흰 가면』(1954), 『아프리카의 혁명을 위하여』(1964) 등이 있다.

** 프로방스 지방의 음유시인들에 의해서 시작된 시 경연대회. 뛰어난 재능을 가진 남성들이 참가하고 여왕으로 뽑힌 한 여성이 대회를 관장하며 우승의 상징으로 꽃이 주어진다.

은 농업에 종사했으며 평균 생활수준은 높았다. 로렌소는 멕시코와 아르메니아를 계속해서 비교하지 않을 수 없었다. "우리 멕시코인들은 이미 반세기 전에 그걸 원했을 텐데." 그는 멕시코에 만연한 선동과 굶주림, 열악한 교육 환경에 분노가 끓어 제도혁명당과 돼먹지 못한 정부를 싸잡아 비난했다.

그는 암바르추미안의 초대로 뷰라칸 근처 마을 아쉬타락에 과학기기의 제도와 제작을 위해 짓게 될 새 연구소의 초석을 다지는 기념식에 참석했다. 그 지방의 저명인사들에서 비천한 노동자, 농민들까지 모두 참석했다. 로렌소에게는 유명인사들 사이에서 농민들을 찾아내기가 쉽지 않았고 그건 멕시코에서는 결코 있을 수 없는 일이었다.

그는 캘리포니아 만에서 공동 프로젝트를 함께 수행하는 프랑스 친구들 장 클로드 페커, 유리 쉐츠만, 찰스 페렌바흐와 아르메니아산 포도주를 마시며 시간을 보냈는데, 그에게는 더없이 훌륭한 그 술이 그들에게는 부패한 것처럼 여겨졌다. 페렌바흐는 광선의 속도를 재는 스펙트럼 측정기를 발명했다. 그들과 어울리면서 로렌소는 자신의 불어 실력이 형편없음을 느꼈다. 모든 게 그 빌어먹을 라빌 신부 탓이지 않은가! 그는 그들에게 신부가 자신의 넓적다리를 쓰다듬으며 "웨스트팔리아의 어린 돼지 뒷다리 같아"라고 말했던 것, 그래서 불어 배우기를 그만두었던 것을 끓어오르는 분을 가까스로 삭이며 들려주었다. 자신의 이야기를 듣고 폭소를 터뜨리는 사람들을 보자, 그도 웃지 않을 수 없었다. "로렌소, 자넨 정말 아스테카인이야!" 불어로 논문을 쓰게 되든지 아니든지 간에 그들은 하나가 되어 그것을 발표할 것이고, 그 논문은 아르메니아어와 러시아어로 제일 먼저 세상에 알려지게 될 것이다.

로렌소는 유쾌한 투정과 과장된 몸짓, 그리고 비명 소리로 뷰라칸의 연구자들과 직원들을 웃겼다. 몇 마디 아르메니아 말로 용감하게 자신을 방어했으며 사전과 사진을 들춰가며 세심한 연구를 하고 난 후, 상황들을 설명하기도 했다. 사람들과 마음을 터놓고 지내려고 애쓰는 한편, 연구에 몰두한 밤이면 그는 녹초가 되어 침대 주변을 배회했다.

자신의 논증을 두세 번까지 반복하는 논쟁을 끝내고 나면, 로렌소는 자신의 방으로 들어가버렸다. 새벽 네 시에 잠에서 깨어 천문대 식당이 문을 여는 여덟 시까지 참고 기다렸다. 종업원들을 웃기는 얼굴 표정과 손짓으로 달걀과 밀크커피를 주문하는 것이 얼마나 재미있었던지! "어쩌면 내가 직업 선택을 잘못했는지 몰라. 여러모로 보아 광대가 어울리는데." 천성적으로 자아내는 친근감은 차치하고라도, 그는 무대를 휘어잡는 자신의 지배력으로 가장 유명한 방문객이 되었다. 새벽 여섯 시에 마늘과 보드카로 그와 아침 식사를 함께 하기 위해 아르메니아인들이 줄을 섰다.

완전히 시간 감각을 잃어버린 그는 공간을 떠도는 듯한 색다른 느낌을 받았다. 그가 처음부터 관객이었다면, 혹은 좋거나 나쁜 농담 속에 등장하는 인물이었다면, 자신이 누구이며 무엇을 하는지, 어디에서 왔는지 몰랐다. 그는 만족스럽지도 불행하지도 않은 그냥 어정쩡한 감정을 느낄 뿐이었다. 그와는 완전히 무관한 법칙에 따라 움직이거나 멈추는 유성의 단편인 것처럼. 신문을 가까이 접할 수 없는 그는 뷰라칸과 동료 과학자들 그리고 자신의 침묵을 제외하고는 실제로 세상에 아무 일도 일어나지 않았다고 믿었다. 그의 연구는 마치 영원 속에서 만들어지는 것처럼 자신의 길을 계속해서 걸어갔다. 하지만 우주는 무한한 것이고 시간은 누군가가 그것에 부여하는 만큼의 의미만을 가지는 것이라면 무엇 때문에 서두르는가. 그는 꿈꾸었고 떠돌았으며 파우스타를 마치 멀리 떨어져 있는 별인 것처럼 떠올렸다. 그는 그 별과 대화를 나눌 수 없었다. 멕시코 역시 이상한 언어로 말했고, 그 암호를 해독할 수가 없었다. 정말 멕시코가 존재할까? 언제 거기서 살았을까? 어떤 멕시코인이었을까? 그가 보내는 메시지는 단지 누군가가 볼 수 있도록 무한대로 날려보내는 수신인 없는 메시지였다. 그 누군가가 파우스타라면, 그를 찾아낼 수 있을 것이다.

어쩌면 그 자신조차도 존재하지 않았는지 모른다. 아무튼 그는 만들어졌다. 꿈 혹은 현실은 때때로 아름다웠지만 때로는 고뇌였다. 파우스타가 그를 어떻게 보았을까? 그를 기억이나 할까? 그녀에게 그는 단지 존경할 만한 늙은이 정도였을까? 아주 오래전에 그는 자신의 감각계를 없애고 싶었다. 자신의 직관이 증오스러웠지만 지금은 최면술에 걸려 몽유병을 앓는 운명에 처해 있었고 때때로 제정신을 찾을지도 모른다는 두려움을 느꼈다. "이미 알겠지만 우리 천문학자들은 괴짜들이지." 하지만 유럽에서는 괴짜들이 정신 나간 사람들로 통했다. 얼음처럼 찬 물로 샤워를 하고 나자 제정신이 들었다. 그는 환상의 세계를 떠돌며 남은 날들을 보냈다. 그 세계는 그에게 티코 브라헤가 현실로 만든 꿈을 떠올리게 했다.

호텔 침대에서 괴로워 몸부림치다 화들짝 깨어났다. "어디 있는 거지?" 자신이 어디에 있는지 기억해내기가 너무 힘들었다. 이마는 식은땀으로 뒤범벅이었다. 시계를 보니, 멕시코와는 열 시간이나 떨어진 곳에 와 있었다. 그러니 파우스타와 함께하기 위해서도 열 시간이나 떨어진 셈이었다. 같은 공간 속에 함께 있을 수 없다는 사실은 얼마나 절망적인가! "파우스타를 천 년 전에 놓고 왔군." 그녀에게서 멀리 떨어져 있다고, 정말 아주 멀리 떨어져 있다고 느끼기는 이번이 처음이었다. "파우스타에게 이런 내 모습을 보여주는 게 얼마나 싫은가!"

로렌소는 암바르추미안의 질문에, 파우스타를 지독하게 사랑한다고 대답했다. "내 머릿속은 크고 못생긴 우둔한 새들로 꽉 차 있다네." 그에게 말했다. "이곳에선 대 침묵, 장엄하면서도 자기 본위의 침묵 속에 둘러싸여 상처 입었던 많은 흔적들을 잊고 지낼 수 있어. 그 침묵으로 우리를 지키지. 그런데 갑자기 현실의 날카로운 소리가 침입하여 무지막지한 방법으로 정신을 잃게 하는 거야. 어떤 사람이 철저히 냉담하게, 혼자 편안하게 살 수 있다는 게 어떻게 가능할까?"

그는 자신의 심정을 감출 수 없어 괴로웠다. 뷰라칸에서의 체류도 그 한계에 도달했다. "물을 길어 올리는 당나귀들처럼, 우리들은 같은 곳을 수도 없이 반복해서 걷고 있는 거야."

'그녀는 내게 소금을 뿌려대는 마녀야. 이젠 어떤 곳에서도 더 이상 마음을 편히 가질 수가 없어.' 로렌소는 짜증스럽게 생각했다. 파우스타의 생명력이 그를 노쇠하게 만들었고, 그녀의 민첩한 움직임이 그에게 최후의 검을 안겨주었다. 토난친틀라 들판으로 산책을 나가면, 그녀는 마치 어린 새끼 짐승처럼, 그를 앞서 나갔다 다시 돌아왔다. 그가 걸어온 길의 두 배는 걸은 셈이다. 두 뺨은 새빨개지고, 머리카락은 바람에 날린 채, 그를 향해 달려왔다. 모든 것이 그녀에게 미소 지었다. 그가 아직까지 소유하지 못한 그녀의 몸뚱이 역시 미소 짓고 있었다.

산책하는 동안, 파우스타는 로즈마리의 여린 가지들을 꺾어 그것들을 손가락 사이에 놓고 짓눌렀다. 그러고는 아주 들떠서 그것들을 그의 코앞에다 갖다대었다. "박사님, 맡아보세요. 얼마나 향긋한지 몰라요!" 프랑스에서 자전거를 타고 라벤더가 핀 들판을 건넜던 일을 그에게 말했다. 언제였을까? 언제였는지는 말하지 않았다. 신비의 베일 속에 자신을 감출 줄 아는 여자들이 있는데 파우스타도 그런 여자들 중 하나였다. 그녀는 많이 걸었다. 촐룰라까지 자주 걸어서 갔다. 로렌소가 그녀에게 농담을 했다. "푸에블라까지 가는 트레이닝을 하면 어때? 그런 다음엔 시티까지 말이야." 파우스타가 순진하게 대답했다. "푸에블라는 여기서 멀지 않아요. 돌아올 때가 힘들어서 그렇지 십이 킬로미터는 쉽게 걷을 수 있어요." "튼튼한 다리를 가졌군그래." "예, 그래요! 한번 보여드릴까요?" 그녀의 우주를 구성하는 마법 같은 성분들은 로렌소가 이해할 수 없는 것들이었다.

그는 그녀를 바라보았다. 하지만 자신의 눈길을 알아차리지 못하는 그녀 때문에 슬펐다. "왜 그렇게 우둔한 거야." 그녀를 쥐어짜 텅텅 비운 다음 그녀 속의 공간을 자신이 채우고 싶었다. 아, 얼마나 그녀를 증오했던가! 아, 얼마나 그녀를 사랑했던가! 그녀의 가장 작은 모공, 가장 작은 털 하나까지도 흥분과 숭배의 대상이었다. 누군가를 죽일 수 있었다면, 그건 바로 그녀였다.

그녀를 생각하기 시작한 순간부터, 그의 마음과 머리가 고통으로 괴로웠다. 파우스타가 그의 가장 깊은 곳에서 그를 아프게 했다. 사랑이 그런 것일까?

31

카롤리노 건물에서 개최되는 대학 총장들의 모임에서, 푸에블라 대학교의 총장이 로렌소를 향해 말을 걸었다. 그때까지 그는 입을 열지 않고 있었다. "박사님, 당신은 권위 있는 실력자잖소. 고등교육에 관한 당신의 의견을 듣고 싶소."

"칠판싱고 대학 총장이 껌 씹는 것을 그만두면 그때 말하겠소."

모두들 놀라서 그를 쳐다보았고 회의는 무산되었다. 토난친틀라로 돌아오는 동안, 로렌소는 기분이 좋지 않았다. 왜 젊은 총장을 욕보였을까? 그는 자신이 내뱉는 말이 미칠 파장을 가늠하지 못했다. 또 어떤 경우에는 불화를 야기시키기도 했다.

천문대에서 파우스타를 만나자, 로렌소는 그녀에게 뭔가를 물었고 파우스타는 아주 미심쩍게 들었다.

"파우스타, 네가 날 보았을 때 오른쪽으로 걸어오고 있었니, 왼쪽으로 걸어오고 있었니?"

"오른쪽으로요."

"아, 그렇담 점심을 끝낸 다음이군그래."

천문학과 직접적인 관련이 없는 모든 것을 거부하는 그의 성향과 마찬가지로, 그의 사색도 깊어만 갔다. 자신의 연구 이외에, 그가 유일하게 짬을 내는 것은 세 마리 말을 위해서였다. 그는 잠바 주머니에 사과 두 개를 넣고 톰 존스가 있는 곳으로 걸어갔다. 말이 사과 하나를 먹고 나자, 로렌소는 말의 윗니와 아랫니 사이에 다른 사과 하나를 넣어주었다.

말들은 천문대를 후원하는 도밍고 타보아다의 선물로 토난친틀라에 보내진 것이었다. "박사님, 여긴 이 고상한 짐승에게 지붕을 지어줄 수 있을 만큼 넓은 공간이 있어요."

"내 과실수들을 엉망으로 만들 거요."

"과실수가 없는 저 아래쪽에다 두면 되겠네요."

톰 존스가 온 다음 라 무네카가 왔는데 흰 털의 유순한 말이었다. 도밍고 타보아다는 암말의 임신 사실을 그에게 알리는 것이 마음에 걸리긴 했지만, 그렇게 하지 않았다면 천문대장이 그 말을 받아주지 않았을 것이다. 파우스타의 휘둥그레진 두 눈앞에서 망아지가 태어나던 날, 로렌소는 셔츠 소매를 걷어 올리고는 두 손을 그 동물의 자궁 속으로 집어넣었다. "물을 가져와." 얼어붙어 있는 파우스타에게 소리쳤다. 어린 망아지가 제 어미 곁에 서 있는 것을 보고 파우스타가 물었다.

"어디서 그런 걸 배우셨어요? 산파 일까지 하시리라고는 생각도 못했어요."

"비밀이야." 로렌소는 웃었다.

"이름을 뭘로 지을까요?" 그녀가 흠뻑 젖은 짐승을 부드럽게 쓰다듬으며 물었다.

"엘 아레테."

데 테나 박사는 얼마나 수수께끼 같은 사람인가! 루이스 리베라 테라사스가 사귀기엔 훨씬 더 쉬웠다.

"얼마나 말을 잘 타는지 한번 볼까. 톰 존스의 등에 올라타." 그가 파우스타에게 도전장을 내밀었다.

"전 말을 탈 줄 몰라요, 박사님. 어쨌든 타게 된다면, 톰 존스보다 낮은 라 무녜카를 타겠어요."

"못하는 게 없다고 테라사스가 그러던 걸. 그래서 기대하고 있었는데."

파우스타는 천문대장에게 언짢은 마음이 들었고 로렌소 편에서는 대쪽을 쪼개듯이 그녀를 열어젖혀 짜낸 다음, 그 내부를 볕으로 끄집어내고 싶었다.

"박사님, 언젠가 그런 생각을 했어요. 남을 고문하는 사람들은 분명 박사님 같을 거라고 말이에요."

"왜 내게 그런 말을 하는 거지?" 로렌소가 화를 내며 물었다.

"박사님은 박사님 주위를 맴돌고 있는 사람들을 찾아내는 게 아니라 그들과 충돌하기 때문이죠. 그에 반해 전 사람들이 외부로 보여지는 모습보다 훨씬 더 괜찮을 거라고 여기는 사람들 중 하나구요."

"아, 그래? 그래서 서로 공통된 목표를 가지고 있는 여기 토난친틀라에서 모두가 그것을 위해 경쟁하고 있군그래."

말로*가 16세기 전설 속에서 그의 작품 『파우스트』를 쓰기 위한 영감을 얻은 것처럼, 로렌소는 악마가 개의 형상으로 자신에게 나타났다고 파우스타에게 확신하듯 말했고 파우스타는 웃었다. 하지만 언덕을 오르는

---

* 크리스토퍼 말로(1564~1593): 영국의 극작가이자 시인.

검은 개를 라이플 총으로 겨냥하여 정확히 그 개의 두 눈 사이를 맞추는 것을 보자, 더 이상 웃을 수 없었다. 그 짐승은 공중을 한 바퀴 돌아 땅으로 떨어졌다. 테나가 명사수라고, 이미 테라사스가 그녀에게 말했어도 그 사격은 그녀를 몸서리치게 만들었다. "개를 죽일 수 있을 거라곤 생각도 못했어요. 그 사람이 무서워요." 그녀가 리베라 테라사스에게 말했다. "왜?" "사냥꾼들을 증오해요." "테나는 타고난 사냥꾼이지. 고속도로에서도 짐승들을 그냥 치고 지나가니까." "정말 잔인해요!"

언젠가 로렌소는 두 눈이 한없이 슬퍼 보이는 파우스타에게 물었다.

"너와 내가 고독의 세계로 함께 갈 수는 없을까? 더 이상 아무런 걱정도 하지 않을 순 없을까?" 하지만 곧이어 그녀를 공격했다.

"넌 메피스토펠레스*야. 날 유혹하려고 왔지. 내가 찾는 것에 해결책이 있다고 믿게 하려고 말이야. 하지만 결국 메피스토펠레스는 바라던 것을 손에 넣지 못해. 불쌍한 악마 같으니."

"그럼 제가 불쌍한 악마란 말씀이세요?"

"어쩌면 그럴지도 모르지. 아니라고는 하지 않겠어."

"차라리 불쌍한 악마가 되겠어요, 하지만 전 무방비 상태에 있는 짐승들을 죽이진 않아요."

"아, 그래? 암고양이를 목매달아 죽인 건?"

"그건 어릴 적에 너무 괴로웠던 나머지 저질렀던 일이에요."

"성체를 훔친 건?"

"그건 자발적으로 한 일이었어요."

파우스타와 로렌소는 아직까지도 그들을 괴롭히는 사춘기에 한데 묶

---

* 독일 전설 속에서 파우스트가 자신의 영혼을 팔았던 악마.

여 있었다.

도서관 사무실 앞에서 그녀를 보고 로렌소는 미소를 지으며 다가갔다.

"내게 다시 젊어지는 미약을 주겠어?"

그녀는 불쑥 들어왔던 것처럼 그렇게 나가버렸다.

때때로 파우스타는 초조해했다.

"박사님, 제가 알기로 당신은 여자에게 빠져본 적이 없어요. 미친 듯이 사랑하는 법을 몰라요."

"아, 그럼 넌 알고 있다는 거야?"

"전 놀랄 만한 직관을 가졌고 당신에게 집착한다는 걸 알아요. 그건 박사님에게서 정서 생활이라고는 찾아볼 수 없기 때문이죠."

파우스타가 토난친틀라에서 꼭 있어야 할 사람으로 여겨지게 된 이후 몇 년이 흘렀을까? 늘씬하게 뻗은 탄력적인 다리를 움직여가며 천문대로 올라오는 그녀를 보는 것은 행복한 일이었다. 그녀는 얼굴 가득 태양 빛을 받으며 젊은 여자들처럼 큰 보폭으로 걸었다. 로렌소는 그녀의 눈가 주름을 보았다. "마흔 살 정도 됐을 걸." 테라사스가 장담하듯 말했다.

때때로 파우스타는 여행을 하기 위해 한두 달씩 사라졌다. 혼자서 떠났을까? 어디로 갔을까? 왜 그리스로 갔을까? 무슨 돈으로 갔을까? "모아뒀던 돈으로 여행을 해요. 박사님이 아르메니아에 계신 동안 그리스에 갔었죠. 미케네*를 꼭 보고 싶었거든요."

로렌소의 마음은 질투심으로 불타올라 그녀를 혼내줄 기회만을 엿보고 있었고, 매 순간 파우스타가 그 동기 제공을 했기 때문에 기회는 늘 있

---

* 그리스 펠로폰네소스 반도 동부 아르골리스 지방에 있는 고대 도시 유적. 아르골리스 평야를 한눈에 바라보는 동시에 남북 교통로와 중요 지점을 점유하고 있어 BC 17세기 말에 두드러지게 대두, 미케네 문명(후기의 에게 문명)의 중심지가 되었다.

었다. 그녀가 망원경이 있는 곳 옆에다 꽃을 심었다. 그것을 본 로렌소가 과르네로스에게 뽑아버리라고 명령했다. "파우스타 양이 심은 건데 어떻게 그러겠어요?" "자네가 하지 않겠다면, 내가 하겠네." 화가 난 그 순간, 로렌소는 꽃을 뿌리째 몽땅 뽑아버렸다. 산책을 나가는 길에 로렌소는 넓은 정원 가장자리에 뽑혀진 꽃들이 한데 널브러져 있는 것을 보았다. "나도 꽤나 난폭하군." 꽃들이 무슨 해를 끼쳤냐고 파우스타가 그에게 물었을 때, "천문대하고는 어울리지 않아, 여긴 연구를 하는 곳이야"라고 말한 것이 생각나 그 꽃들을 보자, 자신이 부끄러워졌다. "난 참 우둔한 바보야." 나중에 생각했다. "파우스타는 내게서 가장 나쁜 것들만 끄집어내고 있어."

로렌소와는 달리 파우스타는 안색 하나 변하지 않는 것 같았다. 그가 화가 나서 어쩔 줄 몰라 하면, 하루 또는 두 달씩 사라졌다 나타났다. "파우스타가 떠나버려서 데 테나 박사가 열이 났군그래." 천문대 식구들이 수군거리면 수군거릴수록 로렌소는 그녀가 더 그리워졌다.

파우스타는 그의 체온계였다. 그녀가 돌아오자 로렌소는 정상 체온을 되찾았다. 그래서 그 정상 체온을 계속 유지하기 위해 그는 그녀가 내뱉는 말이라면 무엇이나 낚아챘다. "단 하나 절 가슴 아프게 한 건, 제가 이방인임을 느끼게 되는 거죠." 그 말에 그는 결론을 내렸다. "다시 떠나지 않겠군." 하지만 파우스타는 다시 여행을 했고 그의 기분은 엉망이 되었다.

차를 마시고 난 해질 무렵, 그들이 산책 나가는 길에 그녀가 그를 안심시키는 말들을 했다.

"보세요, 박사님. 전 제 임종이 임박한 시간에 저 노을빛이 보고 싶어질 거예요." 그러고는 그들 앞에 놓인 골짜기를 가리켰다.

그녀는 잔인했다. 그가 먼저 죽게 될 것이라는 걸 깨달아야 했다. 그는 수치심으로 죽음에 대해선 말하지 않았다. 하지만 그녀의 놀라운 젊음 앞에서 그만 넋을 잃고 말았다.

"그래, 사람들이 그러지. 내가 매년 다시 젊어지는 작가 코르타사르* 같다고 말이야. 그는 키가 훤칠하게 큰 멋진 사람이지."

"그를 아세요?"

"물론, 내게 자신의 묘약이 든 병을 주었어. 다른 사람에게 그걸 건네지 않는다는 조건으로."

그녀를 판단하는 건 불가능했다. 로렌소 데 테나는 배타적인 사람이었기 때문에 다른 사람이 그의 입장이 되어 생각하는지도 몰랐다. 그의 힘은 불굴의 의지, 논리적 판단, 포기할 줄 모르는 집착에 있었다. 매 순간 이 여자를 비난하고는 있지만, 지금 자신에게 집착하고 있는 그녀를 그 혼자서는 도저히 파괴할 수 없었다. "증오해." 그는 부질없이 같은 말만 되뇌었다. 파우스타는 누구일까? "내 사랑, 내가 이해할 수 없는 걸 말해줘. 네가 누군지, 널 사랑하는 걸 그만두기 위해서 내가 어떻게 해야 하는지 말해줘." 그녀에게 속한 모든 것이 그를 거부할 것이다. 파우스타는 마리화나를 피웠고 마약을 했다. 그녀가 더 이상 예전의 그녀가 아니었어도, 젊은 남자애들은 그녀를 그들 중 한 명쯤으로 여겼다. 왜 그녀는 그와 함께 단 한 번도 취할 때까지 마시지 않았을까? 박사님, 박사님, 나중에 봐요, 박사님. 아, 이 얼마만큼의 거리감인가! 그녀는 그에게 신경을 곤두세웠다. 그녀를 한순간만이라도 소유할 수 있었을까? 처음 그녀가 토난친틀라로 왔을 때, 록 음악에 열광한 사내와 거침없이 춤을 추고 난 후, 자신의 집으로 그를 초대했던 그날 밤, 어쩌면 그럴 수도 있었을 것이

---

* 훌리오 코르타사르(1914~1984) : 아르헨티나 작가. 벨기에 브뤼셀 출생.

다. 결과적으로 파우스타가 그보다 한 수 위였다. 파우스타와 비교하면 다른 여자들은 다루기가 정말 쉬웠다. 파우스타는 그가 충돌하곤 하는 장벽을 걷어올렸다. 자세한 분석, T-타우리에서와 같은 끊임없는 관측이 아니더라도 그는 그녀의 기원과 그녀의 양심 그리고 그녀의 진화가 어떤 것인지 이해할 수 있었을 것이다. 그녀는 그가 자신의 긴 일생에 걸쳐 관측한 모든 물체들 중에서 가장 복잡하고 시끄러운 것이었다. 그는 자발적으로 푸른 물체들을 선택했고, 나중에는 섬광별들을 선택했다. 결코 파우스타를 선택한 적이 없었다. 그녀는 그에게 죽음에 가까운 치명적인 상처를 입히며 운석처럼 망원경이 있는 돔 지붕 위로 떨어졌다. 무엇 때문에 저 위를 떠돌며 그대로 머물지 않은 걸까? 불안해진 로렌소는 그녀를 판단하려는 자신의 경향과 한계를 충분히 자각했다. 어쩌면 마음을 열지 못한 것이 천체 현상을 이해하는 데 방해가 된 건지도 몰랐다.

그는 실험이라는 수단을 거부했다. 파우스타와 무엇을 할 수 있을까? 그녀를 산산이 분해하는 것? 지금은 특별한 복합체의 이론적인 문제에 직면해 있지만 그는 항상 노련한 관측자였다. 현미경 아래 감광판에 그녀를 올려놓았지만 그녀에 대해선 아무것도 알지 못했다. 어쩌면 그녀는 그저 별 볼일 없는 섬유 조직 정도인지도 몰랐다. 자신의 강박관념에 사로잡혀 그 섬유 조직을, 하고 많은 여자들 중 하나에 지나지 않는 정신 나간 여자를, 크게 확대해 생각했는지도 몰랐다. 하지만 자신의 생각 속에서 그녀를 지워버릴 수가 없었다.

고등학교 예비 과정 때, 디에고와 함께 암송한 『아가』의 시 구절이 파우스타를 생각하는 그의 마음에 절실히 와 닿았다.

"사랑은 죽음보다 강하며, 질투는 지옥보다 강합니다. 그리고 그 열망은 여호와의 불꽃과 같습니다."

"많은 물로도 그 열망의 불을 끌 수 없으며, 강물로도 그 불을 끌 수 없습니다."

"사람이 사랑 때문에 자신의 목숨과 재물을 모두 내놓는다 해도, 손에 넣을 수 있는 건 오직 멸시뿐입니다."

그와 파우스타 사이엔 아직 아무런 일도 일어나지 않았지만, 로렌소는 이미 멸시를 경험했다. "그건 내가 당한 수모야." 그는 같은 말을 되뇌었다. "내가 한 움큼 삼키고 있는 것, 그건 바로 멸시야. 파우스타는 잘 알고 있어. 내가 자기를 사랑한다는 걸. 그래서 날 멸시하는 거야." 로렌소는 지금까지 한번 소유했던 여자들, '그 노파들'을 아주 멀리 날려버릴 수 있었다. 그리고 지금, 이 황혼의 시간에 파우스타가 그를 소유했다.

파우스타는 T-타우리보다도 더 깊숙이 그에게 와 닿았다. 무엇 때문에? 만약 아무런 가치도 없다면, 무슨 의도로?

이상화하려는 자신의 경향으로, 로렌소는 모든 것을 극단적으로 보았다. 증오하거나 그렇지 않으면 사랑했다. 종이의 뒷장은 존재하지 않았다. 그는 두 눈을 감고 고개를 뒤로 젖혀 사울 바이스 학생의 생각을 즐겼다. 그는 정말 특별했다. 토난친틀라에 그를 둠으로써 지금까지의 모든 실망을 보상받을 수 있었다. 바이스는 크게 될 인물이고 멕시코에 영광을 안겨줄 것이다. 침실 책상 앞에 앉아 공부하고 있는 그를 보며, 로렌소는 꿀을 탄 우유를 마셨다. 그의 엄마는 매주 금요일마다 그에게 깨끗한 옷을 보냈는데 그 편에 맛난 음식을 동봉했고 사울은 그것을 사람들과 함께 나누어 먹었다. 바이스 부인은 조금 고집스러운 데가 있는 사람으로 보름에 한 번씩은 전화를 걸어와 그 날카로운 목소리를 들려줬다. "박사님, 우리 사울은 어떻게 지내는지요?"

바이스가 좀 해이해지기 시작하자, 로렌소는 그를 사무실로 불렀다.

"무슨 일인가, 사울?"

"사랑에 빠졌어요."

여비서들 중 한 명에게 마음을 빼앗긴 그가 어느 밤 열한 시에 망원경이 있는 곳으로 로렌소를 찾아왔다.

"박사님, 괜찮으시다면 박사님 차로 촐룰라까지 절 데려다주시겠어요? 푸에블라에 가서 급히 할 말이 있어요."

로렌소는 병아리처럼 가느다란 목에 머리 앞부분이 벗겨진 코가 크고 여윈 젊은이를 유심히 보았다. 두꺼운 안경 너머로 두 눈은 애원하는 듯했다. 화를 내는 대신, 그는 돔 지붕을 닫았다.

"왜 안 되겠나, 바이스. 자 가자구!"

"잠을 잘 수가 없어요. 여자 친구에게 꼭 말을 해야겠어요."

"자네 엄마가 아니라서 그나마 다행이군그래." 천문대장이 비꼬았다.

로렌소는 자신이 장학금을 받았던 캘리포니아 공대에서, 사울 바이스도 고독감에 괴로워 몸부림치는 모든 젊은이들처럼 역경을 이겨내고 단단히 벼려지리라 확신했다. 그래서 육 개월 뒤 캘리포니아 공대로부터 사울 바이스가 작은 방 안에서 자신의 허리띠로 목매달아 자살했다는 전보를 받았을 때, 로렌소의 마음은 무너져 내리는 것만 같았다. "허무 속에 녹아내리는 것 따윈 아무렇지도 않아요." 캘리포니아로 떠나기 전 토난친틀라에서 바이스가 했던 말이었다.

로렌소는 그가 떠나기 직전에, 그의 시골 애인이 그와의 관계를 끝낸 사실을 알게 되었지만 모든 것이 너무 빨리 진행되어 바이스와는 그것에 대해 단 한 번도 얘기를 나누지 못했다. 파우스타 역시 마찬가지였다. "그 애에겐 이상한 구석이 있었어요. 그 애 엄마는 잠시도 쉬지 않고 계속해서 아들 뒤를 쫓아다녔어요." "그 앤 천재야." 로렌소는 주장했다. "그 이외의 것들은 중요치 않아."

캘리포니아 공대에서, 그는 자신이 기대한 만큼의 좋은 성적을 전 과목에서 다 받지는 못했다. 로렌소는 그를 격려하는 편지를 보냈다. 거기엔 그의 마음을 사로잡아 공부를 방해할 만한 것이 전혀 없었기에 그 같은 성적은 그 무엇으로도 정당화되지 못했다. 로렌소는 그가 나아질 것이라고 확신했다. 그에게 계속 편지를 보냈어야 했는데, 이제 잘 적응하고 있으리라 여기고 편지를 보내지 않았다. 그런데 끔찍한 소식이 날아들었다.

로렌소는 편지 한 통 남기지 않고 자살한 학생의 죽음에 대해서 줄곧 말을 했다.

"어쩌면 머리에 종양이 있었는지도 몰라."

"아니에요, 박사님. 자신을 속이지 마세요. 자기 스스로 결정하여 목숨을 끊은 거라구요."

"그런 소리 하지 마, 파우스타. 받아들일 수 없어."

"아만다 실버가 그러더라구요." 파우스타가 로렌소에게 털어놓았다. "박사님께서는 젊은이들에게서 최대한의 능력을 끄집어내기 위해 그들을 자극하는 말을 하신다구요. 그렇지만 많은 애들은 자신들이 모욕당했다고 느낄 뿐이에요. '좆나게 해야지, 좆나게, 좆나게 말이야.' 이렇게 말씀하신다면서요. 때때로 그게 좋은 결과를 가져오겠죠. 하지만 어디까지 좆나게 할 수 있는지, 또 몇몇 학생들에겐 자기 자신에 대한 지독한 불신만 심으셨다는 걸 생각하지 못하셨어요."

"그래, 이따금씩 역효과를 가져올 수도 있다는 걸 인정해. 그렇지만 사울 바이스는 정말 똑똑한 아이였어, 파우스타. 똑똑한 아이였다구."

"아만다 실버가 제게 했던 말을 계속 할게요. '박사님이 바이스 앞에서 무릎을 꿇었어. 그를 받들어 모시는 듯했다니까. 두 아이의 엄마인 여성 천문학자 그라시엘라 오세호에게도 똑같이 그러셨어. 아이들의 학교 생활은 어떠냐고 박사님이 그녀에게 묻자, 그라시엘라가 이렇게 대답했어. '아들은 아주 엉망인데 딸애는 적응을 잘 하고 있어요'라고 말이야. 그러자 박사님이 과장하여 말씀하시는 거야. '너무 심하군그래! 그런데 무엇 때문에 그러는 거래?' '학교가 지겨운가 봐요, 재미도 없고. 하지만 무사히 일 년을 넘겼어요.' '그거 참 심각하군, 그라시엘라. 그렇게 된 게 어쩌면 자네가 그 애에게 충분히 신경을 못 써서인지도 몰라.' 그러자 그라시엘라가 그랬어. '아이, 선생님. 그런 말씀 마세요. 꼭 제 탓인 것 같잖아요. 제가 여기 이러고 있으면 정말 나쁜 엄마인 것 같고, 집에 있으면 변변치 못한 연구자라는 생각이 든단 말이에요. 제 아들 문제로 절 괴롭히지도 마시고 제 탓으로 돌리지도 마세요. 이젠 그 애도 성인이고 자기 일에 책임을 져야지요'라고 말이에요"

파우스타는 계속했다. "아만다는 박사님을 아주 모순적인 사람으로 여기고 있던 걸요. 그녀가 해준 말에 따르면, 그라시엘라와 그 일이 있은 이틀 뒤, 박사님은 완전히 다른 사람이 되셨다는 거예요. 그라시엘라가 오스트레일리아의 스트로믈로 산 천문대에 보낼 추천장을 부탁했을 때, 그녀가 아주 훌륭한 연구자일 뿐만 아니라 모범적인 엄마라고 쓰셨다죠. 그래서 그라시엘라가 그랬다죠. '박사님께서 뭘 알고 계시죠? 전 모범적인 엄마도, 연구자도 아니에요. 이따금 제 일에 정성을 쏟을 뿐이죠. 저 같은 사람을 받아들이는 게 박사님께는 아주 힘든 일이겠죠.'"

"그게 바이스와 무슨 상관이지?" 완전히 녹초가 된 로렌소가 물었다.

"아만다가 말하길 박사님이 그를 비행기에 태웠다가 기대에 미치지 못하니까 저 아래로 내려놓은 걸 어쩌면 바이스가 느꼈는지도 모른다고 했어요."

"아, 그러니까 사울의 자살이 내 책임이라는 거군!" 로렌소는 자신이 무너져 내리는 것 같았다.

"물론이죠. 그런 비참한 표정 짓지 마세요."

"왜 그걸 아주 힘들고 괴로운 이때에 말하는 거지? 내 깊은 슬픔을 알아차리지 못한 거야?"

"사람들은 몹시 힘든 한계상황에서 자신의 마음을 허심탄회하게 털어놓게 되죠. 바이스 일이 그 한계상황이라 여겨지기에 지금 이렇게 말씀드리는 거예요. 아만다처럼 저 역시 박사님의 열정이 젊은이들에게 부정적인 영향을 끼칠 수 있다고 생각해요. 사울은 학교에서 좋은 성적을 받았고 과제물도 훌륭하게 제출했죠. 박사님은 그런 그를 멕시코의 아인슈타인이라고 칭찬하셨어요. 하지만 총명함은 문제를 해결하는 데 있는 것이 아니라 그 문제를 발견하는 데 있는 거죠. 캘리포니아 공대에서 바이스는 다른 식으로 자신의 두뇌를 써야 한다는 것을, 자신만이 똑똑한 아이가 아니란 것을 알게 되었어요. 그것이 그의 기분을 우울하게 만들었을 수 있죠."

"많은 학생들이 새로운 환경에 놓이게 되면 침체기에 빠졌다가 그 환경에 적응해서 회복되는 게 정상이야."

"보세요, 박사님. 10점 만점에 평균 10점을 받는다는 게 무엇이든 보증해주는 건 아니에요. 누가 그걸 과학자가 되는 보증수표라도 되는 것처럼 여기겠어요? 박사님 자신도 과학적 훈련은 받지 못하셨잖아요. 과학에선, 바이스처럼 과제가 아닌, 문제를 만들어낼 줄 알아야 해요."

파우스타는 로렌소를 남겨둔 채, 그 자리를 떠났다. 로렌소의 기분은 완전 엉망이 되어버렸다. "어쩌면 아만다 실버의 말이 맞는지도 몰라. 난 천문학자일 뿐만 아니라 어린 영혼들의 토목기사이자 감독, 의사여야 했어." 다른 사람들도 그처럼 자신에 대한 강한 집념을 가지고 있다고 믿은 것이 어쩌면 그의 착각이었는지도 몰랐다.

캘리포니아 만의 피코 델 디아블로에 새로 길을 내는 일을 할 때, 첫날 말에서 내려올 수 없을 거라고 생각했던 일이 기억났다. 그는 자존심 때문에 하루 종일 말을 타며 카를로스 팔라수엘로스 기사와 그의 팀에 보조를 맞췄다. 등과 허리 부근이 결려 시야가 흐릿했지만 말의 등을 꽉 잡고 짐짓 별것 아닌 것처럼 행동했다. 하지만 그는 이런 확신이 들었다. "말에서 내려올 때, 떨어지고 말 거야." 뻣뻣하게 경직된 두 다리는 막대기 두 개로 변해버렸고, 두 팔 역시 쇠처럼 단단해졌으며, 손가락은 고삐를 놓을 수 없을 것 같았다. 어떻게 그 지경까지 되었을까? 누가 알겠는가. 파우스타는 조마조마한 마음으로 그를 바라보았다. 팔라수엘로스 기사는 그를 보지 못했거나 그렇지 않으면 그를 못 본 척했다. 그가 저녁을 먹지 않겠다고 알려왔을 때, 입을 여는 사람은 아무도 없었다. 가만히 서 있는 것조차 힘들었다.

근육통으로 잠을 이룰 수 없었다. 밤새도록 관자놀이가 두근거리는 것을 느꼈다. "내일은 일을 계속할 수 없을 거야." 다음 날 젖 먹던 힘까지 다 내어 로렌소는 말 위로 기어올랐다. 그는 자존심으로 버텼다. 모범을 보여야 했다. "고집을 부려 죽게 되더라도, 후회하지는 않겠어."

며칠간 폭우가 쏟아졌다. 비는 온 산을 흙탕물로 더럽혔다가 대충 씻어주었다.

밀짚모자에서 뚝뚝 떨어지는 빗방울로, 로렌소는 새삼 자신의 나이를 느꼈다. 고무 포대로 말의 엉덩이 부분을 감쌌다. 말이 연신 불안하게 고개를 흔들었다. 지금 땅이 매우 미끄러워 넘어지기 쉽다고, 진흙탕을 조심해야 한다고 누군가 말했다. 로렌소는 그 말은 자신을 두고 한 것이라 생각했다. 그는 그들 중 가장 연장자였지만 도회지 출신으로 땅에 대해선 아무것도 아는 게 없었으므로 그 경고의 말들을 들어야 했다. "비는 인간의 의지를 위축시키죠." 팔라수엘로스 기사가 싱글거리며 말했고, 로렌소는 그 생각이 틀렸음을 증명해야겠다고 생각했다.

"기사 양반, 동이 트기 전에 일을 시작합시다."

"안 돼요, 박사님. 인부들에게 무리한 요구를 할 순 없어요. 게다가 동도 트지 않았잖아요."

"석유램프를 사서 곡괭이에 걸어두면 충분해요. 비에 발목을 잡히지 않을 수 있는 유일한 방법이지."

"이런 법은 없습니다!"

"명령은 내가 내려요, 팔라수엘로스 기사."

"그렇죠, 박사님, 하지만 별 소용이 없을 거예요."

'의심할 여지 없이 건설이라 하면, 완력과 관계가 있지. 우리 모두 무거운 짐을 진 야수가 되는 거야.' 로렌소는 생각했다. 자신의 힘, 그가 인부들에게 강요해야 하는 것이었다. 그는 빈정거리며 같은 말만 되뇌었다. "이십 년 후의 삼총사들도 똑같은 삼총사들이 아니지."

산에서는 매일 인간들의 의지와 자연 사이에 벌어지는 사투, 두 힘 사이의 대립이 일어났다. 그것은 호메로스에 따르면, 『오디세이아』에서 뱃사람들이 카립디스*와 스킬라** 두 괴물과 충돌했을 때, 그들의 죽음을

---

* 그리스 신화에 등장하는 바다의 괴물.

** 그리스 신화에 등장하는 여자 괴물로 카립디스의 대안(對岸)에 산다. 세 겹의 이빨이 있는 여섯 개의 머리와 열두 개의 다리를 가졌는데, 부근을 지나는 배의 선원을 잡아먹는다. 오디세우스는 그녀에게 여섯 명의 부하를 잃었다.

가져온 떠다니는 두 개의 거대한 바위산이기도 했다.

이것이 그의 모험여행일까?

먼저 팔라수엘로스 기사와 그의 부책임자가 갈라진 틈 사이에 통로를 내기 위해 산의 측면을 다이너마이트로 폭파할 생각을 했다. 하지만 채석장의 토질 때문에 그럴 수가 없었다. 모래 산은 무너져 내릴 것이다. 다이너마이트를 다루는 사람들은 탄약상자를 집어넣어 길 한가운데 구멍을 뚫기를 기다렸다.

"이 지면을 뒤흔들어선 안 돼. 반대로, 단단히 굳혀야 해. 사방이 농경지인 이 땅은 꼭 있어야 해." 로렌소가 말했다.

팔라수엘로스는 그를 유심히 쳐다보았다. 이 과학자는 모르는 것이 없는 듯했다.

"다이너마이트를 설치하여 폭파시키지 말고 기계를 넣도록 하죠. 내일 캐터필러*가 들어갑니다." 팔라수엘로스가 공손히 말했다.

"여기서 트레일러는 고속도로만 붕괴시킬 뿐이죠." 머리에 헬멧을 쓴, 엘 오시콘이 투덜대며 한마디 했다. 유일하게 헬멧을 쓴 사람이었다. 나머지 사람들은 물통조차도 없는 매우 열악한 조건에서 일했다. 엘 그레냐스는 큰 수건의 네 귀퉁이를 묶어 그것을 머리에 썼다. 그는 그런 방법으로 비나 혹독한 더위를 견뎠다.

열악한 작업 환경, 고지대, 급경사 비탈길, 뿔뿔이 흩어지는 돌들로 고속도로 건설은 별 진전 없이 절망적이기만 했다. 퍼내는 흙더미가 흩어지지 않고 뭉쳐졌다면, 매일 이백 미터씩 작업을 진행했을 것이다. 하지

---

* 차바퀴 둘레에 길게 구부러진 강철제 벨트를 걸어놓은 장치. 무한궤도(無限軌道)라고도 한다. 이것은 차바퀴가 돌아가면 그에 따라 벨트가 움직여서, 마치 무한히 깔아놓은 벨트 궤도 위로 차가 달리는 것처럼 되어 있어 붙여진 이름이다. 주로 탱크나 트랙터 등에 쓰인다.

만 자갈은 심연 속으로 굴러갔다. 한밤중에 갑자기 오륙 미터나 되는 구간이 붕괴되어 며칠 동안 메워야 했다. 그들은 어쩔 수 없이 다시 뒤로 후퇴했다. 밤에 침낭 속에서, 로렌소는 다시 그 자리로 돌아갈 시간을 계산하느라 거의 잠을 이룰 수 없었다. 그들은 인부들의 초라한 점심 식사와 그 준비에 시간을 빼앗겼다. 아무도 망치, 곡괭이 그리고 삽을 다시 잡고 일을 시작할 수 있을 것인지 초조해하는 것 같지 않았다.

"도로공사를 하는 인부들이 부지런하다는 건 다 꾸며낸 이야기야."

"느긋하게 참으셔야 해요, 박사님. 더디긴 하지만 이렇게 조금씩 앞으로 나아갈 거예요."

팔라수엘로스는 자신의 한 동료 기사가 해준 이야기를 전했다. 쿠에르나바카-아카풀코 간 도로 건축을 하는 동안 인부들을 위해 축구장을 마련해주었다는 이야기였다.

"그 게으름뱅이들이 망치를 드는 데나 쏟아야 할 힘을 경기장에서 소모하도록 축구장을 만들어주는 건 쓸데없는 짓이야."

"축구장이라니, 나쁘지 않네요." 파우스타가 중간에서 한마디 했다.

"그들이 당신의 배려를 느낀다면 더 열심히 일을 할 거예요, 박사님." 팔라수엘로스가 주장했다.

"그 같은 소린 한번도 들어본 적이 없어. 게으름뱅이들 문제 말고도, 현재 한발 물러서서 양보해야 하는 사람은 나야. 이건 너무 부당해."

"그들이 술집과 매춘부들에게 흥청망청 낭비하는 돈을 축구장으로 막을 수 있을 거예요. 이미 경험한 일이니까요, 박사님. 그리고 각 개인의 생산성도 현저하게 나아져요. 거기다 그들의 캠프 조건을 개선해야……."

"우리 캠프는 자네 캠프와 같아. 그걸 바꿀 생각은 없네."

"박사님, 당신은 침낭이라도 있지만, 그들은 맨바닥에서 잠을 자요.

인간적인 차원에서가 아니라 실질적인 차원에서 드리는 말씀이에요. 좀 더 나은 대우를 하게 되면 더 나은 생산성을 얻을 수 있다는 걸 확인했어요. 라 콜로라다 정상에서 있었던 일을 한번 생각해보세요."

로렌소는 노골적으로 화를 내며 팔라수엘로스를 보았다. 시골 사람 호세 바르가스의 거무칙칙하고 고집 센 얼굴이 그의 머릿속에 떠올랐다. 분노로 전율했다. 사 년이 지났지만 그때와 마찬가지로 그를 한 대 갈겨주고픈 마음이 들었다. 그에게 달려들지 않도록 초인적인 노력을 해야 했다. 마음을 다잡는데, 자신의 전 생애를 들여 엄청난 노력을 했다. "진정해, 진정해야지." 물론, 발륨*의 도움이 컸다. 의학이 없었다면 그는 어떻게 되었을까? 사 년 전, 그는 라 콜로라다의 최고봉에 방사계를 설치할 목적으로 텍사스 인스트루먼트사에서 방사계를 구입했었다. 그 기계를 가져오는 데 십팔만 달러 이상의 거액을 지불했다. 그 기계는 혼자 알아서 일을 했고 단 한 가지 해야 할 일이 있다면, '체크'만 하면 되는 일이었다. 그리고 그건 여자라고 해도 일주일에 두 번씩 그곳에 올라가서 할 수 있는 일이었다. 그렇기 때문에 지불 비용보다는 그 기계가 가져다주는 효용가치가 더 컸다.

삼 개월 뒤, 토난친틀라에서 파우스타가 전화를 받고는 아연실색한 낯빛으로 로렌소에게 달려가 방사계가 없어졌다고 알렸다. 시골 사람들이 조심해서 다루어야 할 전자 장비를 벼랑으로 집어던진 것이다. 분노로 거의 두 눈이 뒤집힌 로렌소는 그녀와 함께 라 콜로라다로 갔다. 산 페르민 마을에 도착하여, 유성처럼 경찰서 안으로 들어갔다. 그 같은 일을 저지른 사람들을 불러달라고 부탁해서 호세 바르가스와 대면하게 되었는데, 그

* 신경안정제.

는 그의 눈을 똑바로 쳐다보지 못했다. 다섯 명의 사내들과 함께 온 바르가스는 동료들에게 이렇게 말했다고 한다. 비가 오지 않는 건 '잘난 사람들'이 저 위에다 놓아둔 기계 때문이라고.

"기사 양반들이 그걸 설치하려고 왔을 때, 그들에게 하지 말라고 그랬어. 그랬더니 날 비웃더군. 이 보시우, 그런데 우리가 그걸 내던져버리자마자 이틀 동안 밤새도록 비가 내렸어. 새벽녘에 더 강하게 퍼붓는 비가 말이야."

경찰서에 모인 사람들이 호세 바르가스의 말을 조용히 귀 기울여 듣자 로렌소는 그만 폭발하여 그들을 향해 소리쳤다. 방사계가 그들에게 엄청난 이익을 가져다줄 것이었는데, 그런 일을 저지른 그들은 국가 재산을 훼손한 것이라고. 누구나 자기가 원하는 대로 멍청한 짓을 할 권리가 있지만 고집을 부려가면서까지 다른 사람들을 난처하게 할 권리는 아무도 없으며, 그들이 저지른 짓은 일종의 범-죄-행-위라고 말이다.

"그걸 던져버린 곳으로 날 데려다주시오!"

골짜기에서 그는 망가져버린 기계의 잔해라도 찾아볼 작정이었다. 쇠스랑처럼 공중에 솟아있는 안테나 네 개를 줍고 태양 패널 몇 개를 찾았다. 자신들의 발전을 막는 이 무지한 마을에서 뭘 기대할 수 있단 말인가? 갑자기, 골짜기 아래에서 카를로스 팔라수엘로스의 고함 소리가 들렸다.

"이젠 움직이지 않지만 여기 뭔가가 있어요."

부패가 진행된 지 꽤 되어 보이는 한 여자의 시체였다.

"호들갑 떨지들 마쇼, 그리 엉망이지는 않을 거요." 한 농부가 말했다. "이 근방 여자애가 틀림없을 거요."

파우스타는 로렌소의 팔을 잡았다.

"부숴진 컴퓨터 부품들을 주워 모을까요?" 팔라수엘로스가 물었다.

"아니, 모든 걸 그대로 가만히 놔두고 경찰에 알려야 해."

돌아오는 길에, 로렌소는 파우스타에게 물었다. 사천 미터나 되는 높이의 라 콜로라다에서 한 소녀가 무엇을 할 수 있었는지를.

파우스타의 두 눈에서 눈물방울이 떨어지기 시작했다.

"사람들이 그녀를 죽인 후 저 아래 낭떠러지로 던졌을 거라 생각하세요? 가엾은 여자애, 스무 살도 채 되지 않은 것 같은데."

시체를 벼랑으로 던져버린 마을 사람들은 어떤 부류의 인간들이었을까? 그 소녀는 누구였을까? 로렌소는 그 여자애를 소녀라 불렀고, 저녁 일곱 시쯤에는 비탄에 잠기기 시작했다. 그녀의 죽음을 마치 자신의 상실처럼 받아들였다. 불쌍한 소녀, 빌어먹을 마을! 그로부터 선한 것은 하나도 나올 수가 없었다. 방사계도, 기상센터도, 천문대도 마찬가지였다! 모든 게 아무런 가치도 없었다, 모두 썩었다! 망가진 기계들 사이에 놓인 시체는 멕시코 과학의 좌절을 의미했다. 로렌소와 파우스타는 서로를 껴안고 그렇게 토난친틀라로 돌아왔다.

지금, 어두컴컴한 이 밤에, 로렌소는 자신의 모든 희망을 걸었던 사울 바이스의 시신 옆에서 벼랑으로 굴러떨어진 소녀의 시체를 보았다. 검은 나비 한 마리가 그의 램프 주위를 날아다녔다. "일리가 있어. 그랬을 거야. 날 숨어서 기다린 죽음, 그건 바로 내 어머니 플로렌시아의 죽음이야." 로렌소는 생각했다.

32

로렌소는 몇 시간 전에 보았던 모습 그대로, 컴퓨터 앞에 앉아 있는 파우스타를 발견했다. 어깨에 걸쳤던 숄이 떨어져 있었다. 인터넷, 이 새로운 도구에 적응하는 그녀의 능력에 놀랐다. 편안한 자세로 자신들의 컴퓨터 앞에 앉아 신호를 기다리며 최면 상태에 걸린 지구 위 수천 명의 남자와 여자들처럼, 그녀도 화면에서 두 눈을 떼지 못했다.

로렌소는 아직도 메모리 용량이 적은 컴퓨터를 가지고 있었고, 커다란 옷장은 전선들로 가득 찼다. 그것들은 한때는 꽤나 잘나갔다가 이젠 팔려나가는 신세에 놓인 자동차의 부품들처럼, 햇빛에 타들어가는 그의 뇌와 더불어 지하실 창고에서 녹슬어갈 것이다.

컴퓨터에 열중하는 파우스타를 보면서, 로렌소는 컴퓨터가 토난친틀라에 처음 도착해 전자공학연구소에 설치되던 날을 떠올렸다. 그때, 곤살레스 자매들은 컴퓨터 설치에 반대하고 나섰다. "내 올리베티 타자기가 훨씬 좋아요." 자신의 생각을 말한 첼라가 다시 덧붙였다. "이 이해할 수 없는 기계보다는 알파벳 활자를 누르기만 하면 검은 리본 위에 찍혀서 새하얀 면에 인쇄되는 방법이 더 쉽지 않아요?" 그녀는 새 기계에 도저히 적응할 수가 없었다. "난 마우스가 싫지만, 그보다 더 싫은 건 뭔가를 뒤쫓는 듯 컴퓨터 화면 속에서 깜박거리는 거예요."

그래서 파우스타가 컴퓨터 방어에 나섰다. 컴퓨터의 매력에 빠진 그녀는 즉시 사용법을 배웠고, 그녀의 대화 내용은 바뀌었다. 비트, 아로바*, 셀룰러 모빌, VHS, 웹 디자인, 무선 호출기, 라우터, 인크립터. 로렌소는 불평을 했다. "참 놀라운 단어들이군. 지금 넌 스페인어를 학살하고 있는 거야." 윈도우. 창이라니? 어디로 난 창을 말하는 걸까? 마치 일반 지식이 전자두뇌에 압축될 수 있는 것처럼, 컴퓨터는 하드디스크로 즉시 온 세상과 접속할 수 있었고 바벨의 도서관을 방불케 할 정도의 엄청난 정보를 저장할 수도 있었다. 컴퓨터는 해체되는 날까지 그렇게 움직였고 다시 생명을 주는 퀵 리스토어 기능은 없을 것이다.

어쩌면 파우스타는 지구와의 접촉에 정신을 빼앗기고 있는 건지도 몰랐다. 지구에서 쏘아 올린 그 인공위성이 전파를 발사했기 때문이었는데 그것은 그녀에게 접근하는 대신, 그녀를 백이십억 광년 떨어진 곳으로 날려보냈다. 적어도 그녀는 컴퓨터 앞에서 그렇게 삼천 시간은 앉아 있었다. 식사 시간이면 밥을 먹으러 달려갔다가 한 손에 커피를 들고 다시 돌아왔다. 어질어질 빨갛게 충혈된 두 눈, 새우처럼 휜 등, 그녀의 마음을 사로잡아 시신경을 붙잡아 맨 목적으로 설계된 시각 시스템 속으로 빠져들었다.

"파우스타." 로렌소가 천문대 컴퓨터에 이름을 붙였다. 최대 용량 컴퓨터를 요구하고 공간을 최대한 확보할 필요가 있는 사용자들을 위해 한 층 업그레이드 된, 이 하이 덴시티 서버 Altos 1200LP를 들여놓을 때까지

* 스페인, 포르투갈의 질량 단위.

천문대 컴퓨터들은 몸에 붙였다 떼내는 파스처럼 매년 교체되었다. 휴대용 장치들과 인터넷이 쏟아내는 무수히 많은 내용물 사이에서 흘러넘치는 정보를 가속화하는 무선 모뎀을 통해 과학은 최신 장비에서 선두에 서야 했다.

로렌소는 여비서에게 자신의 말을 받아쓰게 하는 편이 더 낫다고 주장했다. 그 일을 위해 그의 주위에는 여자들이 있었다. 게다가 파우스타의 도움을 받아가며 컴퓨터를 배우긴 했어도, 로렌소는 하드웨어를 익스플로러와 혼동했으며, 비트를 마이크로칩과, 소프트웨어를 마이크로소프트와 혼동했다. 그녀가 보이는 상냥함이 그에게는 부엌칼보다도 더 날카로웠다.

그에겐 자신을 사이버공간과 연결시키는 아주 손쉬운 접속 방법을 배우는 것부터 필요했다. 과학자인 그가 플라스틱 상자로부터 거부당하게 될 줄 누가 알았겠는가? 게다가 플라스틱, 그건 아주 흔해빠진 재료이지 않은가.

과학기술 세계의 규칙들은 그가 수년 전, 학회에서 과학자들이 삼 년에 한 번씩 새로운 연구결과를 제출해야한다고 요구했을 때 그랬던 것처럼 무자비한 것이었다.

파우스타는 결코 그에게 관심을 보이지 않았다. 그런데 지금은 정신을 어지럽히는 이 상자들에 온 관심을 쏟고 있다. 상자는 그녀의 뇌를 빨아들인 다음, 그 속에 그가 모르는 언어들을 집어넣었다.

"컴퓨터에 빠져 그 속으로 숨어든 사람 같군."

"박사님, 이건 절 세상 사람들과 연결해주는 거예요."

"세계화는 새로운 전체주의야. 네가 컴퓨터 안에서 길을 잃고 헤매는 동안, 난 내 일을 하지. 그게 바로 날 나로 있게 하는 정체성이야. 난 연구자로서 의지할 그늘을 찾아 전 세계를 돌아다니진 않아."

나이 오십에 로렌소는 다시 좌절을 느꼈다. 점점 빨라지는 심장 박동, 그는 망원경의 초점을 맞추었지만 슈미트 카메라는 아무런 반응도 하지 않았다. "육체가 그 한계에 이를 때, 얼마나 절망적인가!" 하지만 그는 슈미트의 결함을 극복했다. 그리고 지금은 그보다 훨씬 더 복잡한, 두 파우스타가 그의 길을 막고 있었다.

춥다. 파우스타가 숄을 주워 어깨 위에 걸쳤다. 그녀는 자신이 컴퓨터 앞에 앉아 보낸 시간을 알기나 하는 걸까? 그가 보는 앞에서 자신의 마지막 한숨을 내쉴까? "그 숄을 벗어버려. 숄을 걸친 여자보다 더 나이 들어 보이는 여자도 없어." 그는 그녀에게 명령하듯 말했다.

로렌소는 mexico.com.mx, 멕시코 국립자치대 서버를 열어서 읽고 검색 버튼을 눌렀다. 파우스타, 그 꺼림칙한 미숙아가 그의 과학을 빼앗고 그의 학문을 깔보았다. 파우스타에 대한 사랑과 그녀가 그에게 감추고 있는 지식에 대한 질투 사이에서 그는 자신의 마음을 종잡을 수 없었다. 별처럼 빛을 발하는, 그 조그만 흔적의 축적물이 그에게 말하는 것 같았다. 토난친틀라에서의 삶은 똑똑한 한 남자의 지시에 따라 움직일 수 있다고. 하지만 휴렛팩커드와 맥킨토시는 인간의 두뇌를 대신했고, 설상가상으로 컴퓨터 파우스타는 그가 여자로 여기는 파우스타를 빨아들였다.

"미 항공우주국의 홈페이지에 들어가보시지 않겠어요, 박사님? 서유럽의 일식 장면을 생중계로 내보내고 있어요." 그가 곁에 있음을 느낀 파우스타가 말했다.

시간을 거슬러 올라, 1969년 7월 20일, 둘은 인류의 달 착륙을 보기 위해 텔레비전 앞에 앉았고 로렌소는 감격에 겨워 그녀 앞에서 눈물을 보이는 것 따윈 조금도 개의치 않았다. 그녀는 그런 그를 끌어안고 처음으로 키스했다. 그래서 그는 생각했다, 어쩌면 자신도 우주비행사들처럼 달을 밟고 "이것은 사람에게는 한 작은 걸음이나 인류를 위해서는 하나의 거대한 도약입니다"라고 말한 닐 암스트롱과 함께 말을 하고 있는 건 아닌가 하고 말이다. 하지만 마지막 키스를 하고 난 후, 파우스타는 그가 그녀의 집으로 함께 가는 것을 거절했다. "너무 신경을 써서 그런지 피곤하네요. 잠시 혼자 걸어야겠어요."

전자기기 때문에 거절당한 것이라 느낀 로렌소는 감정의 세계로 떨어졌다. 컴퓨터에게도 감정이란 게 있을까? 분해될 때까지, 「2001: 스페이스 오디세이」에서처럼 "데이지, 데이지" 노래의 마지막 음절을 발음할 수 없을 때까지 노래할까? 전에는 그런 걸 생각하는 것조차 허용한 적이 없었기 때문에, 로렌소는 물었다.

"왜 컴퓨터는 나한테 '네가 정말 행복했으면 좋겠어'라고 말하지 않는 걸까?"

그는 자신이 사상가들의 모임에서 차바 수니가를 내쫓은 사실을 잊고 있었다. "자격 미달이야, 대담자로 적합지 않아." 디에고에게 말했다. 오직 자신만이 아르투로 로젠블루드와 대담하기에 적합한 인물이었다. 노버트 위너는 인공 두뇌학이라는 새로운 과학을 발전시키기 위해 국립 심장병학연구소의 생리학 실험실에 왔고 로젠블루드는 그와 레프세츠 그리고 다른 수학자들과 함께 모임을 조직하고 그 모임에 자신의 조카 에밀리오와 호세 아뎀 그리고 기예르모 아로만을 불러들였다. 카를로스 그라프가 웃어가며 '작은 공'이라 부르는 양자와 중양자의 가속장치, 물리학 연구소에서 이 백만 볼트의 전압을 만드는 정전 발전기인 반 데 그라프와 마찬가지로 그 모임은 로렌소를 자극했다.

"인류의 이상을 담은 모든 계획물 중, 이것이 가장 완전한 것으로 마지막까지 살아남을 거예요." 컴퓨터 화면에서 눈을 떼지 않은 채 파우스타가 말했다. 그러고는 학자 티를 내며 덧붙여 말했다. "인터넷과 친하지 않은 사람들은 낙오될 거예요."

컴퓨터 '파우스타'는 그가 해놓은 일에서 실수를 발견했다. 이해할 수 없는 이야기 속에 그를 강제로 머물게 하는 파우스트 같은 영혼에 의해 자신이 더럽혀지도록 그냥 내버려둘 때, 로렌소는 얼마나 불행한가. 파우스타는 시간을 바꿀 줄 알까, 그것을 뛰어넘을 줄 알까? 메가바이트, '콜센터와 플렉시블 솔루션'이라는 모든 영어 용어와 함께 어떤 여과장치를 가졌을까?

"박사님, 세계 천문학 발전에 도움이 될 정보를 찾는 데 왜 인터넷이라는 가상 도서관을 이용하지 않으세요?" 파우스타가 그에게 말했다. "박사님, 인터넷 시대가 왔어요. 그 안으로 들어가시지 않으면, 바깥으로 밀려나실 거예요. 제 말을 이해하시겠어요. 현실세계 밖으로 밀려나신다구요. 박사님, 제발 고집 좀 그만 부리세요. 이젠 신문을 사려고 촐룰라로 갈 필요도 없고, 거스름돈을 기다리는 동안 노점상 주인과 얘기할 필요도, 그를 친구로 여기며 그 거스름돈을 맡겨놓을 필요도 없어요. 그럴 필요 없이, 인터넷에서 신문을 읽을 수 있어요. 그러면 복잡한 현실세계로부터 벗어날 수도 있고 길모퉁이에서 소비하는 시간을 줄일 수도 있어요."

정보통신 기술에서 앞으로의 도약이 로렌소에게는 파우스타와의 의사소통에서 뒤로 후퇴하는 것을 의미했다. 파우스타가 말했던 것처럼, 로렌소는 바깥으로 밀려남을 느꼈다. 아무리 피곤하더라도, 파우스타는 매일 밤 자신에게 온 이메일을 체크했다. 컴퓨터의 포로가 된 그녀는 밤늦도록 수천 통의 편지들 사이를 오갔고, 그중 유익한 정보를 담은 내용의 메일은 휴렛팩커드 레이저 젯으로 출력했다.

이메일이라는 눈에 보이지 않는 공간에 붙잡힌 파우스타, 전에는 그토록 남을 돌보는 것을 좋아했는데 이젠 아무에게도 신경 쓰지 않았다. 모니터를 통해 곧 떠날 것같이 보였다. 어느 날 밤, 그녀가 상기된 얼굴로 "제가 사이버 공간을 맹목적으로 믿는 것 같죠"라고 말하자, 누구에게 그렇게 흥분하여 급하게 쓰는 거냐고 로렌소가 물었다. 그녀가 대답했다. "노먼에게요." "노먼이라고." 로렌소는 놀랐다. "바로 그 노먼에게?" "인터넷을 통해 우린 연인 사이로 발전했고 매일 메시지를 주고받아요." 로렌소는 못 들은 척했다. "그에게 하시고 싶은 말 없어요, 박사님? 전 항상 박사님 소식을 그 사람에게 전해요." "아니, 할 말 없어. 그리고 그에게 편지를 보내고 싶으면, 비서에게 받아쓰도록 하면 돼." 좀비처럼 전자공학연구소를 나오기 전, 로렌소가 말했다. 그들이 연인이라는 건 분명 어리석은 파우스타의 무자비한 비꼼이었다. 하지만 결코 그녀를 종잡을 수 없었다.

로렌소는 잠을 이루지 못했고 잠이 들었다 싶은 순간엔 악몽에 시달렸다. 결혼한 파우스타와 노먼이 푸르디푸른 컴퓨터 화면 속에서 활짝 웃고 있었다. 다음 날 아침, 로렌소는 그녀를 자신의 사무실로 불렀다.

"노먼에 관해서 말인데, 그게 사실이야?"

"예, 박사님. 제가 하버드로 그를 찾아가기도 한 걸요."

"그가 어떻게 나한테 아무 말도 하지 않을 수 있지?"

"박사님에게 상처를 주고 싶지 않아서 그랬을 거예요. 그리고 언젠가 기회를 봐서 말하려고 했겠죠. 모르겠어요, 박사님. 사랑하는 연인들은 세상에 오직 자신들만 있다고 여기나 봐요. 나머지 것들은 모두 잊고 말이에요."

"사랑하는 연인들이라니?"

"노먼과 저 말이에요."

로렌소는 두 손으로 얼굴을 가렸고 파우스타는 그런 그를 위로하고픈 마음을 꾹 참았다.

"괜찮아, 파우스타. 가도 돼."

충동적인 마음에 로렌소는 서류가방을 챙겨들고 멕시코시티로 갈 결심을 했다. 처참한 날들의 연속이었다. 그의 절친한 친구 디에고는 시티에 없었다. 차바 수니가가 그를 비웃었을 것이다. 그건 아무도 몰랐다. 어쨌든 중요하지 않았다. 몇 년 전 후안과 레티시아를 그의 삶 속에서 지워버렸었다. 급히 병원에 실려 들어간 레티시아가 죽을 지경에 놓였을 때도 병원을 찾지도 않았었다. 천문대 업무로 녹초가 된 로렌소는 시간이 가도록 그냥 내버려두었다. 그가 자신의 건강—자신의 애정 생활이라 말하지 않고—보다 일을 우선시했다면, 그건 그를 다른 사람들과 이어주는 관계의 끈을 끊고 있음을 의미했다. 이따금씩 노먼과 주고받는 업무상의 편지를 제외하곤 그를 잊고 있었다. 뜻밖의 사고나 문제가 일어나도 늘 해결책을 찾아내는 그는 파우스타에게서 도저히 어찌할 수 없는 한계를 직감했다. 바이러스, 그것이 분명하다. 컴퓨터를 공격할 수 있는 바이러스 중 가장 강력한 바이러스. 자신의 크기를 바꾼 노먼은 로렌소가 작업을 개시할 범죄 정보를 도둑질한 '해커'였다. 그래, 작업을 개시할 생각이었는데! 토난친틀라로 돌아갈 생각을 하고 나자, 명백한 일의 순서가 떠올랐다. 파우스타는 천문대에 다시 발을 들여놓을 수 없을 것이다. 두번째, 그링고에게 그의 배신 행위에 대해서 따질 것이다. 세번째, 아무리 힘들더라도 컴퓨터를 배워 통신망을 항해할 것이다. 파우스타가 그랬던 것처럼 컴퓨터 세계에 살며 자신의 가상세계를 넓히고 심화시킬 것이다. 악마에게 자신의 영혼을 팔 것이다. 그 무엇도 그를 이기지 못했다. 그에게 말을 건네는 파우스타의 목소리가 아직까지도 들리는 듯했다. "박사님, 우리 국경 바깥에서 새로운 사이버 항해사들이 사이버공간을 서핑하고 다니는데 어떻게 그들을 구별하시겠어요? 앞으로 박사님은 그 사이버공간을 항해하는 일에 열심이시겠죠, 일반 크기의 어떤 컴퓨터든 플러그 앤드 플레이* 접속만 하게 되면 폭넓은 다양성을 확보할 수 있는 그 공간에 말이에요. 디지털화가 진행되는 동안 속도는 더 빨라지죠. 박사님, 그렇지만 지금은 웹상에서 '페이스 투 페이스'**로 대화를 하거나 '핫 스와퍼블'*** 기능을 이용해요. 문제는 적응하느냐 적응하지 못하느냐 하는 거죠."

보름 후, 로렌소는 토난친틀라 문 앞에서 차의 경적을 울린 다음 마음을 단단히 먹고 안으로 들어갔다. 정말 우연인 척, 첼라 곤살레스에게 파우스타에 대해 물었다.

"그녀가 감기에 걸려 못 본 지 사흘 되었어요. 이메일이 엄청 쌓였는데."

다음 날, 로렌소는 그녀를 찾아 마을로 내려갈 결심을 했다. 그녀가 손수 문을 열어주었다. 집에 혼자 있었다. 눈가에 드리워진 검은 자국들이 바이러스성 감기임을 여실히 보여주었다. 그런 그녀를 보자, 그녀와 자신에 대한 주체할 수 없는 연민의 감정이 일어 고백할 생각을 했다. "내 사랑 파우스타, 내가 엉망으로 망가져버려 회복이 불가능하단 걸 알아. 난 죽은 송장이나 다름없어. 그런 송장을 죽이는 데 네가 보인 행동보다 더 잔인한 건 없을 거야." 그녀를 내쫓을 확고부동한 생각으로 그녀에게

---

* 컴퓨터에 주변기기 등을 접속하자마자 자동적으로 인식, 설정이 이루어져 곧 사용할 수 있도록 하는 기능.

** Face to face, 서로 얼굴을 마주 보고.

*** Hot swappable, 전원을 끄지 않고도 착탈이 가능하다는 말.

갔었다. "파우스타, 이젠 천문대에 나오지 않아도 돼. 보상은 해주겠어. 넌 해고야, 직원명부에서도 제명되었어." 하지만 지친 그녀가 그에게 "들어오세요, 박사님"이라고 말하자, 당황한 그는 그녀에게 자신이 결심한 바를 말하고 돌아서는 대신, 언제부터 감기에 걸렸냐고 물었고 그녀는 그녀대로 그가 왜 그렇게 오랫동안 자리를 비웠는지 알고 싶어 했다. 노먼이 있는데 무슨 상관이냐고 대답하려는 그 순간, 그녀가 그에게 차 한잔을 내왔고 두 사람 사이의 분위기는 그런 대로 괜찮았다. "앉으세요, 박사님. 그렇게 방 한가운데 서 계시니 너무 이상해 보여요, 앉으세요." 그래서 그는 용기를 내어 언제 하버드로 갈 생각을 했었는지 물었고, 그녀는 아직도 모르겠다고 대답했다. 예고되지 않은 갑작스러운 방문이라 물이 끓는 동안 머리라도 손볼 생각에 잠시 자리를 비우기로 했다. 몇 초 만이라도 그녀는 자기 방으로 가려고 했고 실제로 그렇게 했다. 머리를 빗질하지 않은 창백한 그녀, 독감에 걸려 연신 콜록거리는 그녀를 따라서 그가 방으로 들어갔다. 그녀를 두 팔로 껴안고는 키스를 하기 시작했다.

파우스타는 정신 나간 사람 보듯 그를 보았다. "뭐 하시는 거예요? 박사님, 미쳤어요?" 그녀는 그의 두 팔에서 빠져나오려 했지만 그는 그녀의 얼굴 표정도, 목소리에 묻어 있는 내침의 기운도 듣지 못했다. 그녀의 분노한 육체 역시 느끼지 못했다. 그녀를 침대 위로 던진 다음, 입고 있던 잠옷을 벗겼다. 그는 옷도 벗지 않은 채, 고독의 세월 동안 수없이 뒤로 미루기만 했던 이 관계의 고통을 보상이라도 받으려는 듯, 그렇게 재빨리 그녀 위로 몸을 날렸다.

미동도 하지 않는 그녀는 이제 저항조차 하지 않았다. 그녀는 로렌소가 지금까지 단 한 번도 볼 수 없었던 아주 심각한 표정을 지으며 그에게 부탁했다. "벗으세요, 박사님." 그는 일어나 아주 심각한 표정을 짓고 있는 파우스타의 눈앞에서 옷을 벗었다. 그녀는 어떤 판결이라도 기다리는 사람처럼, 그를 기다렸다. "삶이 날 구원하고 있는 거야." 늑골이 그대로 드러난 여윈 몸의 로렌소가 그녀의 나신 위로 자신의 몸을 포개며 중얼거렸다. 살이 빠진 그녀의 얼굴을 부드러운 눈길로 바라보았다. 가까이서, 그렇게 가까이서 환자의 얼굴을 본 건 처음이었다. "난 내 삶을 구원하고 있는 거야." 그녀가 대답했다. 하지만 로렌소에겐 이제 그녀의 그런 말이 들리지 않았다. 그녀 속에 자신을 넣었다. 그녀가 곧 그에게로 올 것을 확신했다. 그에겐 그것만이 중요했다.

로렌소가 그녀를 시트로 덮어주고 자정에 돌아오겠다고 한 후, 서둘러 침실에서 빠져나와 사십 인치 망원경이 있는 곳으로 향했을 때, 깨달았다. 파우스타는 황혼 녘에 발견되는 붉은 유성이라는 것을. 조종장치 앞에 선 그는 돔 지붕을 열고 감광판을 준비했다. 하지만 마음은 다른 곳에 가 있었다. 파우스타의 육체, 그녀의 모습이 떠올라 정신을 집중할 수가 없었다. 파우스타와 생활한 지 몇 년이나 되었을까? 강렬한 태양이 내리쬐는 사막을 가로지르며 산 페드로 마르티르 산맥으로의 길고 힘든 여행기간 동안 그의 자동차 옆자리에 함께했던 그녀를 떠올렸다. 그가 먼지와 바위투성이밖에 볼 수 없었던 곳에서 파우스타는 아름다움을 찾아낼 줄 알았으며 감탄에 겨워 소리쳤다. "우리가 달에 있는 걸까요? 달 표면이 이렇지 않을까요? 혹, 고요의 바다가 빠진 걸까요?" 침낭 깊숙이 몸을 묻고 있는 그녀를 보았다. 그녀의 검은 머리카락이 보였다. 보테야 아술 산맥 옆, 산 페드로 마르티르 산맥의 가파른 피카초 델 디아블로에 태양이 떠오르기 전 새벽 녘에 그녀가 즐거운 마음으로 새벽 공기를 맞으며 커피를 준비했다. 그들은 라틴아메리카에서 가장 큰, 직경 2미터의 거울이 장착된 망원경을 보테야 아술 산맥에 설치하려고 했다. 그 여행 기간 동안 그녀는 작은 손으로 그의 팔을 잡았는데 그건 그가 한없이 더디기만 한 거북이 걸음으로 길을 내는 인부들에게 달려들지 못하도록 저지하려는 몸짓이었다. "얼마나 불행한 사람들인지 몰라요, 저 맥주 상자 좀 보세요!" 파우스타는 그를 따라 새 천문대 장소를 물색하는 원정대에도 함께했었다. "박사님, 시골 사람들의 말이나 계산상으로 보아 이곳이에요. 맑게 갠 밤이 계속 되잖아요." "박사님, 여긴 절대 비가 오지 않아요." "전 밤하늘의 별을 따라 여행하는 게 좋아요. 제가 이런 특권을 누릴 줄은 생각도 못했어요. 지구 위에서 하늘을 찾는 것이 무엇을 의미하는지 생각해보셨어요, 박사님?" 그녀는 그의 동반자였다. 그녀와 함께라면 그의 삶은 그가 바랐던 대로 될 것이다. 그녀는 자유로이 행동했고 그에게도 그렇게 했었다. 자유로웠으니까. 그는 그녀의 독립적인 성격이 감탄스러웠다. 그녀는 그에게 힘을 주었고 로렌소는 그녀에게 섀플리가 꿈꾸었던 남쪽의 같은 위도 상의 거대한 천문대에 관해서, 과르네로스와 말과 타락한 정치에 관해서 말했다. "내가 정말 미쳤군! 천문학자 로렌소가 되기 위해 갈등하며 싸웠듯이 왜 인간 로렌소가 되기 위해서는 그러질 않았을까? 파우스타와 함께 이 고독한 궤도에서 도는 것을 그만두고, 가볍게 흔들리는 일상의 삶 속으로 돌아가는 거야. 내게 온 마지막 기회야."

도저히 통제할 수 없는 감정으로 로렌소의 두 손은 떨렸다. "저 아래서 그녀와 함께 머물지 않고 대체 여기서 뭘 하는 거지?" 그래, 그녀와 살고 싶었다. 아이들을 갖기에 너무 늦은 건 아니었다. 딸은 플로렌시아라 부를 것이다. 그래, 파우스타를 잃는다는 건 생각할 수 없는 일이었다. 그녀는 그의 구세주였고 그의 존재 이유였다. 접근조차 할 수 없는 지역에 도달했던 것이 뭐 그리 중요했을까? 파우스타 없이 멀리 있는 그 여섯 물체의 발견물들이 무슨 가치가 있을까? 그래, 천천히 그녀를 소유하고 그녀에게 즐거움을 줄 것이다. 그녀를 기다릴 것이다. 그래, 서로 사랑할 것이고 몇 년 전 미루어둔 사랑의 행위를 할 것이다. 레티시아의 모습이 눈부시게 나타났다. "내 생애 처음으로 너처럼 될 거야, 레티시아."

두말 할 필요도 없이, 로렌소는 돔 지붕을 닫고 서둘러 조종장치를 덮었다. 그리고 파우스타의 집까지 단숨에 언덕을 뛰어내려갔다.

최악의 악몽 속에서조차 아무도 자신에게 문을 열어주지 않으리라고는, 그 늦은 시간에 돈 크리스핀이 자지 않고 깨어서 자신에게 이렇게 알려주리라고는 생각지도 못했다.

"조금 전 그녀가 나가는 것을 보았어요. 안 좋아 보였어요. 트렁크를 들고 있길래, 언제 돌아올 거냐고 물었더니 다시는 돌아오지 않을 거라고 그러더군요."

옮긴이 해설

엘레나 포니아토프스카와 『별과 사랑』

2001년 2월, 592편의 쟁쟁한 경쟁작들을 제치고 『별과 사랑』으로 알파과라Alfaguara 상을 수상한 엘레나 포니아토프스카Elena Poniatowska는 뛰어난 멕시코 여류작가일 뿐만 아니라 소외계층을 옹호하며 사회문제를 적나라하게 고발한 언론인이기도 하다.

엘레나 포니아토프스카는 1932년 5월 19일 파리에서 멕시코인 어머니 파울라 아모르Paula Amor와 폴란드인 아버지 장 포니아토프스키 Jean Poniatowski 사이에서 태어난다. 1942년 제2차 세계대전의 영향을 피해 어머니는 자식들을 데리고 멕시코로 건너갔으며, 프랑스 군에 입대한 아버지는 전쟁이 끝나자 가족들의 품으로 돌아온다. 1949년 엘레나 포니아토프스카는 수녀들이 운영하는 미국의 종교기숙학교로 보내지고 삼 년 후인 1952년 멕시코로 다시 돌아온다. 저널리즘에 종사하기로 결심한 그녀는 1953년 『엑셀시오르*Excelsior*』 신문사에서 'Hélšne'라는 필명으로 사회문제를 다루는 기사를 쓰면서 활동하기 시작한다. 그때까지도 멕시코는 그녀에게 여전히 낯선 나라였기에 그에 대한 보완책의 일환으로 당시 유명한 예술가들을 인터뷰하겠다는 대담함을 보인다. 일 년을 엑셀시오르 신문사에서 보낸 그녀는 『노베다데스*Novedades*』 신문사로 옮겨 일하게 되고 그곳에서 거침없는 기사 내용으로 사람들의 이목을 끌게 된다. 1954년 그녀의 첫 단편집, 『릴루스 키쿠스』가 출판된다. 엘레나 포니아토프스카는 자신의 작품을 통해서 사회 소외계층의 목소리를 대변하는 동시에 사회·정치 발전의 과정에서 야기되는 사건들을 작품 속에서 묘사한다. 신문기자로 활동한 화려한 전력답게 그녀는 인터뷰와 기사 부문에서 돋보이는데, 이에 속하는 책들로 『교차된 단어들』(1961), 『침묵은 강합니다』(1980), 『아무도, 아무것도, 떨리는 목소리들』(1988), 『달과 그의 작은 달들』(1955)이 있다. 또한 그녀는 사회의 부조리 앞에서 고통받는 익명의 목소리들을 다루면서 범상치 않는 인물들의 내면세계를 파헤치고 있는데 1969년에 출판된 『나의 예수, 너를 볼 수 없을 때까지』가 바로 그런 작품이다. 이 소설은 그녀에게 마사틀란 문학상Premio Mazatlán을 안겨다준 동시에 그녀를 유명인으로 만든 작품이기도 하다. 이 소설로 그녀는 멕시코 문학에 '증언 소설'이라는 장르를 소개하게 된다. 이제는 고전작품이 되어버린 『틀라텔롤코의 밤』(1971)은 1968년에 있었던 학생반란의 증언들을 서사 형태로 다룬 작품이며 『사랑하는 디에고, 키엘라가 당신을 포옹해요』(1978)에서는 디에고 리베라Diego Rivera와 앙헬리나 벨로프Angelina Beloff 사이에 있었던 사랑 이야기를 서간체 형식으로 재창조했다. 『붓꽃』(1988)은 그녀 자신의 이야기를 담은 자서전적인 소설이며 『티니시마』(1992)는 창작 기간만 해도 십 년이 걸린 작품으로 이탈리아 출신의 사진작가 티나 모도티Tina Modotti를 다룬 것이다.

다른 나라의 문학에 비해 중남미 문학에서는 현실과 문학이 보다 밀접한 관계를 이루고 있다. 그 단적인 예가 멕시코혁명이나 쿠바혁명과 같은 역사적 사건이 문학사의 흐름을 결정하는 중요한 요인이 되었다는 것이다. 따라서 중남미 문학은 두드러지게 정치 지향적, 리얼리즘 지향적 성격을 보이고 있다. 이러한 관점에서 볼 때 엘레나 포니아토프스카의 작품들 역시 예외일 수는 없다. 엘레나 포니아토프스카는 언론인으로 활동하면서 그녀가 만나는 현실의 목소리들을 작품 속으로 끌어들인다. 부당한 현실에 맞서 싸웠던 그녀는 1971년에 루이스 에체베리아Luis Echeverría 대통령이 『틀라텔롤코의 밤』으로 그녀에게 하비에르 비야우루티아Xavier Villaurrutia 문학상을 수여하려 하자 이를 거절했는데, 1968년 학생반란이 있었을 당시 그가 내무부 장관으로 재직했기 때문이었다. 그리고 1979년 엘레나 포니아토프스카는 국가 저널리즘 상Premio Nacional de Periodismo을 받는 최초의 여성이 된다.

이렇듯 논설기자이자 작가로, 문학 교수이자 소외계층의 옹호자로 활동한 엘레나 포니아토프스카는 이렇게 자신을 말하고 있다. "1953년부터 나는 기자 생활을 시작했고 저널리즘은 지금까지 나의 모든 삶이었으며 앞으로도 계속 이 길을 갈 것입니다. 나에게는 문신과도 같은 '기자'라는 불의 표시가 있는데 그것은 결코 사라지지 않을 것입니다. 난 기자인 것에 매우 큰 자부심을 가지고 있는데 저널리즘은 지금의 나를 있도록 해주었을 뿐만 아니라 많은 사람들을 만나게 해주었기 때문입니다."

"엄마, 저 너머에서 세상이 끝나는 거예요?"라고 묻는 한 천진한 소년의 물음으로 시작하는 『별과 사랑』은 천문학의 신비를 탐구하려는, 한

야심에 찬 남자의 삶을 다룬 이야기이다. 어려서부터 아주 총명했던 로렌소 데 테나는 동료들 사이에서 두각을 나타내지만 결국 그를 억압하는 불평등한 현실과 사회 규범들 그리고 부패한 관료정치에 맞서는 반체제주의자가 된다.

로렌소의 유년기는 자상한 어머니가 있기에 행복했다. 플로렌시아는 꾸밈없는 솔직함으로 다섯 아이들을 돌보았고, 로렌소와 그의 형제자매들은 그런 어머니를 통해서 자연을 배우고 세상에 대한 많은 의문들을 품게 되었다. 하지만 갑작스러운 그녀의 죽음은 모든 것을 바꾸어놓는다. 시골에서 도시로 옮겨오게 된 아이들은 냉정한 고모의 집에 맡겨지게 되고 거기서 자신들을 자식으로 인정하지 않는 무뚝뚝한 아버지와 생활하게 된다. 가정이란 따뜻한 울타리는 어머니와 함께 영원히 사라져버렸다.

청년 로렌소는 부당한 사회 현실에 맞서 정의를 위해 싸우지만 아무런 성과를 얻지 못하게 되자, 서서히 지쳐간다. 그렇다고 해서 그가 사상가들의 날개 아래 깃들어 자신의 이상을 견고히 다지는 일까지 게을리 한 것은 아니었다. 그러던 중 주요 좌익 인사들을 알게 되고 멕시코 각지를 여행하며 그곳에서 가진 자들의 불의와 소외된 자들의 가난을 목격한다. 루이스 에로를 만나게 되고 그를 통해서 정치 활동 이외에 자신의 열정을 쏟아붓게 될 천문학을 접한다. 이제 하늘과 별들은 그의 생활의 전부가 되어버렸고, 그는 자신의 모든 열정을 다해 연구에 몰두한다. 하지만 로렌소는 다시 고민에 빠진다. 왜 사람들은 자신처럼 살지 않는 것인지, 왜 극소수의 사람들만 하늘의 별들에 관심을 갖는 것인지를. 사람들의 무지와 빈곤, 열악한 교육 환경, 낙후된 과학 발전과 정부의 무관심으로 로렌소는 점점 더 괴로워한다.

1910년 멕시코혁명이 발발했던 때부터 인터넷을 사용하는 복잡한 현대까지의 모든 시간을 아우르는 주인공의 삶 속에서 사랑 또한 빠질 수 없는 테마이다. 사춘기 시절, 연상의 여인과 몰래 나누었던 금지된 사랑은 그녀의 죽음으로 드라마틱하게 끝나버린다. 그리고 수년 후, 다시 찾아온 사랑이 그를 뒤흔들어놓는다. 하지만 로렌소는 리사에게 프러포즈를 거절당하고 여자들에 대한 환멸감을 느낀다. 마지막으로 서서히 지쳐가는 그의 앞에 어느 날 갑자기 나타난 파우스타. 그녀를 통해 아름다운 하늘을 소유하게 되더라도 지상에서 그것을 함께 나눌 사람이 없다면 생에 아무런 의미가 없음을 깨닫게 된 로렌소. 하지만 이번에도 자의식이 너무도 강한 그에게 사랑은 실패로 끝나버리고 만다.

하버드에서 만난 리사와 천문대에서 알게 된 파우스타, 이 둘은 모두 로렌소보다 젊을 뿐만 아니라 다루기 힘든 당찬 여성들이다. 그는 자유분방하기만 한 그녀들을 도저히 길들일 수 없다. 그녀들에게서 사랑을 배우지만 자신을 둘러싼 우주, 그 껍질을 깨뜨릴 수 없다. 한순간 로렌소가 리사를 소유할 수 있었다면, 그건 그녀가 주도권을 쥐고 그녀의 틀 속으로 그를 집어넣으려 했기 때문이다. 하지만 그가 멕시코로 그녀를 데려가려 했을 때, 이번에는 그가 그녀를 자기 삶의 틀 속으로 집어넣으려 했을 때, 그녀를 잃고 만다. 하지만 파우스타와의 관계에 있어서는 단 한 번도 그녀를 소유해본 적이 없다. 사람들의 편견으로부터 완전히 자유로운 그녀는 로렌소보다 더 예측하기 힘든, 이해할 수 없는 여자였기 때문이다. 그런 그녀를 강제로 자신의 것으로 취했을 때, 그는 알지 못했다. 그와 같은 행동이 그녀를 오빠에게 겁탈당하고 오랜 시간 고통으로 시달려야 했던 유년기 때로 되돌려놓았다는 것을. 결국 파우스타는 로렌소의 곁을 떠나버린다.

주인공 로렌소는 타인들에 의해 상처를 받지만 그 또한 타인들의 삶에 침범해 들어가서 그들에게 상처를 입힌다. 모든 인간들처럼, 로렌소 역시 불완전하고 오만하며 비타협적이다. 이런 자신의 강한 성격으로 그는 사람들과 마찰을 일으키고 그들에게 적의와 미움의 감정을 품게 된다. 모든 것을 잃고 난 후 그는 새로운 사실 한 가지를 깨닫는다. 지금까지 자신이 받은 대부분의 도전들이 그가 그토록 매달리고 추구해온 과학으로부터 나온 것이 아니라, 바로 사람들의 감춰진 얼굴에서 나왔다는 것. 사람들이 그 얼굴 이면에 자신들의 열정과 감정들을 감추며 살아간다는 사실을 알게 된 것이다. 사랑과 증오의 감정 사이에서 괴로워하는 로렌소. 우리들 마음 저 밑바닥을 가만히 건드리며 자극하는 로렌소. 그는 우리들에게서 연민을 불러일으킨다. 로렌소, 그가 그토록 고뇌하며 추구했던 것, 그건 어쩌면 우리들이 타인들과 얽혀서 살아가는 매일의 삶 속에서 찾고자 했던 것인지도 모른다.

엘레나 포니아토프스카의 작품들이, 특히 『별과 사랑』이 가지는 의의에 대해서는 2001년 알파과라 상의 심사위원장을 맡았던 안토니오 무뇨스 몰리나 Antonio Muñoz Molina의 심사평을 듣는 것으로 충분할 것이다. 그는 2001년 수상작으로 『별과 사랑』을 뽑으면서 이렇게 말한다. "한 남자의 삶을 다룬 긴 시간 속에서 이 소설이 우리를 끌어당긴 것은 한편으로는 주인공의 야망이었다. 주인공의 유년기에서부터 시작하는 이 소설은 그가 엄마에게 던지는 철학적인 질문—"엄마, 저 너머에서 세상이 끝나는 거예요?"—으로 시작하고 있다. 이것은 과학의 길을 걷게 될 주인공이 자신에게 던지는 질문이기도 하다. 또한 『별과 사랑』은 역사소설이라고도 말할 수 있다. 왜냐하면 멕시코 동시대 역사의 흐름과 연관되어 있기 때문이며 게다가 주인공은 내게—작가가 동의할는지 모르겠지만—번민에 빠져 허우적대는 그런 등장인물들을, 특히 『침묵의 시간 *Tiempo de Silencio*』*을 떠올리게 하는데, 역시 궁핍한 나라에서 벌어지는 한 과학자의 모험담을 이야기하고 있기 때문이다. 〔……〕 주인공의 삶 전체와 '멕시코'라는 한 나라를 아우르는 이 작품은 후안 룰포Juan Rulfo와 마리아노 아수엘라Mariano Azuela 그리고 카를로스 푸엔테스Carlos Fuentes의 뛰어난 소설들처럼 매우 멕시코적인 소설이다. 그러면서 동시에 『별과 사랑』은 이들 소설들처럼 보편적인 소설이기도 한데 무엇이든 알기 쉽고 명백하게 드러내면서 독자에게 즐거움을 주는 문학의 기능을 충족시키고 있기 때문이다."

엘레나 포니아토프스카가 『별과 사랑』에서 정말로 말하고자 한 것은 저개발국가에서의 과학의 중요성이며, 이를 위한 멕시코 정부의 관심과 정책이다. 20세기 초반 멕시코 국민들이 무엇을 필요로 하는지, 그것을 제대로 제공할 줄 몰랐던 정부의 실책을 반영하려 했다. 그런 취지에서 과학교육의 중요성을 그토록 고집한 것이다. 그녀는 1953년부터 기자 생활을 하면서 인터뷰했던 과학자들의 실명을 작품 속에 그대로 쓰고 싶어 했으

* 스페인 작가 루이스 마르틴 산토스(1924~1964)의 소설로 비판적 사실주의 문학의 선구자 역할을 한 이 작품을 통해 그는 스페인 현대소설의 최고봉에 오르게 되었으며, 그 이후 스페인 문단에서는 사라졌던 유머감각이 되살아나고 작품 활동에 활력이 넘치게 되었다.

며 실제로 수많은 과학자들이 자신들의 이름 그대로 나온다. 과학 중에서도 특히 천문학에 그녀가 관심을 두고 소설의 주 내용으로 삼은 데는 천체 물리학자이자 그녀의 남편이기도 했던 기예르모 아로의 영향이 컸을 것이다. 아무튼 신문기사에서조차 그들의 이름을 찾을 수 없는 현실에서, 아무도 그들에게 관심을 갖지 않기 때문에 천문학을 통해 과학에 대한 관심을 불러일으키고자 했던 것이다. 하지만 엘레나 포니아토프스카의 『별과 사랑』에서 천문학자들로 상징되는 과학자들은, 우리가 짐작하는 것처럼 냉정하고 무감각하며 자신들의 실험과 연구에만 관심을 두는 현실과 단절된 사람들이 아니다. 우리와 마찬가지로 뼈와 살을 가진 살아 있는 인간, 고뇌하는 인간으로 그려지고 있다. 엘레나 포니아토프스카의 『별과 사랑』은 그녀가 멕시코에서 과학의 중요성을 알리고자 한 동시에 자국의 천문학자들에게 바치는 애정 어린 작품인 것이다.

작가 연보

1932 파리에서 태어남.

1942 제2차 세계대전을 피해 가족과 함께 멕시코로 건너감.

1949 미국의 종교기숙학교로 보내짐.

1953 미국에서 돌아와 엑셀시오르 신문사에서 일하기 시작함.
일 년 후, 노베다데스 신문사로 옮김.

1954 첫 단편집 『릴루스 키쿠스*Lilus Kikus*』 출판.

1955 『달과 그의 작은 달들*La luna y Sus lunitas*』 출판.

1960 『모든 건 일요일에 시작되었죠*Todo empezó en domingo*』 출판.

1961 『교차된 단어들*Palabras cruzadas*』 출판.

1968 천체물리학자 기예르모 아로와 결혼.

1969 『나의 예수, 너를 볼 수 없을 때까지*Hasta no verte, Jesús mío*』 출판.

1970 마사틀란 문학상 수상.

1971 『틀라텔롤코의 밤*La noche de Tlatelolco*』 출판.
하비에르 비야우루티아 문학상에 지명되었으나 수상을 거부함.

1978 『사랑하는 디에고, 키엘라가 당신을 포옹해요 *Querido Diego, te abraza Quielas*』 출판.

1979 국가 저널리즘 상 수상.

『얼간이 브리머 *Gaby Brimmer*』 출판.

『당신은 밤에 와요 *De noche vienes*』 출판.

1980 『침묵은 강합니다 *Fuerte es el silencio*』 출판.

1982 『마지막 칠면조 *El último guajolote*』 출판.

1987 마누엘 부엔디아 상 수상.

1988 『붓꽃 *La flor de lis*』 출판.

『아무도, 아무것도, 떨리는 목소리들 *Nada, nadie, las voces del temblor*』 출판.

1992 십 년의 각고 끝에 완성한 『티니시마 *Tinísima*』 출판.

마사틀란 문학상 수상.

2001 『별과 사랑 *La piel del cielo*』으로 알파과라 상 수상.

2004 프랑스 정부로부터 레지옹 도뇌르 훈장을 받음.

'대산세계문학총서'를 펴내며

근대문학 100년을 넘어 새로운 세기가 펼쳐지고 있지만, 이 땅의 '세계문학'은 아직 너무도 초라하다. 몇몇 의미 있었던 시도에도 불구하고, 전체적으로는 나태하고 편협한 지적 풍토와 빈곤한 번역 소개 여건 및 출판 역량으로 인해, 늘 읽어온 '간판' 작품들이 쓸데없이 중간되거나 천박한 '상업주의적' 작품들만이 신간 되는 등, 세계문학의 수용이 답보 상태에 머물러 있었음을 부인하기 힘들다. 분명한 자각과 사명감이 절실한 단계에 이른 것이다.

세계문학의 수용 문제는, 그 올바른 이해와 향유 없이, 다시 말해 세계문학과의 참다운 교류 없이 한국문학의 세계 시민화가 불가능하다는 의미에서, 보다 근본적으로, 우리의 문화적 시야 및 터전의 확대와 그 질적 성숙에 관련되어 있다. 요컨대 이것은, 후미에 갇힌 우리의 좁은 인식론적 전망의 틀을 깨고 세계 전체를 통찰하는 눈으로 진정한 '문화적 이종 교배'의 토양을 가꾸는 작업이며, 그럼으로써 인간 그 자체를 더 깊게 탐색하기 위해 '미로의 실타래'를 풀며 존재의 심연으로 침잠하는 작업이라 할 수 있다.

우리의 현실을 둘러볼 때, 그 실천을 위한 인문학적 토대는 어느 정도 갖추어진 듯이 보인다. 다양한 언어권의 다양한 영역에서 문학 전공자들이 고루 등장하여 굳은 전통이나 헛된 유행에 기대지 않고 나름의 가치 있는 작가와 작품을 파고들고 있으며, 독자들 또한 진부한 도식을 벗어나 풍요로운 문학적 체험을 원하고 있다. 새롭게 변화한 한국어의 질감 속에서 그 체험이 이루어지기를 바라는 요청 역시 크다. 그러므로 필요한 것은 어쩌면 물적 토대뿐일지도 모른다는 판단이 우리를 안타깝게 해왔다.

이러한 시점에서, 대산문화재단의 과감한 지원 사업과 문학과지성사의 신뢰성 높은 출간을 통해 그 현실화의 첫발을 내딛게 된 것은 우리 문화계의 큰 즐거움이 아닐 수 없다. 오늘의 문학적 지성에 주어진 이 과제가 충실한 결실을 맺을 수 있도록, 우리는 모든 성실을 기울일 것이다.

'대산세계문학총서' 기획위원회

대 산 세 계 문 학 총 서

001-002 소설 **트리스트럼 샌디(전 2권)** 로랜스 스턴 지음 | 홍경숙 옮김
003 시 **노래의 책** 하인리히 하이네 지음 | 김재혁 옮김
004-005 소설 **페리키요 사르니엔토(전 2권)** 호세 호아킨 페르난데스 데 리사르디 지음 | 김현철 옮김
006 시 **알코올** 기욤 아폴리네르 지음 | 이규현 옮김
007 소설 **그들의 눈은 신을 보고 있었다** 조라 닐 허스턴 지음 | 이시영 옮김
008 소설 **행인** 나쓰메 소세키 지음 | 유숙자 옮김
009 희곡 **타오르는 어둠 속에서/어느 계단의 이야기** 안토니오 부에로 바예호 지음 | 김보영 옮김
010-011 소설 **오블로모프(전 2권)** I. A. 곤차로프 지음 | 최윤락 옮김
012-013 소설 **코린나: 이탈리아 이야기(전 2권)** 마담 드 스탈 지음 | 권유현 옮김
014 희곡 **탬벌레인 대왕/몰타의 유대인/파우스투스 박사** 크리스토퍼 말로 지음 | 강석주 옮김
015 소설 **러시아 인형** 아돌포 비오이 까사레스 지음 | 안영옥 옮김
016 소설 **문장** 요코미쓰 리이치 지음 | 이양 옮김
017 소설 **안톤 라이저** 칼 필립 모리츠 지음 | 장희권 옮김
018 시 **악의 꽃** 샤를 보들레르 지음 | 윤영애 옮김
019 시 **로만체로** 하인리히 하이네 지음 | 김재혁 옮김
020 소설 **사랑과 교육** 미겔 데 우나무노 지음 | 남진희 옮김
021-030 소설 **서유기(전 10권)** 오승은 지음 | 임홍빈 옮김
031 소설 **변경** 미셸 뷔토르 지음 | 권은미 옮김
032-033 소설 **약혼자들(전 2권)** 알레산드로 만초니 지음 | 김효정 옮김
034 소설 **보헤미아의 숲/숲 속의 오솔길** 아달베르트 슈티프터 지음 | 권영경 옮김
035 소설 **가르강튀아/팡타그뤼엘** 프랑수아 라블레 지음 | 유석호 옮김
036 소설 **사탄의 태양 아래** 조르주 베르나노스 지음 | 윤진 옮김
037 시 **시집** 스테판 말라르메 지음 | 황현산 옮김
038 시 **도연명 전집** 도연명 지음 | 이치수 역주

039 소설 **드리나 강의 다리** 이보 안드리치 지음 | 김지향 옮김

040 시 **한밤의 가수** 베이다오 지음 | 배도임 옮김

041 소설 **독사를 죽였어야 했는데** 야샤르 케말 지음 | 오은경 옮김

042 희곡 **볼포네, 또는 여우** 벤 존슨 지음 | 임이연 옮김

043 소설 **백마의 기사** 테오도어 슈토름 지음 | 박경희 옮김

044 소설 **경성지련** 장아이링 지음 | 김순진 옮김

045 소설 **첫번째 향로** 장아이링 지음 | 김순진 옮김

046 소설 **끄르일로프 우화집** 이반 끄르일로프 지음 | 정막래 옮김

047 시 **이백 오칠언절구** 이백 지음 | 황선재 역주

048 소설 **페테르부르크** 안드레이 벨르이 지음 | 이현숙 옮김

049 소설 **발칸의 전설** 요르단 욥코프 지음 | 신윤곤 옮김

050 소설 **블라이드데일 로맨스** 나사니엘 호손 지음 | 김지원 · 한혜경 옮김

051 희곡 **보헤미아의 빛** 라몬 델 바예-인클란 지음 | 김선욱 옮김

052 시 **서동 시집** 요한 볼프강 폰 괴테 지음 | 안문영 외 옮김

053 소설 **비밀요원** 조지프 콘래드 지음 | 왕은철 옮김

054-055 소설 **헤이케 이야기(전 2권)** 오찬욱 옮김

056 소설 **몽골의 설화** 데. 체렌소드놈 편저 | 이안나 옮김

057 소설 **암초** 이디스 워튼 지음 | 손영미 옮김

058 소설 **수전노** 알 자히드 지음 | 김정아 옮김

059 소설 **거꾸로** 조리스-카를 위스망스 지음 | 유진현 옮김

060 소설 **페피타 히메네스** 후안 발레라 지음 | 박종욱 옮김

061 시 **납** 제오르제 바코비아 지음 | 김정환 옮김

062 시 **끝과 시작** 비스와바 쉼보르스카 지음 | 최성은 옮김

063 소설 **과학의 나무** 피오 바로하 지음 | 조구호 옮김

064 소설 **밀회의 집** 알랭 로브-그리예 지음 | 임혜숙 옮김

065 소설 **홍까오량 가족** 모옌 지음 | 박명애 옮김

066 소설 **아서의 섬** 엘사 모란테 지음 | 천지은 옮김

067 시 **소동파 사선** 소동파 지음 | 조규백 옮김

068 소설 **위험한 관계** 쇼데를로 드 라클로 지음 | 윤진 옮김

069 소설 **거장과 마르가리타** 미하일 불가코프 지음 | 김혜란 옮김

070 소설 **우게쓰 이야기** 우에다 아키나리 지음 | 이한창 옮김

071 소설 **별과 사랑** 엘레나 포니아토프스카 지음 | 추인숙 옮김